Aus dem Englischen übersetzt von Rudolf Rocholl / Die Verse hat H.C. Artmann übertragen / Graphische Gestaltung: Heinz Edelmann / Die Originalausgabe erschien unter dem Titel „The Once and Future King" bei William Collins Sons & Co Ltd, London / ©Shaftesbury Publishing Company Limited, 1976 / Über alle Rechte der deutschen Ausgabe verfügt der Ernst Klett Verlag, Stuttgart / Fotomechanische Wiedergabe nur mit Genehmigung des Verlages / Printed in Germany 1976 / Gesamtherstellung: Hieronymus Mühlberger KG, Augsburg /

ISBN 3-12-908690-0

DAS SCHWERT IM STEIN

She is not any common earth
Water or wood or air,
But Merlin's Isle of Gramarye
Where you and I will fare.

Nicht Wasser, Luft noch Wald es ist,
Kein Ort von irdscher Art,
Denn Merlins Eiland Gramarye
Gilt dein und meine Fahrt.

INCIPIT LIBER PRIMUS

KAPITEL 1

ontags, mittwochs und freitags gab es Gotische Kanzleischrift und Summulae Logicales, an den übrigen Wochentagen waren Organon, Repetition und Astrologie dran. Die Gouvernante geriet stets mit ihrem Astrolabium durcheinander, und wenn sie besonders durcheinander war, ließ sie es an Wart aus, indem sie ihm auf die Finger schlug. Kay schlug sie nie auf die Finger, denn Kay würde, wenn er einmal älter war, Sir Kay sein, der Herr der Burg und des Besitzes. Wart wurde Wart (»die Warze«) genannt, weil sich das recht und schlecht auf Art reimte, die Kurzform seines eigentlichen Namens. Kay hatte ihm den Spitznamen gegeben. Kay wurde nie anders als Kay genannt; er war zu würdevoll für einen Spitznamen, und er wäre in Wut geraten, wenn jemand versucht hätte, ihm einen anzuhängen. Die Gouvernante hatte rote Haare und irgendeine geheimnisvolle Wunde, aus der sie beträchtliches Prestige zog, indem sie sie, hinter verschlossenen Türen, allen Frauen des Schlosses zeigte. Man nahm an, diese Wunde befinde sich an dem Körperteil, den man zum Sitzen braucht, und sei dadurch entstanden, daß die Dame sich bei einem Picknick versehentlich auf einer Rüstung niedergelassen habe. Schließlich erbot sie sich, sie Sir Ector zu zeigen, der Kays Vater war, bekam einen hysterischen Anfall und wurde fortgeschickt. Später fand man heraus, daß sie drei Jahre lang im Irrenhaus gewesen war.

An den Nachmittagen sah das Programm folgendermaßen aus: montags und freitags Lanzenstechen und Reitkunst, dienstags Falkenbeiz, mittwochs Fechten, donnerstags Bogenschießen, samstags Theorie des Rittertums nebst Anweisungen für alle Lebenslagen, Waidmannssprache und Jagd-Etikette. Wer sich zum Beispiel beim *mort*, dem *Totsignal*, oder beim Ausweiden falsch benahm, wurde über den Körper des erbeuteten Tieres gelegt und bekam eins mit dem flachen Schwertblatt verpaßt. Dies hieß man: Blattgold auftragen. Ein grober Scherz, rauh und herzlich wie die Äquatortaufe. Kay bekam nie Blattgold, obwohl er oft etwas falsch machte.

Als sie die Gouvernante los waren, sagte Sir Ector: »Schließlich und endlich, verdammt noch eins, können wir die Jungens doch nicht den ganzen Tag wie Landstreicher rumlaufen lassen — schließlich und endlich, verdammt noch eins? In ihrem Alter müßten sie doch eine erstklassige Auswildung haben. Als ich so alt war wie sie, da hab' ich mich jeden morgen um fünfe mit Latein und all dem Zeugs rumgeplagt. Schönste Zeit meines Lebens. Reicht mal den Port rüber.«

Sir Grummore Grummursum, der heute hier im Hause übernachten sollte, da er auf einer besonders ausgedehnten Aventiure von der Dunkelheit überrascht worden war, sagte, daß er in ihrem Alter jeden Morgen Prügel bezogen habe, weil er auf die Beiz gegangen sei, statt was zu lernen. Auf diese Schwäche führte er auch die Tatsache zurück, daß er nie übers Erste Futurum von *utor* hinausgekommen war. Ungefähr ein Drittel bergab auf der linken Seite, da stand es, sagte er. Soviel er sich erinnere: Seite siebenundneunzig. Er reichte den Port hinüber.

Sir Ector sagte: »Hattet Ihr eine ordentliche Aventiure heute?«

Sir Grummore sagte: »Na ja, nicht so übel. Eigentlich sogar sehr anständig. Traf auf einen Kerl namens Sir Bruce Saunce Pité, wo in Weedon Bushes einer Maid den Kopf abhackte; folgte ihm bis Mixbury Plantation in Bicester; da hat er einen Haken geschlagen, und in Wicken Wood ist er mir dann entkommen. Muß gut und gerne fünfundzwanzig Meilen gewesen sein.«

»Ein halsstarriger Bursche«, sagte Sir Ector. —

»Aber von wegen der Jungens und dem Latein und all dem Kram«, fuhr der alte Herr fort. »*Amo, amas,* versteht Ihr, und rumlaufen wie die Landstreicher — was würdet Ihr denn vorschlagen?«

»Tja«, sagte Sir Grummore, rieb sich die Nase und warf einen verstohlenen Blick auf die Flasche, »darüber müßte man ja erstmal gehörig nachdenken, wenn Ihr's mir nicht verübelt.«

»Nicht im geringsten«, sagte Sir Ector. »Im Gegenteil: sehr erfreut, daß Ihr Euch äußert. Zu Dank verpflichtet, wirklich. Nehmt noch einen Port.«

»Ausgesprochen guter Port.«

»Krieg' ich von einem Freund.«

»Um auf die Jungens zurückzukommen«, sagte Sir Grummore. »Wie viele sind's denn, wißt Ihr's?«

»Zwei«, sagte Sir Ector. »Das heißt, wenn man beide zählt.«

»Nach Eton könnt' man sie wohl nicht schicken?« erkundigte Sir Grummore sich behutsam. »Weiter Weg und so, wissen wir ja.«

Er erwähnte natürlich nicht gerade Eton, denn das College of Blessed Mary wurde erst 1440 gegründet, aber er meinte eine Schule von genau derselben Art. Auch tranken sie Metheglyn, nicht Port, doch läßt sich durch die Nennung des neumodischen Weins die Atmosphäre leichter vermitteln.

»Es ist nicht so sehr die Entfernung«, sagte Sir Ector. »Aber dieser Riese, wie heißt er doch gleich, der ist im Wege. Man muß durch sein Land, versteht Ihr.«

»Wie heißt er?«

»Ich komm' im Augenblick nicht drauf; nicht ums Verrecken. Beim Burbly Water haust er.«

»Galapas«, sagte Sir Grummore.

»Genau der.«

»Dann bleibt nur noch eins übrig«, sagte Sir Grummore, »nämlich: einen Tutor zu suchen.«

»Ihr meint: einen Hauslehrer.«

»Genau«, sagte Sir Grummore. »Einen Tutor, versteht Ihr, einen Hauslehrer.«

»Trinkt noch einen Port«, sagte Sir Ector. »Nach so einer Aventiure braucht Ihr'n.«

»Hervorragender Tag«, sagte Sir Grummore. »Nur töten tun sie heutzutage anscheinend nicht mehr. Da legt man fünfundzwanzig Meilen zurück, und dann bekommt er Wind, oder man verliert ihn aus den Augen. Das Schlimmste ist, wenn man sich auf eine neue Aventiure macht.«

»Wir töten unsere Riesen, wenn sie jungen«, sagte Sir Ector. »Hernach gibt's eine schöne Hatz, aber sie entkommen einem.«

»Man verliert die Fährte«, sagte Sir Grummore, »würde ich sagen. Ist doch immer dasselbe mit diesen großen Riesen in einem großen Land. Die Witterung geht verloren.«

»Aber wenn man sich nun einen Hauslehrer zulegen will«, sagte Sir Ector, »so seh' ich noch nicht, wie man das bewerkstelligen soll.«

»Anzeige aufgeben«, sagte Sir Grummore.

»Ich hab' eine Anzeige aufgegeben«, sagte Sir Ector. »Sie ist vom *Humberland Newsman and Cardoile Advertiser* ausgerufen worden.«

»Dann«, sagte Sir Grummore, »bleibt nur noch die Möglichkeit, zu einer Aventiure aufzubrechen.«

»Ihr meint, ich soll mich auf die Tutor-Suche machen«, erklärte Sir Ector. »Genau.«

»*Hic, haec, hoc*«, sagte Sir Ector. »Trinkt noch was — einerlei, wie das Zeugs heißt.«

»*Hunc*«, sagte Sir Grummore.

So war's denn also beschlossen. Als Grummore Grummursum am nächsten Tage heimwärts ritt, knüpfte Sir Ector sich einen Knoten ins Sacktuch, um nicht zu vergessen, daß er sich zwecks Tutor-Fang auf große Fahrt begeben müsse, sobald er Zeit dazu haben würde. Und da er nicht sicher war, wie er das anstellen sollte, berichtete er den Jungens, was Sir Grummore vorgeschlagen hatte, und beschwor sie, sich bis dahin nicht mehr wie Landstreicher aufzuführen. Alsdann gingen sie zum Heuen.

Es war Juli, und in diesem Monat arbeitete alles, was Arme und Beine hatte, unter Sir Ectors Anleitung auf dem Felde. Den Jungen blieb also jedwede ›Auswildung‹ vorerst mal erspart.

Sir Ectors Schloß befand sich auf einer gewaltigen Lichtung in einem noch gewaltigeren Walde. Es hatte einen Hof und einen Burggraben mit Hechten darin. Über den Graben führte eine befestigte Steinbrücke, die in der Mitte endete. Über der zweiten Hälfte lag eine hölzerne Zugbrücke, die jede Nacht gehievt wurde. Sobald man die Zugbrücke überquert hatte, befand man sich am Anfang der Dorfstraße — es gab nur eine einzige Straße —, und die erstreckte sich etwa eine halbe Meile, zu beiden Seiten von strohbedeckten Häusern aus Flechtwerk und Lehm gesäumt. Die Straße teilte die Lichtung in zwei große Felder; das linke war, in Hunderten von schmalen langen Streifen, unter dem Pflug, während das rechte zu einem Fluß abfiel und als Weide genutzt wurde. Das halbe Feld zur Rechten diente, eingezäunt, zur Heugewinnung.

Es war Juli, dazu richtiges Juliwetter, so, wie man's in Old England hatte. Jedermann wurde brutzelbraun, wie ein Indianer, mit blitzenden Zähnen und leuchtenden Augen. Die Hunde schlichen mit hängenden Zungen einher oder lagen japsend in Schattenflecken, während die Ackergäule ihr Fell durchschwitzten und mit den Schwänzen schlugen und versuchten, mit schweren Hinterhufen sich die Bremsen vom Bauch zu treten. Auf der Weide trieben die Kühe ein übermütiges Spiel und galoppierten mit hoch aufgerichteten Schwänzen umher, was Sir Ector in schlechte Laune versetzte.

Sir Ector stand auf einem Heuschober, von wo aus er alles überblicken konnte, und schrie Befehle über das ganze Zweihundert-Morgen-Feld, wobei sein Gesicht puterrot anlief. Die besten Schnitter mähten das Gras in einer Reihe; ihre Sensen blitzten und brausten im harten Sonnenschein. Die Frauen harkten das Heu mit hölzernen Rechen in langen Streifen zusammen, und die beiden Jungen folgten beiderseits mit Gabeln, um das Heu nach innen zu werfen, so daß es leicht aufgeladen werden konnte. Dann kamen die großen Karren; ihre hölzernen Speichenräder knarrten; sie wurden von Pferden gezogen oder von gemächlichen weißen Ochsen. Ein Mann stand oben auf dem Wagen, um das Heu entgegenzunehmen und das Aufladen zu dirigieren, was von zwei Männern besorgt wurde, die rechts und links neben dem Wagen mitgingen und ihm mit Gabeln hinaufreichten, was die Jungen angehäuft hatten. Der Karren wurde zwischen zwei Reihen Heu hinuntergeführt und schön gleichmäßig von vorn bis hinten beladen, wobei der Mann, der banste, genau angab, wie er jede Gabelvoll gereicht zu haben wünschte. Die Banser schimpften auf die Jungen, daß sie das Heu nicht ordentlich zurechtgelegt hätten, und drohten ihnen Prügel an für den Fall, daß sie zurückblieben.

Wenn der Wagen beladen war, wurde er zu Sir Ectors Schober gefahren. Dort gabelte man das Heu hinauf, was ganz einfach ging, da es systematisch geladen war — nicht wie modernes Heu —, und Sir Ector trampelte oben drauf herum und kam seinen Gehilfen in die Quere, die die eigentliche Arbeit taten, und stampfte und schwitzte und fuchtelte herum und achtete ängstlich darauf, daß genau lotrecht gebanst wurde, damit der Heuschober nicht umfiel, wenn die Westwinde kamen.

Wart liebte das Heumachen und war ein guter Arbeiter. Kay, der zwei Jahre älter war, stand gewöhnlich zu weit von dem Heuhaufen entfernt, den er hinaufreichen wollte, mit dem Ergebnis, daß er doppelt so schwer schuftete wie Wart und nur die Hälfte erreichte. Er haßte es jedoch, bei irgendeiner Sache übertrumpft zu werden, und so schlug er sich mit dem vermaledeiten Heu herum — das ihm entsetzlich zuwider war —, bis ihm regelrecht übel wurde.

Der Tag nach Sir Grummores Besuch war eine reine Hetzjagd für die Leute, die zwischen dem ersten und dem zweiten Melken schuften mußten und dann wieder bis zum Sonnenuntergang mit dem schwülen Element zu kämpfen hatten. Denn das Heu war für sie ein Element, wie das Meer oder die Luft, in dem sie badeten und untertauchten und das sie sogar einatmeten. Die Pollen und Fasern verfingen sich in ihren Haaren, gerieten ihnen in den Mund, in die Nase, und taten sich kitzelnd und kratzend in ihrer Kleidung kund. Sie trugen nicht viel Kleider, und zwischen den schwellenden Muskeln spielten blaue Schatten auf der nußbraunen Haut. Wer vor Gewitter Angst hatte, dem war an diesem Tag nicht wohl.

Am Nachmittag brach das Wetter los. Sir Ector hielt sie bei der Stange, bis die Blitze genau über ihren Köpfen zuckten. Dann, als der Himmel nachtdunkel war, prasselte der Regen auf sie nieder, so daß sie im Nu völlig durchnäßt waren und keine hundert Schritt weit sehen konnten. Die Jungen kauerten sich unter die Karren, hüllten sich in Heu, um ihre nassen Leiber vor dem jetzt kalten Wind zu schützen, und alberten miteinander, während der Wolkenbruch herniederstürzte. Kay zitterte, allerdings nicht vor Kälte; aber er alberte wie die anderen, weil er nicht zeigen wollte, daß er Angst hatte. Beim letzten und heftigsten Donnerschlag zuckte jeder unwillkürlich zusammen, und jeder sah, wie der andere zusammenfuhr, bis sie dann mitsammen über ihre Ängstlichkeit lachten.

Dies jedoch war das Ende des Heumachens und der Beginn des Spielens. Die Jungen wurden heimgeschickt, um sich trockene Sachen anzuziehen. Die alte Frau, die einst ihr Kindermädchen gewesen war, holte frische Hosen aus der Mangel und schalt, sie würden sich noch den Tod holen, rügte auch Sir Ector, weil er so lange weitergemacht hatte. Dann schlüpften sie in frischgewaschene Hemden und liefen auf den blitzblanken Hof hinaus.

»Ich bin dafür, daß wir Cully rausholen und auf Kaninchenjagd gehen«, rief Wart.

»Bei dieser Nässe sind keine Kaninchen draußen«, sagte Kay bissig und genoß es, ihm in Naturkunde über zu sein.

»Ach, komm schon. Ist ja bald trocken.«

»Dann muß ich aber Cully tragen.«

Kay bestand darauf, den Hühnerhabicht zu tragen und fliegen zu lassen, wenn sie gemeinsam auf die Beiz gingen. Dies war sein gutes Recht — nicht nur, weil er älter war als Wart, sondern auch, weil er Sir Ectors richtiger Sohn war. Wart war kein richtiger Sohn. Er verstand es zwar nicht, doch machte es ihn unglücklich, weil Kay eine gewisse Überlegenheit daraus ableitete. Auch war es anders, keinen Vater und keine Mutter zu haben, und Kay hatte ihn gelehrt, daß jeder, der anders war, im Unrecht sei. Niemand redete mit ihm darüber, doch wenn er allein war, dachte er darüber nach und fühlte sich zurückgesetzt und elend. Er mochte es nicht, daß dies Thema zur Sprache gebracht wurde. Da der andere Junge jedoch stets darauf zu sprechen kam, sobald sich die Frage des Vorrangs ergab, hatte er es sich angewöhnt, sofort klein beizugeben, ehe es überhaupt so weit kommen konnte. Außerdem bewunderte er Kay; er selbst war der geborene ›Zweite Mann‹: ein Heldenverehrer.

»Also los«, rief Wart, und übermütig tollten sie zu den Käfigen, wobei sie unterwegs Purzelbäume schlugen.

Die Käfige gehörten, neben den Ställen und Zwingern, zu den wichtigsten Teilen des Schlosses. Sie lagen dem Söller gegenüber und waren nach Süden gerichtet. Die Außenfenster mußten, aus Gründen der Sicherheit, klein sein, doch die Fenster, die in den Burghof blickten, waren groß und sonnig. In den Fensteröffnungen waren dicht nebeneinander vertikale Stäbe genagelt, jedoch keine horizontalen. Glasscheiben gab es nicht; um aber die Beizvögel vor Zugluft zu schützen, war Horn in den kleinen Fenstern. Am Ende der Käfigreihe befand sich eine kleine Feuerstelle, ein gemütliches Eck-

15

chen, ähnlich dem Platz im Sattelraum, wo die Stallknechte in feuchten Nächten nach der Fuchsjagd sitzen und die Geschirre reinigen. Hier waren ein paar Hocker, ein Kessel, eine Bank mit allen möglichen kleinen Messern und chirurgischen Instrumenten, sowie einige Regale mit Töpfen darauf. Die Töpfe waren mit Etiketten versehen: *Cardamum, Ginger, Barley Sugar, Wrangle, For a Snurt, for the Craye, Vertigo* etc. Häute hingen an den Wänden, aus denen man Stücke für Jesses (Fußriemen), Hauben und Leinen herausgeschnitten hatte. An Nägeln baumelten, ordentlich nebeneinander aufgereiht, Schellen und Drehringe und silberne *varvels*, alle mit eingraviertem »Ector«. Auf einem besonderen Bord, und zwar dem allerschönsten, standen die Hauben: ganz alte rissige *rufter hoods*, lange vor Kays Geburt gemacht, winzige Häubchen für die Merline, kleine Hauben für Terzel (männliche Falken), wunderhübsche neue Hauben, die an langen Winter-Abenden zum Zeitvertreib angefertigt worden waren. Alle Hauben, ausgenommen die *rufters*, trugen Sir Ectors Farben: weißes Leder mit rotem Fries an den Seiten und einem blaugrauen Federbusch oben drauf, der aus den Nackenfedern von Reihern bestand. Auf der Bank lag ein buntes Sammelsurium, wie man es in jeder Werkstatt findet: Schnüre, Draht, Werkzeug, Metallgegenstände, Brot und Käse, an dem die Mäuse sich gütlich getan hatten, eine Lederflasche, einige abgenutzte linke Stulphandschuhe, Nägel, Fetzen von Sackleinwand, ein paar Köder und etliche ins Holz geritzte Schriftzeichen und Kerben. Diese lauteten: Conays 11111111, Harn 111, usw. Die Rechtschreibung ließ zu wünschen übrig.

Die gesamte Länge des Raumes nahmen, von der Nachmittagssonne voll beschienen, die durch Sichtblenden getrennten Sitzstangen ein, an welche die Vögel gebunden waren. Da saßen zwei kleine Merline, Zwergfalken, die sich gerade erst vom Husten erholt hatten; ein alter Peregrin — wie man den Wanderfalken zuweilen nennt —, der in diesen bewaldeten Landstrichen von keinem großen Nutzen war, der Vollständigkeit halber jedoch weiterhin gehalten wurde; ein Turmfalke, an dem die Jungen die Anfangsgründe der Falknerei erlernt hatten; ein Sperber, den Sir Ector entgegenkommenderweise für den Priester des Kirchspiels hielt — und am äußersten Ende war, in einem eigenen Käfig, der Hühnerhabicht Cully.

Im Vogelstall herrschte peinliche Sauberkeit; auf dem Boden lag Sägemehl, um den Kot aufzunehmen, und das Gewölle wurde jeden Tag entfernt. Sir Ector besuchte die Käfige jeden Morgen um sieben Uhr, und die beiden *austringers* vor der Tür standen stramm. Wenn sie vergessen hatten, sich die Haare zu bürsten, bekamen sie Hausarrest. Um die Jungen kümmerten sie sich nicht.

Kay zog einen der linken Stulphandschuhe an und lockte Cully von der

Stange — Cully jedoch, dessen Gefieder glatt und feindselig anlag, betrachtete ihn unverwandt mit einem bösen, blumengelben Auge und weigerte sich zu kommen. Da nahm Kay ihn auf.

»Meinst du, wir sollten ihn fliegen lassen?« fragte Wart unschlüssig. »Mitten in der Mauser?«

»Natürlich können wir ihn fliegen lassen, du Hasenherz«, sagte Kay. »Er möcht' bloß ein bißchen getragen werden, sonst nichts.«

So gingen sie denn übers Heufeld, wo das sorgfältig zusammengeharkte Gras wieder naß geworden war und an Güte verlor, ins Jagdrevier hinaus, das anfangs spärlich mit Bäumen bewachsen war, parkähnlich, allmählich jedoch in dichten Wald überging. Unter diesen Bäumen waren Hunderte von Kaninchenhöhlen, und zwar eine neben der anderen, so daß es nicht darum ging, ein Karnickel zu finden, sondern eines, das weit genug von seinem Loch entfernt war.

»Hob sagt, wir dürften Cully nicht fliegen lassen, bis er nicht mindestens zweimal aufgejagt hat«, sagte Wart.

»Hob hat keine Ahnung. Niemand kann sagen, ob ein Habicht flugfähig ist — außer dem Mann, der ihn trägt.«

»Hob ist ja sowieso bloß ein Leibeigener«, fügte Wart hinzu und löste die Leine und den Haken vom Geschirr.

Als Cully merkte, daß ihm die Fesseln abgenommen wurden, so daß er jagdbereit war, machte er einige Bewegungen, als wolle er auffliegen. Er sträubte den Schopf, die Schwungfedern und das weiche Schenkelgefieder. Im letzten Augenblick indes besann er sich eines anderen und unterließ das Rütteln. Als Wart die Bewegungen des Habichts sah, hätte er ihn nur allzugerne abgetragen. Am liebsten hätte er ihn Kay fortgenommen und selber vorbereitet. Er war sicher, Cully in die rechte Laune versetzen zu können, indem er ihm die Fänge kraulte und das Brustgefieder spielerisch und sanft nach oben strich. Wenn er's doch nur alleine machen könnte, statt mit diesem dämlichen Köder hinterdrein stapfen zu müssen. Aber er wußte, wie lästig es dem älteren Jungen sein mußte, ständig mit Ratschlägen geplagt zu werden, und deshalb schwieg er. Wie man heutzutage beim Schießen nie den Mann kritisieren darf, der das Kommando hat, so war's bei der Beiz sehr wichtig, daß kein Rat von außen den Falkonier irritierte.

»So—ho!« rief Kay und reckte seinen Arm empor, um dem Habicht einen besseren Start zu geben, und vor ihnen hoppelte ein Kaninchen über den abgenagten Rasen, und Cully war in der Luft. Die Bewegung kam für alle drei überraschend: für Wart und für das Kaninchen und für den Habicht, und alle drei waren einen Augenblick lang verblüfft. Dann begann der fliegende Mörder mit den mächtigen Schwingen zu rudern, doch zögernd und unentschlossen. Das Kaninchen verschwand in einem unsichtbaren Loch. Der Habicht stieg auf, schwebte wie ein Kind auf der Schaukel hoch in der Luft, legte dann die Flügel an und stieß nieder und hockte in einem Baum. Cully blickte auf seine Herren herab, öffnete ob seines Versagens mürrisch den Schnabel und verharrte reglos. Die beiden Herzen standen still.

KAPITEL 2

ine geraume Weile später, als sie den verstörten und verdrossenen Habicht genug gelockt und herbeigepfiffen hatten und ihm von Baum zu Baum gefolgt waren, verlor Kay die Geduld.

»Laß ihn sausen«, sagte er. »Der taugt sowieso nichts.«

»Aber wir können ihn doch nicht so einfach dalassen!« sagte Wart. »Was wird denn Hob dazu sagen?«

»Es ist mein Falke, nicht Hob seiner«, rief Kay wütend. »Wen interessiert's, was Hob sagt? Hob ist ja nur ein Bediensteter.«

»Aber Hob hat ihn abgerichtet. Wir können ihn getrost verlieren, weil wir nicht drei Nächte lang mit ihm aufbleiben mußten, ihn nicht tagelang abgetragen haben und all das. Aber Hobs Habicht dürfen wir nicht verlieren. Das wäre gemein.«

»Geschieht ihm recht. Hob ist ein armer Irrer, und Cully ist ein versauter Beizvogel. Wer will so einen versauten dämlichen Habicht? Wenn dir so viel daran liegt, dann bleib mal lieber hier. Ich geh' heim.«

»Ich bleibe hier«, sagte Wart traurig, »wenn du Hob herschickst, sobald du zu Hause bist.«

Kay marschierte in der falschen Richtung los, vor Wut bebend, weil er genau wußte, daß er den Vogel zur Unzeit hatte fliegen lassen, und Wart mußte ihm nachrufen und ihn auf den rechten Weg weisen. Dann setzte dieser sich unter den Baum und blickte zu Cully hinauf wie eine Katze, die einen Spatzen beobachtet, und sein Herz klopfte heftig.

Für Kay spielte es ja vielleicht keine Rolle, denn der machte sich aus der Falknerei nur insofern etwas, als es die angemessene Beschäftigung für einen Jungen seines Alters und Herkommens war; doch Wart empfand wie ein richtiger Falkonier und wußte, daß ein verlorener Beizvogel die denkbar größte Kalamität war. Er wußte, daß Hob vierzehn Stunden täglich mit Cully gearbeitet hatte, um ihm sein Handwerk beizubringen, und daß seine Arbeit dem Kampf Jakobs mit dem Engel geglichen hatte. Wenn Cully verloren war, würde auch ein Teil von Hob verloren sein. Er wagte nicht, an den vorwurfsvollen Blick zu denken, mit dem ihn der Falkner ansehen würde — nach allem, was er sie gelehrt hatte.

Was sollte er tun? Am besten blieb er still sitzen und ließ den Köder auf der Erde liegen, damit Cully sich die Sache überlegen und herunterkommen konnte. Dazu aber verspürte Cully nicht die geringste Neigung. Am Abend zuvor hatte er eine reichliche Mahlzeit bekommen, so daß er nicht hungrig war. Der heiße Tag hatte ihn in üble Laune versetzt. Das Wedeln und Pfeifen der Jungen unten und die Verfolgung von Baum zu Baum — das alles hatte ihn, der ohnehin nicht allzu intelligent war, ziemlich durcheinandergebracht. Jetzt wußte er nicht recht, was er tun sollte. Auf keinen Fall das, was die anderen wollten. Vielleicht wäre es nett, irgend etwas zu töten. Aus Trotz.

Etliche Zeit später befand Wart sich am Rande des richtigen Waldes, und Cully war drin. Jagend und fliehend waren sie ihm immer näher gekommen — so weit vom Schloß entfernt, wie der Junge noch nie gewesen war —, und nun hatten sie ihn tatsächlich erreicht.

Heutzutage würde Wart vor einem englischen Wald keine Angst haben, doch der große Dschungel von Old England war etwas anderes. Hier gab es riesige Wildschweine, die um diese Jahreszeit mit ihren Hauern den Boden aufbrachen, und hinter jedem Baum konnte einer der letzten Wölfe mit blassen Augen und geifernden Lefzen lauern. Aber die wilden und bösen Tiere waren nicht die einzigen Bewohner dieser unheimlichen Düsternis. Auch böse Menschen suchten hier Zuflucht, Geächtete, die ebenso verschlagen und blutrünstig waren wie die Aaskrähen — und ebenso verfolgt. Besonders dachte Wart an einen Mann namens Wat, mit dessen Namen die Dörfler ihre Kinder zu ängstigen pflegten. Er hatte einst in Sir Ectors Dorf gelebt, und Wart erinnerte sich seiner. Er schielte, hatte keine Nase und war nicht recht bei Trost. Die Kinder warfen mit Steinen nach ihm. Eines Tages setzte er sich zur Wehr, packte ein Kind, machte ein schnarrendes Geräusch und biß ihm tatsächlich die Nase ab. Dann lief er in den Wald. Jetzt warfen sie mit Steinen nach dem Kind ohne Nase, aber Wat sollte sich noch immer im Wald aufhalten, auf allen vieren laufen und in Felle gekleidet sein.

Auch Zauberer befanden sich in jenen legendären Tagen im Wald, dazu seltsame Tiere, von denen die modernen naturgeschichtlichen Werke nichts wissen. Es gab reguläre Banden von geächteten Saxen, die — im Gegensatz zu Wat — zusammenlebten und Grün trugen und mit Pfeilen schossen, welche niemals fehlgingen. Sogar Drachen gab es noch; es waren kleine, die unter Steinen hausten und zischen konnten wie ein Kessel.

Hinzu kam der Umstand, daß es dunkel wurde. Im Wald war weder Weg noch Steg, und niemand im Dorf wußte, was auf der anderen Seite war. Das abendliche Schweigen senkte sich hernieder, und die hohen Bäume standen lautlos da und blickten auf Wart herab.

Er hatte das Gefühl, es sei das beste, jetzt nach Hause zu gehen, solange er noch wußte, wo er war — aber er hatte ein tapferes Herz und wollte nicht klein beigeben. Eins war ihm klar: wenn Cully erst einmal eine ganze Nacht in Freiheit geschlafen hatte, dann war er wieder wild und unverbesserlich. Cully war kein Standvogel. Wenn der arme Wart ihn nur dazu bringen könnte, auf einem bestimmten Baum zu bleiben, und wenn Hob nur mit einer kleinen Laterne kommen wollte, dann könnten sie vielleicht noch auf den Baum klettern und ihn einfangen, solange er schläfrig und vom Licht benebelt war. Der Junge konnte ungefähr sehen, wo der Falke sich niedergelassen hatte, etwa hundert Schritt im dichten Wald, da dort die heimkehrenden Saatkrähen tobten.

Er kennzeichnete einen der Bäume am Waldrand, in der Hoffnung, hierdurch leichter den Rückweg zu finden, und arbeitete sich dann durchs Unterholz. An den Krähen hörte er, daß Cully sich sofort entfernte.

Die Nacht brach herein, während der Junge sich durchs Gestrüpp kämpfte. Verbissen ging er weiter und horchte angespannt, und Cullys Fluchtflüge wurden müder und kürzer, bis er endlich, ehe es gänzlich dunkel war, in einem Baum über sich die gekrümmten Schultern vor dem Himmel sehen konnte. Wart setzte sich unter den Baum, um den Vogel nicht beim Einschlafen zu stören, und Cully stand auf einem Bein und ignorierte seine Gegenwart.

Vielleicht, so sagte Wart bei sich, vielleicht kann ich — auch wenn Hob nicht kommt, und ich weiß wirklich nicht, wie er mir in dieser unwegsamen Waldgegend folgen soll —, vielleicht kann ich gegen Mitternacht auf den Baum klettern und Cully herunterholen. Gegen Mitternacht müßte er schlafen. Ich werde ihn sanft mit Namen nennen, so daß er denkt, es sei nur der gewohnte Mensch, der ihn aufnimmt, während er unter der Haube steckt. Ich werd' ganz leise klettern müssen. Wenn ich ihn dann habe, muß ich den Heimweg finden. Die Zugbrücke ist hoch. Aber vielleicht wartet jemand auf mich, denn Kay wird ihnen erzählt haben, daß ich noch draußen bin. Welchen Weg bin ich bloß hergekommen? Ich wollte, Kay wär' nicht weggegangen.

Er kauerte sich zwischen die Baumwurzeln und versuchte, eine bequeme Stelle zu finden, wo ihm das harte Holz nicht zwischen die Schulterblätter stach.

Ich glaube, dachte er, der Weg ist hinter der Fichte mit der stachligen

Spitze. Ich hätte mir merken sollen, auf welcher Seite von mir die Sonne untergegangen ist; wenn sie aufgeht, wäre ich auf derselben Seite geblieben und hätte nach Hause gefunden. Bewegt sich dort etwas, da unter der Fichte? Ach, hoffentlich begegne ich nur nicht dem alten wilden Wat, damit der mir nicht die Nase abbeißt! Zum Verrücktwerden: wie Cully da auf einem Bein steht und so tut, als wäre überhaupt nichts.

In diesem Augenblick ertönte ein Surren und ein leichtes Klatschen, und Wart entdeckte, daß zwischen den Fingern seiner rechten Hand ein Pfeil im Baumstamm steckte. Er riß seine Hand zurück, in der Meinung, etwas habe ihn gestochen, ehe er merkte, daß es ein Pfeil war. Dann ging alles langsam. Er hatte Zeit, recht genau festzustellen, was für ein Pfeil es war und daß er drei Zoll tief in dem festen Holz steckte. Es war ein schwarzer Pfeil mit gelben Ringen, einer Wespe ähnlich, und seine Hauptfeder war gelb. Die beiden anderen waren schwarz. Es waren gefärbte Gänsefedern.

Wart entdeckte, daß ihn die Gefahren des Waldes geängstigt hatten, ehe dies geschehen war, daß er jetzt aber, da er drin war, keine Angst mehr fühlte. Geschwind stand er auf — es kam ihm langsam vor — und ging hinter den Baum. Ein zweiter Pfeil kam angeschwirrt, doch der grub sich bis zu den Federn ins Gras und stand still, als hätte er sich nie bewegt.

Auf der anderen Seite des Baumes fand er ein sechs Fuß hohes Farngestrüpp. Das war eine ausgezeichnete Deckung, doch durch das Rascheln verriet er sich. Er hörte einen neuen Pfeil durch die Farnwedel zischen und eine Männerstimme fluchen, aber nicht sehr nahe. Dann hörte er den Mann, oder was es war, durchs Farnkraut stöbern. Er mochte wohl keine Pfeile mehr abschießen, weil sie kostbar waren und im Dickicht sicherlich verlorengingen. Wart bewegte sich wie eine Schlange, wie ein Kaninchen, wie eine lautlose Eule. Er war klein, und der Angreifer hatte keine Chance mehr. Fünf Minuten später war er in Sicherheit.

Der Mörder suchte nach seinen Pfeilen und trollte sich brummelnd — aber Wart stellte fest, daß er zwar dem Bogenschützen entkommen war, jedoch die Orientierung verloren hatte und seinen Habicht. Er hatte keine Ahnung, wo er sich befand. Eine halbe Stunde blieb er unter dem umgestürzten Baum liegen, unter den er sich verkrochen hatte, damit der Mann endgültig verschwand und sein Herz zu hämmern aufhörte. Es hatte wie wild zu klopfen angefangen, sobald ihm bewußt wurde, daß er entkommen war.

Ach, dachte er, jetzt hab' ich mich vollends verirrt, und nun bleibt mir wohl keine andere Wahl, als mir die Nase abbeißen zu lassen — oder ich werde von so einem Wespen-Pfeil durchbohrt, oder ich werde von einem zischenden Drachen gefressen oder von einem Wolf oder einem wilden

Eber oder einem Zauberer — falls Zauberer kleine Jungen fressen, was sie ja wohl tun. Jetzt kann ich ruhig wünschen, ich wäre artig gewesen und hätte die Gouvernante nicht geärgert, wenn sie mit ihrem Astro-Kram durcheinanderkam, und hätte meinen guten Vormund Sir Ector mehr geliebt, wie er's verdient.

Bei diesen trübsinnigen Gedanken, und besonders bei der Erinnerung an den freundlichen Sir Ector mit seiner Heugabel und seiner roten Nase, füllten sich die Augen des armen Wart mit Tränen, und in tiefer Trostlosigkeit lag er unter dem Baum.

Die letzten langen Abschiedsstrahlen der Sonne waren längst verschwunden, und der Mond erhob sich in ehrfurchtgebietender Majestät über die silbernen Baumwipfel. Dann erst wagte er sich aus seinem Versteck hervor, stand auf, strich sich die Ästchen vom Anzug und machte sich auf den Weg. Er ging ohne Richtung, immer dort, wo es am leichtesten war, und vertraute auf Gottes Beistand. Eine halbe Stunde vielleicht war er so durch den Wald geirrt — und bisweilen ganz fröhlich, denn es war angenehm kühl und sehr hübsch im Sommerwald bei Mondschein —, da stieß er auf das Schönste, was er in seinem kurzen Leben bisher gesehen hatte.

Eine Lichtung tauchte im Wald auf, eine ausgedehnte Blöße mit vom Mond beschienenem Gras, und die weißen Strahlen fielen voll auf die Bäume am gegenüberliegenden Waldrand. Es waren Birken, deren Stämme in perlfarbenem Licht stets am schönsten sind, und inmitten der Birken rührte sich etwas, kaum wahrnehmbar, und ein silbernes Klingen ertönte. Bis zu dem Klingen waren nur die Birken da, doch gleich darauf stand dort ein Ritter in voller Rüstung zwischen den stolzen Stämmen, still und stumm und überirdisch. Er saß auf einem gewaltigen weißen Roß, das so reglos verharrte wie sein Reiter, und in der rechten Hand hielt er eine lange glatte Turnierlanze; ihr Schaft ruhte im Steigbügel, und sie ragte steil zwischen den Baumstämmen auf, höher und höher, bis sie sich vom samtenen Himmel abhob. Alles war Mondschein, alles Silber, unbeschreiblich schön.

Wart wußte nicht, was tun. Er wußte nicht, ob es geraten war, zu diesem Ritter hinzugehen; denn es gab derart viele Schrecknisse im Wald, daß sich sogar der Ritter als Geist erweisen mochte. Geisterhaft sah er aus, in der Tat, wie er dort verharrte und über die Grenzen des Dunkels meditierte. Schließlich kam der Junge zu dem Schluß: auch wenn es ein Geist war, war's der Geist eines Ritters, und Ritter waren durch ihr Gelübde verpflichtet, Menschen in Bedrängnis zu helfen.

»Verzeihung«, sagte er, als er dicht unter der geheimnisvollen Gestalt stand, »könntet Ihr mir wohl sagen, wie ich wieder zu Sir Ectors Schloß komme?«

Der Geist schreckte auf, so daß er fast vom Pferd gefallen wäre, und ließ durch sein Visier ein gedämpftes Blaaah ertönen wie ein Schaf.

»Verzeihung«, fing Wart von neuem an — da verschlug's ihm die Sprache. Denn der Geist hob sein Visier und ließ zwei riesengroße, wie zu Eis gefrorene Augen sehen; mit ängstlicher Stimme rief er aus: »Was, was?« Dann nahm er seine Augen ab — eine Hornbrille, deren Gläser sich im Innern des Helms beschlagen hatten —, versuchte, sie an der Mähne des Pferdes abzuwischen, wodurch es nur noch schlimmer wurde, hob beide Hände über den Kopf, um sie an seinem Federbusch abzuwischen, ließ die Lanze fallen, ließ die Brille fallen, stieg vom Pferd, um sie zu suchen — — — im Verlaufe dieser Bemühungen klappte das Visier zu; er schob das Visier hinauf, bückte sich nach der Brille, wieder klappte das Visier zu, er richtete sich auf und äußerte mit kläglicher Stimme: »Ach, du meine Güte!«

Wart fand die Brille, wischte sie ab und überreichte sie dem Geist, der sie unverzüglich aufsetzte (das Visier klappte sogleich zu) und sich mühsam daran machte, wieder sein Pferd zu besteigen. Als er endlich oben war, streckte er seine Hand aus, und Wart reichte ihm die Lanze hinauf. Dann, als alles seine Ordnung hatte, hob er mit der linken Hand das Visier, hielt es hoch, blickte auf den Jungen nieder — eine Hand war immer noch oben, wie bei einem verirrten Seemann, der nach Land Ausschau hält — und rief: »Ah—ha! Wen haben wir denn hier, was?«

»Bitte«, sagte Wart, »ich bin ein Junge, dessen Vormund Sir Ector ist.«

»Reizender Bursche«, sagte der Ritter. »Bin ihm nie im Leben begegnet.«

»Könnt Ihr mir sagen, wie ich zu seinem Schloß komme?«

»Blassen Schimmer. Selber fremd hier inner Gegend.«

»Ich hab' mich verirrt«, sagte Wart.

»Sonderbare Geschichte. Bin seit siebzehn Jahren verirrt. — Bin König Pellinore«, fuhr der Ritter fort. »Hast vielleicht von mir gehört, was?« Mit einem Plumps ging das Visier zu, wie als Echo auf das »was?«, wurde jedoch sofort wieder geöffnet. »Siebzehn Jahre, kommenden Michaelis, und immer auf Aventiure, auf Queste, auf der Hohen Suche nach dem Biest. Äußerst langweilig. Äußerst.«

»Kann ich mir vorstellen«, sagte Wart, der nie etwas von König Pellinore oder einem Aventiuren-Biest gehört hatte, es jedoch für angeraten hielt, etwas Unverfängliches zu erwidern.

»Ist die Auflage der Pellinores«, sagte der König stolz. »Nur ein Pellinore kann es fangen — oder einer seines Geschlechts. Erziehe alle Pellinores auf dieses Ziel hin. Ziemlich begrenzte Erziehung. Losung und all das.«

»Ich weiß, was das ist«, sagte der Junge interessiert. »Es ist der Kot des Tieres, das man verfolgt. Den hebt man im Horn auf, damit man ihn seinem Herrn zeigen kann, und außerdem kann man daran erkennen, ob's ein jagdbares Tier ist oder nicht, und in welchem Zustand es sich befindet.«

»Intelligentes Kind«, bemerkte der König. »Äußerst. Ich schleppe praktisch die ganze Zeit Losung mit mir herum. — Ungesunde Angewohnheit«, fügte er hinzu und blickte niedergeschlagen drein. »Und völlig sinnlos. Nur ein Aventiuren-Tier, weißt du, da gibt's keine Frage, ob jagdbar oder nicht.«

Jetzt hing das Visier so traurig nieder, daß Wart sich entschied, seine eigenen Sorgen zu vergessen und statt dessen den Ritter aufzuheitern, indem er ihm Fragen zu dem Thema stellte, dem er sich gewachsen fühlte. Sich mit einem verirrten König zu unterhalten, war immer noch besser, als allein im Wald zu sein.

»Wie sieht das Aventiuren-Tier aus?«

»Ah, wir nennen es das Biest Glatisant, weißt du«, erwiderte der Monarch; er setzte eine gelehrte Miene auf und begann, sich gewandt auszudrücken. »Also: das Biest Glatisant oder, wie wir sagen, das Aventiuren-Tier — du kannst es so oder so nennen«, fügte er huldvoll hinzu —, »dieses Tier hat den Kopf einer Schlange, ah, und den Leib eines Pardels, die Keulen eines Löwen und die Läufe eines Hirschs. Wo dies Biest auch hinkommt — immer macht's ein Geräusch im Bauch, wie das Geräusch von dreißig Koppeln Hunden auf der Hatz. —

Außer an der Tränke, natürlich«, setzte der König hinzu.

»Muß ja ein schreckliches Ungeheuer sein«, sagte Wart und sah sich ängstlich um.

»Ein schreckliches Ungeheuer«, wiederholte der König. »Es ist das Biest Glatisant.«

»Und wie folgt Ihr ihm?«

Dies schien die falsche Frage zu sein, denn Pellinore blickte noch niedergeschlagener drein.

»Ich habe einen Schweißhund«, sagte er bekümmert. »Da ist er, dort drüben.«

Wart schaute in die Richtung, die ihm ein verzagter Daumen wies, und sah eine vielfach um einen Baum geschlungene Leine. Das eine Ende der Leine war an König Pellinores Sattel befestigt.

»Ich kann ihn nicht genau sehn.«

»Hat sich auf die andere Seite gewickelt, möchte ich annehmen. Strebt ständig in die entgegengesetzte Richtung.«

Wart ging zum Baum hinüber und fand einen großen weißen Hund, der

Flöhe hatte und sich kratzte. Sobald er Warts ansichtig wurde, wedelte er mit dem ganzen Körper, grinste hohlmäulig und keuchte in dem Bemühen, ihm trotz der Leine das Gesicht zu lecken. Sie war so verheddert, daß er sich nicht bewegen konnte.

»Ist ein ganz brauchbarer Schweißhund«, sagte König Pellinore, »keucht nur so und wickelt sich dauernd um irgendwas rum und strebt ständig in die entgegengesetzte Richtung. Das und dann das Visier, was, da weiß ich manchmal nicht, wohin.«

»Warum laßt Ihr ihn denn nicht los?« fragte Wart. »Der würd' dem Biest schon auf der Fährte bleiben.«

»Dann geht er ab, verstehst du, und manchmal seh' ich ihn eine ganze Woche nicht. —

Wird ein bißchen einsam ohne ihn«, fügte der König hinzu, »immer auf der Hohen Suche nach dem Biest, und nie weiß man, wo man ist. Leistet einem ein bißchen Gesellschaft, weißt du.«

»Er scheint recht umgänglich zu sein.«

»Viel zu umgänglich. Manchmal zweifle ich, ob er dem Biest überhaupt auf der Fährte ist.«

»Was macht er denn, wenn er's sieht?«

»Nichts.«

»Na ja«, sagte Wart. »Ich nehme an, im Lauf der Zeit wird er schon das richtige Gespür kriegen.«

»Es ist schon acht Monate her, seit wir das Biest überhaupt gesehen haben.«

Seit Beginn der Unterhaltung war die Stimme des armen Kerls immer trauriger und trauriger geworden, und jetzt fing er tatsächlich an zu schniefeln. »Es ist der Fluch der Pellinores«, rief er aus. »Immer und ewig hinter dem biestigen Biest her. Was soll's, um alles in der Welt? Zuerst mußt du halten, um den Hund abzuwickeln, dann fällt das Visier runter, dann kannst du nicht durch die Brillengläser sehn. Nie weiß man, wo man schlafen soll; nie weiß man, wo man ist. Rheumatismus im Winter, Sonnenstich im Sommer. Es dauert Stunden, in diese gräßliche Rüstung zu steigen. Wenn sie an ist, kocht sie entweder oder friert fest, und rostig wird sie auch. Die ganze Nacht mußt du dasitzen und das Zeug saubermachen und schmieren. Ach, ich wünsche mir so, ich hätt' ein hübsches Häuschen, in dem ich wohnen könnte, ein Haus mit Betten drin und richtigen Kissen und Laken. Wenn ich reich wär', würd' ich mir eins kaufen. Ein feines Bett mit einem feinen Kissen und einem feinen Laken, in dem man liegen kann. Und dann würd' ich dies Biest von einem Gaul auf die Weide schicken, und dem Biest von einem Schweißhund würd' ich sagen, er soll sich davon-

25

machen und spielen, und diese biestige Rüstung würd' ich aus dem Fenster werfen, und das biestige Biest würd' ich sausen lassen: soll sich selber jagen — ja, das tät' ich.«

»Wenn Ihr mir den Weg nach Hause zeigen könntet«, sagte Wart listig, »würde Sir Ector Euch bestimmt ein Bett für die Nacht geben.«

»Meinst du wirklich?« rief der König. »Ein richtiges Bett?«

»Ein Federbett.«

König Pellinores Augen wurden groß und rund wie Untertassen. »Ein Federbett!« sprach er langsam nach. »Mit Kissen?«

»Daunenkissen.«

»Daunenkissen!« flüsterte der König und hielt den Atem an. Dann, mit einem andächtigen Ausatmen: »Was für ein wunderbares Haus muß dein Herr haben!«

»Ich glaube nicht, daß es weiter als zwei Stunden weg ist«, sagte Wart, seinen Vorteil nutzend.

»Und dieser Herr hat dich wirklich ausgesandt, mich einzuladen?« (Ihm war entfallen, daß Wart sich verirrt hatte.) »Wie nett von ihm, wie außerordentlich nett von ihm, muß ich schon sagen, was?«

»Er wird sich freuen, uns zu sehen«, sagte Wart wahrheitsgemäß.

»Oh, wie nett von ihm«, rief der König wieder und begann mit seinen diversen Gerätschaften zu hantieren. »Und was für ein hochmögender Herr muß er sein, daß er ein Federbett hat! —

Vermutlich werde ich's mit jemandem teilen müssen?« setzte er fragend hinzu.

»Ihr könnt eins für Euch alleine haben.«

»Ein Federbett für einen ganz allein, mit Laken und einem Kissen — vielleicht sogar zwei Kissen, oder einem Kissen und einer Kopfstütze —, und nicht zum Frühstück aufstehn müssen! Steht dein Vormund zum Frühstück auf?«

»Nie«, sagte Wart.

»Flöhe im Bett?«

»Kein einziger.«

»Nein!« sagte König Pellinore. »Das klingt zu schön, um wahr zu sein, muß ich schon sagen. Ein Federbett, und ewig keine Losung mehr. Was hast du gesagt: wie lang brauchen wir dahin?«

»Zwei Stunden«, sagte Wart — aber das zweite Wort mußte er brüllen, denn alles ging in einem Geräusch unter, das sich dicht neben ihnen erhoben hatte.

»Was war das?« fragte Wart laut.

»Holla!« rief der König.

»Barmherzigkeit!«

»Das Biest!«

Und allsogleich hatte der eifrige Jägersmann alles andere vergessen und widmete sich ganz seiner Aufgabe. Er wischte die Brille an seiner Hose ab, an der Sitzfläche, dem einzig verfügbaren Stück Stoff, während um sie her Läuten und Bellen anhub. Er befestigte sie behutsam auf der Spitze seiner langen Nase, ehe das Visier automatisch herunterklappte. Er packte seine Tjost-Lanze mit der Rechten und galoppierte auf den Lärm zu. Die um den Baum geschlungene Leine brachte ihn zum Stehen — der hohlmäulige Schweißhund gab ein melancholisches Kläffen von sich —, und mit großem Getöse fiel er vom Pferd. Im Handumdrehen hatte er sich wieder erhoben — Wart war überzeugt, daß die Brille in Scherben gegangen sein mußte — und hüpfte, einen Fuß im Steigbügel, um das weiße Pferd herum. Die Gurte hielten, und irgendwie kam er in den Sattel, die Lanze zwischen den Beinen, und dann sauste er im Galopp um den Baum, immer wieder, entgegengesetzt der Richtung, in der der Hund sich aufgewickelt hatte. Er machte drei Umrundungen zuviel, gleichzeitig rannte der Köter kläffend anders herum, und dann kamen sie, nach vier oder fünf Anläufen, beide von diesem Hindernis frei. »Juchhu, was!« rief König Pellinore, schwenkte seine Lanze in der Luft und schwankte aufgeregt im Sattel. Dann verschwand er im Dunkel des Waldes; das unglückliche Hundetier folgte ihm am Ende der Leine.

KAPITEL 3

er Junge schlief gut in dem Waldnest, das er sich ausgesucht hatte; es war ein leichter, doch erholsamer Schlaf, wie ihn Menschen haben, die es nicht gewöhnt sind, im Freien zu schlafen. Zuerst tauchte er nur knapp unter die Schlaf-Oberfläche und trieb dahin wie ein Lachs in seichtem Gewässer, so dicht unter der Oberfläche, daß er wähnte, in der Luft zu sein. Er hielt sich für wach, als er bereits schlief. Er sah die Sterne über seinem Gesicht, die stumm und schlaflos um ihre Achsen wirbelten; er sah die Blätter der Bäume, die vor ihm raschelten; und er hörte unscheinbare Veränderungen im Gras. Diese kleinen Geräusche von Tritten und sanften Flügelschlägen und unsichtbaren Bäuchen, die sich über die Halme zogen oder gegen die Farne stießen, ängstigten ihn anfangs, machten ihn neugierig, so daß er herauszufinden suchte, was es war (es gelang ihm nicht); hernach besänftigten sie ihn, so daß er nicht mehr wissen wollte, was es war, sondern sich damit zufriedengab, daß es schon seine Richtigkeit hatte; und endlich berührte ihn das alles nicht mehr: er schwamm tiefer und tiefer, schmiegte sich in die duftende Erde, in den warmen Boden, in die endlosen Wasser tief drunten.

Es war ihm schwergefallen, beim hellen Sommer-Mondschein in die Regionen des Schlafes einzudringen, doch dann war es nicht schwierig, dort zu bleiben. Die Sonne kam früh, und er drehte sich ablehnend auf die andere Seite; indes hatte er gelernt, bei Licht einzuschlafen, so daß es ihn nun nicht mehr wecken konnte. Es war neun Uhr, fünf Stunden nach Sonnenaufgang, als er endlich die Augen aufschlug und sogleich hellwach war. Er hatte Hunger.

Wart hatte zwar erzählen hören, daß Menschen von Beeren lebten, aber das schien ihm im Augenblick nicht praktizierbar zu sein, denn es war Juli, und es gab keine. Er fand zwei Walderdbeeren und aß sie gierig. Sie schmeckten unvergleichlich köstlich, und er wünschte, es gäbe mehr davon. Dann wünschte er, es wäre April, so daß er Vogeleier suchen und essen könnte, oder daß er seinen Habicht Cully nicht verloren hätte, der ihm jetzt ein Kaninchen fangen würde, das er über einem Feuer braten wollte; ein Feuer machte man, indem man zwei Stöcke gegeneinander rieb, wie die alten Indianer. Aber Cully hatte er verloren, sonst wäre er ja nicht hier, und die Stöcke hätten sich wohl ohnehin nicht entzündet. Er kam zu der Überzeugung, daß er sich höchstens drei oder vier Meilen von zu Hause entfernt haben konnte, und das beste würde sein, sich still zu verhalten und zu horchen. Möglicherweise hörte er dann die Leute beim Heumachen, falls der Wind günstig war, und auf diese Weise konnte er den Heimweg zum Schloß finden.

Was er hörte, war ein gedämpftes Klirren, so daß er glaubte, König Pellinore müsse dem Aventiuren-Tier wieder auf den Fersen sein, und zwar ganz in der Nähe. Nur war das Geräusch derart regelmäßig und absichtsvoll, daß er auf den Gedanken kam, König Pellinore obliege einer ganz bestimmten Tätigkeit, und zwar mit großer Ausdauer und Konzentration — vielleicht versuchte er, zum Beispiel, sich am Rücken zu kratzen, ohne die Rüstung auszuziehen. Er ging dem Geräusch nach.

Er geriet zu einer Waldblöße, und auf dieser Lichtung stand ein putziges steinernes Häuschen. Es war ein Cottage, das aus zwei Teilen bestand (was Wart nicht wissen konnte). Der Hauptteil war die Halle oder der Allzweck-Raum, der recht hoch war, weil er sich vom Boden bis zum Dach erstreckte; und dieser Raum hatte ein Feuer auf dem Boden, dessen Rauch sich zu guter Letzt durch ein Loch im Strohdach ins Freie schlängelte. Die andere Hälfte des Häuschens wurde durch eine eingezogene Decke in zwei Etagen geteilt:

28

oben befanden sich ein Schlafzimmer und ein Studierzimmer, während die untere Hälfte als Speisekammer, Vorratsraum, Stall und Scheune diente. Unten lebte ein weißer Esel, und eine Leiter führte nach oben.

Vor dem Cottage war ein Brunnen, und das metallische Geräusch, das Wart gehört hatte, rührte von einem sehr alten Herrn, der mit Hilfe einer Kurbel und einer Kette Wasser aus dem Brunnen holte.

Klirr, klirr, klirr machte die Kette, bis der Eimer den Brunnenrand erreichte. »Hol's der Henker!« sagte der alte Mann. »Man sollt' doch meinen, nach all den vielen Jahren des Studierens hätt' man's weitergebracht als zu einem Heilige-Jungfrau-Brunnen mit einem Heilige-Jungfrau-Eimer, ungeachtet der Heilige-Jungfrau-Kosten.

Heilige-dies-und-heilige-das«, fügte der alte Herr hinzu und hievte seinen Eimer mit einem boshaften Blick aus dem Brunnen, »weshalb legen sie nicht endlich elektrisches Licht her und fließend Wasser?«

Er trug ein wallendes Gewand mit einem Pelzkragen, das mit den verschiedenen Tierkreiszeichen bestickt war, auch mit kabbalistischen Zeichen, Dreiecken mit Augen drin, komischen Kreuzen, Baumblättern, Vogel- und Tierknochen, und einem Planetarium, dessen Sterne leuchteten wie kleine Spiegelstückchen, die von der Sonne beschienen werden. Er trug einen spitzen Hut, ähnlich einer Narrenmütze oder gewissen weiblichen Kopfbedeckungen jener Zeit, nur daß bei den Damen noch ein Schleier daran flatterte. Darüber hinaus hatte er einen Zauberstab aus *lignum vitae*, der neben ihm im Grase lag, und eine Hornbrille wie König Pellinore. Es war eine ungewöhnliche Brille: sie hatte keine Bügel, sondern war wie eine Schere geformt oder wie die Fühler der Tarantelwespe.

»Verzeihung, Sir«, sagte Wart, »könntet Ihr mir wohl bitte sagen, wie ich zu Sir Ectors Schloß komme?«

Der betagte Herr setzte seinen Eimer ab und sah ihn an.

»Du bist also Wart.«

»Ja, Sir, bitte, Sir.«

»Und ich«, sagte der alte Mann, »bin Merlin.«

»Guten Tag.«

»Tag.«

Als diese Formalitäten erledigt waren, hatte Wart Muße, ihn genauer zu betrachten. Der Zauberer starrte ihn mit einer Art vorurteilsloser und wohlwollender Neugier an, die ihm das Gefühl gab, daß es durchaus nicht aufdringlich oder ungezogen sei, ihn seinerseits anzustarren — nicht aufdringlicher, als wenn er einer der Kühe seines Vormunds ins Auge blickte, die ihren Kopf aufs Gatter gelegt hatte und sich Gedanken über seine Persönlichkeit machte.

29

Merlin hatte einen lang herabwallenden weißen Bart, dazu einen langen weißen Schnauzbart, der auf beiden Seiten überhing. Bei näherem Hinsehen ergab sich, daß der Alte nicht allzu sauber war. Nicht daß er schmutzige Fingernägel gehabt hätte, oder etwas dergleichen, bewahre, doch schien irgendein großer Vogel in seinen Haaren genistet zu haben. Wart kannte die Nester von Sperbern und Habichten, diese aus Stöcken und allem möglichen zusammengefügten Horste, die sie von Eichhörnchen oder Krähen übernahmen, und er wußte, wie die Zweige und der Fuß des Baumes mit weißem Kot bespritzt waren, übersät mit Knochenresten und verschmutzten Federn und Gewölle. Diesen Eindruck machte Merlin auf ihn. Den Eindruck eines Horstbaumes. Die Sterne und Dreiecke des Gewandes waren auf beiden Schultern mit Kot beschmiert, und eine große Spinne ließ sich gemächlich von der Spitze des Hutes herab, während der Alte den kleinen Jungen vor sich musterte und anblinzelte. Er hatte einen besorgten Gesichtsausdruck, so etwa, als suche er sich eines Namens zu erinnern, der mit Chol anfing, doch ganz anders ausgesprochen wurde, Menzies vielleicht, oder Dalziel? Seine sanften blauen Augen, die hinter der Tarantel-Brille sehr groß und rund wirkten, beschlugen sich nach und nach und wurden neblig, während er den Jungen betrachtete; und dann drehte er mit einem Ausdruck der Resignation den Kopf zur Seite, als sei ihm dies alles schließlich doch zuviel.

»Magst du Pfirsiche?«

»Aber ja, sehr gern«, sagte Wart, und der Mund wässerte ihm, bis er voll des süßen, sanften Saftes war.

»Ihre Zeit ist noch nicht gekommen«, sagte der Alte tadelnd und ging auf das Cottage zu.

Wart folgte ihm, da dies das Einfachste schien, und erbot sich, den Eimer zu tragen (was Merlin offenbar erfreute), und wartete, während der alte Mann die Schlüssel zählte — wobei er vor sich hin murmelte und sie verlegte und ins Gras fallen ließ. Als sie endlich im Innern des schwarzweißen Hauses waren (ein Einbruch hätte nicht umständlicher und mühevoller sein können), stieg er hinter seinem Gastgeber die Leiter hinauf und stand im oberen Zimmer.

Es war der wundersamste Raum, in dem er je gewesen war.

Von den Dachsparren hing ein richtiger Corkindrill herab, sehr lebensgetreu und erschreckend, mit Glasaugen und ausgebreitetem Schuppenschwanz. Als sein Herr und Meister den Raum betrat, blinzelte er zur Begrüßung mit einem Auge, obwohl er ausgestopft war. Es gab Tausende von Büchern in braunen Ledereinbänden; einige waren an die Bücherregale gekettet, andere stützten sich gegenseitig, als hätten sie zuviel getrunken

30

und trauten nun ihrem Stehvermögen nicht recht. Sie strömten einen Geruch von Schimmel und deftiger Bräune aus, der höchst vertrauenerweckend war. Dann gab es allerlei ausgestopfte Vögel: Gecken und Elstern und Eisvögel und Pfauen, die nur noch zwei Federn hatten, Vögelchen, so winzig wie Käfer, und einen vermeintlichen Phönix, der nach Zimt und Weihrauch roch. Es konnte kein richtiger Phönix sein, da es jeweils immer nur einen gibt. Über dem Kamin hing eine Fuchs-Maske, unter der geschrieben stand: GRAFTON, BUCKINGHAM NACH DAVENTRY, 2 STDN 20 MIN; und da war ein vierzigpfündiger Lachs, mit AWE 43 MIN. BULLDOG deklariert; außerdem ein ganz lebensechter Basilisk mit der Beschriftung CROWHURST OTTER HOUNDS in Antiqua. Ferner waren da Wildschweinhauer und Klauen von Tigern und Pardeln, hübsch symmetrisch angeordnet, und ein großer Kopf von Ovis Poli, sechs lebende Ringelnattern in einer Art Aquarium, ein paar in einem gläsernen Zylinder hübsch hergerichtete Nester der Einsiedlerwespe, ein gewöhnlicher Bienenkorb, dessen Bewohner ungehindert durchs Fenster ein- und ausfliegen konnten, zwei junge Igel in Baumwolle, ein Dachs-Pärchen, das beim Erscheinen des Zauberers sogleich in lautes Jikjik-jik-jik ausbrach, zwanzig Kästen, die Kleberaupen und sechs Gabelschwänze und sogar einen zwergwüchsigen Oleander enthielten — jede Spezies hatte ihre Fraßpflanze —; ein Gewehrschrank mit allen möglichen Waffen, die erst im nächsten halben Jahrtausend erfunden werden würden, ein Angelbehälter dito, eine Kommode voller Lachsfliegen, von Merlin selber gebunden, eine zweite Kommode, deren Schubladen Etiketten trugen: MANDRAGORA, MANDRAKE, OLD MAN'S BEARD usw., ein Strauß Truthahnfedern und Gänsekiele zur Herstellung von Schreibfedern, ein Astrolabium, zwölf Paar Stiefel, ein Dutzend Fangnetze, drei Dutzend Kaninchendrähte, zwölf Korkzieher, einige Ameisennester zwischen zwei Glasscheiben, Tintenfläschchen jeder nur möglichen Farbe von Rot bis Violett, Stopfnadeln, eine Goldmedaille für den besten Scholaren in Winchester, vier oder fünf Registrierapparate, ein Nest mit lebenden Feldmäusen, zwei Schädel, reichlich Kristall, Venetianisches Glas, Bristol-Glas, ein Fläschchen Mastix-Firnis, etwas Satsuma-Porzellan, etwas Cloisonné, die vierzehnte Auflage der Encyclopedia Britannica (durch die Effekthascherei der volkstümlichen Tafeln einigermaßen beeinträchtigt), zwei Malkästen (einer für Öl, einer für Aquarell), drei Globen der bekannten geographischen Welt, ein paar Fossilien, der ausgestopfte Kopf einer Giraffe, sechs Ameisen, etliche gläserne Retorten, Kessel, Bunsenbrenner usw., dazu ein kompletter Satz Zigarettenbilder mit Wildgeflügel, gemalt von Peter Scott.

Merlin nahm seinen Spitzhut ab, als er diese Kammer betrat, da er für die Decke zu hoch war, und sogleich gab es ein Gewirbel in einer der dunklen Ecken, ein furioses Flügelgeflatter, und schon saß eine lohfarbene Eule auf dem schwarzen Käppchen, das den Schädel schützte.

»Oh, was für eine hübsche Eule!« sagte Wart.

Doch als er zu ihr ging und die Hand ausstreckte, machte sich die Eule noch einmal so groß, hockte da, steif wie ein Feuerhaken, schloß die Augen, so daß sie nur noch durch einen ganz schmalen Schlitz sehen konnte — wie man's beim Versteckspielen tut, wenn man die Augen zumachen soll —, und sagte mit unschlüssiger Stimme: »Ist keine Eule.«

Dann schloß sie ihre Augen vollends und drehte den Kopf zur Seite.

»Ist nur ein Junge«, sagte Merlin.

»Ist kein Junge«, sagte die Eule hoffnungsvoll, ohne sich umzudrehen.

Die Entdeckung, daß die Eule sprechen konnte, überraschte Wart derart, daß er seine guten Manieren vergaß und noch näher trat. Hierdurch wurde der Vogel so nervös, daß er einen Klecks auf Merlins Kopf machte — der ganze Raum war schon ziemlich weiß von lauter Exkrementen — und auf die äußerste Schwanzspitze des Corkindrill flog, wo er unerreichbar war.

»Wir bekommen so wenig Besuch«, erklärte der Zauberer und wischte sich den Kopf mit einer abgetragenen Pyjama-Hälfte, die er zu diesem Zweck bereithielt, »daß Archimedes sich vor Fremden ein wenig fürchtet. Komm, Archimedes, hier ist ein Freund von mir; er heißt Wart.«

Dabei streckte er seine Hand der Eule entgegen, die wie eine Gans über den Rücken des Corkindrill gewatschelt kam — sie watschelte gestelzt, um ihren Schwanz vor Schaden zu bewahren — und mit allen Anzeichen des Widerstrebens auf Merlins Finger hüpfte.

»Halt mal deinen Finger hoch und leg ihn hinter ihre Beine. Nein, unters Gefieder.«

Als Wart dies getan hatte, bewegte Merlin die Eule behutsam nach hinten, bis ihre Läufe an Warts Finger stießen, so daß sie entweder rückwärts auf den Finger steigen mußte oder das Gleichgewicht verlor. Sie trat auf den Finger. Wart war entzückt und stand still, während sich die befiederten Zehen um seinen Finger schlossen und die scharfen Krallen ihn in die Haut stachen.

»Sag mal ordentlich Guten Tag«, sagte Merlin.

»Ich will nicht«, sagte Archimedes, blickte fort und hielt sich fest.

»Wirklich ein hübscher Kerl«, sagte Wart. »Habt Ihr ihn schon lange?«

»Archimedes ist bei mir, seit er klein war, ja, seit er ein winziges Köpfchen hatte wie ein Küken.«

»Ich wollt', er würd' was zu mir sagen.«

»Vielleicht wird er zutraulicher, wenn du ihm diese Maus hier gibst, aber ganz zart.«

Merlin holte eine tote Maus aus seinem Käppchen — »Die verwahre ich immer hier, auch Würmer zum Angeln; ich finde es sehr bequem« — und überreichte sie Wart, der sie etwas zimperlich Archimedes hinhielt. Der gekrümmte Schnabel sah aus, als könne er Unheil anrichten, doch Archimedes beäugte die Maus, warf Wart einen Blinzelblick zu, bewegte sich auf dem Finger näher heran, schloß die Augen und beugte sich vor. So stand er da, mit geschlossenen Augen und einem Ausdruck des Entzückens auf dem Gesicht, als spreche er das Tischgebet, und dann nahm er — mit einer absurden seitlichen Knabber-Bewegung — den Happen so sanft an, daß er nicht einmal eine Seifenblase zum Platzen gebracht hätte. Mit geschlossenen Augen blieb er vorgebeugt sitzen; die Maus hing ihm im Schnabel, als wisse er nicht, was er mit ihr anfangen solle. Dann hob er den rechten Fang — er war Rechtshänder, obgleich behauptet wird, daß das nur bei Menschen vorkomme — und packte die Maus. Er hielt sie hoch, wie ein Junge einen Stock oder einen Stein hält oder ein Konstabler seinen Gummiknüppel, beäugte sie, knabberte an ihrem Schwanz. Er drehte sie herum, so daß der Kopf vorne war, denn Wart hatte sie falsch herum offeriert, und machte einen Schluck. Er blickte die Zuschauer der Reihe nach an, wobei ihm der Schwanz aus dem Mundwinkel hing — als wolle er sagen: ›Ich wünsche, ihr würdet mich nicht so anstarren‹ —, drehte seinen Kopf zur Seite, schluckte höflich den Mauseschwanz, kratzte sich den Seemannsbart mit der linken Zehe und fing an, sich das Gefieder auszuschütteln.

»Laß ihn in Ruhe«, sagte Merlin. »Vielleicht will er erst Freundschaft mit dir schließen, wenn er dich genauer kennt. Bei Eulen geht das nicht so haste-was-kannste.«

»Vielleicht möcht' er gern auf meiner Schulter sitzen«, sagte Wart und ließ instinktiv seine Hand sinken, so daß die Eule, die am liebsten so hoch wie möglich saß, den Hang hinauf kletterte und sich scheu an sein Ohr stellte.

»Jetzt Frühstück«, sagte Merlin.

Wart sah, daß auf einem Tisch am Fenster lukullisch gedeckt war. Da standen Pfirsiche. Da standen weiterhin: Melonen, Erdbeeren mit Sahne, Zwieback, dampfend heiße Forelle, gegrillter Barsch (viel ansprechender), Hühnchen (so scharf gewürzt, daß es einem den Mund verbrannte), Nieren und Pilze auf Toast, Frikassee, Curry-Fleisch und zur Wahl kochend heißer Kaffee oder Schokolade mit Sahne in großen Tassen.

»Nimm ein bißchen Senf dazu«, sagte der Zauberer, als sie bei den Nieren angelangt waren.

Der Senfnapf erhob sich und kam auf dünnen Silberbeinen zu seinem Teller, watschelnd wie die Eule. Dann entkräuselte er seine Henkel, und

33

ein Henkel hob mit übertriebener Artigkeit den Deckel, während ihm der andere einen reichlichen Löffelvoll servierte.

»Au, der Senftopf ist ja reizend!« sagte Wart. »Wo habt Ihr denn den her?«

Bei diesen Worten strahlte der Napf über das ganze Gesicht und stolzierte ein wenig umher, doch Merlin gab ihm mit dem Teelöffel eins auf den Kopf, so daß er sich hinsetzte und sogleich zudeckelte.

»Ist kein übler Topf«, sagte er mürrisch. »Er tut nur so gern vornehm.«

Wart war von der Freundlichkeit des alten Herrn und besonders von den herrlichen Dingen, die er besaß, derart angetan, daß er es nicht über sich brachte, persönliche Fragen zu stellen. Es schien ihm passender, still zu sitzen und nur zu antworten, wenn er gefragt wurde. Aber Merlin sprach nicht viel, und wenn er etwas sagte, geschah das nie in Frageform, so daß Wart wenig Gelegenheit zur Konversation hatte. Endlich jedoch nahm seine Neugier überhand, und er fragte etwas, das ihn schon eine Weile beschäftigte.

»Darf ich eine Frage stellen?«

»Dazu bin ich da.«

»Woher wußtet Ihr, daß es ein Frühstück für zwei würde?«

Der Alte lehnte sich in seinem Sessel zurück und zündete eine gewaltige Meerschaumpfeife an — Allmächtiger, er spuckt Feuer, dachte Wart, der noch nie etwas von Tabak gehört hatte —, ehe er zu einer Erwiderung bereit war. Dann blickte er verlegen drein, nahm seine Kappe ab — drei Mäuse fielen heraus — und kratzte sich den kahlen Kopf.

»Hast du schon versucht, in einem Spiegel zu zeichnen?« fragte er.

»Ich glaub' nicht.«

»Spiegel«, sagte Merlin und streckte seine Hand aus. Sogleich hatte er ein winziges Damenspiegelchen in der Hand.

»Doch nicht so einen, du Narr«, sagte er zornig. »Ich brauche einen, der groß genug ist, daß man sich drin rasieren kann.«

Das Spiegelchen verschwand, und an seiner Stelle erschien ein Rasierspiegel, etwa ein Fuß im Quadrat. Dann verlangte er Bleistift und Papier in schneller Folge; bekam einen ungespitzten Bleistift und die *Morning Post*; schickte sie zurück, geriet in Wut, wobei er reichlich oft Heilige-Jungfrau sagte, und erhielt schließlich einen Holzkohlestift und einige Blatt Zigarettenpapier, womit er's ein Bewenden haben ließ.

Er legte ein Blättchen vor den Spiegel und malte fünf Punkte.

»So«, sagte er, »und jetzt wirst du diese fünf Punkte miteinander verbinden, so daß ein W entsteht. Du darfst dabei aber nur in den Spiegel schauen.«

Wart nahm den Bleistift und tat, wie ihm geheißen.

»Nun ja, nicht gar so übel«, sagte der Zauberer ohne Überzeugung, »und irgendwie sieht's aber doch ein bißchen wie ein M aus.«

Dann fiel er in Träumerei, strich sich den Bart, spie Feuer und Rauch und betrachtete unverwandt das Blättchen Papier.

»Wegen des Frühstücks ...«

»Ach so, ja. Woher ich wußte, daß es ein Frühstück für zwei würde? Deshalb habe ich dir den Spiegel gezeigt. Also: gewöhnliche Menschen werden vorwärts in die Zeit geboren, wenn du verstehst, was ich meine, und fast alles auf der Welt läuft ebenfalls vorwärts. Das macht den gewöhnlichen Menschen das Leben ziemlich leicht, genauso, wie es leicht wäre, diese fünf Punkte zu einem W zu verbinden, wenn du sie vorwärts ansehen dürftest, statt rückwärts und seitenverkehrt. Ich aber wurde unglücklicherweise am falschen Ende der Zeit geboren, und ich muß von vorn nach hinten leben, umgeben von ungeheuer vielen Menschen, die von hinten nach vorne leben. Manche nennen's: das Zweite Gesicht haben.«

Er unterbrach seine Erklärung und sah Wart ängstlich an.

»Habe ich dir das schon einmal erzählt?«

»Nein, wir sind uns ja erst vor etwa einer halben Stunde begegnet.«

»So wenig Zeit verstrichen?« sagte Merlin, und eine große Träne rann ihm zur Nasenspitze. Er wischte sie mit seinem Pyjama ab und fügte eifrig hinzu: »Soll ich's dir nochmal erzählen?«

»Ich weiß nicht«, sagte Wart. »Vielleicht wart Ihr noch nicht fertig?«

»Siehst du, man gerät mit der Zeit durcheinander, wenn es so ist. Zum Beispiel verwirren sich die Zeitformen. Wenn du weißt, was mit den Menschen geschehen *wird*, und nicht, was mit ihnen geschehen *ist*, dann wird's schwierig, das Geschehen zu verhindern, wenn man nicht will, daß es geschehen ist, wenn du verstehst, was ich meine? Wie das Zeichnen im Spiegel.«

Wart verstand zwar durchaus nicht, wollte aber gerade sagen, daß es ihm für Merlin leid täte, wenn solche Dinge ihn unglücklich machten — da spürte er etwas Merkwürdiges an seinem Ohr. »Nicht aufspringen«, sagte der alte Mann, als er genau das eben tun wollte, und Wart blieb still sitzen. Archimedes, der die ganze Zeit vergessen auf seiner Schulter gestanden hatte, rieb sich sanft an ihm. Sein Schnabel lag an seinem Ohrläppchen, das von den Borsten gekitzelt wurde, und plötzlich flüsterte eine leise, rauhe Stimme: »Guten Tag«, so daß es wie in seinem Kopf gesprochen klang.

»Oh, Eule!« rief Wart und vergaß augenblicklich Merlins Kummer. »Seht Ihr, sie hat mit mir gesprochen!«

Behutsam legte Wart seinen Kopf an die glatten Federn, und die Eule nahm den Rand seines Ohrs in den Schnabel und knabberte mit winzig kleinen Kaubewegungen ringsherum.

»Ich werd' sie Archie nennen.«

»Du wirst nichts dergleichen tun!« entgegnete Merlin mit strenger und ärgerlicher Stimme, und die Eule zog sich auf die äußerste Stelle der Schulter zurück.

»Ist das falsch?«

»Da kannst du mich gleich Wolly nennen, oder Olly«, sagte die Eule mürrisch und beleidigt. »Oder Täubchen.«

Merlin nahm Warts Hand und sagte freundlich: »Du bist jung, du verstehst diese Dinge nicht. Aber du wirst lernen, daß Eulen die höflichsten, aufrichtigsten und treuesten Geschöpfe sind. Ihnen darfst du niemals plump-vertraulich oder grob oder ordinär kommen oder sie lächerlich machen. Ihre Mutter ist Athene, die Göttin der Weisheit, und wenn sie auch gerne mal den Possenreißer spielen, um dich zu unterhalten, so ist ein derartiges Benehmen das Vorrecht der wahrhaft Weisen. Eine Eule kann man unmöglich Archie nennen.«

»Tut mir leid, Eule«, sagte Wart.

»Mir auch, Junge«, sagte die Eule. »Ich sehe, daß du das aus Unwissenheit gesagt hast, und ich bedaure zutiefst, daß ich so kleinlich war, mich gekränkt zu fühlen, wo du das gar nicht beabsichtigt hattest.«

Die Eule bedauerte es in der Tat und blickte so reuevoll drein, daß Merlin ein fröhliches Gesicht machen und dem Gespräch eine andere Wendung geben mußte.

»So«, sagte er, »da wir das Frühstück beendet haben, ist's wohl hoch an der Zeit, daß wir drei uns auf den Weg zu Sir Ector machen. —

Entschuldige einen Augenblick«, fügte er hinzu, da ihm etwas eingefallen war. Er drehte sich zu den Frühstücks-Dingen um, wies mit einem knotigen Finger auf sie und sagte mit gestrenger Stimme: »Abwaschen.«

Daraufhin ging's holterdiepolter: sämtliches Geschirr und alle Bestecke verschwanden vom Tisch, das Tischtuch beförderte die Krümel zum Fenster hinaus, und die Servietten legten sich selber zusammen. Alles rannte die Leiter hinab, dorthin, wo Merlin den Eimer hatte stehenlassen, und da gab's ein Getöse und Gebalge wie bei Kindern, die gerade der Schule entronnen sind. Merlin ging zur Tür und rief: »Gebt mir nur acht, daß niemand entzweigeht!« Aber seine Stimme verlor sich in schrillen Schreien, in Geplatsche und lautem Gerufe: »Au wei, ist das kalt«, »Ich bleib' nicht lang drin«, »Paß auf, daß du mich nicht kaputtmachst«, oder »Komm, wir tauchen die Teekanne mal unter«.

»Wollt Ihr mich wirklich bis nach Hause bringen?« fragte Wart, der die frohe Botschaft kaum glauben konnte.
»Warum nicht? Wie kann ich sonst dein Hauslehrer werden?«
Warts Augen wurden runder und runder, bis sie ungefähr so groß waren wie die der Eule, die auf seiner Schulter saß, und sein Gesicht wurde röter und röter, und dann mußte er seinem Herzen Luft machen.
»Jau!« rief Wart, und seine Augen leuchteten vor Erregung ob dieser Entdeckung. »Da muß ich ja auf einer Aventiure gewesen sein!«

KAPITEL 4

art fing an zu erzählen, als er kaum halbwegs über der Zugbrücke war. »Seht mal, wen ich mitgebracht habe«, sagte er. »Seht her! Ich war auf einer Aventiure! Mit drei Pfeilen haben sie auf mich geschossen. Die hatten schwarze und gelbe Streifen. Die Eule heißt Archimedes. Ich hab' König Pellinore gesehn. Das hier ist mein Hauslehrer, Merlin. Ich bin auf der Hohen Suche nach ihm gewesen. Er war hinter dem Aventiuren-Tier her. Ich meine: König Pellinore. Im Wald war's entsetzlich. Bei Merlin haben sich die Teller selber abgewaschen. Hallo, Hob. Sieh mal: Cully haben wir auch.«

Hob sah Wart nur kurz an, aber so stolz, daß Wart ganz rot wurde. Es war eine solche Wonne, wieder daheim und bei allen Freunden zu sein und alles erreicht zu haben.

Hob sagte schroff: »Na, Herr, wir wer'n noch'n *austringer* aus Euch mach'n.«

Er ging auf Cully zu, als könne er ihn nicht eine Sekunde länger entbehren, doch klopfte er dabei Wart auf die Schulter und hätschelte sie beide, weil er nicht genau wußte, über wessen Rückkehr er mehr erfreut war. Er nahm Cully auf die Faust, nahm ihn glückselig wieder an sich, wie ein Einbeiniger sich das verloren geglaubte Holzbein wieder anschnallt.

»Merlin hat ihn eingefangen«, sagte Wart. »Auf dem Weg hierher hat er Archimedes auf die Suche geschickt. Archimedes hat uns dann erzählt, er hätt' eine Taube geschlagen und nähm' sie auf. Da sind wir losgegangen und haben ihn verscheucht. Hernach hat Merlin sechs Schwanzfedern im Kreis um die Taube gesteckt und um die Federn herum eine lange Schlinge gelegt. Das eine Ende hat er an einen Stock gebunden, den er in die Erde gerammt hat, und mit dem anderen Ende haben wir uns hinter einem Gebüsch versteckt. Magie wollt' er nicht anwenden, hat er gesagt. Er hat gesagt, in den Großen Künsten könne er keine Magie anwenden; denn es wäre ja auch unfair, eine Statue durch Zauberei zu machen. Man muß sie mit einem Meißel aus dem Stein schlagen, verstehst du. Dann kam Cully herabgestoßen, um die Taube zu verputzen, und wir haben an der Leine gezogen, und die Schlinge schlüpfte über die Federn und erwischte ihn an den Beinen. War der vielleicht böse! Aber wir haben ihm die Taube gegeben.«

Hob machte eine Verbeugung vor Merlin, der sie höflich erwiderte. Sie sahen sich mit echter Zuneigung an, wohl wissend, daß sie Meister ihres Faches waren. Sobald sich die Gelegenheit ergäbe, würden sie unter vier Augen über Falknerei sprechen, wenn auch Hob von Natur aus ein schweigsamer Mensch war. Bis dahin mußten sie halt warten.

»Oh, Kay«, rief Wart, als jener mit dem Kindermädchen und anderen zur fröhlichen Begrüßung erschien. »Sieh mal, ich hab' einen Zauberer als Hauslehrer. Er hat einen Senfnapf, der laufen kann.«

»Ich freu' mich, daß du wieder da bist«, sagte Kay.

»O weh, wo habt Ihr denn geschlafen, Master Art?« rief das Kindermädchen aus. »Eure saubere Joppe ist völlig verschmutzt und zerrissen. Ihr habt uns vielleicht Sorgen gemacht! Na, ich weiß nicht, nun kuckt Euch doch bloß mal Eure armen Haare an: lauter Zweigzeugs drin. Ach, mein verirrtes böses kleines Schäfchen.«

Sir Ector kam herbeigestürmt, die Beinschienen verkehrtherum angeschnallt, und küßte Wart auf beide Wangen. »So, so, so«, äußerte er feucht. »Sind wir also wieder da, wie? Was haben wir denn getrieben, Teufel-noch-eins, wie? Den ganzen Haushalt auf den Kopf zu stellen.«

Insgeheim jedoch war er stolz auf »die Warze«; wegen eines Habichts hatte das Bürschchen die Nacht im Freien zugebracht, und die Hauptsache: er hatte ihn gekriegt; denn Hob hielt die ganze Zeit den Vogel hoch, so daß jedermann ihn sehen konnte.

»Ach, Sir«, sagte Wart, »ich bin auf der Hohen Suche nach einem Tutor gewesen, wie Ihr gesagt habt, und ich hab' ihn gefunden. Bitte, das ist dieser Herr hier, und er heißt Merlin. Er hat Dachse und Igel und Mäuse und Ameisen und all so was auf seinem weißen Esel, weil er sie doch nicht zurücklassen konnte, sonst wären sie verhungert. Er ist ein großer Zauberer und kann machen, daß alles mögliche aus der Luft kommt.«

»So, ein Zauberer«, sagte Sir Ector, setzte seine Brille auf und betrachtete Merlin von nahem. »Ein Magier. Sieh an. Weiße Magie, hoffe ich?«

»Aber gewiß«, sagte Merlin, der geduldig in der Menge stand, die

38

Arme in seinem Zaubermantel verschlungen, während Archimedes steif und hoch aufgerichtet auf seinem Kopfe saß.

»Sollt' ein paar Zeugnisse haben«, sagte Sir Ector mißtrauisch. »Ist so Usus.«

»Zeugnisse«, sagte Merlin und streckte die Hand aus.

Sogleich lagen ein paar schwarze Täfelchen darin, unterzeichnet von Aristoteles, ein Pergament, unterschrieben von Hekate, und einige maschinegeschriebene Durchschläge, signiert vom Herrn der Dreieinigkeit, der sich nicht erinnern konnte, ihm begegnet zu sein. All diese Dokumente bescheinigten Merlin einen ganz exzellenten Ruf.

»Die hat er im Ärmel gehabt«, sagte Sir Ector, der sich durch nichts so leicht verblüffen ließ. »Könnt Ihr sonst noch was?«

»Baum«, sagte Merlin. Sofort wuchs mitten auf dem Burghof ein gewaltiger Maulbeerbaum, dessen köstliche blaue Früchte kurz vor dem Herabfallen waren. Dies war vor allem deshalb höchst bemerkenswert, weil die Maulbeere ja erst zu Cromwells Zeiten bekannt wurde.

»Das macht man mit Spiegeln«, sagte Sir Ector.

»Schnee«, sagte Merlin. »Und einen Schirm«, setzte er flugs hinzu.

Ehe sie sich umdrehen konnten, hatte der kupferne Sommerhimmel eine kalte und drohende Bronzefärbung angenommen, und zugleich schwebten die größten weißen Flocken um sie her, die man je gesehen hat, und ließen sich auf den Zinnen nieder. Ehe sie noch etwas sagen konnten, war ein Zoll Schnee gefallen, und alle zitterten in der winterlichen Kälte. Sir Ectors Nase war blau, und von ihrer Spitze hing ein Eiszapfen herab, und außer Merlin trugen alle ein Schneepolster auf den Schultern. Merlin stand in der Mitte und hielt seinen Schirm wegen der Eule ganz hoch über dem Kopf.

»Das macht man durch Hypnose«, sagte Sir Ector mit klappernden Zähnen. »Wie die Wallahs in Indien. —

Aber das reicht«, fügte er hastig hinzu, »das reicht voll und ganz. Ich bin sicher, daß Ihr diesen Jungens ein ausgezeichneter Hauslehrer sein werdet.«

Sofort hörte es auf zu schneien, und die Sonne kam hervor — »Da soll man denn keine Lungen-Zündung kriegen«, sagte das Kindermädchen, »und dann erst Rheuma und all das« —, während Merlin seinen Schirm zusammenklappte und ihn der Luft überreichte, die ihn entgegennahm.

»Stellt euch bloß vor: Der Junge geht ganz allein auf so eine Aventiure!« plapperte Sir Ector. »So, so, so. Die Wunder nehmen kein Ende.«

»Ich halt's nicht für eine Aventiure«, sagte Kay. »Im Grunde ist er doch bloß dem Habicht nachgegangen.«

»Und hat den Habicht gekriegt, Master Kay«, sagte Hob tadelnd.
»Wenn schon«, sagte Kay. »Ich wette, der Alte hat ihn für ihn gefangen.«

»Kay«, sagte Merlin, plötzlich furchterregend, »du warst immer schon ein stolzer und hochmütiger Mensch mit böser Zunge — und vom Mißgeschick verfolgt. Dein Unglück wird aus deinem eigenen Munde kommen.«

Diese Worte riefen allgemeines Unbehagen hervor, und Kay ließ den Kopf sinken, statt aufzubrausen wie sonst. Eigentlich war er gar kein unangenehmer Mensch, nur flink, schlau, stolz, leidenschaftlich und ehrgeizig. Er gehörte zu denen, die weder Gefolgsmann noch Führer sind, nur mit heißem Herzen streben und dem Körper zürnen, der es gefangenhält. Merlin bereute seine Schroffheit sofort. Er ließ ein kleines silbernes Jagdmesser aus der Luft kommen und gab es ihm, um die Sache aus der Welt zu schaffen. Der Knauf des Griffes bestand aus einem Hermelinschädel, poliert und glatt wie Elfenbein, und Kay war hell begeistert.

KAPITEL 5

ir Ectors Burg hieß The Castle of the Forest Sauvage — Schloß Wildwald. Eigentlich war es eher ein Dorf oder eine Ortschaft, und in Zeiten der Gefahr war die Burg tatsächlich das Dorf: denn dieser Teil der Geschichte handelt von gefahrvollen Zeiten. Jedesmal, wenn ein benachbarter Tyrann einen Überfall oder eine Invasion unternahm, eilten alle Bewohner des Gutes zum Herrenhaus; sie trieben ihr Vieh vor sich her in die Burghöfe und blieben dort, bis die Gefahr vorüber war. Die Bauernhäuser aus Fachwerk oder Flechtwerk wurden fast immer niedergebrannt und mußten hinterher mit großem Gefluche wieder aufgebaut werden. Aus diesem Grunde lohnte es nicht, eine Dorfkirche zu errichten, da man sie ständig von neuem hätte bauen müssen. Die Dörfler gingen zum Gottesdienst in die Burgkapelle. Sonntags trugen sie ihre besten Kleider und zogen in gesitteter Haltung die Straße hinauf und blickten sich würdevoll um, als gäben sie nicht gerne preis, wohin sie gingen, und an Wochentagen kamen sie in ihrer Arbeitskleidung zur Messe und zur Vesper und schritten viel fröhlicher drein. Damals ging jedermann zur Kirche, und zwar gern.

Schloß Wildwald steht noch heute; die reizvollen Ruinen der Burg sind von Efeu überwachsen und bieten sich Wind und Wetter dar. Eidechsen leben jetzt dort, und die hungrigen Sperlinge wärmen sich winters im Efeu, und eine Waldohreule sucht den Mauerbewuchs methodisch heim, wobei sie vor der verängstigten Spatzengesellschaft rüttelt und mit den Flügeln an den Efeu schlägt, um sie herauszutreiben. Der Außenring ist fast gänzlich eingesunken, doch die Fundamente der zwölf Türme, die dort Wache hielten, sind noch zu sehen. Sie waren rund und traten aus der Mauer in den Graben vor, so daß die Bogenschützen nach jeder Richtung freies Schußfeld hatten und jeden Teil der Mauer beherrschten. In den Türmen sind Wendeltreppen. Sie bewegen sich um eine Mittelsäule herum, und diese Säule ist mit Schießscharten versehen. Sogar dann, wenn der Feind in den Zwischenwall eingedrungen war und sich ins Innere der Türme vorkämpfte, konnten die Verteidiger sich die Treppenwindungen hinauf zurückziehen und ihre Pfeile durch die Schlitze auf die Nachdrängenden abschießen.

Der steinerne Teil der Zugbrücke mitsamt dem Torzwinger und den Scharwacht-Türmchen der Vorburg ist gut erhalten. Hier hatte man sinnreiche Vorkehrungen getroffen. Sollte es dem Feind gelungen sein, über die Holzbrücke zu kommen (was nicht gut möglich war, da sie hochgezogen wurde), so hatte er noch ein Fallgatter vor sich, das mit einem gewaltigen Balken beschwert war und jeden Eindringling zermalmte. Im Boden des Außenwerks befand sich eine große versteckte Falltür, durch die man automatisch im Graben landete. Am Hinterausgang der Barbakane war ein zweites Fallgatter, so daß der Feind zwischen den beiden eingeschlossen und von oben vernichtet werden konnte, denn die Scharwacht-Türmchen hatten Löcher im Boden, durch die den Eindringlingen alles mögliche auf den Kopf geworfen wurde. Schließlich befand sich mitten in der gewölbten Decke der Vorburg, die bemaltes Maßwerk und Bossenwerk hatte, noch ein hübsches kleines Loch. Es führte zum darüberliegenden Raum, wo ein großer Kessel für siedendes Öl oder Blei stand.

So viel zur äußeren Verteidigungsanlage. Befand man sich erst einmal innerhalb des Zwischenwalls, stand man auf einer Art breiter Allee, wahrscheinlich voll verängstigter Schafe, und hatte das eigentliche Schloß vor sich, die Hauptburg. Ihre acht riesigen Rundtürme stehen noch heute. Es ist ein Erlebnis, den höchsten zu besteigen und die Grenzmark zu betrachten, von der vormals Gefahr drohte; man liegt dort oben genüßlich, hat nur die Sonne über sich und die kleinen Touristen tief unter sich und braucht sich um Pfeile und kochendes Öl nicht zu sorgen. Seit vielen Jahrhunderten steht dieser uneinnehmbare Turm nun schon. Durch Erbteilung hat er häufig den Besitzer gewechselt, einmal durch Belagerung, zweimal durch Verrat, nie jedoch wurde er im Angriff genommen. Auf diesem Turm hockte der Ausguck. Von hier aus hielt er Wacht über die Blauen Wälder gen Wales. Seine gebleichten Gebeine liegen jetzt unter der Kapelle.

Wenn man nicht schwindlig ist und hinabblickt (die Gesellschaft zur Erhaltung von diesem und jenem hat ein ausgezeichnetes Geländer angebracht, so daß man nicht hinunterfällt), dann sieht man die ganze Anatomie des Innenhofes wie auf einer Landkarte unter sich ausgebreitet. Man sieht die Kapelle, jetzt ihrem Gotte ganz geöffnet, und die Fenster des Palas, der großen Halle, mit dem Söller darüber. Man sieht die hohen Kaminkästen mit den klug ausgetüftelten, in sie hineinführenden Seitenzügen und die kleinen privaten (jetzt öffentlichen) Kabinette und die ungeheure Küche. Wer Sinn für so etwas hat, bringt Tage hier zu, vielleicht sogar Wochen, und entdeckt für sich, wo einst die Ställe waren, die Vogelkäfige, der Viehpferch, die Rüstkammer, die Futterböden, der Brunnen, die Schmiede, der Zwinger, die Unterkünfte der Reisigen, die Wohnung des Priesters und die Kemenaten des Burgherrn und der Herrin. Dann wird alles um einen her wieder zu neuem Leben erweckt. Die kleinen Menschen — sie waren kleiner als wir, und die meisten von uns hätten heutzutage alle Mühe, in die paar noch erhalten gebliebenen Rüstungen und alten Handschuhe hineinzukommen — bewegen sich geschäftig in der Sonne, die Schafe blöken, wie sie es seit eh und je tun, und vielleicht kommt von Wales her das Fffff-pfiitt des dreigefiederten Pfeils, der aussieht, als hätte er sich nie bewegt.

Für einen Jungen war diese Burg natürlich ein Paradies. Wart lief drin herum wie ein Kaninchen in seinem komplizierten Labyrinth. Er kannte alles, überall; sämtliche Gerüche, alle guten Kletterpartien, weichen Lagerstätten, geheimen Versteckplätze, Sprünge, Rutschen, Winkel, Ecken, Kammern und Wonnen. Für jede Jahreszeit hatte er den rechten Platz, genau wie eine Katze, und er tobte und schrie und rannte und kämpfte und erschreckte die Leute und döste und machte Wirbel und tagträumte und spielte ›Ritter‹ — ohn Unterlaß.

Grad eben war er im Zwinger.

Anno dazumal hatte man beim Abrichten eines Hundes etwas ganz anderes im Sinn als heute. Liebe stand höher im Kurs als Strenge. Man stelle sich einen M.F.H. vor (einen Hunde-Meister), der seine Hunde mit ins Bett nimmt. Doch Flavius Arrianus sagt: »Es ist das allerbeste, wenn sie mit einem Menschen schlafen können, weil es sie menschlicher macht und weil sie sich menschlicher Gesellschaft erfreuen; man weiß dann auch, ob sie eine schlechte Nacht gehabt haben oder innerlich uneins sind, und verwendet sie am folgenden Tage also nicht zur Jagd.«

Sir Ector hatte einen besonderen Wärter für seinen Zwinger, einen

Dog Boy — den Hunde-Jungen, der Tag und Nacht bei den Hunden war. Er war eine Art Leithund, und seine Aufgabe war es, sie jeden Tag auszuführen, ihnen Dornen aus den Pfoten zu ziehen, ihre Ohren von Brand freizuhalten, ihnen die Knochen zu schienen, wenn sie sich verrenkt hatten, ihnen ein Mittel gegen Würmer einzutrichtern, falls das erforderlich war, sie bei Staupe zu isolieren und zu pflegen, Streitigkeiten zu schlichten und zur Nacht bei ihnen zu schlafen, zusammengerollt und hunde-gleich.

Man gestatte mir ein weiteres Zitat. Der Duke of York, der bei Agincourt getötet wurde, beschrieb in seinem »Master of Game« einen solchen Jungen folgendermaßen: »Auch will ich das Kind lehren, zweimal des Tags die Hunde auszuführen, des Morgens und des Abends, wo die Sonne am Himmel steht, insonderheit im Winter. Dann sollen sie in der Sonne auf der Wiese laufen und spielen, und dann ist ein Hund nach dem anderen zu kämmen und mit einem großen Büschel Strohs abzuwischen, und dies an jedem Morgen. Alsdann seyen sie auf eine schöne Stelle zu führen, wo zartes Gras und Grünzeug wächst, Getreide und dergleichen, auf daß sie annehmen, was Medicin für sie ist.«

Da solchermaßen »des Jungen Herz und Geschäfte mit den Hunden war«, wurden die Hunde selber »artig und freundlich und sauber, froh und fröhlich und verspielt, und allen Wesen gegenüber gütlich, abgesehen der wilden Tiere, denen gegenüber sie grimmig, hitzig und boshaft waren.«

Sir Ectors Hundejunge war kein anderer als der Knabe, dem der schreckliche Wat die Nase abgebissen hatte. Da er, im Gegensatz zu seinen Mitmenschen, nasenlos war und darüber hinaus von den anderen Dorfkindern mit Steinen beworfen wurde, hatte er sich immer mehr mit den Tieren angefreundet. Er sprach mit ihnen; nicht in Baby-Sprache wie Kinder und Gouvernanten, sondern ganz korrekt, in ihrer eigenen Ausdrucksweise: knurrend, knörend, brummelnd, bellend. Sie alle liebten ihn sehr und verehrten ihn, weil er ihnen Dornen aus den Pfoten zog; und wenn sie Kummer hatten, vertrauten sie sich ihm sogleich an. Er verstand auf der Stelle, was sie bedrückte, und meist konnte er's richten. Die Hunde waren glücklich zu schätzen: sie hatten ihren Gott bei sich — in sichtbarer Gestalt.

Wart mochte den Hundejungen gut leiden und hielt ihn für schlau und gewitzt, weil er mit den Tieren allerlei fertigbrachte — er konnte sie nämlich mittels einer einfachen Handbewegung zu allem möglichen bringen. Und der Hundejunge liebte ihn seinerseits ungefähr so, wie die Hunde *ihn* liebten; er hielt Wart für nahezu heilig, weil dieser lesen und schreiben konnte. Die beiden waren häufig zusammen und tummelten sich mit den Hunden im Zwinger.

Der Zwinger befand sich zu ebener Erde, dicht bei den Falkenkäfigen,

43

und hatte einen Boden darüber, so daß es im Sommer kühl war und im Winter warm. Die Hunde waren Alaunts, Gaze-Hounds (Augenhunde), Lymers (Schweißhunde) und Bracken. Sie hießen Clumsy, Trowneer, Phoebe, Colle, Gerland, Talbot, Luath, Luffra, Apollon, Orthros, Bran, Gelert Bounce, Boy, Lion, Bungery, Toby und Diamond. Wart hatte einen eigenen Hund, und der hieß Cavall, und Wart leckte gerade Cavalls Nase — genau so, und nicht umgekehrt —, da erschien Merlin auf der Bildfläche.

»Derlei wird in Zukunft als unhygienisch bezeichnet werden«, sagte Merlin, »wenngleich ich's nicht recht einzusehen vermag. Schließlich hat Gott beides erschaffen: die Nase des Hundes und deine Zunge. — Wenn erstere nicht sogar besser«, fügte der Philosoph gedankenvoll hinzu.

Wart wußte nicht, wovon Merlin sprach, aber er hörte ihn gern reden. Er mochte die Erwachsenen nicht, die im Gespräch sich herabließen, und schätzte jene, die ihr Niveau ohne jede Rücksicht beibehielten und es ihm überließen, im Kielwasser ihrer Gedanken mitzuschwimmen, ratend, rätselnd, meist in den Fluten unbekannter Begriffe tauchend, dann wieder bei gewußten Worten emporschnellend und schmunzelnd, wenn ihm schwer zu verstehende Späße plötzlich dämmerten. Mit der Fröhlichkeit eines Tümmlers oder Delphins tummelte er sich in unbekannten Gewässern.

»Wollen wir nicht hinausgehen?« fragte Merlin. »Ich halt's für an der Zeit, mit dem Unterricht zu beginnen.«

Wart wurde weh zumute. Sein Tutor war nun einen Monat hier, und jetzt war's August, und bisher hatte noch kein Unterricht stattgefunden. Plötzlich wurde ihm klar, daß es ja Merlins Aufgabe war, ihn zu unterrichten, und mit Entsetzen dachte er an Summulae Logicales und Astronomie. Er wußte indessen, daß er's ertragen mußte; also stand er gehorsam auf und streichelte Cavall wehmütig zum Abschied. Er stellte sich vor, daß es bei Merlin vielleicht nicht gar so schlimm werden würde; möglicherweise gelang es ihm, selbst das verwünschte Organon interessant zu machen, zumal dann, wenn er ein bißchen zauberte.

Sie gingen auf den Hof, in eine Sonne, die derart brannte, daß die Hitze beim Heuen dagegen verblaßte. Die Gewitterwolken, die gewöhnlich mit der heißen Zeit einhergingen, waren da: hohe Cumulus-Kolonnen mit grellen Kanten. Aber es sah nicht aus, als würde es gewittern. Sogar dafür war's zu heiß. Ach, dachte Wart, braucht' ich bloß nicht in das stickige Zimmer zu gehn, sondern könnt' mich ausziehn und im Burggraben baden.

Sie überquerten den Hof, mußten vorher tief Luft holen, so, als sollten sie durch einen Ofen laufen. Im Schatten des Wehrgangs war's kühl, doch innerhalb der Vorburg war die Hitze geradezu höllisch. Noch einmal nahmen sie Anlauf und erreichten in sengender Sonne die Zugbrücke und standen — konnte Merlin erraten haben, was er dachte? — am Graben.

Es war die hohe Zeit der Seerosen, und wenn Sir Ector nicht einen Teil des Gewässers für die Badefreuden der Jungen hätte freihalten lassen, wäre es gänzlich überwachsen gewesen. So aber war zu beiden Seiten der Brücke ein etwa zwanzig Fuß breiter blanker Wasserspiegel, und man konnte von der Brücke geradewegs hineinspringen. Der Graben war tief. Er wurde als Zucht-Teich genutzt, damit die Schloßbewohner freitags Fisch essen konnten, und aus diesem Grunde hatten die Baumeister Sorge dafür getragen, daß kein Abwasser hineinfloß. In jedem Jahr wurden hier Fische ausgesetzt.

»Ich wollt', ich wär' ein Fisch«, sagte Wart.

»Was für einer?«

Es war fast zu heiß, um hierüber nachzudenken, doch Wart starrte gedankenverloren in die kühle, bernsteinfarbene Tiefe, wo ein Schwarm kleiner Barsche schwerelos schwebte.

»Vielleicht möcht' ich ein Barsch sein«, sagte er. »Die sind nicht so tölpelhaft wie die dummen Plötzen und andererseits nicht so mordlüstern wie die Hechte.«

Merlin nahm seinen Hut ab, hob seinen Stab aus *lignum vitae* ehrerbietig in die Höhe und sagte langsam: »Nilrem tßürg nutpen, dnu lliw re ettib neseid negnuj sla hcsif nehhenna?«

Allsogleich erhob sich ein großes Getöse von Muscheln, Schnecken und dergleichen, und über den Zinnen erschien ein feister, fröhlicher Mann rittlings auf einer geblähten Wolke. Auf seinen Bauch war ein Anker tätowiert, und auf der Brust trug er eine hübsche Seejungfer, darunter ihren Namen: Mabel. Er spuckte seinen Priem aus, nickte Merlin leutselig zu und richtete seinen Dreizack auf Wart. Wart stellte fest, daß er nichts anhatte. Er merkte, daß er von der Zugbrücke herabfiel und mit einem Platschen aufs Wasser schlug. Er entdeckte, daß Graben und Brücke hundertmal größer geworden waren. Er wußte, daß er zum Fisch wurde.

»Merlin, bitte«, rief er, »kommt doch auch.«

»Dieses eine Mal«, sagte eine volltönende und weihevolle Stimme neben ihm, »komme ich. Hinfort jedoch wirst du auf dich selbst gestellt sein. Erziehung ist Erfahrung, und die Quintessenz aller Erfahrung ist Selbstvertrauen.«

Wart fand es schwierig, ein ganz anderes Lebewesen zu sein. Es hatte keinen Sinn, wie ein Mensch schwimmen zu wollen, weil's spiralig wurde und viel zu langsam ging. Er hatte keine Ahnung, wie man als Fisch zu schwimmen hat.

»So doch nicht«, sagte der Schlei gewichtig. »Leg dein Kinn an die linke Schulter und schnipp los. Kümmre dich nicht um die Flossen.«

Warts Beine waren mit dem Rückgrat eins geworden, und seine Füße und Zehen hatten sich zu einer Schwanzflosse umgebildet. Auch seine Arme waren zu Flossen geworden — von zart rosaroter Färbung —, und in der Bauch-Gegend hatte er einige weitere angesetzt. Sein Kopf war nach hinten gerutscht: wenn er sich krümmte, berührte er mit den Zehen nicht das Kinn, sondern das Genick. Er war hübsch anzuschauen, olivgrün, mit einem ziemlich kratzigen Schuppenpanzer und dunklen Seitenstreifen. Er war nicht sicher, wo seine Seiten waren und wo hinten und wo vorne war, doch was jetzt sein Bauch zu sein schien, leuchtete in attraktiv-weißlicher Färbung, während sein Rücken mit einer kraftvollen Flosse gewappnet war, die kämpferisch aufgerichtet werden konnte und Stacheln hatte. Er versuchte sich, wie von dem Schlei angewiesen, in Schnipp-Schnapp-Stößen und stellte fest, daß er schnurstracks in den Schlamm hineinschwamm.

»Nimm deine Füße zur Hilfe, wenn du nach rechts oder links willst«, sagte der Schlei, »und sorg mit den Bauchflossen für die Balance. Du lebst jetzt in zwei Ebenen, nicht nur in einer.«

Wart entdeckte, daß er sich in der Waagrechten halten konnte, wenn er mit seinen Arm-Flossen und mit denen an seinem Bauch ausgleichende Wedelbewegungen machte. Leicht taumelnd, schwamm er von dannen und fühlte sich ungeheuer wohl.

»Komm zurück«, sagte der Schlei. »Erst mußt du schwimmen lernen, eh du dich drauflosstürzen kannst.«

Wart kehrte im Zick-Zack-Kurs zu seinem Lehrherrn zurück und bemerkte: »Irgendwie komm' ich nicht geradeaus.«

»Das liegt daran, daß du nicht von der Schulter aus schwimmst. Du schwimmst, als ob du ein Junge wärst: mit den Hüften. Versuch doch mal, dich vom Genick abwärts hin und her zu schnellen, und beweg deinen Körper im gleichen Takt zur Rechten wie zur Linken. Geh vom Kreuz aus und leg dich ins Zeug.«

Wart tat zwei entschlossene Schläge und entschwand, etliche Fuß entfernt, in einem Dickicht aus Entengrütze und Schilf.

»Schon ganz ordentlich«, sagte der Schlei, nun unsichtbar in dem trübolivgrünen Wasser, und Wart mühte sich höchst umständlich rückwärts aus dem Gestrüpp heraus, indem er seine Armflossen spielen ließ. Dann schoß er mit einem gewaltigen Stoß wellenförmig auf die Stimme zu. Er wollte zeigen, was er gelernt hatte.

»Gut«, sagte der Schlei, als sie zusammenstießen. »Nur: Gewußt wohin, ist der beßre Teil der Tapferkeit. —

Sieh mal zu, ob du dies kannst«, fügte er hinzu.

Ohne jedwede wahrnehmbare Anstrengung schwamm er rückwärts unter eine Seerose. Ohne wahrnehmbare Anstrengung — doch Wart, der ein aufmerksamer und eifriger Schüler war, hatte die kaum merklichen Bewegungen der Flossen beobachtet. Er bewegte seine eigenen Flossen im umgekehrten Uhrzeigersinn, schlug kurz und kräftig mit dem Schwanz aus und befand sich längsseits des Schleis.

»Glänzend«, sagte Merlin. »Komm, wir schwimmen jetzt ein bißchen los.«

Wart war wohlgerüstet und fühlte sich fähig, einen Schwimmausflug zu machen. Er hatte Muße, das erstaunliche Universum in Augenschein zu nehmen, in das er durch den Dreizack des tätowierten Dickbauchs befördert worden war. Es unterschied sich beträchtlich von dem ihm gewohnten. Zunächst mal bildete der Himmel über ihm eine Rundung. Der Horizont war kreisförmig geworden. Um sich in Warts Lage zu versetzen, muß man sich, ein paar Daumenbreit über dem Kopf, einen Rundhorizont vorstellen — statt des flachen Horizonts, den man gewöhnlich sieht. Unter diesem Luft-Horizont müßte man sich dann noch einen Unter-Wasser-Horizont denken, sphärisch und praktisch verkehrt herum, auf dem Kopf stehend — denn die Wasseroberfläche bildete zum Teil einen Spiegel dessen, was darunter war. Die Vorstellung macht Mühe. Und was es noch viel schwieriger macht, ist der Umstand, daß alles, was ein Mensch für oberhalb des Wasserspiegels befindlich hält (oder halten würde), in allen Farben des Spektrums leuchtet. Wenn du, zum Beispiel, Wart zufällig hättest angeln wollen, dann hätte der dich am Rande der Untertasse gesehen, die für ihn die Oben-Luft war — nicht als einen Menschen, der eine Angel schwingt, sondern als sieben Personen, deren Umrisse rot, orange, gelb, grün, blau, indigo und violett schimmern, allesamt die gleiche Angel in den gleichen Farben schwingend. Kurz und gut: man wäre ein Regenbogen-Mensch für ihn gewesen, ein Leuchtturm feurig-funkelnder Farben, die ineinander verliefen und miteinander verschmolzen und in alle Richtungen streunend strahlten. Man hätte sich brennend auf den Wassern bewegt, wie Kleopatra in einem gewissen Gedicht.

Sodann empfand Wart zu seiner Freude, daß er kein Gewicht hatte. Er war nicht mehr erdgebunden und brauchte sich nicht länger auf einer platten Fläche mühsam fortzubewegen, niedergedrückt von der Schwerkraft und dem Gewicht der Atmosphäre. Er konnte tun, was die Menschen seit eh und je sich wünschten: er konnte fliegen. Im Grunde macht's keinen Unterschied, ob man im Wasser fliegt oder in der Luft. Wart jedoch hatte den Vorteil, nicht in einer Maschine fliegen zu müssen, mit Hebeln und Knöpfen und Stillsitzen, nein, er konnte es mit seinem eigenen Körper tun. Es war genauso wie in jenen vertrauten Träumen, die jeder Mensch dann und wann einmal hat.

In dem Augenblick, da sie sich zur Exkursion anschickten, tauchte zwischen dem Tang-Gewebe eine schüchterne junge Plötze auf, verschreckt und erregt. Sie verharrte, sah die beiden mit angstvoll geweiteten Augen an und hatte offensichtlich etwas auf dem Herzen, ohne es artikulieren zu können.

»Heraus damit«, sagte Merlin gravitätisch.

Da floß das Plötzlein herbei, brach in Tränen aus und trug stammelnd sein Anliegen vor.

»B-b-b-bitte, Herr Doktor«, stotterte das arme Geschöpf und verschluckte sich, so daß es kaum zu verstehn war, »w-w-w-wir haben einen-einen-einen-einen so f-f-f-furchtbaren F-F-F-Fall in der F-F-F-Familie, und könnten Sie da nicht mal z-z-z-zusehn? Unsre-unsre-unsre liebe Mamma, die sch-sch-sch-schwimmt dauernd v-v-v-verkehrtrum, u-u-u-und das sieht g-grauslich aus, und sie sch-p-p-pricht ganz verquer, daß wir w-w-w-wirklich meinen, sie müß-te zum D-D-D-Doktor, b-b-b-bitte sehr? C-C-C-Clara sagt das, Sir. I-i-ich hoffe, Sie verstehn?«

Die arme Plötze kam derart ins Stolpern und Stottern und Sprudeln, daß sie sich — die Tränen machten es ohnehin schwierig — nicht mehr verständlich machen konnte, sondern sich darauf beschränkte, Merlin kummervoll anzuglotzen.

»Ist schon gut, mein Kleines«, sagte Merlin, »ist ja schon gut. Bring mich mal zu deiner lieben Mama, dann werden wir sehen, was da zu machen ist.«

Selbdritt schwammen sie auf ihrer Hilfsmission in das trübe Gewässer unter der Zugbrücke.

»Neurotisch, diese Plötzen«, flüsterte Merlin hinter vorgehaltener Flosse. »Vermutlich ein hysterischer Anfall. Eher Sache eines Psychologen denn eines Arztes.«

Die Mama der Plötze lag auf dem Rücken, genau wie beschrieben. Sie blickte scheel-äugig drein, hatte die Flossen auf der Brust gefaltet und stieß dann und wann eine Luftblase aus. All ihre Kinder waren im Kreis um sie versammelt, und jedesmal, wenn sie blubberte, stießen sie sich gegenseitig an und holten tief Luft. Auf ihrem Gesicht lag ein engelgleiches Lächeln.

»Soso«, sagte Merlin und setzte eine wohlwollend-väterliche Miene auf. »Wie geht's uns denn heute?«

Er tätschelte die jungen Plötzen und näherte sich mit gemessenen Be-

48

wegungen seiner Patientin. Vielleicht sollte erwähnt werden, daß Merlin ein gewichtiger, behäbiger Fisch von etwa fünf Pfund war, lederfarben, mit kleinen Schuppen und fettigen Flossen und leuchtend dotterblumengoldgelben Augen: eine stattliche Erscheinung.

Mrs. Plötze streckte ihm eine matte Flosse entgegen, seufzte emphatisch auf und sagte: »Ach, Doktor, sind Sie endlich da?«

»Aham«, sagte der Arzt mit tiefer Stimme.

Dann gebot er allen, die Augen zu schließen — Wart blinzelte ein bißchen —, und schwamm gemächlich und gemessen um die Kranke. Während er tanzte, sang er. Sein Lied lautete:

> *Therapeuti,*
> *Elephanti,*
> *Diagnosi,*
> *Wumm!*
> *Pankreati,*
> *Mikrostati,*
> *Antitoxi,*
> *Bumm!*
> *Normales Katabolismo,*
> *Schnatterismo, Papplerismo,*
> *Schnipp, Schnapp, Schnoro,*
> *Schneid ab sein Abdenoro.*
> *Dyspepsia,*
> *Anämia,*
> *Toxämia.*
> *Eins, zwei, drei,*
> *Und du bist frei*
> *Mit rummsdideldei*
> *Für 'n Appel und 'n Ei!*

Gegen Ende des Singsangs schwamm er so dicht um seine Patientin herum, daß er sie faktisch berührte und seine braunen glattschuppigen Flanken an ihren mehr hornigen und bleichen rieb. Vielleicht heilte er sie mit seinem Schleim — es wird ja allgemein behauptet, daß alle Fische den Schlei konsultieren —, vielleicht aber auch war's die Berührung oder Massage oder Hypnose. Auf jeden Fall hörte Mrs. Plötze plötzlich zu schielen auf, nahm eine normale Lage ein und sagte: »Ach, Doktor, liebes Doktorchen, jetzt hätt' ich Appetit auf ein paar fette Enchyträen.«

»Kommt nicht in Frage«, sagte Merlin. »Zwei Tage keine Enchyträen.

Ich werde Ihnen einen starken Algenbräu verschreiben, alle zwei Stunden einzunehmen. Sie müssen erst wieder zu Kräften kommen, Frau Plötze. Wissen Sie: Rom ist ja auch nicht an einem Tag erbaut worden.«

Dann tätschelte er die kleinen Plötzchen noch einmal, ermahnte sie, brav zu sein und anständige Fische zu werden, und entschwamm majestätisch ins Halbdunkel, sein Rundmaul auf und zu bewegend.

»Was habt Ihr mit Rom gemeint?« fragte Wart, als sie außer Hörweite waren.

»Weiß der Himmel.«

Sie schwammen fürbaß. Merlin wies ihn hin und wieder an, den Schwanz zu gebrauchen, wenn er's vergaß, und langsam eröffnete sich ihnen die seltsame Unterwasserwelt. Nach der Hitze der Ober-Luft war es köstlich kühl. Die gewaltigen Wälder des Schilfs und der anderen Wassergewächse waren wundervoll verwoben, und darinnen schwebten viele Schwärme von Stichlingen, die lernten, ihre gymnastischen Übungen in striktem Gleichmaß auszuführen. Auf Eins standen sie alle still; auf Zwei machten sie kehrt; auf Drei formierten sie sich pfeilschnell zu einem Kegel, dessen Spitze irgend etwas Eßbares war. Wasserschnecken schoben sich an Pflanzenstengeln hinauf oder glitten gemächlich an der Unterseite der Seerosenblätter einher, während am Boden Muscheln lagen, ohne einer besonderen Tätigkeit nachzugehen. Ihr Fleisch war lachsfarben wie ein sehr gutes Erdbeer-Crème-Eis. Die kleine Barschgemeinde — es war merkwürdig: alle größeren Fische schienen sich versteckt zu haben — verfügte über einen anfälligen Kreislauf: sie erröteten oder erbleichten so leicht wie eine Lady in einem viktorianischen Roman. Nur erröteten sie intensiver, olivfarben, und das war ein Zeichen des Zorns. Jedesmal, wenn Merlin mit seinem Begleiter an ihnen vorüberschwamm, richteten sie drohend ihre stachligen Rückenflossen auf und senkten sie erst wieder, wenn sie sahen, daß Merlin ein Schlei war. Die schwarzen Streifen an ihren Seiten erweckten den Eindruck, als seien sie gegrillt; und auch die konnten dunkler oder heller werden. Einmal glitten die beiden Schwimmer unter einem Schwan daher. Der weiße Vogel trieb über ihnen dahin wie ein Zeppelin. Was von ihm aus dem Wasser ragte, war nur undeutlich zu erkennen, die unter Wasser befindliche Partie indessen zeigte eindeutig, daß er in leichter Seitenlage schwamm und ein Bein auf den Rücken gelegt hatte.

»Seht doch«, sagte Wart. »Das ist der arme Schwan mit dem deformierten Bein. Der kann nur mit einem Bein paddeln, und die andere Seite ist verkrüppelt.«

»Unsinn«, sagte der Schwan bissig, indem er seinen Kopf ins Wasser tauchte und ihnen seine schwarzen Nasenlöcher mißbilligend entgegenreckte. »Schwäne ruhen gern in dieser Stellung, und dein fischiges Mitleid kannst du ruhig für dich behalten, nun weißt du's.« Er stierte sie weiter von oben herab an wie eine Schlange, die plötzlich durchs Dach baumelt, bis sie außer Sicht waren.

»Schwimm unbesorgt«, sagte der Schlei, »als gäb's nichts auf der Welt, vor dem man Angst haben muß. Siehst du denn nicht, daß es hier genau so ist wie im Wald, durch den du wandern mußtest, um mich zu finden?«

»Wirklich?« — Wart hielt Ausschau. Zuerst sah er nichts. Dann sah er eine kleine durchscheinende Gestalt reglos an der Oberfläche hängen. Sie befand sich knapp außerhalb des Schattens einer Seerose und genoß offenbar die Sonne. Es war ein Hecht-Baby, stocksteif und vermutlich schlafend, und es sah aus wie ein Pfeifenstiel oder ein in die Länge gezerrtes Seepferdchen. Wenn's einmal erwachsen war, würde es ein Räuber sein.

»Ich will dir einen von ihnen zeigen«, sagte der Schlei, »den Beherrscher dieser Gegend. Als Arzt genieße ich Immunität, und als meinen Begleiter wird er dich ebenso respektieren — doch empfehle ich dir, auf dem Sprung zu sein, falls ihm tyrannisch zumute ist.«

»Ist er der König des Burggrabens?«

»Er ist es. Sie nennen ihn Old Jack, und manchmal nennen sie ihn den Bösen Buben oder den Schwarzen Peter, aber die meisten nennen ihn gar nicht mit Namen. Sie sagen einfach Herr Hecht zu ihm. Du wirst schon sehen, was es heißt, ein König zu sein.«

Wart hielt sich ein wenig hinter seinem Lehrmeister, und das war vielleicht ganz gut, denn sie befanden sich fast oberhalb ihres Ziels, ehe er's überhaupt merkte. Als er den alten Despoten gewahrte, zuckte er vor Entsetzen zurück, denn Herr Hecht war vier Fuß lang, sein Gewicht unberechenbar groß. Der kraftvolle Körper, der schattenhaft und nahezu unsichtbar zwischen den Stengeln stand, lief in ein Gesicht aus, das von allen Zügen eines absoluten Monarchen gezeichnet war: von Grausamkeit, Leid, Alter, Stolz, Sehnsucht, Einsamkeit und großen Gedanken, deren Stärke ein Einzelhirn überstieg. Dort also kauerte er, lauerte er; sein ironisches Riesenmaul war herabgezogen, als litte er unter Melancholie; die glattrasierten Kinnbacken verliehen ihm einen amerikanischen Ausdruck: er ähnelte Onkel Sam. Er war unbarmherzig, desillusioniert, logisch-berechnend, räuberisch, grimmig-wild und kannte keine Gnade — doch sein großes Edelsteinauge war das eines tödlich getroffenen Rehs, geweitet, ängstlich, sensitiv und voller Trauer. Er machte keine Bewegung, sah sie nur an mit seinen Augen.

Wart konstatierte, daß Herr Hecht ihm gestohlen bleiben konnte.

»Gebieter«, sagte Merlin, ohne seine Nervosität zu beachten, »ich habe einen jungen Bekenner hergebracht, der lernen möchte, sich zu etwas zu bekennen.«

»Wozu bekennen?« fragte der König des Burggrabens langsam, wobei er kaum den Rachen öffnete und durch die Nase sprach.

»Zur Macht«, sagte der Schlei.

»Laß ihn selber reden.«

»Ach, bitte«, sagte Wart, »ich weiß nicht, worum ich bitten sollte.«

»Es gibt nichts«, sagte der Monarch, »außer der Macht, die zu suchen du vorgibst: die Macht zu zermalmen und die Macht zu verdauen, die Macht zu suchen und die Macht zu finden, die Macht zu warten und die Macht zu fordern — die ganze Macht und Unbarmherzigkeit entspringt dem Genick.«

»Danke.«

»Die Liebe ist ein Schabernack, den die Kräfte der Evolution uns spielen. Das Vergnügen ist der Köder, den selbige auswerfen. Die Macht wird aus dem individuellen Geist geboren, doch die Macht des Geistes genügt nicht. Am Ende wird alles durch die Macht des Körpers entschieden. Macht ist Recht.

Und jetzt halt' ich's für an der Zeit, daß du gehst, junger Herr, denn ich finde diese Konversation uninteressant und ermüdend. Wirklich, du solltest schnellstens verschwinden, für den Fall, daß mein desillusionierter Schlund sich plötzlich entschließen sollte, dich meinen kolossalen Kiemen einzuverleiben, die ebenfalls Zähne haben. Ja, ich halt's für klug, wenn du auf der Stelle gehst. In der Tat, du solltest schleunigst das Weite suchen. Also dann: empfiehl dich schleunigst meiner ganzen Größe.«

Wart war geradezu hypnotisiert von solch aufwendigen Worten, daß er kaum bemerkte, wie sich der grimmige Rachen ihm immer mehr näherte. Immer dichter heran kam er während des fesselnden Vortrags, bis er einen Fingerbreit vor seiner Nase drohte. Beim letzten Satz klaffte er auf, erschreckend, ungeheuerlich; gierig straffte sich die Haut von Knochen zu Knochen, von Zahn zu Zahn. Nur Zähne schienen sich im Innern zu befinden, scharfe Zähne, wie Dornen in Reihen und Riegen angeordnet, spitzig gleich Nägeln an Arbeiterstiefeln; in der allerletzten Sekunde erst gelang es ihm, sich wiederzufinden, sich zusammenzunehmen, sich seiner Instruktionen zu erinnern und Reißaus zu nehmen. Mit einem einzigen Schwung seines Schwanzes preschte er auf und davon, und unmittelbar hinter ihm schnappte das zahnreiche Gebiß zu.

Einen Augenblick später war er wieder auf dem trocknen Land, stand neben Merlin auf der kochend heißen Zugbrücke und keuchte in seinen klebrigen Kleidern.

KAPITEL 6

An einem Donnerstagnachmittag waren die Jungen wie gewöhnlich beim Bogenschießen. Fünfzig Schritt auseinander befanden sich zwei Zielscheiben aus Strohgeflecht, und wenn sie ihre Pfeile auf die eine verschossen hatten, brauchten sie nur hinzugehen und sie einzusammeln, sich umzudrehen und auf die andere zu schießen. Es herrschte immer noch herrlichstes Sommerwetter, und zu Mittag hatte es Hühnchen gegeben. Merlin ging an den Rand des Schießfelds und setzte sich unter einen Baum. Die Wärme und die gebratenen Hühner und die Sahne, die er sich über die Süßspeise gegossen hatte, dazu das ständige Hinundherlaufen der Jungen und das monotone Einschlagen der Pfeile in den Zielscheiben — was genauso einschläfernd wirkte wie das eintönige Surren eines Rasenmähers oder das Klick-Klack eines dörflichen Kricketspiels — und dazu noch das Tanzen der eiförmigen Sonnenkringel auf den Blättern des Baumes —: nun, der alte Mann war bald eingeschlummert.

Das Bogenschießen bedeutete dazumal eine ernsthafte Betätigung. Es war noch nicht den Indianern und kleinen Knaben überlassen. Wer schlecht schoß, wurde mißgelaunt, ähnlich den reichen Fasanenjägern von heute. Kay schoß schlecht. Er war zu verbissen und riß die Sehne, statt dem Bogen zu gehorchen.

»Ach, komm«, sagte er. »Ich bin die blöden Scheiben leid. Laß uns auf den *popinjay* schießen.«

Also kehrten sie den Strohscheiben den Rücken und schossen auf den *popinjay* (das war ein großer künstlicher, farbenfreudiger Vogel auf der Spitze einer Stange), und Kay traf auch hier daneben. Zuerst hatte er das Gefühl: ›Na, ich werd' das blöde Biest schon treffen, und sollt's mich meinen Tee kosten.‹ Dann wurd's ihm einfach langweilig.

Wart sagte: »Wollen wir nicht Freijagd spielen? Wir können ja in einer halben Stunde wiederkommen und Merlin wecken.«

Was sie Freijagd nannten, bestand darin, daß sie mit ihren Bogen loszogen und unterwegs je einen Pfeil auf ein vorher ausgemachtes Ziel abschossen. Manchmal war's ein Maulwurfshaufen, manchmal ein Binsenbüschel, manchmal eine Distel vor ihren Füßen. Stets änderten sie die Entfernung zu ihrem Ziel. Bisweilen wählten sie eines, das hundertzwanzig Schritt entfernt war — so weit ungefähr trugen die Bogen der Jungen —, und bisweilen mußten sie praktisch unter einer nahen Distelstaude hindurch zielen, weil der Pfeil immer ein oder zwei Fuß aufspringt, wenn er den Bogen verläßt. Für einen Treffer gab es fünf Punkte; einen Punkt gab es, wenn der Pfeil nicht weiter als eine Bogenlänge vom Ziel entfernt einschlug; und zum Schluß zählten sie ihre Punkte zusammen.

An diesem Donnerstag wählten sie ihre Ziele mit Bedacht. Das Gras des großen Feldes war erst vor kurzem gemäht worden, so daß sie ihre Pfeile nicht lange zu suchen brauchten, was sonst stets der Fall war — wie beim Golf, wenn man unklugerweise in der Nähe von Hecken oder an unübersichtlichen Stellen schlägt. So kam es, daß sie weiter hinaus streunten als gewöhnlich und an den Saum des Wildwaldes gelangten, wo Cully entflogen war.

»Ich bin dafür«, sagte Kay, »daß wir ins Revier gehen. Da sind Baue, und vielleicht erwischen wir'n Kaninchen. Das macht doch mehr Spaß, als auf Erdhaufen zu schießen.«

Das taten sie. Sie suchten sich zwei Bäume aus, an die hundert Schritt auseinander, und jeder Junge stellte sich unter einen Baum; dann warteten sie, daß die Karnickel wieder hervorkämen. Sie standen ganz still, den Bogen gehoben und den Pfeil aufgelegt, um sich möglichst wenig zu bewegen, wenn die Tiere auftauchten. Es fiel ihnen beiden nicht schwer, in dieser Stellung zu verharren, denn die erste Übung, die sie beim Bogenschießen hatten lernen müssen, war genau diese: eine halbe Stunde lang mit dem Bogen auf Armes Länge dazustehen. Jeder hatte sechs Pfeile, und die konnten sie abschießen und im Auge behalten, ohne die Kaninchen durch das Einsammeln zu verschrecken. Ein Pfeil ist so leise, daß er nur das betreffende Kaninchen verjagt, dem er gegolten hat.

Beim fünften Schuß hatte Kay Glück. Er hatte Wind und Entfernung richtig berechnet, und sein Pfeil traf ein Jungkaninchen mitten in den Kopf. Es hatte sich auf den Hinterläufen aufgerichtet, um dieses rätselhafte Etwas zu beäugen.

»Volltreffer!« rief Wart, als sie auf ihre Beute zuliefen. Es war das erste Kaninchen, das sie je erlegt hatten, und zum Glück war es gleich auf der Strecke geblieben.

Mit dem Jagdmesser, das Merlin ihnen gegeben hatte, weideten sie es sorgfältig aus — um es frisch zu halten — und schoben einen Hinterlauf durch den anderen am Sprunggelenk, so daß eine Art Aufhänger entstand, an dem es leichter zu tragen war. Bevor sie jedoch ihre Bogensehnen entspannten, um das erlegte Wild nach Hause zu bringen, zelebrierten sie die übliche Zeremonie. An jedem Donnerstagnachmittag durften sie, nachdem der letzte ernsthafte Pfeil verschossen war, noch einmal anlegen und einen Pfeil stracks in den Himmel schießen. Es war eine Geste des Abschieds, des Triumphs auch, auf jeden Fall aber herrlich. Heute taten sie's zu Ehren ihrer ersten Jagdbeute.

Wart folgte seinem aufsteigenden Pfeil mit den Blicken. Die Sonne neigte sich bereits abendlich gen Westen, und wo sie standen, wurden sie von den Bäumen schon in Halbschatten getaucht. Als der Pfeil über die Wipfel hinaus war und in den Sonnenschein stieg, verlor er sich golden in den gleißenden Strahlen; er wedelte nicht, wie er's beim Durchreißen getan hätte, sondern hob sich schwimmend und schwindelnd in den Himmel, unbeirrt, vergoldet, über alle Maßen prächtig. Just in dem Augenblick, da seine Kraft erschöpft war, da sein Ehrgeiz von der Vorsehung gebremst wurde und er sich anschickte zu ermatten, zu wenden, in den Schoß der Mutter Erde zurückzukehren — just in diesem Augenblick geschah ein Zeichen, ein Wunder. Eine Rabenkrähe kam träge vor der niedergehenden Sonne einhergeflogen. Sie kam, sie schwankte nicht, sie nahm den Pfeil auf. Sie flog davon, schweren Flügelschlags, den Pfeil im Schnabel.

Kay bekam's mit der Angst, Wart jedoch war wütend. Verzückt hatte er den Flug seines Pfeils verfolgt, das Glühen in der Sonne — und überdies war's sein bester. Er war der einzige, der absolut ausbalanciert war, scharf, dichtbefiedert, sauber gekerbt und weder verzogen noch zerkratzt.

»Du, das war eine Hexe«, sagte Kay.

KAPITEL 7

em Lanzenstechen und der Reitkunst waren zwei Nachmittage in der Woche vorbehalten, denn sie bildeten dazumal die wichtigsten Disziplinen in der Ausbildung eines Edelmannes. Merlin war's nicht recht; er meinte murrend, heutzutage halte sich einer schon für gebildet, weil er einen andern vom Gaul stoßen könne, und derlei Narretei sei der Ruin der Gelehrsamkeit; niemand bekomme mehr Stipendien wie früher, als er ein Junge war, und alle öffentlichen Schulen seien gezwungen, ihr Niveau zu senken. Sir Ector jedoch, ein leidenschaftlicher Lanzenstecher und Konservativer, sagte, die Schlacht von Crécy sei auf dem Sportfeld von Camelot gewonnen worden. Das machte Merlin derart wütend, daß er Sir Ector zwei Nächte lang mit Rheumatismus schlug, ehe er sich erweichen ließ.

Lanzenstechen war eine große Kunst und bedurfte der Übung. Wenn zwei Ritter tjostierten, hielten sie ihre Lanzen in der rechten Hand; indes spornten sie ihre Pferde so gegeneinander, daß jeder den Gegner zur Linken hatte. Der Lanzenschaft wurde also auf der dem Gegner abgewendeten Seite des Körpers gehalten. Das mag jemandem ziemlich verquer vorkommen, der gewöhnt ist, sagen wir mal, eine Pforte mit der Reitpeitsche zu öffnen, aber es hatte seine Gründe. Zum einen bedeutete es, daß der Schild am linken Arm war, so daß die Kontrahenten sich Schild an Schild attakkierten, voll geschützt. Zum anderen bedeutete es, daß ein Mann mit der Seite oder Kante der Lanze vom Pferd gehoben werden konnte, mittels eines kraftvollen horizontalen Schlags, wenn man nicht ganz sicher war, ihn mit der Spitze zu treffen. Dies war der bescheidenste oder stümperhafteste Schlag bei der Tjoste.

Ein guter Tjostierer, wie Lanzelot oder Tristan, wandte stets den direkten Stoß an, weil dieser eine größere Reichweite hat, obwohl er in ungeübten Händen leicht sein Ziel verfehlt. Wenn ein Ritter mit quergelegter Lanze chargierte, um seinen Gegner aus dem Sattel zu fegen, konnte ihn der andere mit vorgestreckter Waffe abwerfen — eine Lanzenlänge, bevor der Querschlag ihm gefährlich wurde.

Dann ging es darum, wie man die Lanze zum direkten Stoß hielt. Es war nicht sinnvoll, sich in den Sattel zu ducken und sie festgepackt zu halten, um auf den Anprall vorbereitet zu sein, denn wenn man sie derart starr hielt, bewegte sich ihre Spitze im Rhythmus des galoppierenden Gauls auf und nieder, so daß man sein Ziel praktisch verfehlen mußte. Man mußte im Gegenteil ganz locker im Sattel sitzen und die Lanze mit leichter Hand gegen die Bewegungen des Pferdes ausbalancieren. Erst im Augenblick des Zustoßens preßte man die Schenkel ans Pferd, warf sein Gewicht nach vorn, packte die Lanze mit der ganzen Hand statt mit Zeigefinger und Daumen und klemmte den rechten Ellbogen an den Körper, um dem Schaft Halt zu verschaffen.

Es ging um die Größe des Speers. Ganz klar: ein Mann mit einem Speer von hundert Schritt Länge würde einen Gegner mit einem Speer von zehn oder zwölf Fuß aus dem Sattel heben, ehe der letztere ihm überhaupt nur nahe kam. Aber es war unmöglich, einen hundert Schritt langen Speer herzustellen, und dann würde man ihn ohnehin nicht tragen können. Der Tjostierer mußte die größte Länge herausfinden, die er bei größter Geschwindigkeit bewältigen konnte, und dabei mußte er bleiben. Sir Lanzelot, der einige Zeit nach diesem Teil der Geschichte auftaucht, hatte Speere mehrerer Größen und ließ sich seinen Großen Speer oder den Kleinen reichen — je nach Erfordernis.

Es gab gewisse Stellen, an denen der Feind zu treffen war. In der Rüstkammer des Castle of the Forest Sauvage befand sich ein großes Bild eines Ritters in voller Rüstung, um dessen verwundbare Punkte Kreise gezogen waren. Diese variierten je nach Art der Rüstung, so daß man seinen Gegner vor Kampfbeginn studieren und sich eine Stelle aussuchen mußte. Die guten

Waffenschmiede — die besten gab es in Warrington, und sie gibt es noch immer dort in der Nähe — achteten darauf, alle vorderen oder exponierten Teile ihrer Rüstungen konvex zu machen, so daß die Speerspitze an ihnen abglitt. Die alten Schilde dagegen waren meist konkav gemacht. Es war besser, wenn die Spitze des Speers am Schild blieb, als daß sie nach oben oder unten abglitt und vielleicht einen verwundbaren Teil der Körper-Rüstung traf. Die beste Stelle, um jemanden zu treffen, war die Helmzier — das heißt, wenn der Betreffende so eitel war, daß er eine breite Metallzier trug, in deren Windungen und Ornamenten die Speerspitze guten Halt fand. Und viele waren so eitel; sie trugen eine Helmzier in Form von Bären und Drachen und gar von Schiffen oder Burgen; Sir Lanzelot hingegen begnügte sich stets mit einem blanken Helm oder einem Federbusch, der keinem Speer Widerstand leistete, oder — in einem Fall — mit dem Ärmel einer gewissen Dame.

Es würde zu weit führen, auf alle Einzelheiten des Lanzenstechens ein-zugehen, welche die beiden Jungen zu lernen hatten, denn dazumal mußte man ein Meister seines Fachs sein und sein Handwerk von Grund auf be-herrschen. Man mußte wissen, welches Holz sich für Speere am besten eignete, und wo und wie man sie zu richten hatte, damit sie nicht splitterten oder sich verzogen. Es gab tausend strittige Punkte in Fragen der Waffen und der Rüstung, und über alle mußte man Bescheid wissen.

Vor Sir Ectors Burg lag in unmittelbarer Nähe ein Turnierplatz, obwohl hier seit Kays Geburt keine Turniere mehr stattgefunden hatten. Es war eine große Wiese mit kurzgehaltenem Gras und einer breiten grasbewach-senen Böschung ringsherum, auf der Pavillons errichtet werden konnten. Auf der einen Seite befand sich, für die Damen, eine alte hölzerne Tribüne auf Stelzen. Gegenwärtig wurde der Platz nur als Übungsfeld zum Lan-zenstechen benutzt: am einen Ende hatte man eine Stechpuppe aufgestellt, am anderen einen Ring. Die Stechpuppe (auch *quintain* genannt, weshalb das Lanzenstechen Quintanrennen hieß) war ein hölzerner Sarazene auf einer Stange, mit leuchtend blauem Gesicht und rotem Bart und funkelnden Augen. In der linken Hand trug er einen Schild, und in der rechten ein flaches Holzschwert. Wenn man ihn mitten auf die Stirn traf, war alles gut — traf die Lanze aber seinen Schild oder irgendeine Stelle rechts oder links der Mittellinie, dann drehte er sich wie wild im Kreise und versetzte einem einen kräftigen Hieb mit dem Schwert, wenn man geduckt vorbei-galoppierte. Seine Farbe war schon etwas abgekratzt und das Holz über dem rechten Auge zersplittert. Der Ring war ein ganz gewöhnlicher Eisen-ring, der mittels einer Schnur an einer Art Galgen aufgehängt war. Wenn es einem Reiter gelang, die Spitze des Speers durch den Ring zu stoßen, dann riß der Faden, und der Gewinner konnte im Handgalopp stolz den Ring an seinem Speer vorweisen.

Es war ein etwas kühlerer Tag, da es allmählich herbstete, und die beiden Jungen waren mit dem Waffenmeister und Merlin auf dem Turnierplatz. Der Waffenmeister oder Feldweibel war ein steifer, bleicher, angeberischer Herr mit gezwirbeltem Schnauzbart. Er stolzierte stets mit vorgereckter Brust einher wie eine Kropftaube und rief bei jeder nur möglichen Gelegenheit: »Auf das Wort *eins*. . .« Er war bemüht, immer den Bauch einzuziehen, so daß er häufig über die eigenen Füße stolperte, weil er sie über seinen Brustkasten hinweg nicht sehen konnte. Ständig ließ er seine Muskeln spielen, was Merlin als störend empfand.

Wart lag neben Merlin im Schatten der Tribüne und kratzte sich, wo die Erntekäfer zwickten. Die sägeartigen Sicheln waren erst vor kurzem in den Schuppen verschwunden, und der Weizen stand in Hocken zu acht auf den hohen Stoppeln, wie man sie damals stehenließ. Wart juckte es noch immer. Auch die Schultern taten ihm weh, und ein Ohr brannte, was daher rührte, daß er beim *quintain* danebengestoßen hatte — denn das Übungsstechen ging natürlich ohne Rüstung vor sich. Wart war froh, daß jetzt Kay an der Reihe war, und er lag schläfrig im Schatten und nieste, kratzte sich und verrenkte sich wie ein Hund und kam kaum dazu, das Vergnügen zu genießen.

Merlin saß mit dem Rücken zu dieser vermaledeiten sportlichen Aktivität und probierte einen Zauber aus, den er verlernt hatte. Es war ein Zauber, mit dem er den Zwirbelbart des Feldweibels auseinanderrollen wollte, aber im Augenblick geriet nur die eine Hälfte aus der Form, und der Feldweibel hatte nichts bemerkt. Abwesend zwirbelte er ihn jedesmal wieder zurecht, so oft Merlin seinen Zauber wirken ließ, und Merlin sagte: »Hol's der Henker!« und fing wieder von vorne an. Einmal ließ er aus Versehen des Weibels Ohren flappern, und der blickte verdutzt gen Himmel.

Von der anderen Seite des Turnierplatzes drang die Stimme des Feldweibels in der stillen Luft herüber.

»Aber nich doch, Master Kay, so doch nich. Hier, ich zeig's ma. Hier, so. Der Speer muß zwischen Daum' un Zeigefinger der Rechten liegen, un der Schild in einer Linie mit'm Saum des Hosenbeins . . .«

Wart rieb sich sein schmerzendes Ohr und seufzte.

»Na, was hast du für Kummer?«

»Ich hab' keinen Kummer — ich denke nach.«

»Und worüber denkst du nach?«

»Ach, eigentlich nichts. Ich hab' mir so überlegt, wie Kay jetzt lernt, ein Ritter zu werden.«

»Das soll einem wohl Kummer machen!« sagte Merlin aufgebracht. »Da stolpern so ein paar hirnlose Einhörner durch die Gegend und nennen sich gebildet, bloß weil sie sich mit einem Stecken gegenseitig vom Pferd stoßen können! Das nimmt mir jede Lust. Ich glaub' sogar, Sir Ector hätte lieber einen Heilige-Jungfrau-Lanzen-Lehrer als Tutor für dich gehabt, der sich auf den Fingerknöcheln fortbewegt wie ein anthropoider Affe, und nicht einen Zauberer von anerkannter Redlichkeit und internationaler Reputation mit erstklassigen Auszeichnungen von allen europäischen Universitäten. Der Ärger mit der normannischen Aristokratie ist, daß sie alle spielwütig sind — genau das: spielwütig.«

Indigniert brach er ab und ließ absichtlich beide Ohren des Feldweibels zweimal langsam und gleichzeitig flappern.

»Daran hab' ich eigentlich nicht gedacht«, sagte Wart. »Ich hab' mir mehr überlegt, wie schön es wäre, ein Ritter zu werden wie Kay.«

»Wieso, du wirst doch früh genug einer, oder?« fragte der alte Mann unwirsch.

Wart gab keine Antwort.

»Oder?«

Merlin drehte sich um und blickte den Jungen durch seine Brille stirnrunzelnd an.

»Was ist denn nun los?« fragte er ungemütlich. Der Augenschein hatte ergeben, daß sein Schüler mit den Tränen kämpfte, und wenn er freundlich zu ihm spräche, würde dieser endgültig weich werden und losheulen.

»Ich werde kein Ritter«, entgegnete Wart kalt. Merlins Kunstgriff hatte gewirkt: ihm war jetzt nicht mehr nach Weinen zumute, sondern am liebsten hätte er Merlin einen Tritt versetzt. »Ich werde kein Ritter, weil ich kein richtiger Sohn von Sir Ector bin. Kay werden sie zum Ritter schlagen, und ich werd' sein Knappe.«

Merlin hatte ihm wieder den Rücken zugekehrt; doch seine Augen funkelten hinter den Brillengläsern. »Schlimm, schlimm«, sagte er mitleidslos.

Wart ließ seinen Gedanken freien Lauf und sagte laut: »Ja, ich wär' aber doch so gern mit einem richtigen Vater und einer Mutter geboren — da hätt' ich ein fahrender Ritter werden können.«

»Und was hättest du gemacht?«

»Ich hätte eine prächtige Rüstung gehabt und Dutzende Speere und einen Rappen, achtzehn Handbreit hoch, und ich hätt' mich Der Schwarze Ritter genannt. Und ich hätte an einem Brunnen gelauert oder an einer Furt oder so was, und alle Ritter, die des Weges kämen, hätte ich gezwungen, um die Ehre ihrer Dame mit mir zu tjostieren; dann hätte ich sie glänzend besiegt und ihnen das Leben geschenkt. Und das ganze Jahr würd' ich draußen leben, in einem Pavillon oder einem Zelt, und ich würd' bloß tjostieren und auf Aventiuren gehn und auf den Turnieren Preise erringen, und nie würd' ich jemandem meinen Namen sagen.«

»Deiner Frau dürfte so ein Leben kaum behagen.«

»Oh, ich will ja auch keine Frau haben. Die sind dumm. — Aber eine Geliebte werde ich wohl brauchen«, fügte der künftige Ritter hinzu, »damit ich ihre Schleife am Helm tragen und ihr zu Ehren große Taten vollbringen kann.«

Eine Hummel flog brummend zwischen ihnen her, unter die Tribüne und in den Sonnenschein hinaus.

»Möchtest du gern ein paar richtige fahrende Ritter sehn?« fragte der Zauberer bedachtsam. »Ich meine: im Rahmen deiner Ausbildung?«

»Ach ja! Seit ich hier bin, haben wir noch nicht mal ein Turnier gehabt.«

»Ich denke, das ließe sich arrangieren.«

»Oh ja, bitte. Ihr könntet mich mitnehmen, wie Ihr mich zu den Fischen mitgenommen habt.«

»Ich schätze, in gewisser Weise ist es erzieherisch.«

»Es ist sehr erzieherisch«, sagte Wart. »Ich kann mir nichts Erzieherischeres vorstellen als ein Paar kämpfender Ritter. Bitte, tut's doch, ja?«

»Hast du irgendeinen besonderen Ritter im Auge?«

»König Pellinore«, sagte er sogleich. Seit ihrer denkwürdigen Begegnung im Walde hatte er eine Schwäche für diesen Edelmann.

Merlin sagte: »Ausgezeichnet. Leg deine Hände an die Seite und entspann deine Muskeln. *Cabricias arci thurum, catalamus, singulariter, nominativa, haec musa.* Mach deine Augen zu und behalt sie zu. *Bonus, Bona, Bonum.* Auf geht's. *Deus Sanctus, est-ne aratio Latinas? Etiam, oui, quare? Pourquoi? Quai substantivo et adjectivum concordat in generi, numerum et casus.* Da sind wir.«

Während dieser Zauberformel hatte der Patient einige sonderbare Empfindungen. Zuerst konnte er noch hören, wie der Waffenmeister Kay zurief: »Nich doch, nich doch; d' Füße unten lassen und den Körper aus'n Hüften schwing'.« Dann wurden die Worte kleiner und kleiner, als blicke er durch das falsche Ende eines Teleskops auf seine Füße, und wirbelten umeinander, als wären sie am zugespitzten unteren Ende einer Windhose, die ihn in die Lüfte saugte. Dann war nur noch lautes rotierendes Röhren und Zischen, das zu einem Tornado anschwoll, bis er meinte, es nicht mehr aushalten zu können. Schließlich äußerste Stille und Merlins Stimme: »Da sind wir.« Dies alles geschah in ungefähr der Zeit, die eine Silvester-Rakete braucht, um mit feurigem Gejaule aufzusteigen, sich am höchsten Punkt der steilen Kurve abwärts zu bewegen und mit einem Knall in bunte Sterne zu explodieren. Er öffnete die Augen in der Sekunde, da man den unsichtbaren Stiel auf dem Boden hätte aufschlagen hören.

Sie lagen unter einer Buche im Forest Sauvage.

»Da sind wir«, sagte Merlin. »Steh auf und klopf dir den Staub von der Hose. —

Und dort, wie mir scheint«, fuhr der Magier mit Befriedigung fort, weil sein Zauber diesmal ohne jeden Haken gewirkt hatte, »kommt auch schon dein Freund, König Pellinore.«

»Hallo, hallo!« rief König Pellinore, und sein Visier ging auf und zu. »Das ist doch der Junge mit dem Federbett, möcht' ich sagen, was?«

»Ja, der bin ich«, sagte Wart. »Und es freut mich sehr, Euch wiederzusehn. Ist es Euch gelungen, das Biest zu fangen?«

»Nein«, sagte König Pellinore. »Hab' das Biest nicht gekriegt. Ach, nun komm schon her, Hund, und laß den Busch in Ruh. Tscha! Tscha! Pfui, pfui! Er läuft Amok, weißt du, was? Ganz verrückt nach Kaninchen. Ich sag' dir doch, da ist nichts drin, du biestiger Köter. Tscha! Tscha! Laß gut sein! Ach, nun komm aber endlich bei Fuß, wie ich dir sage —.

Er kommt nie bei Fuß«, fügte er hinzu.

Just in diesem Augenblick stöberte der Hund einen Fasanenhahn auf, der mit gewaltigem Getöse aus dem Gebüsch abstrich, und der Hund wurde so aufgeregt, daß er am Ende seiner Leine drei- oder viermal um seinen Herrn herumrannte, wobei er heiser keuchte und japste, als hätte er Asthma.

König Pellinores Roß blieb geduldig stehen, während sich ihm die Leine um die Läufe wand, und Merlin und Wart mußten den Hund einfangen und abwickeln, ehe die Unterhaltung fortgesetzt werden konnte.

»Ich muß schon sagen«, sagte König Pellinore. »Herzlichen Dank. Muß ich schon sagen. Willst du mich nicht deinem Freund vorstellen, was?«

»Dies ist mein Hauslehrer Merlin, ein großer Zauberer.«

»Tag auch«, sagte der König. »Zauberer lerne ich immer gern kennen. Ich lern' überhaupt gern jemanden kennen. Dabei vergeht die Zeit besser, was, auf der Aventiure.«

»Heil«, sagte Merlin geheimnisvoll und beschwörend.

»Heil«, erwiderte der König, bemüht, einen guten Eindruck zu machen. Sie gaben sich die Hand.

»Habt Ihr Heil gesagt?« fragte der König und blickte ängstlich an sich herab. »Mir fehlt doch nichts?«

»Er meint Guten Tag«, erklärte Wart.

»Ach ja, Tag auch.«

Sie gaben sich wieder die Hand.

»Einen schönen guten Tag«, sagte König Pellinore. »Was meint Ihr, wie's mit dem Wetter aussieht?«

»Es sieht mir nach einem Anti-Zyklon aus.«

»Ah ja«, sagte der König. »Anti-Zyklon. Je nun, dann werd' ich wohl mal weiterziehn.«

Hierbei fing der König heftig an zu zittern, öffnete und schloß sein Visier etliche Male, hustete, verknüpfte die Zügel zu einem Knoten, rief: »Was denn, bitte sehr?« und machte Anstalten, davonzureiten.

»Er ist ein weißer Magier«, sagte Wart. »Ihr braucht keine Angst vor ihm zu haben. Er ist mein bester Freund, Eure Majestät, und überhaupt kommen ihm seine Zauber gewöhnlich ein bißchen durcheinander.«

»Ah ja«, sagte König Pellinore. »Ein weißer Magier, was? Wie klein die Welt doch ist, wie? Tag auch.«

»Heil«, sagte Merlin.

»Heil«, sagte König Pellinore.

Sie gaben sich zum drittenmal die Hand.

»Ich würde nicht weggehn«, sagte der Hexenmeister, »wenn ich Ihr wäre. Sir Grummore Grummursum ist auf dem Weg hierher, um Euch zu einer Tjoste herauszufordern.«

»Nein, was Ihr nicht sagt! Sir Soundso kommt her, um mich zu einer Tjoste herauszufordern?«

»Gewiß.«

»Guter Vorgabe-Mann? — Handicap?«

»Ich sollte meinen, es würde ein ausgeglichener Kampf.«

»Na, ich muß ja schon sagen«, eiferte sich der König. »Erst soll ich geheilt werden — und nun dies.«

»Heil«, sagte Merlin.

»Heil«, sagte König Pellinore.

»Heil«, sagte Wart.

»Jetzt geb' ich aber keinem mehr die Hand«, verkündete der Monarch. »Wir müssen voraussetzen, daß wir uns schon kennen.«

»Kommt Sir Grummore tatsächlich?« fragte Wart, um das Thema zu wechseln. »Und will er König Pellinore zu einem Kampf herausfordern?«

»Seht mal dorthin«, sagte Merlin, und beide blickten in die Richtung seines ausgestreckten Fingers.

Sir Grummore Grummursum kam in voller Kriegsrüstung über die Lichtung getrabt. Anstelle seines üblichen Helms mit einem Visier trug er einen richtigen Tilte-Helm, wie man ihn zum Lanzenstechen benutzte; er sah aus wie eine Kohlenschütte und klirrte.

Sir Grummore sang sein Lied aus Knaben-Tagen:

> *Nun geht es zum Turnier,*
> *Vom Sattel zum Visier*
> *Pro Mann ein prima Streiter,*
> *Auch Reiter und so weiter,*
> *Gewohnt seit College-Tagen*
> *Im Schild- und Lanzentragen.*
> *Drauf und dran, drauf und dran, drauf und dran, drauf und dran!*
> *Es klirrt der Harnisch bei jedem Stoß,*
> *Drauf los!*

»Du meine Güte!« rief König Pellinore aus. »Ich hab' bestimmt seit zwei Monaten keine richtige Tilte mehr mitgemacht, und letzten Winter haben sie mir achtzehn Kämpfe vergönnt. Das war, als sie die neuen Handicaps einführten.«

Sir Grummore war angekommen, während er sprach, und erkannte Wart.

»Morgen«, sagte Sir Grummore. »Du bist doch Sir Ectors Junge, wie? Und wer ist der Kauz mit dem komischen Hut?«

»Das ist mein Hauslehrer«, sagte Wart eilends. »Merlin, der Zauberer.«

Sir Grummore sah Merlin an — Zauberer wurden dazumal vom echten Tjost-Set für zweitklassig erachtet — und sagte zurückhaltend: »Sieh an, ein Zauberer. Tag.«

»Und das ist König Pellinore«, sagte Wart. »Sir Grummore Grummursum — King Pellinore.«

»Tag«, sagte Sir Grummore.

»Heil«, sagte König Pellinore. »Nein, ich wollte sagen: Guten Tag.«

»Schöner Tag«, sagte Sir Grummore.

»Ja, wirklich schön, nicht, was?«

»Wart Ihr heut auf der Hohen Suche?«

»Oh! Ja, dank' Euch. Bin immer auf der Queste, müßt Ihr wissen. Hinter dem Aventiuren-Tier her.«

»Interessante Aufgabe, das, höchst interessant.«

»Doch ja, interessant ist's schon. Möchtet Ihr ein wenig Losung sehn?«

»Beim Jupiter, ja. Laßt mich die Losung sehn.«

»Daheim hab' ich bessere, aber die hier ist ganz brauchbar, bestimmt.«

»Potzblitz. Das ist also seine Losung.«

»Ja, das ist seine Losung.«

»Interessante Losung.«

»Ja, interessant, nicht? Bloß — man wird sie leid«, fügte König Pellinore hinzu.

»Soso, soso. Schöner Tag heute, nicht?«

»Doch, ein sehr schöner Tag.«

»Schätze, wir sollten wohl eine Tjoste austragen, eh, was?«

»Ja, ich schätze, wir sollten«, sagte König Pellinore. »Wirklich.«

»Worum geht's?«

»Ach, um das übliche, schätz' ich. Würd' einer so freundlich sein, mir mit dem Helm zu helfen?«

Schließlich mußten ihm alle drei behilflich sein. Haken und Ösen waren zu lösen, Schrauben mußten gelockert werden, die der König auf das falsche Gewinde gesetzt hatte, als er in der Frühe hastig aufgebrochen war. Es bedurfte großen technischen Könnens, um ihn aus dem Visier-Helm heraus- und in den Tilte-Helm hineinzubekommen. Der neue Helm war groß wie eine Öltonne, innen mit zwei Lagen Leder und drei Zoll Stroh gepolstert.

Sobald alles bereit war, stellten sich die beiden Ritter an den gegenüberliegenden Seiten der Lichtung auf und ritten dann vor, um sich in der Mitte zu treffen.

»Edler Ritter«, sagte König Pellinore, »ich bitt' Dich, sag mir Deinen Namen.«

»Dies ist mein eigen Sach'«, entgegnete Sir Grummore in der hergebrachten Weise.

»Das ist nicht artig vorgebracht«, sagte König Pellinore, »was? Denn kein Ritter bräucht' sich zu scheuen, sein Nam' offen kundzutun, es sei denn aus Gründen der Scham.«

»Sei dieses, wie es wolle — ich bin nicht willens, Dir mein Nam' preiszugeben, um nichts auf der Welt.«

»Dann müßt Ihr Euch mit mir tjostieren, falscher Ritter.«

»Ist Euch da nicht ein Lapsus unterlaufen, Pellinore?« fragte Sir Grummore. »Mich deucht, es sollt' heißen: ›Du Dich‹.«

»Oh, ich bitte um Vergebung, Sir Grummore. Ja, natürlich, so sollt's heißen. — Dann mußt Du Dich mit mir tjostieren, falscher Ritter.«

Ohne weitere Worte zogen sich die Kontrahenten an den Saum der Waldblöße zurück und nahmen einander gegenüber Aufstellung, legten ihre Speere an und bereiteten sich auf den einleitenden Gang vor.

»Ich halt's für besser, wenn wir auf den Baum steigen«, sagte Merlin. »Bei einer solchen Tjoste weiß man nie, was alles passiert.«

Sie kletterten auf die starke Buche, deren Äste bequem besteigbar nach allen Seiten ragten, und Wart machte es sich in etwa fünfzehn Fuß Höhe gemütlich, von wo aus er einen guten Überblick hatte. Nirgends sonst sitzt man so behaglich wie in der Gabelung einer Buche.

Um diesen kolossalen Kampf richtig miterleben zu können, der nun stattfand, muß man sich einige Dinge vergegenwärtigen. Ein Ritter in voller Rüstung trug dazumal — zumindest in der schwerstgerüsteten Zeit — sein eigenes Gewicht in Metall mit sich herum, manchmal auch mehr. Häufig wog er nicht weniger als zweiundzwanzig *stone*, was, rund gerechnet, dreihundert Pfund sind, und bisweilen gar fünfundzwanzig, also dreihundertfünfzig. Dies bedeutet, daß sein Pferd ein langsamer Gaul sein mußte, der gewaltige Gewichte zu tragen imstande war, ähnlich einem Ackergaul der neueren Zeit, und daß seine eigenen Bewegungen durch die Last von Eisen und Polsterung derart behindert wurden, daß er sich nur langsam fortbewegen konnte, dem Zeitlupentempo im Kino vergleichbar.

»Es geht los!« rief Wart und hielt vor Erregung den Atem an.

Gemächlich und majestätisch setzten sich die gewichtigen Gäule in Gang. Die Speere, die in die Luft gezeigt hatten, senkten sich in die Horizontale und wiesen aufeinander. König Pellinore und Sir Grummore schlugen ihren Pferden die Hacken in die Flanken, daß es nur so eine Art hatte, und innerhalb weniger Minuten beschleunigten die rasanten Rösser ihre Gangart zu einer erd-erschütternden Art von Watscheltrab. Klirr, rumm, bummbumm machten die Pferde, und nun wedelten die beiden Ritter rhythmisch mit ihren Ellbogen und Beinen, wobei sie hoch im Sattel wippten. Dann änderte sich der Takt: Sir Grummores Gaul vollführte wirklich und wahrhaftig einen Handgalopp. Kurz darauf tat König Pellinores Pferd das gleiche. Es war ein pompöses Spektakulum.

»Du meine Güte!« rief Wart, der sich schämte, weil sein Blutdurst die Veranlassung dafür war, daß diese beiden Ritter vor ihm tjostierten. »Werden die sich vielleicht töten?«

»Gefahrvoller Sport«, sagte Merlin und schüttelte den Kopf.

»Da!« rief Wart.

Mit einem gewaltigen Gestampfe der eisenbeschlagenen Hufe, das einem das Blut gerinnen ließ, trafen die mächtigen Recken aufeinander. Beide Speere wankten kurz in der Nähe des Helms des jeweiligen Gegenüber — jeder hatte den schwierigen Punktstoß gewählt —, und dann galoppierten sie in entgegengesetzter Richtung davon. Sir Grummore trieb seinen Speer tief in die Buche, auf der die beiden saßen, und hielt an. King Pellinore, mit dem es durchgegangen war, entschwand ihren Blicken.

»Kann ich wieder kucken?« erkundigte sich Wart, der im kritischen Moment die Augen geschlossen hatte.

»Kannst du«, sagte Merlin. »Es dürfte ein Weilchen dauern, eh sie wieder in Ausgangsstellung sind.«

»Brrr, brrr, sage ich!« rief König Pellinore kaum hörbar weit hinten im Ginstergestrüpp.

»He, Pellinore, he!« schrie Sir Grummore. »Kommt zurück, mein Guter, ich bin hier drüben.«

Es dauerte geraume Zeit, bis die verwickelte Lage geklärt war und die beiden Ritter sich wieder in Positur setzen konnten. König Pellinore befand sich jetzt auf der entgegengesetzten Seite, während Sir Grummore ihm auf seinem ursprünglichen Ausgangspunkt gegenüberstand.

»Verräter-Ritter!« rief Sir Grummore.

»Drückeberger, feige, was?« rief König Pellinore.

Wieder legten sie ihre Speere an und attackierten sich mit Donnergetöse.

»Au«, sagte Wart, »hoffentlich tun sie sich nichts.«

Aber die beiden Gäule stolperten geduldig aufeinander los, und die beiden Ritter entschieden sich gleichzeitig für den Fegestreich. Jeder hielt seinen Speer rechtwinklig nach links, und ehe Wart noch etwas sagen konnte, gab es ein ungeheures und doch melodisches Dröhnen. Bang! — tönte die Rüstung, und es klang, als wäre ein Omnibus in eine Schmiede gefahren. Die beiden Kombattanten saßen Seite an Seite auf dem grünen Rasen, während ihre Pferde sich in entgegengesetzter Richtung entfernten.

»Ein prächtiger Fall«, sagte Merlin.

Die beiden Pferde kamen zum Stehen, ihrer Pflicht und Last ledig, und begannen ergeben zu grasen. König Pellinore und Sir Grummore saßen nebeneinander; jeder starrte geradeaus und hielt den Speer des andern hoffnungsvoll unter dem Arm.

»Jau!« sagte Wart. »War das ein Zusammenstoß! Scheint ihnen aber soweit nichts getan zu haben.«

Sir Grummore und König Pellinore erhoben sich umständlich.

»Verteidige Dich«, rief König Pellinore.

»Gott behüte Dich«, rief Sir Grummore.

Bei diesen Worten zogen sie ihre Schwerter und stürmten mit solchem Ungestüm aufeinander los, daß sie beide, nachdem sie einander eine Beule in den Helm geschlagen hatten, sich rücklings ins Gras setzten.

»Bah!« rief König Pellinore.

»Buh!« rief Sir Grummore.

»Oh Schreck«, sagte Wart. »Was für ein Kampf!«

Die Ritter hatten nun ihre Ruhe verloren und bereiteten sich auf eine ernsthafte Auseinandersetzung vor. Was allerdings nicht allzuviel bedeuten wollte, denn sie waren derart von Metall umschlossen, daß sie keinen großen Schaden anrichten konnten. Es dauerte lange, bis sie sich erhoben hatten, und das Austeilen eines Hiebes war bei einem Gewicht von einer Achteltonne ein solch beschwerliches Geschäft, daß jedes Stadium des Wettkampfes überlegt und berechnet werden konnte.

Im ersten Stadium standen sich König Pellinore und Sir Grummore ungefähr eine halbe Stunde lang gegenüber und droschen auf ihre Helme. Es konnte jeweils nur ein Schlag angebracht werden, so daß sie sich mehr oder weniger abwechselten: König Pellinore schlug zu, während Sir Grummore ausholte, und umgekehrt. Anfangs hielten sie es so: hatte einer von ihnen sein Schwert fallenlassen oder in die Erde gestoßen, bekam er von dem anderen zwei oder drei Extrahiebe, während er ungerührt nach seiner Waffe grapschte oder sie aus dem Boden zog. Später betrieben sie das Ganze in größerem Gleichmaß — wie mechanische Spielzeugfiguren, die unterm Weihnachtsbaum Holz sägen. Schließlich wurde durch die Anstrengung und Monotonie ihre gute Laune wiederhergestellt, und dann kam Langeweile auf.

Zur Abwechslung ging man, nach allgemeiner Übereinkunft, zum zweiten Stadium über. Sir Grummore stapfte zum einen Ende der Lichtung, während König Pellinore zum anderen stampfte. Dann machten sie kehrt, schwangen ein- oder zweimal rückwärts und vorwärts, um ihr Gewicht auf die Sohlen zu kriegen. Wenn sie sich nach vorne beugten, mußten sie ein paar Schritte laufen, um nicht aus dem Gleichgewicht zu kommen, und wenn sie sich zu weit nach hinten lehnten, fielen sie um. So entwickelte sich also auch das Gehen zu einer komplizierten Angelegenheit. Hatten sie nun ihr Gewicht derart ausbalanciert, daß es sie leicht vornüber zog, dann setzten sie sich in einen schwerfälligen Trab, um das Gleichgewicht nicht zu verlieren, und stoben aufeinander los wie zwei urige Eber.

In der Mitte trafen sie sich, Brust an Brust, mit dem Getöse eines Schiffsuntergangs und großem Glockengeläute; sie prallten aneinander ab und schlugen außer Atem rückwärts auf den Boden. So blieben sie ein paar Minuten keuchend liegen. Dann rafften sie sich mühevoll wieder auf, und es war ihnen anzumerken, daß sie neuerlich die Geduld verloren.

König Pellinore verlor nicht nur die Geduld, sondern schien durch die Wucht des Zusammenpralls einigermaßen verwirrt zu sein. Er stand nach der verkehrten Seite hin auf und konnte Sir Grummore nicht finden. Hierfür gab es eine gewisse Entschuldigung, da er ja nur durch einen schmalen Schlitz zu lugen imstande war — und der befand sich infolge der Strohpolsterung noch etliche Fingerbreit von seinen 'Augen entfernt —, doch wirkte der König ohnehin etwas benebelt. Vielleicht war seine Brille zerbrochen. Sir Grummore nahm flink seinen Vorteil wahr.

»Nehmt dies!« rief Sir Grummore und versetzte dem unglücklichen Monarchen einen beidhändigen Schlag aufs Haupt, da dieser langsam seinen Kopf hin und her bewegte und in die falsche Richtung glotzte.

König Pellinore drehte sich mürrisch um, sein Gegner indes war schneller. Er machte die Drehbewegung mit, so daß er sich weiterhin im Rücken des Königs befand. Und wieder gab er ihm einen horrenden Hieb auf dieselbe Stelle.

»Wo seid Ihr?« fragte König Pellinore.

»Hier«, rief Sir Grummore und schlug zu.

Der arme König drehte sich so behend wie möglich um, doch Sir Grummore kam ihm wieder zuvor.

»Horridoh!« krähte Sir Grummore, zu einem weiteren Schwertstreich ausholend.

»Ihr seid ein Prolet«, sagte der König.

»Schlag zu!« erwiderte Sir Grummore und tat selbiges.

Das wiederholte Krachen, die ständigen Schläge auf den Hinterkopf und die rätselhafte Kampfesweise seines Kontrahenten hatten des Königs Sinne sichtbarlich verwirrt. Unter dem Hagel der Hiebe, die auf ihn niedersausten, schwankte er vor und zurück und wedelte matt mit den Armen.

»Armer König«, sagte Wart. »Ich wollt', er würd' ihn nicht so schlagen.«

Als sollte dieser Wunsch erfüllt werden, hielt Sir Grummore in seinem Bemühen inne.

»Wollt Ihr Pax?« fragte Sir Grummore.

King Pellinore gab keine Antwort.

Sire Grummore vergönnte ihm noch einen Streich und sagte: »Wenn Ihr nicht Pax sagt, säble ich Euch den Kopf ab.«

»Ich sag's nicht«, sagte der König.

Bäng! fuhr ihm das Schwert aufs Haupt.

Bäng! sauste es wieder.

Bäng! zum drittenmal.

»Pax«, sagte König Pellinore brummelnd.

Und als Sir Grummore den Zweikampf zu seinen Gunsten entschieden wähnte und sich im Siege sonnen wollte, da schwang der König herum, brüllte mit äußerster Kraft: »Non!« und versetzte ihm einen ordentlichen Stoß gegen die Brust.

Sir Grummore landete auf dem Rücken.

»Nein aber auch!« rief Wart aus. »So ein Betrug! Das hätte ich nie von ihm gedacht.«

König Pellinore setzte sich geschwind auf die Brust seines Opfers, wodurch er das Gewicht um eine Vierteltonne erhöhte und jede Bewegung unmöglich machte; alsdann löste er Sir Grummores Helm.

»Ihr habt Pax gesagt!«

»Ich hab' Pax Non gemurmelt.«

»Das ist doch Schwindel.«

»Ist es nicht.«

»Ihr seid ein Prolet.«

»Nein, bin ich nicht.«

»Doch, seid Ihr wohl.«

»Nein, bin ich nicht.«

»Doch, seid Ihr wohl.«

»Ich hab' Pax Non gesagt.«

»Ihr habt Pax gesagt.«

»Nein, hab' ich nicht.«

»Doch, habt Ihr wohl.«

»Nein, hab' ich nicht.«

»Doch, habt Ihr wohl.«

Sir Grummore war nun ohne Helm, sein kahler Kopf glänzte, und sein Gesicht war puterrot.

»Ergib Dich, Feigling«, sagte der König.

»Das werde ich nicht tun«, sagte Sir Grummore.

»Ihr müßt Euch ergeben, sonst schlag' ich Euch den Kopf ab.«

»Dann schlagt ihn ab.«

»Nun kommt schon«, sagte der König. »Ihr wißt doch, daß Ihr Euch ergeben müßt, wenn der Helm ab ist.«

»Na und?«

»Gut, dann werd' ich Euch den Kopf abschlagen müssen.«

»Mir einerlei.«

Der König schwang drohend sein Schwert in der Luft.

»Los doch«, sagte Sir Grummore. »Ihr traut Euch ja nicht.«

Der König ließ sein Schwert sinken und sagte: »Ach bitte, so ergebt Euch doch.«

»Ergebt *Ihr* Euch«, sagte Sir Grummore.

»Aber ich kann mich doch nicht ergeben. Schließlich sitze ich ja auf Euch drauf, oder, was?«

»Ich hab' bloß so getan, als ob . . .«

»Nun kommt schon, Grummore. Ihr seid wirklich ein Prolet, wenn Ihr Euch nicht ergebt und unterwerft. Ihr wißt doch ganz genau, daß ich Euch nicht gut den Kopf abschlagen kann.«

»Ich ergeb' mich keinem Betrüger, der losschlägt, nachdem er Pax gesagt hat.«

»Ich bin kein Betrüger.«

»Ihr seid ein Betrüger.«

»Nein, bin ich nicht.«

»Doch, seid Ihr wohl.«

»Nein, bin ich nicht.«

»Doch, seid Ihr wohl.«

»Na gut denn«, sagte König Pellinore. »Steht also auf und nehmt Euern Helm, und wir schlagen uns. Ich lasse mich von niemandem Betrüger schimpfen.«

»Betrüger!« sagte Sir Grummore.

Sie standen auf und machten sich gemeinsam mit dem Helm zu schaffen, wobei sie sich zuzischten: »Nein, bin ich nicht« — »Doch, seid Ihr wohl«, bis er ordnungsgemäß an Ort und Stelle saß. Dann zogen sich beide auf ihren jeweiligen Ausgangspunkt am Rand der Lichtung zurück, pendelten ihr Gewicht ein und stießen rumpelnd und polternd wie zwei führerlose Trambahnen aufeinander.

Unglücklicherweise waren sie jetzt so wütend, daß sie jede Vorsicht außer acht ließen, und in der Hitze des Gefechts verfehlten sie einander vollkommen. In ihren wuchtigen Rüstungen hatten sie eine solche Beschleunigung, daß sie erst zum Halten kamen, als sie längst aneinander vorbei waren, und dann fuhrwerkten sie dergestalt umher, daß keiner in des andern Blickfeld geriet. Es war erheiternd, sie zu beobachten. König Pellinore, den es einmal von hinten erwischt hatte, drehte sich dauernd im Kreise, und Sir Grummore, dem durch diese List schon einmal Erfolg beschieden war, tat desgleichen. So wanderten sie an die fünf Minuten tapsend umher, hielten inne, lauschten, klirrten, krochen, krebsten, kauerten, hielten Ausschau, gingen auf Zehenspitzen und machten dann und wann einen blitzartigen Ausfall nach rückwärts. Einmal standen sie nur wenige Fuß voneinander entfernt, Rücken an Rücken, und staksten dann mit unendlicher Behutsamkeit in entgegengesetzter Richtung davon; und einmal traf König Pellinore Sir Grummore tatsächlich mit einem seiner Rückwärtsstöße, doch drehten sich beide daraufhin so oft umeinander, daß sie schwindlig wurden und sich neuerdings verfehlten.

Nach fünf Minuten sagte Sir Grummore. »Schon gut, Pellinore. Braucht Euch nicht mehr zu verstecken. Ich seh', wo Ihr seid.«

»Ich versteck' mich überhaupt nicht«, rief König Pellinore entrüstet. »Wo bin ich denn?«

So entdeckten sie einander und näherten sich bis auf eine Handbreit.

»Prolet«, sagte Sir Grummore.

»Lump«, sagte König Pellinore.

Sie machten kehrt und marschierten, vor Entrüstung schnaubend, in ihre Ecken.

»Schwindler««, schrie Sir Grummore.

»Biestiger Prahlhans«, schrie König Pellinore.

Hiermit sammelten sie all ihre Kräfte für die entscheidende Begegnung, beugten sich vor, senkten die Köpfe wie zwei Ziegenböcke und sprinteten gegeneinander zum abschließenden Schlag. Indes: die Richtung stimmte nicht. Sie verfehlten einander um etwa fünf Schritt, jagten volldampf aneinander vorbei, gut acht Knoten schnell, wie zwei Schiffe, die sich nächtens begegnen, ohne miteinander zu reden, und sausten ihrem Untergang entgegen. Beide Ritter wirbelten mit ihren Armen wie Windmühlenflügel, entgegen dem Uhrzeigersinn, in dem vergeblichen Bemühen, ihre Fahrt zu verlangsamen. Beide rollten mit unverminderter Geschwindigkeit weiter. Dann rammte Sir Grummore seinen Kopf gegen die Buche, auf der Wart saß, und König Pellinore kollidierte mit einer Kastanie am anderen Ende der Lichtung. Die Bäume bebten, der Wald erklang, Amseln und Eichhörnchen fluchten und wetterten, und Ringeltauben verließen eine halbe Meile im Umkreis ihr luftiges Lager. Die beiden Kämpen standen in Habachtstellung, während man bis drei zählen konnte. Mit einem letzten einstimmigen melodischen Klirren fielen sie dann der Länge nach auf den schicksalhaften Rasen.

»Ohnmächtig«, sagte Merlin, »möcht' ich meinen.«

»Du meine Güte«, sagte Wart. »Sollen wir nicht runterklettern und ihnen helfen?«

»Wir könnten sie mit Wasser begießen«, sagte Merlin nachdenklich, »wenn's hier Wasser gäb'. Andererseits würden sie es uns kaum danken, wenn wir ihnen ihre Rüstung rostig machten. Sie werden schon zu sich kommen. Außerdem ist's an der Zeit, daß wir uns nach Hause begeben.«

»Aber vielleicht sind sie tot!«

»Sie sind nicht tot. Ich weiß das. In zwei oder drei Minuten kommen sie zu sich und gehn dann nach Hause zum Essen.«

»Der arme König Pellinore hat kein Zuhause.«

»Dann wird Sir Grummore ihn einladen, bei ihm zu übernachten. Wenn sie zu sich kommen, sind sie die besten Freunde. So ist das immer.«

»Meint Ihr wirklich?«

»Mein lieber Junge, ich weiß es. Mach die Augen zu, und es geht los.«

Wart fügte sich Merlins überlegenem Wissen. »Was meint Ihr«, fragte er mit geschlossenen Augen, »hat Sir Grummore ein Federbett?«

»Vermutlich.«

»Gut«, sagte Wart. »Da wird König Pellinore sich freuen, auch wenn er ohnmächtig war.«

Die lateinischen Worte wurden gesprochen, die geheimen Gebärden gemacht. Der Trichter aus pfeifendem Geräusch und rotierendem Raum nahm sie auf. Zwei Sekunden später lagen sie im Schatten der Tribüne, und die

71

Stimme des Feldweibels rief von der entfernten Seite des Turnierplatzes: »Aber nich doch, Master Art, nich doch. Ihr habt nu lang genug gedöst. Nu kommt aber inne Sonne, hier zu Master Kay, eins-zwei, eins-zwei, un laßt Euch ma'n richt'ges Lanzenstechen zeigen.«

KAPITEL 8

s war ein kalter, nasser Abend, wie er auch gegen Ende August vorkommen kann, und Wart wußte nicht, wie er's im Hause aushalten sollte. Einige Zeit verbrachte er im Zwinger und sprach mit Cavall; dann schlenderte er in die Küche, um beim Drehen des Bratspießes zu helfen. Dort jedoch war's zu heiß. Wegen des Regens durfte er auf Geheiß der weiblichen Respektspersonen nicht nach draußen — wie dies bei den bedauernswerten Kindern unserer Generation allzu häufig der Fall ist —, doch hielt ihn schon die Nässe und Öde dort draußen davon ab, das Haus zu verlassen.

»Verdammter Bengel«, sagte Sir Ector. »Hör um des lieben Himmels willen auf, am Fenster rumzulungern! Geh los und such deinen Tutor. Als ich ein Junge war, da haben wir an Regentagen immer gelernt, ja, und uns fortgebildet.«

»Wart ist doof«, sagte Kay.

»Nun lauf schon, mein Täubchen«, sagte das alte Kindermädchen. »Ich ha' jetzt kein' Zeit, mich mit dein' Flausen abzugeben, wo ich die ganz' Wascherei am Hals hab'.«

»Ja, geht lieber, junger Herr«, sagte Hob. »Ist besser, als wie wenn Ihr das Vogelzeug unruhig machen tut.«

»Nich doch, nich doch«, sagte der Weibel. »Laßt mich in Ruh. Mir reicht die Putzerei vonnen Rüstungen.«

Sogar der Hundejunge blaffte ihn an, als er wieder in den Zwinger kam.

Wart verzog sich ins Turmzimmer, wo Merlin damit beschäftigt war, sich eine Nachtmütze für den Winter zu stricken.

»Ich nehme jetzt jede zweite Reihe ab«, sagte der Zauberer, »aber irgendwie wird der Übergang zu schroff. Wie bei einer Zwiebel. Verzwickt, dieses Maschen-Aufnehmen und -Fallenlassen und so.«

»Ich glaube, ich sollt' mich ein bißchen auswilden lassen«, sagte Wart. »Ich weiß nicht, was ich sonst tun könnte.«

»Ach, du meinst, Ausbildung, Bildung sei etwas, das man tun kann, wenn man zu nichts anderem Lust hat?« erkundigte sich Merlin unwirsch, denn er war gleichfalls übler Laune.

»Na ja«, sagte Wart, »vielleicht könnt' ich irgend etwas lernen.«

»Von mir?« fragte der Magier mit blitzenden Augen.

»Ach, Merlin«, sagte Wart, ohne darauf einzugehen, »gebt mir doch bitte irgendwas zu tun. Ich fühl' mich richtig scheußlich. Niemand hat heute Zeit für mich, und ich weiß einfach nicht, was ich anfangen soll. Es regnet so doll.«

»Du solltest stricken lernen.«

»Könnt' ich nicht rausgehn und etwas sein, ein Fisch oder sonstwas?«

»Ein Fisch bist du schon gewesen«, sagte Merlin. »Kein Mensch mit etwas Grips braucht etwas zweimal zu lernen.«

»Dann könnt' ich vielleicht ein Vogel sein?«

»Wenn du auch nur eine kleine Ahnung hättest«, sagte Merlin, »was nicht der Fall ist, dann wüßtest du, daß kein Vogel gern im Regen fliegt, weil dann die Federn naß werden und zusammenkleben. Da wird er schmuddelig.«

»Ich könnt' ein Falke in Hobs Vogelhaus sein«, sagte Wart beharrlich. »Dann wär' ich drinnen und würd' nicht naß.«

»Das ist aber ziemlich anspruchsvoll«, sagte der alte Mann, »ein Falke sein zu wollen.«

»Ihr könntet mich sofort in einen Falken verwandeln, wenn Ihr bloß wolltet«, rief Wart. »Aber es macht Euch Spaß, mich zu quälen, weil's regnet. Das lass' ich mir nicht gefallen.«

»Potztausend!«

»Lieber Merlin«, sagte Wart, »bitte: verwandelt mich in einen Falken. Wenn Ihr das nicht tut, dann tu ich was. Ich weiß nicht, was.«

Merlin ließ sein Strickzeug sinken und blickte seinen Schüler über den Rand seiner Brille hinweg an. »Mein Junge«, sagte er, »du sollst alles sein, was es gibt – Tier, Pflanze, Gestein, Virus oder Bazillus: mir ist's einerlei. Ich habe noch viel mit dir vor. Aber du wirst dich meiner Rück-Sicht anvertrauen müssen. Die Zeit ist noch nicht reif, daß du ein Falke bist — abgesehen davon, daß Hob noch im Vogelhaus ist und sie füttert —, also setz dich erstmal hin und lerne, ein Mensch zu sein.«

»Na gut«, sagte Wart, »wenn's denn sein muß.« Und er setzte sich.

Nach einigen Minuten sagte er: »Ist einem als Mensch das Sprechen erlaubt, oder gilt die Devise: gesehn werden, aber nicht gehört?«

»Jedermann darf sprechen.«

»Das ist gut, denn ich wollt' erwähnen, daß Ihr jetzt schon seit drei Reihen Euern Bart in die Nachtmütze reinstrickt.«

73

»Da soll aber doch gleich . . .«

»Das beste wär' wohl, Ihr würdet die Spitze Eures Bartes abschneiden. Soll ich eine Schere holen?«

»Warum hast du's mir nicht gleich gesagt?«

»Ich wollte sehn, was passiert.«

»Da bist du aber ein großes Risiko eingegangen, mein Junge«, sagte der Zauberer. »Um ein Haar wärst du in ein Stück Brot verwandelt und getoastet worden.«

Hiermit begann er langsam seinen Bart aus der Strickerei zu lösen, wobei er vor sich hin murmelte und darauf achtete, keine Masche fallenzulassen.

»Ist das Fliegen so schwierig wie Schwimmen?« fragte Wart, als er meinte, daß sein Lehrer sich beruhigt habe.

»Du brauchst nicht zu fliegen. Ich habe nicht die Absicht, dich in einen freifliegenden Falken zu verwandeln — du kommst nur über Nacht ins Vogelhaus, damit du dich mit den anderen unterhalten kannst. So lernt man: indem man den Experten lauscht.«

»Werden sie denn sprechen?«

»Sie sprechen jede Nacht bis tief in die Dunkelheit. Sie erzählen, wie sie gefangen worden sind und was sie noch von früher wissen: von ihrer Abstammung und den großen Taten ihrer Vorfahren, von ihrer Abrichtung und von dem, was sie gelernt haben und was sie noch lernen werden. Im Grunde ist's eine militärische Konversation, so ähnlich wie in der Offiziersmesse eines Kavallerieregiments: Taktik, leichte Waffen, Instandhaltung, Wetten, berühmte Jagden, Wein, Weib und Gesang. —

Ein weiteres Gesprächsthema«, fuhr er fort, »ist die Atzung. Das ist ein deprimierender Gedanke, aber sie werden nun einmal durch Hunger abgerichtet. Sie sind ein ausgehungerter Haufe, diese armen Kerls; sie denken bloß an die besten Restaurants, die sie früher besucht haben, und wie sie sich's bei Champagner und Kaviar und Zigeunermusik wohlsein ließen. Natürlich sind sie samt und sonders adliger Herkunft.«

»Eigentlich eine Schande, daß sie gefangengehalten werden und Hunger leiden.«

»Nun ja, im Grunde begreifen sie nicht, daß sie Gefangene sind — ebensowenig wie die Kavallerie-Offiziere. Sie sehen sich anders: ganz ihrem Beruf ergeben, wie ein Ritterorden oder dergleichen. Die Mitgliedschaft des Vogelhauses ist schließlich auf Raub- beziehungsweise Greifvögel beschränkt, verstehst du, und das hilft ungemein. Sie wissen, daß von den niederen Klassen niemand Zutritt hat. In den Volieren sind keine Amseln oder derlei Kleinzeug. Und was den Hunger betrifft: sie sind keineswegs am Verhungern. So ist das nun auch wieder nicht. Sie befinden sich im Training, weißt du, und wie alle, die in hartem Training sind, denken sie ans Essen.«

»Wann kann ich denn anfangen?«

»Du kannst jetzt schon anfangen, wenn du willst. Mein Innen-Blick sagt mir, daß Hob eben fertig geworden ist. Zuerst aber mußt du dir aussuchen, was für ein Falke du gern sein möchtest.«

»Ich möcht' gern ein Zwergfalke, ein Merlin, sein«, sagte Wart höflich.

Diese Antwort schmeichelte Merlin. »Eine ausgezeichnete Wahl«, sagte er, »und wenn's dir recht ist, können wir sogleich beginnen.«

Wart stand von seinem Stuhl auf und stellte sich vor seinen Lehrer. Merlin legte seine Strickarbeit hin.

»Zuerst wirst du klein«, sagte er und drückte ihn auf den Kopf, bis er etwas kleiner als eine Taube war. »Dann stehst du auf den Ballen deiner Zehen, beugst die Knie, hältst die Ellbogen an die Seite, hebst die Hände in Höhe deiner Schultern und preßt die ersten und zweiten Finger zusammen, desgleichen die dritten und vierten. Sieh mal: so.«

Mit diesen Worten stellte sich der Meister der Magie auf die Zehenspitzen und tat, wie er erklärt hatte.

Wart machte ihm alles genau nach und fragte sich, was nun geschehen werde. Es passierte dies: Merlin, der die letzten Zauberformeln unhörbar vor sich hin gemurmelt hatte, verwandelte sich in einen Kondor und ließ Wart stehen, auf Zehenspitzen, unverändert. Da hockte er, als trockne er sich in der Sonne, mit einer Spannweite von an die elf Fuß, einem hell-orangefarbenen Kopf und einem purpurnen Karbunkel. Er blickte recht überrascht drein und reichlich komisch.

»Kommt zurück«, sagte Wart. »Ihr habt den falschen verwandelt.«

»Das kommt durch dies Heilige-Jungfrau-Reinemachen«, brummte Merlin und verwandelte sich zurück. »Kaum läßt man eine Frau für eine halbe Stunde ins Studierzimmer, da findet man nichts mehr an seinem Platz. Es ist wie verhext. Steh auf — wir versuchen's nochmal.«

Diesmal spürte der nun winzige Wart, wie seine Zehen sprossen und auf dem Boden kratzten. Er spürte, wie seine Hacken sich hoben und nach hinten ragten und wie ihm die Knie in den Magen drückten. Seine Schenkel wurden kurz. Ein Hautgeflecht breitete sich von den Handgelenken bis zu den Schultern aus, während aus seinen Fingerspitzen das Kleingefieder wuchs. Das Großgefieder sproß an den Unterarmen, und vom Ende jedes Daumens brach falsches Kleingefieder hervor.

Das Dutzend Federn seines Stoßes mit den doppelten Querbinden in der Mitte schoß im Handumdrehen heraus, und die Schutzfedern an Brust und

Schultern und Rücken schlüpften aus der Haut, um die Kiele der wichtigeren Pelzdunen zu bedecken. Wart warf einen schnellen Blick zu Merlin hin, duckte den Kopf zwischen die Beine und hielt dort Ausschau, schüttelte sein Gefieder und kratzte sich mit der scharfen Kralle einer Zehe am Hals.

»Gut«, sagte Merlin. »Jetzt hüpf auf meine Hand — au, nimm dich in acht und krall dich nicht fest — und hör zu, was ich dir sage. Ich bringe dich jetzt ins Vogelhaus — Hob hat alles für die Nacht bereitet — und lasse dich ohne Haube bei Balin und Balan sitzen. Jetzt gib Obacht. Nähere dich keinem, ohne dich vorher bemerkbar zu machen. Du darfst nie vergessen, daß die meisten eine Haube tragen, weshalb sie leicht erschrecken und etwas Unbesonnenes tun. Balin und Balan kannst du vertrauen, ebenso dem Turmfalken und dem Sperber. Der Falkin darfst du nicht in die Nähe kommen — es sei denn, sie fordere dich dazu auf. Auf gar keinen Fall darfst du dich Cullys Käfig nähern, denn der trägt keine Haube und geht durchs Gitter auf dich los oder macht sonst was. Er ist nicht recht bei Sinnen, der arme Kerl, und wenn er dich einmal in den Krallen hat, kommst du bei lebendigem Leibe nicht mehr raus. Bedenke, daß du in einer Art spartanischer Offiziersmesse zu Gast bist. Diese Leutchen sind Berufssoldaten. Als junger Subalterner hast du den Mund zu halten, nur zu sprechen, wenn man das Wort an dich richtet, und nie zu unterbrechen.«

»Ich wette, ich bin mehr als ein Subalterner«, sagte Wart, »wenn ich ein Merlin bin.«

»Na ja, schön, bist du ja auch. Du wirst feststellen, daß sich der Turmfalke und der Sperber dir gegenüber zuvorkommend benehmen — um des himmlischen Himmels willen aber unterbrich nicht die älteren Merline oder die Falkin. Sie ist der Ehrenobrist des Regiments. Und Cully — tja, der ist auch Obrist, wenn auch in der Infanterie, also hüte deine Zunge.«

»Ich werd' mich vorsehn«, sagte Wart, dem ein wenig bänglich wurde.

»Gut. Ich hole dich morgen früh ab, ehe Hob kommt.«

Alle Falken waren stumm, als Merlin ihren neuen Gefährten ins Vogelhaus trug, und sie blieben für eine ganze Weile stumm, nachdem er gegangen war. Der Regen war einem vollen August-Mond gewichen, und draußen war es so hell, daß man fünfzehn Schritte entfernt eine haarige Bärenraupe sehen konnte, die an dem rauhen Sandstein des Bergfrieds emporkroch, höher und immer höher, und Warts Augen gewöhnten sich sehr bald an die diffuse Helligkeit im Innern des Hauses. Die Dunkelheit durchsetzte sich mit Licht, lockerte sich strahlend auf, und endlich bot sich ihm ein unheimlicher Anblick. Jeder Falke stand im Silberschein auf einem Bein und hatte das andere unter sein Gefieder gefaltet, und jeder bildete die reglose Gestalt eines Ritters in voller Rüstung. Ernst standen sie da, in ihren federgekrönten Helmen, gewappnet und gespornt. Die Sichtblenden aus Sackleinwand zwischen ihren Sitzstangen bewegten sich im Luftzug wie Banner in einer Kapelle, und die Ritter oblagen ihrer Nachtwache in ehrwürdiger Geduld. Dazumal setzte man allem und jedem eine Haube auf, sogar dem Habicht und dem Merlin (oder Zwergfalken) — von welchem Brauch man heute längst abgekommen ist.

Wart verschlug es den Atem, als er all dieser stattlichen Gestalten ansichtig wurde, die so still dastanden, daß sie wie aus Stein gemeißelt wirkten. Er war von ihrer Großartigkeit überwältigt, und es hätte des Hinweises von Merlin nicht bedurft, daß er sich zurückhaltend zu benehmen und gesittet aufzuführen habe.

Alsdann klingelte ein Glöckchen. Der große Peregrin, der Wanderfalke, hatte sich gerührt und sagte nun mit hoher nasaler Stimme, die ihm aus der aristokratischen Nase drang: »Meine Herren, es ist gestattet, sich zu unterhalten.«

Betretenes Schweigen herrschte.

Nur in der entfernten Ecke des Raumes, die für Cully abgeteilt war — er hockte dort ohne Kette, ohne Haube, mitten in der Mauser —, hörte man ein mattes Murmeln des cholerischen Infanterie-Obristen. »Verdammte Nigger«, brummelte er. »Verdammte Administration. Verdammte Politiker. Verdammte Bolschewiken. Ist das ein verdammter Dolch, den ich da vor mir sehe, handlich und griffbereit? Verdammt. Cully, nur eine kurze Stunde Lebens bleibt dir — dann ewige Verdammnis.«

»Obrist«, sagte der Peregrin kalt, »nicht vor den jüngeren Offizieren.«

»Ich bitte untertänigst um Verzeihung«, sagte der arme Obrist sofort. »Es kommt mich halt an, wissen Sie. Düstere Verdammnis.«

Wieder Schweigen. Förmlich, schrecklich, steif und still.

»Wer ist der neue Offizier?« erkundigte sich die erste gestrenge und schöne Stimme.

Niemand gab Antwort.

»Stellen Sie sich vor«, befahl der Peregrin und blickte starr vor sich hin, als rede er im Schlaf.

Da sie ihre Hauben trugen, konnten sie ihn nicht sehen.

»Bitte«, begann Wart, »ich bin ein Merlin . . .«

Die Stille ängstigte ihn — er hielt inne.

Balan, einer der richtigen Merline, stand neben ihm und flüsterte ihm freundlich ins Ohr: »Haben Sie keine Angst, nennen Sie ihn Madame.«

»Ich bin ein Merlin, Madame, zu Diensten.«

»Ein Merlin. Das ist gut. Und von welchem Zweig der Merlins leiten Sie sich her?«

Wart hatte nicht die mindeste Ahnung, von welchem Zweig er sich herleitete, wollte sich indes keine Blöße geben.

»Madame«, sagte er, »ich gehöre zu den Merlins des Forest Sauvage.«

Hierauf herrschte wieder Schweigen, dieses silbrige Schweigen, das ihm mittlerweile Furcht einflößte.

»Wir haben die Yorkshire Merlins«, sagte die Ehrenobristin endlich mit bedächtiger Stimme, »und die Welsh Merlins, und die McMerlins des Nordens. Dann gibt es die aus Salisbury und etliche aus der Umgebung von Exmoor und die O'Merlins von Connaught. Soweit ich mich erinnern kann, habe ich von einer Familie im Forest Sauvage nie etwas gehört.«

»Gestatten, Madame«, sagte Balan, »es könnte sich um eine Seitenlinie handeln, um einen Kadetten-Zweig.«

Das vergess' ich ihm nicht, dachte Wart. Ich werd' ihm morgen hinter Hobs Rücken einen Extra-Spatzen zustecken.

»Das wäre die Lösung, Captain Balan, ganz zweifellos.«

Wieder senkte sich das Schweigen nieder. Schließlich ließ der Peregrin sein Glöckchen erklingen. Die Obristin sagte: »Wir werden mit dem Katechismus fortfahren, hernach mag er vereidigt werden.«

Wart hörte, wie der Sperber zu seiner Linken hier ein nervöses Hüsteln hören ließ, doch achtete der Peregrin dessen nicht.

»Merlin vom Wildwald«, sagte der Peregrin, »was ist ein Lauf-Tier?«

»Ein Lauf-Tier«, entgegnete Wart und dankte Sir Ector für seine ›erstklassige Auswildung‹, »ist ein Pferd, ein Hund, ein Falke.«

»Weshalb bezeichnet man diese als Lauf-Tiere?«

»Weil diese Tiere von ihren Läufen abhängig sind, so daß jeder Schaden, der dem Lauf eines Hundes oder Pferdes oder dem Fang eines Falken zugefügt wird, rechtens als lebensgefährlich zu bezeichnen ist. Ein lahmendes Pferd ist ein gemordetes Pferd.«

»Gut«, sagte der Peregrin. »Welches sind Ihre wichtigsten Gliedmaßen?«

»Meine Flügel«, sagte Wart nach kurzer Verschnaufpause. Er wußte es nicht, also machte er einen Versuch.

Hier erhob sich ein allgemeines Blechgeläute sämtlicher Glöckchen, da jedes Standbild seinen gehobenen Fang gepeinigt niedersetzte. Nun standen alle, verstört und verärgert, auf beiden Füßen.

»Ihre was?« rief der Peregrin mit Schärfe.

»Seine verdammten Flügel, hat er gesagt«, sagte Colonel Cully aus seinem Privatgehege. »Und verdammt sei, wer zuerst schreit: Halt an, es genügt!«

»Sogar eine Drossel hat Flügel!« rief der Turmfalke und ließ sich zum erstenmal scharfschnäblig vernehmen.

»Überlegen Sie doch mal!« flüsterte Balan ihm zu.

Wart überlegte fieberhaft.

Eine Drossel hat Schwingen, Schwanz, Augen, Beine — offensichtlich alles.

»Meine Krallen!«

»Das genügt«, sagte der Peregrin zuvorkommend, nach einer entsetzlichen Pause. »Die Antwort müßte lauten: ›Fänge‹ — genau wie auf alle anderen Fragen. Aber Krallen tun's auch.«

Alle Falken hoben daraufhin ihre mit Glöckchen versehenen Beine und machten es sich bequem.

»Welches ist das erste Gesetz des Fangs?«

(»Überlegen Sie«, sagte der freundliche kleine Balan hinter vorgehaltenem befiederten Fang.)

Wart überlegte und kam auf die richtige Antwort.

»Niemals loslassen«, sagte er.

»Letzte Frage«, sagte der Peregrin. »Wie würden Sie, als Merlin, als Zwergfalke, eine Taube töten, die größer ist als Sie?«

Das war Warts Glück, denn er erinnerte sich, daß Hob einmal genau beschrieben hatte, wie Balan das eines Nachmittags erledigte; also antwortete er bedachtsam: »Ich würde sie mit meinem Fang strangulieren.«

»Gut!« sagte der Peregrin.

»Bravo!« riefen die anderen und hoben ihr Gefieder.

»Neunzig Prozent«, sagte der Sperber nach einer kurzen Aufrechnung. »Das heißt, wenn wir ihm die Hälfte für die Krallen geben.«

»Der Teufel verdamm mich persönlich!«

»Obrist, bitte!«

Balan flüsterte Wart zu: »Colonel Cully ist nicht recht bei Troste. Wir sind der Meinung, daß er's mit der Leber hat, aber der Turmfalk sagt, daß es die ständige Anstrengung sei, es Madame recht machen zu müssen. Er sagt, Madame hätte ihn einmal von der ganzen Höhe ihres Sozialprestiges herab angedonnert — Kavallerie zu Infanterie, wissen Sie —, und da habe er einfach die Augen geschlossen und einen Schwindelanfall bekommen. Seither ist er ein bißchen — nun ja: tillittiti.«

»Hauptmann Balan«, sagte der Peregrin, »es ist ungehörig, zu flüstern. Wir werden jetzt den neuen Offizier vereidigen. Padre — bitte sehr.«

Der arme Sperber, dessen Nervosität ständig zugenommen hatte, errötete heftig und stammelte eine komplizierte Verwünschung, Drehringe, Fußriemen und Hauben betreffend. »Mit diesem Drehring«, hörte Wart, »begabe ich dich ... lieben, ehren und gehorchen ..., bis daß der Fußriemen uns scheide.«

Ehe der Padre indes zu Ende gekommen war, brach er vollends zusammen und schluchzte: »Ach, bitte, Gnädigste. Ich flehe um Vergebung. Ich habe mein Gewölle vergessen.«

(»Gewölle sind Knochen und Haare und Federn und dergleichen«, erklärte Balan, »ausgewürgte Unverdaulichkeiten, und den Eid muß man natürlich auf Knochen ablegen.«)

»Das Gewölle vergessen? Es ist Ihre Pflicht, Gewölle bereitzuhalten!«

»Ich — ich weiß.«

»Was haben Sie denn damit gemacht?«

Des Sperbers Stimme überschlug sich ob der Ungeheuerlichkeit seiner Beichte. »Ich – ich hab's gekröpft«, weinte der unglückselige Priester.

Niemand sagte irgend etwas. Eine solche Pflichtvergessenheit war allzu entsetzlich, als daß man Worte dafür hätte finden können. Alle standen auf zwei Beinen und wandten ihre blinden Köpfe dem Übeltäter zu. Kein Wort des Vorwurfs wurde geäußert. Nur war während des fünf Minuten langen vollkommenen Schweigens das Schniefen und Schnüffeln des ausschweifenden Priesters zu hören.

»Ja«, sagte der Peregrin schließlich, »dann werden wir die Weihe auf morgen verschieben müssen.«

»Wenn Sie entschuldigen, Madame«, sagte Balin, »vielleicht könnten wir die Mutprobe noch heute nacht abhalten? Ich glaube, der Kandidat ist los, denn ich habe nicht gehört, daß man ihn angebunden hätte.«

Bei der Erwähnung einer Mutprobe überlief es Wart kalt, und er beschloß, daß Balin morgen nicht eine einzige Feder von Balans Sperling haben solle.

»Danke, Hauptmann Balin. Ich war selber schon zu dieser Überlegung gekommen.«

Balin hielt den Schnabel.

»Sind Sie los, Kandidat?«

»Ja, Madame, doch ja, bitte sehr; aber einer Mutprobe möcht' ich mich nicht gern unterziehn, wenn es sich vermeiden ließe.«

»Die Mutprobe ist ein Bestandteil des Aufnahmeverfahrens. –

Einen Augenblick«, fuhr die Ehrenobristin nachdenklich fort. »Was für eine Mutprobe hatten wir das letztemal? Wissen Sie das noch, Captain Balan?«

»Meine Mutprobe, Madame«, sagte der freundliche Merlin, »bestand darin, daß ich während der dritten Wache im Geschirr hing.«

»Wenn er los ist, kann er das nicht machen.«

»Sie könnten ihn selber schlagen, Madame«, sagte der Turmfalk. »Symbolisch, verstehen Sie.«

»Er soll sich neben Colonel Cully setzen, während wir dreimal läuten«, sagte der andere Merlin.

»Oh nein!« rief der kranke Colonel verstört aus seiner finsteren Ecke. »Oh nein, Gnädigste. Ich flehe um Pardon. Ich bin ein solch verdammter Schurke, Gnädigste, daß ich für die Konsequenzen nicht einstehn kann. Verschonen Sie den armen Fähnrich und führen Sie uns nicht in Versuchung.«

»Obrist, beherrschen Sie sich gefälligst. Ich halte die vorgeschlagene Mutprobe für gut.«

»Bitte nicht, Madame; ich bin vor Colonel Cullys Nähe ausdrücklich gewarnt worden.«

»Gewarnt? Und von wem?«

Der arme Wart entdeckte, daß er nun wählen mußte. Entweder gab er zu erkennen, daß er ein Mensch war; dann erfuhr er nichts mehr von ihren Geheimnissen. Oder aber er ließ diese Mutprobe über sich ergehen — zu Wohl und Wehe seiner Bildung. Er wollte kein Feigling sein.

»Ich setzte mich neben den Oberst, Madame«, sagte er und merkte, daß seine Stimme beleidigend klang.

Der Wanderfalke achtete nicht auf den Tonfall.

»Es ist gut«, sagte er. »Zuerst aber brauchen wir ein feierliches Lied. Also, Padre: für den Fall, daß Sie nicht auch Ihre Lieder gekröpft haben, wie Ihr Gewölle, möchte ich Sie bitten, die alte — nicht die neue — Nummer 23 anzustimmen. Die Mutproben-Hymne.

Und Sie, Herr Tu«, setzte sie, an den Turmfalken gewendet, hinzu, »Sie halten sich besser raus, denn Sie singen immer zu hoch.«

Die Falken standen still im Mondschein, während der Sperber zählte: »Eins, zwei, drei.« Dann öffneten sich alle gekrümmten oder gezahnten Schnäbel unter den Hauben in schmetterndem Gleichklang. Und dies sangen sie:

Leben ist vergoßnes Blut,
Adleraug erträgt selbst Glut,
List erlegt das zage Reh,
TIMOR MORTIS CONTURBAT ME.

Krall dich fest! der Füßler singt,
Lahm das Fleisch, der Fuß beschwingt
Heil dem Starken, dem Schwachen Weh,
TIMOR MORTIS EXULTAT ME.

Schande dem Trägen, Tod dem Feigen,
Helden nur gen Himmel steigen,
Blut dem reißenden Getier,
TIMOR MORTIS, *das sind* WIR.

»Sehr hübsch«, sagte der Peregrin. »Captain Balan, Sie waren, scheint mir, beim hohen C nicht ganz rein. — Und nun, Herr Kandidat, werden Sie sich hinüberbemühen und neben Colonel Cullys Gehege Platz nehmen, während wir dreimal mit unsern Glöckchen läuten. Beim dritten Klingeln dürfen Sie sich fortbewegen — so flink es Ihnen behagt.«

»Sehr schön, Madame«, sagte Wart, dem der Groll über die Angst hinweghalf. Er lupfte die Flügel und saß alsbald am äußersten Ende der Sitzstange neben Cullys Privatabteil.

»Junge!« rief der Colonel mit schier hysterischer Stimme, »komm mir nicht zu nahe, komm mir nicht zu nahe. Ach, führe mich nicht in Versuchung, ebne mir nicht den Weg zu ewiger Verdammnis.«

»Ich fürchte mich nicht, Sir«, sagte Wart. »Quält Euch nicht, denn uns beiden wird kein Übel geschehen.«

»Kein Übel, sagt er! Ach, geh, eh's zu spät ist. Ich verspüre ewig-unstillbares Verlangen in mir.«

»Keine Angst, Sir. Sie brauchen nur dreimal zu läuten.«

Hier senkten die Ritter ihre erhobenen Beine und schüttelten sie feierlich. Das erste silberne Geläut füllte den Raum.

»Madame, Madame!« rief der Colonel in äußerster Qual. »Seid barmherzig, habt Mitleid mit einem Verdammten. Läutet das Alte aus, läutet das Neue ein. Ich halt's nicht mehr lange aus.«

»Seid tapfer, Sir«, sagte Wart sanft.

»Seid tapfer, Sir! Ach nein: erst vor zwei Nächten traf man den Herzog gegen Mitternacht in einer Gasse hinter der Sankt-Markus-Kirche, und er trug das Bein eines Mannes auf der Schulter, und er heulte gar erschröcklich.«

»Macht Euch nichts draus«, sagte Wart.

»Nichts draus machen?! Hat gesagt, er wär' ein Wolf; der einzige Unterschied: Wolfsfell sei außen haarig, seines innen. Weid mich aus und sieh nach. Nimm einen Hirschfänger, nimm einen Pfriem, nimm, was du willst — gib Ruhe!«

Die Glöckchen erklangen zum zweitenmal.

Warts Herz klopfte heftig, und der Colonel rutschte auf seiner Sitzstange näher heran. Papp, papp, ging's, und bei jedem Schritt umklammerte er kraftvoll und hörbar das Holz. Seine armen irren abnormen Augen funkelten im Mondschein, leuchteten vor der drangsalierten Dunkelheit seiner gesträubten Stirn. Es war ihm nichts Grausames zu eigen, kein niederes Begehren. Wart hatte ihn höchlichst entsetzt; er verspürte Furcht, nicht Triumph; und er mußte schlagen.

»Wenn's nun schon mal getan werden muß«, flüsterte der Colonel, »dann sollt's aber auch besser schnell getan werden. Wer hätt' gedacht, daß der junge Mann solchen Geblütes wäre, so blutvoll, so . . .«

»Herr Oberst!« sagte Wart, ließ es jedoch dabei bewenden.

»Junge!« rief der Colonel. »Sag was, halt mich, Hilfe!«

»Eine Katze ist hinter Euch«, sagte Wart gelassen, »oder ein Eichkater. Seht doch!«

Der Colonel drehte sich um, fix wie ein Wespenstich, und äugte drohend ins Dunkel. Es war nichts da. Flugs richtete er seine wilden Augen wieder auf Wart, wohl wissend, daß er an der Nase herumgeführt worden war. Mit der kalten Stimme einer Natter sagte er: »Die Glocke lädt mich ein. Hör sie nicht, Merlin, denn es ist die Totenglocke, die dich zu Himmel oder Hölle ruft.«

In diesem Augenblick läutete es zum drittenmal, und damit war alles ausgestanden. Die Probe war vorüber, und er durfte sich entfernen. Er tat es, er entfernte sich, er flog von dannen — doch schneller noch als alles auf der Welt schossen die entsetzlichen Sicheln des Colonel hervor. Es ging so schnell, das man's nicht sehen konnte — nur spüren. Ein Hacken, ein Greifen, ein Festhalten: als ob er von einem großen Polizisten arretiert würde, so fuhren die scharfen Skimitare in seinen Daumen.

Wie Dolche, wie Krummschwerter hakten sie sich fest, unwiderruflich. Sie packten zu, ließen nicht locker. Dann war Wart zwei Schritt vom Gitter entfernt, und Colonel Cully stand mit einem Fuß auf der Stange — im anderen Fang hielt er ein Stück Geflecht und etwas Gefieder fest umkrallt. Zwei oder drei kleinere Federn flatterten in einem Mondstrahl sanft zu Boden.

»Ausgezeichnet bestanden!« rief Balan entzückt.

»Sehr ehrenhaft«, sagte der Peregrin, ohne zu bemängeln, daß Captain Balan vor ihm das Wort ergriffen hatte.

»Amen!« sagte der Sperber.

»Ausgesprochen tapfer!« sagte der Turmfalk.

»Sollen wir ihm das Triumphlied singen?« fragte Balin, den die Heldentat milder gestimmt hatte.

»Sicherlich«, sagte der Peregrin.

Und dann sangen sie alle zusammen, angeführt von Colonel Cully in höchsten Tönen, triumphalisch klingend im unheimlichen Mondschein.

Bergvögel singen heller,
Im Tal die fetten hocken,
Die konnten wir drum schneller
Auf unsre Spindeln locken.
Wir trafen ein Karnickel
Im Krautfeld vor den Hecken,
Das kriegten wir beim Wickel,
Es quiekte zum Erschrecken.
Man kürzte Rab und Rebhuhn
Um ihre schmucken Köpfe,
Schoß auch in Lerchenschwärme,
Das bracht uns volle Töpfe!
Doch Wart, der Merlinkönig,
Kam dir und mir zuvor,
Die Beut, ihr Leut,
Verteilt er heut,
Stimmt an ihm zum Ruhm einen Chor!

»Denkt an meine Worte«, rief der schöne Balan. »Dieser junge Kandidat wird einst ein richtiger König. Und nun: alle miteinander zum Schluß noch einmal die letzte Strophe!«

Doch Wart, der Merlinkönig,
Kam dir und mir zuvor,
Die Beut, ihr Leut,
Verteilt er heut,
Stimmt an ihm zum Ruhm einen Chor!

KAPITEL 9

au!« sagte Wart, als er am nächsten Morgen in seinem Bett erwachte. »Was für eine grauslige, großartige Bande!« Kay richtete sich im Bett auf und schimpfte drauflos wie ein Eichhörnchen. »Wo warst du heute nacht?« fragte er. »Ich glaub', du bist rausgestiegen. Ich werd's meinem Vater erzählen, dann beziehst du Hiebe. Du weißt ganz genau, daß wir nach dem Abendläuten nicht mehr raus dürfen. Was hast du angestellt? Ich hab' überall nach dir gesucht. Ich weiß genau, daß du abgehauen bist.«

Die Jungen hatten eine bestimmte Methode, das Schloß zu verlassen, wenn es nächtens notwendig war: sie kletterten an einer Regenrinne hinab und durchschwammen den Burggraben — um auf einen Dachs zu passen, zum Beispiel, oder um Schleien zu fangen, deren man nur vor Morgengrauen habhaft wird.

»Ach, halt den Mund«, sagte Wart. »Ich bin müde.«

Kay sagte: »Wach auf, wach auf, du Biest. Wo bist du gewesen?«

»Werd' ich dir doch nicht erzählen!« — Kay würde ihm die Geschichte nicht glauben, ihn nur einen Lügner schimpfen und gar noch wütender werden.

»Wenn du's mir nicht sagst, bring' ich dich um.«

»Das wirst du schön bleiben lassen.«

»Sollst schon sehn.«

Wart drehte sich auf die andere Seite.

»Biest«, sagte Kay. Er nahm ein Stück Haut von Warts Arm zwischen Daumen und Zeigefinger und kniff ihn mit aller Macht. Wart schlug um sich wie ein Lachs, der plötzlich den Angelhaken spürt, und boxte ihn ins Auge. Im Nu waren sie aus dem Bett, entrüstet und blaß, und ähnelten gehäuteten Kaninchen — dazumal trug man im Bette keine Kleider — und wirbelten die Arme wie Windmühlenflügel herum, um den andern irgendwie zu treffen.

Kay war älter und größer als Wart, so daß er am Ende Sieger bleiben würde; andererseits aber war er nervöser, hatte mehr Phantasie. Er konnte sich die Wirkung jedes Schlages vorstellen, der gegen ihn geführt wurde, und dies schwächte seine Verteidigungskraft. Wart war nur ein wütender Hurrikan.

»Laß mich in Ruh, ja?« Und dabei ließ er Kay durchaus nicht in Ruhe, sondern bedrängte ihn mit gesenktem Kopf und schwingenden Armen, so daß Kay dieser Aufforderung überhaupt nicht Folge leisten konnte. Sie schlugen sich ausschließlich ins Gesicht.

Kays Reichweite war größer, und seine Faust war schwerer. Er streckte seinen Arm — eigentlich nur zur Selbstverteidigung —, und Wart rannte mit dem Auge in die geballte Faust. Der Himmel wurde ein geräuschvolles, schockendes Schwarz, aus dem schreiende Meteore schossen. Wart schluchzte und keuchte. Es gelang ihm, einen Schwinger auf der Nase seines Gegners zu landen, und die fing an zu bluten. Kay ließ die angewinkelten Arme sinken, kehrte Wart den Rücken und sagte mit kalter, schniefelnder, vorwurfsvoller Stimme: »Jetzt blutet sie.« Der Kampf war vorbei.

Kay lag auf dem Steinfußboden; aus seiner Nase blubberte Blut. Wart zog (mit geschwollenem Auge) den gewaltigen Schlüssel aus der Tür und legte ihn Kay ins Genick. Keiner sprach.

Alsdann drehte Kay sich auf den Bauch und schluchzte. Er sagte: »Merlin tut alles immer nur für dich — aber für mich tut er nie was.«

Da hatte Wart das Gefühl, tatsächlich ein Biest gewesen zu sein. Er zog sich an und machte sich auf die Suche nach dem Zauberer.

Unterwegs bekam ihn das Kindermädchen zu fassen.

»Soso, mein kleines Herrchen«, schimpfte die Matrone und griff seinen Arm, »habt Euch also wieder mal mit Master Kay in-ne Wolle gehabt, wie? Seh sich doch einer das Auge an! Spottet ja nachgrad jeder Beschreibung.«

»Ist schon in Ordnung«, sagte Wart.

»Ist's ganz und gar nicht, mein Püppchen«, sagte das Kindermädchen, wurde böse und tat, als wolle sie zum Schlag ausholen. »Also los: wie habt Ihr Euch das geholt? Wird's bald? Sonst leg' ich Euch übers Knie!«

»Ich bin in den Bettpfosten gerannt«, sagte Wart mürrisch.

Das alte Kindermädchen drückte ihn allsogleich an ihren breit ausladenden Busen, klopfte ihm auf den Rücken und sagte: »Schon gut, schon gut, mein Schätzchen. Dieselbe Geschichte, wo Sir Ector mir erzählt hat, als ich'n mit 'nem dicken Auge erwischt hab', jetzt vierzig Jahre her. Geht doch nichts über eine gute Familie, die sich an-ne gute Lüge hält. Komm, mein kleines Unschuldslamm: wir gehn in die Küche, und da legen wir ein schönes Steakchen aufs Auge. Wie kann man sich aber auch mit wem einlassen, wo größer ist als man selbst?«

»Ist schon in Ordnung«, sagte Wart wieder. Der Aufwand ekelte ihn an, aber es gab kein Entrinnen: die alte treue Seele kannte kein Erbarmen. Es dauerte fast eine halbe Stunde, bis ihm die Flucht gelang, und dann nur mit der Auflage, ein saftiges Stück rohen Rindfleischs auf dem Auge zu tragen.

»Geht doch nichts über'n Rumpfstück, um die Stimmung zu heben«, hatte sein Kindermädchen gesagt, und die Köchin hatte erwidert:

»Un' seit Ostern hat's so'n schönes Steak noch nich' gegeben, nein, nie un' nimmer.«

Ich werd's für Balan aufheben, dachte Wart und machte sich wieder auf die Suche nach seinem Tutor.

Er fand ihn ohne Schwierigkeiten in dem Turmzimmer, das er sich bei seiner Ankunft auserwählt hatte. Philosophen ziehen es nun einmal vor, in Türmen zu hausen, wie man an dem Raum ersehen kann, den Erasmus in seinem College zu Cambridge bewohnte; doch Merlins Turm war noch schöner. Sein Zimmer war das höchste des Schlosses; es lag unmittelbar unter dem Ausguck des Bergfrieds, und von seinem Fenster konnte man übers Feld — mit all den Kaninchenlöchern — blicken und über den Park und übers Revier, bis hin zu den blauen Baumwipfeln des Forest Sauvage.

86

Dieses wogende Meer aus Wald zog sich bucklig in die Weite (wie die Oberfläche eines Haferbreis), bis es sich schließlich in fernen Bergen verlor, die keiner kannte, und in den wolkenbedeckten Türmen und prachtvollen Palästen des Himmels.

Merlins Kommentare zu dem blauen Auge waren rein medizinischer Natur.

»Die Verfärbung«, sagte er, »wird von einer Blutung (Hämorrhagie) im Gewebe (Ecchymose) herbeigeführt und durchläuft dunkles Purpur und Grün und Gelb, ehe sie verschwindet.«

Hiergegen ließ sich nichts Vernünftiges anführen.

»Du hast sie dir«, fuhr Merlin fort, »vermutlich im Kampf mit Kay zugezogen?«

»Ja. Woher wißt Ihr das?«

»Also stimmt's.«

»Deshalb komm' ich her. Ich wollt' was fragen — wegen Kay.«

»Sprich. Fordere. Ich gebe dir Bescheid.«

»Na ja, Kay meint, es wär' unfair, daß Ihr mich immer in was anderes verwandelt und ihn nicht. Ich hab' ihm nichts erzählt, aber ich glaube, er hat da so eine Ahnung. Ich halt's auch für unfair, irgendwie ungerecht.«

»Es *ist* ungerecht.«

»Dann werdet Ihr uns das nächste Mal beide verwandeln, wenn Ihr wieder mal verwandelt?«

Merlin hatte sein Frühstück beendet und paffte an seiner Meerschaumpfeife, was bei seinem Schüler den Eindruck hervorrief, als stoße er Feuer und Rauch aus. Jetzt inhalierte er tief, sah Wart an, öffnete den Mund zu einer Erwiderung, überlegte sich's anders, blies den Rauch aus und sog wieder an seiner Pfeife.

»Mitunter«, so sagte er, »scheint das Leben tatsächlich ungerecht zu sein. Kennst du die Geschichte von Elias und dem Rabbi Jachanan?«

»Nein«, sagte Wart.

Ergeben nahm er auf der bequemsten Stelle des Fußbodens Platz; ihm schwante, daß ihm etwas Ähnliches wie das Gleichnis vom Spiegel bevorstand.

»Dieser Rabbi«, sagte Merlin, »war mit dem Propheten Elias unterwegs. Sie gingen den ganzen Tag, und bei Einbruch der Nacht erreichten sie die Hütte eines armen Mannes, dessen einziger Besitz eine Kuh war. Der Arme lief aus seiner Hütte, und hinter ihm drein kam seine Frau, um die Fremdlinge zu begrüßen und ihnen ihre Gastfreundschaft anzubieten, soweit die beschränkten Verhältnisse dies zuließen. Elias und der Rabbi wurden reichlich mit Kuhmilch bewirtet, wozu es Brot und Butter gab, beides selbstgemacht; dann überließ man ihnen das Bett, während die Gastgeber vor dem Küchenfeuer schliefen. Am nächsten Morgen war die Kuh des armen Mannes tot.«

»Weiter.«

»Sie gingen den ganzen nächsten Tag, und gegen Abend kamen sie zu dem Haus eines sehr wohlhabenden Kaufmanns, den sie um Aufnahme baten. Der Kaufmann war kalt und stolz und reich; den Propheten und seinen Begleiter quartierte er im Kuhstall ein, und alles, was er ihnen anbot, war trocken Brot und Wasser. Am Morgen dankte Elias ihm herzlich für alles und ließ als Entgelt einen Handwerker kommen, damit dieser eine der Mauern instand setze, die vom Einsturz bedroht war.

Nun konnte sich der Rabbi Jachanan nicht länger zurückhalten und bat den heiligen Mann, ihm die Bedeutung seines Vorgehens gegenüber den Menschen zu erklären.

›Im Falle des Armen, der so gastfrei uns empfing‹, entgegnete der Prophet, ›war es beschlossen, daß seine Frau in der Nacht sterben sollte; zum Dank für seine Freundlichkeit jedoch nahm Gott die Kuh statt der Frau. Die Mauer des reichen Geizlings ließ ich reparieren, weil dichtbei eine Truhe mit Gold versteckt war; hätte der alte Geizkragen die Mauer selber instand gesetzt, wäre er auf den Schatz gestoßen. Deshalb sage nicht zum Herrn: Was tust Du? Sondern sprich in Deinem Herzen: Muß nicht, was der Herr des Himmels und der Erden tut, wohlgetan sein?‹«

»Eine hübsche Geschichte«, sagte Wart, da es schien, als sei sie zu Ende.

»Ich bedaure«, sagte Merlin, »daß nur du meines Extra-Unterrichts teilhaftig wirst — aber, siehst du: allein *das* ist nun mal meine Aufgabe.«

»Ich seh' aber nicht ein, wem es schaden würde, wenn Kay mitkäme.«

»Ich auch nicht. Aber der Rabbi Jachanan hat auch nicht eingesehen, weshalb dem Geizhals die Mauer repariert werden sollte.«

»Das versteh' ich«, sagte Wart zweifelnd, »aber ich halt's für schlecht, daß die Kuh eingegangen ist. Könnte Kay nicht ein einziges Mal mitkommen?«

Merlin sagte sanft: »Was für dich gut ist, mag für ihn vielleicht schlecht sein. Außerdem mußt du dich erinnern, daß er nie darum gebeten hat, in etwas verwandelt zu werden.«

»Oh, er möchte schon. Ich habe Kay gern, wißt Ihr, und ich glaube, daß die Menschen ihn einfach nicht verstehn. Er muß stolz sein, weil er Angst hat.«

»Du begreifst immer noch nicht, was ich sagen will. Stell dir vor, er wäre gestern nacht ein Merlin gewesen und hätte bei der Mutprobe versagt und die Nerven verloren?«

»Woher wißt Ihr das mit der Mutprobe?«

»Nun sind wir schon wieder so weit.«

»Na gut«, sagte Wart hartnäckig. »Aber gesetzt den Fall, er hätte bei der Mutprobe nicht versagt und nicht die Nerven verloren. Ich versteh' nicht, wieso Ihr annehmt, daß er versagt hätte.«

»Junge, Junge!« rief der Zauberer zornig. »Du scheinst heute aber auch gar nichts zu verstehn. Was willst du denn von mir?«

»Ich möchte, daß Ihr mich und Kay in Schlangen oder irgendwas verwandelt.«

Merlin nahm seine Brille ab, schleuderte sie zu Boden und trat mit beiden Füßen drauf herum.

»Kastor und Pollux, blast mich nach Bermuda!« rief er aus, und sogleich entschwand er mit donnerndem Dröhnen.

Wart starrte, einigermaßen perplex, auf den Stuhl seines Lehrers. Kurz darauf kehrte der jedoch zurück. Er hatte seinen Hut verloren, und Bart und Haare waren zerzaust, als wäre er in einen Wirbelsturm geraten. Er setzte sich und ordnete sein Gewand mit zitternden Händen.

»Warum habt Ihr denn das gemacht«, fragte Wart.

»Es war doch keine Absicht.«

»Wollt Ihr sagen, daß Kastor und Pollux Euch tatsächlich nach Bermuda geblasen haben?«

»Laß dir das eine Lehre sein«, entgegnete Merlin, »und fluche nie. Ich halte es für das beste, das Thema zu wechseln.«

»Wir sprachen von Kay.«

»Ja, und was ich vor meinem . . . ehem! — meinem Besuch auf den verflixten Bermoothes sagen wollte, ist dies. Ich kann Kay nicht in etwas anderes verwandeln. Die Macht wurde mir nicht verliehen, als ich gesandt wurde. Weshalb das so ist, vermögen wir beide nicht zu sagen, aber es ist nun einmal so. Ich habe versucht, einige Gründe hierfür anzudeuten, aber du kapierst es nicht, also mußt du einfach die Tatsache als nackte Tatsache akzeptieren. Und nun mach bitte eine Pause, bis ich wieder bei Kräften bin und meinen Hut zurückhabe.«

Wart saß still, während Merlin die Augen schloß und etwas vor sich hin brummelte. Alsbald erschien ein seltsamer schwarzer zylindrischer Hut auf seinem Kopf. Es war ein Schornstein, eine Angströhre.

Merlin betrachtete das Gebilde angewidert, sagte bitter: »Und das nennt sich Service!« und reichte es in die Luft. Schließlich stand er ungeduldig auf und rief: »Komm her!«

Wart und Archimedes sahen sich an; beide fragten sich, wer von ihnen gemeint sein mochte — Archimedes hatte die ganze Zeit auf dem Fenster-

89

brett gehockt und sich die Landschaft angeschaut, denn seinen Herrn verließ er natürlich nie —, doch Merlin schenkte ihnen keine Beachtung.

»Los«, sagte Merlin wütend, augenscheinlich zu niemandem. »Soll das vielleicht komisch sein? —

Na schön, weshalb hast du's dann getan? —

Das ist keine Entschuldigung. Natürlich habe ich den gemeint, den ich aufhatte. —

Jetzt im Augenblick, selbstverständlich. Ich will keinen Hut, den ich 1890 aufgehabt habe. Hast du denn überhaupt kein Zeitgefühl?«

Merlin nahm die Matrosenmütze ab, die gerade erschienen war, und hielt sie der Luft zur Begutachtung hin.

»Das ist ein Anachronismus«, sagte er streng. »Nichts anderes: ein ganz gemeiner Anachronismus.«

Archimedes schien derlei Begebenheiten gewöhnt zu sein, denn er sagte ruhig: »Weshalb bezeichnet Ihr den Hut nicht genau, Meister? Sagt: ›Ich will meinen Zaubererhut‹, nicht: ›Ich will den Hut, den ich aufhatte.‹ Vielleicht fällt's dem armen Kerl genauso schwer, rückwärts zu leben.«

»Ich will meinen Zaubererhut«, sagte Merlin mürrisch.

Gleich thronte der hohe Spitzhut auf seinem Haupt.

Die Spannung in der Luft ließ nach. Wart setzte sich wieder auf den Boden, und Archimedes widmete sich neuerlich der Leibespflege. Er zog die Schwung- und Schwanzfedern durch den Schnabel, um die Federfahnen aneinander zu schmiegen: jede Fahne hatte Hunderte kleiner Häkchen oder *barbulae*, also Bärtchen, womit die Federfahnen zusammengehalten wurden. Diese strich er zurecht.

Merlin sagte: »Ich bitte um Verzeihung. Ich habe heute keinen guten Tag, da kann man nichts machen.«

»Wegen Kay«, sagte Wart. »Wenn Ihr ihn nicht in etwas verwandeln könnt — könntet Ihr dann nicht machen, daß wir ein Abenteuer erleben, ohne verwandelt zu werden?«

Merlin gab sich sichtbar Mühe, sein Temperament zu zügeln, und versuchte, diese Frage leidenschaftslos zu erwägen. Er war des Themas restlos überdrüssig.

»Ich kann für Kay keine Magie machen«, sagte er gemessen, »außer meiner eigenen, die ich ohnehin habe. Rück-Blick und Ein-Blick und all das. Meinst du, ich sollte damit was tun?«

»Was hat's denn mit Euerm Rück-Blick auf sich?«

»Der sagt mir, was geschehen *wird*, wie du sagen würdest. Und der Ein-Blick oder Tief-Blick verrät mir bisweilen, was an anderen Orten geschieht oder geschah.«

»Geschieht da grad was, wo ich mit Kay hingehn könnte?«

Merlin schlug sich vor die Stirn und rief erregt aus: »Jetzt seh' ich's. Ja, natürlich. Und du wirst dabei sein. Ja, hol Kay und beeil dich. Ihr müßt gleich nach der Messe los. Frühstückt schnell und macht euch nach der Messe auf den Weg. Ja, das ist es. Geht aufs Feld, zu Hobs Gerstenacker, und dann weiter in Richtung der Ackerfurchen, bis ihr auf etwas stoßt. Das ist famos, ja, und ich kann mich heute nachmittag aufs Ohr legen, statt mich mit den albernen Summulae Logicales abzurackern. Oder hab' ich das Schläfchen schon hinter mir?«

»Ihr habt's noch nicht hinter Euch«, sagte Archimedes. »Es ist noch in der Zukunft, Meister.«

»Vorzüglich, vorzüglich. Und, Wart: vergiß nicht, Kay mitzunehmen, so daß ich mein Nickerchen machen kann.«

»Was werden wir denn erleben?« fragte Wart.

»Ach, quäl mich doch nicht mit derlei Nebensächlichkeiten. Sei lieb und lauf und vergiß nicht, Kay mitzunehmen. Warum hast du mich nicht vorher drauf gebracht? Vergiß nicht: das Gerstenfeld entlang und weiter. Ja sowas! Ja sowas! Das ist der erste freie Halbtag, seit ich mit diesem verwünschten Lehramt angefangen habe. Zuerst werd' ich vor dem Essen ein Schläfchen tun, und dann werd' ich vor dem Tee ein kleines Nickerchen machen. Dann muß ich mir überlegen, was ich vor dem Abendessen anfangen werde. Was soll ich vor dem Abendessen tun, Archimedes?«

»Ein Schläfchen halten, schätz' ich«, sagte die Eule ungerührt und kehrte ihrem Herrn und Meister den Rücken zu. Denn ihr war, wie Wart, das lustige Leben lieber.

KAPITEL 10

art wußte, daß er dem älteren Jungen nichts von seiner Unterhaltung mit Merlin berichten durfte, weil Kay dann nicht mitkommen würde; er konnte es nicht ausstehen, wenn man sich herabließ, ihn zu begönnern. Also sagte Wart nichts.

Es war sonderbar, aber durch ihren Kampf waren sie wieder Freunde geworden, und sie konnten sich, mit einer Art unsicherer Zuneigung, offen in die Augen sehen. Gemeinsam gingen sie — einmütig, wenn auch mit einer gewissen Scheu — ohne Erklärungen los und kamen kurz nach der Messe zum Ende von Hobs Gerstenacker. Als sie dort angelangt waren, bedurfte es keiner schwierigen Überlegungen. Wart sagte einfach:

91

»Komm. Merlin hat mir gesagt, ich soll dir sagen, daß sich hier irgend was tut — speziell für dich.«

»Und was?« fragte Kay.

»Ein Abenteuer.«

»Und wie stellen wir das an?«

»Wir sollen der Richtung dieses Feldes folgen, und wie's aussieht, kommen wir auf diese Weise in den Wald. Wir müssen die Sonne genau zur Linken behalten und ihren Lauf einkalkulieren.«

»Na gut«, sagte Kay. »Was soll's denn für ein Abenteuer sein?«

»Weiß ich nicht.«

Sie gingen längs des Feldes und folgten der imaginären Linie durch den Park und durchs Revier und hielten angestrengt nach irgendwelchen wunderbaren Begebenheiten Ausschau. Sie fragten sich, ob das halbe Dutzend Jungfasanen, das sie aufschreckten, etwas mit ihrem Unternehmen zu tun haben könnte. Kay meinte, er könne beschwören, einer sei weiß gewesen. Wenn er weiß gewesen wäre, und wenn plötzlich ein schwarzer Adler vom Himmel niedergestoßen wäre, dann hätten sie genau gewußt, worum es ging: sie hätten nur dem Fasan zu folgen brauchen — oder dem Adler — und wären zu der Jungfrau im verwunschenen Schloß gekommen. Der Fasan indessen war nicht weiß.

Am Waldrand sagte Kay: »Meinst du, wir sollen hier rein?«

»Merlin hat gesagt, wir sollten in grader Linie weitergehn.«

»Na ja«, sagte Kay, »ich habe keine Angst. Wenn das Abenteuer für mich sein soll, dann wird's schon ein richtig gutes sein.«

Sie drangen ins Gehölz ein und stellten überrascht fest, daß da kein übles Gehen war. Der Wald stellte sich etwa so dar, wie heutzutage ein großer Forst beschaffen ist, während eine gewöhnliche Waldwildnis dazumal mehr einem Dschungel am Amazonas glich. Damals gab es keine Waldbesitzer auf der Pirsch, die dafür sorgten, daß das Unterholz gelichtet wurde, und nicht den tausendsten Teil der heutigen Holzkaufleute, die mit Bedacht und Berechnung die letzten Wälder niederlegen. Der größte Teil des Forest Sauvage war fast undurchdringlich, eine gewaltige Barriere ewiger Bäume; die abgestorbenen hingen, mit Efeu festgebunden, an den lebenden, und die lebenden wetteiferten miteinander im Kampf ums Sonnenlicht, das Leben bedeutete; der Untergrund war morastig, da es an Drainage fehlte, oder war wegen des Fallholzes unbegehbar, so daß man plötzlich durch einen vermoderten Baumstumpf in einen Ameisenhaufen stolpern konnte, oder er war verfilzt mit Dornen und Winden und Geißblatt und Brombeerranken und allerlei stachligem Gestrüpp, so daß man keine drei Schritt weit gehen konnte, ohne heillos zerkratzt und zerstochen zu werden.

Diese Waldgegend aber war gut. Hobs Feldrain wies in eine Richtung, die aus einer Folge von Waldblößen zu bestehen schien, aus murmelnden und schattigen Stellen, wo der wilde Thymian nur so summte von Bienen. Die Hauptsaison der Insekten war schon vorüber; jetzt war die Zeit der Obst-Reife und der Wespen; doch gab es immer noch genug Perlmuttfalter, und auf der blühenden Minze tummelten sich Distelfalter und rotgebänderte Admirale. Wart zupfte ein Minzeblatt ab und mümmelte im Weitergehen, als hätte er einen Kaugummi im Mund.

»Komisch«, sagte er, »aber hier sind Leute gewesen. Sieh mal: da ist das Trittsiegel eines Pferdes — und es ist beschlagen.«

»Ich seh' noch mehr«, sagte Kay. »Da ist nämlich ein Mann.«

In der Tat: am Rand der nächsten Lichtung saß ein Mann mit einer Axt neben einem Baum, den er gefällt hatte. Er sah sehr sonderbar aus: gnomenhaft und bucklig und mahagoni-gesichtig, und bekleidet war er mit zahllosen Lederstücken, die durch Stricke miteinander verbunden waren und seine muskulösen Gliedmaßen bedeckten. Er vesperte Brot und Schafskäse, wobei er ein Messer zu Hilfe nahm, das durch jahrelanges Schärfen zu einem bloßen Strich abgewetzt war; mit dem Rücken lehnte er an einem der höchsten Bäume, die sie je gesehen hatten. Die weißen Holzspäne lagen weithin verstreut, und der Stumpf des gefällten Baumes wirkte völlig frisch. Die Augen des Mannes funkelten wie die eines Fuchses.

»Du, der ist das Abenteuer, nehm' ich an«, flüsterte Wart.

»Pah«, sagte Kay. »Gewappnete und Reisige und Drachen und so was, das ist ein Abenteuer, aber nicht so'n schmutziger alter Holzfäller.«

»Na ja, aber ich werd' ihn trotzdem fragen, was sich hier tut.«

Sie nähertem sich dem kleinen mampfenden Waldmenschen, der sie nicht gesehen zu haben schien, und fragten ihn, wohin die Lichtungen führten. Sie fragten ihn zwei- oder dreimal, ehe sie konstatierten, daß er taub oder blöd sein müsse, wenn nicht gar beides. Er reagierte nicht.

»Komm, weiter«, sagte Kay. »Der ist bestimmt so bekloppt wie Wat und weiß nicht, wo's längs geht. Komm, laß den armen Irren in Ruh. Wir gehn weiter.«

Sie gingen ungefähr eine Meile, und immer noch war's gutes Gehen. Einen Pfad oder eine Schneise gab es eigentlich nicht, und die Lichtungen gingen nicht ineinander über. Wer zufällig hierher kam, mußte annehmen, daß es nur die eine Lichtung gab, auf der er sich gerade befand, einige hundert Schritt lang, bis er an ihr Ende kam und eine neue entdeckte, die von ein paar Bäumen abgeschirmt wurde. Dann und wann stießen sie auf einen Stumpf, dem man ansah, daß hier eine Axt am Werk gewesen war, doch meist waren die frischen Stümpfe sorgfältig mit Laub und Zweigen überdeckt, sofern man sie nicht ausgegraben hatte. Wart kam zu der Überzeugung, daß die Lichtungen geschlagen worden waren.

Am Rand der nächsten Blöße packte Kay den Arm von Wart und wies stumm auf die gegenüberliegende Seite. Dort war eine grasbewachsene Erhebung, die sanft anstieg, und auf der Höhe wuchs eine gigantische ›Sykomore‹, ein gut und gern neunzig Fuß hoher Bergahorn. Am Hang lagerte sich ein gleichfalls riesiger Mann mit einem Hund. Der Mann war nicht weniger bemerkenswert als der Baum, denn er mußte, ohne Schuhe, an die sieben Fuß messen. Er trug einen Kilt aus Lincoln-grünem Kammgarn — nichts weiter. Am linken Unterarm hatte er einen Lederschutz. Sein gewaltiger brauner Brustkasten diente dem Hund als Kopfkissen — der hatte die Ohren gespitzt und beobachtete die beiden Jungen, regte sich sonst jedoch nicht —, und der Brustkasten hob und senkte sich bei jedem Atemzug. Der Mann schien zu schlafen. Neben ihm lag ein Sieben-Fuß-Bogen mit etlichen ellenlangen Pfeilen. Seine Haut war mahagonifarben, wie die des Holzfällers, und die gekräuselten Haare auf seiner Brust schimmerten golden, wenn die Sonne sie streifte.

»Das ist er«, flüsterte Kay aufgeregt.

Zaghaft und zögernd gingen sie auf den Mann zu, immer in Angst vor dem Hund. Der Hund aber folgte ihnen nur mit den Augen und hielt sein Kinn fest auf die breite Brust seines geliebten Herrn gepreßt und wedelte andeutungsweise mit der Schwanzspitze. Er bewegte seinen Wedel, ohne ihn zu heben, einen Fingerbreit im Grase hin und her. Der Mann öffnete die Augen — er hatte offenbar gar nicht geschlafen — und lächelte die Jungen an; mit dem Daumen machte er eine Bewegung, die sie weiter ihres Weges wies. Dann hörte er auf zu lächeln und schloß die Augen.

»Tschuldigung«, sagte Kay. »Und was ist da?«

Der Mann gab keine Antwort und hielt die Augen geschlossen, hob jedoch noch einmal den Arm und wies sie mit dem Daumen weiter.

»Du, das heißt eindeutig: der Nase nach«, sagte Kay.

»Wenn das mal nicht ein Abenteuer ist!« sagte Wart. »Ich würde mich nicht wundern, wenn der doofe Holzfäller auf den großen Baum gestiegen wäre, an dem er saß, und diesem Baum hier die Nachricht übermittelt hätte, daß wir im Anzug sind. Erwartet hat man uns hier doch auf jeden Fall.«

Bei diesen Worten öffnete der halbnackte Riese ein Auge und betrachtete Wart mit einigem Erstaunen. Dann öffnete er beide Augen, lachte über das ganze große gutmütige Gesicht, richtete sich auf, tätschelte den Hund, nahm seinen Bogen in die Hand und erhob sich zu voller Größe.

»Na gut denn, Ihr jungen Herrn«, sagte er, weiterhin lachend. »Da sin' wir euch schließlich noch eins voraus. Na ja, gut Ding will Weile haben.«

Kay blickte ihn verdutzt an. »Wer seid Ihr?« fragte er.

»Naylor«, sagte der Riese. »John Naylor in-ner weiten Welt, bis daß wir in'n Wald gekommen sin'. Da hat's ein Weilchen John Little geheißen, in' Wald un' so, aber die meisten tun's jetzt rumdrehn un' sagen Little John.«

»Oh ja!« rief Wart entzückt. »Ich habe schon von Euch gehört, oft sogar, wenn sie abends Saxen-Geschichten erzählen, von Euch und Robin Hood.«

»Nich' Hood«, sagte Little John tadelnd. »So heißt man ein' doch nich', Herr, nich' im Walde. Wood — wie der Wald, wo du durchlaufen tust. Is' sich doch ein' Name, mächtig un' prächtig.«

»Robin Wood! Robin Wald!«

»Klar. Wie sons' sollt' er heißen, wie er sie beherrschen tut, die Wälder, die freie Wildbahn. Schlafen wir drin, winterszeit un' sommerszeit, un' jagen wir drin, daß wir nich' verhungern tun. Riech ma', wenn die jungen hellen Blätter kommen, genau nach'er Regel, oder wenn sie abfallen, nach'er selben Regel rückwärts. Mußt drin stehn tun, daß ma' dich nich' sieht, und drin gehn, daß ma' dich nich' hören tut, un' wärmen kann's du dich, wenn's schlafen wills. Ah — is' schon der rechte Ort, der Wald, für'n freien Mann mit Hand un' Herz.«

Kay sagte: »Aber ich hab' gedacht, Robin Walds Leute würden Hosen und Joppen in Lincoln-Grün tragen?«

»Das mach'n wir in Winterszeit, wenn's nötig is', oder mit Leder-Gamaschen bei der Waldarbeit. Aber im Sommer is-es viel bequemer für die Feldwachen, wo nichts zu tun haben, bloß aufpassen.«

»Dann seid Ihr also ein Posten?«

»Na klar. Un' wie auch der alte Much, wo Ihr bei'm gefällten Baum zu gesprochen habt.«

»Und ich glaube«, rief Kay triumphierend, »daß der große Baum da, auf den wir zugehn, das Hauptquartier von Robin Waldwood ist!«

Sie kamen zum Monarchen des Waldes.

Es war eine Linde, annähernd so groß wie jene, die im Moor-Park in Hertfordshire stand, nicht weniger als hundert Fuß hoch und siebzehn Fuß im Umfang, einen Schritt über dem Boden gemessen. Ihr buchenähnlicher Stamm war unten mit dichtem Gezweig gegürtet, und wo die Äste gesessen hatten, war die Rinde aufgesplittert und von Regenwasser und Saft verfärbt. Bienen summten im hellen und klebrigen Blattwerk, hoch und höher gen Himmel, und eine Strickleiter verschwand oben im Laub. Niemand hätte ohne eine Leiter den Baum besteigen können, nicht einmal mit Steigeisen.

»Gut geglaubt, Herr Kay«, sagte Little John. »Un' da is-er denn, der Herr Robin, zwischen'n Wurzeln.«

Die Jungen, die mehr an dem Ausguck interessiert gewesen waren, der in einem Krähennest im Wipfel des wispernden und sich wiegenden Prachtbaumes hockte, blickten sogleich zur Erde nieder und sahen nun den großen Geächteten von Angesicht zu Angesicht.

Er war keine romantische Erscheinung, wie sie erwartet hatten — zumindest nicht auf den ersten Blick —, obwohl er fast die Größe von Little John erreichte. Diese beiden waren natürlich die einzigen, die mit dem englischen Langbogen jemals einen Pfeil eine Meile weit geschossen hatten. Robin Wood war ein drahtiger Bursche, ohne jeden Ansatz von Fett. Er war nicht halbnackt wie John, sondern diskret in ausgeblichenes Grün gekleidet; an der Seite trug er ein silberglänzendes Waldhorn. Er war glattrasiert, sonnverbrannt, nervig, knorrig wie eine Baumwurzel — doch knorrig und gereift von Wetter und Poesie, nicht vom Alter, denn er zählte kaum dreißig Jahre. (Er sollte siebenundachtzig werden, und sein langes Leben führte er selbst auf den Balsam- und Terpentingeruch der Nadelbäume zurück.) Im Augenblick lag er auf dem Rücken und blickte nach oben, aber nicht in den Himmel.

Robin Wood hatte wohlgemut seinen Kopf in Marians Schoß gelegt. Sie saß zwischen den Wurzeln der Linde und trug einen einteiligen grünen Kittel, an dessen Gürtel ein Köcher voller Pfeile hing; ihre Füße und Arme waren bloß. Ihr Haar flutete wie ein braun leuchtender Wasserfall lang herab und umrahmte so Robins Gesicht. (Für gewöhnlich trug sie Zöpfe, was sich auf der Jagd und beim Kochen als vorteilhafter erwies.) Sie sang mit ihm sanft ein Duett und kitzelte seine Nasenspitze mit den welligen Haarsträhnen.

> *Wohl unter der Linden,* sang Jungfer Marian,
> *Wirst du mich finden,*
> *Die Blättlein fallen,*
> *Die Vöglein schallen.*

»So komm doch, komm doch, komm«, summte Robin,

> *Nichts Böses droht,*
> *Noch bittre Not,*
> *Bloß Wind und rauhes Wetter.*

Sie lachten fröhlich und fingen wieder an, diesmal abwechselnd:

Man läßt die Arbeit sein,
Aalt sich im Sonnenschein,
Ißt, was vom Baume fällt,
Und freut sich an der Welt.

Dann, beide zusammen:

So komm doch, komm doch, komm,
Nichts Böses droht,
Noch bittre Not,
Bloß Wind und rauhes Wetter.

Das Lied endete in Gelächter. Robin, der sich die seidenfeinen Haarsträhnen um den braunen Finger gewickelt hatte, zupfte schelmisch an einer Locke und rappelte sich auf die Beine.

»Na, John«, sagte er und musterte die beiden Abenteurer.

»Na, Herr«, sagte Little John.

»So, da hast du also die beiden jungen Knappen hergebracht?«

»Sie haben mich hergebracht.«

»Willkommen — so oder so«, sagte Robin. »Von Sir Ector habe ich nie schlecht reden hören, kein Grund also, seine Späher schlecht zu behandeln. Wie geht's euch, Kay und Wart, und wer hat euch auf meine Waldblößen angesetzt — ausgerechnet heute?«

»Robin«, unterbrach ihn das Mädchen, »die kannst du nicht nehmen!«

»Warum nicht, mein süßes Herz?«

»Es sind doch Kinder.«

»Genau das, was wir brauchen.«

»Es ist unmenschlich«, sagte sie tadelnd und ordnete ihr Haar.

Der Geächtete hielt es augenscheinlich für geraten, sich nicht mit ihr anzulegen. Er wandte sich den Jungen zu und stellte ihnen eine Frage.

»Könnt ihr schießen?«

»Das will ich wohl meinen«, sagte Wart.

»Ich kann's versuchen«, sagte Kay etwas zurückhaltender, da Warts selbstsichere Antwort Lachen hervorgerufen hatte.

»Komm, Marian, gib mal einen von deinen Bogen.«

Sie reichte ihm einen Bogen und ein halbes Dutzend Pfeile, achtundzwanzig Zoll lang.

»Schieß auf den *popinjay*«, sagte Robin und gab sie an Wart weiter.

Der sah sich um und entdeckte in einer Entfernung von fünf mal zwanzig Schritt einen künstlichen Vogel auf der Stange. Er merkte, daß er den

Mund zu voll genommen hatte, und sagte fröhlich: »Tut mir leid, Robin Wood, aber ich fürchte, das ist viel zu weit für mich.«

»Macht nichts«, sagte der Geächtete. »Probier's ruhig. Ich will nur sehen, wie du schießt.«

Wart paßte den Pfeil ein, so flink und gewandt er's vermochte, stellte sich breitbeinig hin, und zwar so, daß die verlängerte Linie seiner Füße aufs Ziel wies, reckte die Schultern, zog die Sehne ans Kinn, visierte das Ziel an, hob die Pfeilspitze in einem Winkel von etwa zwanzig Grad, zielte zwei Schritt nach rechts, weil er beim Abschnellen immer ein wenig nach links abkam, und ließ den Pfeil sausen. Er schoß zwar daneben, aber nicht weit.

»Kay, jetzt du«, sagte Robin.

Kay traf die gleichen Anstalten und erzielte ebenfalls ein gutes Ergebnis. Beide hielten den Bogen in der richtigen Höhe, fanden sofort die Hahnenfeder und setzten sie außen an, beide hielten die Sehne, um den Bogen zu spannen — die meisten ungeübten Jungen halten beim Spannen die Kerbe des Pfeils mit Daumen und Zeigefinger, aber ein richtiger Bogenschütze zieht die Sehne mit den ersten zwei oder drei Fingern zurück und läßt den Pfeil nachkommen —, keiner ließ die Pfeilspitze nach links abweisen oder kam mit der Bogensehne an den linken Unterarm — zwei weitverbreitete Fehler bei Unerfahrenen —, und beide hatten nicht durchgerissen.

»Gut«, sagte der Geächtete. »Keine Lautenspieler.«

»Robin«, sagte Marian energisch, »du kannst die Kinder nicht der Gefahr aussetzen. Schick sie nach Haus zu ihrem Vater.«

»Das werde ich nicht tun«, sagte er, »wenn sie's nicht selber wollen. Es ist ihre Sach', so gut wie meine.«

»Worum geht's denn?« fragte Kay.

Der Outlaw warf seinen Bogen hin, setzte sich auf die Erde und zog Marian, die Maid, neben sich nieder. Sein Gesicht zeigte eine gewisse Ratlosigkeit.

»Es geht um Morgan le Fay. Aber das ist schwer zu erklären.«

»Ich würd's gar nicht versuchen.«

Robin drehte sich ärgerlich zu seiner Geliebten um. »Marian«, sagte er, »entweder nehmen wir ihre Hilfe in Anspruch, oder wir lassen die andern drei im Stich. Ich bitte die Jungen nicht gern, dorthin zu gehen, aber ich muß es tun, sonst ist Tuck ihr ausgeliefert.«

Wart hielt es für an der Zeit, eine taktvolle Frage zu stellen, also räusperte er sich höflich und sagte: »Bitte, wer ist Morgan the Fay?«

Alle drei antworteten gleichzeitig.

»Sie is-ne Schlimme«, sagte Little John.

»Sie ist eine Fee«, sagte Robin.

»Nein, ist sie nicht«, sagte Marian. »Sie ist eine Hexe.«

»Im Grunde«, sagte Robin, »weiß niemand genau, was sie ist. Meiner Meinung nach ist sie eine Fee. —

Und diese Meinung«, so fügte er, Marian fixierend, hinzu, »halte ich aufrecht.«

Kay fragte: »Meint Ihr, sie ist so eine, die eine Glockenblume als Hut aufhat und immer auf giftigen Pilzen sitzt?«

Es gab ein großes Gelächter.

»Nicht die Spur. Solche Geschöpfe gibt es nicht. Die Königin ist wirklich und leibhaftig — und gefährlich.«

»Wenn die Jungen schon mitmachen müssen«, sagte Marian, »dann solltest du's ihnen von Anfang an erklären.«

Der Geächtete holte tief Luft, streckte seine Beine, und auf seinem Gesicht zeigte sich wieder dieser ratlose Ausdruck.

»Je nun«, sagte er. »Nehmen wir einmal an, daß Morgan die Königin der Feen ist oder jedenfalls irgend etwas mit ihnen zu tun hat — und daß Feen etwas sind, von denen euer Kindermädchen euch nichts erzählt hat. Manche sagen, sie seien die AlleNÄltesten, die schon vor den Römern in England lebten – vor uns Saxen, vor den Alten – und in den *underground* getrieben wurden. Manche sagen, sie sehen wie Menschen aus, wie Zwerge, und andere behaupten, daß sie ganz gewöhnlich aussehen, und andere wieder, daß sie nichts und niemandem gleichen, sondern verschiedene Gestalt annehmen, je nach Lust und Laune. Jedenfalls: wie sie auch aussehen — sie verfügen über das Wissen der alten Gälen. Sie wissen Dinge in ihren Bauen und Höhlen dort unten, die die Menschen vergessen haben; und eine Menge von diesen Dingen bleibt besser geheim.«

»Nicht so laut«, sagte das langhaarige Mädchen mit einem seltsamen Seitenblick, und die Jungen bemerkten, daß der kleine Kreis sich enger zusammengeschlossen hatte.

»Na schön«, sagte Robin leiser. »Diese Geschöpfe, von denen ich rede, und wenn's recht ist, werde ich jetzt keine Namen mehr nennen — jedenfalls: sie haben kein Herz. Es ist nicht eigentlich so, daß sie unbedingt Böses tun möchten, nein: wenn man eins erwischte und aufschneiden würde, dann fänd' man drinnen kein Herz. Es sind Kaltblüter, wie die Fische.«

»Sie sind überall. Auch dann, wenn man spricht.«

Die Jungen sahen sich um.

»Sei still«, sagte Robin. »Ich brauche euch nichts mehr zu sagen. Es bringt Unglück, wenn man von ihnen spricht. Die Sache ist folgende: ich glaube, daß diese Morgan die Königin der — na ja — Guten ist, und ich weiß, daß sie manchmal in einem Schloß nördlich von unserem Wald wohnt; es heißt Castle Chariot. Marian sagt, die Königin selber sei keine Fee, sondern nur eine Zauberin, die mit ihnen befreundet ist. Andere sagen, sie sei die Tochter des Grafen von Cornwall. Ist ja auch einerlei. Es geht darum, daß heute früh — durch ihre Zauberei — die Allerältesten einen meiner Diener und einen von den euren gefangengenommen haben.«

»Doch nicht Tuck?« rief Little John, der über die jüngsten Ereignisse nicht auf dem laufenden war, da er Wachdienst hatte.

Robin nickte. »Die Nachricht kam von den nördlichen Räumen, ehe deine Meldung von den Jungen eintraf.«

»Au weh, armer Mönch!

»Erzähl ihnen, wie's passiert ist«, sagte Marian. »Vielleicht solltest du auch die Namen erklären.«

»Zu den wenigen Dingen«, sagte Robin, »die wir von den Glückseligen wissen, gehört, daß sie auf die Namen von Tieren hören. Sie heißen also, zum Beispiel, Kuh oder Ziege oder Schwein und so fort. Gut. Wenn du nun eine deiner Kühe rufst, mußt du immer auf sie zeigen, wenn du sie rufst. Sonst rufst du vielleicht eine Fee herbei — eine Kleine, hätt' ich sagen sollen —, die auf den gleichen Namen hört, und wenn du sie herbeigerufen hast, kommt sie und kann dich mitnehmen.«

»Allem Anschein nach«, sagte Marian, die Geschichte fortführend, »ist euer Hundejunge vom Schloß mit seinen Hunden zum Waldrand gegangen, wo sie stöbern sollten, und zufällig erblickte er Bruder Tuck, als der gerade mit einem alten Mann namens Wat ein Schwätzchen hielt, der hier herum wohnt . . .«

»Verzeihung«, riefen die beiden Jungen, »ist das der alte Mann, der in unserem Dorf gelebt hat, bevor er den Verstand verlor? Er hat dem Hundejungen die Nase abgebissen, und jetzt haust er im Wald — so eine Art Menschenfresser?«

»Derselbige«, erwiderte Robin. »Aber ein Menschenfresser ist er nun ganz und gar nicht: er lebt von Gräsern und Wurzeln und Bucheckern und tut keiner Fliege was zuleide. Ich fürchte, da ist eure Phantasie mit euch durchgegangen.«

»Stell dir vor: Wat ißt Bucheckern.«

»Folgendes geschah«, erzählte Marian geduldig. »Die drei trafen zusammen, um ein wenig zu plaudern, und einer der Hunde (ich glaube, es war Cavall) sprang an dem armen Wat hinauf, um ihm das Gesicht zu lecken. Da bekam's der Alte mit der Angst, und euer Hundejunge rief: ›Komm her, Hund!‹ — Er zeigte nicht mit dem Finger auf ihn, seht ihr, und das hätte er unbedingt tun müssen.«

»Und dann?«

»Tja, einer meiner Leute, nämlich Scathelocke — oder Scarlett, wie er in den Balladen heißt —, der war gerade in der Nähe beim Holzfällen, und er sagt, sie seien verschwunden, seien einfach vom Erdboden verschwunden, mitsamt dem Hund.«

»Mein armer Cavall!«

»Also haben die Feen sie geholt.«

»Ihr meint die Friedlichen.«

»Verzeihung.«

»Die Sache ist die: falls Morgan tatsächlich die Königin dieser Geschöpfe ist, und wenn wir unsere Freunde befreien wollen, ehe sie verzaubert werden — eine ihrer alten Königinnen mit Namen Circe verwandelte alle, die sie fing, in Schweine —, dann müssen wir in ihrem Schloß nach ihnen suchen.«

»Also gehn wir.«

KAPITEL 11

obin lächelte dem älteren der beiden Jungen zu und klopfte ihm auf den Rücken, während Wart verzweifelt an seinen Hund dachte. Dann räusperte sich der Geächtete und sprach weiter.

»Ihr habt recht«, sagte er, »wir müssen hin, aber jetzt werde ich euch den unangenehmen Teil erklären. Es kann nämlich niemand ins Castle Chariot – nur ein Junge oder ein Mädchen.«

»Soll das heißen, daß Ihr nicht reinkönnt?«

»Aber du könntest rein.«

»Ich glaube«, sagte Wart, als er darüber nachgedacht hatte, »es ist so was wie mit den Einhörnern.«

»Richtig. Ein Einhorn ist ein magisches Tier, und nur eine Jungfrau kann's fangen. Feen sind auch magisch, und nur Unschuldige können ihre Schlösser betreten. Deshalb stehlen sie fremde Kinder aus der Krippe.«

Kay und Wart schwiegen eine Weile. Dann sagte Kay: »Na schön. Ich mach' mit. Schließlich ist's ja mein Abenteuer.«

Wart sagte: »Ich möcht' mitgehn. Ich hänge an Cavall.«

Robin sah Marian an.

»Nun gut«, sagte er. »Wir wollen keine großen Geschichten machen, aber wir werden uns einen Plan ausdenken. Ich glaube, es ist für euch beide besser, wenn ihr nicht allzu genau Bescheid wißt — aber so schlimm, wie ihr denkt, ist's nun auch wieder nicht.«

»Wir kommen mit«, sagte Marian. »Unsere Bande wird euch zum Schloß begleiten. Eure Aufgabe ist dann bloß noch das Reingehen.«

»Ja, und die Bande wird wahrscheinlich hinterher von ihrem Greif angefallen.«

»Ein Vogel Greif ist auch da?«

»Natürlich. Das Castle Chariot wird nicht von einem Hund bewacht, sondern von einem höchst gefährlichen Greif. Auf dem Hinweg müssen wir uns lautlos an ihm vorbeischleichen, sonst schlägt er Alarm, und ihr kommt nicht rein. Es wird eine aufregende Pirsch.«

»Wir werden den Abend abwarten müssen.«

Die Jungen verbrachten einen angenehmen Vormittag, indem sie sich an zwei von Maid Marians Bogen gewöhnten. Robin hatte darauf bestanden. Er sagte, mit einem fremden Bogen könne man genausowenig schießen wie mit einer fremden Sichel mähen. Zu Mittag gab es kalte Wildpasteten und Met für die ganze Belegschaft. Wie bei einer Zaubervorstellung kamen die Outlaws zum Essen herbeigeschlichen. Eben war noch niemand am Rande der Lichtung, und im nächsten Augenblick schon wurde sie von einem halben Dutzend bevölkert — grünen oder sonnverbrannten Männern, die stumm aus dem Wald oder dem Unterholz auftauchten. Zum Schluß waren an die hundert versammelt, und es wurde fröhlich getafelt und gelacht. Sie waren nicht wegen Mordes oder wegen sonstiger Untaten geächtet. Sie waren Saxen, die sich gegen Uther Pendragons Eroberung aufgelehnt hatten und sich weigerten, einen fremden König anzuerkennen. In den Mooren und Urwäldern Englands wimmelte es von ihnen. Sie glichen den Widerstandskämpfern späterer Tage: Rebellen gegen Fremdherrschaft. Das Essen wurde in einer Laubhütte ausgegeben, wo Marian mit ihren Gehilfinnen kochte.

Nachmittags stellten die Partisanen Posten auf, welche die Baum-Botschaften aufzufangen hatten, während die übrigen sich schlafen legten — teils, weil die Jagd hauptsächlich zu den Zeiten stattfinden mußte, da die meisten Werktätigen schliefen, teils aber auch, weil die jagdbaren Tiere nachmittags ruhen, so daß die Jäger es ihnen gleichtun konnten. An diesem Nachmittag jedoch rief Robin die beiden Jungen zu einer Besprechung herbei.

»Hört mal zu«, sagte er. »Ich werde euch erklären, wie wir vorgehen wollen. Meine Bande von hundert Mann wird mit euch zu Königin Morgans Schloß marschieren, und zwar in vier Gruppen. Ihr beiden geht mit Marians Trupp. Wenn wir an eine Eiche kommen, in die im Jahr des großen Unwetters der Blitz schlug, dann sind wir nur noch eine Meile von dem wachhabenden Greif entfernt. Wir treffen dort zusammen, und anschließend müssen wir uns wie Schatten bewegen. Wir müssen an dem Greif vorbei, ohne daß er Wind bekommt. Wenn uns das gelingt, und wenn alles gut geht, halten wir etwa vierhundert Schritt vor dem Schloß. Näher können wir wegen des Eisens in unsern Pfeilspitzen nicht heran, und von dem Augenblick an seid ihr auf euch gestellt. —

So, Kay und Wart, jetzt muß ich euch das mit dem Eisen erklären. Wenn unsere Freunde tatsächlich von den — von den ›Guten‹ gefangengenommen worden sind, und wenn Queen Morgan tatsächlich die Königin von — von ›denen‹ ist, dann haben wir einen Vorteil auf unserer Seite. Die ›Guten‹ ertragen nämlich nicht die Nähe von Eisen. Der Grund dafür ist der, daß die Allerältesten aus der Feuerstein-Zeit stammen, der Zeit, wo das Eisen noch nicht erfunden war, und all ihre Sorgen kommen von dem neuen Metall her. Die Leute, die als Eroberer über sie kamen, hatten Schwerter aus Stahl (was noch besser ist als Eisen), und auf diese Weise gelang es denen, die Alten in den Untergrund zu treiben.

Daher müssen wir uns heute nacht fernhalten — damit sie nämlich nicht dies ungute Gefühl bekommen. Ihr beiden aber habt von der Königin nichts zu befürchten, wenn ihr eine eiserne Messerklinge in der Hand versteckt haltet. Ihr dürft sie nur nicht loslassen. Zwei kleine Messer rufen dieses Gefühl nicht hervor, solange sie nicht zu sehen sind. Ihr braucht nur das letzte Stück allein zu gehen und eure Messer gut festzuhalten. Ihr gelangt unbehelligt ins Schloß und dringt dann zu der Zelle vor, in der die Gefangenen sind. Sobald die Gefangenen von euerm Metall geschützt werden, können sie gefahrlos mit euch das Schloß verlassen. Habt ihr verstanden, Kay, Wart?«

»Ja, danke«, sagten sie. »Wir haben vollkommen verstanden.«

»Und noch etwas. Das Wichtigste ist, daß ihr eure Messer sorgfältig festhaltet, aber das Nächstwichtige ist, daß ihr nicht eßt. Jeder, der in einer, na, ihr wißt schon in was für einer, Festung ißt, muß immer dort bleiben. Also: um alles in der Welt, eßt nichts, solange ihr im Schloß seid, so verführerisch es auch aussehen mag. Werdet ihr daran denken?«

»Wir werden daran denken.«

Nach der Stabsbesprechung gab Robin seinen Leuten die nötigen Instruktionen. Er hielt ihnen eine lange Rede und informierte sie über den Greif und das Anschleichen und die Aufgabe der Jungen.

Als er seine Ansprache beendet hatte, die in absolutem Schweigen aufgenommen worden war, geschah etwas Merkwürdiges. Er begann sie noch einmal, von Anfang an, und wiederholte sie im genau gleichen Wortlaut. Als er zum zweitenmal geendet hatte, sagte er: »Die Captains«, und die Männer gruppierten sich zu Trupps von je zwanzig Mann, die sich auf die

103

verschiedenen Ecken der Lichtung verteilten und sich um Marian, Little John, Much, Scarlett und Robin scharten. Von jeder Gruppe stieg ein summendes Geräusch gen Himmel.

»Mensch, was machen die da?«

»Hör mal zu«, sagte Wart.

Die Männer wiederholten die Ansprache Wort für Wort. Wahrscheinlich konnten sie alle weder lesen noch schreiben, aber sie hatten gelernt, zuzuhören und zu memorieren. Auf diese Weise hielt Robin mit seinen Untergebenen auf nächtlichen Streifzügen Kontakt: er wußte, daß jeder Mann auswendig wußte, was der Anführer wußte. So konnte er sich darauf verlassen, daß im Notfall jeder von sich aus das Richtige tat.

Als die Leute ihre Instruktionen wiederholt hatten und jeder einzelne die Ansprache wortwörtlich kannte, wurden Kriegspfeile ausgegeben, ein Dutzend pro Kopf. Diese Pfeile hatten kräftigere Spitzen, waren rasiermesserscharf zugeschliffen und schwer befiedert. Dann fand eine Bogeninspektion statt, und zwei oder drei Männer bekamen neue Sehnen. Endlich wurden alle still.

»Dann los!« rief Robin fröhlich.

Er winkte mit dem Arm, und die Leute hoben lächelnd ihre Bogen zum Gruß. Nun säuselte und raschelte es, ein einziger Zweig nur knackte, und auf einmal war die Lichtung mit der riesigen Linde so leer wie vor der Erschaffung der Menschen.

»Kommt mit«, sagte Marian und berührte die Jungen an der Schulter. Hinter ihnen summten die Bienen in den Blüten.

Es wurde ein langer Marsch. Die künstlichen Lichtungen, die kreuzförmig auf die Linde zuführten, wurden nach einer halben Stunde nicht mehr benutzt. Jetzt mußten sie sich, so gut es ging, einen Weg durch den jungfräulichen Urwald bahnen. Das wäre nicht so schlimm gewesen, wenn sie sich eine Schneise hätten schlagen können, aber sie mußten ja geräuschlos vorrücken. Marian zeigte ihnen, wie man sich am besten, einer hinter dem anderen, seitlich durchs Gestrüpp schlängelte; wie man sofort stehenblieb, wenn man sich in einer dornigen Ranke verfing, und sie vorsichtig löste; wie man behutsam einen Fuß vorsetzte und das Gewicht auf ihn verlagerte, sobald man sicher war, daß sich kein trockener Zweig darunter befand; wie man auf einen Blick die am leichtesten zu durchdringende Stelle erkannte; und wie hilfreich ein gewisser Rhythmus im Ablauf ihrer Bewegungen sein konnte, trotz allen Hindernissen. Obwohl sie von hundert unsichtbaren Männern umgeben waren, hörten sie nichts — nur die Geräusche, die sie selber machten.

Zuerst hatte es die beiden Jungen verdrossen, daß man sie der von einer

104

Frau befehligten Gruppe zuteilte. Viel lieber wären sie mit Robin gegangen; Marian unterstellt zu werden, das war, als würden sie einer Gouvernante anvertraut. Indessen entdeckten sie sehr bald ihren Irrtum. Marian war dagegen gewesen, daß sie mitkamen — jetzt aber, da dies angeordnet war, akzeptierte sie die beiden als gleichwertige Gefährten. Es war unmöglich, mit ihr Schritt zu halten, wenn sie nicht immer wieder auf sie wartete: sie konnte sich fast so schnell, wie die Jungen aufrecht vorankamen, auf allen Vieren fortbewegen oder sich wie eine Schlange durchs Dickicht winden. Und außerdem war sie, im Gegensatz zu ihnen, soldatisch ausgebildet, mit allen Wassern gewaschen, von allen Hunden gehetzt: eine wahre Buschkämpferin — abgesehen von den langen Haaren. (Die meisten weiblichen Outlaws jener Zeit trugen sie kurz geschnitten.) Einer der kleinen Hinweise und Ratschläge, die sie ihnen gab, ehe das Sprechen eingestellt wurde, war dieser: Im Kampf lieber zu hoch als zu niedrig zielen. Ein Pfeil, der zu kurz fliegt, geht in die Erde, einer, der zu weit fliegt, trifft vielleicht einen im zweiten Glied.

Wenn ich mich mal verheiraten sollte, dachte Wart, der diesbezüglich seine Zweifel hatte, dann würd' ich so ein Mädchen nehmen: eine Art von goldener Füchsin.

Was die beiden Jungen nicht wußten: Marian konnte klagen wie ein Käuzchen, indem sie in die Fäuste blies; sie konnte die gespreizten Finger in den Mund stecken und einen schrillen Pfiff ausstoßen; sie konnte alle Vögel herbeilocken, indem sie ihre Rufe nachahmte; sie verstand allerlei Äußerungen der Gefiederten — zum Beispiel die Rufe der Meisen, wenn ein Falke sich nähert; und radschlagen konnte sie auch. Im Augenblick jedoch waren derlei Künste kaum erforderlich.

Die Dämmerung senkte sich neblig hernieder — es war der erste Herbstnebel —, und im Halbdunkel riefen die Eulen einander, deren Familienverband noch nicht aufgelöst war: die Jungen kiewitt, die Alten gesetzt hurruh-hurruh. Das von den Dichtern so gern zitierte Tuwitt-Tuhuuu ist ein Familienruf und wird von mehreren einzelnen Vögeln erzeugt. Je schwerer die Ranken und Hindernisse zu sehen waren, desto leichter waren sie zu spüren. Es war merkwürdig: Wart entdeckte, daß er sich in der zunehmenden Stille leiser bewegen konnte, obwohl man das Umgekehrte hätte vermuten sollen. Da es jetzt nur noch auf Berührung und Geräusch ankam, fiel ihm die Anpassung leichter, und er ging nun flink und lautlos zugleich.

Es war jetzt ungefähr *compline* — oder neun Uhr abends, wie wir sagen würden —, und sie hatten gute sieben Meilen in diesem unwegsamen Wald zurückgelegt, da berührte Marian Kay an der Schulter und wies in die blaue Dunkelheit voraus. Sie konnten mittlerweile im Dunkeln sehen, so gut Menschen das möglich ist, auf jeden Fall viel besser, als es Städtern je gelingen wird, und vor ihnen stand die vom Blitz gespaltene Eiche. Sieben Meilen weit hatte Marian sie durch eine fast undurchdringliche Waldwildnis genau zu der vorher festgelegten Stelle geführt! In stillschweigendem Übereinkommen beschlossen sie, sich unhörbar an den Baum heranzupirschen, so daß nicht einmal die Mitglieder der eigenen Bande von ihrer Ankunft erführen, die dort vielleicht schon warteten.

Ein regloser Mann aber ist einem in Bewegung befindlichen gegenüber stets im Vorteil, und kaum hatten sie die Ausläufer des weitverzweigten Wurzelwerks erreicht, da halfen ihnen freundliche Hände auf, klopften ihnen daunensanft auf die Schultern und geleiteten sie zu ihren Plätzen. Die Wurzelbuckel waren voll besetzt. Das Ganze glich einer Spatzenschar oder einem Krähenschwarm am Schlafplatz. In diesem nächtlichen Mysterium befand sich Wart: rings umher atmeten hundert Männer, und es war der Brandung unseres eigenen Blutes ähnlich, die wir zu hören vermögen, wenn wir nächtens allein und einsam schreiben oder lesen. Sie befanden sich im dunklen und stummen Mutterleib der Nacht.

Dann bemerkte Wart, daß die Zikaden ihre schrillen Töne geigten, die fast außerhalb des Hörbereichs lagen, wie der Ruf der Fledermaus. Sie zirpten hundertfach als Antwort auf Marians dreimaliges Zirpen (für Kay und für Wart und für sich selber). Alle Geächteten waren versammelt, und es war Zeit aufzubrechen.

Es gab ein leises Rascheln, so, als hätte sich der Wind in den letzten Blättern der neunhundertjährigen Eiche geregt. Dann klagte ein Käuzchen; eine Feldmaus pfiff; ein Kaninchen trommelte; ein Fuchsrüde stieß sein einsames heiseres Bellen aus; eine Fledermaus flatterte über ihren Köpfen. Wieder raschelten die Blätter, diesmal länger, so daß man bis hundert zählen konnte, und dann war Maid Marian, die das Trommeln besorgt hatte, von ihrer Truppe umgeben: zwanzig plus zwei. Wart merkte, als sie im Kreise standen, daß rechts und links von ihm ein Mann seine Hand ergriff, und dann wurde ihm bewußt, daß das Streichkonzert der Zikaden wieder begonnen hatte. Es bewegte sich ringförmig fort, auf ihn zu, und als der letzte Grashüpfer seine Beine aneinander rieb, drückte ihm der Mann zur Rechten die Hand. Wart zirpte. Sogleich tat der Mann zu seiner Linken dasselbe und drückte ebenfalls seine Hand. Zweiundzwanzig Zikaden waren bereit, unter Maid Marians Führung durch die Stille zu stapfen.

Der letzte Teil der Pirsch ähnelte einem Albtraum. Wart aber fand's himmlisch. Plötzlich schwebte er in der Verzückung der Nacht und spürte, daß er körperlos war, schwerelos, lautlos, entrückt. Er hatte das Gefühl, als könne er zu einer säugenden Häsin hingehen und sie bei den Löffeln nehmen, ehe das pelzige und mit den Läufen schlagende Tier seine Gegenwart bemerkte. Er hatte das Gefühl, als könne er zwischen den Beinen der Männer zur Rechten und zur Linken hindurchlaufen oder ihnen die glitzernden Dolche aus der Scheide ziehen, während sie sich wachsam weiterbewegten. Das erregende Gefühl verschwiegener nächtlicher Verzauberung war wie Wein in seinem Blut. Seine Kleinheit und Jugend ermöglichten es ihm, sich ebenso verstohlen fortzubewegen wie die Krieger. Ihr Alter und ihre Körpergröße machten sie, trotz ihrem wald- und waidmännischen Können, zu unbeholfenen Bäumen, während er, obwohl unerfahren, flink und beweglich war.

Insgesamt war es, sah man von der Gefährlichkeit ab, eine leichte Pirsch. Das Unterholz lichtete sich, und der verräterisch raschelnde Adlerfarn wuchs auf dem moorigen Boden nur spärlich, so daß sie mit dreifacher Geschwindigkeit voranschreiten konnten. Traumumfangen eilten sie dahin, ohne Eulengeheul und Fledermauskreischen, einzig zusammengehalten vom notwendigen Paßgang, den der schlafende Wald ihnen auferlegte. Einige von ihnen waren ängstlich, andere rachsüchtig wegen eines Kameraden, und etliche entleiblicht in der Verschwiegenheit ihres Nachtwandelns.

Sie mochten zwanzig Minuten dahingeschlichen sein, da gebot Maid Marian ihnen Halt. Sie wies zur Linken.

Keiner der Jungen hatte das Buch von Sir John de Mandeville gelesen, deshalb wußten sie nicht, daß ein Greif achtmal größer ist als ein Löwe. Als sie nun, im schweigenden Nachtdunkel, zur Linken blickten, sahen sie etwas vor dem Himmel und vor den Sternen stehen, das sie nie für möglich gehalten hätten. Es war ein junger männlicher Greif im Kleingefieder.

Von vorne wirkte er, mit den Schultern und den behosten Vorderbeinen, wie ein überdimensionaler Falke. Der gekrümmte Schnabel, die langen Flügel mit der markanten Fingerung, dazu die mächtigen Fänge: alles war gleich, nur insgesamt, wie Mandeville bereits bemerkte, achtmal größer als ein Löwe. Hinter den Schultern begann die Veränderung. Wo ein normaler Falke oder Adler sich mit zwölf Stoßfedern begnügen würde, ging *Falco leonis serpentis* in einen Löwenleib über, mit den Hinterläufen des afrikanischen Tieres, und überdies mit einem Schlangenschwanz. Die Jungen sahen, vierundzwanzig Fuß hoch im mysteriösen Nachtschein des Mondes, das schlafende Haupt auf die Brust gebeugt, so daß der unheilbringende Schnabel im Brustgefieder ruhte, einen echten Greif — ein Anblick, der mehr wert war als der von hundert Kondoren. Sie holten Luft durch die Zähne und eilten erst einmal weiter, speicherten die übernatürliche Schreckensvision in den Kammern des Gedächtnisses.

Endlich näherten sie sich dem Schloß. Die Outlaws mußten haltmachen. Kay und Wart indessen gingen, nachdem ihr Hauptmann ihnen stumm die Hand gegeben hatte, durch den sich lichtenden Wald weiter — auf ein fernes Glühen zu, das matt zwischen den Baumkronen hindurchschimmerte.

Sie gelangten auf eine großflächige Waldblöße, fast schon eine Ebene. Stocksteif und still standen sie da und wußten vor Überraschung nichts zu sagen. Sie sahen ein Schloß, das ganz und gar aus Eßbarem bestand. Die einzige Ausnahme bildete — auf der Spitze des Bergfrieds — eine Krähe, die einen Pfeil im Schnabel hielt.

Die Allerältesten waren Vielfraße. Das kam vermutlich daher, daß sie selten genug zu essen hatten. Sogar heutigentags noch kann man ein von ihnen verfaßtes Gedicht lesen, das unter dem Titel »Vision of Mac Conglinne« bekannt ist. In dieser »Vision« findet sich die Beschreibung eines Schlosses, das aus den verschiedensten Nahrungsmitteln erbaut ist. Ein Teil des Poems lautet:

> *Ich sah einen See aus frischer Milch*
> *Inmitten einer schönen Ebene;*
> *Ich sah ein wohlgeziertes Haus*
> *Mit einem Dach aus Butter.*
>
> *Pfannkuchen die Pfosten seiner Türe,*
> *Drinnen Sessel aus Quark und süßer Sahne,*
> *Betten aus feinem, mildem Speck;*
> *Viele Schilde sah ich aus Käse, zu Platten gepreßt.*
>
> *Hinter den Schildriemen Krieger,*
> *Weich, sanft, alle aus süßem Käse,*
> *Männer ohne Harm gegen gälische Helden,*
> *Lanzen aus ranziger Butter jeder in der Hand.*
>
> *Ein gewaltiger Kessel: köstliches Fleisch*
> *(Ich würde mich allezeit daranmachen)*
> *Blubberte; blättriger Wirsing, bräunlichweiß;*
> *Gefäße, randvoll mit schäumender Milch.*

Ein Haus aus Schinken, zweimalzwanzig Rippen,
Ein Geheg aus Kutteln, ein Schutzzaun dem Clan;
Allerart Speise, die Menschen erfreut,
War hier an einem einzigen Ort versammelt.

Aus Ferkelkaldaunen die Dachsparren,
Kunstvoll gedrechselt, meisterlich;
Eine Augenweide die Balken und Pfosten
Aus geräuchertem Wildschwein.

Die Jungen standen da, verwundert und verschreckt: Welch eine Festung! Sie erhob sich im mystischen Licht ihrer selbst aus einem Sahne-See, fettig funkelnd, buttergelb. Dies war der märchenhafte Anblick des Castle Chariot. Die Ältesten hatten — die verborgenen Spitzen und Messerschneiden spürend — es darauf angelegt, daß die Kinder in Versuchung gerieten. Es sollte sie zum Essen verleiten.

Da roch es wie in einem Milchladen, wie beim Bäcker und Schlächter und Fischhändler — alles in einem. Es roch süß und scharf und säuerlich — kurz: es stank stupend, so daß sie nicht das mindeste Gelüst verspürten, auch nur den kleinsten Bissen zu probieren. Die einzige Versuchung war: wegzulaufen.

Doch galt es, die Gefangenen zu befreien.

Sie stapften über die schmierige Zugbrücke, die aus Butter bestand, ranzig, noch mit Rinderhaaren vermengt; bis zu den Knöcheln sanken sie ein. Sie erschraken angesichts der Kutteln, des Gekröses. Sie richteten ihre eisernen Messer gegen die Soldaten aus komischem kaltem Käse, und die Molkerei-Mannen schrumpften zurück.

Endlich kamen sie ins innere Gemach, in die Kemenate, allwo Morgan le Fay auf einer üppigen Ottomane aus schierem Schweineschmalz ruhte.

Sie war eine fett-feiste schlampige Dame mittleren Alters mit schwarzen Haaren und der Andeutung eines Schnurrbarts; doch sie bestand aus Menschenfleisch. Wie sie die gezückten Messer sah, hielt sie ihre Augen geschlossen, als befände sie sich in Trance. Möglicherweise nahm sie, wenn sie sich außerhalb dieses höchst wunderlichen Schlosses befand oder nicht solch sonderbarer Appetit-Anregung oblag, gefälligere Formen an.

Die Gefangenen waren an Säulen aus purem Schweinefleisch gefesselt.

»Ich bitte um Vergebung, daß dies Eisen Euch schmerzt«, sagte Kay, »aber wir sind gekommen, um unsere Freunde zu befreien.«

Königin Morgan erschauderte.

»Würdet Ihr Euern käsiglichen Kriegern wohl befehlen, sie loszubinden?«

Sie zeigte keinerlei Neigung.

»Da ist Zauberei im Spiel«, sagte Wart. »Meinst du, wir sollten ihr einen Kuß geben oder so was Furchtbares?«

»Vielleicht sollten wir sie mit dem Eisen berühren.«

»Ja, tu das.«

»Nein, tu du's.«

»Komm, wir gehn gemeinsam.«

Also nahmen sie sich bei der Hand und gingen auf die Königin zu. Sie wand sich in ihrem Schmalz wie eine Schnecke. Das Erz verursachte bei ihr einen Krampf.

Doch da ertönte, als sie fast in Reichweite waren, ein donnerndes Dröhnen — nein: mehr ein klatschendes Schmatzen —, und das ganze hexenhafte Castle Chariot schmolz dahin. Übrig blieben nur die fünf Menschen und ein Hund — mitten auf der Waldlichtung, die schwach nach sauer gewordener Milch roch.

»Herr im Himmel!« sagte Bruder Tuck. »Herr des Himmels und der himmlischen Heerscharen! Nie und nimmer hätt' ich einen roten Heller dafür gegeben, daß wir da wieder rauskommen.«

»Herr!« sagte der Hundejunge.

Cavall gab sich damit zufrieden, wie wild zu bellen, sie in die Füße zu beißen, sich auf den Rücken zu werfen, in dieser Lage zu wedeln und sich insgesamt wie ein kompletter Irrer aufzuführen. Old Wat berührte sein Stirnhaar.

»Na denn«, sagte Kay. »Das ist mein Abenteuer, und jetzt müssen wir schleunigst heim.«

KAPITEL 12

organ le Fay jedoch, die in Feengestalt kein Eisen ertrug, hatte immer noch ihren Greif. Mittels eines Zauberspruchs löste sie ihn in dem Augenblick, da ihr Schloß verschwand, von seiner güldenen Kette.

Die Geächteten beglückwünschten sich zu ihrem Erfolg und vernachlässigten die gebotene Vorsicht. Sie beschlossen, einen Umweg zu machen und das angekettete Ungeheuer in Augenschein zu nehmen. Also marschierten sie zwischen den dunklen Bäumen hindurch und achteten nicht der Gefahr.

Es ertönte ein Geräusch, wie wenn eine Lokomotive pfeifend Dampf abläßt. Und darüber schwebte, gleich der Stimme des Phönix von Arabien, das Silberhorn von Robin Wood.

»Ton, ton, tavon, tontavon, tantontavon, tontantontavon«, klang das Horn. »Mut, trut, trururut, trururoru-ut. Truuut, truuut. Tän, trön, trin-trin.«

Robin blies seine Jagdmusik. Die Jagd war auf, und die im Hinterhalt verharrenden Bogenschützen bezogen Stellung, dieweil der Greif angriff. In einheitlicher Bewegung setzten sie den linken Fuß vor und ließen einen solchen Schwarm von Geschossen los, daß es wie ein Hagelschauer war.

Wart sah, wie das wunderliche Wesen innehielt; ein ellenlanger Schaft steckte ihm zwischen den Schulterblättern. Sein eigener Pfeil flog zu hoch; er bückte sich, um einen neuen aus dem Köcher zu nehmen. Er sah, daß seine Mitstreiter wie auf ein vereinbartes Zeichen gleichzeitig nach einem zweiten Pfeil griffen. Er hörte, wie die Bogensehnen erneut schnellten, hörte das Sausen der befiederten Pfeile in der Luft. Er sah, wie die Phalanx der Pfeile im Mondschein aufleuchtete. Bisher hatte er immer nur auf Strohziele geschossen, was ein Geräusch machte, das wie Pfttt klang. Wie oft hatte er sich danach gesehnt, den Klang zu hören, den diese makellosen und todbringenden Geschosse in festem Fleisch erzeugten. Nun hörte er's.

Die Schuppen des Greifs jedoch waren so dick und dicht wie die eines Krokodils, und alle nicht haargenau placierten Pfeile prallten ab. Der Greif kam näher. Er quäkte beim Näherkommen. Der peitschende Schwanz mähte beiderseits die ersten Männer nieder.

Wart paßte einen Pfeil ein. Die Hahnenfeder wollte sich nicht fügen. Alles ging im Zeitlupentempo.

Er sah den gewaltigen Leib im Mondschein schwarz heranrücken. Er spürte den Prankenhieb auf der Brust. Er merkte, wie er langsam Kobolz schlug, niedergeworfen von einem grausamen Gewicht. Irgendwo im Karussel des Universums sah er Kays Gesicht, gerötet vor Erregung, und auf der anderen Seite Maid Marian, mit geöffnetem Munde, schreiend. Er meinte, ehe die Schwärze ihn verschlang, daß der Schrei ihm gelte.

Sie zerrten ihn unter dem toten Greif hervor und stellten fest, daß Kays Pfeil im Auge des Untiers steckte. Es war im Sprung verendet.

Dann war da ein Zeitraum, in dem ihm übel wurde — während Robin sein Schlüsselbein richtete und ihm eine Schlinge aus dem grünen Stoff seiner Kapuze machte —, und danach legte sich die ganze Bande hundemüde neben dem Kadaver zum Schlafen nieder. Es war zu spät, um zu Sir Ectors Schloß oder zum Lager beim großen Baum zurückzukehren. Die Gefahren der Expedition waren vorüber; es blieb nichts anderes zu tun, als Feuer anzuzünden, Wachen aufzustellen und an Ort und Stelle einzuschlafen.

Wart schlief nicht viel. Er saß an einen Baum gelehnt, sah zu, wie die rot angestrahlten Posten im Feuerschein hin und her gingen, hörte ihre leisen Losungsworte und überdachte die Aufregungen des Tages. Sie gingen ihm im Kopf herum, wirbelten manchmal wild durcheinander, liefen rückwärts ab oder huschten in Fetzen vorbei. Er sah den Greif anspringen, hörte Marian schreien: »Guter Schuß!« — lauschte dem Gesumm der Bienen, vermischt mit dem Streichkonzert der Zikaden, und schoß und schoß, hundertmal und tausendmal, auf künstliche Vögel und Stechpuppen und Strohgestalten, die sich in Greife verwandelten. Kay und der befreite Hundejunge schliefen unruhig neben ihm; sie sahen fremd und unbegreiflich aus, wie man es von Schlafenden kennt; Cavall, der auf seiner gesunden Schulter lag, leckte ihm gelegentlich die heißen Wangen. Das Morgengrauen kam langsam, so langsam und gemächlich, daß man unmöglich sagen konnte, wann es denn nun wirklich dämmerte. Wie es an einem Sommermorgen nun einmal ist.

»Na«, sagte Robin, als sie aufgewacht waren und ihr Frühstück, das mitgebrachte Brot und kaltes Wildpret, verzehrt hatten, »du wirst uns nun wohl oder übel verlassen müssen, Kay. Sonst rüstet Sir Ector eine Expedition gegen mich aus, um dich zurückzuholen. Dank für deine Hilfe. Kann ich dir irgendwas als Anerkennung schenken?«

»Es war wunderbar«, sagte Kay. »Einmalig wunderbar. Könnte ich den Greif bekommen, den ich erlegt habe?«

»Den dürftest du kaum tragen können. Warum nimmst du nicht seinen Kopf?«

»Das ginge. Ob ihn wohl jemand absäbelt? Es war mein Greif.«

»Was werdet Ihr mit dem alten Wat anfangen?« fragte Wart.

»Das kommt drauf an, was er vorhat. Vielleicht bleibt er lieber allein und ißt Bucheckern, wie er's bisher getan hat, oder vielleicht möchte er sich unserm Trupp anschließen. Wir nehmen ihn gerne auf. Aus euerm Dorf ist er ja davongelaufen, also wird er kaum dorthin zurückkehren wollen. Was meinst du?«

»Wenn Ihr mir etwas schenken wollt«, sagte Wart bedächtig, »dann würde ich ihn schon gerne mitnehmen. Haltet Ihr das für gut?«

»Nein«, sagte Robin, »das halte ich nicht für gut. Ich glaube, man kann Menschen nicht so einfach als Geschenk verteilen: es möcht' ihnen nicht behagen. Zumindest ist das die Einstellung von uns Saxen. Was würdest du denn mit ihm anfangen?«

»Ich will ihn nicht behalten, oder so was, aber seht Ihr: mein Hauslehrer ist ein Zauberer, und ich hab' mir gedacht, er könnt' ihn vielleicht wieder gesund machen.«

»Lieb von dir«, sagte Robin. »Dann mußt du ihn natürlich unbedingt mitnehmen. Tut mir leid, daß ich dich mißverstanden habe. Zumindest werden wir ihn fragen, ob er mitgehn möchte.«

Als jemand losgegangen war, um Wat zu holen, sagte Robin: »Am besten sprichst du selber mit ihm.«

Sie brachten den armen Alten herbei — lächelnd, verwirrt, verwahrlost, gräßlich anzuschaun — und führten ihn vor Robin Wood.

»Na los«, sagte Robin.

Wart wußte nicht recht, wie er's formulieren sollte, aber er sagte: »Was meinst du, Wat, willst du nicht mit mir nach Hause kommen, bitte, und wenn's auch nur für ein Weilchen wär'?«

»AhnaNanaWarraBaaBaa«, sagte Wat, zupfte an seiner Stirnlocke, lächelte, verbeugte sich und wedelte mit seinen Armen freundlich in verschiedene Richtungen.

»Kommst du mit?«

»Wana Nana Wanawana.«

»Essen?« fragte Wart verzweifelt.

»Arrr!« rief das arme Wesen zustimmend, und seine Augen funkelten bei der Vorstellung, eine Mahlzeit zu bekommen.

»Hier längs«, sagte Wart und wies in die Richtung, wo, nach dem Stand der Sonne zu urteilen, das Schloß seines Vormunds lag. »Essen. Komm mit. Ich geh' voraus.«

»Hörr«, sagte Wat, sich plötzlich eines Wortes erinnernd, des Wortes, mit dem er jene großen Herren zu beehren gewohnt war, die ihn mit dem Essen beschenkten, von dem er sein Leben fristete.

Es war beschlossene Sache.

»Tja«, sagte Kay, »es war eine schöne Aventiure, und ich bedaure sehr, daß Ihr geht. Ich hoffe, daß wir uns einmal wiedersehn.«

»Komm ruhig zu uns, wenn du einmal Langeweile hast«, sagte Marian. »Du brauchst nur den Lichtungen nachzugehen. Und du, Wart: nimm dich ein paar Tage mit dem Schlüsselbein in acht.«

»Ich gebe euch ein paar Mann bis an den Rand des Reviers mit«, sagte Robin. »Von da ab müßt ihr's allein schaffen. Der Hundejunge wird wohl den Greifenkopf tragen können.«

»Wiedersehn«, sagte Kay.

»Wiedersehn«, sagte Robin.

»Wiedersehn«, sagte Wart.

»Wiedersehn«, sagte Marian lächelnd.

»Wiedersehn«, riefen alle Outlaws und schwenkten ihre Bogen.

Und Kay und Wart und der Hundejunge und Wat und Cavall machten sich mit ihrer Eskorte auf den langen Weg nach Hause.

Es wurde ihnen ein begeisterter Empfang zuteil. Die Rückkehr sämtlicher Hunde am Vortag, ohne Cavall und den Hundejungen, sowie das Ausbleiben von Kay und Wart am Abend hatten den ganzen Hof in Aufregung versetzt. Das Kindermädchen hatte hysterische Anfälle bekommen. Hob hatte bis Mitternacht die Umgebung des Forsts durchstreift — die Köchinnen hatten mittags den Braten anbrennen lassen —, und der Waffenmeister hatte sämtliche Rüstungen zweimal poliert und alle Schwerter und Äxte rasiermesserscharf geschliffen, um auf eine Invasion vorbereitet zu sein. Endlich war jemand auf den Gedanken gekommen, Merlin zu konsultieren, den sie in seinem dritten Nickerchen vorfanden. Um des lieben Friedens willen, und um in Ruhe weiterschlafen zu können, hatte der Zauberer seine Ein-Sicht bemüht und Sir Ector exakt berichtet, was die Jungen taten, wo sie waren und wann man sie zurück erwarten könne. Er hatte ihre Heimkehr auf die Minute genau vorhergesagt.

Als sich die kleine Prozession der rückkehrenden Krieger der Zugbrücke näherte, wurde sie daher vom gesamten Haushalt begrüßt. Sir Ector stand in der Mitte und hielt einen schweren Gehstock bereit, mit dem er sie züchtigen wollte, weil sie sich derart selbständig gemacht und soviel Aufregung verursacht hatten; das Kindermädchen hielt ein Banner hoch, das man früher immer dann gehißt hatte, wenn Sir Ector als kleiner Junge in den Ferien nach Hause gekommen war, und auf dem zu lesen stand: WILLKOMMEN DAHEIM; Hob hatte seine geliebten Falken vergessen und stand beiseite und beschattete seine Adleraugen, um sie als erster zu sichten; die Köchinnen und das gesamte Küchenpersonal machten großen Begrüßungslärm mit Töpfen und Pfannen und sangen: »Willst du nimmer heimwärts kehren?« oder etwas Derartiges, auf jeden Fall aber falsch; die Küchenkatze miaute; die Hunde waren dem Zwinger entflohen, da niemand auf sie achtgab, und setzten zur Hatz auf die Katze an; der Weibel pumpte vor Freude seine Brust derart auf, daß es aussah, als müsse er jeden Moment platzen, und ordnete mit gewichtiger Stimme an, daß jedermann in Jubel auszubrechen habe, sobald er kommandiere: »*Eins*, zwei!«

»*Eins*, zwei!« kommandierte der Feldwebel.

»Hussa!« riefen alle gehorsam, sogar Sir Ector.

»Seht mal, was ich habe!« rief Kay. »Ich hab' einen Greif geschossen, und Wart ist verwundet.«

»Joy-joy-joy!« bellten sämtliche Hunde und fielen über den Hundejungen her, leckten ihm das Gesicht, krallten sich ihm in die Brust, beschnupperten ihn von allen Seiten, um herauszubekommen, wo er sich herumgetrieben habe, und beäugten erwartungsvoll das Greifenhaupt, das der Hundejunge hoch über seinem Kopfe hielt, so daß sie nicht herankamen.

»Herrje!« rief Sir Ector.

»O weh, der arme Spatzen-Philipp«, rief das Kindermädchen und ließ ihr Banner sinken. »Der arme Jung' mit'n Arm in'ner grünen Schlinge. Gott steh mir bei!«

»Ist nicht schlimm«, sagte Wart. »Au, faß mich nicht an — das tut weh.«

»Kann ich ihn ausgestopft haben?« fragte Kay.

»Mich rührt der Schlag«, sagte Hob. »Bring'n die da nich' unsern Wat mit, wo übergeschnappt is' un' auf un' davon?«

»Meine lieben lieben Jungen«, sagte Sir Ector, »ich bin ja sooo froh, daß ihr wieder da seid.«

»Jetzt gibt's aber was!« rief das Kindermädchen triumphierend. »Wo ist der Knüttel?«

»Hem«, sagte Sir Ector. »Ehem: wie könnt ihr's wagen, euch selbständig zu machen und mich in solche Sorgen zu stürzen?«

»Es ist ein regelrecht-richtiger Greif«, sagte Kay, der ganz genau wußte, daß es keinerlei Anlaß zu Befürchtungen gab. »Ich hab' ein paar Dutzend verschossen. Wart hat sich's Schlüsselbein gebrochen. Wir haben den Hundejungen und Wat gerettet.«

»Das is' der Lohn dafür, wenn man den Jungschen das Schießen beibringen tut«, sagte der Feldwebel stolz.

Sir Ector küßte beide Jungen und ordnete an, daß man den Greif vor ihm in Positur stelle.

»Donnerwetter!« rief er aus. »Was für ein Ungetüm! Wir werden ihn ausgestopft im Speisesaal anbringen. Was hast du gesagt, welche Maße er hat?«

»Zweiundachtzig Zoll von Ohr zu Ohr. Robin sagt, es könnt' ein Rekord sein.«

»Das müssen wir aufzeichnen. Das kommt in die Chronik.«

»Ist ein ziemlich kapitales Exemplar, was?« bemerkte Kay mit gespielter Ruhe.

»Ich werd's von Sir Rowland Ward präparieren lassen«, fuhr Sir Ector in höchstem Entzücken fort. »Dann kommt eine Elfenbeintafel unter die Trophäe: KAYS ERSTER GREIF, in schwarzen Lettern, dazu das Datum.«

»A-was, laßt diese Kindereien«, rief das Kindermädchen aus. »So, Master Art, mein Lämmchen, un' nu ins Bett mit dir, un' zwar auf der Stelle. Un' Ihr, Sir Ector, Ihr solltet Euch was schäm', wie nich' gescheit mit Monsterköpfen rumzuspielen, wo das arme Kind an des Todes Schwelle stehen tut. Und Ihr, Weibel, laßt die Luft aus Euerm Brustkorb. Sputet Euch, Mann, un' reit' nach Cardoyle zum Doktor.«

Sie scheuchte den Feldwebel mit der Schürze, und der ließ die Luft entweichen und schreckte zurück wie ein verängstigtes Huhn.

»Ist doch weiter nichts«, sagte Wart, »wirklich nicht. Bloß ein gebrochenes Schlüsselbein, und das hat Robin gestern gerichtet. Tut gar nicht weh.«

»Laß den Jungen in Ruh«, befahl Sir Ector, der jetzt die Partei der Männer gegen die Frauen ergriff, um nach der Sache mit dem Knüttel seine Autorität zurückzugewinnen. »Merlin wird schon nach dem Rechten sehn. Wer ist dieser Robin?«

»Robin Wood«, riefen die Jungen zusammen.

»Nie von gehört.«

»Ihr kennt ihn als Robin Hood«, erklärte Kay in überlegenem Ton. »In Wirklichkeit aber heißt er Wood — Robin Wood: er ist ja der Geist des Waldes.«

»Soso, mit *dem* Schurken also habt ihr euch rumgetrieben! Kommt rein, ihr beiden, frühstücken. Drinnen möcht' ich alles über den Kerl hören.«

»Wir haben längst gefrühstückt«, sagte Wart. »Schon vor Stunden. Darf ich bitte mit Wat zu Merlin gehn?«

»Sieh an! Das ist doch der Alte, der übergeschnappt ist und dann in den Wald ging und Wurzeln aß. Wo habt ihr denn den aufgelesen?«

»Die Guten hatten ihn mit dem Hundejungen und Cavall gefangengenommen.«

Kay mischte sich ein. »Aber wir haben den Greif geschossen«, sagte er. »Ich hab' ihn selbst erlegt.«

»Und ich möcht' jetzt sehn, ob Merlin ihn wieder gesund machen kann.«

»Master Art«, sagte das Mädchen streng. Sir Ectors Zurechtweisung hatte ihr bis jetzt den Atem verschlagen. »Master Art, dein Bett und dein Zimmer wartet, un' da gehörst du hin, un' zwar sofort. Narren bleiben nu mal Narren, so alt wie sie auch sin', aber ich hab' nich' fünfzig Jahr' hier in der Familie gedient, ohne meine Pflicht zu lern'. Dies Rumgealbere mit ein' Haufen von Schwachköpf', wo dein Arm jeden Augenblick abfallen kann! —

Ja, Ihr alter Truthahn«, fügte sie, an Sir Ector gewandt, giftig hinzu, »und Ihr haltet Euern Zauberer gefälligst vom Zimmer meines kleinen Täubchens weg, bis es sich erholt hat, das rat' ich Euch!

Dies alberne Gehabe mit Ungeheuern un' Übergeschnappten«, fuhr die Siegerin fort, während sie ihr hilfloses Opfer vom Platze führte, »so was hat die Welt noch nich' gesehn.«

»Jemand soll bitte Merlin Bescheid sagen, daß er sich um Wat kümmert«, konnte das Opfer den Zurückbleibenden gerade noch zurufen.

Er erwachte in seinem kühlen Bett; es ging ihm entschieden besser. Die alte Feuerfresserin, die ihn umsorgte, hatte die Fenster mit einem Vorhang abgedeckt, so daß es dunkel und behaglich im Zimmer war und er an dem einen Sonnenstrahl, der quer über den Boden schoß, erkennen konnte, daß es Spätnachmittag war. Es ging ihm nicht nur besser: es ging ihm sehr gut, so gut, daß es völlig indiskutabel war, länger im Bett zu bleiben. Mit einem Schwung warf er die Bettdecke zurück — und stieß ein Pfeifen aus, da es in seiner Schulter, die er im Schlaf vergessen hatte, knackte oder krachte. Daraufhin erhob er sich behutsamer, indem er aus dem Bett glitt und sich mit einer Hand aufstützte und hochstieß, mit den Füßen in ein Paar Pantoffeln schlüpfte und sich dann mehr oder weniger geschickt in seinen Morgenmantel hüllte. Er stapfte durch steinerne Gänge und stieg die ausgetretene Wendeltreppe hinauf, um Merlin einen Besuch abzustatten.

Als er vor dem Schulzimmer ankam, stellte er fest, daß Kay seine ›erstklassige Auswildung‹ erhielt. Es handelte sich um Diktat; denn als Wart die Tür öffnete, hörte er, wie Merlin skandierend die berühmte mnemotechnische Übung des Mittelalters rezitierte: »Barbara Celarent Darii Ferioque Prioris« – und Kay sagte: »Augenblick. Meine Feder ist ganz zerquetscht.«

»Du holst dir noch den Tod«, bemerkte Kay, als sie ihn eintreten sahen. »Du gehörst doch ins Bett — mit deinem Brand, oder was du da hast.«

»Merlin«, sagte Wart, »Ihr habt die Macht, die macht, daß Wat wieder gesunde Sinne hat.«

»Du mußt versuchen, ohne Assonanzen zu sprechen«, sagte der Hexenmeister. »Zum Beispiel: ›Das Bier hier schmeckt mir schier wie dir‹ klingt recht unglücklich. Man kann mit der Sprache gar nicht behutsam genug umgehen.«

Offenbar hatte Kay ein gutes Diktat geschrieben, denn der alte Herr war ausgezeichneter Laune.

»Aber Ihr versteht, was ich meine«, sagte Wart. »Was habt Ihr mit dem alten Mann mit ohne Nase gemacht?«

»Er hat ihn geheilt«, sagte Kay.

»Nun ja«, sagte Merlin, »so kannst du's nennen; andererseits aber stimmt's nicht. Natürlich: wenn man so lange auf der Welt gelebt hat wie ich, und dazu noch rückwärts, dann lernt man ein bißchen was von Pathologie. Die Wunder der Psychoanalyse und der plastischen Chirurgie sind der heutigen Generation ja wohl noch ein Buch mit sieben Siegeln.«

»Was habt Ihr mit ihm gemacht?«

»Och, ich habe ihn nur psychoanalysiert«, entgegnete der Zauberer leichthin. »Dies, und dann habe ich beiden eine neue Nase angenäht, versteht sich.«

»Was für eine Nase?« fragte Wart.

»Du, das ist ganz verrückt«, sagte Kay. »Zuerst wollte er die Greif-Nase haben, aber das wollt' ich nicht. Da hat er dann die Nasen von den Ferkeln genommen, die's zum Abendessen gibt, und hat die angenäht. Wenn du mich fragst: ich glaub', sie werden grunzen.«

»Eine knifflige Operation«, sagte Merlin, »indes erfolgreich«.

»Na ja«, sagte Wart zweifelnd. »Hoffen wir das Beste. Und was haben sie dann gemacht?«

»Sie sind zu den Zwingern gegangen. Dem alten Wat tut's wahnsinnig leid, was er dem Hundejungen angetan hat, aber er sagt, er könnt' sich nicht erinnern, es getan zu haben. Er sagt, es wär' plötzlich alles schwarz geworden, als sie ihn einmal mit Steinen bewarfen, und seither kann er sich an nichts mehr erinnern. Der Hundejunge hat ihm verziehn; er sagt: vergeben und vergessen. Künftig werden sie gemeinsam im Zwinger arbeiten und nicht mehr an die Vergangenheit denken. Der Hundejunge sagt, der Alte sei sehr gut zu ihm gewesen, während sie Gefangene der Feenkönigin waren, und er wisse, daß er ihn nicht mit Steinen hätte bewerfen dürfen. Er sagt, er habe oft drüber nachgedacht, wenn ihn andere Jungen mit Steinen bewarfen.«

»Jau«, sagte Wart, »wie bin ich froh, daß sich alles zum Guten entwickelt hat. Meint Ihr, ich könnt' mal zu ihnen gehn?«

»Um Himmelswillen!« rief Merlin aus und blickte sich ängstlich um. »Tu bloß nichts, was deinem Kindermädchen mißfallen könnte. Dieses entsetzliche Weib hat mich mit einem Besen geschlagen, als ich dich heute vormittag besuchen wollte, und dabei ist meine Brille zu Bruch gegangen. Kannst du nicht bis morgen warten?«

Tags darauf waren Wat und der Hundejunge die allerbesten Freunde. Die ihnen gemeinsame Erfahrung, vom Mob gesteinigt zu werden und an den Schweinefleisch-Säulen von Morgan le Fay festgebunden gewesen zu sein, erwies sich als enges Band und diente ihnen zeit ihres Lebens, wenn sie nachts bei den Hunden lagen, als unerschöpfliches Gesprächsthema. Auch nahmen sie am nächsten Morgen ihre Nasen ab, die Merlin ihnen freundlicherweise aufgesetzt hatte. Sie erklärten, daß sie sich mittlerweile daran gewöhnt hätten, keine Nase zu haben — und sie zögen es ohnehin vor, mit den Hunden zu leben.

KAPITEL 13

ngeachtet seines Protests wurde der unglückliche Invalide zu drei endlosen Tagen Stubenarrest verdammt. Er war allein; nur zur Schlafenszeit kam Kay. Merlin mußte, wann immer das Mädchen mit der Wäsche beschäftigt und aus dem Wege war, den Lehrstoff durchs Schlüsselloch schreien. Als einzige Abwechslung standen dem Jungen die Ameisennester zur Verfügung — jene zwischen den Glasscheiben, die er vom Besuch in Merlins Waldhaus mitgebracht hatte.

»Merlin«, rief er jammernd unter der Tür hindurch, »könnt Ihr mich denn nicht in irgendwas verwandeln, wo ich hier so eingesperrt bin?«

»Ich kriege den Zauberspruch nicht durchs Schlüsselloch.«

»Durch was?«

»Durchs *Schlüsselloch*!«

»Ach so.«

»Bist du noch da?«

»Ja.«

»Was?«

»Was?«

»Diese Brüllerei soll doch . . .«, rief der Zauberer und trampelte auf seinem Hut herum. »Kastor und Pollux sollen . . . Nein, nicht nochmal. Gott segne meinen Blutdruck . . .«

»Könntet Ihr mich nicht in eine Ameise verwandeln?«

»In was?«

»In eine *Ameise*! Für Ameisen wär's doch nur ein kleiner Zauberspruch, oder? Ginge der nicht durchs Schlüsselloch?«

»Das sollten wir vielleicht lieber nicht tun.«

»Warum nicht?«

»Sie sind gefährlich.«

»Ihr könntet ja mit Eurer Ein-Sicht zusehn und mich wieder zurückverwandeln, wenn's schlimm wird. Bitte, verwandelt mich doch in irgendwas, sonst dreh' ich bestimmt durch.«

»Es sind keine normannischen Ameisen, mein lieber Junge. Sie kommen von der afrikanischen Küste. Sie sind belligerent.«

»Ich weiß nicht, was belligerent ist.«

Jenseits der Tür herrschte Schweigen.

»Nun ja«, sagte Merlin schließlich. »Es ist noch viel zu früh dafür. Aber einmal mußt du's ja doch tun. Laß mich überlegen. Sind da zwei Nester in diesem komischen Dings?«

»Es sind zwei Paar Scheiben.«

»Nimm eine Binse vom Boden und leg sie zwischen die beiden Nester, wie eine Brücke. Hast du das getan?«

»Ja.«

Die Gegend, in der er sich befand, wirkte wie ein großes Geröllfeld mit einer abgeflachten Festung am einen Ende — zwischen den Glasscheiben. In die Festung gelangte man durch Tunnels im Fels, und über dem Eingang zu jedem Tunnel hing ein Schild mit der Aufschrift:

ALLES NICHT VERBOTENE IST PFLICHT

Er las die Bekanntmachung mit Mißfallen, wenngleich er ihre Bedeutung nicht verstand. Er dachte: Ich werd' mich ein wenig umsehn, eh ich hineingehe. Aus irgendeinem Grunde schreckte ihn die Inschrift ab; sie ließ den grobgehauenen Tunnel unheimlich erscheinen.

Bedächtig ließ er seine Fühler spielen, überdachte die Bekanntmachung, vergewisserte sich seiner neuen Sinne und stellte sich bereit, als wolle er in der Insektenwelt festen Fuß fassen. Mit den Vorderbeinen säuberte er seine Fühler, strählte und glättete sie, so daß er aussah wie ein viktorianischer Schurke, der seinen Schnurrbart zwirbelt. Er gähnte — denn Ameisen gähnen und recken und strecken sich wie Menschen. Dann wurde ihm etwas bewußt, das darauf gewartet hatte, bemerkt zu werden: in seinem Kopf war ein bestimmtes Geräusch. Es war entweder ein Geräusch, oder aber ein komplizierter Geruch, und am leichtesten ist's zu erklären, wenn man sagt, daß es so etwas wie eine drahtlose Funkübertragung war. Seine Fühler dienten als Antennen.

Die Musik hatte einen monotonen Rhythmus, wie einen Pulsschlag, und die Wörter, die damit einhergingen, lauteten etwa: Hund — bunt — rund — Mund, oder: Mammy — Mammy — Mammy, oder: Immer — nimmer, oder: Blau — trau — schau. Zuerst gefiel's ihm, besonders das Wall — Hall — All, bis er merkte, daß es keine Abwechslung gab. Sobald sie einmal erklungen waren, fingen sie wieder von vorne an. Nach ein oder zwei Stunden wurde ihm wirklich komisch zumute.

In den Pausen zwischen der Musik war auch eine Stimme in seinem Kopf, die Anweisungen zu geben schien. »Alle Zwei-Tage-Alten werden in den Westgang transportiert«, hieß es, oder: »Nummer 210397/WD meldet sich bei der Suppengruppe und ersetzt 333105/WD, die aus dem Nest gefallen ist.« Es war eine klangvolle Stimme, doch wirkte sie unpersönlich, als sei ihr Charme angelernt und eingeübt wie ein Zirkustrick. Sie war tot.

Der Junge — oder vielleicht sollten wir ›die Ameise‹ sagen — entfernte sich von der Festung, sobald seine Beine des Gehens mächtig waren. Ängstlich erkundete er die Geröllwüste. Einerseits sträubte er sich dagegen, den Ort aufzusuchen, von dem die Befehle kamen, andererseits behagte ihm die Enge nicht. Er fand kleine Pfade zwischen den Gesteinsblöcken, ziellose und zugleich zweckgerichtete Wanderwege, die zum Vorratslager führten sowie in verschiedene andere Richtungen, die ihm nicht klar waren. Einer dieser Pfade endete an einer Erdscholle mit einer natürlichen Höhlung darunter. In dieser Höhle entdeckte er – auch hier wieder das seltsame Phänomen ziellosen Zwecks — zwei tote Ameisen. Sie waren ordentlich hingelegt worden, aber auch wieder unordentlich, so, als habe eine sehr ordentliche Person sie hergeschafft und unterwegs den Sinn des Unternehmens vergessen. Sie waren zusammengerollt und schienen weder froh noch traurig darüber zu sein, daß sie nun tot waren. Sie lagen einfach da, wie ein paar Stühle.

Während er noch die Leichen betrachtete, kam eine lebende Ameise den Pfad herab; sie trug eine dritte.

Sie sagte: »Heil, Barbarus!«

Der Junge sagte höflich Heil.

In einer Hinsicht hatte er, ohne es zu wissen, großes Glück. Merlin nämlich hatte nicht vergessen, ihm den richtigen Geruch für das Nest mitzugeben — hätte er nach einem anderen Nest gerochen, wäre er auf der Stelle getötet worden. Wenn Miss Cavell, die kühne, in Belgien von den Besatzern hingerichtete Krankenschwester, eine Ameise gewesen wäre, hätte man auf ihr Denkmal schreiben müssen: GERUCH GENÜGT NICHT.

Die hinzukommende Ameise legte den Kadaver sorglos nieder und zerrte dann die beiden anderen hierhin und dorthin. Sie schien nicht zu wissen, wohin sie gehörten. Nein, eher so: sie wußte zwar, daß eine gewisse Ordnung gefordert wurde, nur wußte sie nicht, wie diese zu bewerkstelligen sei. Das Ganze glich der Situation eines Mannes, der in der einen Hand eine Teetasse hält und in der anderen ein Sandwich — und der sich nun mit einem Streichholz eine Zigarette anzünden will. Wo aber der Mann auf die Idee kommen würde, Tasse und Sandwich abzustellen und hinzulegen, ehe er die Zigarette und das Streichholz aufnimmt — da hätte diese Ameise das Sandwich hingelegt und das Streichholz aufgenommen; dann wäre das Streichholz unten gewesen und die Zigarette oben; und schließlich hätte sie das Sandwich hingelegt und das Streichholz aufgehoben. Sie mußte sich auf eine Serie von schieren Zufällen verlassen, um ihr Ziel zu erreichen. Sie hatte Geduld und dachte nicht. Als sie die drei toten Ameisen in verschiedene Richtungen gezerrt hatte, lagen sie schließlich und endlich in einer Reihe unter der Erdscholle, und das war die Aufgabe.

Wart beobachtete erstaunt das Hin-und-her-Arrangieren. Zuerst wunderte er sich, dann ärgerte er sich, und zum Schluß wurde er wütend. Am liebsten hätte er gefragt, weshalb sie sich die Sache nicht vorher überlege. Er hatte das bedrückende Gefühl, das einen überkommt, wenn man zusehen muß, wie eine Arbeit täppisch angefaßt wird. Später hätte er gern mehrere Fragen gestellt, zum Beispiel: »Bist du gern Totengräber?« oder »Bist du ein Sklave?« oder gar: »Bist du glücklich?«

Das Sonderbare war, daß er diese Fragen nicht stellen konnte. Um sie stellen zu können, hätte er sie in Ameisensprache formulieren und durch seine Antennen-Fühler aussenden müssen — und mit einem Gefühl der Hilflosigkeit entdeckte er jetzt, daß es für die Dinge, die er sagen wollte, keine Wörter gab. Es gab keine Wörter für Glück, für Freiheit, für Neigung — und keine Wörter für das jeweilige Gegenteil. Er kam sich vor wie ein Taubstummer, der ›Feuer‹ rufen möchte. Nicht einmal ›richtig‹ oder ›falsch‹ konnte er hinlänglich ausdrücken — es wurde nur ein ›getan‹ oder ›nicht getan‹ daraus.

Die Ameise hörte auf, mit den Leichen herumzuwirtschaften, und wandte sich zum Gehen; die Toten blieben in der zufälligen Ordnung liegen. Da stellte sie fest, daß Wart ihr im Wege war, also hielt sie inne und bewegte ihre Funk-Antennen auf ihn zu, als wäre sie ein Panzer. Mit ihrem stummen, drohenden Helm-Gesicht und ihrer Haarigkeit und den spornähnlichen Dingen an ihren vorderen Beingelenken wirkte sie allerdings eher wie ein Gewappneter auf einem gepanzerten Schlachtroß — oder wie eine Kombination von beidem: ein haariger Kentaur in voller Rüstung.

Wieder sagte sie: »Heil, Barbarus!«

»Heil!«

»Was tust du?«

Der Junge antwortete wahrheitsgemäß: »Ich tu gar nichts.«

Dies brachte sie erst einmal völlig außer Fassung, wie es unsereinem erginge, wenn Einstein einem plötzlich seine neuesten Weltraum-Theorien erklären würde. Dann fuhr sie die zwölf Glieder ihrer Antenne aus und sprach an ihm vorbei ins Blaue.

Sie sagte: »105978/UDC von Feld fünf. Auf Feld fünf befindet sich eine wahnsinnige Ameise. Bitte kommen.«

Für ›wahnsinnig‹ verwendete sie das Wort ›nicht getan‹. Später entdeckte Wart, daß es in der Sprache überhaupt nur zwei Qualifikationen gab: getan und nicht-getan — die auf alle Fragen von Wert angewendet wurden. Wenn die Samen, die die Sammler fanden, süß waren, dann waren es Getan-Samen. Waren sie aber mit Sublimat behandelt worden und geätzt, dann waren es Nicht-getan-Samen, und damit hatte sich's, basta.

Sogar ›Mund‹, ›Mammy‹, ›All‹ und so weiter, was immer in den Sendungen vorkam, war hinlänglich damit beschrieben, daß es als ›getan‹ bezeichnet wurde.

Nach einer Pause in der Übertragung sagte die klangvolle Stimme: »G.H.Q. an 105978/UDC. Was für eine Nummer hat sie? Bitte kommen.«

Die Ameise fragte: »Was für eine Nummer hast du?«

»Ich weiß nicht.«

Als diese Meldung dem Hauptquartier durchgegeben worden war, kam die Anfrage zurück, ob er Rechenschaft über sich ablegen könne. Die Ameise fragte ihn. Sie verwendete die gleichen Wörter, welche die Funk-Stimme gebraucht hatte, sogar mit demselbem Tonfall. Dies machte ihn sowohl ängstlich als auch ärgerlich, was ihm beides nicht paßte.

»Ja«, sagte er sarkastisch, denn es war augenscheinlich, daß dies Wesen kein Gespür für Sarkasmus hatte, »ich bin auf den Kopf gefallen und hab' keine Ahnung mehr.«

»105798/UDC an Hauptquartier. Nicht-Getan hat Gedächtnisstörung, da vom Nest gefallen. Bitte kommen.«

»G.H.Q. an 105978. Nicht-Getan ist Nummer 42436/WD, die heute früh während der Arbeit mit der Breigruppe aus dem Nest fiel. Wenn ihr Zustand gestattet, weiterhin ihre Pflicht zu tun...« ›Zustand-gestattet-weiterhin-Pflicht-zu-tun‹ war in der Ameisensprache wesentlich einfacher, da es einfach ›getan‹ hieß, wie alles, was nicht ›nicht-getan‹ war. Doch genug von dem Sprachproblem. »Wenn ihr Zustand gestattet, weiterhin ihre Pflicht zu tun, dann schickt 42436/WD zur Breigruppe zurück; soll 210021/WD ablösen, die sie ersetzt hat. Ende.«

Das Wesen wiederholte die Botschaft.

Es schien, als habe er keine bessere Erklärung als das Auf-den-Kopf-gefallen-Sein erfinden können, auch wenn er's gewollt hätte, denn die Ameisen purzelten tatsächlich dann und wann herab. Sie gehörten zur Ameisenspezies *Messor barbarus*.

»Ist gut.«

Der Totengräber ließ ihn stehen und machte sich auf die Suche nach weiteren Leichen — oder was immer beiseite geräumt werden mußte.

Wart begab sich in die entgegengesetzte Richtung, um die Brei-Gruppe zu finden. Er merkte sich seine eigene Nummer, wie auch die Nummer der Einheit, die abgelöst werden sollte.

Die Breigruppe stand in einem der Vorräume der Festung wie ein Kreis von Anbetern. Er trat in den Kreis und meldete, daß 210021/WD ins

Hauptnest zurückzukehren habe. Dann füllte er sich mit der süßen Maische wie die anderen. Sie entstand durch das Zerraspeln des Samens, den andere gesammelt hatten; diese Schabsel wurden zerkaut, bis sie eine Art Paste oder Brei bildeten; das Ergebnis verstauten sie alsdann im Kropf. Zuerst fand er die Maische köstlich, und er futterte munter drauflos; ein paar Sekunden später jedoch schmeckte sie unbefriedigend. Er konnte sich's nicht erklären. Er mampfte und kaute und schluckte und tat es den anderen gleich, aber ihm war, als verzehre er ein Festmahl aus nichts — oder als nehme er an einem Bühnenbankett teil. In gewisser Weise war's wie ein Albtraum, in dem man ungeheure Massen Fensterkitt in sich hineinstopft, ohne aufhören zu können.

Um den Samenberg herum herrschte reges Kommen und Gehen. Jene Ameisen, die sich den Kropf bis zum Überlaufen gefüllt hatten, marschierten in die innere Festung zurück, von wo ihnen eine Prozession leerer Ameisen entgegenkam. Nie tauchten neue Ameisen in der Prozession auf, immer war's nur dieses eine Dutzend, das hin und her ging, hin und her und her und hin, das ganze Leben lang.

Plötzlich merkte er, daß das, was er aß, nicht in seinen Magen rutschte. Zu Beginn war ein kleiner Teil bis nach unten gelangt, jetzt aber blieb die Hauptmasse in einer Art von oberem Magen oder Kropf, von wo sie entfernt werden konnte. Zugleich dämmerte ihm ein weiteres: wenn er sich dem westwärts marschierenden Strom anschloß, hatte er seine Kropfladung in eine Speisekammer oder etwas Derartiges zu entleeren.

Während der Arbeit unterhielten sich die Mitglieder der Breigruppe. Zuerst hielt er das für ein gutes Zeichen und hörte zu, um etwas mitzubekommen.

»Ei, horch!« sagte eine Ameise zum Beispiel. »Da kommt wieder das Lied Mammy-Mammy-Mammy-Mammy. Ich pfinde würklich, das Lied Mammy-Mammy-Mammy-Mammy ist großartig (getan). Ist ganz große Klasssse (getan).«

Eine andere bemerkte: »Ich pfinde, unsre geliebte Pführerin ist würklich wunnerbar, pfindet ihr nicht? Ich habe gehört, im lötzten Krieg ist sie dreihunnertmal gestochen worden und hat das Ameisenkreuz pfür Tafferkeit gekriegt.«

»Was haben wir pfür Glück gehabt, daß wir im Nest ›A‹ geboren sind, pfindet ihr nicht? Wie tschrecklich, wenn wir zu den tscheußlichen ›B's‹ gehören würden!«

»War das mit 310099/WD nicht vielleicht pfurchtbar?! Nathürlich ist sie auf Befehl hunserer geliebten Pführerin gleich hexekutiert worden.«

»Ei, horch! Da kommt wieder Mammy-Mammy-Mammy-Mammy. Ich pfinde würklich . . .«

Er ging mit vollem Kropf zum Nest und ließ sie ihren Rundgesang alleine singen. Sie hatten keine Neuigkeiten, keine Skandale, nichts, über das zu reden sich lohnte. Es ereignete sich nicht das mindeste. Sogar die Bemerkungen bezüglich der Hinrichtungen waren eine starre Formel, in der allenfalls die Registriernummer des Exekutierten ausgetauscht wurde. Wenn sie mit dem Mammy-Mammy-Mammy-Mammy fertig waren, ging's zwangsläufig zu ihrer geliebten Führerin weiter und dann zur ehrlosen, nichtswürdigen Barbarus B und zur letzten Hinrichtung. Es war ein ewiger Kreislauf. Und alle Geliebten, Herrlichen, Glücklichen und dergleichen waren ›getan‹, und die Scheußlichen und Schrecklichen waren ›nichtgetan‹.

Auf einmal befand sich der Junge in der Haupthalle der Festung, wo Hunderte und Aberhunderte von Ameisen in den Kinderstuben fütterten oder leckten, Larven in verschiedene Gänge trugen und die Ventilationskanäle öffneten oder schlossen, um eine gleichmäßige Temperatur zu gewährleisten. In der Mitte saß selbstzufrieden die Führerin, legte Eier, widmete sich dem Funksprechverkehr, erließ Anordnungen oder verfügte Hinrichtungen und war von einem Meer von Schmeichelei umgeben. (Später erfuhr er von Merlin, daß das Problem der Thronfolge je nach Spezies verschieden gelöst wird. Bei den *Bothriomyrmex*, zum Beispiel, überfällt die ehrgeizige Gründerin eines Neuen Ordens ein Nest der *Tapinoma* und springt der älteren Tyrannin auf den Rücken. Vom Geruch der Unterlegenen verborgen und geschützt, sägt sie alsdann gemächlich deren Kopf ab, bis sie das Recht auf die Führerschaft erlangt hat.)

Indessen gab es keine Speisekammern, wie er vermutet hatte, wo er seine Ladung Brei hätte unterbringen können. Wer immer Hunger hatte, hielt ihn an, ließ ihn den Mund öffnen und langte zu. Man behandelte ihn nicht als Person, wie auch alle anderen unpersönlich waren. Er war eine Maschine, aus der Maschinen sich bedienten. Nicht einmal sein Magen gehörte ihm.

Aber wir brauchen uns in keine weiteren Ameisen-Einzelheiten zu verlieren — es ist kein erfreuliches Thema. Es genügt, wenn wir berichten, daß der Junge weiter unter ihnen lebte und sich ihren Bräuchen anpaßte, daß er sie beobachtete, um soviel wie möglich verstehen zu lernen, ohne jedoch Fragen stellen zu können. Nicht nur, daß ihre Sprache nicht über die Wörter und Begriffe verfügte, die für Menschen von Interesse sind (so daß es von vornherein *unmöglich* war, sie zu fragen, ob sie ans Leben glaubten, an die Freiheit, ans Glück), nein, es war auch gefährlich, überhaupt irgendwelche Fragen zu stellen. Eine Frage war für sie das Zeichen von Wahnsinn. Ihr Leben war nicht fraglich: es war diktiert. Er krabbelte vom Nest zu den Samen und wieder zurück, er fand das Mammy-Lied würklich wunnerbar, er würgte das Gekaute aus seinem Kropf und gab sich Mühe, so viel zu begreifen wie möglich.

Nachmittags wanderte eine Späher-Ameise über die Binsenbrücke, die er auf Merlins Geheiß gebaut hatte. Es war eine Ameise der gleichen Spezies, doch kam sie von dem anderen Nest. Sie stieß auf eine der Straßenreinigungs-Ameisen und wurde auf der Stelle ermordet.

Die Rundfunksendungen änderten sich sogleich, als diese Nachricht verlautbart worden war — will sagen: sie änderten sich, als spionierende Späher entdeckt hatten, daß in dem anderen Nest umfangreiche Samenvorräte lagerten.

Statt ›Mammy-Mammy-Mammy‹ ertönte ›Ameisenland, Ameisenland über alles‹, und die Flut der Anordnungen wurde zugunsten von Vorträgen über den Krieg, über Vaterland und Patriotismus beziehungsweise die wirtschaftliche Lage unterbrochen. Die klangvolle Stimme sagte, ihre geliebte Heimat sei von unameisigen Horden schrecklicher Andersnestler eingekreist — woraufhin der Rundfunkchor sang:

Wenn fremdes Blut vom Messer spritzt,
Dann ist die Sache schon geritzt.

Auch wurde erklärt, die Ameisen-Mutter in ihrer unerschöpflichen Weisheit habe verfügt, daß die Andersnestler von nun an Sklaven der Diesnestler seien. Ihr geliebtes Land habe zur Zeit nur einen einzigen Futternapf — ein schimpflicher Zustand, dem abgeholfen werden müsse, wenn die geliebte Rasse nicht untergehen wolle. Eine dritte Verlautbarung besagte, das Nationaleigentum von Diesnest werde bedroht. Die Grenzen seien in Gefahr, ihre Haustiere, die Käfer und Blattläuse, sollten geraubt werden, und dem Kommunemagen drohe Hungersnot. Zweien dieser Rundfunksendungen hörte Wart gut zu, um sie später wiedergeben zu können.

In der ersten wurde folgendermaßen argumentiert:

A. Wir sind so zahlreich, daß wir Hunger leiden.

B. Daher müssen wir mehr Kinder gebären, damit wir noch zahlreicher und hungriger werden.

C. Wenn wir so zahlreich und hungrig geworden sind, gebührt uns das Recht, die Samenvorräte anderer Völker in Besitz zu nehmen. Außerdem haben wir dann ein zahlreiches und hungriges Heer.

Erst als dieser logische Gedankengang in die Tat umgesetzt worden war und alle Kinderstuben die dreifache Menge Nachwuchs produzierten (während beide Nester von Merlin reichlich mit Brei versorgt wurden) — man muß ja zugeben, daß hungernde Nationen nie ganz so verhungert zu sein scheinen, als daß sie sich nicht weitaus kostspieligere Rüstungen als alle anderen leisten könnten —, da erst begann man mit der zweiten Art von Vorträgen.

Der zweite Typ lautete wie folgt:

A. Wir sind zahlreicher als sie, demzufolge haben wir ein Anrecht auf ihren Brei.

B. Sie sind zahlreicher als wir, daher versuchen sie niederträchtigerweise, uns unsern Brei zu stehlen.

C. Wir sind eine mächtige Rasse und haben das natürliche Recht, ihre schwächliche zu unterjochen.

D. Sie sind eine mächtige Rasse und wollen unsere harmlose unnatürlicherweise unterjochen.

E. Wir müssen sie in Selbstverteidigung angreifen.

F. Sie greifen uns an, indem sie sich selbst verteidigen.

G. Wenn wir sie nicht heute angreifen, werden sie uns morgen angreifen.

H. Auf keinen Fall greifen wir sie an. Wir bieten ihnen unschätzbare Vorteile.

Nach der zweiten Art von Sendungen begannen die Gottesdienste. Diese stammten — wie Wart später entdeckte — aus einer derart weit zurückliegenden phantastischen Vergangenheit, daß man schwerlich dafür ein Datum nennen kann, aus einer Epoche, wo noch nicht alle Ameisen sich zum Kommunismus bekannt hatten. Die Rituale entstammten einer Zeit, als die Ameisen noch mehr wie Menschen waren, und einige dieser Gottesdienste waren höchst eindrucksvoll.

Ein Psalm, zum Beispiel, begann (wenn wir die Verschiedenartigkeit der Sprache außer acht lassen) mit den bekannten Worten: »Die Erde ist dem Schwerte untertan, und alles, was auf ihr ist, dem Kompaß der Bomber, auf daß sie von nun an bombardieren ...«, und endete mit dem erschröcklichen Schluß: »Fliegt in die Luft, oh ihr Tore, lasset euch in die Lüfte sprengen, ihr Ewigen, Teuren, auf daß Einlaß finde der Herr der Herrlichkeit. Wer ist der Herr der Herrlichkeit? Der König der Geister, der ist der Herr der Herrlichkeit.«

Merkwürdig war, daß die gewöhnlichen Ameisen von den Liedern nicht erregt wurden, auch den Vorträgen kein Interesse schenkten. Sie akzeptierten sie als etwas Gegebenes. Für sie waren das eher Rituale — wie die Mammy-Lieder oder die Gespräche über ihre geliebte Führerin. Sie sahen derlei Dinge nicht als gut oder schlecht, als aufregend, vernünftig oder entsetzlich. Sie sahen sie überhaupt nicht — sie akzeptierten sie nur als ›getan‹.

Der Krieg rückte näher. Die Vorbereitungen liefen wie am Schnürchen, die Soldaten waren durchtrainiert bis zum Letzten, die Mauern der Nest-Burg trugen patriotische Aufschriften wie BISSE ODER BREI? und GELOBT SEI MEIN GERUCH! – und Wart ließ alle Hoffnung fahren. Die stets sich wiederholenden Stimmen in seinem Kopf, die er nicht abschalten konnte; die mangelnde Privatsphäre, die allgegenwärtige Öffentlichkeit, welche es anderen erlaubte, sich aus seinem Magen zu bedienen, während wieder andere in seinem Hirnkasten sangen; diese öde Leere, die das Gefühl ersetzte; die Abwesenheit jeglicher Wertung außer den zwei stereotypen; die absolute Monotonie mehr noch als die Bosheit — all dies hatte die Lebensfreude seiner Knabenjahre zum Absterben gebracht.

Die grausamen Heere stellten sich auf zur Schlacht, um über die imaginären Grenzen zwischen ihren Glasscheiben zu befinden — da kam Merlin ihm zu Hilfe. Er zauberte den angeekelten Erforscher der Tierwelt ins Bett zurück, und der war heilfroh, wieder in den Federn zu liegen.

KAPITEL 14

m Herbst war jedermann mit den Vorbereitungen für den Winter beschäftigt. Nachts hatten sie alle Hände voll zu tun, um die langbeinigen Schnaken vor ihren Kerzen und Sturmlaternen zu retten. Tagsüber wurden die Kühe auf die Stoppeln gelassen, die unter den Sicheln stehengeblieben waren und nun von Unkraut überwuchert wurden. Die Schweine wurden an den Waldrand getrieben, wo Buben an die Bäume schlugen, um sie mit Eichelmast zu versorgen. Jeder hatte eine andere Aufgabe. Vom Kornspeicher her erklang das stetige Schlagen der Dreschflegel; auf den Roggen- und Weizenfeldern segelten die langsamen und gewaltigschweren hölzernen Pflüge auf und nieder, während die Säer rhythmisch einherstapften, die Schale am Schultergurt, und auf den linken Fuß nach rechts auswarfen und umgekehrt. Speichenrädrige Karren kamen hochbeladen auf den Hof gerumpelt, getreu der Devise:

Fahrt heim eure Wagen, eh der Sommer ist hin,
Mit Roggen und Rüben und Rindvieh darin.

Und wieder andere versorgten das Schloß mit Brennholz. Der Wald erklang von Äxten und Keilen.

Jedermann war glücklich. Die Saxen waren Sklaven ihrer normannischen Herren, wenn man es so betrachten will — wenn man es jedoch anders ansieht, waren sie die Landarbeiter, wie sie heute mit zu wenigen Schillingen die Woche auskommen müssen. Freilich, den Hungertod starb keiner, weder der Leibeigene noch der Landarbeiter, wenn der Herr ein Mann wie Sir Ector war. Für einen Viehhalter ist's nun einmal nicht ökonomisch, seine Kühe verhungern zu lassen — weshalb also sollte ein Sklavenhalter die Menschen, die ihm gehören, verhungern lassen? Tatsache ist, daß der Landarbeiter sich sogar heute noch mit so wenig Geld zufriedengibt, weil er seine Seele nicht preiszugeben braucht — wie er's in der Stadt tun müßte —, und solche Freiheit des Geistes hat sich auf dem Lande seit unvordenklichen Zeiten erhalten. Die Leibeigenen waren Arbeiter. Sie hausten mitsamt ihrer Familie, ein paar Hühnern, einem Wurf Schweine und möglicherweise einer Kuh namens Crumbocke in dem einzigen Raum ihrer Hütte — höchst elend und unhygienisch. Aber ihnen gefiel's. Sie waren gesund, die Luft war frisch und rein, ohne Fabrikqualm; und was ihnen am meisten bedeutete: sie waren mit dem Herzen bei der Sache. Sie wußten, daß Sir Ector stolz auf sie war. Sie bedeuteten ihm sogar mehr als sein Vieh, und da ihm sein Vieh wichtiger war als alles andere, ausgenommen die Kinder, wollte das allerhand besagen. Er wandelte und werkte inmitten seiner Dörfler, war auf ihr Wohlergehen bedacht und wußte den guten Arbeiter vom schlechten zu unterscheiden. Er war, insgesamt, der ewige Landwirt, gehörte zu denen, die dem Anschein nach ihren Leuten so-und-so-viele Schillinge die Woche zahlen, in Wirklichkeit jedoch für eine kostenlose Behausung sorgten und obendrein vielleicht noch Milch und Eier schenkten und selbstgebrautes Bier.

In anderen Gegenden von Gramarye gab es natürlich wirklich böse und despotische Herren – Feudalgangster, die zu züchtigen König Arthurs Aufgabe sein würde —, doch lag das Übel nicht im Feudalsystem, sondern in den schlechten Menschen, die es mißbrauchten.

Sir Ector schritt mit drohend zusammengezogenen Brauen durch all dies Tun und Treiben. Als eine alte Frau, die in der Hecke am Rand eines Weizenfeldes saß, um die Tauben und Krähen zu verscheuchen, sich plötzlich neben ihm mit teuflischem Gekreische erhob, fuhr er zusammen und machte einen Luftsprung von fast einem Fuß. Er war in reizbarer Stimmung.

»Donner und Doria«, sagte Sir Ector. Alsdann widmete er sich dem Problem aufmerksamer und fügte mit lauter und unwilliger Stimme hinzu:

»Herr der Herrlichkeit!« Er holte den Brief aus der Tasche und las ihn noch einmal.

Der Lehnsherr von Schloß Wildwald war mehr als nur Landwirt. Er war überdies Militär, Hauptmann, allzeit bereit, die Verteidigung seines Besitzes gegen die Gangster zu organisieren und zu leiten. Weiterhin war er Sportsmann, der bisweilen einen Tag tjostierte, wenn sich die Zeit dafür erübrigen ließ. Aber das war noch nicht alles. Sir Ector war auch ein M. F. H., genauer gesagt: *Master of stag and other hounds* — also Besitzer einer Hundemeute für die Rot- und Schwarzwildjagd. Clumsy, Trowneer, Phöbe, Colle, Gerland, Talbot, Luath, Luffra, Apollon, Orthros, Bran, Gelert, Bounce, Boy, Lion, Bungey, Toby, Diamond und Cavall waren keine Schoßhunde. Sie waren die Wildwald-Hunde e. V., zwei Tage die Woche; Meuteführer war der Herr und Meister.

Der Brief lautete, aus dem Lateinischen übersetzt:

> Der König an Sir Ector usw. –
>
> Wir senden Euch William Twyti, Unsern Rüdemann, und seine Burschen, um mit Unsern Keilerhunden (canibus nostris porkeritis) im Forest Sauvage auf zwei oder drei Keiler zu jagen. Ihr habt dafür Sorge zu tragen, daß das Fleisch der erlegten Tiere gesalzen sowie in guter Verfassung aufbewahrt werde, wohingegen Ihr die Häute bleichen zu lassen habt, die sie Euch geben, wie besagter William Euch erkären wird. Und Wir geben Order, daß Ihr Vorsorge für sie traget, solange sie auf Unsre Order bei Euch sind. Und die Kosten usw. werden verrechnet usw. —
>
> Gegeben im Tower zu London, 20. November, im zwölften Jahr Meiner Regierung.

12 Uther   UTHER PENDRAGON

Nun gehörte ja der Wald dem König, und er hatte jedes Recht, seine Hunde zur Jagd herzuschicken. Auch unterhielt er eine ganze Anzahl hungriger Mäuler — man denke an seinen Hof und sein Heer —, so daß es nur natürlich war, wenn er so viele Keiler, Böcke, Rehe usw. wie möglich eingepökelt haben wollte.

Es war also sein gutes Recht. Was indessen die Tatsache nicht aus der Welt schaffte, daß Sir Ector den Wald als *seinen* Wald betrachtete und sich über das Eindringen der königlichen Meute ärgerte. Als ob seine eigenen Hatzhunde das nicht ebenso gut könnten! Der König hätte nur ein paar Keiler zu bestellen brauchen, und es wäre ihm ein Vergnügen gewesen, sie

zu liefern. Er befürchtete, seine Dickungen könnten durch ein Rudel wilder
königlicher Köter auf den Kopf gestellt werden — bei diesen Städtern muß
man ja auf alles gefaßt sein –, und der Rüdemann des Königs, dieser Twyti, würde ob Ectors bescheidener Jagdführung die Nase rümpfen, die Trei-
ber verwirren und vielleicht gar versuchen, sich in seine Hundehaltung
einzumischen. Sir Ector war also keineswegs hellauf begeistert. Darüber
hinaus ergab sich ein weiteres Problem. Wo, zum Teufel, sollten die königlichen Hunde untergebracht werden? Erwartete man etwa von ihm, Sir Ector,
daß er seine eigenen Hunde auf die Straße schicke, auf daß des Königs Hunde es sich in seinen Zwingern bequem machen konnten? »Herr der Herrlichkeit!« wiederholte der unglückliche Hofherr. Es war fast so schlimm
wie das Zahlen des Zehnten.

Sir Ector steckte den verwünschten Brief in die Tasche und stapfte davon. Die Leibeigenen, die beim Pflügen waren, bemerkten fröhlich: »Unser
alter Herr is' ma' wieder unter Dampf, wie's aussehn tut.«

Das Ganze war eine verruchte Tyrannei und nichts anderes. Es geschah
jedes Jahr von neuem, aber das änderte nichts daran. Das Zwinger-Problem
löste er stets auf die gleiche Weise, und doch machte es ihm Sorgen. Er
würde seine Nachbarn einladen müssen, um den kritischen Blicken des königlichen Rüdemanns etwas bieten zu können, und dies hieß, daß er Boten
durch den Wald schicken mußte — zu Sir Grummore usw. Dann würde er
für Unterhaltung sorgen müssen. Der König hatte frühzeitig geschrieben,
so daß er wohl beabsichtigte, diesen Kerl gleich zu Beginn der Jagdsaison
herzuschicken. Die Jagd ging erst am 25. Dezember auf. Wahrscheinlich
würde dieser Bursche auf einem verdammten Boxing-Day-Treffen bestehen
— eine riesige Festivität am zweiten Weihnachtstag, die nichts einbrachte.
Hunderte Mann Fußvolks würden brüllen und den Keiler treiben und die
Saat niedertrampeln und die sportliche Seite der Sache verderben. Wie,
zum Teufel, sollte er im November wissen, wo am zweiten Weihnachtstag
die kapitalsten Keiler steckten? Und wenn die ganze Treiberbande schrie
und schlug und stampfte, wußte man ja selbst nicht einmal, wo man war.
Und noch etwas: Ein Hund, der im kommenden Sommer zur Hirschjagd
verwendet werden sollte, wurde stets um Weihnachten auf den Keiler angesetzt. Es war der eigentliche Beginn seiner ›Auswildung‹ und Erziehung
— die über Hasen und was-weiß-noch-alles zur bestimmten Beute führte —,
und dies bedeutete, daß Twyti einen Haufen junger Hunde mitbringen
würde, die allen nur auf die Nerven fielen. »Verdammt noch eins!« sagte
Sir Ector und trat mit Macht auf einen Lehmkloß.

Einen Augenblick lang stand er so, unwirsch und verdrießlich, und sah
zu, wie seine beiden Jungen versuchten, die letzten fallenden Blätter zu

131

fangen. Sie waren nicht mit dieser Absicht hergekommen und glaubten im Grunde nicht daran, nicht einmal in jener längst vergangnen Zeit, daß jedes erwischte Blatt im kommenden Jahr einen glücklichen Monat bedeute. Doch war es faszinierend, wie der Westwind das letzte goldne Laub abriß, und die beiden Jungen konnten nicht widerstehen, hinter den Blättern herzulaufen; sie schrien und lachten, und es wurde ihnen schwindlig, wenn sie in die Höhe blickten; sie schossen hierhin und dorthin, um der flatternden Geschöpfe habhaft zu werden, die tatsächlich lebendig wirkten, da sie sich so gewandt jedem Zugriff entzogen. So stürmten sie wie zwei junge Faune jauchzend durch die Ruinen des Jahres. Warts Schulter war ausgeheilt.

Sir Ector überlegte. Der einzige, der in der Lage war, dem Rüdemann des Königs wirklich waidmännisches Können vorzuführen, war dieser Robin Hood. Oder Robin Wood, wie sie ihn jetzt wohl nannten – auch so ein neumodischer Einfall. Aber Wood oder Hood oder sonst was: jedenfalls würde der wissen, wo ein schönes Stück aufzutreiben war. Bestimmt labte er sich schon seit Monaten an Schwarzwild, obwohl's zur Zeit nicht jagdbar war, da gab's gar keinen Zweifel.

Indessen konnte man kaum jemanden bitten, einem ein paar kapitale Stücke zuzutreiben, ohne ihn zum Treffen einzuladen. Was würde des Königs Meuteführer, was würden die Nachbarn dazu sagen, wenn man ihn nun einlud — einen Partisanen? Nicht, daß dieser Robin Wood ein übler Bursche gewesen wäre, nein: er war ein feiner Kerl und darüber hinaus ein guter Nachbar. Häufig hatte er Sir Ector einen Hinweis gegeben, wenn sich aus den Marschen räuberische Streifen näherten, und nie belästigte er den Ritter oder seinen Gutsbetrieb in irgendeiner Weise. Was machte es da schon, wenn er dann und wann einmal ein Stück Wild zur Strecke brachte? Der Forst umfaßte vierhundert Quadratmeilen, so sagte man, und das reichte für alle. Leben und leben lassen, lautete Sir Ectors Wahlspruch. Doch das änderte die Nachbarn nicht.

Noch etwas war zu bedenken. In den fast schon künstlichen Wäldern wie jenen von Windsor, wo der König zu jagen pflegte, boten sich einer piekfeinen Treibjagd keinerlei Hindernisse — im Forest Sauvage hingegen war's etwas anderes. Gesetzt den Fall, die berühmten Hunde Seiner Majestät bekämen Wind von einem Einhorn oder etwas Ähnlichem und machten sich auf und davon? Jedermann wußte, daß man kein Einhorn ohne eine Jungfrau als Köder fangen konnte (in welchem Falle das Einhorn seinen weißen Kopf und sein perlmuttfarbenes Horn demutsvoll in ihren Schoß legte) — also würden die Welpen über Meilen und Meilen durch den Wald stöbern und streunen, ohne es je zu fangen, und sich schließlich verirren. Und

132

was sollte Sir Ector dann seinem Herrscher und Souverän sagen? Nicht genug mit den Einhörnern. Auch das Tier Glatisant war noch in Rechnung zu stellen, von dem jedermann so viel gehört hatte. Wenn man den Kopf einer Schlange hatte, den Körper eines Leoparden, die Keulen eines Löwen und die Hufe eines Hirschs, und dann noch einen Lärm machte wie dreißig Koppeln Hunde auf der Hatz — dann sollten sich wohl ausreichend königliche Köder finden, einem an die Gurgel zu springen. Geschah ihnen recht. Und was würde König Pellinore sagen, wenn es Master William Twyti tatsächlich gelingen sollte, sein Biest zur Strecke zu bringen? Dann gab es noch die kleinen Drachen, die unter Steinen hausten und wie Wasserkessel zischten — gefährliches Raubzeug, äußerst gefährlich. Und was, bitte, wenn sie auf einen der richtig großen Drachen stießen? Was wäre, wenn sie einem Greif in die Quere kämen?

Sir Ector überdachte diese Aussichten für eine Weile mit größtem Mißmut. Endlich fühlte er sich wohler. Er kam nämlich zu dem Schluß, daß es etwas einmalig Wunderbares wäre, wenn Master Twyti tatsächlich auf das Aventiuren-Tier stieße und mitsamt seinen lausigen Kötern aufgefressen würde.

Dieser Gedanke erheiterte ihn ungemein; am Rande des gepflügten Feldes machte er kehrt und stapfte heimwärts. An der Hecke, wo die Alte auf der Lauer lag, Krähen zu verscheuchen, hatte er das Glück, ein paar Tauben zu entdecken, ehe das Weib seiner oder ihrer gewahr wurde, was ihm die Möglichkeit bot, einen markerschütternden Schrei loszulassen, wodurch er sich reichlich dafür entschädigt fühlte, daß er bei ihrem Gekreische zusammengeschreckt war. Es würde doch noch ein schöner Tagesausklang werden. »Einen guten Abend wünsch' ich«, sagte Sir Ector leutselig, als die Alte so weit wieder hergestellt war, daß sie ihm einen Hofknicks machen konnte.

Dies stellte seine gute Laune wieder her, so daß er, halben Wegs die Dorfstraße hinauf, beim Kirchspiel-Priester vorsprach und ihn zum Essen lud. Dann erstieg er den Söller, wo sich sein Privatgemach befand, und ließ sich gewichtig nieder, um während der zwei oder drei Stunden, die ihm vor dem Mahl noch blieben, ein unterwürfiges Schreiben an König Uther aufzusetzen. Diese Zeit brauchte er schon: er mußte Federn anspitzen, er gebrauchte zuviel Löschsand, er kam mit der Rechtschreibung nicht klar und mußte den Haushofmeister fragen, und wenn er etwas verschmiert hatte, hieß es wieder von vorne anfangen.

Sir Ector saß im Söller, während ihm die winterliche Sonne breite orangefarbene Streifen über den kahlen Schädel warf. Er kratzte und krakelte und kaute, angestrengt nachdenkend, auf der Feder, und um ihn her wurde es dunkel. Der Raum war ebenso groß wie die Haupthalle, über der er sich befand, und da er hoch genug lag, verfügte er über breite Südfenster. Die aschigen Holzscheite in den beiden Kaminen verfärbten sich von Grau zu Rot, als die Sonne versank. Um die Feuerstellen herum lagen einige Lieblingshunde, schnufften im Traum, kratzten sich nach Flöhen oder knabberten auf Hammelknochen herum, die sie in der Küche stibitzt hatten. Der Wanderfalke hockte unter seiner Haube auf einem Gerüst in der Ecke: ein regloses Idol, das von fernen Himmeln träumte.

Wer sich jetzt den Söller des Schlosses Wildwald ansehen wollte, würde ihn leer finden, ohne alle Möbel. Aber die Sonne strömt noch durch die Fenster in den zwei Fuß dicken Mauern herein und bringt von den Pfeilern Sandstein-Wärme mit — das bernsteinfarbene Licht des Alters. Im nächstgelegenen Andenkenladen findet man vielleicht vorzügliche Nachbildungen jener Möbelstücke, die sich dort oben befunden haben sollen. Eichene Truhen und Kommoden mit gotischen Füllungen und seltsamen Gesichtern von Menschen oder Engeln — oder Teufeln —, dunkles Schnitzwerk, schwarz, mit Bienenwachs behandelt, vom Holzwurm durchlöchert, glatt und glänzend: düstere Zeugnisse des alten Lebens in sarg-ähnlicher Gediegenheit und Festigkeit. Das Meublement im Söller aber war ganz anders. Die Teufelsköpfe waren da und die gefälteten Füllungen, doch das Holz war sechs oder sieben oder acht Jahrhunderte jünger. Und im sanften Licht des Sonnenuntergangs warfen nicht nur die Fensterpfeiler einen warmen Schimmer. Auch die wenigen stabilen Truhen im Raum (die durch farbenfrohe Teppiche in Sitzgelegenheiten verwandelt worden waren) leuchteten mit ihrem goldnen Eichenholz, jung und jugendfrisch, und die Wangen der Teufel und Cherubim glänzten, als wären sie gerade gründlich gereinigt worden.

KAPITEL 15

s war Weihnachtsabend, der Vortag des Boxing-Day-Treffens. Man muß sich vor Augen halten, daß dies im alten Merry England von Gramarye war, als die rüstigen Barone noch mit den Fingern aßen, und zwar Pfauen, deren Schwanzfedern funkelten, oder Keilerköpfe, denen man die Hauer wieder eingesetzt hatte. Es gab keine Arbeitslosigkeit, weil es an Menschen fehlte, die man hätte einstellen können. In den Wäldern lärmte es von Rittern, die sich mit aller Macht gegenseitig auf die Helme schlugen;

und die Einhörner stampften im winterlichen Mondschein mit ihren Silberhufen auf und schnaubten ihren adlig-blauen Atem in die Frostluft. Derlei Wunder waren wahrhaft wohltuend. Doch gab es im Old England ein noch größeres Wunder. Nämlich ein Wetter, wie es sein soll.

Im Frühling erschienen auf den Wiesen gehorsam die kleinen Blümelein, und der Tau funkelte, und die Vögel sangen. Im Sommer war es nicht weniger als vier Monate lang herrlich heiß, und wenn es regnete, dann regnete es nur so viel, wie es landwirtschaftlich von Nutzen war, und zwar nur dann, wenn man im Bette lag. Im Herbst flammten und raschelten die Blätter im Westwind und verbrämten ihr trauriges Adieu mit Prunk und Pracht. Und im Winter, der laut Statuten auf zwei Monate begrenzt war, lag der Schnee gleichmäßig drei Fuß hoch, ohne je zu Matsch zu werden.

Es war Weihnachtsabend im Schloß am Wilden Wald, und rings um das Schloß lag der Schnee, wie es sich gehörte. Er hing schwer auf den Zinnen, wie eine dicke Glasur auf einem sehr guten Kuchen, und an einigen dafür geeigneten Stellen verwandelte er sich sittsam in die klarsten Eiszapfen von größtmöglicher Länge. Er hing an den Ästen und Zweigen der Waldbäume in gerundeten Klümpchen, schöner noch als Apfelblüten, und rutschte gelegentlich im Dorf von einem Hausdach, wenn er die Möglichkeit sah, auf eine hierfür geeignete Persönlichkeit zu fallen und dadurch zur allgemeinen Erheiterung beizutragen. Die Jungen machten Schneebälle daraus, taten jedoch niemals Steine hinein, um sich gegenseitig weh zu tun; die Hunde bissen in ihn und wälzten sich in ihm, sobald sie hinausgelassen wurden, und blickten verblüfft und entzückt zugleich drein, wenn sie in größeren Schneewehen verschwanden. Auf dem Burggraben wurde Schlittschuh gelaufen; das zugefrorene Gewässer röhrte unter den dahingleitenden Knochen, die als Schlittschuhe dienten, während am Ufer für jedermann gewürzter Met und heiße Maronen ausgegeben wurden. Die Eulen huuuuten. Die Köchinnen streuten den kleinen Vögeln reichlich Krumen hin. Die Dörfler führten ihre roten Halstücher aus. Sir Ectors Gesicht glänzte gar noch röter. Und am rötesten leuchteten abends die Cottage-Feuer in der Hauptstraße, wenn draußen die Winde jaulten und die altenglischen Wölfe in angemessener Weise geifernd umherstrichen oder bisweilen mit ihren blutroten Augen durch die Schlüssellöcher lugten.

Es war Weihnachtsabend, und die entsprechenden Dinge waren getan. Das gesamte Dorf war zum Essen ins Herrenhaus gekommen. Es hatte Keilerkopf gegeben und allerlei Wildpret und Schweinefleisch und Rindfleisch und Hammelbraten und Kapaunen — doch keinen Puter, denn dieser Vogel war noch nicht erfunden. Es hatte Plumpudding gegeben und *snapdragon*: Rosinen waren aus brennendem Branntwein geangelt worden, wobei jeder blaues Feuer an den Fingerspitzen gefühlt hatte — und Met gab es, soviel man nur wollte. Man hatte auf Sir Ectors Wohl getrunken: »Die besten Wünsche, Herr!« oder: »Gesegnete Weihnacht, Lords und Ladies, und in Zukunft noch oft!« Eine erregende dramatische Szene war aufgeführt worden, in der Sankt Georg und ein Sarazene und ein komischer Doktor verrückte Dinge praktizierten. Carol-Singers sangen »Adeste Fideles« und »Ich sing' von einem Mägdelein« mit hohen klaren Tenorstimmen. Danach spielten die Kinder, denen vom vielen Essen nicht übel war, Blindekuh und dergleichen, während die jungen Männer und Mädchen in der Mitte der Halle (die Tische waren beiseite gerückt) allerlei Tänze tanzten. Die alten Leute saßen an den Wänden und hielten Gläser mit Met in den Händen, dankbar, daß sie derlei Luftsprünge, Kapriolen und Albereien hinter sich hatten. Die Kinder, denen nicht übel geworden war, saßen nun bei ihnen, hatten die kleinen Köpfe auf die Schultern der Erwachsenen gelegt und schlummerten seelenruhig ein. Am Hochtisch saß Sir Ector mit seinen Ritter-Gästen, die zur morgigen Jagd gekommen waren; sie lächelten und nickten und tranken Burgunder oder Sherry oder Malvasier.

Nach einer Weile wurde für Sir Grummore um Silentium gebeten. Er stand auf und sang seinen alten Schul-Song, was ihm großen Applaus eintrug — doch vergaß er das meiste und mußte in seinen Schnauzbart brummeln. Dann stieß man König Pellinore an, und der erhob sich und sang verschämt und schüchtern:

> *Oh, ich bin König Pellinore vom edlen Lincolnshire*
> *Und jagte saure siebzehn Jahr das Aventiuren-Tier;*
> *Nun ward zum Freunde Sir Grammore mir,*
> *Merry Englands muntre Zier.*
> *(Seit dem) zu meiner Freud,*
> *Steht mir jede Nacht bereit*
> *Ein federicht Quartier.*

»Ihr müßt wissen«, erklärte König Pellinore errötend, als er sich wieder hinsetzte, wobei ihm jeder anerkennend auf die Schulter schlug, »der edle Grummore hat mich zu sich eingeladen, was, nachdem wir einen erfreulichen Tjost mitsammen hatten, und seither kümmer' ich mich nich mehr um mein biestiges Biest. Soll es sich doch selber zur Strecke bringen, was?«

»Sehr vernünftig!«, bestätigten alle. »Man soll sein Leben leben, solange man's hat.«

William Twyti wurde aufgerufen, der am Abend zuvor eingetroffen

war, und der berühmte Rüdemann erhob sich unbeweglichen Gesichts und
sang, seine verschlagenen Augen auf Sir Ector gerichtet:

> *Kennst du William Twyti,*
> *Den im scheckigen Rock?*
> *Kennst du William Twyti,*
> *Stets hinter Bär und Bock?*
> *Und ob ich den Willie kenn,*
> *Dem stopf ich noch's Maul,*
> *Mit Hunden und Horn früh am Morgen.*

»Bravo!« rief Sir Ector. »Habt Ihr das gehört, he? Sagt, ihm müßt's Maul
gestopft werden, mein lieber Freund, Tolle Burschen, diese Meuteführer,
wie? Reicht Master Twyti den Malvasier rüber. Euer Wohl!«

Die Jungen lagen zusammengerollt unter den Bänken nahe dem Feuer;
Wart hatte Cavall in den Armen. Cavall schätzte die Hitze nicht und das
Geschrei und den Geruch von Met und hätte sich gern davongemacht, doch
Wart hielt ihn fest, weil er etwas zum Knuddeln brauchte, und Cavall mußte
notgedrungen bleiben; er japste mit lang heraushängender rosiger Zunge.

»Jetzt Ralph Passelewe.« — »Der gute alte Ralph.« — »Wer hat die Kuh
gekillt, Ralph?« — »Silentium für Master Passelewe, wo nicht dafür
konnt'.«

Da erhob sich ganz hinten, im abgelegensten, bescheidensten Winkel des
Saales, ein quirliger Greis, so, wie er sich im letzten halben Jahrhundert bei
ähnlichen Gelegenheiten erhoben hatte. Er war seine fünfundachtzig Jahre
alt, fast blind, fast taub, und dennoch fähig und willens und glücklich,
dasselbe alte Lied zu leiern, das er zum Vergnügen des Wildwalds schon gesungen hatte, als Sir Ector noch nicht einmal in seiner Wiege festgezurrt
gewesen war. Am Hochtisch konnten sie ihn nicht hören — er war allzu
ferne in der Zeit, um bis dorthin zu dringen —, aber jedermann wußte,
was die brüchige Stimme krächzte, und allen gereichte es zur Freude. Was
er sang, war dies:

> *Der alte König Cole durch 'nen Hohlweg kam,*
> *Dort traf er eine Dame in 'ner Pfütze an,*
> *Sie lüpfte ihren Rock und tat 'nen Sprung,*
> *Der König, er war alt, und sie war jung;*
> *Pfui, da sah er ihr Bein,*
> *Das war blank und fein,*
> *Hui, da sah er ihre Waden . . .*

Ganz schuldbeladen
Fühlt' sich der König Cole,
Denn er wollte gar nichts sehn,
Doch er mußte es wohl.

An die zwanzig Strophen hatte dieses Lied, in welchselbigem der olle King Cole mehr und mehr Dinge sah, die er, genaugenommen, nicht hätte sehen dürfen, und jedermann jubelte am Schluß jeder Strophe, bis der alte Ralph am Ende seiner Darbietung von Akklamation überhäuft wurde und sich, müde lächelnd, ermattet vor seinem inzwischen aufs neue gefüllten Met-Humpen niederließ.

Nun war es an Sir Ector, die Feier zum Abschluß zu bringen. Gewichtig stand er auf und hielt die folgende Ansprache:

»Freunde, Sassen und Andere! Des öffentlichen Redens ungewohnt, wie ich's nun einmal bin . . .«

Dies rief zaghaften Beifall hervor, denn jeder kannte diese Ansprache, die Sir Ector seit nunmehr zwanzig Jahren hielt, und alle begrüßten sie wie etwas Altvertrautes.

». . . des öffentlichen Redens ungewohnt, wie ich's nun einmal bin, ist es mir eine angenehme Pflicht — ich möchte sagen, eine *sehr* angenehme Pflicht –, alle und jeden zu diesem unserem schlichten Fest willkommen zu heißen. Es ist – und hierin wird mir wohl niemand widersprechen – ein gutes Jahr gewesen, was Vieh und Acker betrifft. Wir alle wissen, wie Crumbocke vom Wildwald zum zweiten Mal den ersten Preis in der Cardoyle Cattle Show gewonnen hat und den Cup ein weiteres Mal gewinnen wird. Mehr Macht dem Forest Sauvage! Da wir heute abend beisammensitzen, stelle ich fest, daß einige Gesichter aus unserm Familienkreise verschwunden sind, während einige neue auftauchten. Solche Dinge liegen in der Hand einer allmächtigen Vorsehung, der wir alle dankbar sind. Wir alle sind erst erschaffen und danach erhalten worden, um die Freuden dieses Abends genießen zu können. Ich glaube, wir alle sind dankbar für die Segnungen, die uns zuteil wurden. Heute begrüßen wir in unserer Mitte den berühmten König Pellinore, dessen Bemühungen, unsern Forst von dem furchtbaren Aventiuren-Tier zu befreien, allen bekannt sind. Gott segne King Pellinore. (Hört, hört!) Auch Sir Grummore Grummursum, einen Sportsmann, der — und das sage ich ganz offen — seinem Gaule treu bleibt, solange er die Hohe Suche vor Augen hat. (Hurra!) Endlich — *last but not least* — ehrt uns der Besuch von seiner Majestät berühmtestem Rüdemann, Master William Twyti, der — des bin ich sicher — uns morgen eine Probe seiner Kunst zeigen wird, daß wir uns die Augen reiben und wünschten, eine königliche

Meute würde immer in unserm Walde jagen, den wir so lieben. (Hatz! Pack! und ähnliche Zwischenrufe.) Ich danke Euch, meine lieben Freunde, für Euren spontanen Willkomm dieser Gentlemen. Ich weiß, daß sie es in genau dem echten und aufrichtigen Sinne aufnehmen werden, in dem es dargeboten wurde. Un nun ist es an der Zeit, daß ich zum Ende meiner kurzen Bemerkungen komme. Wieder ist ein Jahr vorübergeeilt, und wir haben die Aufgabe, in die Zukunft zu blicken. Was wird im nächsten Jahre mit der Cattle Show? Freunde, ich kann Euch allen nur sehr fröhliche Weihnachten wünschen, und sobald Vater Sidebottom das Gebet gesprochen hat, schließen wir mit der Nationalhymne.«

Der Beifall, der am Schluß von Sir Ectors Ansprache aufbranden wollte, wurde durch eifriges »Schschsch« niedergehalten, doch war nur der letzte Teil des Dankgebetes, das der Vikar auf Lateinisch sprach, zu hören, und dann standen alle gemeinsam im Schein des Kaminfeuers auf und sangen:

> *Gott schütze Pendragon,*
> *König auf Albion,*
> *Gott steh ihm bei.*
> *Schenk ihm manch Abenteur,*
> *Blutig und voller Feur,*
> *Grausig und ungeheur,*
> *Gott steh ihm bei.*

Die letzten Töne verklangen. Die Festgesellschaft verließ den Saal. Draußen auf der Dorfstraße flackerten die Laternen, da alle in Gruppen heimwärts gingen: aus Angst vor den vom Mond beschienenen Wölfen. Und The Castle of the Forest Sauvage schlief friedlich und dunkel in der seltsamen Stille des heiligen Schnees.

KAPITEL 16

art stand früh am nächsten Morgen auf. Gleich im Augenblick des Erwachens warf er mit wütender Entschlossenheit das große Bärenfell von sich, unter dem er schlief, und stürzte sich in die schneidende Kälte. Schlotternd zog er sich eilends an, wobei er umherhüpfte, um warm zu werden; schnaubend stieß er bläuliches Atemgewölk aus, als striegle er ein Pferd. Er zertrümmerte das Eis des Waschbeckens und tauchte kurz sein Gesicht ein — mit einer Grimasse, als esse er etwas Saures —, sagte A-a-a-a und rieb sich die beißenden Wangen mit einem Handtuch. Dann war ihm wieder warm, und flugs lief er zu den Behelfszwingern, um des Königs Meuteführer bei seinen letzten Vorbereitungen zu beobachten.

Master William Twyti entpuppte sich bei Tageslicht als verschrumpelter und unruhig dreinblickender Mann mit melancholischem Gesichtsausdruck. Zeit seines Lebens war er gezwungen gewesen, für des Königs Tafel die verschiedensten Tiere zu jagen und anschließend in küchengerechte Teile zu zerlegen. Im Grunde war er mehr Metzger und Schlächter denn Jäger. Er hatte zu bestimmen, welche Teile den Hunden zum Fraße vorgeworfen wurden und welche Teile seinen Gehilfen zukamen. Er mußte alles ansehnlich zerlegen und zwei Wirbel am Schwanz belassen, damit das Kammstück appetitlich aussah, und solange er sich zurückerinnern konnte, war er entweder einem Hirsch auf der Fährte — oder aber er brach ihn auf und zerlegte ihn in entsprechende Portionen.

Diese Art der Betätigung lag ihm nicht sonderlich. All die Hirsche und Hirschkühe, die Keiler und Säue, die verschlagenen Füchse, die pelzreichen Marder, die Ricken und Schmalrehe, die Dachse und die Wolfsrudel — alles war für ihn mehr oder weniger etwas, das man häutete und aufbrach und seiner Verwertung zuführte. Man konnte mit ihm über Haut und Knochen reden, über Fett und Nierentalg, über Innereien und Gekröse und dergleichen — aber dazu schaute er nur höflich drein. Er wußte, daß man mit Fachausdrücken angeben wollte, daß man ihm mit Dingen zu imponieren versuchte, die sein Geschäft waren. Man konnte ihm von einem kapitalen Keiler erzählen, der einen im vergangenen Winter fast zerfetzt hätte — er aber sah einen nur mit abwesenden Augen an. Er war sechzehnmal von Keilern angegangen worden, und seine Beine zeigten weiße Striemen im roten Fleisch, die sich bis zu den Hüften erstreckten. Während man erzählte, fuhr er mit dem fort, was ihm grad unter den Händen war. Etwas nur vermochte Master William Twyti in Bewegung zu bringen. Sommers wie winters, bei Regen und bei Sonnenschein, war er hinter Schwarz- und Rotwild her, und doch war er mit dem Herzen stets woanders. Man brauchte nur ein Wort zu sagen: *Hase* — und Master Twyti würde weiter seinen Hirsch verfolgen, als gälte es die ewige Seligkeit, dabei aber insgeheim nach Meister Lampe Ausschau halten. Es war das einzige, was ihn zum Reden veranlassen konnte. Ständig wurde er in ganz England von einem Schloß zum anderen geschickt, und wenn er da war, bewirteten ihn die Bediensteten vorzüglich und schenkten eifrig nach und befragten ihn nach seiner aufregendsten Jagd. Er antwortete einsilbig und abwesend. Erwähnte indessen jemand einen Mümmelmann, dann war er da; dann setzte er donnernd sein Glas auf den Tisch und ließ sich des langen und breiten über die Absonderlichkeiten dieses erstaunlichen Wildes aus; niemals könne man, so sagte er, eine *menée* blasen, da derselbe Hase einmal männlich und ein andermal weiblich sei, während er gleichzeitig eine Blume trage und mümmele und Haken schlage, wozu kein anderes Tier in der Lage wäre.

Wart verfolgte die Hantierungen des großen Mannes eine Zeitlang schweigend, dann ging er ins Haus, um zu sehen, ob Aussicht auf Frühstück bestünde. Er machte die Feststellung, daß die Aussichten gut standen, denn das ganze Schloß fieberte unter der gleichen Erregung, die ihn so früh aus dem Bett getrieben hatte, und sogar Merlin war mit einem Paar Breeches angetan, die erst ein paar Jahrhunderte später modern gewesen waren.

Die Sauhatz war ein immenses Vergnügen. Mit dem Ausbuddeln von Dachsen und dem Schießen von Enten und der Fuchsjagd, wie's heutzutage betrieben wird, war sie nicht zu vergleichen. Am ehesten noch mit der Frettchenjagd auf Kaninchen — nur daß man Hunde anstelle des Frettchens nahm, daß man's nicht mit einem Kaninchen zu tun hatte, sondern mit einem ausgewachsenen Keiler, der einen ohne weiteres umbringen konnte, und daß man keine Büchse trug, sondern eine Saufeder: einen Speer, von dem das Leben des Jägers abhing. Für gewöhnlich ging die Sauhatz nicht vom Pferde aus vonstatten. Der Grund hierfür war vielleicht der, daß die Jagd auf Schwarzkittel in den beiden Monaten stattfand, da zu erwarten stand, daß der altenglische Schnee sich unter den Hufen der Pferde verklumpen werde, was ein Galoppieren zu gefährlich machte. Das Ergebnis war, daß man die Jagd zu Fuß bestritt, nur mit Stahl armiert, wider einen Gegner, der beträchtlich mehr wog als der Jäger und diesen vom Nabel bis zu den Kinnladen aufschlitzen und sein Haupt auf die Zinnen zur Schau stellen konnte. Es gab nur eine Regel bei der Sauhatz. Sie lautete: dran bleiben. Griff der Keiler an, mußte man mit einem Bein niederknien und den Sauspeer in seine Richtung halten. Das dicke Ende stemmte man mit der rechten Hand auf die Erde, um die Wucht des Anpralls abzufangen, während man den linken Arm ausstreckte und die Speerspitze auf den attackierenden Keiler gerichtet hielt. Der Speer war scharf wie ein Rasiermesser und hatte, etwa achtzehn Zoll vor der Spitze, ein Kreuzstück. Dieses Kreuzstück, oder diese Querklinge, sorgte dafür, daß der Speer nie tiefer als achtzehn Zoll in das Wild eindrang. Ohne das Kreuzstück wäre ein angreifender Keiler in der Lage gewesen, den ganzen Speer in sich aufzunehmen und doch noch an den Jäger heranzukommen. Durch das Kreuzstück hingegen wurde er einem auf Speeres Länge vom Leibe gehalten — während er achtzehn Zoll Stahl im eignen Leibe hatte. Dies war die Situation, in der es hieß: dran bleiben.

Er wog zwischen zehn und zwanzig *score*, und sein einziger Lebenszweck war es nun, hin und her zu trampeln, bis es ihm gelang, an seinen Gegner heranzukommen und ihn zu Mus zu zerstampfen — während sein Gegner nichts anderes im Sinne hatte, als den Speer unter dem Arm festzuhalten, bis jemand kam und das Tier abnickte. Konnte er sein Ende der Waffe festhalten, während das andere im Keiler steckte, dann wußte er, daß zumindest eine Speereslänge sie trennte, wie oft der Keiler auch um ihn herumtanzen mochte. Dies mag vielleicht erklären, weshalb alle Schloßbewohner zum *Boxing Day Meet* zeitig aufstanden und ihr Frühstück mit einiger Unruhe verzehrten.

»Sieh an«, sagte Sir Grummore, der an einem Kotelett knabberte, »schon früh zugange, he?«

»Ja, allerdings«, sagte Wart.

»Schönes Jagdwetter«, sagte Sir Grummore. »Hast dein' Speer schön scharf, he?«

»Doch, ja, danke«, sagte Wart. Er ging zum Bufett, um sich ebenfalls ein Schweinernes zu genehmigen.

»Nun kommt schon, Pellinore«, sagte Sir Ector. »Macht Euch über die Hühnchen her. Ihr eßt heut' früh ja gar nichts.«

König Pellinore sagte: »Schönen Dank, aber mir ist nicht danach. Ich fühl' mich heute nicht ganz auf dem Damm, was?«

Sir Grummore nahm seine Nase aus dem Kotelett und fragte bissig: »Nerven?«

»Aber nein!« sagte König Pellinore entrüstet. »Nein, nein, wirklich nicht, was? Ich glaube, ich muß gestern abend etwas zu mir genommen haben, das mir nicht bekommen ist.«

»Unsinn, mein Lieber«, sagte Sir Ector. »Hier: ein paar Hähnchen, und gleich seid Ihr wieder bei Kräften.«

Er legte dem unglücklichen König zwei oder drei Kapaunen vor, und der Monarch ließ sich elend am Ende des Tisches nieder und versuchte, ein paar Bissen hinabzuwürgen.

»Ihr werdet's brauchen«, sagte Sir Grummore bedeutungsvoll, »wenn der Tag sich neigt, möcht' ich behaupten.«

»Meint Ihr wirklich?«

»Ich weiß es«, sagte Sir Grummore und blinzelte seinem Gastgeber zu.

Wart bemerkte, daß Sir Ector und Sir Grummore mit leicht übertriebenem Gusto aßen. Er selber brachte nur ein Kotelett hinunter. Und Kay — der war überhaupt nicht erschienen.

Als das Frühstück beendet war und Master Twyti das Zeichen gab, setzte sich die Boxing-Day-Kavalkade in Richtung Treffpunkt in Bewegung. Einem heutigen Meuteführer wären die Hunde vielleicht ein wenig merkwürdig vorgekommen. Es war ein halbes Dutzend schwarzweißer Alaunts, die aussahen wie Windhunde mit Bullterrier-Köpfen, wenn nicht noch schlimmer. Doch als Hetzhunde waren sie gerade recht, und sie trugen Maulkörbe ob ihrer Wildheit. Die Gaze-hounds, von denen für alle Fälle zwei mitgenommen wurden, waren nach heutigen Begriffen nichts anderes als simple Windhunde, während die Lymers etwa eine Mischung zwischen dem heutigen Bluthund und dem roten Setter darstellten. Die Lymers, die Schweißhunde, hatten Halsbänder um und wurden an Leinen geführt. Die Bracken waren wie Teckel und gingen bei Fuß, wie es Teckel-Art ist — und nicht die schlechteste.

Mit den Hunden zusammen marschierte das Fußvolk. Merlin in seinen Breeches sah eher wie Lord Baden-Powell aus, wenn auch der Letztgenannte keinen Bart trug. Sir Ector erschien in ›vernünftiger‹ Lederkleidung — es galt nicht als sportlich, in voller Rüstung zu jagen — und schritt neben Master Twyti einher, wobei er die übliche gelangweilte und wichtige Miene eines Meuteführers aufsetzte. Sir Grummore, kurz dahinter, schnaubte und fragte jeden, ob er auch seinen Speer geschliffen habe. König Pellinore war zurückgefallen und befand sich unter den Dörflern; je größer die Zahl, dachte er, desto größer die Sicherheit. Die Dörfler waren samt und sonders zur Stelle, jede männliche Seele der Gemeinde, von Hob, dem *austringer*, bis hin zum alten Wat ohne Nase; jedermann trug einen Speer oder eine Gabel oder eine ausgediente Sichel an langer Stange. Sogar einige junge Frauen waren mit von der Partie: sie trugen Proviantkörbe für die Männer. Es war eine Weihnachtsjagd mit allem Drum und Dran.

Am Waldrand schloß sich der letzte Teilnehmer an: ein hochgewachsener Mann mit guter Haltung, der ganz in Grün gekleidet war und einen Sieben-Fuß-Bogen trug.

»Guten Morgen, Herr«, sagte er freundlich zu Sir Ector.

»Ach ja«, sagte Sir Ector. »Ja. Ja, guten Morgen auch. Ja wirklich: guten Morgen.«

Er führte den Mann in Grün beiseite und sagte in lautem Flüsterton, den alle mitbekamen: »Um Himmelswillen, mein Guter, seht Euch vor. Das da ist der Rüdemann des Königs, und die beiden anderen sind König Pellinore und Sir Grummore. Nun macht mal keinen Ärger, mein Lieber; sagt nichts, was falsch aufgefaßt werden könnte, ja?«

»Natürlich nicht«, sagte der Grüne beruhigend. »Aber vielleicht solltet Ihr mich vorstellen.«

Sir Ector errötete sichtbarlich und rief: »Ach, Grummore, kommt doch

143

bitte mal einen Augenblick her, ja? Ich möcht' Euch einen Freund von mir vorstellen — feiner Kerl — heißt Wood, der Gute, — Wood, nicht Hood — wie Wald, müßt Ihr wissen. Ja, und dies ist King Pellinore. Master Wood: König Pellinore.«

»Heil«, sagte König Pellinore, der gern in seine alten Gewohnheiten zurückfiel, sobald er nervös war.

»Wie geht's?« sagte Sir Grummore. »Nicht mit Robin Hood verwandt, wie?«

»Aber nein, nicht im mindesten«, unterbrach Sir Ector hastig. »Wood, mit W — wie Wald, Wiese, Wunderhorn oder Wanderstab, du weißt schon . . .«

»Guten Tag«, sagte Robin.

»Heil«, sagte König Pellinore.

»Komisch«, sagte Sir Grummore, »daß Ihr beide Grün tragt.«

»Ja, komisch, nicht wahr?« sagte Sir Ector eifrig. »Er trägt's in Trauer um eine Tante, die ihren Tod durch einen Sturz vom Baume fand.«

»Um Vergebung, bitte sehr«, sagte Sir Grummore, dem es leid tat, eine so heikle Angelegenheit berührt zu haben.

Und damit war alles in bester Ordnung.

»Also dann, Mr. Wood«, sagte Sir Ector, als er sich erholt hatte. »Wo sollen wir die erste Hatz ansetzen?«

Bei dieser Frage wurde Master Twyti hinzugezogen, und alsbald folgte ein kurzes Geplauder, in dem es von waidmännischen Ausdrücken nur so wimmelte. Dann gab es einen langen Gang durch den winterlichen Wald, und der Spaß begann.

Wart verlor das peinigende Gefühl im Magen, das durch die Unterbrechung des Fastens heraufbeschworen worden war. Die Bewegung und die Schneeluft machten ihn munter, so daß seine Augen es mit den funkelnden Frostkristallen im weißen Wintersonnenschein aufnehmen konnten, und sein Blut geriet durch die Aufregung der Jagd in Wallung. Er beobachtete den Lymerer, der zwei Schweißhunde an der Koppelleine hielt, und sah, wie die Hunde an der Leine zerrten, je mehr sie sich dem Lager des Keilers näherten. Er sah, wie ein Hund nach dem anderen unruhig wurde — schließlich auch die Gaze-hounds, die nicht nach der Witterung jagten — und anfingen, vor Gier zu hecheln und zu winseln. Er bemerkte, wie Robin sich bückte und etwas aufhob, das er Master Twyti überreichte. Dann hielt die ganze Kavalkade an. Die gefährliche Stelle war erreicht.

Die Sauhatz war einer Bärenhatz, beispielshalber, insoweit vergleichbar, als man versuchen mußte, den Keiler aufzunehmen. Es ging darum, ihn so

144

schnell wie möglich zur Strecke zu bringen. Wart nahm seine Position im Ring um die Kuhle des Keilers ein, drückte ein Knie in den Schnee, stieß das Ende seines Spießes in den Boden und war auf alles gefaßt. Er merkte, wie still es wurde, und sah, wie Master Twyti dem Lymerer stumm bedeutete, die Hunde abzukoppeln. Die beiden Schweißhunde stürzten sogleich in das Dickicht, das die Jäger umzingelt hielten. Sie taten es lautlos.

Fünf lange Minuten verstrichen, in denen nichts geschah. Die Herzen aller im Kreis klopften stürmisch, und an jedem Hals pulste eine Vene im Gleichmaß mit dem Herzen. Die Gesichter wandten sich flink von einer Seite zur anderen, da sich jedermann seines Nachbarn vergewisserte, und der leichte Nordwind blies sanft den Lebensodem davon; jedem war die Schönheit des Lebens bewußt, das ein stinkender Hauer von einer Sekunde zur andern auslöschen konnte, wenn irgend etwas schiefging.

Der Keiler drückte seine Wut nicht stimmlich aus. Es gab keinen Aufruhr in der Dickung — die Schweißhunde schwiegen. Nur stand plötzlich, etwa hundert Schritt von Wart entfernt, etwas Schwarzes am Waldsaum. Es sah nicht nach einem Wildschwein aus — zumindest nicht in den ersten Sekunden. Es war zu schnell gekommen, um überhaupt wie etwas Bestimmtes auszusehen. Es stürmte auf Sir Grummore zu, ehe Wart gemerkt hatte, was es wirklich war.

Das schwarze Ding stob über den weißen Schnee, der in fedrigen Fetzen aufwirbelte. Sir Grummore — gleichfalls schwarz vor der Weiße — schlug in einer Schneewehe Kobolz. Eine Art von Grunzen kam mit dem Nordwind herüber, doch kein Geräusch des Fallens; und dann war der Keiler verschwunden. Als er verschwunden war — und erst dann —, wußte Wart gewisse Dinge, die er bei dem geschwinden Auftreten des Keilers nicht so schnell hatte sortieren können. Er erinnerte sich der gesträubten Stachelhaar-Mähne auf dem kantigen Rücken, des Aufblitzens eines eklen Hauers, der starken Rippen, des niedrig gehaltenen Kopfes und des roten Geleuchts aus einem Schweine-Auge.

Sir Grummore erhob sich, unverletzt, klopfte sich den Schnee ab, verwünschte seinen Spieß. Ein paar Blutstropfen gefroren auf dem weißen Boden. Master Twyti setzte sein Horn an die Lippen. Die Alaunts wurden abgekoppelt, während die erregenden Signalrufe durch den Wald schallten, und dann geriet alles in Bewegung. Die Schweißhunde, die den Keiler aufgestöbert hatten, durften ihm nachsetzen, was sie in die rechte Stimmung brachte. Die Bracken gaben melodisch Laut. Die Alaunts rasten bellend durch die Schneewehen. Alle fingen an zu schreien und zu laufen.

»Avoy, avoy!« rief das Fußvolk. »Schahu! Schahu! *Avaunt*, Sire, *avaunt!*«

»Swef, swef!« rief Master Twyti aufgebracht. »Gentlemen, bitte: macht den Hunden Platz«

»Hört, hört!« rief König Pellinore. »Hat jemand gesehn, wo er hinge- wetzt ist? Ein aufregender Tag, muß ich schon sagen, was? *Sa sa cy avaunt, cy sa avaunt, sa cy avaunt!*«

»Haltet ein, Pellinore!« rief Sir Ector. »Vorsicht, Mann: die Hunde! Ihr könnt ihn doch nicht eigenhändig fangen. *Il est hault. Il est hault!*«

»*Til est ho*«, kam als Echo vom Fußvolk. »*Tilly-ho*«, sangen die Bäume. »*Tally-ho*«, murmelten fern die Schneedecken, wenn die schweren Äste, in Schwingungen versetzt, kleine Klumpen glitzernden Pulvers dumpf zu Boden fallen ließen.

Wart lief hinter Master Twyti her.

In gewisser Weise war's wie eine Fuchsjagd, nur daß sie in einem Wald stattfand, in dem man sich bisweilen kaum regen konnte. Alles hing vom Geläut der Hunde ab und von den verschiedenen Tönen, die der Rüdemann blies, um kundzutun, wo er war und was er tat. Ohne diese Hilfsmittel hätte sich das ganze Feld in zwei Minuten verirrt. Und sogar *mit* ihnen war ungefähr das halbe in dreien verloren.

Wart heftete sich an Twyti wie eine Klette. Trotz der lebenslangen Er- fahrung des Hundeführers kam er ebensoschnell voran wie dieser, da er seiner Kleinheit wegen Hindernisse leichter überwinden konnte und außer- dem bei Maid Marian in die Lehre gegangen war. Er stellte fest, daß auch Robin mithielt. Das Keuchen Sir Ectors und das Blöken von König Pellinore blieben jedoch bald zurück. Sir Grummore hatte früh aufgegeben, da ihn der Keiler aus der Puste gebracht hatte; er stand ganz am Ende und er- klärte, sein Speer könne unmöglich mehr scharf sein. Kay war bei ihm geblieben, um nicht verlorenzugehen. Das Fußvolk war gleich zu Anfang in die Irre geführt worden, da keiner die Hornsignale verstand. Merlin hatte sich die Breeches zerrissen und war stehengeblieben, um sie mittels Magie zu reparieren.

Der Feldwebel hatte sich derart aufgeplustert, um *Tally-ho* zu rufen und allen zu sagen, wohin sie zu laufen hätten, daß ihm jedes Ortsgefühl ab- handen gekommen war; er führte eine trostlose Gruppe von Dörflern im Gänsemarsch und Geschwindschritt in die falsche Richtung. Hob war noch im Rennen.

»Swef, swef«, keuchte der Rüdemann und meinte Wart, als sei der ein Hund. »Nicht so schnell, sie kommen ab.«

Während er noch sprach, merkte Wart, daß das Hundegeläut schwächer wurde und unsicherer.

»Halt«, sagte Robin, »sonst stolpern wir vielleicht über ihn.«

Das Geläut erstarb.

»Swef, swef!« schrie Master Twyti mit äußerster Kraft. »Sto arere, so howe, so howe!« Er warf sich sein Wehrgehänge vor den Bauch, nahm sein Horn an die Lippen und blies zum recheat.

Einer der Schweißhunde gab Laut.

»Hoo arere«, rief der Rüdemann.

Die Stimme des Schweißhundes wurde kraftvoller, dann wieder schwächer, endlich aber laut und sicher.

»Hoo arere! Here how, amy. Hierher, Freund! Da kommt Beaumont, der Tapfere! Ho moy, ho moy, faß, faß, faß, faß.«

Die Bracken fielen mit Tenor-Geläut in das Singen des Bluthundes ein. Der Lärm wuchs zu einem Crescendo der Erregung an, als das blutgierige Gebelfer der Alaunts in den Chor einstimmte.

»Sie haben ihn«, sagte Twyti kurz, und die drei Jäger setzten sich wieder in Trab, wobei der Meuteführer sein ermutigendes »Tru-ru-ruuut« erklingen ließ.

In einer kleinen Dickung stand der grimme Keiler, in die Enge getrieben. Er hatte sich mit dem Achterteil in die Gabelung eines vom Sturm umgeworfenen Baumes gezwängt und steckte in einer unbezwingbaren Lage. Er stand verteidigungsbereit; seine Oberlippe war fletschend zurückgebogen. Aus der ihm von Sir Grummore beigebrachten Wunde strömte das Blut zwischen den Nackenborsten hervor und lief am Lauf herab, während der Schaum von der Schnauze auf den sich rötenden Schnee tropfte und ihn schmelzen ließ. Seine kleinen Augen schossen blitzschnell überallhin. Die Hunde umstanden ihn im Halbkreis und kläfften seine Maske an; Beaumont wand sich mit gebrochenem Rückgrat zu seinen Füßen. Dem verröchelnden Hund schenkte er keine Beachtung mehr, weil der ihm nicht gefährlich werden konnte. Er war schwarz und blutig und wütig.

»So-ho«, sagte der Rüdemann.

Mit vorgerecktem Speer näherte er sich dem Wildschwein; die Hunde wurden durch das Beispiel ihres Herrn und Meisters ermutigt und folgten ihm Schritt für Schritt.

Die Szene änderte sich so plötzlich, wie ein Kartenhaus zusammenfällt. Der Keiler war nicht mehr in die Enge gedrängt, nein, er attackierte Master Twyti. Sobald er angriff, stürzten sich die Alaunts auf ihn, packten ihn an Schultern, Kehle oder Läufen, so daß sich nicht ein einzelner Keiler auf den Rüdemann warf, sondern ein ganzes Bündel Getier. Aus Angst, die Hunde zu verletzen, verzichtete er auf den Gebrauch des Spießes. Das Knäuel aus Keiler und Kötern wälzte sich mit unverminderter Wucht vorwärts. Twyti drehte den Speer herum, um den Anprall mit dem dicken Ende abzufangen, doch während er noch hiermit beschäftigt war, wurde er von der Meute überrollt. Er sprang zurück, stolperte über eine Wurzel und wurde vom Kampfgetümmel begraben. Wart tänzelte drum herum und zielte verzweifelt mit seinem Speer, doch es gab keine Lücke, die er hätte ausnützen können. Robin warf seinen Speer beiseite, zog mit der gleichen Bewegung seinen Pallasch, trat in das wirbelnde Gewühl und hob seelenruhig einen Alaunt am Hinterlauf hoch. Zwar ließ der Hund nicht ab, doch dort, wo sein Körper gewesen war, entstand ein Zwischenraum, und in diesen stieß bedächtig der Pallasch: einmal, zweimal, dreimal. Der gewaltige Keiler taumelte, torkelte, erhob sich erneut, brach dann gewichtig zusammen, lag auf der linken Seite und verendete. Die Jagd war aus.

Master Twyti zog langsam ein Bein unter dem Keiler hervor, erhob sich, umspannte sein Knie mit der rechten Hand, bewegte es versuchsweise hierhin und dorthin, nickte und richtete sich auf. Dann nahm er seine Saufeder, ohne etwas zu sagen, und humpelte zu Beaumont hinüber. Er kniete neben dem Hund nieder und nahm dessen Kopf auf den Schoß. Er streichelte ihn und sagte: »*Hark to Beaumont.* Schon gut, Beaumont, mein Freund. *Oyez à Beaumont the Valiant.* Tapferer Kerl. Swef, *le douce* Beaumont, swef, swef.« Beaumont leckte seine Hand, aber er konnte nicht mehr mit dem Schwanz wedeln. Der Rüdemann nickte Robin zu, der hinter ihm stand, und blickte dem Hund in die Augen. Er sagte: »Guter Hund, Beaumont der Tapfere. Schlaf jetzt, treuer Freund, gute alte Hundeseele.« Dann entließ Robins Pallasch Beaumont aus dieser Welt, auf daß er zwischen den Sternen streune und mit Orion um die Wette laufe.

Wart mochte Master Twyti einen Augenblick lang nicht ansehen. Dieser merkwürdige, lederne Mann stand auf, ohne einen Ton zu sagen, und vertrieb die Hunde von dem toten Keiler, wie sich's gehörte. Er hob sein Horn an die Lippen und blies ohne ein Zittern die vier langen Noten des *mort*: Schwein tot!

Aber er blies das Totsignal aus einem anderen Grund, und Wart war bestürzt, weil der Mann zu weinen schien.

Das Totsignal brachte die meisten Nachzügler und Verstreuten zur Stelle, wenngleich es eine Weile dauerte. Hob war schon da. Sir Ector kam als erster; er brach sich mit seiner Saufeder Bahn durchs Gestrüpp, schnaubte majestätisch und schrie: »Großartig, Twyti. Ausgezeichnete Hatz, ganz ausgezeichnet. So erlegt man ein Stück Wild, möcht' ich sagen. Was wiegt der Kerl?« Die anderen kamen tröpfelnd, in Grüppchen. King Pellinore stürmte heran und rief: »Tally-ho! Tally-ho! Tally-ho!« Er hatte nicht mitbekommen, daß die Jagd schon abgeblasen war. Als man ihm dies zur

Kenntnis gab, hielt er inne und sagte »Tally-ho, was?« mit matter Stimme und verstummte. Schließlich erschien sogar der Feldweibel mit seiner Gruppe im Gänsemarsch, immer noch im Laufschritt, und als man sie auf der Lichtung anhielt, erklärte der Weibel mit großer Genugtuung: ohne ihn hätten sich alle rettungslos verirrt. Merlin tauchte auf und hielt seine Hose fest; der Zauberspruch hatte versagt. Sir Grummore kam mit Kay herangestapft und sagte, ein derart brillantes Abnicken habe er kaum je gesehen, obwohl er nichts gesehen hatte, und dann begann das Ausweiden.

Hierbei kam es zu einem Zwischenspiel. König Pellinore, der schon den ganzen Tag nicht ganz bei sich war, machte den fatalen Fehler zu fragen, wann man denn den Hunden ihren Beute-Anteil gebe. Wie man weiß, bekommen die Hunde ihre Belohnung auf dem Fell des erlegten Tieres (*sur le quir*), und wie jedermann weiterhin weiß, wird ein erlegter Keiler nicht abgehäutet. Er wird ausgeweidet, ohne daß man ihm die Schwarte abzieht, und infolgedessen gibt es keine Haut und damit keinen Hunde-Anteil. Die Hunde werden, wie allbekannt, mit einem *fouail* belohnt, das heißt: mit einer über dem Feuer gekochten Mischung aus Innereien und Brot, und so hatte der arme König arg ins Fettnäpfchen getreten.

Unter lautem Hussa-Geschrei stand König Pellinore über das tote Tier gebeugt, und Sir Ector verabreichte dem protestierenden Monarchen einen herzhaften Schlag mit dem Schwertblatt. Darauf sagte der König: »Ihr seid alle ein biestiger Haufen von Proleten«, und vor sich hinbrummelnd entschwand er im Wald.

Der Keiler wurde ausgeweidet, die Hunde bekamen ihre Belohnung, und das Fußvolk stand schwatzend in Gruppen umher (zum Hinsitzen war es zu feucht) und verzehrte den von den jungen Frauen mitgebrachten Proviant. Sir Ector hatte vorsorglich ein kleines Fäßchen Wein bereitstellen lassen, aus dem jeder seinen Trunk erhielt. Die Läufe des Keilers wurden zusammengebunden, man schob eine Stange hindurch, und zwei Mann hievten sich das Tier auf die Schulter. William Twyti hielt sich abseits und blies das Halali.

In diesem Augenblick tauchte König Pellinore wieder auf. Ehe er noch in Erscheinung trat, hörte man schon, wie er sich durch's Unterholz schlug und schrie: »Hört doch nur! Ich sage ja! Kommt sofort! Etwas Entsetzliches ist passiert!« Dramatisch erschien er am Waldsaum — just in dem Augenblick, da ein in Bewegung geratener Ast, dem seine Bürde zu schwer geworden war, ihm etliche Zentner Schnee auf den Kopf warf. König Pellinore ließ sich's nicht verdrießen. Er kletterte aus dem Schneehaufen heraus, als hätte er von alldem nichts gemerkt, und rief: »Ich sage ja! Hört mal!«

»Was ist denn los, Pellinore?« schrie Sir Ector.

»Kommt schnell!« rief der König, machte verwirrt kehrt und verschwand wieder im Wald.

»Was meint Ihr?« erkundigte sich Sir Ector. »Stimmt was nicht mit ihm? »Reizbarer Charakter«, sagte Sir Grummore. »Äußerst.«

»Werden wir ihm also besser nachsetzen und zusehn, was er tut.«

Gesetzt folgte die Prozession König Pellinore nach; sein regelloser Kurs war an den frischen Fußstapfen leicht auszumachen.

Auf das Spektakulum, das sich ihnen bot, waren sie nicht vorbereitet. Inmitten eines abgestorbenen Ginstergebüschs saß König Pellinore, und die Tränen strömten ihm übers Gesicht. Im Schoß hielt er einen gewaltigen Schlangenkopf, den er streichelte. Hinter dem Schlangenkopf befand sich ein langer geschmeidiger gelber Leib mit Flecken drauf. Am Ende des Leibes waren Löwenfüße, die in Hirschhufen endeten.

»Ist doch gut«, sagte der König. »Ich hab' dich doch nicht verlassen wollen. Das war bloß, weil ich mal in einem Federbett schlafen wollt', nur für'n Weilchen. Ich wär' wiedergekommen, ganz bestimmt. Ach bitte, stirb nicht, Biest, und laß mich nicht ohne Losung zurück!«

Als der König Sir Ector erblickte, übernahm er sogleich das Kommando. Die Verzweiflung hatte ihm Autorität verliehen.

»Na, los doch, Ector«, rief er aus. »Steht nicht so dumm da rum. Laßt auf der Stelle das Faß mit dem Wein herbeischaffen.«

Das Weinfäßchen wurde geholt, und das Aventiuren-Tier bekam einen gehörigen Schluck.

»Armes Wesen«, sagte König Pellinore unwillig. »Ist einfach dahingeschmachtet, regelrecht dahingeschmachtet — bloß weil sich keiner für es interessiert hat. Ich begreife nicht, wie ich die ganze Zeit bei Sir Grummore hab' bleiben können, ohne an mein gutes altes Biest zu denken. Ich begreif's nicht. Seht Euch seine Rippen an. Wie Faßdauben. Und liegt da im Schnee, ganz allein, fast ohne Willen zum Leben. Komm schon, Biest, sieh zu, ob du nicht noch ein Schlückchen runterbringst. Tut dir gut. —

Mich in einem Federbett zu aalen«, fügte der Monarch reuevoll hinzu, wobei er Sir Grummore finster anblickte, »wie ein — wie eine Drohne!«

»Aber wie habt Ihr — wie habt Ihr's gefunden?« stammelte Sir Grummore.

»Ich bin zufällig draufgestoßen. Und zwar ohne Eure Hilfe. In der Gegend rumzurennen wie Einfaltspinsel und mit Schwertern aufeinander loszudreschen! Hier im Ginsterbusch bin ich draufgestoßen — der arme Rücken ganz voll Schnee, und Tränen in den Augen, und kein Mensch auf der Welt kümmert sich drum. Das kommt davon, wenn man kein geregeltes Leben führt. Vorher war alles in Ordnung. Wir sind zur gleichen Zeit aufgestanden und waren zu regelmäßigen Stunden auf der Hohen Suche und sind um halb elf zu Bett gegangen. So, und nun seht's Euch jetzt an. Es ist völlig kaputt, und wenn's stirbt, seid Ihr schuld dran. Ihr und Euer Bett.«

»Aber Pellinore!« sagte Sir Grummore ...

»Haltet den Mund«, erwiderte der König sogleich. »Steht nicht da rum, Mann, und blökt wie ein Narr. Tut was. Holt eine Stange, damit wir Glatisant nach Hause tragen können. Nun los doch, Ector. Kapiert Ihr das nicht? Wir müssen's nach Hause tragen und vor den Küchenherd legen. Schickt jemanden los; er soll Brot in Milch einweichen. Und Ihr, Twyti, oder wie Ihr Euch zu nennen beliebt, hört endlich auf, mit Eurer Trompete da rumzuspielen, und lauft vor und sorgt dafür, daß ein paar Decken angewärmt werden. —

Wenn wir nach Hause kommen«, schloß König Pellinore, »werden wir ihm erstmal was Kräftigendes zu essen geben, und wenn's am nächsten Morgen wieder auf Trab ist, werd' ich ihm ein paar Stunden Vorsprung geben, und dann, he-ho, beginnt das alte Leben wieder. Was hältst du davon, Glatisant, he? Horridoh, auf-auf zum fröhlichen Jagen, was? Kommt schon, Robin Hood, oder wie Ihr heißt – Ihr denkt vielleicht, ich kenne Euch nicht, aber da irrt Ihr —, hört auf, mit der Haltung eines lässigen Waidmannes an Eurem Bogen zu lehnen. Reißt Euch zusammen, Mann, und stellt den Muskelprotz von Feldweibel zum Tragen an. So, und schön langsam anheben. Los, Ihr Holzköpfe, und fallt mir bloß nicht hin. Federbetten und Jagdbeute, haa! Kinderkram! Los doch, vorwärts, auf geht's, ohne Tritt — marsch! Federbetten? Die reinste Alberei! —

Und was Euch anbelangt, Grummore«, fügte der König hinzu, obwohl er seine Rede schon beendet hatte, »Ihr dürft Euch ruhig in Euer Bett packen und drin ersticken.«

KAPITEL 17

ir scheint«, sagte Merlin eines Nachmittags und blickte ihn über seine Brille hinweg an, »es wäre an der Zeit, wieder etwas für deine Bildung zu tun. Wäre, würde, wird, ist — jedenfalls Zeit.«

Es war ein Nachmittag im Frühling, und draußen sah alles prächtig aus. Der winterliche Schneemantel war verschwunden, und mit ihm Sir Grummore, Master Twyti, King Pellinore und das Aventiuren-Tier — welchselbiges sich durch Güte und Brot und Milch wieder erholt hatte. Es

151

hatte sich mit allen Anzeichen der Dankbarkeit in den Schnee gestürzt, und zwei Stunden später war ihm der aufgeregte König gefolgt, und die Zuschauer auf den Zinnen hatten beobachtet, wie es, als es den Rand des Reviers erreichte, höchst ingeniös seine Spuren im Schnee verwischte. Es lief rückwärts, es machte Seitensprünge von zwanzig Fuß, es fegte die Fährte mit dem Schwanz hinweg, balancierte über waagrechte Äste und vollführte mit offensichtlicher Freude noch etliche andere Tricks. Auch hatten sie gesehen, wie König Pellinore — der brav die Augen geschlossen hielt und bis zehntausend zählte, während dies geschah — große Verwirrung zeigte, als er an der schwierigen Stelle anlangte, und schließlich, von seinem Hunde gefolgt, in der falschen Richtung losgaloppierte.

Es war ein prachtvoller Nachmittag. Vom Fenster des Schulzimmers aus konnte man sehen, daß die Lärchen im fernen Forst bereits ihr leuchtendes Grün angelegt hatten; die Erde funkelte und glitzerte von Millionen Tropfen, und jeder Vogel auf der Welt war heimgekommen, um zu werben und zu singen. Die Dörfler waren jeden Abend in ihren Gärten zugange und legten Bohnen, und mit den Bohnen kamen die Wegschnecken, dazu Knospen und Lämmer und Vögel — kurz: es schien, als hätten sich sämtliche Lebewesen verschworen, auf einmal hervorzutreten.

»Was möchtest du denn gerne sein?« fragte Merlin.

Wart schaute zum Fenster hinaus und lauschte dem Tau-Gesang der Drosseln, der zweimal täglich stattfand.

Er sagte: »Ich bin ja mal ein Vogel gewesen, aber das war nachts und im Käfig, ich hatte also nie die Möglichkeit zu fliegen. Auch wenn man keinen Bildungsgang zweimal machen soll — meint Ihr, ich könnt' ein Vogel werden, um das zu lernen?«

Ihn hatte der Vogel-Wahn erwischt, wie's allen empfindsamen Menschen im Frühling ergeht, und was manchmal sogar zu solchen Exzessen wie dem Nisten führt.

»Ich sehe keinen Grund, weshalb nicht«, sagte der Zauberer. »Wie wär's mit heute nacht?«

»Aber nachts schlafen die doch.«

»Um so besser; dann kannst du sie sehen, ohne daß sie davonfliegen. Du könntest heute abend mit Archimedes losziehen — der erzählt dir dann alles.«

»Würdest du das tun, Archimedes?«

»Liebendgern«, sagte die Eule. »Mir war sowieso nach einem kleinen Bummel zumute.«

»Wißt Ihr«, fragte Wart, der an die Drosseln dachte, »warum Vögel singen, oder wieso? Ist das eine Sprache?«

»Natürlich ist's eine Sprache. Es ist keine so vielfältige Sprache wie die menschliche Rede, aber ausdrucksreich ist sie schon. —

Gilbert White«, sagte Merlin, »bemerkt — oder wird bemerken, wie auch immer du's formulieren willst —: ›Die Vogelsprache ist sehr alt, und wie in anderen alten Sprach-Modi wird mit ihr wenig gesagt, doch viel ausgedrückt.‹ Auch sagt er irgendwo: ›Die Krähen versuchen in der Brutzeit bisweilen, aus lauter Herzensfreude zu singen — doch ohne großen Erfolg‹.«

»Krähen hab' ich gern«, sagte Wart. »Merkwürdig, aber ich glaube, es sind meine Lieblingsvögel.«

»Weshalb?« fragte Archimedes.

»Na ja, sie gefallen mir halt. Mir gefällt ihre Unverschämtheit.«

»Nachlässige Eltern«, zitierte Merlin, der in schulmeisterlicher Stimmung war, »und unverschämte, vertrackte Kinder.«

»Stimmt«, sagte Archimedes nachdenklich. »Alle *corvidae* haben einen etwas ausgefallenen Humor.«

Wart erklärte.

»Mir gefällt's, wie sie fliegen — so richtig hingegeben. Sie fliegen nicht einfach, wie andere Vögel, sondern sie fliegen, weil's ihnen Spaß macht. Ich find's schön, wie sie abends gruppenweise ihren Schlafbaum aufsuchen — sie sind fröhlich und machen grobe Bemerkungen und balgen sich ziemlich rüde rum. Manchmal drehen sie sich auf den Rücken und purzeln aus der Luft, nur weil's lächerlich ist, oder aber sie vergessen völlig, daß sie gerade fliegen, und kratzen sich plötzlich wie verrückt, weil die Milben beißen.«

»Es sind intelligente Vögel«, sagte Archimedes, »trotz ihrem etwas rohen Humor. Sie gehören nämlich zu den Vögeln, die ein Parlament haben, weißt du, und ein Gesellschaftssystem.«

»Meinst du, sie haben Gesetze?«

»Gewiß haben sie Gesetze. Im Herbst kommen sie auf einem Feld zusammen, um darüber zu debattieren.«

»Was für Gesetze?«

»Ach, weißt du, Gesetze über die Verteidigung der Kräherei, über Heirat und dergleichen. Man darf nicht außerhalb des Horstes heiraten, und wer jedes Gefühl für Sitte und Anstand verliert und eine schwarze Jungfrau aus einer benachbarten Siedlung heimführt, na, dem reißen alle das Nest in Fetzen — so schnell kann man's gar nicht bauen. Sie vertreiben ihn in die Außenbezirke, weißt du, und deshalb findet man um jeden Horst herum, etliche Bäume entfernt, diese Außen-Nester.«

»Was mir noch an ihnen gefällt«, sagte Wart, »das ist ihr Schwung.

Sie mögen Diebe und Spitzbuben sein, und sie streiten sich dauernd und kreischen sich an, aber sie haben immerhin den Mut, ihre Feinde anzupöbeln. Ich würd' meinen, es gehört allerhand dazu, einen Falken anzupöbeln, auch wenn man eine ganze Horde ist. Und sogar dabei spielen sie noch den Clown.«

»Pöbel«, sagte Archimedes überlegen. »Das ist der richtige Ausdruck.«

»Na ja, ein lustiger Pöbel jedenfalls«, sagte Wart. »Ich hab' sie gern.«

»Was ist denn *dein* Lieblingsvogel?« fragte Merlin höflich, um den Frieden zu wahren.

Archimedes dachte eine Weile hierüber nach, und dann sagte er: »Tja, das ist eine ziemlich weitschweifige Frage. Genausogut könnt' man Euch nach Eurem Lieblingsbuch fragen. Insgesamt jedoch möchte ich sagen, daß ich die Taube bevorzuge.«

»Als Speise?«

»Diesen Aspekt habe ich bewußt außer Betracht gelassen«, sagte die Eule in gemessenem Ton. »Es stimmt: die Taube ist die Lieblingsspeise aller Raubvögel, wenn sie groß genug sind, sie zu schlagen; aber ich dachte ausschließlich an die häuslichen Anlagen der Taube.«

»Beschreibe sie.«

»Die Taube«, sagte Archimedes, »ist eine Art Quäker. Sie kleidet sich in Grau. Ein gehorsames Kind, ein treuer Liebhaber, ein kluger Brutpfleger und Erzieher. Die Taube weiß, wie alle Philosophen, daß jedes Menschen Hand ihr übelwill. Durch die Jahrhunderte hat sie gelernt, sich aufs Fliehen zu spezialisieren. Keine Taube hat sich je der Aggression schuldig gemacht oder sich gegen ihre Verfolger gewendet — und andrerseits gibt es keinen Vogel, der denen so geschickt entweicht. Sie hat gelernt, sich aus der dem Menschen abgewandten Seite des Baumes zu schwingen und so niedrig zu fliegen, daß immer eine Hecke zwischen ihnen ist. Kein anderer Vogel kann derart gut Reichweiten abschätzen. Wachsam, bepudert, duftend und flaumig sind sie, so daß Hunde sie nicht gern ins Maul nehmen mögen; gegen Schrotkörner schützt sie die Polsterung ihres Gefieders; sie gurren einander mit aufrichtiger Liebe an, füttern ihre raffiniert versteckten Kinder mit wahrer Hingabe und fliehen vor ihrem Angreifer mit wahrer Philosophie: eine friedliebende Rasse, die in Planwagen den räuberischen Indianern entweicht. Sie lieben Individualisten, die nur dank der Klugheit, mit der sie sich entziehen, das Toben des Gemetzels überleben. —

Hast du gewußt«, fügte Archimedes hinzu, »daß ein Taubenpaar stets Kopf bei Schwanz sitzt, so daß sie nach beiden Richtungen Ausschau halten können?«

»Von unsern zahmen Tauben weiß ich's«, sagte Wart. »Ich vermute, der

Grund, weshalb die Menschen sie immer töten wollen, ist der, daß sie so gefräßig sind. Was mir an den Wildtauben gefällt, ist das Klatschen ihrer Flügel, und wie sie sich aufschwingen und die Flügel falten und niederschweben, wenn sie werben, so daß sie beinahe wie Spechte fliegen.«

»Keine große Ähnlichkeit mit Spechten«, sagte Merlin.

»Stimmt«, gab Wart zu.

»Und welches ist Euer Lieblingsvogel?« fragte Archimedes, um seinen Herrn in die Unterhaltung einzubeziehen.

Merlin legte seine Finger aneinander wie Sherlock Holmes und entgegnete ohne Zögern: »Ich bevorzuge den Buchfinken. Mein Freund Linnaeus nennt ihn *coelebs* oder Junggesellen-Vogel. Die Schwärme trennen sich im Winter, so daß alle Männchen in einem Schwarm sind und alle Weibchen im anderen. Auf diese Weise herrscht zumindest in den Wintermonaten völliger Friede.«

»Ursprünglich«, bemerkte Archimedes, »ging es darum, ob Vögel sprechen können.«

»Ein anderer Freund von mir«, sagte Merlin sogleich, und zwar in äußerst gelehrtem Tonfall, »behauptet, oder wird behaupten, daß die Vogelsprache ihren Ursprung in der Nachahmung habe. Aristoteles führt ja die Tragödie auf Nachahmung zurück.«

Archimedes seufzte auf und bemerkte prophetisch: »Am besten wird's sein, Ihr redet's Euch von der Seele.«

»Es ist so«, sagte Merlin: »Der Turmfalke stößt auf eine Maus, und die arme Maus sitzt in den nadelscharfen Fängen und schreit in ihrer Qual laut auf: Kiiii! Wenn der Turmfalke das nächste Mal eine Maus sieht, ahmt sein Herz den Ton nach, und er schreit ebenfalls Kii. Ein anderer Turmfalke, vielleicht das dazugehörige Weibchen, übernimmt den Ruf, und nach ein paar Millionen Jahren rufen sich alle Turmfalken mit ihrem individuellen Kii-kii-kii.«

»Man kann aber doch die ganze Sache nicht von einem einzigen Vogel herleiten«, sagte Wart.

»Will ich auch nicht. Die Falken kreischen wie ihre Beute. Die Stockenten quaken wie die Frösche, die sie fressen; desgleichen schreien die Würger wie diese Geschöpfe in höchster Todesnot. Die Amseln und Drosseln knacken wie die Schneckenhäuser, die sie zerhacken. Die verschiedenen Finken machen das Geräusch aufspringender Samen, und der Waldspecht imitiert das Klopfen an Holz, das er vollführt, um an die Insekten heranzukommen, die er frißt.«

»Aber alle Vögel geben sich doch nicht mit einem einzigen Ton zufrieden.«

»Nein, natürlich nicht. Der Lockruf entsteht aus Nachahmung, und dann entwickeln sich die verschiedenen Vogel-Lieder durch Wiederholung des Lockrufs und seine Variationen.«

»Verstehe«, sagte Archimedes kalt. »Und wie ist das bei mir?«

»Sieh mal, du weißt doch«, sagte Merlin, »daß die Spitzmaus, auf die du stößt, ›Kwiit!‹ schreit. Deshalb rufen die Jungtiere deiner Species Kii-wit.«

»Und die Alten?« erkundigte sich Archimedes sarkastisch.

»Huuruu, Huuruu«, tönte Merlin, bemüht, die Oberhand zu behalten. »Ist doch ganz klar, mein Guter. Sie haben ihren ersten Winter hinter sich, und das ist der Wind in den kahlen Bäumen, wo sie schlafen.«

»Verstehe«, sagte Archimedes, noch reservierter als zuvor. »Diesmal also ist es, wie wir feststellen, keine Frage des Beutetiers.«

»Na, nun aber . . .«, entgegnete Merlin. »Es gibt doch wohl noch andere Dinge außer denen, die man ißt. Sogar ein Vogel trinkt bisweilen, oder badet in einer Pfütze. So sind es die fließenden Töne eines Flusses, die wir im Lied des Rotkehlchens hören.«

»Dann«, sagte Archimedes, »geht es also nicht nur darum, was wir essen, sondern auch darum, was wir trinken und hören.«

»Und warum nicht?«

Die Eule sagte resigniert: »Na schön.«

»Ich halt' das für eine interessante Idee«, sagte Wart, um seinem Lehrmeister beizuspringen. »Aber wie entsteht aus diesen Nachahmungen eine Sprache?«

»Zuerst werden die Imitationen wiederholt«, sagte Merlin, »und hernach werden sie variiert. Du scheinst dir nicht klarzumachen, welch ungeheure Ausdrucksbreite im Tonfall liegt, in der Betonung, im Sprechtempo. Nehmen wir mal an, ich sage: ›Was für ein schöner Tag‹. Einfach nur so. Dann würdest du zur Antwort geben: ›Ja, doch.‹ Wenn ich aber sage: ›Was für ein *schöner* Tag‹ — so richtig liebevoll und zärtlich —, dann könntest du mich vielleicht für einen netten Kerl halten. Sage ich jetzt aber: ›Was-für'n-schöner-Tag‹ — ganz atemlos —, dann würdest du dich vielleicht umdrehen, um zu sehen, was mich in solche Angst versetzt hat. Siehst du, und auf diese Art und Weise haben die Vögel ihre Sprache entwickelt.«

»Da Ihr so genau Bescheid wißt«, sagte Archimedes, »würdet Ihr uns bitte erklären, wie viele verschiedene Dinge wir Vögel auszudrücken vermögen, indem wir Tempo und Betonung unserer Lockruf-Variationen modulieren?«

»Aber eine ganze Menge. Du kannst Kiwitt zärtlich rufen, verliebt etwa, oder böse, oder herausfordernd. Du kannst Kiiii-wit rufen, aufsteigend, wenn du nicht weißt, wo deine Gefährtin ist. Oder du willst Fremdlinge ablenken, die deinem Nest zu nahe kommen. Und wenn du zur Winterszeit in die Nähe deines alten Nestes kommst, rufst du vielleicht liebevoll Kiiwittt: ein bedingter Reflex auf die Wonnen, die du einst darin genossen hast. Oder nehmen wir an, ich nähere mich dir abrupt: dann wirst du verschreckt Kiwitt-kiwitt-kiwitt ausrufen.«

»Wenn wir zu bedingten Reflexen kommen«, bemerkte Archimedes, mürrisch, »dann such' ich mir doch lieber eine Maus.«

»Das darfst du tun. Und wenn du sie findest, wirst du wieder ein charakteristisches Eulen-Geräusch hervorbringen, das in Büchern über Ornithologie allerdings nicht häufig erwähnt wird. Ich meine ›Tock‹ oder ›Tck‹, was Menschen als ›schmatzen‹ bezeichnen.«

»Und welches Geräusch soll das imitieren?«

»Eindeutig das Brechen von Mauseknochen.«

»Ihr seid ein gescheiter Herr«, sagte Archimedes, »und als arme alte Eule kann ich nicht viel dagegen einwenden. Aus meiner eigenen Erfahrung heraus jedoch möchte ich behaupten, daß es überhaupt nicht stimmt. Eine Meise sagt einem nicht nur, daß sie in Gefahr ist, sondern auch, in welcher Gefahr sie ist. Sie kann sagen: ›Vorsicht, Katze!‹ oder ›Vorsicht, Habicht!‹ oder ›Vorsicht, Waldkauz!‹ — ganz klar und eindeutig.«

»Das bezweifle ich ja gar nicht«, sagte Merlin. »Ich versuche doch nur, euch die Ur-Anfänge der Sprache zu erklären. Willst du mir vielleicht das Lied irgendeines Vogels nennen, das ich nicht auf Nachahmung zurückführen könnte?«

»Ziegenmelker«, sagte Wart.

»Das Surren von Käferflügeln«, erwiderte sein Lehrer sofort.

»Nachtigall«, rief Archimedes verzweifelt.

»Ahja«, sagte Merlin und lehnte sich in seinem bequemen Sessel zurück. »Nun müssen wir den Seelen-Sang unserer geliebten Proserpina imitieren, der Persephone, da sie sich anschickt, zu köstlicher Klarheit zu erwachen.«

»Tereu«, sagte Wart sanft.

»Pieu«, fügte die Eule gefühlvoll hinzu.

»Musik!« schloß der Zaubermeister ekstatisch — außerstande, sie als Nachahmung zu erklären.

»Hallo«, sagte Kay und öffnete die Schulzimmertür. »Ich bitte um Verzeihung, daß ich zu spät zum Geographie-Unterricht komme, aber ich wollt' ein paar Kleinvögel mit der Armbrust erlegen. Immerhin: eine Drossel hab' ich erwischt.«

KAPITEL 18

art lag wach, wie ihm geheißen war. Er sollte warten, bis Kay eingeschlafen sein würde, und dann wollte Archimedes ihn mit Merlins Zauberhilfe holen. Er lag unter dem großen Bärenfell und starrte durchs Fenster auf die Frühlingssterne; sie waren nicht mehr frostig und metallisch, sondern wie frisch gewaschen und von der Feuchtigkeit geschwellt. Es war ein wunderbarer Abend, ohne Regen oder Wolken. Der Himmel zwischen den Sternen war aus tiefem sattem Samt. Im Rahmen des breiten Westfensters jagten Aldebaran und Beteigeuze den Sirius über den Horizont, und der Große Hund schaute sich nach seinem Herrn um, Orion, der noch nicht aufgegangen war. Der Duft nächtlicher Blüten kam zum Fenster herein: die Knospen der Johannisbeeren, der Wildkirschen, der Pflaumen und des Schwarzdorns hatten sich bereits geöffnet, und in den dämmernden Bäumen hielten nicht weniger als fünf Nachtigallen einen Sängerwettstreit ab.

Wart lag auf dem Rücken; er hatte das Bärenfell zurückgeschoben und die Hände unter dem Kopf gefaltet. Zum Schlafen war es zu schön, und für das Fell war's zu warm. Hingegeben betrachtete er die Sterne, beinah wie in Trance. Bald war es wieder Sommer, und er konnte auf den Zinnen schlafen und die Sterne beobachten, die ihm dann so nahe waren wie Motten und — zumindest in der Milchstraße — auch so etwas wie einen mottigen Blütenstaub an sich hatten. Gleichzeitig würden sie so ferne sein, daß unartikulierbare Gedanken von Weltraum und Ewigkeit ihn seufzen ließen, und er stellte sich vor, wie er höher und höher fiel, mitten unter die Sterne, ohne Ziel, ohne Ende — alles verlassend und alles verlierend im ruhigen Lauf des Alls.

Als Archimedes kam, um ihn zu holen, schlief er fest.

»Iß das«, sagte die Eule und gab ihm eine tote Maus.

Wart war's so seltsam zumute, daß er das pelzige Etwas entgegennahm und sich widerspruchslos in den Mund steckte, ohne irgend welche Befürchtungen, daß es ekelhaft sein würde. Daher war er nicht überrascht, daß es sich als ausgezeichnet erwies, mit einem fruchtigen Geschmack, einem Pfirsich ähnlich, dem man die Haut nicht abgezogen hat, wenngleich das Fell natürlich nicht so lecker war wie die Maus.

»So, und jetzt fliegen wir am besten los«, sagte die Eule. »Flatter mal aufs Fensterbrett, damit du dich eingewöhnst, ehe wir uns auf den Weg machen.«

Wart schnellte sich zum Fensterbrett und half automatisch mit einem

Flügelschlag nach, so, wie ein Hochspringer seine Arme wirft. Mit einem leichten Aufprall landete er auf dem Fensterbrett, wie's Eulen nun einmal eigen ist, konnte nicht rechtzeitig abbremsen und stolperte geradewegs zum Fenster hinaus. Jetzt, so dachte er vergnügt, werd' ich mir's Genick brechen. Es war merkwürdig, aber er nahm das Leben nicht ernst. Er merkte, wie die Schloßmauern an ihm vorüberstrichen und wie die Erde und der Burggraben sich wie schwimmend hoben. Er schlug mit den Flügeln, und der Grund versank wieder, wie Wasser in einem undichten Brunnen. Eine Sekunde später hatte der Flügelschlag seine Wirkung verloren, und die Erde wogte neuerlich empor. Er schlug wieder. Es war sonderbar, sich auf diese Weise fortzubewegen: die Erde hob und senkte sich wie Ebbe und Flut, und dank den besonderen Außenkanten der Schwingen flog er geräuschlos dahin.

»Um Himmelswillen«, keuchte Archimedes, der in der dunklen Luft neben ihm auf und nieder tanzte, »flieg nicht wie ein Specht. Man könnte dich ja für einen Sperlingskauz halten, wenn diese Viecher schon importiert wären. Was machst du nur? Du gibst dir mit einem Flügelschnippen Fluggeschwindigkeit. Mit dem Schnippen steigst du, bis du die Fluggeschwindigkeit verlierst und anfängst durchzusacken. Dann schnippst du wieder, ehe du aus der Luft fällst. Das ist ja eine richtige Berg-und-Talbahn. Wie soll man da mit dir Schritt halten?«

»Ja«, sagte Wart unbekümmert, »aber wenn ich das nicht mache, stürz' ich ab.«

»Idiot«, sagte die Eule. »Du mußt ständig rudern, wie ich, stetig immerzu, statt solche Sprünge zu machen.«

Wart tat, wie ihm geheißen, und war überrascht, daß die Erde zur Ruhe kam und sich unter ihm regelmäßig dahinbewegte, ohne zu kippen. Er selber schien sich gar nicht von der Stelle zu rühren.

»So ist's schon besser.«

»Wie merkwürdig alles aussieht«, stellte der Junge mit Verwunderung fest, da er Zeit hatte, sich umzusehen.

Die Welt sah in der Tat merkwürdig aus. Am ehesten läßt es sich vielleicht verständlich machen, wenn man sagt, daß sie aussah wie ein photographisches Negativ; denn sein Sehvermögen reichte über das dem Menschen zugängliche Spektrum hinaus. Eine Infrarotkamera macht Aufnahmen im Dunkeln, wenn wir nichts sehen, und ebenso macht sie Aufnahmen bei Tageslicht. Bei den Eulen verhält es sich ähnlich; es trifft nämlich nicht zu, daß sie nur bei Nacht sehen können. Bei Tage sehen sie fast genausogut, nur haben sie den Vorteil, bei Nacht ebenfalls sehen zu können. Naturgemäß obliegen sie der Jagd zu einer Zeit, da ihre Beutetiere ihnen unterlegen sind. Wart wären die grünen Bäume bei Tage weißlich erschienen, als wären sie mit Apfelblüten bedeckt, und jetzt, bei Nacht, hatte alles das gleiche verfremdete Aussehen. Es war, als flöge er in der Dämmerung, die alles auf verschiedene Schattierungen desselben Farbtons reduziert; und wie in der Dämmerung, so gab es auch hier allerlei Verschwommenes.

»Gefällt's dir?« fragte die Eule.

»Sehr. Weißt du, als ich ein Fisch war, da gab es Stellen im Wasser, die waren kälter oder wärmer als die übrigen, und jetzt in der Luft ist's das gleiche.«

»Die Temperatur«, sagte Archimedes, »hängt von der Bodenvegetation ab. Über Wäldern ist es wärmer.«

»Jau«, sagte Wart, »ich versteh' schon, weshalb sich die Reptilien entschlossen, Vögel zu werden, als sie keine Fische mehr waren.«

»Du fängst an, die Zusammenhänge zu erkennen«, bemerkte Archimedes. »Wie wär's, wollen wir uns nicht irgendwo niederlassen?«

»Wie macht man das?«

»Du mußt dich durchsacken lassen. Das heißt, du mußt aufwärts fliegen, bis du Fahrt verlierst, und dann, wenn du merkst, daß du absackst — dann setzt du dich hin. Hast du nie zugesehn, wie Vögel nach oben aufbaumen? Sie fliegen nicht einfach auf den Ast nieder, sondern gehen etwas tiefer und schwingen sich dann auf. Am höchsten Punkt ihres Aufschwungs lassen sie sich durchsacken und setzen sich hin.«

»Aber Vögel landen doch auch auf dem Boden. Und wie machen's die Wildenten? Sie können doch nicht von unten kommen und sich dann auf dem Wasser niederlassen.«

»Nun ja, das ist etwas schwieriger, aber durchaus möglich. Du mußt mit Durchsack-Geschwindigkeit niedergleiten und dann den Luftwiderstand erhöhen, indem du die Flügel wölbst, den Schwanz spreizt, die Füße streckst, und so weiter. Vielleicht hast du bemerkt, daß nur wenige Vögel dies anmutig tun. Achte mal darauf, wie unbeholfen eine Krähe niederstelzt und wie die Ente platscht. Die löffelflügligen Vögel wie Reiher und Regenpfeifer scheinen's am besten zu können. Aber wir Eulen sind auch nicht so übel.«

»Und die langflügligen Vögel wie die Mauersegler — die werden wohl die schlechtesten sein, weil sie sich überhaupt nicht von einer flachen Oberfläche erheben können?«

»Das hat andere Gründe«, sagte Archimedes, »doch es stimmt. Aber müssen wir uns im Fliegen unterhalten? Ich werde langsam müde.«

»Ich auch.«

»Eulen setzen sich am liebsten alle hundert Schritt einmal hin.«

Wart kopierte Archimedes genau, als sie vor dem Zweig, den sie sich ausgesucht hatten, steil hochzogen. Als sie grad über dem Ast waren, begann Wart zu fallen; im letzten Augenblick bekam er ihn mit seinen befiederten Füßen zu fassen, schwang zweimal vor und zurück und stellte fest, daß er erfolgreich gelandet war. Er faltete seine Flügel zusammen.

Während Wart still dasaß und die Aussicht genoß, fuhr sein Freund fort, ihm einen Vortrag über den Vogelflug zu halten. Obwohl der Mauersegler ein so guter Flieger sei, daß er die ganze Nacht im Fliegen schlafen könne, und obwohl Wart, nach eigener Auskunft, die Flugspäße der Krähen bewunderte — der wahre Aeronaut der unteren Luftschichten (was also den Mauersegler ausschloß) sei eindeutig der Regenpfeifer. Archimedes erzählte, wie weit es die Regenpfeifer in der Aerobatik gebracht hätten; sie brächten erstaunliche Dinge fertig, sogar Trudeln, Kippwendungen und Rollen — alles aus Spaß an der Freude. Sie seien die einzigen Vögel, die Höhe slippten, um zu landen — wenn man davon absehen wolle, daß dies gelegentlich auch der älteste, fröhlichste und schönste aller bewußten Aeronauten tat: der Rabe. Wart schenkte dem Vortrag nur geringe Aufmerksamkeit; statt dessen gewöhnte er seine Augen an die seltsamen Tönungen des Lichts, und ab und zu beobachtete er Archimedes. Denn dieser hielt, während er sprach, unbewußt nach seinem Mittagessen Ausschau. Dieses Ausschauhalten war eine bühnenreife Darbietung.

Ein Kreisel, der seinen Schwung verliert, beschreibt mit seinem oberen Teil immer größere Kreise, bis er umfällt. Die Spitze bleibt an der gleichen Stelle, doch die obere Rundung dreht sich immer weiter vom Mittelpunkt nach außen. Genau dies tat Archimedes in Gedanken. Seine Fänge blieben reglos, während er den Oberkörper immerfort herumdrehte, wie jemand, der im Kino hinter einer fetten Frau sitzt und herauszufinden sucht, auf welcher Seite von ihr er am besten sieht. Da er auch seinen Kopf bis zu 270 Grad zu drehen vermochte, kann man sich leicht vorstellen, daß seine Mätzchen des Zusehens wert waren.

»Was machst du da?« fragte Wart.

Während er noch fragte, war Archimedes verschwunden. Eben hatte da eine Eule über Regenpfeifer doziert — und auf einmal war überhaupt keine Eule da. Nur tief unten rummste es, Blätter raschelten: der Luft-Torpedo war, ungeachtet aller Hindernisse, mitten in ein Gebüsch gestoßen.

Ein wenig später saß die Eule wieder neben ihm auf dem Zweig und zerlegte gedankenvoll einen toten Sperling.

»Darf ich mal?« fragte Wart, der Blutdurst verspürte.

»Nein«, sagte Archimedes, nachdem er sich einen Happen zu Gemüte geführt hatte, »du darfst nicht. Die magische Maus, die dich in eine Eule verwandelt hat, reicht — schließlich hast du ja schon den ganzen Tag als Mensch gegessen —, und keine Eule tötet zum Vergnügen. Außerdem soll dies ein Lehrausflug sein, und sobald ich mit meinem Imbiß fertig bin, werden wir uns wieder der Bildung widmen.«

»Wo führst du mich denn hin?«

Archimedes verspeiste seinen Spatzen, wischte sich den Schnabel sittsam am Gezweig ab und richtete seine Augen auf Wart. Diese großen runden Augen trugen, wie ein berühmter Schriftsteller es ausdrückte, eine Licht-Blüte, einen Glanz-Fleck — ähnlich dem Purpurhauch auf einer Traube.

»Jetzt hast du fliegen gelernt«, sagte er, »und Merlin meint, nun solltest du's mit den Wildgänsen versuchen.«

Die Gegend, in die sie kamen, war vollkommen flach. In der Menschenwelt sieht man kaum je etwas absolut Flaches, Ebenes, da dort die Bäume und Häuser und Hecken jeder Landschaft eine gezackte Kontur verleihen. Sogar das Gras sticht mit Myriaden von Halmen in die Höhe. Hier aber, im Bauch der Nacht, war grenzenloser flacher feuchter Schlamm, gestaltlos wie ein schwarzer Quark. Wäre es nasser Sand gewesen, hätte auch *der* diese kleinen Wellenzeichen gehabt, ähnlich den Linien auf den Fingerkuppen.

Auf dieser ungeheuren formlosen Fläche lebte ein einziges Element: der Wind. Denn er war ein Element. Er war eine Dimension, eine Macht der Dunkelheit. In der Menschenwelt kommt der Wind irgendwoher und geht irgendwohin und streicht dabei durch irgend etwas — durch Bäume oder Straßen oder Knicks. Dieser Wind kam nirgendwoher. Er fuhr durch das platte Nichts — nirgendwohin. Horizontal, geräuschlos (von einem eigenartigen Dröhnen abgesehen), greifbar, *ad infinitum* — so strömte das verblüffende dimensionale Gewicht über den Schlamm. Man hätte es mit einer Klinge durchschneiden können. Die titanische graue Linie war unerschütterlich und fest. Man hätte den Griff eines Regenschirms darüberhaken können, und er wäre dort hängengeblieben.

Diesen Wind im Gesicht, hatte Wart das Gefühl, nicht erschaffen zu sein. Von der feuchten Festigkeit unter seinen schwimmhäutigen Füßen abgesehen, lebte er im Nichts, einem massiven Nichts, wie es das Chaos ist. Es war das Gefühl eines Punktes in der Geometrie, eines mysteriösen Daseins auf der kürzesten Entfernung zwischen zwei Punkten — oder einer auf glatter Fläche gezogenen Geraden, die Länge und Breite hatte, doch keine Größe. Keine Größe? Es war die personifizierte Größe. Es war Macht, Strömung, Kraft, Richtung, ein pulsloser Welt-Strom der Vergessenheit.

Diesem Fegefeuer, dieser unheiligen Vorhölle waren Grenzen gesetzt. Weit im Osten, vielleicht eine Meile entfernt, war ein ungebrochener Geräusch-Wall. Er wogte ein wenig, brandete, schien sich auszudehnen und zusammenzuziehen, war indessen fest und massiv. Es klang bedrohlich, auf Opfer lüstern — denn es war das gewaltige, unbarmherzige Meer.

Zwei Meilen im Westen waren drei Lichtpunkte, im Dreieck angeordnet: die dürftigen Dochte in den Hütten von Fischern, die früh aufgestanden waren, um bei Flut an einem der Priele im Watt zu sein. Manchmal lief das Wasser dem Meer entgegen. Das war die Gesamtheit seiner Welt: das Meeresrauschen und die drei kleinen Lichter — Dunkelheit, Unendlichkeit, Flachheit, Feuchtigkeit —: und, im Schlund der Nacht, der Golfstrom des Windes.

Als der Tag warnend heraufdämmerte, stellte der Junge fest, daß er inmitten einer Ansammlung von seinesgleichen stand. Sie saßen auf dem Schlamm, im Schlick, auf den das Meer langsam wieder zurückkroch, oder schwammen schon auf dem Wasser, das sie geweckt hatte, außerhalb der lästig brodelnden Brandung. Die Sitzenden waren wie große Teekannen, deren Schnabelhälse unter den Flügeln steckten. Die Schwimmenden tauchten bisweilen ihren Kopf unter und schüttelten ihn. Einige, die auf dem Schlamm wach wurden, standen auf und schlugen heftig mit den Flügeln. Das tiefgründige Schweigen wurde von einem schwatzhaften Geschnatter abgelöst. Es waren ihrer an die vierhundert auf diesem Platz — wunderschöne Geschöpfe, die wilden, weißstirnigen Bläßgänse, die niemand vergißt, der sie einmal von nahem gesehen hat.

Lang ehe die Sonne kam, machten sie sich flugbereit. Familienclans aus der Brut vom Vorjahr schlossen sich zu Gruppen zusammen, und diese wiederum schlossen sich anderen an, vielleicht unter dem Kommando eines Großvaters, oder auch eines Urgroßvaters, oder aber eines weithin bekannten und geachteten Führers. Sobald die Züge komplett waren, kam ein leiser Ton der Erregung in ihre Unterhaltung. Sie fingen an, ihre Köpfe ruckartig von einer Seite zur anderen zu bewegen. Dann drehten sie sich in den Wind und waren plötzlich allesamt in der Luft, vierzehn oder vierzig zugleich; ihre weitgespannten Flügel schöpften die Schwärze aus, und in ihren Schreien klang Triumph mit. Sie wendeten, stiegen steil auf und waren den Blicken entschwunden. In zwanzig Schritt Höhe waren sie nicht mehr zu sehen. Die ersten Gruppen zogen lautlos ab; sie schwiegen, solange die Sonne nicht schien; nur gelegentlich gab es eine Bemerkung oder einen einzelnen Warnruf, wenn Gefahr drohte. Wurde gewarnt, stiegen sie sogleich senkrecht gen Himmel.

Wart verspürte ebenfalls eine gewisse Unruhe. Die grauen Heere rings umher, die sich nacheinander in die Lüfte erhoben, steckten ihn mit ihrer Reiselust an. Er hätte es ihnen allzu gerne gleichgetan, aber er scheute sich. Möglicherweise würden diese Familienverbände ihn als unerwünschten Eindringling betrachten. Andererseits wollte er nicht abseits stehn; er wollte mitmachen und am Morgenflug teilnehmen, der offensichtlich große Wonne bereitete. Es herrschte Kameradschaft, freie Disziplin und *joie de vivre*.

Als die Gans neben dem Jungen ihre Flügel lüpfte und sprang, tat er's ihr automatisch gleich. Etwa acht in der Nähe hatten mit den Schnäbeln geruckt, was er nachmachte, als sei solch ein Tun ansteckend, und auf einmal befand er sich mit diesen acht zusammen schwebend in der waagrechten Luft. In dem Augenblick, da er den Erdboden verließ, verschwand der Wind. Seine Ruhelosigkeit und Brutalität hatte ganz plötzlich aufgehört, wie mit dem Messer abgeschnitten. Wart war im Wind wunschlos.

Die acht Wildgänse formierten sich in Kiellinie, mit genau gleichem Abstand, und er bildete den Schluß. Sie wandten sich gen Osten, wo die kümmerlichen Lichter gewesen waren. Und jetzt stieg vor ihnen kühn die Sonne auf. In der schwarzen Wolkenbank weit hinter dem Land entstand ein Riß aus Zinnober und Orange. Das Leuchten breitete sich aus; die Salzmarsch unter ihnen wurde sichtbar. Er sah sie wie ein gestaltloses Moor, das zufällig maritim geworden war — das Heidekraut, das noch wie Heide aussah, hatte sich mit dem Seetang zusammengetan und war nun salzfeuchtes Heidekraut mit schlüpfrig-glitschigem Grün. Die Brandstreifen, die sich durchs Moor hätten ziehen sollen, bestanden aus Meerwasser auf bläulichem Schlick. Hier und dort waren an Stangen lange Netze ausgespannt, um unaufmerksame Gänse zu fangen. Daher also die Warnrufe. In einem Netz hingen zwei oder drei Pfeifenten, und von Osten her stapfte fliegenklein ein Mann durch den Schlick, zäh und verbissen, um seine Jagdstrecke einzusammeln.

Die Sonne stieg und färbte die Rinnsale und Priele und den glimmenden Schlamm mit Flammenfarben. Die Brachvögel, die lange vor Hellwerden ihre Klagelieder angestimmt hatten, flogen jetzt von ihren Weidebänken auf. Die Pfeifenten, die auf dem Wasser geschlafen hatten, strichen ab und pfiffen ihren Doppellaut wie Silvester-Schwärmer. Die Stockenten plagten sich vom Land her gegen den Wind. Die Rotschenkel huschten wie Mäuse umher und stöberten im Schlick. Eine Wolke winziger Alpenstrandläufer, dichter als ein Starenschwarm, wendete in der Luft mit dem Getöse einer Eisenbahn. Das Krähengesindel erhob sich fröhlich kreischend aus den Kiefern in den Dünen. Strandvögel jeder Art bevölkerten den Gezeitensaum, schön und geschäftig.

Das Morgenrot, die Meeresdämmerung, die Meisterschaft geordneten Fliegens: all dies war von derart eindringlicher Schönheit, daß der Junge das Gefühl hatte, singen zu müssen. Eine Hymne an das Leben. Und da tausend Gänse um ihn her im Fluge waren, brauchte er nicht lange zu warten. Die Formationen dieser Geschöpfe, die, der Sonne zugewandt, wie Rauchschwaden am Himmel wogten, stimmten allzugleich Gesang und Gelächter an. Jedes einzelne Geschwader war im Ausdruck ein wenig verschieden — übermütig, jubilierend-triumphierend, gefühlvoll oder fröhlichheiter. Die gewaltigen Gewölbe des Tagesanbruchs füllten sich mit Herolden, und dies war ihr Lied:

Du rollend Weltenrad und Uhrwerk sondergleichen,
Dreh du ans Firmament der Sonnen Zauberzeichen.

Auf jeder Brust, seht hin, der Morgenröt Frohlocken,
Es jauchzt aus jeder Kehl Posaun und Spiel der Glocken.

Der wilden Vögel Zug zeucht aus den dunklen Stunden,
Ein dämmernd Waidgefolg von Hengsten und von Hunden.

Frei, frei, fern, fern; schön schwebend auf Schwingen
Naht Anser albifrons mit Klingen und Singen.

Er befand sich auf einer struppigen Wiese; es war Tag. Seine Fluggefährten weideten um ihn her; sie rupften das Gras mit seitlich gedrehten, weichen, kleinen Schnäbeln und verbogen dabei — im Gegensatz zu den anmutigen Bewegungen der Schwäne — grotesk ihre Hälse. Wenn sie weideten, stand einer stets Wache, mit hoch erhobenem Kopf, einer Schlange ähnlich. Sie hatten sich während der Wintermonate gepaart, vielleicht schon in früheren Wintern, so daß sie innerhalb des Familienverbandes und des Geschwaders meist paarweise grasten. Die junge Gänsin, Warts Nachbarin aus dem Wattenmoor, stand in ihrem ersten Jahr. Sie behielt ihn fürsorglich im Auge.

Der Junge beobachtete sie behutsam und gewahrte ihre etwas dralle, kompakte Gestalt sowie eine hübsche Fiederung im Genick. Diese Fiederung wurde, wie er verstohlen konstatierte, durch einen Unterschied im Federbesatz bewirkt. Die Federn waren konkav, was sie voneinander trennte, und hierdurch entstand ein Gefüge von Feder-Kämmen, das ihn reizvoll dünkte.

Alsbald gab ihm die junge Gänsin einen Stups mit dem Schnabel. Sie hatte Posten gestanden.

165

»Du bist dran«, sagte sie.

Sie senkte den Kopf, ohne auf eine Antwort zu warten, und machte sich mit der gleichen Bewegung ans Weiden, wobei sie sich von ihm entfernte.

Er hielt Wache. Er wußte nicht, wonach er Ausschau halten sollte; auch sah er keinen Feind. Er sah nur Grasbüschel und seine knabbernden Gefährten. Aber er hatte nichts dagegen, mit dem Amt des Wachtpostens betraut worden zu sein.

»Was machst du?« fragte sie, als sie eine halbe Stunde später an ihm vorüberkam.

»Ich schiebe Wache.«

»Na, nun mach's halblang«, sagte sie kichernd oder gickernd oder gackernd. »Du spinnst!«

»Wieso?«

»Das weißt du genau.«

»Nein«, sagte er, »bestimmt nicht. Mach' ich's nicht richtig? Ich versteh' nicht.«

»Hack den nächsten. Du stehst doch schon mindestens doppelt so lange wie nötig.«

Er tat, wie sie gesagt hatte, woraufhin der neben ihm grasende Ganter Posten bezog; er selber weidete mit ihr weiter. Sie knabberten Seite an Seite und beobachteten sich mit Perlaugen.

»Du hältst mich für dumm«, sagte er scheu, und zum erstenmal gab er einem Tier gegenüber sein Geheimnis preis: ». . . aber das kommt daher, daß ich keine Gans bin. Ich bin als Mensch auf die Welt gekommen. Das hier ist mein erster Flug.«

Sie war leicht überrascht.

»Das ist ungewöhnlich«, sagte sie. »Meist versuchen sich die Menschen als Schwan. Zuletzt hatten wir die Children of Lir. Aber wir sind wohl doch allesamt *anseriformes*.«

»Von den Children of Lir hab' ich schon gehört.«

»Denen hat's nicht gefallen. Sie waren hoffnungslos nationalistisch und religiös und klebten dauernd in der Nähe irgendeiner Kapelle in Irland. Man könnte fast sagen, sie hätten die anderen Schwäne gar nicht richtig bemerkt.«

»Mir gefällt's.«

»Das hab' ich mir gedacht. Wozu bist du hier?«

»Für meine Ausbildung.«

Sie weideten schweigend, bis seine eigenen Worte ihn an etwas erinnerten, das er hatte fragen wollen.

»Die Posten«, sagte er. »Sind wir im Krieg?«

Sie begriff nicht.

»Krieg?« fragte sie.

»Kämpfen wir gegen irgendwen?«

»Kämpfen?« fragte sie zögernd. »Manchmal kämpfen die Männer um ihre Frauen und so was. Natürlich gibt's kein Blutvergießen — nur Raufereien, um den besseren Mann zu finden. Meinst du das?«

»Nein. Ich meine: gegen Armeen kämpfen, gegen Heere, gegen andere Gänse, zum Beispiel.«

Sie blickte belustigt drein.

»Wie lächerlich! Meinst du, ganze Gänseherden raufen sich gleichzeitig? Das möcht' ich gern mal sehn — muß sehr komisch sein.«

Ihr Ton überraschte ihn; sein Herz war noch gütig — ein Knabenherz.

»Du möchtest gern sehen, wie sie sich gegenseitig töten?«

»Sich gegenseitig töten? Eine Gänseherde soll eine andere töten?«

Zögernd begann sie zu begreifen, was er meinen mochte, und ein Ausdruck des Abscheus überzog ihr Gesicht. Als sie begriffen hatte, ließ sie ihn stehn. Sie wechselte auf einen anderen Teil des Weidegrundes. Er folgte ihr, aber sie drehte ihm den Rücken zu. Er ging um sie herum, um ihr in die Augen zu sehn, und ihr Widerwille erschreckte ihn, verstörte ihn — ein Blick, als hätte er ein unsittliches Ansinnen an sie gerichtet.

»Verzeihung«, sagte er unbeholfen. »Ich versteh's nicht.«

»Wir wollen nicht mehr davon reden.«

»Verzeihung.«

Ein Weilchen später fügte er leicht verärgert hinzu: »Man darf doch wohl noch fragen? Scheint mir eine ganz natürliche Frage — mit den Posten.«

Aber sie war wirklich wütend.

»Läßt du das jetzt sofort sein! Was hast du nur für eklige Gedanken! Du hast kein Recht, solche Sachen zu sagen. Und natürlich stehn Posten da. Wegen der Gerfalken und der Wanderfalken. Und hast du die Füchse vergessen und die Hermeline und die Menschen mit ihren Netzen? Das sind natürliche Feinde. Welche Geschöpfe aber könnten so tief sinken, daß sie sich zu Banden zusammenschließen, um andre ihres eignen Blutes zu ermorden?«

»Ameisen tun's«, sagte er halsstarrig. »Und ich wollt' doch bloß lernen.«

Langsam ließ sie sich erweichen und versuchte, ein freundliches Gesicht zu machen. Sie wollte nicht kleingeistig und spießig erscheinen. Im Grunde nämlich war sie ein Blaustrumpf.

»Ich heiße Lyo-lyok. Und du legst dir am besten den Namen Kii-kwa zu, dann denken die andern, du kommst aus Ungarn.«

»Kommt ihr alle aus verschiedenen Gegenden?«

»In Gruppen, natürlich. Ein paar sind aus Sibirien, ein paar aus Lappland, und zwei oder drei scheinen mir aus Island zu kommen.«

»Und die kämpfen nicht um die Weideplätze?«

»Meine Güte: du spinnst tatsächlich«, sagte sie. »Bei Gänsen gibt's doch keine Grenzen.«

»Was sind Grenzen, bitte?«

»Imaginäre Linien auf der Erde, glaub' ich. Wie kann's Grenzen geben, wenn du fliegst? Deine Ameisen — und auch die Menschen —, die müßten am Ende aufhören zu kämpfen, wenn sie sich in die Lüfte begäben.«

»Aber Kämpfen ist ritterlich«, sagte Wart. »Mir gefällt's.«

»Weil du ein Baby bist.«

KAPITEL 19

s war etwas Magisches um Zeit und Raum, sobald Merlin seine Hand im Spiel hatte; denn Wart kam es so vor, als verbringe er viele Tage und Nächte bei den Grauen in dieser einzigen Frühlingsnacht, da er seinen Körper unter dem Bärenfell schlafend zurückgelassen hatte.

Er fing an, Lyo-lyok gern zu haben, obwohl sie ein Mädchen war. Ständig stellte er ihr Fragen, unersättlich. Mit sanfter Freundlichkeit lehrte sie ihn, was sie wußte, und je mehr er lernte, desto lieber wurden ihm ihre aufrechten und vornehmen, ruhigen und intelligenten Anverwandten. Sie erzählte ihm, daß jede Bläßgans ein Individuum sei, von keinen Gesetzen oder Führern regiert, falls sich das nicht irgendwie spontan ergab. Sie hatten keine Könige wie Uther, keine harten unerbittlichen Gesetze, wie sie von den Normannen erlassen worden waren. Auch hatten sie keinen Gemeinbesitz. Jede Gans, die etwas Leckeres zu fressen fand, betrachtete dies als ihr Eigentum und hackte jede andere weg, die es zu stehlen versuchte. Gleichzeitig jedoch beanspruchte keine Gans irgend welche exklusiven territorialen Rechte in irgendeiner Gegend der Welt — ausgenommen ihr Nest, und das war ihr Privateigentum. Sie erzählte ihm auch viel vom Vogelzug.

»Die erste Gans«, sagte sie, »die von Sibirien nach Lincolnshire und zurück geflogen ist, muß wohl in Sibirien eine Familie gegründet haben. Als dann der Winter kam und es schwierig wurde, Nahrung zu finden, muß sie wieder ihren Weg gesucht und dieselbe Route benutzt haben, die niemand sonst kannte. Diesem Ganter wird Jahr für Jahr seine immer größer werdende Familie gefolgt sein, und er wurde ihr Lotse und Admiral. Als es dann ans Sterben ging, waren natürlich seine ältesten Söhne die besten Lotsen, da sie die Route öfter zurückgelegt hatten als alle andern. Die jüngeren Söhne und Gösseln waren ihrer Sache nicht sicher und folgten daher gerne jemandem, der genau Bescheid wußte. Vielleicht befanden sich unter den ältesten Söhnen einige, die ihrer Wirrköpfigkeit wegen berühmt waren, und denen traute die Familie nicht so recht. —

In diesem Fall«, sagte sie, »wird ein Admiral gewählt. Vielleicht kommt im Herbst Wink-wink zu unserer Familie und sagt: ›Entschuldigt, aber habt ihr vielleicht einen zuverlässigen Lotsen bei euch? Unser armer alter Opa ist im Sommer verstorben, und Onkel Onk ist untauglich. Wir suchen jemanden, dem wir nachfolgen können.‹ Wir sagen dann: ›Großonkel wird sich riesig freuen, wenn ihr euch uns anschließt; aber wir können gar keine Verantwortung übernehmen, falls etwas schiefgehen sollte.‹ Und er sagt: ›Recht herzlichen Dank. Euer Großonkel ist bestimmt sehr zuverlässig. Ob ich das wohl den Honks erzählen darf? Ich weiß nämlich zufällig, daß sie sich in derselben Schwierigkeit befinden.‹ ›Aber gern.‹ —

Und so«, erklärte sie, »wurde Großonkel Admiral.«

»Sehr vernünftig.«

»Sieh dir seine Ringe an«, sagte sie respektvoll, und beide blickten sie zu dem stattlichen Patriarchen hinüber, dessen Brust mit schwarzen Streifen geschmückt war, ähnlich den goldenen Ringen am Ärmel eines Admirals.

In den Vogelscharen machte sich wachsende Erregung bemerkbar. Die jungen Gänse flirteten heftig oder versammelten sich in Gruppen, um über ihre Lotsen zu diskutieren. Auch spielten sie Spiele, wie Kinder tun, denen eine aufregende Party bevorsteht. Bei einem dieser Spiele wurde ein Kreis gebildet, in den, einer nach dem anderen, die jüngeren Ganter stolzierten, gereckten Halses und spielerisch zischend. Hatten sie den Kreis zur Hälfte durchschritten, fingen sie zu laufen an und schlugen mit den Flügeln. Hiermit wollten sie zeigen, wie tapfer sie seien und was für ausgezeichnete Admirale sie abgeben würden, sobald sie erwachsen wären. Auch eigneten sie sich die eigentümliche Sitte an, mit dem Schnabel zu schlenkern, wie's vor dem Fluge üblich war. Die Alten und Weisen, welche die Vogelfluglinien kannten, wurden ebenfalls ruhelos. Sie behielten die Wolkenformationen klug im Auge, taxierten Windstärke und -richtung. Die Admirale schritten, stolz die Bürde ihrer Verantwortung tragend, mit gewichtigem Schritt auf ihren Achterdecks einher.

»Warum bin ich unruhig?« fragte er. »Wieso hab' ich dies sonderbare Gefühl?«

»Wart's ab«, sagte sie geheimnisvoll. »Morgen, vielleicht, oder übermorgen ...«

Als der Tag kam, war alles verändert: Salzmarsch und Schlamm und Schlick. Der ameisenhafte Mann, der jeden Morgen so geduldig zu seinen langen Netzen hinausgestapft war — und die Tide im Kopfe hatte, denn ein Irrtum in der Zeit bedeutete den sicheren Tod —, der hörte Signale am fernen Himmel. Er sah nicht mehr Tausende auf den Moorflächen, und keine einzige war auf den Weidegründen, von denen er kam. Auf seine Art war er ein netter Mensch — denn er blieb stehen und nahm feierlich seinen Lederhut ab. Das tat er fromm in jedem Frühjahr, wenn die Wildgänse ihn verließen, und in jedem Herbst, wenn er das erste Gackern der Heimkehrenden hörte.

Auf einem Dampfer braucht man zwei oder drei Tage, um die Nordsee zu überqueren, dies quabblig-quaddernde Gewässer. Für die Gänse hingegen, für die Matrosen der Lüfte, für die spitzwinkligen Dreiecke, die Wolken zerfetzten, für die Sänger des Himmels, die eine steife Brise im Rücken hatten — siebzig Meilen die Stunde, und nochmal siebzig — für diese geheimnisvollen Geographen — in drei Meilen Höhe, so heißt es — mit Kumuluswolken zu Füßen anstelle von Wasser — für die war das ganz und gar anders.

Die Lieder, die sie sangen, drückten es aus. Einige dieser Gesänge waren vulgär, andere waren Sagas, und wieder andere waren einigermaßen leichtsinnig. Ein Lied fand Wart besonders komisch und bemerkenswert. Es lautete:

Wir ziehen am Himmel mit Krächzen und Schrein,
Und landen auf Wiesen, stolziern querfeldein,
Honk-honk, Honk-honk, Honk-honk.

Verdrehn unsre Hälser recht komisch und keck
Wie emsige Klempner, wenn's Bleirohr ist leck,
Hink-hink, Hink-hink, Hink-hink.

Wir weiden gemütlich und mästen uns satt
An Gräsern und Kräutern, an Stengel und Blatt,
Hunk-hunk, Hunk-hunk, Hunk-hunk.

Ja Honk oder Hink, bei uns geht das flink,
Ja Hink oder Hunk, uns schmeckt jeder Strunk,

Honk-honk, Hink-hink, Hunk-hunk,
Vivat Speis und Trunk!

Ein empfindsamer Song lautete:

Wild und frei, wild und frei,
Ach, mein Gänsrich flog vorbei!

Und einmal, als sie eine felsige Insel überquerten, die von Ringel-
gänsen bevölkert war — sie sahen aus wie alte Jungfern mit schwarzen
Lederhandschuhen, Kapotthütchen und kohlefarbenem Halsband —, stimmte das ganze Geschwader spöttisch an:

Branta bernicla suhlt sich sacht und sanft im Sumpf,
Branta bernicla suhlt sich sacht und sanft im Sumpf,
Branta bernicla suhlt sich sacht und sanft im Sumpf,
  doch wir ziehn im Gänsemarsch.
Glory, Glory, jetzt sind wir da,
Glory, Glory, jetzt sind wir da,
Glory, Glory, jetzt sind wir da,
  Marsch, zum Nordpol, auf, marsch, marsch.

Eins der mehr skandinavisch klingenden Lieder hieß: »Des Lebens beste
Gabe«.

Kaio antwortete: Gesundheit ist des Lebens beste Gabe:
Watschelfuß, Federweiß, Lockerhals,
  Lackknopfaug,
Sie besitzen den Reichtum dieser Welt.

Der würdige Ank drauf: Die Ehre ist unser Alles:
Pfadfinder, Volksspeiser, Zukunftsplaner,
  weise Gebieter,
Sie vernehmen ihren Ruf.

Ljalok der Lockere sprach: Liebe wär mir lieber:
Daunenweich, Zärteltritt, Warmnestchen,
  Trippeltraps,
Sie leben für immer.

Aahng war fürs Schmausen: Ha, rief er, Essen!
Morchelmampf, Grüngraps, Nesselschling,
  Nudelschluck,
Sie lassen sich's schmecken.

Wink-wink pries Kameraden, die schöne freie Kumpanei:
Staffelstern, Spitzflitzer, Fitzepfeil,
Wolkenzisch,
Sie lernen Ewigkeit.

Doch ich wählte das Dichten, ein Stürmer und Dränger:
Horngetön, Lachen, Lied, Helden-Herz,
Narr-die-Welt:
Sprach Lio, der Sänger.

Manchmal stiegen sie von der Höhe der Zirruswolken nieder, um eines besseren Rückenwindes teilhaftig zu werden, und gerieten in die riesigen Kumuluskissen, in gewaltige Türme geformten Wasserdampfs, weiß wie frischgewaschene Wäsche am Montag und massiv wie Meringen. Bisweilen lag eine dieser aufgehäuften Himmelsblumen, dieser schneeweißen Losungen eines gigantischen Pegasus, einzeln meilenweit voraus. Dann steuerten sie diese an, sahen sie still und kaum wahrnehmbar wachsen: ein regloses Wachstum. Und wenn sie da waren, wenn es schien, als würden sie mit ihren Schnäbeln schmerzhaft an diese scheinbar feste Masse stoßen — dann dämmerte die Sonne herauf. Sekundenlang ringelten sich plötzlich Nebelschwaden zu ihren Füßen wie Schlangen der Lüfte. Grauer Dunst umgab sie — und die Sonne, ein kupferner Pfennig, verblaßte, verblich. Die Flügel des Nachbarn tauchten ins Leere, bis jeder Vogel ein einsames Geräusch war im Nichts, ein Gegenwärtiges nach der Ent-Schöpfung. Und dort hingen sie nun, im Un-Kartographierten, anscheinend ohne Fahrt, ohne Links und Rechts und Oben oder Unten, bis urplötzlich der Kupferpfennig wieder glühte und die Schlangen sich wieder ringelten. Einen Augenblick lang waren sie neuerlich in der Juwelen-Welt, hatten unter sich ein Meer aus Türkis und alle neugeschaffenen Prunkpaläste des Paradieses.

Eine Felsklippe im Ozean half ihnen, bei dieser Flugwanderung nicht die Richtung zu verlieren. Auch andere Orientierungspunkte gab es. Einmal, zum Beispiel, kreuzten Zwergschwäne ihren Weg, in einer Reihe hintereinander fliegend, nach Abisco zu, lärmend wie kläffende kleine Köter, denen man ein Taschentuch übergeworfen hat. Ein andermal überholten sie eine Waldohreule, die sich mühsam abplagte und — *dem Vernehmen nach* — in ihren warmen Rückenfedern einen winzigen Zaunkönig als blinden Passagier an Bord hatte. Die einsame Insel jedoch war die beste Wegmarke.

Es war eine Vogel-Stadt. Alle brüteten, alle zankten sich, und alle waren trotzdem freundlich. Oben auf dem Kliff, wo das kurze Gras wuchs, waren zahllose Papageitaucher an ihren Bauen tätig. Darunter, auf der Tordalkstraße, hockten die Vögel derart dicht gedrängt, und auf so schmalen Graten, daß sie mit der Kehrseite zum Meer stehen und sich mit langen Krallen festhalten mußten. In der Lummenstraße, darunter, hielten die Seetaucher ihre scharfen Zwergengesichter nach oben gerichtet, wie brütende Drosseln es tun. Ganz unten waren die Dreizehenmöwen-Slums. Und alle Vögel — die, fast menschenähnlich, nur ein Ei pro Person legten — standen derart eng beisammen, daß ihre Hälse sich ineinander verschlangen und verwoben. Sie hatten so wenig ›Lebensraum‹, wie wir das anrüchigerweise zu nennen beliebten, daß dauernd dieser Fall eintrat: so oft ein neuer Vogel darauf bestand, auf dem Grat zu landen, der bereits voll besetzt war, purzelte einer der anderen Vögel herunter. Trotzdem aber waren sie bester Laune; sie scherzten und alberten und zogen sich gegenseitig auf. Sie ähnelten einer unzählbaren Menge von Fischweibern auf dem größten Markt der Welt, die sich in private Dispute stürzen, aus Tüten essen, den Ordnungshüter beschimpfen, zweideutige Lieder singen, ihre Kinder verwarnen und über ihre Männer herziehen. »Rück mal 'n Stücke, Tantchen«, hieß es. Oder: »Komm, Oma, mach mal Platz.« Oder: »Setzt sich die Alte doch tatsächlich mittenmang die Garnelen.« Oder: »Willst du dir nicht erstmal die Nase putzen?« Oder: »Sag doch: Ist das nicht Onkel Otto mit'n Bier?« Oder: »Nich' noch Platz für meine Wenigkeit?« Oder: »Tante Emma — da geht sie hin, ist glattweg vom Stengel gefallen.« Oder: »Sitzt mein Hut auch richtig?« Oder: »Du Schnösel, laß das mal gefälligst bleiben!«

Sie hielten sich mehr oder weniger zusammen, nahmen's aber nicht allzu genau. Es kam durchaus vor, daß eine Dreizehenmöwe in der Lummenstraße saß, auf irgendeinem Vorsprung, und stur auf ihrem Recht beharrte. Insgesamt mochten es an die Zehntausend sein, und der Lärm, den sie machten, war ohrenbetäubend.

Dann kamen die Fjorde und Inseln Norwegens. Auf einer dieser Inseln, übrigens, siedelte der große W. H. Hudson eine wahre Gänsegeschichte an, die einen nachdenklich stimmen könnte. Es war ein Küsten-Bauer, so erzählt er, dessen Inseln unter einer Fuchsplage zu leiden hatten. Also stellte er eine Fuchsfalle auf. Als er die Falle am nächsten Tag inspizierte, sah er, daß sich eine alte Wildgans darin gefangen hatte, offenbar ein Großadmiral: wegen seiner Zähigkeit und der dicken Kolbenringe. Der Bauer nahm die Gans mit nach Hause, beschnitt ihr die Schwingen, band ihr die Beine und setzte sie auf den Hof zu seinem anderen Geflügel. Nun hatte aber die Fuchsplage auch zur Folge, daß der Bauer jeden Abend seinen Hühnerstall versperrte. Abend für Abend ging er über den Hof, scheuchte sie in den Stall und sperrte die Tür zu. Nach einer Weile fiel ihm etwas Sonder-

173

bares auf: das Federvieh brauchte nicht mehr zusammengetrieben zu werden, sondern wartete im Stall auf ihn. Eines Abends wollte er dem Geheimnis auf die Spur kommen und entdeckte, daß der gefangene Potentat die Aufgabe übernommen hatte, die ihm vermöge seiner Intelligenz nicht verborgen geblieben war. Zur Nachtzeit sammelte der scharfsinnige alte Admiral seine domestizierten Kameraden ein, zu deren Führer er sich aufgeschwungen hatte, und brachte sie selbständig und sorgsam an den dafür bestimmten Ort, so, als hätte er die Situation klar erkannt.

Die freien Wildgänse, seine einstigen Gefolgsleute, ließen sich nie wieder auf jener Insel nieder, die früher ihr bevorzugter Aufenthaltsort gewesen war und von der man ihren Käpt'n plötzlich weggehext hatte.

Nach den Inseln kam dann endlich die Landung am Zielort des ersten Reisetages. Dieses freudige Gezeter! Diese Selbstbeglückwünschungen! Sie ließen sich vom Himmel fallen, rutschten seitlich ab, führten allerlei akrobatische Glanzleistungen vor, ja: sie machten sogar Sturzspiralen. Sie waren stolz auf sich und auf ihren Lotsen und freuten sich auf die vor ihnen liegenden Familienfeiern.

Die letzte Strecke glitten sie mit niedergebogenen Schwingen dahin. Im allerletzten Moment flatterten sie heftig, peitschten die Luft. Dann — plumps — waren sie auf dem Boden. Einen Augenblick lang hielten sie die Flügel über den Köpfen, dann legten sie sie flink und akkurat zusammen. Sie hatten die Nordsee überflogen.

»Was ist denn, Wart«, sagte Kay verärgert, »willst du das ganze Fell für dich alleine haben? Und weshalb seufzt und brummelst du so? Ja, und schnarchen tust du auch.«

»Ich schnarche nicht«, entgegnete Wart entrüstet.

»Tust du doch.«

»Tu ich nicht.«

»Tust du doch. Du tutest wie eine Gans.«

»Tu ich nicht.«

»Tust du doch.«

»Tu ich nicht. Und du schnarchst noch viel schlimmer.«

»Nein, tu ich nicht.«

»Doch, tust du wohl.«

»Wie kann ich schlimmer schnarchen, wenn du gar nicht schnarchst?«

Als sie diesen Disput handgreiflich ausgetragen und erledigt hatten, war's zum Frühstück zu spät. Eilends zogen sie sich an und liefen hinaus in den Frühling.

KAPITEL 20

ieder wurde Heu gemacht, und Merlin war nun schon ein Jahr bei ihnen. Es hatte gewindet, es hatte geschneit, es hatte geregnet, und jetzt brannte wieder die Sonne. Die beiden Jungen schienen ein bißchen in die Höhe geschossen zu sein, doch sonst war alles unverändert.

Sechs weitere Jahre vergingen.

Manchmal kam Sir Grummore zu Besuch. Manchmal konnte man König Pellinore durch die Gegend galoppieren sehen; entweder war er hinter dem Biest her, oder das Biest war — wenn sie ihre Rollen im Eifer mal verwechselten — hinter ihm her. Cully verlor die senkrechten Streifen seines Jugendgefieders und wurde grauer, grimmiger, böser und zeigte hübsche waagrechte Streifen, wo die Längsbänder gewesen waren. Die Zwergfalken ließ man in jedem Winter frei; dafür wurden im nächsten Jahr neue gefangen. Hobs Haare wurden weiß. Der Feldweibel entwickelte einen veritablen Schmerbauch und wäre darob vor Scham fast vergangen, schrie aber immer noch bei jeder sich bietenden Gelegenheit mit heiserer Stimme sein Eins-Zwei. Sonst schien sich niemand zu verändern, ausgenommen die Jungen.

Die gingen in die Länge. Sie sprangen immer noch wie wilde Füllen umher und suchten Robin auf, wenn es ihnen in den Sinn kam, und hatten zahllose Abenteuer, die man unmöglich alle erzählen kann.

Merlins Spezialunterricht wurde fortgesetzt. Zu jener Zeit waren nämlich sogar die Erwachsenen kindisch genug, daß sie es nicht uninteressant fanden, für eine Weile Eulen zu werden. Wart wurde in unzählige verschiedene Tiere verwandelt. Im Gegensatz zu früher waren Kay und sein Kamerad nun beim Fechten durchaus imstande, ihrem Lehrmeister, dem schmerbäuchigen Feldweibel, kräftig Paroli zu bieten und ihm — unbeabsichtigt, versteht sich — manchen Stoß heimzuzahlen, den er ihnen früher versetzt hatte. Als sie Teenager wurden, bekamen sie richtige Waffen zum Geschenk, ein Stück nach dem andern, bis sie schließlich über vollständige Rüstungen verfügten und fast sechs Fuß lange Bogen hatten, mit denen man Ellen-Pfeile abschoß. Im allgemeinen pflegte man keine Bogen zu benutzen, die länger waren als man selber, da dies unnütze Energieverschwendung bedeutete, so, als verwende man eine Elefantenbüchse, um damit auf *ovis ammon* zu schießen. Jedenfalls achteten bescheidene Männer darauf, es mit der Bogenlänge nicht zu übertreiben. Alles andere war Angabe, Prahlerei.

Im Lauf der Jahre wurde Kay immer schwieriger. Stets nahm er einen Bogen, der zu groß für ihn war, und besonders genau schoß er mit ihm auch nicht. Er verlor leicht die Beherrschung und forderte fast jeden zum Kampf heraus; in den wenigen Fällen, da es tatsächlich zu einem Zweikampf kam, wurde er unweigerlich geschlagen. Auch neigte er zu Sarkasmus. Er setzte dem Waffenmeister zu, indem er ihn mit seinem Bauch hänselte, und Wart ärgerte er, indem er ihn nach seinem Vater und nach seiner Mutter fragte, wenn Sir Ector nicht in der Nähe war. Dabei schien er's nicht einmal absichtlich zu tun: es war, als mißfalle es ihm selber — nur kam er nicht dagegen an.

Wart war weiterhin dümmlich, in Kay vernarrt und an Vögeln interessiert.

Merlin sah mit jedem Jahr jünger aus — was nur allzu natürlich war, da er's ja wurde.

Archimedes wurde verheiratet und zog mehrere hübsche Bruten dunengekleideter Jungtiere im Turmzimmer auf.

Sir Ector bekam Ischias. In drei Bäume schlug der Blitz. Master Twyti kam jedes Jahr zu Weihnachten, ohne sich im geringsten zu verändern. Master Passelewe fiel eine neue Strophe zu King Cole ein.

Die Jahre gingen gleichmäßig dahin, und der altenglische Schnee lag, wie es von ihm erwartet wurde — bisweilen mit einer rotbrüstigen Wanderdrossel in der einen Ecke des Bildes, einer Kirchenglocke oder einem erhellten Fenster in der anderen —, und zum Schluß war's nahezu an der Zeit für Kays Initiation: für seinen Ritterschlag. Je näher der Tag kam, desto weiter entfernten sich die Jungen voneinander, denn Kay mochte Wart nun nicht länger mit sich gleichgestellt wissen, da er als Ritter größere Würde zu zeigen hatte und es sich nicht leisten konnte, daß sein Schildknappe auf vertrautem Fuße mit ihm stand. Wart, der sein Knappe werden sollte, folgte ihm niedergeschlagen nach, solange es ihm gestattet war, und ging dann betrübt seiner Wege, um sich so gut wie möglich allein zu unterhalten.

Er ging in die Küche.

Tja, jetzt bin ich ein Aschenbrödel, sagte er zu sich. Auch wenn mir bisher aus irgendeinem mysteriösen Grund das Beste zuteil geworden ist — in unserer Ausbildung —, so muß ich doch jetzt dafür bezahlen, daß ich das Wunderbare gesehen habe: die Drachen, Hexen, Fische, Giraffen, Ameisen, Wildgänse und dergleichen. Nun muß ich ein zweitrangiger Knappe werden und Ersatzlanzen für Kay bereithalten, während er an einem Brunnen oder sowas lauert und mit jedem tjostiert, der daherkommt. Na ja, jedenfalls war's schön, und gar so schlimm ist es ja auch nicht, Aschenbrödel zu sein, wenn ich in einer Küche bin, deren Feuerstelle so groß ist, daß man einen Ochsen drin braten kann. —

Und Wart sah sich mit bekümmertem Blick in der betriebsamen Küche um, die von den Herdflammen so heftig erleuchtet wurde, daß sie wie die Hölle wirkte.

Die Ausbildung eines Mannes von Geblüt durchlief in der damaligen Zeit drei Phasen: Page, Knappe, Ritter — und Wart hatte immerhin die zweite Stufe erreicht. Es war ungefähr so, wie wenn ein zu Geld gekommener Kaufmann seinen Sohn von der Pike auf lernen läßt. Als Page hatte Wart gelernt, den Tisch zu decken — mit drei Tafeltüchern und einem schmalen Läufer —, das Fleisch aus der Küche zu holen und Sir Ector und seine Gäste mit gebeugtem Knie zu bedienen, wobei er für jeden Besucher ein sauberes Handtuch über der Schulter hatte und ein anderes Tuch zum Auswischen der Schalen. Er hatte die edle Kunst der Dienstbarkeit erlernt, und seit er zurückdenken konnte, begleiteten ihn die verschiedensten Wohlgerüche, als da waren: Minze — mit der das Wasser in den Krügen parfümiert wurde — und Basilikum, Kamille, Fenchel, Ysop und Lavendel — die er auf dem Binsenboden verstreute — und Angelika, Safran, Anis und Estragon, mit denen die pikanten Vor- und Nachspeisen gewürzt wurden, die er auftrug. So, als fühlte er sich in der Küche keineswegs fremd, ganz abgesehen davon, daß jedermann, der im Schloß wohnte, sein Freund war, den man bei jeder Gelegenheit besuchen durfte.

Wart setzte sich in den Schein des gewaltigen Feuers und sah sich behaglich um. Er betrachtete die langen Bratspieße, die er oft genug gedreht hatte, als er kleiner gewesen war: hinter einer wassergetränkten alten Strohzielscheibe sitzend, damit er nicht selber geröstet wurde. Er betrachtete die Schöpfkellen und Löffel, deren Stiele nach Schritten gemessen wurden und mit denen er den Braten begossen hatte. Mit wässerndem Mund verfolgte er die Vorkehrungen fürs Abendessen. Es gab einen Eberkopf mit einer Zitrone zwischen den Zähnen, ringsum mit Mandelsplittern hübsch gespickt. Das Prachtstück würde unter Fanfarenklängen aufgetischt werden, gefolgt von einer Art Schweinepastete mit saurem Apfelmus, gepfeffertem Eier-Rahm und etlichen Vogelbeinen oder Würzblättern, die daraus hervorstachen, um anzuzeigen, was darinnen war. Dazu gab es noch eine köstlich anzuschauende *frumenty*: einen Brei aus Weizen, Sahne, Rosinen, Eigelb und Zucker. Mit einem Aufseufzen sagte er sich: Na ja, so schlimm ist's nun auch wieder nicht, Diener zu sein.

»Immer noch seufzend?« fragte Merlin, der von irgendwoher aufgetaucht war. »Ist dir's wieder wie an dem Tag, als wir König Pellinores Tjoste zusahen?«

»Oh nein«, sagte Wart. »Das heißt: ach ja. Und aus demselben Grund. Aber eigentlich macht's mir nichts aus. Ich werd' bestimmt ein besserer

Knappe, als Kay jemals geworden wär'. Seht nur, wie der Safran in die *frumenty* kommt. Paßt genau zum Feuerschein auf den Schinken im Rauchfang.«

»Sehr hübsch«, sagte der Zauberer. »Nur Narren wollen groß und bedeutend sein.«

Wart sagte: »Kay will mir nicht erzählen, was geschieht, wenn man zum Ritter geschlagen wird. Er sagt, es wär' zu heilig. Was passiert denn nun eigentlich?«

»Bloß ein Haufen aufwendiges Getue. Du mußt ihn entkleiden und in ein reich geschmücktes Bad stecken, und dann kommen zwei erfahrene Ritter — wahrscheinlich wird Sir Ector den alten Grummore und King Pellinore herbeibeordern —, und die setzen sich am Rand des Bades nieder und halten ihm einen langen Vortrag über die Ideale der Ritterschaft und so. Wenn sie damit fertig sind, gießen sie ein bißchen Badewasser über ihn und machen das Kreuzzeichen, und du führst ihn dann zu einem sauberen Bett, damit er darin trocken wird. Dann kleidest du ihn wie einen Klausner an und bringst ihn zur Kapelle, wo er die ganze Nacht wacht und seine Rüstung betrachtet und betet. Man sagt, so eine Nachtwache sei scheußlich einsam und eklig, aber das stimmt gar nicht, denn der Vikar ist da, und der für die Kerzen verantwortliche Mann ist da, und ein bewaffneter Posten ist da, und du als sein Knappe wirst wahrscheinlich ebenfalls dasein und die ganze Nacht mit ihm wachen. Am Morgen geleitest du ihn dann zum Bett, damit er sich ausschlafen kann — nachdem er gebeichtet hat und die Messe gehört und eine Kerze geweiht, in der, dem brennenden Docht so nahe wie möglich, ein Geldstück steckt. Dann, wenn alle geruht haben, legst du ihm seine allerbesten Kleider an. Vor dem Essen führst du ihn in die Halle, wo Schwert und Sporen auf ihn warten, und König Pellinore legt ihm den ersten Sporn an, und Sir Grummore legt ihm den zweiten Sporn an, und dann umgürtet Sir Ector ihn mit dem Schwert und küßt ihn und schlägt ihm auf die Schulter und sagt: ›Sei ein guter Ritter‹.«

»Ist das alles?«

»Nein. Ihr geht dann wieder in die Kapelle, und Kay gibt dem Vikar sein Schwert, und der Vikar gibt's ihm zurück, und danach steht unsre liebe Köchin in der Tür und fordert seine Sporen zur Belohnung und sagt: ›Ich werd' diese Sporen für Euch aufheben, und wenn Ihr Euch nicht als echter Rittersmann bewährt, na was, dann schmeiß' ich sie in die Suppe.‹«

»Ist das alles?«

»Ja. Das heißt: nein — dann kommt das Essen.«

»Wenn ich zum Ritter geschlagen werden sollte«, sagte Wart und starrte verträumt ins Feuer, »dann würd' ich darauf bestehn, meine Nachtwache allein zu machen, wie's Hob bei seinen Falken tut, und ich würde zu Gott beten, daß er mir alles Böse auf der Welt schickt, nur mir allein. Wenn ich's besiegen würde, wäre nichts mehr übrig, und wenn's mich besiegte, hätt' ich ganz allein dafür zu leiden.«

»Das wäre außerordentlich vermessen von dir«, sagte Merlin, »und du würdest besiegt werden. Und du müßtest dafür leiden.«

»Das wär' mir egal.«

»So? Na, wart's ab.«

»Warum denken die Menschen, wenn sie erwachsen sind, nicht so, wie ich denke, jetzt, wo ich jung bin?«

»Meine Güte«, sagte Merlin. »Du bringst mich regelrecht durcheinander. Wie wär's, wenn du warten würdest, bis du erwachsen bist und selber dahinterkommst?«

»Das ist keine Antwort, finde ich«, entgegnete Wart mit einiger Berechtigung.

Merlin rang die Hände.

»Na ja, schön«, sagte er. »Gesetzt den Fall, sie ließen dich nicht gegen alles Böse auf der Welt antreten?«

»Ich könnt' drum bitten«, sagte Wart.

»Du könntest drum bitten«, wiederholte Merlin.

Er starrte tragisch ins Feuer, steckte sich das Ende seines Bartes in den Mund und kaute grimmig darauf herum.

KAPITEL 21

er Tag der feierlichen Handlung kam näher, die Einladungen an König Pellinore und Sir Grummore waren hinausgegangen, und Wart zog sich mehr und mehr in die Küche zurück.

»Nun komm schon, Wart, alter Junge«, sagte Sir Ector kläglich. »Ich hätt' nicht gedacht, daß du's so schwernehmen würdest. Nu hör mal auf zu schmollen.«

»Ich schmoll' ja gar nicht«, sagte Wart. »Mir ist's doch völlig egal, und ich bin sehr froh, daß Kay zum Ritter geschlagen wird. Bitte, glaubt nur nicht, daß ich schmolle.«

»Du bist ein guter Junge«, sagte Sir Ector. »Ich weiß ja, daß du im Grunde nicht schmollst, aber nun werd' mal wieder fröhlich. Auf seine Art ist Kay ja auch nicht so übel, weißt du.«

»Kay ist einmalig«, sagte Wart. »Ich bin bloß traurig, weil er mit mir nicht mehr auf die Beiz geht und sowas.«

»Das ist deine Jugend«, sagte Sir Ector. »Das legt sich alles.«

»Wird's wohl«, sagte Wart. »Es ist bloß, weil er nicht will, daß ich mit ihm gehe. Und da geh' ich natürlich nicht. —

Aber ich werd' mit ihm gehn«, setzte er hinzu. »Sobald er mir gebietet, werd' ich tun, was er sagt. Bestimmt. Kay ist ein guter Mensch, ehrlich, und ich schmolle kein bißchen.«

»Trink mal ein Glas Kanarienwein«, sagte Sir Ector, »und geh zu Merlin. Vielleicht kann der dich aufheitern.«

»Sir Ector hat mir ein Glas Kanarienwein gegeben«, sagte Wart, »und mich zu Euch geschickt. Ihr könntet mich vielleicht aufheitern.«

»Sir Ector«, sagte Merlin, »ist ein kluger Mann.«

»Schön«, sagte Wart. »Und was nun?«

»Das beste Mittel gegen Traurigkeit ist«, entgegnete Merlin und paffte heftig vor sich hin, »etwas zu lernen. Das ist das einzige, was einen nie im Stich läßt. Du kannst alt werden und zittrig und klapprig, du kannst nächtens wach liegen und dem Durcheinander deiner Adern, dem wirren Gewühl deiner Gedanken lauschen, du kannst dich nach deiner großen Liebe verzehren, du kannst zusehn müssen, wie die Welt um dich her von bösartigen Irren verheert und verwüstet wird, oder wissen, daß kleine Geister deine Ehre in den Schmutz treten. Da gibt's nur eines: lernen. Lernen, weshalb die Welt wackelt und was sie wackeln macht. Das ist das einzig Unerschöpfliche, Unveräußerliche. Nie kann's dich quälen, niemals dir Angst einjagen oder Mißtrauen einflößen, und niemals wirst du's bereuen. Lernen mußt du, nichts anderes. Überleg doch mal, was es alles zu lernen gibt — reine Wissenschaft, die einzig vorhandene Reinheit. Astronomie kannst du in einer Lebensspanne lernen, Naturgeschichte in dreien, Literatur in sechsen. Und dann, wenn du Milliarden Leben mit Biologie und Medizin zugebracht hast, mit Theo-Kritik und Geographie und Geschichte und Wirtschaftswissenschaft — nun, dann kannst du anfangen zu lernen, wie man aus dem richtigen Holz ein Wagenrad macht, oder fünfzig Jahre lang lernen, wie man lernt, seinen Gegner beim Fechten zu besiegen. Danach kannst du wieder mit der Mathematik anfangen, bis es Zeit ist, pflügen zu lernen.«

»Von all dem mal abgesehen«, sagte Wart, »was würdet Ihr mir grad jetzt vorschlagen?«

»Laß mich überlegen«, sagte der Zauberer und dachte nach. »Wir hatten nur kurze sechs Jahre zur Verfügung, und in dieser Zeit, so darf ich wohl füglich behaupten, bist du vielerlei gewesen: Tier, Pflanze, Mineral

180

und so weiter — warst vielerlei in den vier Elementen Erde, Luft, Feuer und Wasser. Stimmt's?«

»Ich weiß nicht viel«, sagte Wart, »von Tieren und Erde.«

»Dann solltest du meinen Freund, den Dachs, kennenlernen.«

»Einen Dachs hab' ich noch nicht kennengelernt.«

»Gut«, sagte Merlin. »Mit Ausnahme von Archimedes ist er das gebildetste Wesen, das ich kenne. Er wird dir gefallen. —

Nebenbei bemerkt«, fügte der Magier hinzu und hielt in seinem Zauberspruch inne, »ich muß dir wohl noch etwas sagen. Dies ist das letzte Mal, daß ich dich in etwas verwandeln kann. Die Zauberkraft für derlei Dinge ist aufgebraucht, und dies wird der Abschluß deiner Erziehung und Ausbildung sein. Mit Kays Ritterschlag haben meine Mühen ein Ende. Du wirst ihm dann als sein Knappe in die weite Welt folgen, und ich werde woanders hingehn. Meinst du, du hast was gelernt?«

»Ich habe gelernt und bin glücklich gewesen.«

»Dann ist's gut«, sagte Merlin. »Versuch zu behalten, was du gelernt hast.«

Er fuhr mit seinem Zauberspruch fort, wies mit seinem Stab aus *lignum vitae* zum Kleinen Bären, der, mit dem Schwanz am Polarstern hängend, soeben sichtbar wurde, und rief wohlgemut: »Laß dir die letzte Reise gut bekommen und grüß mir den Dachs.«

Die Stimme klang weit entfernt, und Wart stand neben einem alten Grabhügel. Der glich einem überdimensionalen Maulwurfshaufen, in dem ein schwarzes Loch war.

Da drin lebt der Dachs, sagte er sich, und ich muß reingehn und mit ihm reden. Aber ich tu's nicht. Schlimm genug, daß ich kein Ritter werde; und jetzt wird mir auch noch mein lieber Lehrer genommen, den ich bei der einzigen Aventiure gefunden habe, die mir vergönnt war, und nun ist's Schluß mit der Naturgeschichte. Na schön, die eine Nacht der Freude werd' ich noch mitnehmen, eh ich verdammt werde, und da ich nun einmal ein Grimbart bin, werd' ich grimmig sein. Auf geht's. —

Also trollte er im Dunkeln bärbeißig durch den Schnee — denn es war Winter.

Wenn man verzweifelt ist, hat es allerhand für sich, ein Dachs zu sein. Verwandt mit den Mardern und Ottern und Wieseln, steht man da im heutigen England einem übriggebliebenen Bären am nächsten, und deine Schwarte ist so dick, daß es keine Rolle spielt, wer einen beißt. Und was den eigenen Biß angeht: die Kiefer sind derart gebaut, daß sie sich praktisch niemals ausrenken; was man beißt, das darf sich also drehen und wenden, wie es will, ohne daß man es jemals loslassen müßte. Dachse gehören zu

181

den ganz wenigen Tieren, die einen Igel unbekümmert verzehren können, wie sie auch alles andere verputzen: von Wespennestern über Wurzeln bis zu Jungkaninchen.

So geschah es denn, daß Wart zuerst auf einen schlafenden Igel stieß.

»Swinegel«, sagte Wart und fixierte sein Opfer mit verschwommenen, kurzsichtigen Augen. »Ich werd' dich fressen.«

Der Igel, der seine funkelnden kleinen Knopfäuglein und die lange, vorgereckte, empfindsame Nase im Knäuel seiner eingerollten Gestalt verbarg und seine Stacheln mit einem nicht gerade sehr geschmackvollen Arrangement von toten Blättern geschmückt hatte, ehe er in seinem Laubnest zur Winterruhe gegangen war, wachte auf und lamentierte in den höchsten Tönen.

»Je mehr du kreischst«, sagte Wart, »desto mehr werd' ich knirschen. Du bringst mein Blut zum Kochen.«

»Ui, Meister Grimbart«, rief der Igel und blieb fest zusammengerollt. »Guter Meister Grimbart, laßt einem armen Egel Gnade widerfahren un' seid nich' so tyrannisch. Wir sin' doch nichts zum Fressen, Meister. Laßt Gnade waltn, gütger Herr, mit'n harmlosn flohgestochnen Taglöhner, wo nich' rechts von links unnerscheidn kann.«

»Swinegel«, sagte Wart unbarmherzig, »ein-für-alle-mal: laß das Gewimmere!«

»Ui weh, mein' arme Frau un' Kinner!«

»Du hast ja gar keine. Komm her, du Landstreicher. Dein Schicksal ist besiegelt.«

»Meister Grimbart«, bettelte das unglückliche Stacheltier, »ach, bittschön, seid nich' so häßlich, lieber Meister Grimbart, werter Herr. Erhört das Flehn eines armselign Egels! Laßt den arm' Kerl laufn, Herr un' Meister, un' er will Euch Lieder singn oder Euch zeign, wie man inner Perltaufrühe die Kühe melkt.«

»Singen?« fragte Wart verblüfft.

»Ui ja, singen«, rief der Igel. Und eilends begann er in einem dringlich beschwichtigenden Tonfall zu singen, allerdings recht gedämpften Klangs, da er nicht wagte, sich aufzurollen.

»O Genevieve«, sang er todtraurig in seinen Bauch hinein, »o Genevieve,

> *Es flieht der Tag,*
> *Es flieht das Jahr,*
> *Doch drin in meinem Herzen tief*
> *Bleibt's stets,*
> *Wie's einmal war.«*

Auch sang er, ohne eine Pause zwischen die Lieder zu schieben, *Home Sweet Home* und *The Old Rustic Bridge by the Mill*. Damit war sein Repertoire erschöpft; schnell und angstvoll holte er tief Luft und fing wieder mit *Geneviève* an. Danach sang er *Home Sweet Home* und *The Old Rustic Bridge by the Mill*.

»Komm«, sagte Wart, »hör auf. Ich beiß' dich schon nicht.«

»Sanftmütiger Herr un' Meister«, wisperte der Igel ehrerbietig. »Wir wern die Heilign un' alle Oberherrn für Euch un' Euern gütign Rachn anflehn, solang die Egeln von Flöhn heimgesucht wern.«

Aus Angst, sein kurzer Rückfall in die Prosa könne des Tyrannen Herz verhärtet haben, stimmte er sogleich atemlos zum dritten Mal *Geneviève* an.

»Hör mit der Singerei auf«, sagte Wart, »um des lieben Himmels willen. Roll dich auseinander. Ich tu' dir schon nichts. Komm, du komischer kleiner Igel, und erzähl mir, wo du deine Lieder gelernt hast.«

»Aufrolln is' gut«, sagte das Igeltier zitternd — ihm war im Augenblick ganz wohl zumute —, »aber Zusammenrolln is' besser. Wenn Ihr grad jetzt mein' kleine nackte Nas' sehn tätet, Meister, könnt's Euch Appetit machn. Inner Liebe un' innen Krieg kann man nich' vorsichtig genug sein. Solln wir Euch nich' lieber nochmal das Lied vonner *Rustic Mill* vorsingn, gnädjer Herr?«

»Ich will's nicht noch einmal hören. Du singst ausgezeichnet, aber ich habe genug. Roll dich auseinander, du armer Irrer, und sag mir, wo du singen gelernt hast.«

»Wir sin' kein gewöhnlichr Egel«, bibberte das arme Wesen, immer noch fest zur Kugel gerollt. »Wir sin' von ein', vonnen feinen Herrn aufgenomm', wo wir klein warn, vonner Mutterbrust weg, sozusagn. Ui, Ihr könnt's mir glaubn, Meister Grimbart, un' er war'n richtig feiner Herr gewesn, war er, un' hat uns mit Kuhmilch großgezogn, is' wahr, un'richtig vonnem guten Schälchen. Gibt nich' viele Egel, wo von Porzellan getrunkn habn, ganz bestimmt nich'.«

»Ich weiß bloß nicht, wovon du redest«, sagte Wart.

»Ein feiner Herr is' er gewesn«, rief der Igel verzweifelt. »Hab' ich Euch doch gesagt. Er hat uns genomm', wo wir klein gewesn sin', un' hat uns großgezogn. Ein feiner Herr isser gewesn, wo uns im Wohnzimmer gefüttert hat, was kein' Egel jemaln passiert is'. Vonnem feinen Porzellan-Schüsselchen getrunkn, ui ja. Un' das issen böser Tag gewesn, wo er uns verlassn hat. Aber nich' mit Willn, das dürft Ihr glaubn.«

»Wie hieß der Herr?«

»War'n feiner Herr, war er. Hat aber kein' richtign Nam' gehabt, wo man sich merkn könnt'. Aber'n feiner Herr isser gewesn, un' von Porzellan-Tellerchn hat er uns gefüttert.«

»Hieß er vielleicht Merlin?« fragte Wart, neugierig geworden.

»Ui, so hat er geheißn. Richtig feiner Nam', aber wir habn nich' so recht auf die Zung' gekriegt. Ui, Merln hat er geheißn, un' von Porzellan hat er uns zu trinkn gegebn, wie'n richtig feiner Herr. Ui—ui.«

»Nun roll dich aber endlich auseinander«, sagte Wart energisch. »Ich kenne den Mann, bei dem du warst, und ich glaube, ich hab' dich sogar selber gesehen, als Baby, in Watte gepackt, in seinem Cottage. Komm schon, Egel, es tut mir leid, daß ich dir Angst eingejagt habe. Wir sind Freunde, und ich möchte doch nur deine kleine graue feuchte Zucknase sehn, wie in alten Zeiten.«

»Zucknas is' gut«, gab der Igel störrisch zur Antwort, »aber am Lebn bleibn is' besser, Meister. Geht lieber weiter, werter Herr Grimbart, un' laßt'n arm' Taglöhner sein' bißchen Winterschläfchen. Halt' Euch an Käfer un' Honig, lieber Herr, un' die himmlischn Heerscharn solln dazu singn.«

»Unsinn«, rief Wart aus. »Ich tu dir nichts. Schließlich hab ich dich ja schon als kleines Kind gekannt.«

»Ui, diese Dachse«, sagte der arme Kerl zu seinem Bauch, »diese grundgütigen Schlenderdenker, wo keinem was zuleide tun. Gott schütz sie, falls sie ein' nich' grad mir-nix-dir-nix nunterschlappn, ganz aus Versehn. Gott schütz Euch, was soll'n alter Mann da tun? Sie habn eine dicke Schwarte, so isses nämlich, un' von Kindheit an knabbern sie aneinandr rum, un' auch an ihrer Mutter, ohne was zu spürn, un' da knabbern sie natürlich auch anderswo rum. Aber mein armer Meister Mirn, der war immer hinter sein' Klein' her mit ihrm Jik-jik-jik, wenn sie gefüttert sein wolltn. Allmächtiger, war das'n Gekreische! Ui, is' schon ein Sach', sich mit Dachsen abzugebn, das isses wohl. —

Man sieht nichts«, fügte der Igel hinzu, ehe Wart protestieren konnte, »man ahnt nichts Schlimmes, man tappelt da so für sich hin un' kommt ihn' aus Versehn vor die Füß', ohne was Böses im Sinn zu habn, un' schon geht's schnipp-schnapp, in Notwehr für die hungernden Blinden, un' da isses passiert: Wo biste geblieben? —

Das einzige, wo man machn kann«, plapperte der Igel weiter, »man kann ihn' ein' auf die Nas' gebn. Einfach so auf die Nas', bim-bam, un' das haut'n um, bläst sein Lebenslicht aus, eh er schnuff sagn kann. Klarer Knockout, einfach so. —

Aber wie kann' armer Egel einem eins auf die Nas gebn? Wo einer nichts zum Schlagn hat? Un' dann kommt einer daher un' sagt, nu roll dich endlich auseinandr!«

»Du brauchst dich nicht auseinanderzurollen«, sagte Wart resignierend. »Sei mir nicht böse, daß ich dich geweckt habe, alter Freund, und nimm's mir nicht übel, daß ich dir Angst eingejagt hab'. Du bist bestimmt ein ganz reizender Igel, und seit ich dich getroffen habe, bin ich wieder ein wenig fröhlicher. Geh nur wieder schlafen, und ich werd' nach meinem Freund Dachs Ausschau halten, wie mir aufgetragen wurde. Gute Nacht, Swinegel, und viel Glück im Schnee.«

»Gut' Nacht, na schön«, murmelte der Stachlige mürrisch. »Zuerst heißt's auseinanderrolln, un' dann zusammenrolln. Jetzt dies, un' gleich was anneres. He-ho, ui, is' schon eine verquere Welt. Also gut' Nacht. Komm Regen oder Sonnenschein, inner nächstn wird's nich' anners sein, is' mein Motto. Ui.«

Mit diesen Worten rollte sich das ergebene Wesen noch fester zusammen, stieß etliche quietschende Grunzer aus und war gleich wieder in seiner Traumwelt verloren, die so viel tiefer als die menschliche reicht, da der Schlaf einen ganzen Winter hindurch ja viel länger ist als das Ausruhen in nur einer einzigen Nacht.

Jau, dachte Wart, der kommt über seinen Kummer fix hinweg. Toll, so geschwind wieder einzuschlafen. Ich würde sagen, der ist die ganze Zeit überhaupt nur halbwach gewesen, und wenn er im Frühling richtig aufwacht, wird er's für einen Traum halten.

Einen Augenblick lang betrachtete er die unordentliche kleine Kugel aus Blättern und Gräsern und Flöhen, die in ihrer Höhle eingekuschelt lag, und begab sich dann grunzend zum Bau des Dachses, indem er seinen eigenen länglichen Trittsiegeln rückwärts durch den Schnee folgte.

»So so, Merlin hat dich zu mir geschickt«, sagte der Dachs, »um deine Ausbildung zu vervollständigen. Nun ja, hm, ich kann dir nur zwei Dinge beibringen: zu graben und dein Heim zu lieben. Das wahre Ziel jeglicher Philosophie.«

»Wollen Sie mir Ihr Heim zeigen?«

»Aber gern«, sagte der Dachs. »Ich bewohne es natürlich nicht zur Gänze. Es ist ein ungeheuer weitläufiger Bau — viel zu groß für eine einzelne Person. Ich vermute, einige Teile dürften an die tausend Jahre alt sein. Wir haben ungefähr vier Familien hier, da und dort, alles in allem, vom Keller bis zum Boden, und manchmal begegnen wir uns monatelang nicht. Ein verrückter Altbau, werdet Ihr Leute von heute wohl denken — aber gemütlich ist er nun mal, da gibt's nichts.«

Im Schlenderschritt ging er die Korridore des verzauberten Baus hinunter, fast watschelnd, nach Dachs-Art von einem Bein aufs andere rol-

185

lend, und seine weiße Maske mit ihren schwarzen Streifen wirkte im Halbdunkel wahrhaft gespenstisch.

»Den Gang da lang«, sagte er, »wenn du dir die Pfoten waschen willst.« Dachse sind nicht wie Füchse. Sie haben eine besondere Müllgrube, wo die abgenagten Knochen und andere Abfälle deponiert werden, und ordentliche Erdklosetts sowie Schlafräume, deren Streu häufig gelüftet wird, so daß sie stets frisch ist. Wart war entzückt von allem, was er sah. Am meisten jedoch bewunderte er die Große Halle, den zentralen Raum des Grabhügels — wobei er nicht recht wußte, ob er selbigen nun für eine Burg oder für ein College halten sollte. Strahlenförmig gingen von dieser Mitte die diversen Zimmerfluchten und Schlupfgänge aus. Hier liefen gleichsam alle Fäden zusammen, denn die Große Halle gehörte nicht einer einzelnen Familie, sondern diente als eine Art Gemeinschaftsraum, wirkte aber dennoch ausgesprochen festlich. Dachs nannte sie »Kommunikationsraum«. An den holzverkleideten Wänden ringsum hingen, von Glühwürmchen dezent beleuchtet, alte Gemälde verstorbener Dachse, die sich als Gelehrte oder Geistliche einen Namen gemacht hatten. Auch standen stattliche Stühle in der Halle, auf deren Sitzflächen aus spanischem Leder das Dachs-Wappen in Gold geprägt war. (Das Leder löste sich allerdings langsam vom Holz.) Über dem Kamin schließlich hing das Porträt des Gründers. Die Stühle waren im Halbkreis um die Feuerstelle angeordnet; ferner gab es da Fächer aus Mahagoniholz, mit denen man das Gesicht vor der Glut schützen konnte, und eine Art Schwenkplatte, mit deren Hilfe die Karaffen innerhalb des Halbkreises herumgereicht werden konnten. Im Gang draußen hingen einige schwarze Gewänder, und alles war höchst altertümlich.

»Zur Zeit bin ich Junggeselle«, sagte der Dachs entschuldigend, als sie wieder in seinem behaglichen Privatgemach mit der geblümten Tapete waren, »deshalb hat's leider nur einen Stuhl. Mußt dich schon aufs Bett setzen. Fühl dich ganz wie zu Hause, mein Guter. Ich mach' uns einen Punsch, und derweil erzählst du mir, wie's draußen in der weiten Welt aussieht.«

»Och, da ist alles so ziemlich beim alten. Merlin geht's gut, und Kay wird nächste Woche zum Ritter geschlagen.«

»Interessante Zeremonie.«

»Was für gewaltige Arme Sie haben«, bemerkte Wart, der zusah, wie sein Gastgeber das Getränk mit einem Löffel umrührte. »Tja, ich ja auch.« Und er betrachtete seine eigenen säbelbeinigen Gliedmaßen. Sein Leib bestand zur Hauptsache aus einem prall gespannten Brustkorb, der die zwei schenkelstarken Vorderläufe zusammenhielt.

»Die sind zum Graben«, erläuterte der Burgherr selbstzufrieden. »Der Maulwurf und ich — na ja, da müßtest du schon ganz fix buddeln, um mit uns mithalten zu können.«

»Ich bin draußen einem Igel begegnet.«

»Tatsächlich? Heutzutage wird behauptet, Igel würden Schweinepest und Maul-und-Klauen-Seuche übertragen.«

»Ich fand ihn eigentlich ganz nett.«

»Einen gewissen anrührenden Reiz haben sie schon«, sagte der Dachs bedauernd, »aber ich freß' sie halt meistens auf. So einer knusprigen Kruste kann ich nun einmal nicht widerstehen. —

Die Ägypter«, fügte er hinzu und meinte damit die Zigeuner, »essen sie ebenfalls sehr gern.«

»Meiner wollt' sich nicht auseinanderrollen.«

»Du hättest ihn ins Wasser stupsen sollen — dann hätt' er dir schon seine kleinen Beinchen gezeigt. Komm, der Punsch ist fertig. Setz dich ans Feuer und mach's dir bequem.«

»Hübsch hier drinnen — mit Schnee und Wind da draußen.«

»Ist es. Laß uns auf den Ritter Kay trinken.«

»Na schön: auf Kay.«

»Auf Kay«, sagte der Dachs und setzte anschließend sein Glas mit einem Seufzer ab. »So, und was könnte Merlin bewogen haben, dich zu mir zu schicken?«

»Er hat was von wegen ›Lernen‹ gesprochen«, sagte Wart.

»Ach? Ja, wenn du was lernen willst, dann bist du in den richtigen Laden gekommen. Aber findest du's nicht ein bißchen langweilig?«

»Manchmal schon«, sagte Wart. »Manchmal aber auch nicht. So im allgemeinen vertrag' ich eine ganze Menge, wenn's um Naturgeschichte geht.«

»Ich schreibe gerade eine Abhandlung«, sagte der Dachs und hüstelte verstohlen, um kundzutun, daß er sich jetzt darüber verbreiten werde, »die darlegen soll, weshalb der Mensch Herr über die Tiere wurde. Möchtest du sie vielleicht hören? —

Es ist meine Dissertation«, setzte er eilends hinzu, ehe Wart Einspruch erheben konnte. Er hatte so selten Gelegenheit, seine Abhandlung jemandem vorzutragen, daß er diese Möglichkeit nicht ungenutzt vorübergehen lassen durfte.

»Ja gern, danke«, sagte Wart.

»Sie könnte dir zupaß kommen, mein lieber Junge. Der beste Abschluß deiner Ausbildung. Die Krönung. Studiere Vögel und Fische und Tiere — und schließe mit dem Menschen. Ein wahres Glück, daß du hergekommen bist! So, und wo hab' ich nun das Manuskript, Teufel-noch-eins?«

187

Der alte Herr kratzte hier und dort mit seinen kralligen Pfoten und förderte endlich ein angeschmutztes Bündel Papiere zutage, dessen eine Ecke dazu benutzt worden war, irgend etwas anzuzünden. Dann ließ er sich in seinem Ledersessel nieder, der in der Mitte tief eingesessen war, setzte sich seine Samtkappe auf, an der eine Troddel baumelte, und befestigte einen Zwicker auf seiner Nasenspitze.

»Hem«, sagte der Dachs.

Auf einmal war er scheu und schüchtern; errötend blickte er in seine Papiere und konnte nicht anfangen.

»Weiter«, sagte Wart.

»Es ist nicht sehr gut«, erklärte er verschämt. »Es ist bloß ein skizzenhafter Entwurf, weißt du. Ich muß noch eine Menge ändern, ehe ich ihn einschicke.«

»Er ist bestimmt interessant.«

»Aber nein, nicht die Spur. Ich hab's nur mal zu Papier geworfen, in einer halben Stunde, um die Zeit hinzubringen. Immerhin — anfangen tut's so. —

Hem!« machte der Dachs. Dann verlegte er sich auf eine unmöglich hohe Falsett-Stimme und las los, was das Zeug hielt.

»Häufig wird die müßige Frage gestellt, ob die Evolution mit dem Huhn oder mit dem Ei begann. War ein Ei da, aus dem das erste Huhn kam, oder hat ein Huhn das erste Ei gelegt? Ich bin in der Lage zu sagen, daß das Ei zuerst da war.

Als Gott alle Eier fabriziert hatte, aus denen die Fische und die Schlangen und die Vögel und die Säuger und sogar das entenschnäblige Schnabeltier entschlüpften, da rief er die Embryos vor sich und sah, daß sie gut waren. —

Vielleicht sollte ich erklären«, fügte der Dachs hinzu und blickte Wart über seine Papiere hinweg nervös an, »daß alle Embryos ziemlich gleich aussehn. Sie sind das, was du bist, ehe du zur Welt kommst. Und ob du eine Kaulquappe wirst oder ein Pfau oder eine Giraffe oder ein Mensch — solange du ein Embryo bist, siehst du aus wie ein besonders abstoßendes und hilfloses Menschenwesen. Ich fahre fort wie folgt:

Die Embryos standen vor Gottes Angesicht; ihre schwächlichen Hände hielten sie höflich vor dem Bauch gefaltet, und ihre schweren Köpfe hingen respektvoll auf die Brust. Und Gott redete zu ihnen.

Er sprach: ›So, ihr Embryos, hier seid ihr also, alle genau gleich aussehend, und Wir lassen euch die Wahl, was ihr werden wollt. Wenn ihr aufwachst, werdet ihr auf jeden Fall größer, doch gefällt es Uns, euch ein weiteres Geschenk zukommen zu lassen. Ihr dürft jeden beliebigen Teil von euch dergestalt ändern, daß er euch in eurem späteren Leben von Nutzen ist. Im Augenblick, zum Beispiel, könnt ihr nicht graben. Wer will, darf darum seine Hände in ein Paar Spaten oder Grabschaufeln ändern. Anders ausgedrückt: zur Zeit könnt ihr nur euern Mund zum Essen verwenden. Jeder, der seinen Mund als Angriffswaffe verwenden will, braucht es nur zu sagen; er wird dann ein Sägefisch oder ein säbelzähniger Tiger. So, nun wählt eure Werkzeuge und bedenkt, daß ihr werdet, was ihr sein wollt, und daß ihr's bleiben müßt.‹

Alle Embryos überdachten die Angelegenheit und traten dann einzeln vor den ewigen Thron. Es wurden ihnen zwei oder drei Wünsche in bezug auf besondere Ausstattung und Qualifikation gewährt, so daß einige sich entschlossen, ihre Arme als Flugmaschinen zu benutzen und ihren Mund als Waffe oder Knacker oder Bohrer oder Löffel, während andere sich dafür entschieden, ihren Körper als Boot zu verwenden und ihre Hände als Paddel oder Ruder. Wir Dachse überlegten angestrengt und kamen zu dem Entschluß, uns drei Vergünstigungen zu erbitten. Unsere Haut wünschten wir uns als Schild, unseren Mund als Waffe und unsere Arme als Grabschaufeln. Diese Vergünstigungen wurden gewährt. Jeder spezialisierte sich in dieser oder jener Richtung, und manche hatten ganz verrückte Ideen. Eine der Wüstenechsen, zum Beispiel, entschied sich, ihren Leib gegen Löschpapier einzutauschen, und eine der Kröten, die in den Trockenzonen unserer Gegenfüßler lebten, entschloß sich einfach, eine Wasserflasche zu sein.

Das Bitten und Gewähren dauerte zwei lange Tage — es waren der fünfte und der sechste, soweit ich mich erinnere —, und am Ende des sechsten Tages, als es Zeit war, Schluß zu machen, weil ja der Sonntag bevorstand, da war man mit all den kleinen Embryos durch, außer einem. Dieser Embryo war der Mensch.

›Nun, Unser kleiner Mann‹, sagte Gott, ›du hast bis zuletzt gewartet und deine Entscheidung lange hinausgezögert. Bestimmt hast du die ganze Zeit scharf nachgedacht. Was können Wir für dich tun?‹

›Bitte, lieber Gott‹, sagte der Embryo, ›ich glaube, Du hast mich aus Gründen, die Dir selber am besten bekannt sind, in der Gestalt erschaffen, die ich habe, und es wäre reichlich grob, sie ändern zu wollen. Wenn ich wählen darf, möchte ich bleiben, wie ich bin. Ich will keins der Teile ändern, die Du mir gegeben hast, um sie gegen andere und zweifellos mindere Werkzeuge einzutauschen; ich werde mein ganzes Leben lang ein wehrloser Embryo bleiben und versuchen, aus dem Holz und aus dem Eisen und den anderen Materialien, die Du mir freundlicherweise zur Verfügung stellst, ein paar simple Gerätschaften herzustellen. Wenn ich ein Boot haben will, werde ich versuchen, es aus Baumstämmen zu fabrizieren, und wenn ich

189

fliegen will, werde ich mir einen Streitwagen bauen, der's für mich tut. Wahrscheinlich ist es sehr dumm von mir, Dein gütiges Anerbieten zurückzuweisen, aber ich habe mir alles reiflich überlegt und hoffe nun, daß die armseligen Entscheidungen dieses kleinen Unschuldigen vor Deinen Augen Gnade finden mögen.‹

›Ausgezeichnet‹, rief der Schöpfer entzückt. ›Kommt alle einmal her, ihr Embryos mit euern Schnäbeln und was-sonst-noch, und seht euch Unsern ersten Menschen an. Er ist der einzige, der Unser Rätsel gelöst hat, der einzige von euch allen, und Wir übertragen ihm mit Freuden die Herrschaft über das Geflügel in der Luft und die Tiere auf der Erde und die Fische im Meer. Ihr andern alle: geht eures Wegs und liebt euch und mehret euch, denn jetzt ist Feierabend. Du aber, Mensch: du wirst dein ganzes Leben lang ein nacktes Werkzeug sein, obwohl du ein Benutzer von Werkzeugen bist. Du wirst wie ein Embryo aussehen, bis sie dich begraben, doch all die andern werden vermöge deiner Macht und Gewalt Embryos bleiben. Du wirst ewig unentwickelt bleiben und doch stets Unserm Bilde gleichen und fähig sein, einen Teil Unsres Kummers zu begreifen und einen Teil Unsrer Freuden zu verstehen. Teils tust du Uns leid, Mensch, teils aber haben Wir Hoffnung. Geh also und tu dein Bestes. Und eh du gehst, Mensch —‹

›Ja?‹ fragte Adam und drehte sich noch einmal um.

›Wir wollten nur sagen‹, sagte Gott ein wenig verlegen und rang unbeholfen die Hände. ›Nun ja, Wir hatten nur sagen wollen: Gott mit dir‹.«

»Eine schöne Geschichte«, sagte Wart nachdenklich. »Jedenfalls gefällt sie mir besser als Merlins Geschichte vom Rabbi. Wirklich recht interessant.«

Der Dachs war deutlich verwirrt.

»Aber nein, mein lieber Junge. Du übertreibst. Es ist höchstens eine unbedeutende Parabel. Und eine Spur zu optimistisch, fürchte ich.«

»Wieso?«

»Tja, es stimmt zwar, daß dem Menschen die Herrschaft übertragen wurde und daß er das mächtigste aller Tiere ist — im Sinne von schrecklich —, doch sind mir letzthin Zweifel gekommen, ob er auch das glücklichste ist.«

»Sir Ector halt' ich nicht für so schrecklich.«

»Trotzdem. Wenn Sir Ector an einem Fluß spazierengeht, dann fliehen die Vögel vor ihm, und die Tiere des Feldes laufen vor ihm weg, und sogar die Fische retten sich auf die andere Seite. Untereinander tun sie das nicht.«

»Der Mensch ist der König der Tiere.«

»Vielleicht. Oder sollen wir sagen: der Tyrann? Andererseits muß man zugeben, daß er eine ganze Reihe von Lastern und Fehlern hat.«

»König Pellinore hat nicht viele.«

»Wenn König Uther Krieg erklären würde, ginge er mit. Weißt du, daß der *homo sapiens* fast das einzige Tier ist, das Krieg führt?«

»Ameisen auch.«

»Sag doch nicht einfach so daher ›Ameisen auch‹, mein lieber Junge. Es gibt über viertausend verschiedene Arten, und von den vielen sind, glaube ich, nur fünf streitbar und kriegerisch. Es sind also fünf Ameisenarten und eine Termitenart, soviel ich weiß, und der Mensch.«

»Aber jeden Winter überfallen die Wolfsrudel aus dem Wildwald unsere Schafherden.«

»Wölfe und Schafe gehören verschiedenen Spezies an, mein Freund. Krieg, im wahren Wortsinn, ist etwas, das zwischen Gruppen derselben Spezies stattfindet. Und unter den Hunderttausenden von Spezies gibt es meines Wissens nur sieben kriegerische. Sogar bei den Menschen gibt es einige Arten, wie die Eskimos und die Zigeuner und die Lappen und gewisse arabische Nomaden, die keine Kriege führen, weil sie nicht auf Grenzen bestehen. Richtige Kriege kommen in der Natur seltener vor als Kannibalismus. Meinst du nicht auch, daß das ein bißchen unselig ist?«

»Ich persönlich«, sagte Wart, »wär' gern in den Krieg gezogen, wenn man mich zum Ritter geschlagen hätte. Mir hätten die Banner gefallen und die Trompeten, die blitzenden Rüstungen und die glorreichen Attacken. Und ich hätt' so gern große Taten vollbracht und tapfer meine Angst besiegt. Kennen Sie das nicht, Herr Dachs: Mut und Ausdauer im Kampf, und Kameraden, die Sie lieben?«

Das gelehrte Tier dachte eine lange Weile nach, wobei es unverwandt ins Feuer blickte.

Zum Schluß schien es das Thema zu wechseln.

»Wer hat dir besser gefallen«, fragte der Dachs, »die Ameisen oder die Wildgänse?«

KAPITEL 22

önig Pellinore erschien zu dem bedeutungsvollen Wochenendtermin in recht aufgeregtem Zustand.

»Ich muß schon sagen«, rief er aus. »Habt Ihr gehört? Wißt Ihr Bescheid? Ist das ein Geheimnis, was?«

»Was ist ein Geheimnis, was?« fragten sie ihn.

»Na, die Sache mit dem König«, rief Seine Majestät. »Wißt Ihr denn nicht, was mit dem König los ist?«

»Was ist mit dem König los?« forschte Sir Ector. »Ihr wollt doch wohl nicht sagen, daß er mit seinen vermaledeiten Kötern zur Jagd herkommt oder irgend sowas?«

»Er ist tot«, gab King Pellinore tragisch bekannt. »Er ist tot, der arme Kerl. Wird nimmermehr auf Jagd gehn.«

Sir Grummore erhob sich respektvoll und nahm seine Kopfbedeckung ab.

»Der König ist tot«, sagte er. »Lang lebe der König!«

Alle anderen hatten gleichfalls das Gefühl, sich erheben zu müssen, und das Kindermädchen brach in Tränen aus.

»Sowas, sowas«, schluchzte sie. »Seine kölignige Hoheit is' tot un' hin, un' er war so'n feinen Herrn. Gar manch buntes Bildchen hab'ch von ihm aus den *Illustrated Missals* ausgeschnitten, ja nich, un' übern Kamin aufgestellt. Von der Zeit an, wo er in Windeln gelegen is', die ganze Weile durch, bis er die abgelegenen Gebiete hat besucht, Prince Charming, der große Held, ja, da is' kein Bild, wo ich nich' hab' ausgeschnitten, un' jede Nacht hab' ich sein gedacht gehabt.«

»Faß dich, Nanny«, sagte Sir Ector.

»Ist doch feierlich, wie?« sagte König Pellinore. »Was? Uther der Eroberer, 1066 bis 1216.«

»Ein feierlicher Augenblick«, sagte Sir Grummore. »Der König ist tot. Lang lebe der König.«

»Wir sollten die Vorhänge zuziehen«, sagte Kay, der immer auf gute Formen bedacht war, »oder die Banner auf Halbmast setzen.«

»Hast recht«, sagte Sir Ector. »Jemand soll dem Waffenmeister Bescheid sagen.«

Dieser Befehl war eindeutig auf Wart gemünzt, der jetzt der jüngste und rangniedrigste Edelmann war. Fröhlich lief er los und benachrichtigte den Feldweibel. Und alsbald hörten alle, die auf dem Söller saßen, eine laute Stimme: »Denn los, eins, zwei, zu Ehren Seiner verstorb'nen Majestät, senkt Flagge auf das Kommando *zwei*!« — und dann flatterten sämtliche Standarten, Banner, Wimpel, Fahnen, Fähnlein, Feldzeichen und Flaggen, welche die verschneiten Türme von Schloß Wildwald schmückten, auf Halbmast.

»Woher wißt Ihr's?« fragte Sir Ector.

»Ich war dem Biest auf den Fersen, am Waldrand, was, und da ist mir ein Mönch des grauen Ordens begegnet, und der hat's mir gesagt. Sind die allerneuesten Nachrichten.«

»Armer alter Pendragon«, sagte Sir Ector.

»Der König ist tot«, sagte Sir Grummore feierlich. »Lang lebe der König!«

»Ihr könnt das ja ruhig immer wieder sagen, mein guter Grummore«, rief König Pellinore verdrossen aus, »aber wo ist der König, was, wo so lange leben soll?«

»Na ja, dann eben sein Nachfahre«, sagte Sir Grummore, ein wenig verblüfft.

»Unser 'benedeiter Monarch«, sagte das Kindermädchen unter Tränen, »hat nie nich' kein Erben gehabt. Jeder, wo sich mit der kölignichen Familie hat beschäftigt, der weiß das.«

»Ach, du lieber Himmel!« sagte Sir Ector. »Aber er muß doch irgendeinen Nachkommen haben!«

»Das ist es ja grade«, rief König Pellinore in höchster Erregung. »Das ist ja grad das Aufregende, was? Kein Erbe und kein Nachfahre — und wer soll ihm auf dem Throne folgen? Deswegen waŕ ja mein Mönch so aufgeregt, was, und deshalb hat er gefragt, wer wo nachfolgen soll, was? Was?«

»Wollt Ihr etwa behaupten«, erkundigte sich Sir Grummore entrüstet, »daß es keinen König von Gramarye gibt?«

»Nicht die Spur«, rief König Pellinore und kam sich ungeheuer wichtig vor. »Und 's hat nicht wenig Zeichen und Wunder gegeben.«

»Das ist ein Skandal, finde ich«, sagte Sir Grummore. »Gott weiß, wohin unser geliebtes Vaterland steuert. Bei all den Gammlern und Kommunisten und dem Pack.«

»Was für Zeichen und Wunder?« fragte Sir Ector.

»Na ja, da ist sowas wie ein Schwert im Stein erschienen, was, in irgend einer Kirche oder so. Nicht in der Kirche, versteht mich recht, und nicht im Stein, aber sowas Ähnliches, was, könnt' man sagen.«

»Ich weiß nicht, wohin die Kirche steuert«, sagte Sir Grummore.

»Es ist in einem Amboß«, erklärte der König.

»Wer? Was? Die Kirche?«

»Nein, das Schwert.«

»Aber ich hab' gedacht, Ihr sagt, das Schwert sei im Stein?«

»Nein«, sagte König Pellinore. »Der Stein ist draußen vor der Kirche.«

»Nun mal langsam, Pellinore«, sagte Sir Ector. »Erholt Euch erstmal, alter Knabe. Hier, trinkt ein Horn Met und kommt zu Euch.«

»Das Schwert«, sagte König Pellinore, »steckt in einem Amboß, der auf einem Stein steht. Es geht durch den ganzen Amboß bis in den Stein rein. Der Amboß haftet am Stein. Der Stein steht draußen vor einer Kirche. Gebt mir noch einen Schluck Met.«

»Das halt' ich nicht für ein großes Wunder«, bemerkte Sir Grummore. »Was mich wundert, ist nur, daß sie sowas zulassen. Aber heutzutage weiß man ja nie, bei all den Saxen-Agitatoren und dergleichen.«

193

»Mein lieber Freund«, rief Pellinore und geriet wieder in Erregung, »es geht ja nicht darum, wo der Stein ist, was, darauf kommt's nicht an, sondern darauf, was drauf geschrieben steht, was, wo er ist.«

»Was?«

»Na, auf seinem Knauf.«

»Nun kommt aber mal, Pellinore«, sagte Sir Ector. »Setzt Euch einmal ruhig hin, mit dem Gesicht zur Wand, und dann erzählt Ihr uns, wovon Ihr redet. Immer mit der Ruhe, alter Knabe. Kein Grund zur Eile. Bleibt ruhig sitzen und seht die Wand an, so ist's gut, und nun sprecht so langsam wie möglich.«

»Auf diesem Schwert in diesem Stein vor dieser Kirche — da stehen Worte geschrieben«, sagte König Pellinore kläglich, »und diese Worte lauten folgendermaßen. Ach, bitte, aber nun hört mir doch endlich zu. Wenn Ihr mich dauernd unterbrecht, kann ich ja kein' klaren Gedanken fassen.«

»Wie lauten diese Worte?« fragte Kay.

»Diese Worte lauten«, sagte König Pellinore, »soweit ich den alten Mönch vom grauen Orden verstanden habe — «

»Weiter«, sagte Kay, da der König innehielt.

»Weiter«, sagte Sir Ector. »Wie lauten diese Worte auf diesem Schwert in diesem Amboß auf diesem Stein vor dieser Kirche?«

»Zweifellos irgendwelche rote Propaganda«, bemerkte Sir Grummore.

König Pellinore schloß die Augen, streckte seine Arme nach beiden Seiten aus und verkündete salbungsvoll: »Wer immer dies Schwert aus diesem Stein und Amboß ziehet, der ist nach Recht und Geburt König über ganz England.«

»Wer sagt das?« fragte Sir Grummore.

»So heißt's auf dem Schwert — sag' ich Euch doch.«

»Geschwätzige Waffe«, meinte Sir Grummore skeptisch.

»Es stand drauf geschrieben«, rief der König ärgerlich. »Stand in güldnen Lettern drauf geschrieben.«

»Weshalb habt Ihr's dann nicht rausgezogen?« fragte Sir Grummore.

»Aber ich sag' Euch doch: ich war ja nicht da. All dies, was ich Euch erzähle, hab' ich von dem Mönch erfahren, von dem ich Euch erzählt habe. Das sag' ich doch die ganze Zeit.«

»Ist dieses Schwert mit dieser Inschrift herausgezogen worden?« erkundigte sich Sir Ector.

»Nein«, wisperte König Pellinore theatralisch. »Da fängt's nämlich an. Sie können das Schwert nicht rausziehn, obwohl sie's zum Spaß wie verrückt versucht haben, und da haben sie für den Neujahrstag in ganz England ein Turnier verkündet, und wer da zum Turnier kommt und das Schwert rauszieht, der ist für immer König über ganz England, was?«

»Vater!« rief Kay. »Der Mann, der das Schwert aus dem Stein zieht, ist König von England. Können wir nicht zu dem Turnier gehn, Vater, und einen Versuch machen?«

»Fällt mir nicht ein«, sagte Sir Ector.

»Weiter Weg bis nach London«, sagte Sir Grummore und schüttelte den Kopf.

»Mein Vater ist einmal dort gewesen«, sagte König Pellinore.

Kay sagte: »Warum sollen wir denn nicht hin? Wenn ich zum Ritter geschlagen bin, muß ich sowieso auf irgendein Turnier, und dieses findet grad zum richtigen Zeitpunkt statt. Die Besten werden dasein, und wir würden die berühmten Ritter und großen Könige sehn. Das Schwert ist natürlich nicht so wichtig, aber denkt doch bloß an das Turnier, wahrscheinlich das größte, das je in Gramarye stattgefunden hat, und an all das, was wir sehn und tun würden! Vater, wenn Ihr mich liebt, dann laßt mich auf dies Turnier gehn und in meinem ersten Kampf den Sieg davontragen.«

»Aber Kay«, sagte Sir Ector, »ich bin nie in London gewesen.«

»Um so mehr Grund, endlich hinzugehn. Ich glaube, wer nicht zu so einem Turnier geht, der beweist, daß er kein adliges Blut in den Adern hat. Stellt Euch doch nur vor, was die Leute von uns sagen werden, wenn wir nicht hingehn und uns nicht an dem Schwert versuchen. Sie werden sagen, Sir Ectors Familie sei hundsgewöhnlich und habe von vornherein gewußt, daß sie keine Chance hat.«

»Wir wissen doch alle, daß die Familie keine Chance hat«, sagte Sir Ector, »ich meine: was das Schwert angeht.«

»Haufen Leute in London«, bemerkte Sir Grummore mit grimmigem Argwohn. »So heißt's jedenfalls.«

Er holte tief Luft und sah seinen Gastgeber großäugig an.

»Und Läden«, fügte König Pellinore hinzu; auch er atmete plötzlich heftig.

»Verdammt noch eins!« rief Sir Ector und setzte seinen Hornkrug so heftig auf den Tisch, daß der Met umherspritzte. »Auf nach London also, alle miteinander! Laßt uns den neuen König ansehn!«

Sie erhoben sich wie ein Mann.

»Warum soll ich's meinem Vater nicht gleichtun können?« rief König Pellinore aus.

»Donner und Doria!« sagte Sir Grummore. »Schließlich ist's die Hauptstadt, verdammt und zugenäht!«

»Hurra!« schrie Kay.

»Der Herr sei uns gnädig«, murmelte das Kindermädchen.

In diesem Augenblick kam Wart mit Merlin herein. Alle waren viel zu aufgeregt, um zu merken, daß er, wäre er nicht inzwischen erwachsen geworden, nun mit den Tränen gekämpft hätte.

»Oh, Wart«, rief Kay, der vergaß, daß er's mit seinem Knappen zu tun hatte, und in den vertraulichen Ton ihrer Knabenjahre zurückfiel. »Was meinst du wohl? Stell dir vor: wir gehn alle nach London, wo am Neujahrstag ein großes Turnier stattfindet!«

»Wirklich?«

»Ja. Und du trägst meinen Schild und meine Lanzen bei den Tjosten, und ich werd' sie alle besiegen und ein berühmter Ritter sein!«

»Da bin ich ganz froh«, sagte Wart. »Merlin verläßt uns nämlich.«

»Ach, Merlin brauchen wir nicht.«

»Merlin verläßt uns«, wiederholte Wart.

»Verläßt uns?« fragte Sir Ector. »Wer verläßt wen? Ich denke, wir gehn nach London?«

»Merlin verläßt den Forest Sauvage.«

Sir Ector sagte: »Was soll das heißen, Merlin? Ich versteh' kein Wort.«

»Ich bin gekommen, um Lebwohl zu sagen, Sir Ector«, sagte der alte Zauberer. »Morgen wird mein Schüler Kay zum Ritter geschlagen, und die Woche darauf wird mein anderer Schüler ihm als Schildknappe folgen. Ich werde nicht mehr gebraucht — also ist's an der Zeit, Abschied zu nehmen.«

»Aber, aber«, sagte Sir Ector, »nun sagt doch sowas nicht! Ihr seid ein phantastisch brauchbarer Knabe, finde ich, auf jedem Gebiet. Ihr bleibt hier. Werdet halt *mein* Lehrer, oder Bibliothekar, oder sonst irgendwas. Laßt jetzt einen alten Mann nicht im Stich, nachdem die Kinder ausgeflogen sind.«

»Wir werden uns wiedersehn«, sagte Merlin. »Kein Grund zur Traurigkeit.«

»Geht nicht fort«, sagte Kay.

»Ich muß«, entgegnete der Tutor. »Es waren schöne Zeiten, als wir jung waren, doch liegt's in der Natur der Zeit, daß sie verstreicht. Es gibt viele Dinge in andern Teilen des Königreichs, denen ich mich jetzt widmen muß, und ich habe zur Zeit besonders viel zu tun. Komm, Archimedes: sag den Herrschaften Auf Wiedersehn.«

»Wiedersehn«, sagte Archimedes zärtlich zu Wart.

»Wiedersehn«, sagte Wart, ohne aufzublicken.

»Aber Ihr könnt nicht so einfach gehn«, rief Sir Ector. »Ihr müßt Eure Kündigungsfrist einhalten!«

»Kann ich nicht?« erwiderte Merlin und nahm die Haltung ein, die Philosophen einzunehmen pflegen, wenn sie sich anschicken, ihren Aggregatzustand zu verändern: sich zu dematerialisieren. Er stellte sich auf die Zehenspitzen, während Archimedes sich auf seiner Schulter festkrallte. Er drehte sich langsam. Wie ein Kreisel. Dann drehte er sich schneller und schneller, bis er nur noch ein blau-grauer Lichtwisch war. Und kurz darauf war gar nichts mehr da.

»Auf Wiedersehn, Wart«, riefen zwei verschwebende Stimmen vor dem Söller-Fenster.

»Wiedersehn«, sagte Wart zum letztenmal — und der arme Bursche rannte schnell aus dem Raum.

KAPITEL 23

er Ritterschlag fand in einem Trubel von Vorbereitungen statt. Kays prunkvolles Bad mußte im Abstellraum hergerichtet werden, zwischen zwei Handtuchständern und einer alten Kiste mit Spielzeug, in der sich eine zerfledderte Stroh-Zielscheibe für Wurfspieße befand (dazumal *fléchette* genannt), denn alle anderen Räume waren mit Gepäck vollgestopft. Das Kindermädchen war die ganze Zeit damit beschäftigt, für jedermann neue warme Unterhosen anzufertigen, da die Überzeugung herrschte, das Klima außerhalb des Forest Sauvage könne nur äußerst tückisch sein. Der Waffenmeister polierte alle Rüstungen, bis sie dünn und durchscheinend wurden, und schliff die Schwerter, bis sie kaum mehr existent waren.

Endlich kam die Zeit der Abreise.

Wer nicht im Alt-England des zwölften Jahrhunderts — oder wann immer es war — gelebt hat, und dazu noch auf einer abgelegenen Burg in der Grenzmark, der wird sich nur schwer vorstellen können, wie wundersam eine solche Reise war.

Die Straße — oder die Piste oder der Pfad — verlief zumeist über die Hügelrücken oder Dünenkuppen, so daß sie zu beiden Seiten auf die öden Marschen niederblicken konnten, wo das verschneite Röhricht raschelte und das Eis knisterte und die Enten laut im winterlichen Sonnenuntergang quakten. Das ganze Land sah so aus. Vielleicht befand sich auf der einen Seite mal ein Moor und auf der anderen ein Wald von hunderttausend Morgen, dessen Bäume lauter weißbeschwerte Äste trugen. Manchmal sahen sie zwischen den Wipfeln eine dünne Rauchsträhne oder weit draußen im undurchdringlichen Ried ein paar zusammengekauerte Gebäude, und zweimal kamen sie durch recht ansehnliche Städte, die sich mehrerer Wirtshäuser rühmten, insgesamt jedoch war's ein England ohne Zivilisation. Die besseren Straßen waren beiderseits jeweils einen Bogenschuß weit von Gestrüpp und Unterholz befreit, so daß hinterhältige Strauchdiebe den Reisenden nichts anhaben konnten.

Sie schliefen, wo sich Gelegenheit bot; bisweilen in der Hütte eines Hirten, der sie gastlich aufnahm, bisweilen auf der Burg eines Ritters, der sie zu einer Verschnaufpause einlud, bisweilen am Herd einer schmutzigen, flohreichen kleinen Herberge, wohin ein aufgepflanzter Besen (das Schankzeichen jener Tage) sie gelockt hatte. Zwei- oder dreimal nächtigten sie, dicht aneinander gedrängt, im Freien zwischen den grasenden Pferden. Überall aber strich der Ostwind pfeifend durchs Ried, und hoch über ihnen flogen nächtens die Gänse dahin, schrill zu den Sternen schreiend.

London war zum Bersten gefüllt. Zum Glück besaß Sir Ector ein kleines Grundstück an der Pie Street, auf dem ein achtbares Gasthaus stand, sonst wäre es ihnen schwergefallen, eine Unterkunft zu finden. Dies also war sein Eigentum, und hieraus bezog er einen Großteil seiner Einkünfte. Sie durften sich glücklich schätzen, für fünf Personen drei Betten vorzufinden.

Am ersten Tag des Turniers gelang es Sir Kay, sie gut eine Stunde vor dem möglichen Beginn der Tjosten auf den Weg zu bringen. Er hatte die ganze Nacht wach gelegen und sich ausgemalt, wie er die besten Barone Englands schlagen würde; am Morgen hatte er kein Frühstück zu sich nehmen können. Jetzt führte er mit blassem Gesicht die Kavalkade an, und Wart wünschte, er hätte irgendeine Möglichkeit, ihn zu beruhigen.

Für Leute vom Lande, die nur das verwahrloste Tilte-Feld von Sir Ectors Schloß kannten, war der Schauplatz, den sie nun erblickten, einfach hinreißend. Es war ein riesiger grüner Kampfplatz, ungefähr so groß wie ein Fußballstadion; er lag zehn Fuß tiefer als die Umgebung und war von sanft ansteigenden Hängen begrenzt. Den Schnee hatte man weggefegt; der Boden war mit Stroh warmgehalten worden, das man in der Frühe entfernt hatte. Und jetzt funkelte das kurzgehaltene Gras grünlich inmitten der weißen Landschaft. Um die Arena herum war alles derart bunt und bewegt und brausend, daß es einem den Atem verschlug. Die hölzernen Tribünen waren scharlachrot und weiß gestrichen. Die zu beiden Seiten aufgeschlagenen seidenen Zelte für die Prominenz leuchteten azurblau und grün und safrangelb und kariert. Die überall aufgepflanzten Fähnlein und Wimpel flatterten mit allen Farben des Regenbogens in der steifen Brise, schlugen knatternd gegen die Stäbe, und die Schranke in der Mitte der Arena trug ein Schachbrettmuster aus Schwarz und Weiß. Die meisten

Kombattanten und ihre Freunde waren noch nicht da, doch die wenigen, die sich schon eingefunden hatten, ließen ahnen, was allen bevorstand: die Hänge würden ein Meer von Blumen sein, die Rüstungen würden blitzen, und die Fransenärmel der Herolde würden im Winde tanzen, wenn sie ihre gleißenden Drommeten an den Mund hoben, um die wolligen Winterwolken mit Fanfarenjubelstößen zu vertreiben.

»Großer Gott!« rief Sir Kay. »Ich habe mein Schwert zu Hause gelassen.«

»Könnt nicht ohne Schwert tjostieren«, sagte Sir Grummore. »Völlig regelwidrig.«

»Geh und hol's«, sagte Sir Ector. »Hast noch Zeit genug.«

»Das kann mein Knappe machen«, sagte Sir Kay. »So etwas Dämliches! Los, Knappe, reit zu und hol mein Schwert aus dem Gasthof. Kriegst einen Schilling, wenn du's beizeiten herbeischaffst.«

Wart wurde so blaß wie Sir Kay, und es sah aus, als wolle er zum Schlag ausholen. Dann sagte er: »Es wird geschehen, Herr!« und lenkte seinen Paßgänger gegen den Strom der Herankommenden. Er drängte sich durch die Menge, so gut er's vermochte, und trabte dem Gasthof zu.

»Mir Geld zu bieten!«, sagte er wütend vor sich hin. »Blickt von seinem großen Turnierpferd auf meine armselige Mähre herab und nennt mich ›Knappe‹! Ach, Merlin, schenk mir Geduld, damit ich diesem Mistkerl seinen dreckigen Schilling nicht ins Gesicht werfe.«

Als er zum Gasthof kam, war dieser geschlossen. Alle hatten sich auf den Weg gemacht, um das berühmte Turnier mitzuerleben. Auch das ganze Gesinde war mit Kind und Kegel dem Strom der Menge gefolgt. Man lebte in zügellosen Zeiten, und deshalb verließ niemand sein Haus — ja ging niemals im Haus zu Bett —, ohne vorher dafür gesorgt zu haben, daß gewiß niemand eindringen konnte. Die hölzernen Läden vor den Fenstern zu ebener Erde waren zwei Zoll stark, und die Türen waren doppelt verriegelt.

»So, und was nun?« fragte Wart. »Wie soll ich mir jetzt meinen Schilling verdienen?«

Niedergeschlagen betrachtete er die verbarrikadierte Herberge. Dann mußte er lachen.

»Armer Kay«, sagte er. »Das mit dem Schilling hast du bloß gesagt, weil du Angst hattest und weil dir nicht wohl war in deiner Haut. Jetzt aber steckst du wirklich in der Klemme. Na ja, ich werd' schon irgendwo ein Schwert herkriegen, und wenn ich in den Tower von London einbrechen müßte. —

Wie kommt man zu einem Schwert?« fuhr er fort. »Wo kann ich eins stehlen? Soll ich, mit diesem dürftigen Klepper, einem Ritter auflauern und ihm gewaltsam sein Schwert entreißen? In einer so großen Stadt muß es doch irgendwo einen Waffenschmied geben, der noch offen hat.«

Er wendete seinen Gaul und trabte die Straße hinab. Am Ende lag ein stiller Kirchhof, und vor dem Portal der Kirche war ein freier Platz. In der Mitte des Platzes war ein schwerer Stein mit einem Amboß darauf, und in dem Amboß steckte, tief hineingetrieben, ein prachtvolles neues Schwert.

»Jau«, sagte Wart, »es wird wohl so eine Art Kriegerdenkmal sein, aber sei's drum. Ich glaub' nicht, daß jemand was dagegen hat, wenn Kay mit einem Denkmals-Schwert kämpft, wo er doch so in der Klemme sitzt.«

Er band sein Pferd an einen Pfosten des überdachten Friedhoftores, ging den kiesbestreuten Weg hinauf und packte den Schwertgriff.

»Komm, Schwert«, sagte er. »Ich bitte ergebenst um Verzeihung, aber du wirst zu einem bessern Zweck gebraucht. —

Sonderbar«, sagte Wart. »Mir ist ganz seltsam zumute, wenn ich dies Schwert anfasse, und ich sehe alles viel deutlicher. Schau, die schönen Wasserspeier der Kirche und des Klosters, zu dem sie gehört. Wie prächtig die berühmten Banner im Seitengang flattern. Wie edel die Eibe ihr rot-schuppiges Geäst zur Ehre Gottes hebt. Wie rein der Schnee ist. Ich rieche etwas wie Sandel und Rosenholz — und ist es nicht Musik, was ich höre?«

Es war Musik, wie von Pansflöten oder Blockflöten, und das Licht auf dem Kirchhof war so klar, ohne zu blenden, daß man zwanzig Schritt ent-fernt eine Nadel hätte ausmachen können.

»Hier ist doch jemand. Hier sind Menschen. Oh, was wollt ihr?«

Niemand gab ihm Antwort — die Musik aber war laut und das Licht leuchtend.

»Ihr da«, rief Wart, »ich brauch' das Schwert. Es ist nicht für mich, sondern für Kay. Ich bring's zurück.«

Immer noch keine Antwort. Wart wandte sich wieder dem Amboß zu. Er sah die goldenen Buchstaben, ohne zu lesen, und die Juwelen am Knauf, die im klaren Licht funkelten.

»Komm, Schwert«, sagte Wart.

Mit beiden Händen packte er den Griff und stemmte sich gegen den Stein. Die Syrinxtöne und Flötenklänge umspielten ihn mit melodischen Figurationen, doch nichts regte sich.

Wart ließ den Griff fahren, als dieser in seine Handflächen schnitt; er trat zurück und sah Sterne.

»Es steckt ordentlich fest«, sagte er.

Noch einmal packte er zu und zog mit äußerster Kraft. Die Musik wurde stärker, und das Licht auf dem Friedhof schimmerte wie Amethyste. Aber das Schwert gab nicht nach.

»Ach, Merlin«, rief Wart, »hilf mir doch, das Schwert hier rauszukriegen.«

Es erhob sich so etwas wie ein Rauschen, und dazu ertönte ein langgezogener Akkord. Über den ganzen Kirchhof verteilten sich Hunderte von alten Freunden. Schemenhaft und wie die Geister ferner Tage stiegen sie hinter der Kirchenmauer auf: Dachse und Nachtigallen und Krähen und Hasen und Wildgänse und Falken und Fische und Hunde und Einhörner und Wespen und *corkindrills* und Igel und Greife und all die vielen anderen Tiere, die er kennengelernt hatte. Überall an der Kirchenmauer tauchten sie auf, die Freunde und Helfer, und einer nach dem andern sprach feierlich zu Wart, sobald er an der Reihe war. Einige waren von den Bannern in der Kirche gekommen, auf denen sie als Wappentiere schwebten, andere aus den Gewässern und vom Himmel und von den Feldern ringsumher — alle aber waren sie, bis hin zur winzigsten Spitzmaus, aus Liebe hergekommen, um zu helfen. Wart spürte, wie seine Kräfte wuchsen.

»Geh vom Kreuz aus und leg dich ins Zeug«, sagte ein Hecht von einem der heraldischen Banner, »wie du's getan hast, als ich dich schnappen wollte. Erinnere dich: die Kraft geht vom Nacken aus.«

»Wo bleibt«, fragte ein Dachs ernst, »der Brustkorb mit den kraftvollen Vorderläufen — ich meine: Armen? Nun komm schon, mein guter Embryo, und schaff dir dein Werkzeug.«

Ein Zwergfalke, ein Merlin, der auf der Spitze der Eibe saß, rief laut: »Wie heißt das erste Gesetz des Fangs, Hauptmann Wart? Ich dachte, ich hätt' mal was von ›niemals loslassen‹ gehört?«

»Nicht durchsacken wie ein Specht«, mahnte ein Waldkauz liebevoll. »Bleib stetig dran, mein Täubchen, und du schaffst es.«

Eine Bläßgans sagte: »Aber Wart! Wer schon einmal über die große Nordsee geflogen ist, der wird doch so ein paar kleine Flugmuskeln koordinieren können? Nimm alle Kraft zusammen und denk ans Ziel — dann kommt's raus wie geschmiert. Mach los, Homo sapiens, denn alle deine Freunde warten hier, um dir zu gratulieren.«

Ein drittes Mal ging Wart zu dem großartigen Schwert. Mit lockerer Hand faßte er es, und es glitt leicht heraus wie aus einer Scheide.

Der Jubel war gewaltig. Es war wie ein tosendes Leierkastengedudel, das kein Ende nehmen wollte. Lange Zeit später, inmitten des Dröhnens, sah er Kay und gab ihm das Schwert. Die Menschen auf dem Turnierplatz machten entsetzlichen Lärm.

»Aber das ist doch nicht mein Schwert«, sagte Sir Kay.

»Ich konnt' kein anderes kriegen«, sagte Wart. »Der Gasthof war dicht.«

»Ein hübsches Schwert ist es ja. Wo hast du's her?«

»Es hat in einem Stein gesteckt, vor einer Kirche.«

Sir Kay hatte nervös das Lanzenstechen beobachtet und wartete, daß die Reihe an ihn käme. Seinem Schildknappen schenkte er nicht allzuviel Beachtung.

»Ziemlich ausgefallen, da ein Schwert zu finden«, sagte er.

»Ja. Es steckte in einem Amboß.«

»Was?« rief Sir Kay und drehte sich heftig um. »Was sagst du? Dieses Schwert hier hat in einem Stein gesteckt?«

»Ja«, sagte Wart. »Es war eine Art von Kriegerdenkmal.«

Sir Kay starrte ihn eine Weile verblüfft an, machte den Mund auf, machte ihn wieder zu, leckte sich die Lippen und stürzte sich dann ungestüm in die Menge. Er suchte Sir Ector, und Wart folgte ihm nach.

»Vater«, rief Sir Kay, »kommt doch einmal her.«

»Ja, mein Junge«, sagte Sir Ector. »Hervorragende Stürze legen diese Professionellen hin, wie? Nanu, was ist denn los, Kay? Du siehst ja kreidebleich aus.«

»Der König von England, der sollte doch ein Schwert herausziehn — erinnert Ihr Euch?«

»Ja.«

»Hier ist es. Ich hab's. Es ist in meiner Hand. Ich hab's herausgezogen.«

Sir Ector machte keine dumme Bemerkung. Er sah Kay an, und er sah Wart an. Dann musterte er Kay, lange und liebevoll, und sagte: »Wir gehn zu der Kirche.«

Als sie vor dem Kirchenportal waren, sagte er: »So, Kay.« Freundlich und fest zugleich sah er seinen Erstgeborenen an. »Hier ist der Stein, und du hast das Schwert. Dadurch wirst du König von England. Du bist mein Sohn, auf den ich stolz bin und auf den ich immer stolz sein werde — was du auch tust. Gibst du mir dein Wort, daß du's allein, aus eigner Kraft, herausgezogen hast?«

Kay sah seinen Vater an. Er sah Wart an. Und er sah das Schwert an. Dann reichte er Wart ganz ruhig das Schwert hinüber.

Er sagte: »Ich habe gelogen. Wart hat's herausgezogen.«

Für Wart folgten merkwürdige Minuten, in denen Sir Ector ihn mehrmals aufforderte, das Schwert wieder in den Stein zu stecken — was er tat —, und in denen Sir Ector und Kay alsdann vergebens versuchten, es herauszuziehen. Wart zog es für sie heraus und steckte es zwei- oder dreimal wieder hinein. Darauf folgten Minuten, die schwer zu ertragen waren.

Er sah, daß sein lieber guter Vormund auf einmal alt und kraftlos wirkte und daß er sich mühsam auf ein gichtgeplagtes Knie niederließ.

»Sir«, sagte Sir Ector, ohne aufzublicken, obwohl er zu seinem eigenen Mündel sprach.

»Bitte, tut das nicht, Vater«, sagte Wart und kniete ebenfalls nieder. »Laßt Euch aufhelfen, Sir Ector. Ich ertrag's nicht.«

»Nee, nee, mein Herr und Gebieter«, sagte Sir Ector, wobei ihm ein paar spärliche Greisentränen übers Gesicht rannen. »Ich bin nicht Euer Vater, bin nicht mal Eures Blutes, doch weiß ich nun, daß Ihr höhern Blutes seid, als ich's je vermutet.«

»Mir haben schon viele gesagt, daß Ihr nicht mein Vater seid«, sagte Wart, »aber das macht überhaupt nichts.«

»Sir«, sagte Sir Ector ehrerbietig, »werdet Ihr mein guter und gnädiger Herr sein, wenn Ihr König seid?«

»Laßt das, ich bitte Euch«, sagte Wart.

»Sir«, sagte Sir Ector, »ich erflehe nicht mehr von Euch, als daß Ihr meinen Sohn, Euern Pflegebruder, zum Seneschall Eurer Ländereien macht...«

Auch Kay kniete nieder, und das war Wart vollends unerträglich.

»Ach, hört doch auf!« sagte er. »Natürlich kann er Seneschall sein, wenn ich schon dieser König sein muß — aber, Vater, kniet doch nicht so nieder: es bricht mir das Herz. Bitte, erhebt Euch, Sir Ector, und macht nicht alles so scheußlich. Ach, du meine Güte, ich wollte, ich hätt' dies dumme Schwert da nie zu sehen gekriegt.«

Und dann kamen auch Wart die Tränen.

KAPITEL 24

ielleicht sollte ein Kapitel von der Krönung handeln.

Natürlich machten die Barone einen ziemlichen Wirbel, doch da Wart mit dem Hineinstecken und Herausziehen des Schwertes bis zum Jüngsten Tag hätte fortfahren können und kein anderer in der Lage war, auch nur daran zu rütteln, mußten sie schließlich klein beigeben. Ein paar Gälen revoltierten; sie wurden später bezwungen. Insgesamt aber waren die Völker Englands und die Partisanen wie Robin heilfroh, daß endlich Ruhe einkehrte. Sie hatten genug von der Anarchie, die unter Uther Pendragon geherrscht hatte; genug von den Lehns- und Feudalherren, von den Rittern, die nach ihrem Gutdünken verfuhren, und genug von der Rassendiskriminierung wie von der Devise, daß Macht vor Recht gehe.

Die Krönung war eine prächtige Zeremonie. Darüber hinaus war sie so etwas wie ein Geburtstag oder wie Weihnachten. Jedermann schickte Wart Geschenke, in Anerkennung seiner Fähigkeit, Schwerter aus Steinen zu ziehen; und etliche Bürger der Stadt London erbaten seine Hilfe, wo es darum ging, Stöpsel aus widerspenstigen Flaschen zu entfernen, festsitzende Leitungshähne aufzuschrauben — sowie bei anderen Notfällen des Alltags, denen sie sich nicht gewachsen fühlten. Der Hundejunge und Wat taten sich zusammen und übersandten ihm eine Mixtur gegen die Staupe und andere Krankheiten, eine Arznei, die Chinin enthielt und ganz unbezahlbar war. Lyo-lyok schickte ihm ein paar mit ihren eigenen Federn befiederte Pfeile. Cavall kam einfach an und bot sich ihm mit Leib und Seele dar. Das Kindermädchen schickte ein Hustenelixier, dreißig Dutzend Schneuztücher, alle benamst, sowie eine Hemdhose mit doppeltem Oberteil. Der Waffenmeister übersandte ihm seine Kreuzfahrerauszeichnungen, auf daß sie von der Nation bewahrt würden. Hob lag die ganze Nacht wach und schickte Cully los, mit neuen weißen Lederriemen, mit silbernem Geschirr und silbernen Glöckchen. Robin und Marian begaben sich auf eine Expedition, die sechs Wochen währte, und sandten ein Gewand aus Edelmarderfellen. Little John packte einen Eibenbogen bei, sieben Fuß lang, den er beim besten Willen nicht zu spannen vermochte. Ein anonymer Igel schickte vier oder fünf schmutzige Blätter mit Flöhen. Das Aventiuren-Tier und König Pellinore steckten die Köpfe zusammen und schickten in einem goldenen Horn mit rotsamtenem Wehrgehänge eine Kostprobe bester Losung, eingewickelt in grünes Frühlingslaub. Sir Grummore übersandte ein Gros Lanzen, die samt und sonders die alten Schul-Embleme trugen. Die Köchinnen, Sassen, Leibeigenen und Gefolgsleute des Castle of the Forest Sauvage, die alle einen ›Engelstaler‹ bekamen und auf Sir Ectors Kosten auf einem von Ochsen gezogenen Kremser zu den Festlichkeiten anreisten, brachten ein gewaltiges Silbermodell der Kuh Crumbocke mit, die zum drittenmal den Siegerpreis gewonnen hatte, und dazu Ralph Passelewe, auf daß er beim Krönungsbankett singe. Archimedes entsandte seinen eigenen Ur-Ur-Enkel, der beim Festmahl auf der Rücklehne des königlichen Thrones sitzen sollte und auf dem Fußboden eine rechte Schweinerei anrichtete. Der Oberbürgermeister und die Ratsherren der Stadt London trugen sich in eine Spendenliste ein, zugunsten eines riesigen Zoos im Tower, wo alle Tiere an einem Tag der Woche zum Wohle ihres Magens fasten mußten — hier war für alles gesorgt: für frisches Fressen, gutes Nachtlager, ständige Pflege und jeden neuzeitlichen Komfort, und hierher zogen sich

Warts Freunde mit Flossen, Fängen und Flügeln im Alter zurück, um den Herbst ihres glückseligen Lebens zu genießen. Die Bürger von London schickten fünfzig Millionen Pfund für den Unterhalt der Menagerie, und die Ladies of Britain fertigten ein Paar schwarze Samtpantoffeln mit Warts goldgestickten Initialen. Kay sandte seinen Rekord-Greif mit aufrichtigen Wünschen. Viele andere geschmackvolle Geschenke trafen ein — von verschiedenen Baronen, von Erzbischöfen, Prinzen, Landgrafen, tributpflichtigen Königen, von Korporationen, Päpsten, Sultanen und königlichen Kommissionen, von städtischen Distriktsräten, Zaren, Beis, Mahatmas und so weiter —, das allerhübscheste Geschenk jedoch kam von seinem alten Vormund, von Sir Ector. Es war eine Narrenkappe, die einer Pharaonenschlange glich und die man an der Spitze anzündete. Wart zündete sie an und sah sie größer werden. Als die Flamme erloschen war, stand Merlin mit seinem Zauberhut vor ihm.

»Tja, Wart«, sagte Merlin. »Da sind wir — oder waren wir — wieder. Wie gut dir die Krone steht! Ich durfte es dir nicht eher — oder später — sagen, aber dein Vater war König Uther Pendragon — oder er wird es sein —, und ich selber, als Bettler verkleidet, habe dich in deinen goldnen Wickelbändern auf Sir Ectors Burg gebracht. Ich weiß alles von deiner Geburt und deiner Herkunft, und ich weiß, wer dir deinen richtigen Namen gegeben hat. Ich kenne den Kummer, der vor dir liegt, und ich kenne deine Freuden. Ich weiß, daß niemand es künftig wagen wird, dich ›Wart‹, ›die Warze‹, zu nennen —, was doch so freundlich klingt. In Zukunft wird es dein glorreiches Schicksal sein, Last und Adel deines eigentlichen und rechtmäßigen Titels auf dich zu nehmen. Also erbitte ich von dir das Privileg, der allererste Eurer Untertanen zu sein, der Euch damit anredet — mein guter Lehnsherr, König Arthur.«

»Werdet Ihr lange bei mir bleiben?« fragte Wart, der das alles nicht so recht begriff.

»Ja, Wart«, sagte Merlin. »Das heißt, ich müßte sagen — oder gesagt haben? — : Ja, König Arthur.«

EXPLICIT LIBER PRIMUS

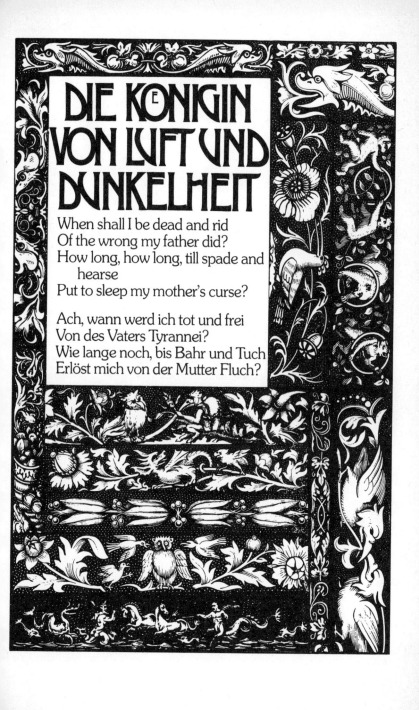

DIE KÖNIGIN VON LUFT UND DUNKELHEIT

When shall I be dead and rid
Of the wrong my father did?
How long, how long, till spade and hearse
Put to sleep my mother's curse?

Ach, wann werd ich tot und frei
Von des Vaters Tyrannei?
Wie lange noch, bis Bahr und Tuch
Erlöst mich von der Mutter Fluch?

INCIPIT LIBER SECUNDUS

KAPITEL 1

s war ein Rundturm, mit einem Wetterhahn auf der Spitze. Der Wetterhahn war eine Aaskrähe mit einem Pfeil im Schnabel, der die Windrichtung anzeigte.
Oben im Turm war ein runder Raum: merkwürdig ungemütlich. Es zog. An der Ostseite befand sich ein Kabinettchen mit einem Loch im Boden. Das Loch beherrschte die Außentüren des Turms, deren es zwei gab, und bei einer Belagerung konnte man von da Steine hinunterwerfen. Unglücklicherweise kam der Wind für gewöhnlich durch das Loch herauf und fegte dann durch die unverglasten Schießscharten-Fenster oder durch den Kamin wieder ins Freie — falls er nicht umgekehrt blies, in welchem Fall es von oben nach unten durch den Raum zog. Es war wie in einem Windkanal. Ein zweites Ärgernis bestand darin, daß der Raum voller Torfrauch war — nicht vom eigenen Feuer, sondern von dem Feuer im darunterliegenden Raum. Das komplizierte Zug-System saugte den Rauch durch den Kamin nach unten. Bei feuchtem Wetter schwitzten die steinernen Mauern. Auch das Mobiliar ließ keine Behaglichkeit aufkommen. Es bestand lediglich aus ein paar Haufen von Steinen — die man, im Bedarfsfalle, durchs Loch werfen konnte — und einigen rostigen Genueser Armbrüsten samt Bolzen sowie einem Berg Torfziegel für das nicht entfachte Feuer. Die vier Kinder hatten kein Bett. Wäre es ein quadratisches Zimmer gewesen, hätte man ihnen vielleicht ein Schrankbett einrichten können — so aber mußten sie auf dem Boden schlafen, wo sie sich mit Stroh und Plaids zudeckten, so gut es eben ging.

Die Kinder hatten sich aus den Decken ein primitives Zelt gemacht, und unter diesem Dach lagen sie dicht beieinander und erzählten sich Geschichten. Sie hörten, wie ihre Mutter im Zimmer darunter im Feuer stocherte, und aus Angst, man könne sie hören, flüsterten sie nur. Sie befürchteten nicht eigentlich, verprügelt zu werden, wenn sie heraufkam. Sie liebten sie leidenschaftlich und beteten sie rückhaltlos an, da ihr Charakter soviel stärker war als der ihre. Auch war ihnen nicht verboten, nach dem Schlafengehen miteinander zu sprechen. Vielmehr war es so, als habe sie ihre Kinder — vielleicht aus Gleichgültigkeit oder Nachlässigkeit oder gar aus einer Art besitzheischender Grausamkeit — zu einer gewissen Dumpfheit im Verhältnis zu Recht und Unrecht erzogen. Es war, als wüßten sie nie genau, wann sie nun lieb und wann sie böse waren.

Sie flüsterten auf gälisch. Genauer: sie wisperten in einer merkwürdigen Mischung von Gälisch und altem Ritter-Idiom, das man ihnen beigebracht hatte, da es ihnen von Nutzen sein werde, wenn sie einmal erwachsen waren. Englisch konnten sie kaum. Später, als berühmte Ritter am Hof des großen Königs, sprachen sie perfekt englisch — außer Gawaine, der, als Oberhaupt des Clans, einen schottischen Akzent beibehielt, um zu zeigen, daß er sich seiner Geburt nicht schäme.

Gawaine erzählte die Geschichte, weil er der Älteste war. Sie lagen nebeneinander wie hagere, seltsame, geheimnisvolle Frösche; sie wiesen einen guten Körperbau auf, der sich bei entsprechender Ernährung kraftvoll runden würde. Sie hatten helles Haar. Gawaines Mähne war leuchtend rot und Gareths Schopf fahler als Heu. Sie waren zwischen zehn und vierzehn Jahren alt, und Gareth war der Jüngste der vier. Gaheris war ein gleichmütiges Kind. Agravaine, der auf Gawaine folgte, war das Sorgenkind der Familie: er war unstet und weinte leicht und hatte Angst vor Schmerzen. Es kam daher, daß er Phantasie besaß und mehr als die andern seinen Kopf benutzte.

»Vor langer Zeit, meine Helden«, sagte Gawaine, »lang ehe man an uns dachte, hatten wir eine schöne Großmutter mit Namen Igraine.«

»Sie ist die Gräfin von Cornwall«, sagte Agravaine.

»Unsre Großmutter ist die Gräfin von Cornwall«, bestätigte Gawaine, »und der verruchte König von England verliebte sich in sie.«

»Der hieß Uther Pendragon«, sagte Agravaine.

»Wer erzählt hier die Geschichte?« fragte Gareth ärgerlich. »Halt den Mund.«

»König Uther Pendragon«, fuhr Gawaine fort, »ließ den Grafen und die Gräfin von Cornwall kommen —«

»Unsern Großvater und die Oma«, sagte Gaheris.

»— und er verkündete ihnen, daß sie bei ihm im Tower zu London wohnen müßten. Dann, als sie bei ihm wohnten, sagte er zu unserer Oma, sie solle seine Frau werden, statt bei unserm Großvater zu bleiben. Aber die keusche und schöne Gräfin von Cornwall . . .«

»Oma«, sagte Gaheris.

Gareth rief aus: »Den Düwel auch, so gib doch endlich Frieden!« Es erhob sich eine gedämpfte Auseinandersetzung, unterbrochen von Schreien, Schlägen und Beschwerden.

»Die keusche und schöne Gräfin von Cornwall«, fuhr Gawaine fort, »wies die Werbung von König Uther Pendragon verächtlich zurück und erzählte es unserm Großvater. Sie sagte: ›Ich glaube, man hat uns hergeholt, auf daß ich entehrt werde. Deshalb, mein Gemahl, schlage ich vor, sofort von hier zu verschwinden und in der Nacht auf unser Schloß zurückzukehren.‹ So entzogen sie sich mitten in der Nacht dem Zorn des Königs —«

»In tiefster Mitternacht«, korrigierte Gareth.

»— Als alle anderen schlafen gegangen waren, sattelten sie ihre stolzen, feueräugigen, flinkfüßigen, ebenmäßigen, breitlippigen, kleinköpfigen, ungestümen Rösser beim Licht einer trüben Laterne und ritten gen Cornwall, so schnell es nur ging.«

»Es war ein grauenhafter Ritt«, sagte Gaheris.

»Sie ritten die Gäule zuschanden«, sagte Agravaine.

»Taten sie nicht«, sagte Gareth. »Unser Großvater und unsre Oma reiten kein Pferd zuschanden.«

»Nein?« fragte Gaheris.

»Nein«, sagte Gawaine nach einigem Überlegen. »Aber viel hat nicht gefehlt.«

Er fuhr mit der Geschichte fort:

»Als König Uther Pendragon am nächsten Morgen hörte, was sich ereignet hatte, war er schrecklich erzürnt.«

»Erschröcklich«, warf Gareth ein.

»Schrecklich erzürnt«, sagte Gawaine. »König Uther Pendragon war schrecklich erzürnt. Er sagte: ›Diesen Grafen von Cornwall werd' ich einen Kopf kürzer machen, bei meiner Heiligkeit, und der Kopf wird zu Tisch getragen!‹ Also schickte er unserm Großvater einen Brief: er solle sich füllen und garnieren, denn innerhalb von vierzig Tagen werde er ihn aus der festesten Burg herausholen.«

»Er hatte zween Burgen«, sagte Agravaine stolz. »Das Castle Tintagil und das Castle Terrabil.«

»Der Graf von Cornwall brachte also unsre Oma nach Tintagil, und er selber ging nach Terrabil, und König Uther Pendragon kam und belagerte sie.«

»Und da«, rief Gareth, der nicht mehr an sich halten konnte, »schlug der König viele Zelte auf, und es gab einen großen Krieg, und viele Menschen wurden getötet!«

»Tausend?« gab Gaheris zu vermuten.

»Mindestens zweitausend«, sagte Agravaine. »Wir Gälen tun's nicht unter zweitausend. Im Ernst: wahrscheinlich war's eine Million.«

»Unser Großvater und unsre Oma trotzten also der Belagerung, und es sah so aus, als würde König Uther entsetzlich geschlagen, da kam ein böser Zauberer mit Namen Merlin —«

»Ein Magier«, sagte Gareth.

»Und dieser Magier — kaum zu fassen! — brachte den tückischen Uther Pendragon mit Hilfe seiner teuflischen Künste in Omas Burg. Opa machte sofort einen Ausfall von Terrabil, aber er wurde im Kampf getötet —«

»Verrat!«

»Und die arme Gräfin Cornwall —«

»Die keusche und schöne Igraine —«

»Unsere Oma —«

»— wurde von dem schwarzhaarigen englischen treulosen Drachenkönig gefangengenommen. Und obwohl sie schon drei hübsche Töchter hatte —«

»Die liebenswerten Cornwall Sisters.«

»Tante Elaine.«

»Tante Morgan.«

»Und Mami.«

»Und obwohl sie diese liebreizenden Töchter hatte, wurde sie gezwungen, den König von England zu heiraten — den Kerl, der ihren Mann umgebracht hatte.«

Überwältigt von solchem *dénouement,* bedachten sie stumm die unglaubliche englische Verruchtheit. Es war die Lieblingsgeschichte ihrer Mutter, wenn sie — was selten genug vorkam — ihnen etwas erzählte, und sie kannten die *story* auswendig. Schließlich zitierte Agravaine ein gälisches Sprichwort, das sie ihnen beigebracht hatte.

»Vier Dingen«, flüsterte er, »darf ein Lothier nicht trauen: dem Horn einer Kuh, dem Huf eines Pferdes, dem Knurren eines Hundes und dem Lachen eines Engländers.«

Ihnen war nicht ganz geheuer, als sie sich im Stroh bewegten und auf die geheimnisvollen Geräusche im darunterliegenden Raume lauschten.

Das Zimmer unter den Geschichtenerzählern wurde von einer einzelnen Kerze und dem safrangelben Lichtschein eines Torffeuers erhellt. Für ein königliches Gemach war's recht armselig, doch hatte es zumindest ein Bett: ein gewaltiges Himmelbett, das tagsüber als Thron benutzt wurde. An einem Dreifuß hing ein eiserner Kessel über dem Feuer. Die Kerze stand vor einer polierten Messingplatte, die als Spiegel diente. Zwei Lebewesen befanden sich in dem Gemach: eine Königin und eine Katze. Beide hatten schwarze Haare und blaue Augen.

Die Katze lag vor dem Feuer hingestreckt auf der Seite, als wäre sie tot. Ihre Beine waren zusammengebunden wie die Läufe einer Ricke, die von der Jagd heimgetragen wird. Sie hatte den Kampf aufgegeben; resigniert lag sie da und starrte mit zusammengekniffenen Augen und bebenden Flanken ins Feuer. Vielleicht war sie erschöpft und am Ende — denn Tiere wissen, wann es keinen Zweck mehr hat. Die meisten besitzen, wenn's ans Sterben geht, eine Würde, die dem Menschen versagt ist. Diese Katze, in deren schrägen Augen kleine Flammen tanzten, ließ vielleicht ihre vergangenen acht Leben an sich vorüberziehen und betrachtete sie mit dem Stoizismus des Tieres — jenseits von Hoffnung und Furcht.

Die Königin hob die Katze auf. Sie wollte eine allbekannte Zauberei ausprobieren, um sich zu verlustieren oder sich zumindest die Zeit zu vertreiben, solange die Männer im Kriege waren. Es war eine Methode, sich unsichtbar zu machen. Die Dame war keine ernsthafte Hexe wie ihre Schwester Morgan le Fay; ihr Kopf war zu leer, um irgendeine große Kunst ernst nehmen zu können, und sei es auch nur die Schwarze. Sie tat es, weil ihr, wie allen Frauen ihrer Rasse, die kleinen Zaubereien im Blut lagen.

Im kochenden Wasser des Kessels bäumte sich die Katze auf und stieß einen schrecklichen Schrei aus. Ihr nasses Fell bog sich im Dampf und schimmerte wie die Flanke eines gespeerten Wals, da sie mit gebundenen Füßen zu springen oder zu schwimmen versuchte. Ihr Maul öffnete sich gräßlich und zeigte den rosigen Schlund und die scharfen, weißen, dornigen Katzenzähne. Nach dem ersten Aufschrei konnte sie keinen Laut mehr von sich geben, streckte nur noch die Pfoten. Dann war sie tot.

Königin Morgause von Lothian und Orkney saß neben dem Kessel und wartete. Gelegentlich bewegte sie die Katze mit einem hölzernen Löffel. Der Gestank kochenden Fells füllte den Raum. Ein heimlicher Beobachter hätte im Flackerschein des Torffeuers ein exquisites Geschöpf zu Gesicht bekommen: ihre Augen waren tief und dunkel und groß, ihr Haar glänzte in schwarzer Pracht, ihr Körper war üppig, und mit kaum wahrnehmbarer Wachsamkeit lauschte sie auf das Geflüster im darüberliegenden Raum.

Gawaine sagte: »Rache!«

»Sie hatten König Pendragon nichts zuleid getan.«

»Sie wollten nur in Ruh' gelassen werden.«

Gareth peinigte der Gedanke an den unfairen Raub ihrer Großmutter — das Bild schwacher und unschuldiger Menschen, Opfer einer übermächtigen Tyrannei, der alten Tyrannei der Gallier, die jeder Kleinbauer auf den Inseln als persönliche Schmach empfand. Gareth war ein großmütiger Junge. Stärke gegen Schwäche: diese Vorstellung war ihm zuwider. Er ertrug es nicht — ihm war, als müsse er ersticken. Gawaine jedoch war wütend, weil es seine Familie getroffen hatte. Er hielt es nicht für falsch oder schlecht, daß die Stärke obsiegte; es ging nur unter keinen Umständen an, daß sein eigener Clan besiegt wurde. Er war weder schlau noch empfindsam, aber er war loyal — bisweilen halsstarrig, und in seinem späteren Leben auf geradezu ärgerliche und törichte Weise bockig und stur. Für ihn hieß es allzeit: *Up Orkney, Right or Wrong.* Dem dritten Bruder, Agravaine, ging die Sache zu Herzen, weil sie seine Mutter betraf. Er hatte eine sonderbare Einstellung zu seiner Mutter, die er jedoch für sich behielt. Und was Gaheris anging: der fühlte und dachte wie die anderen.

Die Katze war zerfallen. Das lange Kochen hatte das Fleisch gelöst und zerfasert, bis nur noch dicker, haariger Schaum und Fett und Fetzen im Kessel schwammen. Darunter drehten sich die weißen Knöchelchen im sprudelnden Wasser; die schweren Knochen lagen still auf dem Grund, und die Häutchen hoben sich anmutig wie Blätter im Herbstwind. Die Königin rümpfte ein wenig die Nase ob des Gestanks dieser ungesalzenen Brühe und seihte die Flüssigkeit in einen zweiten Topf. Auf dem Seihtuch blieb ein Katzen-Bodensatz, eine teigige Masse aus verfilztem Haar und Fleischfetzen und zarten Knochen. Sie blies auf die Ablagerung und wendete sie mit dem Löffelgriff, um das Abkühlen zu beschleunigen. Hernach konnte sie das schmierige Gewölle mit den Fingern sortieren.

Die Königin wußte, daß jede rein-schwarze Katze einen bestimmten Knochen hatte, der einen unsichtbar machen konnte, wenn man ihn in den Mund nahm, nachdem die Katze bei lebendigem Leibe gekocht worden war. Indes wußte niemand genau — nicht einmal zur damaligen Zeit —, welcher Knochen das war. Deshalb mußte die Zauberei vor einem Spiegel stattfinden, damit der richtige experimentell gefunden werden konnte.

Eigentlich gelüstete es Morgause gar nicht nach Unsichtbarkeit — nein: normalerweise wäre ihr das höchst zuwider gewesen, denn schließlich war sie schön. Aber die Männer waren fort. Um überhaupt etwas zu tun, betrieb sie diese einfache und allbekannte Zauberei. Außerdem gab diese ihr einen Grund, ausgiebig vor dem Spiegel zu verweilen.

Die Königin kratzte die Überbleibsel ihrer Katze zu zwei Häufchen zusammen; auf der einen Seite lagen säuberlich die warmen Knochen, auf der anderen diverse sanft dampfende Rückstände. Dann wählte sie einen Knochen aus und hob ihn an die roten Lippen, wobei sie ihren kleinen Finger abspreizte. Sie hielt das Knöchlein zwischen den Zähnen, stand vor dem polierten Messingblech und betrachtete sich mit schläfrigem Wohlgefallen. Sie warf den Knochen ins Feuer und ergriff einen anderen.

Es war niemand da, der sie hätte sehen können. Unter diesen Umständen war es verwunderlich, wie sie sich wendete und drehte, vom Spiegel zum Knochenhaufen, und immer wieder einen neuen Knochen in den Mund steckte und sich betrachtete, um zu sehen, ob sie verschwunden sei, und den Knochen dann fortwarf. Sie bewegte sich so anmutig, als tanze sie — als sei wirklich jemand da, der ihr zusah. Vielleicht aber genügte es ihr auch, sich selbst zu sehen.

Schließlich verlor sie, noch ehe sie alle Knochen probiert hatte, jegliches Interesse. Die letzten fegte sie ungeduldig ins Feuer, und die pelzige Masse kippte sie achtlos aus dem Fenster. Hernach deckte sie das Feuer ab und streckte sich mit einer räkelnden Bewegung auf dem großen Bett aus. Lange lag sie da, ohne zu schlafen, und ihr Körper regte sich ruhelos.

»Und das, meine Helden«, schloß Gawaine, »ist der Grund, weshalb wir von Cornwall und Orkney immerdar gegen die Könige von England sein müssen, und besonders gegen den Clan Mac Pendragon.«

»Deshalb ist unser Paps losgezogen, um gegen König Arthur zu kämpfen, denn Arthur ist ein Pendragon. Hat unsere Mami gesagt.«

»Und die Fehde muß immerdar fortgeführt werden«, sagte Agravaine, »denn Mami ist eine Cornwall. Dame Igraine ist unsre Oma.«

»Wir müssen unsre Familie rächen.«

»Weil unsere Mami die schönste Frau auf der ganzen großen, umfassenden, gewichtigen, wundersamen Welt ist.«

»Und weil wir sie liebhaben.«

Sie liebten sie tatsächlich. Vielleicht schenken wir alle unser ganzes Herz kritiklos gerade denen, die am wenigsten an uns denken.

KAPITEL 2

ährend eines kurzen Friedens zwischen den beiden Gälischen Kriegen geschah es, daß der junge König von England mit seinem Lehrmeister auf den Zinnen des Schlosses von Camelot stand und über die purpurnen Weiten der abendlichen Landschaft blickte. Ein sanftes Licht überflutete die Ebene, gemächlich wand sich der Fluß zwischen der ehrwürdigen Abtei und dem stattlichen Schloß hindurch, und im überflammten Wasser spiegelten sich Türme und Spitzen und Wimpel reglos in der ruhigen Luft.

Wie ein Spielzeug lag die Welt unter den beiden ausgebreitet, denn sie befanden sich auf einem hohen Bergfried, der die Stadt beherrschte. Zu ihren Füßen konnten sie das Gras auf der Außenmauer sehen — es war beängstigend, so tief hinabzublicken — und einen kleinen Mann mit zwei Eimern am Joch, der sich zur Menagerie begab. Der Blick zum Pförtnerhaus war nicht so furchterregend, da es weiter entfernt lag; dort löste die Nachtwache den Sergeanten ab. Sie schlugen die Hacken zusammen und salutierten und präsentierten ihre Piken und tauschten die Losungsworte aus, fröhlich wie Hochzeitsgeläut — was die beiden, da es so weit unten geschah, allerdings nicht hören konnten. Sie sahen wie Zinnsoldaten aus, die kleinen *gallow-glasses*, irische Infanteristen, und ihre Schritte ergaben auf dem herrlichen, von Schafen kurzgehaltenen Rasen keinen Ton. Außerhalb der Sperrmauer feilschten alte Weiber, brüllten Bälger, zechten Korporale; dazwischen blökten ein paar Ziegen, und zwei oder drei Aussätzige mit weißen Kapuzen ließen im Gehen ihre Glöckchen bimmeln; wohltätige Nonnen besuchten zu zweien die Armen, und zwischen einigen Mannsbildern, die an Pferden interessiert waren, entspann sich ein hitziger Disput. Jenseits des Flusses, der unmittelbar an der Burgmauer vorüberfloß, pflügte ein Mann auf dem Felde; sein Pflug war an den Pferdeschwanz gebunden. Der hölzerne Pflug knarrte. In der Nähe warf eine stumme Gestalt die Angel nach Lachsen aus — die Flüsse waren zur damaligen Zeit noch nicht verunreinigt —, und etwas weiter entfernt begrüßte ein Esel lauthals die hereinbrechende Nacht. All diese Geräusche erreichten die beiden auf dem Turm verkleinert, so, als lauschten sie durch ein umgedrehtes Megaphon.

Arthur war ein junger Mann an der Schwelle des Lebens. Er hatte blondes Haar und ein einfältiges Gesicht; zumindest fehlten ihm Schläue und Gewitztheit. Es war ein offenes Gesicht mit gütigen Augen und einem verläßlichen oder treuen Ausdruck, als sei er willens zu lernen und freue sich des Lebens und glaube nicht an die Erbsünde. Er war, das muß gesagt sein, noch niemals ungerecht behandelt worden, und deshalb kam er andern Menschen freundlich entgegen.

Der König trug ein Gewand aus Samt, das Uther dem Eroberer gehört hatte, seinem Vater, und das mit den Bärten von vierzehn Königen besetzt war, welche in alten Tagen bezwungen worden waren. Unglücklicherweise hatten einige dieser Könige rote Haare gehabt, einige schwarze, andere solche aus Pfeffer und Salz, und die Bartlänge war sehr unterschiedlich. Der Besatz wirkte wie eine Federboa. Die Schnurrbärte waren rings um die Knöpfe geheftet.

Merlin trug einen weißen Bart, der bis zum Nabel reichte, eine Brille mit

215

Horngestell und einen kegelförmigen Hut. Dieser war Ausdruck seiner Verbundenheit mit den saxischen Leibeigenen des Landes, deren National-Kopfbedeckung entweder eine Art Taucherkappe oder die phrygische Mütze oder dieser kegelförmige Strohhut war.

Manchmal sprachen die beiden miteinander, wenn es sich so ergab und wenn sie nicht gerade den abendlichen Geräuschen lauschten.

»Jau«, sagte Arthur. »Ich muß schon sagen: es hat was für sich, König zu sein. Es war ein herrlicher Kampf.«

»Meint Ihr wirklich?«

»Natürlich war er herrlich. Denkt doch nur daran, wie Lot von Orkney das Laufen kriegte, als ich Excalibur gezogen hatte.«

»Zuerst hat er die Oberhand gehabt.«

»Das war doch nichts. Da hatte ich Excalibur noch nicht gezogen. Sobald ich mein treues Schwert zog, liefen sie davon wie Kaninchen.«

»Sie werden wiederkommen«, sagte der Zauberer, »alle sechs. Schon sind sie unterwegs: die Könige von Orkney, Garloth, Gore, Schottland, The Tower und die Hundert Ritter — die ganze Gälische Konföderation. Ihr müßt bedenken, daß Euer Anspruch auf den Thron ein wenig ungewöhnlich ist.«

»Laßt sie nur kommen«, entgegnete der König. »Ich bin bereit. Diesmal werde ich sie richtig schlagen, und dann wollen wir schon sehen, wer der Herr ist.«

Der alte Mann stopfte sich seinen Bart in den Mund und begann darauf herumzukauen, wie er's gewöhnlich tat, wenn er nicht weiterwußte. Er biß ein Haar durch, das sich zwischen zwei Zähnen festgeklemmt hatte. Er versuchte, es mit der Zunge zu entfernen, holte es dann mit den Fingern heraus. Schließlich begann er, seinen Bart zu zwei Strähnen zu zwirnen.

»Eines Tages werdet Ihr's wohl lernen«, sagte er. »Aber Gott weiß: das ist ein mühseliges Unterfangen.«

»So?«

»Ja!« sagte Merlin aufgebracht. »So? So? So? Das ist alles, was Ihr sagen könnt. So? So? So? — Wie ein Schuljunge.«

»Ich werd' Euch den Kopf abschlagen, wenn Ihr nicht aufpaßt.«

»Dann schlagt ihn ab. Vielleicht wär's ganz gut. Zumindest brauchte ich dann nicht mehr zu unterrichten und zu erziehen.«

Arthur hob seinen Ellbogen von der Zinne und sah seinen alten Lehrmeister an.

»Was ist los, Merlin?« fragte er. »Hab' ich was falsch gemacht? Das täte mir leid.«

Der Zauberer wickelte seinen Bart auseinander und schneuzte sich.

»Es geht nicht so sehr um das, was Ihr tut«, sagte er. »Es geht darum, wie Ihr denkt. Wenn's etwas gibt, das ich nicht ausstehen kann, dann ist das Dummheit. Ich sage immer: Dummheit ist die Sünde wider den Heiligen Geist.«

»Das weiß ich wohl.«

»Jetzt werdet Ihr sarkastisch.«

Der König nahm ihn bei der Schulter und drehte ihn herum. »Hört mal zu«, sagte er. »Was ist los? Seid Ihr schlechter Laune? Wenn ich was Dummes getan habe, dann sagt's mir. Aber nicht schlechter Laune sein.«

Dies machte den alten Magier noch wütender.

»Euch sagen!« rief er aus. »Und was geschieht, wenn keiner mehr da ist, der Euch etwas sagt? Werdet Ihr denn niemals anfangen, selber zu denken? Was geschieht, wenn ich erst mal in meinem verwünschten Grabhügel eingesperrt bin? Das möcht' ich wohl wissen!«

»Ich wußt' gar nicht, daß es um einen Grabhügel geht.«

»Zum Henker mit dem Grabhügel! — Grabhügel? Wieso Grabhügel? Wovon hab' ich überhaupt gesprochen?«

»Von der Dummheit«, sagte Arthur. »Ausgangspunkt war die Dummheit.«

»Genau.«

»Es hat wohl wenig Sinn, ›genau‹ zu sagen. Dazu hattet Ihr mir etwas sagen wollen.«

»Ich weiß nicht, was ich dazu hatte sagen wollen. Mit Euerm Hin und Her bringt Ihr einen derart durcheinander, daß Euch kein Mensch zwei Minuten lang folgen kann. Womit fing's an?«

»Mit dem Kampf.«

»Nun fällt mir's ein«, sagte Merlin. »Genau damit fing's an.«

»Ich hab' gesagt, es sei ein guter Kampf gewesen.«

»Ich erinnere mich.«

»Und es war auch ein guter Kampf«, wiederholte er, in die Defensive gedrängt. »Es war ein lustiger Kampf, und ich hab' gewonnen, und es hat Spaß gemacht.«

Des Magiers Augen verschleierten sich wie die eines Geiers, da er sich in sich selbst zurückzog. Etliche Minuten herrschte Stille auf den Zinnen. Über ihren Köpfen flogen zwei Wanderfalken mit klingelnden Glöckchen dahin und riefen: Kik-kik-kik. Merlin blickte wieder aus den Augen.

»Es war klug von Euch«, sagte er langsam, »den Kampf zu gewinnen.«

Arthur hatte gelernt, bescheiden zu sein, und er war zu einfältig, um zu merken, daß der Geier im Begriffe war, auf ihn niederzustoßen.

»Na ja. Hab' halt Glück gehabt.«

217

»Sehr klug«, wiederholte Merlin. »Wie viele Eurer Fußsoldaten wurden getötet?«

»Ich weiß nicht mehr.«

»Nein.«

»Kay hat gesagt —«

Mitten im Satz hielt der König inne und sah ihn an.

»Nun gut«, sagte er. »Es war also kein Spaß. Daran hatte ich nicht gedacht.«

»Die Strecke betrug über siebenhundert. Alles Fußsoldaten, natürlich. Keiner der Ritter wurde verwundet — mit Ausnahme des einen, der vom Pferd fiel und sich das Bein brach.«

Als der Magier sah, daß Arthur nicht antworten würde, fuhr er fort:

»Ich vergaß, daß Ihr Euch ein paar äußerst unangenehme Kratzer zugezogen habt.«

Arthur betrachtete seine Fingernägel.

»Ich hasse Euch, wenn Ihr Euch aufspielt.«

Merlin war amüsiert.

»So ist's recht«, sagte er, hakte sich beim König unter und lächelte erfreut. »Das gefällt mir schon besser. Behauptet Euch — das ist die Devise. Um Rat zu fragen, ist fatal. Außerdem werd' ich nicht mehr lange hier sein, um Euch Rat zu geben.«

»Was soll das alles — nicht mehr lange hier sein, und Grabhügel, und so weiter?«

»Es hat nichts zu bedeuten. Es steht mir bevor, mich in Bälde in ein Mädchen namens Nimue zu verlieben, und dann lernt sie meine Zaubersprüche und sperrt mich für etliche Jahrhunderte in einer Höhle ein. Das gehört nun mal zu den Dingen, die eintreten werden.«

»Aber Merlin, wie entsetzlich! Jahrhundertelang in einer Höhle festzusitzen wie eine Kröte im Loch! Dagegen müssen wir aber was unternehmen.«

»Unsinn«, sagte der Zauberer. »Wovon sprach ich doch gleich?«

»Von diesem Mädchen —«

»Ich sprach davon, daß Ihr nie einen Ratschlag annehmen dürft. Nun ja, ich geb' Euch jetzt einen. Ich gebe Euch den Rat, über Kämpfe nachzudenken, und über Euer Reich Gramarye, und über derlei Dinge, die ein König zu tun hat. Werdet Ihr das tun?«

»Natürlich werd' ich das. Aber die Sache mit dem Mädchen, das Eure Zaubersprüche lernt . . .«

»Es geht nämlich nicht nur um Könige, sondern auch um die Leute. Als Ihr sagtet, es sei ein herrlicher Kampf gewesen, da dachtet Ihr wie Euer Vater. Ich möchte, daß Ihr wie Ihr selber denkt, damit meine Erziehung zu etwas nütze war — später, wenn ich in einem Loch eingesperrt bin.«

»Merlin!«

»Schon gut, schon gut. Ich hab' bloß Mitleid erregen wollen. Einerlei. Es sagt sich halt so daher. Dabei dürfte es zauberhaft sein, sich ein paar hundert Jahre ausruhen zu können; und was Nimue angeht: ich denke häufig an sie zurück. Nein, nein, das Wichtigste ist das Für-Euch-selber-Denken und die Angelegenheit mit der Kämpferei. Habt Ihr jemals ernsthaft über den Zustand Eures Landes nachgedacht, zum Beispiel, oder wollt Ihr Euer ganzes Leben lang wie Uther Pendragon sein? Schließlich und endlich seid Ihr ja der König, hol's der Henker.«

»Ich habe nicht allzuviel nachgedacht.«

»Nein. Dann wollen wir das jetzt mal gemeinsam tun. Wie wär's, wenn wir über Sir Bruce Sans Pitié nachdenken würden, Euern gälischen Freund?«

»Über diesen Kerl?!«

»Genau. Und weshalb sagt Ihr das so?«

»Er ist ein Schwein. Er reitet rum und mordet junge Mädchen — und wenn ein richtiger Ritter auftaucht, um sie zu retten, dann reißt er aus, so schnell sein Gaul galoppiert. Er züchtet besonders schnelle Pferde, so daß niemand ihn einholen kann, und außerdem ersticht er Leute von hinten. Er ist ein richtiger Marodeur. Ich würde ihn auf der Stelle töten, wenn ich ihn kriegen könnte.«

»Na ja«, sagte Merlin, »ich glaub' nicht, daß er sich von den anderen sehr unterscheidet. Was ist dieses ganze Rittertum überhaupt? Es bedeutet doch nur, daß man reich genug ist, um eine Burg zu haben und eine Rüstung, und wenn man das hat, dann läßt man die Saxen nach seiner Pfeife tanzen. Das einzige Risiko, das man eingeht: man kann halt ein paar Schrammen abbekommen, wenn man zufällig einem anderen Ritter begegnet. Denkt an den Zweikampf zwischen Pellinore und Grummore, als Ihr klein wart. Die Rüstung — an der liegt's. Alle Barone können die armen Leute nach Herzenslust aufschlitzen, und ihr Tagwerk heißt: andern weh tun. Und das Ergebnis? Das Land ist verheert und verwüstet. Macht vor Recht, lautet das Motto. Bruce Sans Pitié ist nur ein Beispiel für die allgemeine Situation. Seht Euch Lot an und Nentres und Uriens und die andern Gälen, die ums Königreich gegen Euch kämpfen. Ein Schwert aus einem Stein zu ziehen, ist kein legaler Beweis für die Herrschaft, das geb' ich ja zu — aber deswegen kämpfen die Könige der Alten nicht gegen Euch. Obwohl Ihr deren Feudalherr seid, haben sie rebelliert, weil der Thron nicht gesichert ist. Englands Schwierigkeit, so hieß es früher, ist Irlands Gelegen-

heit. Dies ist für sie die Chance, Rassen-Schulden zu begleichen und zum
Spaß ein bißchen Blut fließen zu lassen und durch Lösegelder ein bißchen
Geld einzusacken. Sie selber kostet ihr Ungestüm nicht das geringste, da sie
in Rüstungen stecken — und Euch scheint's gleichfalls zu behagen. Aber seht
Euch das Land an. Stallungen brennen, und aus den Teichen gucken die
Beine von Toten heraus, und in den Straßengräben liegen Pferde mit auf-
gedunsenen Bäuchen, und Mühlen stürzen ein, und Geld wird vergraben,
und niemand traut sich mit Gold oder Schmuck an den Kleidern aus dem
Hause. Das ist Rittertum, heutzutage. Das ist die Uther-Pendragon-Note.
Und Ihr sagt, Kampf mache Spaß!«

»Ich hab' an mich persönlich gedacht.«

»Ich weiß.«

»Ich hätte an die Menschen denken sollen, die keine Rüstung anhaben.«

»Richtig.«

»Macht geht nicht vor Recht — stimmt's, Merlin?«

»Aha!« entgegnete der Zauberer strahlend. »Aha! Ihr seid ein schlauer
Bursche, Arthur, aber so schnell legt Ihr Euern alten Hauslehrer nicht rein.
Ihr wollt mich provozieren. Ich soll Euch das Denken abnehmen. Aber so
leicht fangt Ihr mich nicht; dazu bin ich ein viel zu alter Fuchs. Ihr werdet
schon selber denken müssen. Geht Macht vor Recht? Und wenn nicht —
warum nicht? Gründe angeben, Pläne machen. Wie wollt Ihr's überhaupt
anstellen?«

»Was —«, begann der König, aber er sah, wie die Stirn des Alten sich
bewölkte.

»Na gut«, sagte er. »Ich werd' drüber nachdenken.«

Und er begann nachzudenken, wobei er sich über die Oberlippe fuhr, wo
der Schnurrbart sprießen würde.

Ehe sie den Bergfried verließen, ereignete sich noch ein kleiner Zwischen-
fall. Der Mann, der die beiden Wassereimer zur Menagerie getragen hatte,
kam mit leeren Eimern zurück. Er kam unmittelbar unter ihnen vorbei;
er ging zur Küchentür und wirkte sehr klein. Arthur, der mit einem Stein
spielte, den er aus einer der Pechnasen herausgebrochen hatte, wurde des
Denkens überdrüssig und beugte sich vor, den Stein in der Hand.

»Wie klein Curselaine aussieht.«

»Er ist winzig.«

»Ich möcht' wohl wissen, was passiert, wenn ich ihm diesen Stein auf den
Kopf fallen ließe.«

Merlin schätzte die Entfernung ab.

»Bei zweiunddreißig Fuß in der Sekunde«, sagte er, »würd's ihn umbringen. Vierhundert g reichen aus, die Schädeldecke zu zertrümmern.«

»Auf diese Weise hab' ich noch nie jemanden getötet«, sagte der junge Mann in fragendem Tonfall.

Merlin beobachtete.

»Ihr seid der König«, sagte er.

Dann setzte er hinzu: »Niemand kann Euch was anhaben, wenn Ihr's ausprobiert.«

Arthur verharrte reglos auf der Mauer, vorgebeugt, den Stein in der Hand. Dann blickte er zur Seite, ohne seinen Körper zu bewegen, und sah seinen Lehrmeister an.

Der Stein fegte Merlin den Hut vom Kopf, und der alte Herr turnte hinter ihm her die Stiegen hinab, wobei er mit seinem Zauberstab aus *lignum vitae* wedelte.

Arthur war glücklich. Wie der Mann im Garten Eden vor dem Sündenfall erfreute er sich seiner Unschuld und seines Glücks. Statt ein armer Schildknappe zu sein, war er König. Statt eine Waise zu sein, wurde er von fast allen geliebt, mit Ausnahme der Gälen, und er seinerseits liebte alle und jeden.

Für ihn zeigte die friedlich-fröhliche Oberfläche der taufunkelnden Welt kein Stäubchen des Leids oder der Trauer.

KAPITEL 3

ir Kay hatte allerlei von der Königin von Orkney gehört, und nun stellte er Erkundigungen an.

»Wer ist Queen Morgause?« fragte er eines Tages. »Ich hab' mir sagen lassen, daß sie schön sei. Weshalb bekämpfen uns diese ›Alten‹? Und was ist mit ihrem Mann, dem König Lot? Wie heißt er wirklich? Jemand hat ihn den König der Außen-Inseln genannt, und andere nennen ihn King of Lothian and Orkney. Wo liegt Lothian? Ist das bei Hy Brazil? Ich versteh' nicht, worum die ganze Revolte überhaupt ging. Jeder weiß doch, daß der König von England ihr oberster Feudalherr ist. Wie ich höre, hat sie vier Söhne. Stimmt es, daß sie mit ihrem Mann nicht zurechtkommt?«

Sie ritten heimwärts, nachdem sie einen Tag in den Bergen mit Wanderfalken auf Schneehühner gejagt hatten. Merlin begleitete sie, dem Ausritt zuliebe. Er war neuerdings Vegetarier geworden, Gegner aller blutigen Sportarten aus Prinzip, obwohl er die meisten in seiner gedankenlosen Jugend selber ausgeübt hatte und sogar noch heute insgeheim das Treiben der Falken bewunderte. Ihr meisterliches Kreisen auf der Anwarte — nichts als Flecken am Himmel —, und das Brrr-r-r, wenn sie auf die Schneehühner herabstießen, und dann: wie die armen Beutetiere, auf der Stelle getötet, kopfüber ins Heidekraut fielen — das war eine Versuchung, der er erlag, wohl wissend, daß es Sünde war. Er tröstete sich, indem er sagte, daß die Hühner für den Kochtopf bestimmt seien. Diese Entschuldigung indessen war dürftig, da er ja auch das Essen von Fleisch ablehnte.

Arthur, der wachsam wie ein verständiger junger Monarch auf seinem Pferde saß, hatte ein Stechginstergestrüpp beobachtet, das in jenen frühen Tagen der Anarchie sehr wohl ein Hinterhalt von Strauchrittern sein konnte, und blickte seinen Lehrer von der Seite her fragend an. Halb überlegte er, welche von Kays Fragen der Zauberer wohl beantworten werde, halb aber beurteilte er noch die kriegerischen Möglichkeiten der Gegend. Er wußte, wie weit die Falkoniere zurück waren — der Höker trug die behaubten Falken auf einem quadratischen Gestell, das rückwärts an seinen Schultern hing, beiderseits von einem Reisigen begleitet — und wie weit voraus das nächste mutmaßliche Bogenschützenversteck war.

Merlin beantwortete die zweite Frage von Kay.

»Kriege werden nie aus einem einzigen Grund geführt«, sagte er. »Sie werden aus Dutzenden von Gründen geführt, wobei es kreuz und quer durcheinandergeht. Mit Revolten ist's das gleiche.«

»Aber es muß doch ein Hauptgrund vorhanden sein«, sagte Kay.

»Nicht unbedingt.«

Arthur bemerkte: »Wir könnten jetzt einen Trab einlegen. Von dem Ginstergestrüpp ab haben wir zwei Meilen freies Feld, und dann können wir im Handgalopp zu den Leuten zurückkehren. Es tät' den Pferden gut.«

Merlins Hut flog herunter. Sie mußten anhalten, um ihn aufzuheben. Hernach führten sie ihre Pferde gemächlich in einer Reihe.

»Ein Grund«, sagte der Zauberer, »ist die ewige Fehde zwischen Gälen und Galliern. Die Gälische Konföderation repräsentiert eine uralte Rasse; sie wurde verjagt von verschiedenen Rassen aus England, die Ihr repräsentiert. Ist doch klar, daß sie Euch ans Leder wollen, wann immer sie können.«

»Rassen-Geschichte ist mir zu hoch«, sagte Kay. »Man weiß ja nie, welche Rasse und wieso und warum ... Leibeigene sind sie doch auf jeden Fall — alle.«

Der Alte betrachtete ihn mit einer Art verwunderter Belustigung.

»Das Überraschendste an den Normannen ist«, sagte er, »daß sie von allem, was außerhalb ihres eigenen Bereichs liegt, keine Ahnung haben. Und Ihr, Kay, als normannischer Edelmann, Ihr treibt diese Besonderheit auf die Spitze. Ich bezweifele, daß Ihr überhaupt wißt, wer die Gälen sind. Manche nennen sie Kelten.«

»Eine Celte ist eine besondere Streitaxt«, sagte Arthur und überraschte den Zauberer mit dieser Feststellung dermaßen, wie der Alte seit etlichen Generationen nicht überrascht worden war. Es traf nämlich zu, daß das Wort unter anderem auch diese Bedeutung hatte, obwohl Arthur sie eigentlich nicht hätte kennen dürfen.

»Das meine ich nicht. Ich spreche von den Kelten als Menschen. Wir wollen sie also Gälen nennen. Ich meine die ›Alten‹, die in Britannien und Cornwall und Wales und Irland und Schottland leben. Pikten und dergleichen.«

»Pikten?« fragte Kay. »Ich glaub', davon hab' ich schon mal was gehört. Pikten: die haben immer gepickt — auf den anderen rumgehackt.«

»Und so was hab' ich unterrichtet und erzogen!«

Der König sagte nachdenklich: »Würdet Ihr mir etwas über die Rassen erzählen, Merlin? Ich sollte ja wohl über die Lage im Bilde sein, wenn es einen zweiten Krieg gibt.«

Diesmal blickte Kay überrascht drein.

»Gibt's Krieg?« fragte er. »Das ist das erste, was ich höre. Ich dachte, die Revolte wär' im letzten Jahr niedergeschlagen worden?«

»Seither haben sie eine neue Konföderation gebildet, mit fünf neuen Königen, so daß es jetzt insgesamt elf sind. Auch die neuen gehören zu den ›Alten‹. Es sind Clariance von North Humberland, Idres von Cornwall, Cradelmas von North Wales, Brandegoris von Stranggore und Anguish von Irland. Es wird ein richtiger Krieg, fürchte ich.«

»Und alles wegen Rassen«, sagte sein Ziehbruder angewidert. »Immerhin: ein Spaß könnt's schon werden.«

Der König ignorierte ihn.

»Weiter«, sagte er zu Merlin. »Ich möchte, daß Ihr's mir erklärt. — Nur«, setzte er geschwind hinzu, als der Zauberer den Mund öffnete, »nicht zu viele Einzelheiten.«

Der Zauberer öffnete und schloß seinen Mund zweimal, ehe er sich in der Lage sah, dieser Einschränkung zu entsprechen.

»Vor etwa dreitausend Jahren«, sagte er, »gehörte das Land, durch das Ihr reitet, einem gälischen Stamm, der mit Kupferbeilen kämpfte. Vor zweitausend Jahren wurden sie von einem anderen gälischen Stamm mit Bronzeschwertern nach Westen gejagt. Vor tausend Jahren gab es eine teutonische Invasion von Menschen, die eiserne Waffen hatten; sie betraf jedoch nicht sämtliche Pikten-Inseln, weil die Römer dazwischenkamen und in die Geschichte verwickelt wurden. Die Römer zogen vor etwa achthundert Jahren ab, und dann trieb eine neuerliche teutonische Invasion — meist sogenannter Saxen — das ganze Lumpenpack westwärts, wie üblich.

Die Saxen fingen gerade an, sich häuslich niederzulassen, da kam Euer Vater, der Eroberer, mit seinen Normannenhorden, und da stehn wir nun heute. Robin Wood war ein Saxen-Partisan.«

»Ich dachte, es hieße ›die Britischen Inseln‹.«

»Heißt es auch. Die B's und P's sind durcheinandergeraten. Die Teutonen sind groß darin, ihre Konsonanten durcheinanderzubringen. In Irland reden sie immer noch von irgendwelchen Leuten, die sie Fomorians nennen, obwohl's in Wirklichkeit Pomeranians waren, also Pommern, während . . .«

Arthur unterbrach ihn im kritischen Augenblick.

»Also läuft's darauf hinaus«, sagte er, »daß wir Normannen die Saxen zu Leibeigenen haben, während die Saxen einst eine Art von Unter-Leibeigenen hatten, die man Gälen nannte — die ›Alten‹. In diesem Fall verstehe ich nicht, weshalb die Gälische Konföderation mich — einen Normannenkönig — bekriegt, wo es doch in Wirklichkeit die Saxen waren, die Jagd auf sie machten. Und außerdem ist's ohnehin schon ein paar hundert Jahre her.«

»Ihr unterschätzt das gälische Gedächtnis, mein lieber Arthur. Solche Unterscheidungen kennen sie nicht. Die Normannen sind eine teutonische Rasse wie die Saxen, die Euer Vater besiegte. Was die alten Gälen angeht: die betrachten beide Rassen als Stämme desselben fremden Volkes, das sie nach Norden und Westen getrieben hat.«

Kay sagte entschlossen: »Ich hab' genug von Geschichte. Schließlich sind wir ja erwachsen. Wenn das so weitergeht, üben wir bald wieder Diktat.«

Arthur grinste und begann mit altvertrauter Sing-Sang-Stimme: *Barabara Celarent Darii Ferioque Prioris.* Kay psalmodierte die nächsten vier Zeilen antiphonisch mit.

Merlin sagte: »Ihr habt's ja wissen wollen.«

»Und jetzt wissen wir's.«

»Die Hauptsache ist, daß der Krieg deshalb stattfinden wird, weil die Teutonen oder die Gallier — oder wie immer Ihr sie nennen wollt — die Gälen vor langer Zeit aufgebracht haben.«

»Ganz und gar nicht«, rief der Zauberer aus. »Davon habe ich überhaupt nichts gesagt.«

Sie gafften ihn an.

»Ich habe gesagt: Es wird aus Dutzenden von Gründen Krieg geben, nicht nur aus einem. Ein anderer Grund für diesen speziellen Krieg ist der, daß Königin Morgause die Hosen anhat. Vielleicht sollt' ich sagen, die *trews*: die Schottenhosen.«

Arthur fragte bedachtsam: »Können wir das nicht mal klären? Zuerst wurde mir zu verstehen gegeben, daß Lot und die andern rebelliert hätten, weil sie Gälen sind und wir Gallier. Und jetzt höre ich, daß es mit den Hosen der Königin von Orkney zusammenhängt. Könnt Ihr Euch nicht genauer ausdrücken?«

»Da ist einmal die Fehde zwischen Gälen und Galliern, von der wir sprachen. Daneben aber gibt's noch andere Fehden. Ihr habt doch wohl nicht vergessen, daß Euer Vater den Grafen von Cornwall getötet hat, ehe Ihr geboren wurdet? Königin Morgause ist eine der Töchter des Grafen.«

»Die liebreizenden Cornwall Sisters«, bemerkte Kay.

»Genau. Eine kennt Ihr ja: Königin Morgan le Fay, die Fee. Damals wart Ihr mit Robin Wood zusammen und fandet sie auf einem Bett aus Schweineschmalz. Die dritte Schwester war Elaine. Alle drei sind Hexen dieser oder jener Art, aber Morgan ist die einzige, die ihr Geschäft ernstnimmt.«

»Wenn mein Vater«, sagte der König, »den Vater der Königin von Orkney getötet hat, dann ist das ein guter Grund, ihren Mann gegen mich aufzustacheln.«

»Es ist nur ein persönlicher Grund. Persönliche Gründe sind keine Entschuldigung für einen Krieg.«

»Und weiter«, fuhr der König fort: »Wenn meine Rasse die gälische Rasse vertrieben hat, dann haben die Untertanen der Königin von Orkney meiner Meinung nach ebenfalls einen guten Grund.«

Merlin kratzte sich das Kinn unterm Bart mit der Hand, die den Zügel hielt, und überlegte.

»Uther«, sagte er nach einer Weile, »Euer verstorbener Vater, war ein Aggressor. Genau wie seine Vorgänger, die Saxen, welche die ›Alten‹ vertrieben. Aber wenn wir weiterhin derart rückwärts gerichtet leben, dann kommen wir nie zu einem Ende. Die ›Alten‹ waren ihrerseits Aggressoren, nämlich gegen die frühere Rasse der Kupferbeile; und auch diese Beil-Leute waren Aggressoren, und zwar gegen irgend welche früheren Eskimos, die von Muscheln lebten. Und so geht das weiter und weiter, bis man bei Kain und Abel anlangt. Wichtig ist, daß die Saxen-Eroberung Erfolg hatte, desgleichen der normannische Sieg über die Saxen. Euer Vater hat die Saxen vor langer Zeit angesiedelt, brutal oder nicht, und wenn so viele Jahre verstrichen sind, dann sollte man sich doch bereit finden, einen *status quo* anzuerkennen. Auch möchte ich darauf hinweisen, daß die normannische Eroberung ein Prozeß war, der kleine Einheiten zu größeren verschmolz — wohingegen die derzeitige Revolte der Gälischen Konföderation ein Prozeß der Desintegration ist. Sie wollen das *United Kingdom* — nennen wir's ruhig einmal das Vereinigte Königreich — zu einem Haufen alberner kleiner Königreiche von eigenen Gnaden zerschlagen. Deshalb ist ihr Grund nicht ›gut‹, wie Ihr sagtet.«

Wieder kratzte er sich das Kinn und wurde zornig.

»Diese Nationalisten hab' ich noch nie vertragen können«, rief er aus. »Des Menschen Bestimmung ist, zu vereinen und nicht zu teilen. Wenn man immer weiter teilt, bleiben zum Schluß bloß noch Affen übrig, die sich aus vereinzelt stehenden Bäumen gegenseitig mit Nüssen bewerfen.«

»Und trotzdem«, sagte der König. »Mir scheint, es hat da eine Menge Provokationen gegeben. Vielleicht sollte ich nicht kämpfen?«

»Sondern klein beigeben?« fragte Kay, eher belustigt denn bestürzt.

»Ich könnte abdanken.«

Sie sahen Merlin an, der ihren Blicken auswich. Er ritt weiter, starrte geradeaus und kaute auf seinem Bart.

»Soll ich klein beigeben?«

»Ihr seid der König«, sagte der alte Mann störrisch. »Niemand kann Euch Vorhaltungen machen, wenn Ihr's tut.«

Später sprach er mit sanfterer Stimme weiter.

»Wußtet Ihr«, fragte er versonnen, »daß ich selber einer der ›Alten‹ war? Mein Vater sei ein Dämon gewesen, heißt es, aber meine Mutter war eine Gälin. Was an Menschenblut in mir fließt, stammt von den ›Alten‹. Und was mach' ich? Ich prangere ihre Vorstellung von Nationalismus an, was mich in den Augen ihrer Politiker zum Verräter stempelt — durch derlei Klassifizierungen lassen sich in Debatten leicht Punkte erringen. Und wißt Ihr noch etwas, Arthur? Das Leben ist schon bitter genug — auch ohne Territorien und Kriege und Adelsfehden.«

KAPITEL 4

as Heu war unter Dach und Fach, und das Getreide würde in einer Woche reif sein. Sie saßen am Rande eines Kornfelds im Schatten und beobachteten die dunkelbraunen Menschen mit den weißen Zähnen, die in der Sonne werkelten, ihre Sicheln wetzten und sich insgesamt auf das Ende der Feldarbeit vorbereiteten. Es war friedlich auf den Äckern, die in der Nähe des Schlosses lagen, und vor Pfeilen brauchte man keine Angst zu haben. Während sie den Erntearbeitern zusahen, streiften sie mit den Fingern die halbreifen Ähren ab und bissen genüßlich auf die Körner, schmeckten das milchige Mehl des Weizens und den trockenen, weniger ergiebigen Hafer. Die perlartige Glätte des Gerstenkeims wäre ihnen fremd vorgekommen, denn diese Kulturpflanze war noch nicht bis Gramarye vorgedrungen.

Merlin war immer noch mit seinen Erläuterungen beschäftigt.

»Als ich ein junger Mann war«, sagte er, »herrschte die Auffassung, daß es ein Unrecht sei, in irgendeinem Krieg, ganz gleich welcher Art, zu kämpfen. Eine gehörige Menge Menschen erklärte dazumal rundheraus, nie und nimmer würden sie für irgend etwas kämpfen.«

»Vielleicht hatten sie recht«, sagte der König.

»Nein. Es gibt einen Grund — und das ist, wenn der andere anfängt. Seht Ihr: Kriege sind böse Taten einer bösen Spezies. Sie sind so böse, daß sie nicht erlaubt sein dürften. Kann man jedoch absolut sicher sein, daß der andere angefangen hat, dann könnte sich daraus die Pflicht ergeben, ihm Einhalt zu gebieten.«

»Aber beide Seiten behaupten doch immer, daß die andere angefangen habe.«

»Natürlich tun sie das, und das ist das Gute dabei. Es zeigt nämlich, daß beide Seiten sich im Innern bewußt sind, daß das Böse am Krieg sein Anfang ist.«

»Aber die Gründe!« warf Arthur ein. »Wenn eine Seite die andere aushungert — mit irgend welchen friedlichen, ökonomischen Mitteln, die nicht gradwegs kriegerisch sind —, dann müßte sich die verhungernde Seite doch freikämpfen — wenn Ihr versteht, was ich meine.«

»Ich verstehe, was Ihr glaubt zu meinen«, sagte der Zauberer, »aber Ihr irrt. Das ist keine Entschuldigung für einen Krieg, nicht die mindeste. Es gibt keine. Und welches Unrecht Eure Nation der meinen auch antun mag — abgesehen vom Krieg —, meine Nation wäre im Unrecht, wenn sie einen Krieg *begönne,* um dem abzuhelfen. Einen Mörder, zum Beispiel, läßt man sich doch nicht damit herausreden, sein Opfer sei reich gewesen und habe ihn unterdrückt. Weshalb also sollte man es einer Nation erlauben? Unrecht muß mit Vernunft wiedergutgemacht werden, nicht mit Gewalt.«

Kay sagte: »Gesetzt den Fall, König Lot von Orkney läßt sein Heer an unserer Nordgrenze aufmarschieren — was kann unser König hier anderes tun, als sein Heer ebenfalls dort zu formieren? Und weiter: gesetzt den Fall, alle Lot-Leute zögen ihre Schwerter — was könnten wir anderes tun, als unsere zu ziehn? Die Situation könnte noch viel komplizierter sein. Mir scheint, Aggression ist ziemlich schwer zu definieren.«

Merlin war verdrossen.

»Nur, weil Euch daran liegt«, sagte er. »Ganz offensichtlich wäre Lot der Aggressor, da er mit Gewalt droht. Den Übeltäter kann man stets entlarven, wenn man einen klaren Kopf behält. Und letztlich ist es immer derjenige, der zum ersten Schlag ausholt.«

Kay beharrte auf seinem Argument.

»Nehmen wir einmal zwei Männer«, sagte er, »anstelle von zwei Heeren. Sie stehen einander gegenüber, sie ziehen ihre Schwerter, unter irgendeinem Vorwand, sie gehen in Auslage und tänzeln umeinander herum, um auf die schwache Seite des anderen zu kommen — ja, sie machen mit ihren Schwertern sogar Finten und tun, als schlügen sie zu: aber sie schlagen nicht zu. Wollt Ihr sagen, der Aggressor sei derjenige, der tatsächlich als erster zuschlägt?«

»Ja, wenn's nicht anders zu entscheiden ist. In Eurem Falle aber ist's einwandfrei der Mann, der sein Heer als erster an die Grenze brachte.«

»Die Frage nach dem ersten Schlag bringt uns doch keinen Schritt weiter. Gesetzt den Fall, beide schlagen gleichzeitig zu? Oder gesetzt den Fall, es ist nicht zu erkennen, wer als erster zugeschlagen hat, weil sich so viele gegenüberstanden?«

»Aber man kann's beinah immer an was anderem entscheiden«, rief der Alte aus. »Nehmt Euern gesunden Menschenverstand zu Hilfe. Diese gälische Revolte, zum Beispiel. Welchen Grund hat der König hier, als Aggressor aufzutreten? Er ist ja bereits ihr Feudalherr. Es wäre unsinnig, so zu tun, als greife er an. Man attackiert nicht seinen eigenen Besitz.«

»Ich hab' wirklich nicht das Gefühl«, sagte Arthur, »als hätt' ich angefangen. Ja, ich habe gar nicht gewußt, daß es anfangen würde, bis es tatsächlich angefangen hatte. Es wird wohl damit zusammenhängen, daß ich auf dem Land groß geworden bin.«

»Jeder urteilsfähige Mensch«, fuhr sein Tutor fort, ohne auf die Unterbrechung einzugehen, »der einen klaren Kopf behält, kann bei neunzig von hundert Kriegen entscheiden, welche Seite der Aggressor ist. Zuerst einmal läßt sich feststellen, welche Seite durch einen Krieg möglicherweise etwas gewinnen könnte. Das ist schon ein starkes Verdachtsmoment. Dann läßt sich zeigen, welche Seite zuerst mit Gewalt gedroht oder sich als erste bewaffnet hat. Und schließlich läßt sich häufig nachweisen, wer den ersten Schlag getan hat.«

»Setzen wir aber einmal voraus«, sagte Kay, »daß die eine Seite als erste droht und die andere als erste schlägt?«

»Ach, geht und steckt Euern Kopf in einen Eimer. Ich behaupte ja nicht, daß man unbedingt alles entscheiden kann. Ich habe nur zu Beginn der Diskussion gesagt, daß es viele Kriege gibt, bei denen die Aggression klar auf der Hand liegt; und zumindest in diesen Kriegen mag es die Pflicht anständiger Menschen sein, gegen die Kriminellen anzutreten. Wer nicht sicher ist, daß es sich um einen Kriminellen handelt — und dazu bedarf es aller nur erdenklichen Fairness und Gerechtigkeit —, der soll auf jeden Fall

228

die Finger davon lassen und Pazifist werden. Ich erinnere mich, selber einst ein glühender Pazifist gewesen zu sein — im Burenkrieg, als mein Land der Aggressor war. In der *Mafeking Night* hat eine junge Frau einen Knallfrosch nach mir geschmissen.«

»Erzählt uns von der *Mafeking Night*«, sagte Kay. »Diese Diskussionen über Recht und Unrecht können einen ganz krank machen.«

»*Mafeking Night* . . .« begann der Zauberer, der willens war, allen alles zu erzählen. Der König jedoch unterband dies.

»Erzählt uns von Lot«, sagte er. »Wenn ich gegen ihn kämpfen muß, möchte ich alles über ihn wissen. Ich fange an, mich für Recht und Unrecht zu interessieren.«

»König Lot . . .«, begann Merlin im gleichen Tonfall, wurde diesmal indes von Kay unterbrochen.

»Nein«, sagte Kay, »erzählt von der Königin. Die scheint viel interessanter zu sein.«

»Queen Morgause . . .«

Zum erstenmal in seinem Leben machte Arthur von seinem Vetorecht Gebrauch. Merlin, der die gehobene Augenbraue bemerkte, kam mit unerwarteter Folgsamkeit auf den König von Orkney zurück.

»King Lot«, sagte er, »ist nur einer Eurer Pairs und begüterten Untertanen. Er ist völlig bedeutungslos. Um den braucht Ihr Euch nicht zu kümmern.«

»Warum nicht?«

»Zuerst einmal ist er das, was man in meiner Jugend als einen *Gentleman of the Ascendancy* bezeichnete. Seine Untertanen sind Gälen, wie auch seine Frau, er selber jedoch ist ein Import aus Norwegen. Er ist ein Gallier wie Ihr, ein Mitglied der herrschenden Klasse, die vor langen Zeiten die Inseln eroberte. Was bedeutet, daß seine Einstellung zum Krieg die gleiche ist wie die Eures Vaters. Ob Gälen oder Gallier: das kümmert ihn die Bohne, aber er ist nun mal vom Krieg besessen, so, wie meine viktorianischen Freunde von der Fuchsjagd besessen waren, und überdies lassen sich da allerhand Lösegelder herausschlagen. Auch stachelt ihn seine Frau an.«

»Manchmal wünsch' ich«, sagte der König, »Ihr wärt vorwärts geboren, wie andere Menschen. Viktorianer und *Mafeking Night* und all das . . .«

Merlin war indigniert.

»Der Vergleich zwischen normannischer Kriegführung und viktorianischer Fuchsjagd ist durchaus statthaft. Laßt Euren Vater und König Lot mal einen Augenblick außer Betracht und denkt an die Literatur. Denkt an die normannischen Mythen von solch legendären Gestalten wie den Angevin-

229

Königen. Von Wilhelm dem Eroberer bis zu Heinrich dem Dritten frönten sie dem Krieg saisongemäß. Wenn Saison war, zogen sie zum Treffen los, und zwar in prächtiger Rüstung, was das Risiko einer Verwundung auf ein Fuchsjäger-Minimum reduzierte. Denkt an die entscheidende Schlacht von Brenneville, an der neunhundert Ritter teilnahmen — und nur drei wurden getötet. Denkt an Heinrich den Zweiten, der sich Geld von Stephen lieh, um seine Truppen zu bezahlen, mit denen er gegen Stephen kämpfte. Denkt an die sportliche Etikette, derzufolge sich Henry von einer Belagerung zurückziehen mußte, sobald sein Feind Louis sich mit den Verteidigern in der Stadt verband, da Louis sein Feudalherr war. Denkt an die Belagerung von Mont St. Michel, bei der es als unsportlich galt, dank dem Wassermangel auf seiten der Belagerten zu siegen. Denkt an die Schlacht von Malmesbury, die wegen schlechten Wetters ausfiel. Das ist die Erbschaft, die Ihr angetreten habt, Arthur. Ihr seid König geworden über ein Reich, in dem die volkstümlichen Agitatoren einander aus rassischen Gründen hassen, während der Adel sich spaßeshalber bekriegt — und weder der Rassenfanatiker noch der Lehnsherr bedenkt das Schicksal des gemeinen Soldaten, der als einziger was abkriegt. Wenn Ihr's nicht schafft, daß die Welt sich wandelt, König, dann wird Eure Herrschaft eine endlose Reihe kleinlicher Kriege sein, bei denen die Aggressionen entweder boshaften oder sportlichen Motiven entstammen und bei denen nur der arme Mann von der Straße ins Gras beißt. Deshalb habe ich Euch gebeten nachzudenken. Deshalb ...«

»Ich glaube, Dinadan winkt uns«, sagte Kay. »Wir sollen zum Essen kommen.«

KAPITEL 5

utter Morlans Haus auf den Außen-Inseln war kaum größer als ein geräumiger Hundezwinger, jedoch behaglich und gemütlich und voll interessanter Gegenstände. Zwei Hufeisen waren über die Tür genagelt; fünf, von Pilgern gekaufte Statuen standen herum, behangen mit abgenutzten Rosenkränzen — ein guter Beter nutzt seinen Rosenkranz gehörig ab —; etliche Bündel Zauberflachs lagen auf dem Deckel der Salzkiste; um den Feuerhaken waren etliche Skapuliere gewunden; zwanzig Flaschen mit Bergtau standen dort — die, bis auf eine, sämtlich leer waren; als Relikt von den Palmsonntagen der letzten siebzig Jahre fand sich ein ganzes Gebüsch von vertrockneten Palmwedeln; und endlich gab es reichlich Wollfäden, die man um den Schwanz einer kalbenden Kuh zu winden pflegte. Außerdem war ein großes Sensenblatt vorhanden, mit dem die Alte jeden Einbrecher zu verjagen hoffte — falls einer je so töricht sein sollte, sich hierher zu verirren —, und im Rauchfang hingen einige Eschenlatten, die ihr verstorbener Mann zu Dreschflegeln hatte verarbeiten wollen, an den Latten aber hingen wiederum Aalhäute und Streifen von Pferdeleder. Unter den Aalhäuten stand eine gewaltige Flasche mit heiligem Wasser, und vor dem Torffeuer saß einer der irischen Heiligen, die auf den Außen-Inseln in Bienenkorb-Zellen hausten, und hielt ein Glas Lebenswasser in der Hand. Er war ein rückfällig gewordener Heiliger, welcher der pelagianischen Ketzerei des Celestius anhing und daran glaubte, daß die Seele ihre Errettung selber bewerkstelligen könne. Er war damit beschäftigt, sie mit Mutter Morlans und des Branntweins Hilfe zu retten.

»Gott und Maria zum Gruße, Mutter Morlan«, sagte Gawaine. »Ma'am, wir sind hergekommen, um eine spannende Geschichte zu hören.«

»Gott und Maria und Andreas zum Gruße«, sagte die *bel-dame*. »Ihr wollt eine Geschichte hören, wo Seine Ehrwürden hier am Herde sitzt?!«

»Guten Abend, St. Toirdealbhach. Wir haben Euch in der Dunkelheit nicht gesehen.«

»Gottes Segen mit Euch.«

»Derselbige mit Euch.«

»Sie muß von Morden handeln«, sagte Agravaine. »Von Morden und von Raben, die einem die Augen auspicken.«

»Nein, nein«, rief Gareth. »Sie muß von einem geheimnisvollen Mädchen handeln, das einen Mann heiratet, weil er das Zauberpferd des Riesen gestohlen hat.«

»Ehre sei Gott«, bemerkte St. Toirdealbhach. »Das ist ja wirklich ein' seltsam Geschicht', wo Ihr da zu hören verlangt.«

»Ach, St. Toirdealbhach, erzählt *Ihr* uns doch eine.«

»Erzählt uns von Irland.«

»Erzählt uns von der Königin Maeve, die's nach dem Bullen verlangte.«

»Oder tanzt uns eine Gigue.«

»Gnade den armen Kindern, die sehn wollen, wie Seine Heiligkeit eine Gigue tanzt!«

Die vier Vertreter der Oberschicht setzten sich, wo immer sie Platz fanden — es waren nur zwei Stühle vorhanden —, und starrten den heiligen Mann in stummer Erwartung an.

»Habt Ihr's auf eine moralische Geschichte abgesehn?«

»Nein, nein. Nichts mit Moral. Wir möchten eine Geschichte mit Kämpfen drin. Kommt schon, St. Toirdealbhach: Wie war das damals, als Ihr dem Bischof das Genick gebrochen habt?«

Der Heilige nahm einen ordentlichen Schluck von seinem weißen Whisky und spuckte ins Feuer.

»Da war mal ein König«, sagte er, und die Zuhörer machten ein raschelndes Geräusch, als sie sich bereitsetzten.

»Da war mal ein König«, sagte St. Toirdealbhach, »und dieser König, was meint Ihr wohl, der hieß King Conor Mac Nessa. Er war ein Riese von einem Mann und lebte mit seinen Verwandten an einem Ort, der Tara of the Kings hieß. Es dauerte gar nicht lang, da mußte dieser König gegen die verruchten O'Haras zu Felde ziehn, und in dieser Auseinandersetzung bekam er eine Zauberkugel ab. Ihr müßt wissen, daß die Helden der Vorzeit sich Kugeln aus dem Hirn ihrer Gegner herstellten, das sie in kleinen Portionen zwischen den Handflächen rollten und zum Trocknen in die Sonne legten. Die müssen sie wohl mit der Armbrust verschossen haben, wißt Ihr, wie Bolzen, oder mit der Schleuder. Also, jedenfalls bekam der König eine von diesen Kugeln in die Schläfe, und da steckte sie jetzt vor dem Schädelknochen, an einer ganz kritischen Stelle. ›Ein feiner Held bin ich nun‹, sagt der König, und er läßt die Brehons kommen, die irdischen Richter, und die andern, die über Entbindung Bescheid wissen und so. Der erste Brehon sagt: ›Ihr seid ein toter Mann, König Conor. Die Kugel da, die ist grad am Gehirn.‹ Das haben auch all die medizinischen Herrn gesagt, ohne Ansehn der Person oder des Glaubens. ›Aber was soll ich denn da tun?‹ ruft der König von Irland. ›Ist ja wohl ein hartes Geschick, wenn man nicht mal ein bißchen kämpfen kann, ohne gleich zum Tode befördert zu werden.‹ ›Nichts da‹, sagen die Wunderärzte, ›etwas kann man noch tun, und das ist, daß wir uns ab sofort von allen unnatürlichen Erregungen fernhalten.‹ ›Ja‹, sagen sie, ›und von allen natürlichen Erregungen müßt Ihr Euch auch fernhalten, sonst durchbricht die Kugel nämlich den Knochen, und aus dem Bruch wird ein Ausfluß, und aus dem Ausfluß wird eine Entzündung, und die verursacht eine absolute Abruption aller Lebensfunktionen. Stillhalten, das ist Eure einzige Hoffnung, König Conor. Sonst werdet Ihr's bereuen, und die Würmer machen sich über Euch her.‹ Bei Gott, das war eine schöne Geschichte — könnt Ihr Euch wohl vorstellen. Da lag der arme Conor also auf seinem Schloß und konnt' nicht lachen und konnt' nicht kämpfen und durft' kein Schlückchen trinken und kein Mädchen ansehn, weil er immer Angst hatt', sein Gehirn könne bersten. Die Kugel steckte ihm in der Schläfe, halb drinnen und halb draußen. Damit plagte er sich rum.«

»Ja ja, diese Doktors«, sagte Mutter Morlan. »Groß' Geschrei und nichts dahinter.«

»Was ist denn aus ihm geworden?« fragte Gawaine. »Hat er noch lang in dem dunklen Zimmer gelebt?«

»Was aus ihm geworden ist? Das wollt' ich grad erzählen. Eines Tages, da gab's ein gewaltiges Gewitter, und die Mauern der Burg schwankten wie ein Langnetz hin und her, und ein großer Teil des Vorwerks stürzte ein. Es war das schlimmste Unwetter, wo sie in der Gegend da seit langem erlebt gehabt hatten, und König Conor stürzte in die tobenden Elemente, um sich Rats zu holen. Da stand einer von seinen Brehons, irgendwie, und den hat er gefragt, was es denn sein könnt'. Dieser Brehon war ein gelehrter Mann, und er hat's König Conor gesagt. Er hat ihm erzählt, wie sie den Tag unsern Heiland im Judenland an einen Baum geknüpft haben, und wie deshalb das Gewitter losgegangen ist, und dann hat er König Conor vom Evangelium Gottes gesprochen. Und da, was denkt Ihr wohl, da rannte König Conor von Irland völlig aufgeregt ins Schloß zurück, um sein Schwert zu holen, und er kam mit seinem Schwert wieder ins Unwetter herausgerannt, um seinen Heiland zu retten. Und so ist er gestorben.«

»War er tot?«

»Ja.«

»Sagt bloß!«

»Was für ein schöner Tod«, sagte Gareth. »Er hatte ja nichts davon, aber es war großartig!«

Agravaine sagte: »Wenn mir meine Doktors sagen täten, ich sollt' mich vorsehn, dann könnt' mich nichts aus der Ruhe bringen. Kann ich mir überhaupt nicht vorstellen.«

»Aber ritterlich war's doch?«

Gawaine ließ nachdenklich seine Zehen spielen.

»Dumm war's«, sagte er schließlich. »Ist ja nichts Gutes bei rausgekommen.«

»Aber er hat Gutes tun wollen.«

»Nicht für seine Familie«, sagte Gawaine. »Ich weiß nicht, wieso er sich derart aufgeregt hat.«

»Natürlich war's für seine Familie. Es war für Gott, der jedermanns Familie ist. König Conor hat sich auf die Seite des Rechts gestellt, und dafür hat er sein Leben gegeben.«

Agravaine rutschte ungeduldig in der weichen, rostfarbenen Torfasche hin und her. Er hielt Gareth für einen Blödkopf.

»Erzählt uns die Geschichte«, sagte er, um das Thema zu wechseln, »wie die Schweine erschaffen wurden.«

»Oder die«, sagte Gawaine, »von dem großen Conan, der an einen Stuhl gezaubert wurde. Er hing ganz fest, irgendwie, und sie konnten ihn nicht

233

loskriegen. Da rissen sie ihn dann mit Gewalt los, und es ergab sich, daß sie ihm ein Stück Haut aufs Hinterteil verpflanzen mußten — aber das war Schafleder, und von da an wurden die Strümpfe, die die Fianna trug, aus der Wolle gemacht, die auf Conan wuchs!«

»Nein, tut's nicht«, sagte Gareth. »Keine Geschichten mehr. Laßt uns einfach hier sitzen, meine Helden, und uns über ernste Angelegenheiten unterhalten. Wir wollen von unserm Vater reden, der in den Krieg gezogen ist.«

St. Toirdealbhach nahm einen kräftigen Schluck von seinem Bergtau und spuckte ins Feuer.

»Ist der Krieg nicht das Größte?« bemerkte er, in Erinnerung schwelgend. »Früher bin ich noch und noch in den Krieg gezogen, bevor ich heiliggesprochen wurde. Ich hab' dann bloß davon genug bekommen.«

Gawaine sagte: »Ich begreif' nicht, wie man von Kriegen genug bekommen kann. Ich werd's nie, das weiß ich bestimmt. Schließlich ist's doch die vornehmste Beschäftigung eines Edelmannes. Ich meine, das wär' doch genauso, als würd' man die Jagd leid, oder die Falkenbeiz.«

»Krieg«, sagte Toirdealbhach, »kann schon was Schönes sein, wenn nicht gar so viele drinnen sind. Wenn sich zu viele bekämpfen — woher soll man da noch wissen, worum's überhaupt geht? In Old Ireland hat's wirklich schöne Kriege gegeben, aber da ging's um einen Bullen oder irgend was, und jedermann war von Anfang an mit dem Herzen dabei.«

»Wieso seid Ihr dann die Kriege leid geworden?«

»Weil sie durch diese Vielen einfach ru-niert worden sind. Wer tötet denn schon einen Menschen, wenn er nicht weiß, worum's geht? Oder einfach nur so? Ich hab' mich lieber an Einzelkämpfe gehalten.«

»Das muß schon lange her sein.«

»Aye«, sagte der Heilige bedauernd. »Die Kugeln, von denen ich Euch erzählt hab' — also: die Gehirne —, taugten nicht recht was, wenn sie nicht im Einzelkampf beigebracht waren. Sie mußten wertvoll sein.«

»Ich stimme mit Toirdealbhach überein«, sagte Gareth. »Was hat's schließlich für einen Sinn, arme Fußsoldaten zu töten, die keine Ahnung haben? Viel besser wär's, wenn die Leute, die aufeinander wütend sind, selber kämpfen würden, Ritter gegen Ritter.«

»Aber auf die Weise gäb's doch überhaupt keine richtigen Kriege!« warf Gaheris ein.

»Es wär' absurd«, sagte Gawaine. »Um einen Krieg zu machen, mußt du Leute haben, massenhaft Leute.«

»Sonst kannst du sie ja nicht töten«, erklärte Agravaine.

Der Heilige nahm einen weiteren Schluck Whisky zu sich, summte ein

234

paar Takte von *Poteen, Good Luck to Ye, Dear* und sah Mutter Morlan an. Er spürte, wie eine neue Ketzerei sich seiner bemächtigte, möglicherweise als Folge des Weingeists, und sie hing mit dem Zölibat der Geistlichkeit zusammen. Einer Häresie hatte er sich bereits schuldig gemacht, was die Form seiner Tonsur betraf; dazu kam die übliche bezüglich des Osterdatums, weiterhin seine pelagianische Geschichte — doch die jüngste ließ das Gefühl in ihm wachwerden, als sei die Anwesenheit von Kindern höchst überflüssig.

»Kriege«, sagte er mit Abscheu. »Und wie wollen solche Dreikäsehochs wie Ihr darüber reden? Wollt Ihr mir das mal sagen, wo Ihr nicht größer seid als eine brütende Henne? Hinweg mit Euch, eh ich Euch einen bösen Zauber anhänge.«

Es war, wie die ›Alten‹ wohl wußten, sehr gefährlich, Heilige zu verärgern oder zu reizen — also standen die Kinder geschwind auf.

»Nicht doch«, sagten sie. »Eure Heiligkeit — nichts für ungut, bittschön. Wir hatten nur Gedanken austauschen wollen.«

»Gedanken!« rief er und griff nach dem Feuerhaken — und sie entwischten im Handumdrehn durch die niedrige Tür und standen in den waagrechten Strahlen der untergehenden Sonne auf der sandigen Straße, während hinter ihnen aus dem dunklen Innern Bannflüche grollten, oder was immer das war.

Auf der Straße suchten zwei mottenzernagte Esel in den Ritzen einer Mauer nach Unkraut. Ihre Läufe waren zusammengebunden, so daß sie sich kaum bewegen konnten, und ihre Hufe waren schlimm verwachsen, so daß sie wie Widderhörner oder wie gebogene Schlittschuhe aussahen. Die Jungen requirierten sie sofort — kaum hatten sie die beiden Tiere gesehen, da kam ihnen schon eine neue Idee. Schluß mit dem Geschichtenerzählen und den Kriegsdiskussionen — sie würden mit den Eseln zu dem kleinen Hafen hinter den Dünen gehen. Wenn die Männer, die mit ihren *currachs* — Booten aus Weidengeflecht, mit Häuten überspannt — draußen gewesen waren, einen guten Fang anlandeten, würden die Esel zum Fischetragen wie gerufen kommen.

Gawaine und Gareth mühten sich mit dem fetten Esel ab; einer saß jeweils auf, während der andere das Tier mit Prügeln antrieb. Gelegentlich tat der Esel einen Hopser; er weigerte sich indessen standhaft, in Trab zu fallen. Agravaine und Gaheris saßen beide auf dem mageren Grauohr; der Erstgenannte mit dem Gesicht nach rückwärts, um wütend auf das Hinterteil des Esels einschlagen zu können. Er tat dies mit einem dicken Schilfstengel, und dabei zielte er unter den Schwanz, wo es besonders schmerzte.

Sie boten einen höchst sonderbaren Anblick, als sie ans Meer kamen:

die dürren Kinder, an deren scharfen Nasenspitzen jeweils ein Tropfen hing und deren knochige Gelenke aus den Jackenärmeln herausgewachsen waren — und die Esel, die in kleinen Kreisen umhertollten und zwischendurch ausschlugen und einen Luftsprung vollführten. Sonderbar war es deshalb, weil sich alles im Kreise drehte, weil alles einer einzigen Absicht diente. Es war, als bildeten sie ein eigenes Sonnensystem in einem sonst gänzlich leeren Weltraum, wie sie sich da inmitten der Dünen und des rauhen Grases an der Gezeitenmündung drehten und drehten und drehten. Vielleicht haben auch die Planeten kaum anderes im Sinn.

Die Gedanken der Kinder jedenfalls waren darauf gerichtet, den Eseln Schmerz zuzufügen. Niemand hatte ihnen gesagt, daß es grausam sei, ihnen weh zu tun, und niemand auch hatte es den Eseln gesagt. Die wußten, in ihrer begrenzten Welt, schon allzuviel von Grausamkeit, als daß sie darüber erstaunt gewesen wären. Dergestalt bildete der kleine Zirkus eine Einheit — die Tiere wollten sich nicht bewegen, und die Kinder hatten nichts anderes im Sinn, als sie zu bewegen; beide Gruppen waren durch ein Glied miteinander verbunden: durch den Schmerz, den beide fraglos hinnahmen. Der Schmerz an sich war eine solche Selbstverständlichkeit, daß er, als bedeute er nichts, völlig aus dem Bild verschwunden war. Die Tiere schienen nicht zu leiden, und die Kinder schienen das Leiden nicht zu genießen. Der einzige Unterschied bestand darin, daß die Kinder äußerst lebhaft waren, während die Esel starr und stur blieben.

In diese paradiesische Szene kam, ehe ihnen die Erinnerung an Mutter Morlans Stube noch ganz aus dem Gedächtnis entschwunden war, ein Zauber-Nachen übers Wasser daher, eine mit weißen Stoffen verhangene Barke, mystisch und geheimnisvoll, und ihr Kiel erzeugte in den Wellen eine wunderliche Musik. In dem Schiff befanden sich drei Ritter und eine seekranke Bracke. Etwas, das gälischer Tradition weniger entsprochen hätte, war schlechthin undenkbar.

»Ich muß schon sagen!« sagte die Stimme des einen Ritters im Kahn, während sie noch weit draußen waren. »Da ist doch eine Burg, wie, was? Und was für eine hübsche, muß ich sagen!«

»Lieber Freund«, sagte der zweite, »schaukelt nicht so, sonst plumpsen wir gleich allesamt ins Meer.«

Ob dieser Rüge verflog König Pellinores Begeisterung, und die verdutzt dastehenden Kinder erstaunten noch mehr, als er in Tränen ausbrach. Sie hörten sein Schluchzen im Klatschen der Wellen und in der Musik des näherkommenden Schiffes.

»Oh, Meer!« sagte er. »Wie wünscht' ich doch, ich wär' in dir, was? Ich

236

wünscht', ich läg fünf Faden tief, fürwahr. Ach, steh mir bei, ach, steh mir bei!«

»Zwecklos, ›dreh hier bei‹ zu sagen, alter Knabe. Der Kasten dreht bei, wo *er* will. Ist ja auch ein Zauber-Kahn.«

»Ich hab' nicht ›dreh hier bei‹ gesagt«, gab der König zurück. »Ich hab ›steh mir bei‹ gesagt.«

»Er dreht trotzdem nicht bei.«

»Ist mir auch ganz egal, ob er beidreht oder nicht. Ich hab' ›steh mir bei‹ gesagt!«

»Also gut: dreh hier bei.«

Und der Zauber-Nachen drehte bei und legte dort an, wo sonst die Fischerboote auf den Strand gezogen wurden. Drei Ritter stiegen aus, und der dritte, wie man sah, war ein Schwarzer. Er war ein gelehrter Heide oder Sarazene mit Namen Sir Palomides.

»Glücklich gelandet«, sagte Sir Palomides. »Schockschwerenot!«

Die Menschen kamen von überallher, stumm, staunend. Je näher sie den Rittern kamen, desto langsamer gingen sie; die im weiteren Umkreis aber liefen. Männer, Frauen und Kinder eilten über die Dünen herbei und rannten den Burghang herunter und verhielten dann plötzlich den Schritt. In einer Entfernung von zwanzig Schritt blieben sie allesamt stehen. Sie bildeten einen Kreis und starrten die Neuankömmlinge stumm an — wie Touristen, die in den Uffizien auf die Gemälde stieren. Sie studierten sie, betrachteten sie bedächtig. Es hatte jetzt keine Eile mehr, man brauchte nicht zum nächsten Bild zu hetzen. Ja, es gab weiter keine Bilder — hatte nie andere gegeben, nur die altvertrauten Szenen von Lothian, seit sie denken konnten. Ihr Starren war nicht ausgesprochen feindlich, allerdings auch nicht freundlich. Bilder sind da, um aufgenommen zu werden. Es begann bei den Füßen; dies schon deshalb, da die Fremdlinge merkwürdig fremdländisch gekleidet waren, wie Ritter in voller Rüstung; dann wurde das Gefüge der Konstruktion gemustert, seine Gliederung in Augenschein genommen und der mögliche Preis ihrer *sabathons* taxiert. Weiter ging's zu den Beinschienen, zum Harnisch, und immer höher. Die Gesichter wurden zuletzt examiniert; aber das brauchte seine Weile.

Die Gälen umstanden die Gallier offenen Mundes, während die Dorfkinder die Kunde verbreiteten und Mutter Morlan mit hochgeschürzten Röcken angetrottet kam und die Fischerboote wie wild heimwärts ruderten. Die jungen Prinzchen von Lothian stiegen wie in Trance von ihren Eseln und schlossen sich dem Kreise an. Der Kreis nun verengte sich langsam, drängte seiner Mitte zu, unmerklich, unhörbar wie der Minutenzeiger einer

Uhr; nur die Spätkommenden gaben noch unterdrückte Rufe von sich, verstummten aber, sobald sie in den Ring einbezogen waren. Der Kreis zog sich zusammen, da er die Ritter anfassen wollte — nicht jetzt, nicht in der nächsten halben Stunde, nicht eher, als bis die Examinierung vorüber war, vielleicht nie. Am Ende aber hätte er sie doch gerne angefaßt, teils, um sich zu vergewissern, daß sie wirklich waren, teils, um den Preis ihrer Gewandung zu errechnen. Während das Abschätzen noch seinen Fortgang nahm, geschah dreierlei. Mutter Morlan und die alten Weibsen beteten den Rosenkranz, die jungen Frauen zwickten einander und kicherten, und die Männer, die im Hinblick auf das Beten ihre Häupter entblößt hatten, tauschten Bemerkungen auf Gälisch aus: »Sieh dir den Schwarzen an, Gott behüt' uns vor dem Übel!« oder: »Sind die nackicht zur Bettzeit? Wie bringen die bloß ihr Eisengeschirr vom Leibe, um alles in der Welt?« — Und in den Köpfen von Frauen und Männern, unabhängig von Alter und Umstand, begann es zu wachsen, fast sichtbar, fast greifbar: das ungeheure, das unberechenbare Miasma, welches das Hauptmerkmal des gälischen Geistes ist.

Diese da waren Knights of Sassenachs, so dachten sie — denn sie konnten's an der Rüstung erkennen —, und infolgedessen Ritter des Königs Arthur, jenes Königs also, gegen den ihr eigener König zum zweiten Mal revoltiert hatte. Waren sie etwa mit typisch Sassenach'scher Gerissenheit gekommen, um König Lot in den Rücken zu fallen? Waren sie, als Abgesandte des Oberlehnsherrn — des *Landlord* —, gekommen, um die Rittersteuer einzutreiben, den fälligen Schildpfennig? Waren sie Angehörige der Fünften Kolonne? Oder gar noch komplizierter — denn es gab doch wohl keinen Sassenach, der so naiv war, in der Kluft der Sassenach herzukommen —: waren sie vielleicht überhaupt keine Abgesandten von König Arthur? Hatten sie sich — mit schier unfaßbarer Gewitztheit — nur als sie selber verkleidet? Wo war der Haken? Irgendwo war immer einer.

Der Ring zog sich enger zusammen; die Münder der Menschen gähnten noch offener, ihre gekrümmten Körper kuschten sich zu formlosen Säcken und Vogelscheuchen, ihre Äuglein huschten argwöhnisch in alle Richtungen, und ihre Gesichter nahmen einen Ausdruck verbissener Dümmlichkeit an, der noch leerer war als zu normalen Zeiten.

Die Ritter drängten sich, Schutz suchend, näher aneinander. Rundheraus gesagt: sie wußten gar nicht, daß England mit Orkney im Krieg lag. Sie waren in eine Aventiure verstrickt gewesen und konnten deshalb nicht ahnen, was sich in der Zwischenzeit zugetragen hatte. In Orkney würd's ihnen keiner sagen.

»Seht nicht hin«, sagte König Pellinore, »aber da sind Leute. Was meint Ihr: ob die wohl friedfertig sind?«

KAPITEL 6

n Carlion herrschte wegen der Vorbereitungen zum zweiten Feldzug die größte Verwirrung. Merlin hatte Vorschläge gemacht, wie er zu gewinnen sei; da diese jedoch einen Hinterhalt mit geheimer Hilfe von außerhalb einbezogen, hatten sie im Dunkeln gehalten werden müssen. Lots langsam heranrückendes Heer war zahlenmäßig so viel stärker als des Königs Streitmacht, daß es erforderlich geworden war, mit Kriegslist zu operieren. Die Art und Weise, wie die Schlacht geschlagen werden sollte, war ein Geheimnis, das nur vier Personen kannten.

Die gewöhnlichen Bürger, denen die große Politik zu hoch war, hatten alle Hände voll zu tun. Piken mußten geschärft werden, weshalb die Schleifsteine in der Stadt bei Tag und Nacht kreischten. Tausende von Pfeilen mußten befiedert werden, weshalb in den Häusern der Pfeilmacher das Licht nicht mehr ausging — und die bedauernswerten Gänse auf den Gemeindeweiden wurden fortwährend von eifrigen Freisassen auf der Jagd nach Federn verfolgt. Die königlichen Pfaue waren kahl wie alte Besen — fast alle Meisterschützen schätzten Pfauenfedern, da sie ›Klasse‹ waren: sie hatten den Pfauen-Fimmel —, und der Geruch kochenden Leims stieg gen Himmel. Die Waffenschmiede, welche die Ritter ausstaffierten, hämmerten munter und musikalisch drauflos, und die Hufschmiede beschlugen die Streitrosse, und die Nonnen strickten unaufhörlich Wollschals für die Soldaten oder fabrizierten eine Art Verbandsstoff, den man *tent* nannte. König Lot hatte bereits einen Treffpunkt für die Schlacht bestimmt: Bedegraine.

Der König von England erkletterte mühsam die zweihundertundacht Stufen, die zu Merlins Turmzimmer führten, und klopfte an die Tür. Der Zauberer war da; Archimedes saß auf der Rückenlehne seines Sessels und versuchte angestrengt, die Quadratwurzel von minus eins zu finden. Er hatte vergessen, wie man das macht.

»Merlin«, sagte der König keuchend, »ich möcht' mit Euch reden.«

Der Alte schlug laut sein Buch zu, sprang auf die Füße, packte seinen Stab aus *lignum vitae* und stürzte sich auf Arthur, als wolle er ein verirrtes Huhn zurückscheuchen.

»Verschwindet!« rief er. »Was wollt Ihr hier? Was soll das heißen? Seid Ihr nicht König von England? Geht und laßt mich holen! Verschwindet aus meinem Zimmer! So was habe ich doch noch nicht gehört! Geht sofort und laßt mich holen!«

»Aber ich bin doch hier.«

»Nein, seid Ihr nicht«, entgegnete der Magier spitzfindig. Er schob den König zur Tür hinaus und schlug sie hinter ihm zu.

»Jau!« sagte Arthur und ging bekümmert die zweihundertundacht Stufen hinunter.

Eine Stunde später fand Merlin sich in den königlichen Gemächern ein, nachdem ein Page ihm eine entsprechende Vorladung übermittelt hatte.

»So ist's schon besser«, sagte er und ließ sich bequem auf einer mit einem Teppich bedeckten Bank nieder.

»Steht auf«, sagte Arthur; er klatschte in die Hände und ließ den Sitz von einem Pagen entfernen.

Merlin stand da und kochte vor Entrüstung. Er ballte die Fäuste, und die Handknöchel wurden weiß.

»Wir unterhielten uns seinerzeit über das Rittertum«, begann der König in leichtem Plauderton . . .

»Ich kann mich keiner solchen Unterhaltung erinnern.«

»Nein?«

»In meinem ganzen Leben bin ich nicht derart beleidigt worden!«

»Aber ich bin der König«, sagte Arthur. »Und Ihr könnt Euch doch in Gegenwart eines Königs nicht hinsetzen.«

»Quatsch!«

Arthur brach in ein Gelächter aus, das schon nicht mehr schicklich war, und Sir Kay, sein Ziehbruder, und Sir Ector, sein alter Vormund, kamen hinter dem Thron hervor, wo sie sich versteckt hatten. Kay nahm Merlins Hut ab und setzte ihn Sir Ector auf, und Sir Ector sagte: »Teufel-noch-eins, jetzt bin ich ein Schwarzkünstler. Hokuspokus.« Da fingen alle an zu lachen, schließlich auch Merlin, und Sitzgelegenheiten wurden herbeibeordert, so daß alle sich niederlassen konnten, und Weinflaschen wurden geöffnet, damit es keine trockne Zusammenkunft werde.

»Wißt Ihr«, sagte der König stolz, »ich habe ein Konzilium einberufen.«

Es entstand eine Pause, denn es war das erste Mal, daß Arthur eine Rede hielt, und er mußte seine Gedanken sammeln.

»Also«, sagte der König. »Es geht um das Rittertum. Darüber möchte ich sprechen.«

Merlin beobachtete ihn sogleich scharfen Blicks. Seine knotigen Finger flatterten zwischen den Sternen und Geheimzeichen seines Gewandes, aber dem Redner half er nicht. Man könnte sagen, daß der kritische Augenblick seiner Laufbahn gekommen war — der Augenblick, auf den hin er seit wer-weiß-wie-vielen Jahrhunderten rückwärts gelebt hatte; und nun würde er sehen, ob sein Leben umsonst gewesen war.

»Ich habe nachgedacht«, sagte Arthur, »über Macht und Recht. Ich glaube nicht, daß man Dinge tun sollte, weil man sie tun *kann*. Ich glaube, man sollte sie tun, weil man sie tun *sollte*. Ein Penny ist schließlich auf jeden Fall ein Penny, wieviel Macht auch ausgeübt wird, um zu beweisen, daß er's ist oder daß er's nicht ist. Ist das klar?«

Niemand antwortete.

»Also, ich hab' mich eines Tages einmal mit Merlin auf den Zinnen unterhalten, und da erwähnte er, daß unser letzter Kampf — in dem siebenhundert Fußsoldaten getötet wurden — kein so großer Spaß gewesen sei, wie ich gedacht hatte. Natürlich machen Kämpfe keinen Spaß, wenn man darüber nachdenkt. Ich meine, man sollte keine Menschen töten. Es ist besser, am Leben zu bleiben. —

Also gut. Aber das Merkwürdige ist, daß Merlin mir geholfen hat, Kämpfe zu gewinnen. Und er hilft mir immer noch, und wir hoffen, gemeinsam die Schlacht von Bedegraine zu gewinnen, wenn sie losgeht.«

»Keine Bange«, sagte Sir Ector, der eingeweiht war.

»Ich halte das für inkonsequent. Weshalb hilft er mir, Kriege zu gewinnen, wenn sie böse sind?«

Niemand gab Antwort, und der König begann, mit Bewegung zu sprechen.

»Ich könnte mir nur denken«, sagte er und errötete, »ich könnte mir nur denken, daß ich — daß wir — daß er — daß er aus einem bestimmten Grunde wollte, daß ich sie gewinne.«

Er machte eine Pause und sah Merlin an, der seinen Kopf abwandte.

»Der Grund war — der Grund war dieser: wenn ich Herr über mein Königreich würde, indem ich diese beiden Schlachten gewönne, dann könnte ich den Krieg beenden und mich dem Problem der Macht zuwenden. Habe ich's erraten? Hab' ich recht?«

Der Zauberer wandte den Kopf nicht ab, und seine Hände lagen ruhig im Schoß.

»Jau! Ich hab' recht!« rief Arthur.

Und nun begann er so schnell zu sprechen, daß er selbst kaum mitkam.

»Macht geht nämlich nicht vor Recht«, sagte er. »Aber es tobt sich viel Macht in der Welt aus, und dagegen muß etwas unternommen werden. Es ist, als wären die Menschen halb schrecklich und halb nett. Vielleicht sind sie mehr schrecklich als nett, und wenn sie sich selbst überlassen bleiben, dann schlagen sie über die Stränge. Nehmen wir die durchschnittlichen Barone, wie wir sie heutzutage sehen, Leute wie Sir Bruce Sans Pitié, die sich in Stahl kleiden und einfach durchs Land streunen und tun, was ihnen grad einfällt. Nur zum Vergnügen. Das ist unsre normannische Vorstellung vom Machtmonopol der oberen Klassen, ohne jede Beziehung zur

241

Gerechtigkeit. Da bekommt die schreckliche Seite die Oberhand, und es gibt Mord und Raub und Diebstahl und Quälerei. Die Menschen werden wilde Tiere. —

Aber nun hilft mir Merlin, meine beiden Schlachten zu gewinnen, so daß ich dies unterbinden kann. Ich soll Ordnung schaffen. —

Lot und Uriens und Anguish und all die — sie sind die alte Welt, der altmodische Stand, der seinen eigenen Willen haben will. Ich muß sie mit ihren eigenen Waffen schlagen —: sie zwingen sie mir auf, denn ihr Leben heißt Gewalt —, und dann beginnt die wirkliche Arbeit. Diese Schlacht von Bedegraine ist die Einleitung, versteht Ihr. Merlin will, daß ich an die Zeit *nach* der Schlacht denke.«

Wieder machte Arthur eine Pause, doch kam kein Kommentar und keine Ermunterung: der Zauberer hielt seinen Kopf abgewandt. Nur Sir Ector, der neben ihm saß, konnte seine Augen sehen.

»Was ich mir überlegt habe«, sagte Arthur, »ist folgendes. Weshalb kann man die Macht nicht ins Geschirr spannen, damit sie für das Recht arbeitet? Ich weiß, es klingt unsinnig; aber ich meine, man kann doch nicht einfach sagen: so was gibt's nicht. Die Macht ist da, in der schlechten Hälfte der Menschen, und die darf man nicht vernachlässigen. Man kann sie nicht herausschneiden, aber man könnte sie vielleicht dirigieren, versteht Ihr, so daß sie nützlich wäre statt böse.«

Die Zuhörer waren interessiert; sie beugten sich vor. Nur Merlin rührte sich nicht.

»Ich habe eine Idee. Wenn wir die vor uns liegende Schlacht gewinnen und ich das Land fest in die Hand bekomme, dann werde ich eine Art von Ritterorden gründen. Ich werde die bösen Ritter nicht bestrafen und Lot nicht aufhängen, sondern versuchen, sie in unsern Orden zu bekommen. Wir müssen den ganz groß aufziehen, versteht Ihr, modisch und so. Es muß eine große Ehre sein, Mitglied zu werden, und jedermann muß dazugehören wollen. Und zum Gelübde des Ordens werde ich machen, daß die Macht nur für das Recht da ist. Könnt Ihr mir folgen? Die Ritter meines Ordens werden durch die ganze Welt reiten, in Stahl gekleidet und mit dem Schwert um sich schlagend — das ist ein Ventil für die Schlaglust, versteht Ihr, ein Ventil für das, was Merlin den Fuchsjagd-Geist nennt —, aber sie sind verpflichtet, sich nur für das Gute zu schlagen, Jungfrauen gegen Sir Bruce zu verteidigen und das wiedergutzumachen, was in der Vergangenheit verbrochen worden ist, und den Unterdrückten zu helfen und so weiter. Kapiert Ihr das Konzept? Ich werde die Macht *benutzen*, anstatt sie zu bekämpfen, und etwas Schlechtes in etwas Gutes verwandeln. — So, Merlin, das ist alles, was mir eingefallen ist. Ich habe so scharf nachgedacht, wie ich

242

nur konnte, und ich fürchte, ich hab's wieder falsch gemacht, wie gewöhnlich. Aber ich habe wirklich nachgedacht. Was Besseres ist mir nicht eingefallen. Bitte, sagt doch etwas!«

Der Zauberer erhob sich, stand gerade wie eine Säule, streckte seine Arme in beide Richtungen aus, blickte zur Decke und sagte die ersten Worte des *Nunc Dimittis*.

KAPITEL 7

ie Situation in Dunlothian war kompliziert. Fast jede Situation neigte zur Komplikation, wenn sie mit König Pellinore in Berührung kam, und sei es im wildesten Norden. Zuvörderst: er war verliebt — deshalb hatte er auf dem Schiff geweint. Das erklärte er Königin Morgause bei der ersten Gelegenheit — weil er liebeskrank gewesen sei, nicht seekrank.

Geschehen war dies: der König hatte sich ein paar Monate zuvor auf der Jagd nach dem Aventiuren-Tier befunden, und zwar an der Südküste von Gramarye, wo das Tier sich aufs Meer begeben hatte. Es war davongeschwommen; sein schlangengleicher Kopf hatte sich wellenförmig auf der Oberfläche bewegt, wie eine Ringelnatter, und der König hatte ein vorüberfahrendes Schiff angerufen, das aussah, als befände es sich auf dem Kreuzzug. Sir Grummore und Sir Palomides waren auf dem Schiff; sie erklärten sich freundlicherweise bereit, ihren Kurs zu ändern und das Biest zu verfolgen. Die drei landeten an der Küste von Flandern, wo das Biest in einem Wald verschwand, und als sie in einem gastfreundlichen Schloß Aufnahme fanden, verliebte Pellinore sich in die Tochter der Königin von Flandern. So weit, so gut. Die Dame seiner Wahl war sparsam, mittleren Alters und beherzt; sie konnte kochen, Betten machen und alles in der richtigen Ordnung halten. Doch die Hoffnungen aller Beteiligten wurden alsbald im Keim erstickt durch die Ankunft der Zauber-Barke. Die drei Ritter bestiegen das Boot, setzten sich nieder und waren für alles bereit: Ritter durften keinem Abenteuer aus dem Wege gehn. Die Barke aber stach aus eigener Kraft in See, und die Tochter der Königin von Flandern winkte ihr verzweifelt mit dem Taschentuch nach. Das Queste-Biest streckte seinen Kopf aus dem Wald, noch ehe das Festland ihren Blicken entschwand, und das Tier schien, soweit sie das aus der Ferne beurteilen konnten, noch mehr überrascht zu sein als die Dame. Danach segelten sie, bis sie zu den Außen-Inseln gelangten, und je weiter die Fahrt ging, desto liebeskranker wurde der König, was seine Gegenwart unerträglich machte. Er schrieb endlos Gedichte und Briefe, die nicht befördert werden konnten, oder erzählte seinen Gefährten von der Prinzessin, die im Familienkreise mit dem Spitznamen Piggy angesprochen wurde.

Eine solche Affäre wäre in England möglich gewesen, wo Typen wie Pellinore bisweilen auftauchten und bei ihren Mitmenschen ein gewisses Wohlwollen genossen. In Lothian und Orkney hingegen, wo alle Engländer als Tyrannen galten, war sie eine geradezu übernatürliche Unmöglichkeit. Keiner der Inselbewohner konnte sich vorstellen, um was König Pellinore sie betrügen wollte — indem er vorgab, er selbst zu sein —, und man hielt es für klüger und sicherer, keinen der gelandeten Ritter über den Krieg gegen Arthur ins Bild zu setzen. Am besten wartete man ab, bis man ihnen hinter die Schliche käme.

Etwas anderes noch versetzte besonders die Kinder in größte Sorge: Königin Morgause versuchte, die Besucher für sich einzunehmen.

»Was hat denn unsere Mutter vor«, fragte Gawaine, als sie sich eines Morgens auf dem Weg zu St. Toirdealbhachs Klause befanden, »mit den Rittern auf dem Berg?«

Gaheris antwortete nach langer Pause mit einiger Schwierigkeit: »Sie jagen ein Einhorn.«

»Wie macht man das?«

»Man muß es mit einer Jungfrau anlocken.«

»Unsere Mutter«, sagte Agravaine, dem die Einzelheiten ebenfalls bekannt waren, »ist auf die Einhornjagd gegangen, und sie ist dabei die Jungfrau gewesen.«

Seine Stimme klang sonderbar, als er dies verkündete.

Gareth protestierte: »Ich hab' gar nicht gewußt, daß sie ein Einhorn haben wollte. Davon hat sie nie was gesagt.«

Agravaine sah ihn von der Seite an, räusperte sich und zitierte: »Dem Klugen genügt ein halbes Wort.«

»Woher wißt ihr das alles?« fragte Gawaine.

»Wir haben gehorcht.«

Sie hatten eine bestimmte Methode, an der Wendeltreppe zu lauschen, wenn sie aus dem Bereich der mütterlichen Interessen ausgeschlossen waren.

Gaheris, der ein schweigsamer Junge war, erklärte mit ungewöhnlicher Freimütigkeit: »Sie hat Sir Grummore gesagt, man könne die Melancholie dieses liebeskranken Königs dadurch vertreiben, daß man ihn wieder für seine alte Beschäftigung interessierte. Sie haben gesagt, dieser König sei hinter einem Biest her gewesen, das abhanden gekommen ist. Da haben sie

244

gesagt, sie würden statt dessen ein Einhorn jagen; und sie wollte die Jungfrau für sie sein. Ich glaub', das hat sie überrascht.«

Stumm gingen sie weiter, bis Gawaine andeutete, so, als sei es eine Frage: »Ich hab' sagen hören, daß der König in eine Frau von Flandern verliebt ist — und Sir Grummore soll bereits verheiratet sein? Und der Sarazene hat schwarze Haut?«

Keine Antwort.

»Es war eine ausgedehnte Jagd«, sagte Gareth. »Wie ich hörte, haben sie keins gefangen.«

»Macht's den Rittern Spaß, dies Spiel mit unserer Mutter zu spielen?«

Gaheris erklärte es zum zweitenmal. Auch wenn er schweigsam war, so war er doch nicht unaufmerksam.

»Ich glaub' nicht, daß sie überhaupt was verstehen werden.« Sie stapften weiter und behielten ihre Gedanken für sich.

St. Toirdealbhachs Zelle war wie ein altmodischer Bienenkorb aus Stroh, nur war sie größer und bestand aus Stein. Sie hatte keine Fenster und nur eine Tür, durch die man kriechen mußte.

»Eure Heiligkeit«, riefen sie, als sie anlangten, und rempelten gegen die schweren unvermörtelten Steine. »Eure Heiligkeit, wir sind gekommen und möchten gern eine Geschichte hören.«

Er diente ihnen als Quelle geistiger Nahrung; er war für sie eine Art Guru — wie es Merlin für Arthur gewesen war —, und er vermittelte ihnen das wenige an Kultur, was ihnen überhaupt zuteil wurde. Wenn ihre Mutter sie hinauswarf, suchten sie bei ihm Zuflucht wie hungrige Welpen auf der Jagd nach irgend etwas Eßbarem. Er hatte ihnen Lesen und Schreiben beigebracht.

»Sieh an«, sagte der Heilige, als er seinen Kopf zur Tür herausstreckte. »Das Wohlgefallen Gottes ruhe auf Euch.«

»Dasselbige ruhe auf Euch.«

»Habt Ihr Neuigkeiten?«

»Wir haben keine«, sagte Gawaine, das Einhorn verschweigend.

St. Toirdealbhach stieß einen tiefen Seufzer aus.

»Ich habe auch keine«, sagte er.

»Könnt Ihr uns eine Geschichte erzählen?«

»Ach, diese Geschichten. Da kommt doch nichts bei raus. Wie sollt' ich Euch eine Geschichte erzählen, wo ich doch ein vielfacher Ketzer bin? Ist vierzig Jahre her, seit ich einen natürlichen, richtigen Kampf gekämpft hab', und die ganze Zeit habe ich kein Aug' auf kein Mädchen nicht geworfen — wie sollt' ich da Geschichten erzählen?«

»Ihr könntet uns eine Geschichte ohne Mädchen oder Kämpfe erzählen.«

»Und wozu sollt' das wohl gut sein?« rief er unwillig und kam in den Sonnenschein heraus.

»Wenn Ihr mal wieder kämpfen würdet«, sagte Gawaine (die Mädchen unterschlug er), »dann ging's Euch vielleicht besser.«

»Meiner Treu!« rief Toirdealbhach. »Möcht' nur wissen, wozu ich überhaupt nur ein Heiliger sein soll! Wenn ich bloß die Möglichkeit hätte, einen mit meinem alten Shillelagh eins aufs Dach zu geben!« Hier zog er eine furchterregende Waffe unter seinem Gewand hervor. »Wär' das nicht besser, als sämtliche Heilige von Irland zu sein?«

»Erzählt uns von Shillelagh.«

Aufmerksam untersuchten sie die Keule, während Seine Heiligkeit ihnen erklärte, wie ein gutes Stück dieser Art herzustellen sei. Er sagte, daß man nur einen Wurzelstrunk verwenden dürfe, da gewöhnliche Äste zu leicht brächen, besonders die des Holzapfelbaums. Die Keule müsse man mit Schmalz einschmieren und dann einwickeln und in einem Misthaufen vergraben, bis sie geradegebogen sei; hernach müsse man sie mit Graphit und Fett polieren. Er zeigte ihnen das Loch, wo das Blei hineingegossen wurde, und die Nägel am Kopf und die Kerben in der Nähe des Griffs, womit man die Anzahl erbeuteter Skalps markierte. Dann küßte er den Knüttel ehrerbietig und verbarg ihn mit einem tiefen Seufzer unter seinem Gewand. Er spielte Theater und trug dabei ziemlich dick auf.

»Erzählt uns die Geschichte von dem schwarzen Arm, der durch den Schornstein kam.«

»Ach, ich bin nicht in Stimmung«, sagte der Heilige. »Ich bin nicht mit dem Herzen dabei — bin völlig verhext.«

»Ich glaub', wir auch«, sagte Gareth. »Alles scheint verquer zu gehn.«

»Da war mal jemand«, begann Toirdealbhach. »Eine Frau. Und diese Frau lebte mit ihrem Mann in Malainn Vig. Sie hatten nur ein kleines Töchterchen. Eines Tages ging der Mann los, um Torf zu stechen, und als es Mittag war, schickte die Frau das Mädchen mit seinem Essen ins Moor. Als der Vater beim Essen saß, stieß das kleine Mädchen plötzlich einen Schrei aus. ›Seht mal, Vater! Seht Ihr das große Schiff da am Horizont? Ich könnt' machen, daß es hier ans Ufer kommt.‹ ›Das könnt'st du nicht‹, sagte der Vater. ›Ich bin größer als du, und ich könnt's auch nicht.‹ ›Dann paßt mal auf‹, sagte das kleine Mädchen. Es ging zu dem Brunnen, der ganz in der Nähe war, und rührte im Wasser herum. Das Schiff kam ans Ufer.«

»Sie war eine Hexe«, erklärte Gaheris.

»Die Mutter war die Hexe«, sagte der Heilige und fuhr mit seiner Geschichte fort.

»›So‹, sagt sie, ›ich könnt' machen, daß das Schiff am Ufer zerschellt.‹ ›Das könnt'st du nicht‹, sagt der Vater. ›Dann paßt mal auf‹, sagt das kleine Mädchen, und es sprang in den Brunnen. Das Schiff wurde ans Ufer geschleudert und zerbarst in tausend Stücke. ›Wer hat dir diese Dinge beigebracht?‹ fragte der Vater. ›Meine Mutter. Und wenn Ihr arbeitet, bringt sie mir daheim alles mögliche am Zuber bei.‹

»Weshalb ist sie in den Brunnen gesprungen?« fragte Agravaine. »Ist sie naß geworden?«

»Psst.«

»Als der Mann heimkam zu seiner Frau, da stellte er seinen Torfspaten ab und setzte sich hin. Dann sagte er: ›Was bringst du dem kleinen Mädchen bei? So was duld' ich nicht in meinem Haus, und bei dir bleib' ich nicht.‹ Da ist er denn gegangen, und sie haben ihn nie wiedergesehn. Ich weiß nicht, was sie danach gemacht haben.«

»Es muß scheußlich sein, eine Hexe zur Mutter zu haben«, sagte Gareth, als der Alte geendet hatte.

»Oder zur Frau«, sagte Gawaine.

»Es ist schlimmer, überhaupt keine Frau zu haben«, sagte der Heilige und verschwand mit erstaunlicher Plötzlichkeit in seinem Bienenkorb — wie das Wettermännchen einer Schweizer Uhr, das sich ins Loch zurückzieht, wenn ein Hoch im Anzug ist.

Die Jungen setzten sich vor die Tür, ohne überrascht zu sein, und warteten, was sich sonst noch begeben mochte. Insgeheim dachten sie über Brunnen und Hexen nach, über Einhörner und über das, was Mütter so treiben.

»Ich mache einen Vorschlag«, sagte Gareth unerwartet. »Meine Helden: wir sollten uns auf die Einhornjagd begeben!«

Sie sahen ihn an.

»Ist doch besser als gar nichts. Wir haben unsere Mami eine ganze Woche nicht gesehn.«

»Sie hat uns vergessen«, sagte Agravaine bitter.

»Hat sie nicht. Du darfst nicht so von unsrer Mutter sprechen.«

»Stimmt aber. Wir haben nicht einmal auftragen dürfen.«

»Das ist nur, weil sie diese Ritter zu Gast hat.«

»Nein, ist es nicht.«

»Was dann?«

»Das sage ich nicht.«

»Wenn wir auf Einhornjagd gehen könnten«, sagte Gareth, »und dies Einhorn heimbrächten, das sie haben will, dann dürften wir vielleicht auftragen?«

Dieser Vorschlag machte ihnen neue Hoffnung.

»Sankt Toirdealbhach«, riefen sie, »kommt wieder raus! Wir wollen ein Einhorn fangen.«

Der Heilige steckte seinen Kopf zum Loch heraus und musterte sie argwöhnisch.

»Was ist ein Einhorn? Wie sehen sie aus? Wie fängt man sie?«

Er nickte feierlich und verschwand zum zweitenmal. Ein paar Minuten später kam er auf allen Vieren mit einem gelehrten Wälzer wieder hervorgekrochen: dem einzigen weltlichen Werk in seinem Besitz. Wie die meisten Heiligen verdiente er seinen Lebensunterhalt durch das Kopieren von Handschriften und das Pinseln von Illuminationen.

»Man braucht ein Mädchen als Köder«, erklärten sie ihm.

»Wir haben haufenweise Mädchen«, sagte Gareth. »Wir könnten eine von den Mägden oder Köchinnen nehmen.«

»Die würden nicht mitkommen.«

»Wir könnten das Küchenmädchen nehmen. Wir könnten sie dazu zwingen.«

»Und dann, wenn wir das Einhorn gefangen haben, das gewünscht wird, bringen wir's im Triumph heim und geben's unserer Mutter! Jeden Tag tragen wir das Abendessen auf!«

»Sie wird sich freuen.«

»Vielleicht nach dem Abendessen, wie's auch ausgehn mag.«

»Und Sir Grummore wird uns zum Ritter schlagen. Er wird sagen: ›Nie wurd' solch tapfre Tat getan, bei meiner Heiligkeit!‹«

St. Toirdealbhach legte das kostbare Buch vor seiner Höhle ins Gras. Das Gras war sandig, und viele leere Schneckenhäuser lagen umher: kleine gelbliche Häuschen mit purpurner Spirale. Er schlug das Buch auf, ein Bestiarium mit Namen *Liber de Natura Quorundam Animalium*, und zeigte ihnen, daß es auf jeder Seite Bilder hatte.

Auf ihr Geheiß hin mußte er die pergamentenen Seiten mit der schönen gotischen Schrift schnell umblättern. Sie überschlugen die hübschen Greife, Bonnacons, Cocodrills, Manticores, Chaladrii, Cinomulgi, Sirenen, Peridexions, Drachen und Aspidochelones. Vergebens rammte die Antilope ihr kompliziertes Gehörn in den Tamariskenstamm (wodurch sie für die Jäger eine leichte Beute wurde). Vergebens plusterte das Bonnacon sich auf, um seine Verfolger zu verwirren. Die Peridexions, die auf Bäumen saßen (was sie gegen Drachen gefeit machte), blieben unbemerkt. Daß der Panther seinen wohlriechenden Atem ausstieß, um seine Beute anzulocken, interessierte sie nicht. Der Tiger, den man täuschen konnte, indem man ihm eine Glaskugel vor die Füße warf (weil er sein Spiegelbild für seine Jungen

248

hielt) — der Löwe, der auf dem Rücken liegende Männer und Gefangene verschonte, hatte Angst vor weißen Hähnen und verwischte seine Fährte mit einem gefächerten Schwanz — der Steinbock, der unbeschadet die Berge herabspringen konnte, da er mit seinen geringelten Hörnern aufschlug — das Yale, das seine Hörner wie Ohren bewegen konnte — die Bärin, die ihre Jungen als formlose Klumpen zur Welt brachte und sie hernach zu beliebigen Gestalten zurechtleckte — und der Chaladrius-Vogel, der einem anzeigte, daß man sterben mußte, wenn er auf dem Bettgitter saß und einen ansah — die Igel, die Beeren für ihre Nachkommenschaft sammelten, indem sie sich darauf wälzten und sie aufgespießt ins Nest schafften — ja, sogar das Aspidochelone, ein großes walähnliches Tier mit sieben Flossen und blödem Gesichtsausdruck, an dem man sein Schiff vertäuen konnte, wenn man nicht achtgab und es für eine Insel hielt: sogar das Aspidochelone machte ihnen kaum Eindruck. Endlich kam er zu der Stelle, die das Einhorn zeigte, von den Griechen Rhinozeros genannt.

Es schien, als sei das Einhorn ebenso flink und ängstlich wie die Antilope und könne nur auf eine einzige Art und Weise gefangen werden. Man mußte ein Mädchen als Köder haben, und wenn das Einhorn sah, daß es allein war, kam es unverzüglich herbei und legte ihm sein Horn in den Schoß. Das Bild zeigte eine offenbar hinterhältige Jungfrau, die mit der einen Hand das Horn des armen Geschöpfes festhielt, während sie mit der anderen ein paar Speerträger herbeiwinkte. Ihr doppeldeutiger Ausdruck wurde durch das alberne Vertrauen aufgewogen, mit dem das Einhorn sie betrachtete.

Sobald sie die Instruktionen gelesen und das Bild verdaut hatten, lief Gawaine los, um eilends das Küchenmädchen zu holen.

»Komm schon«, sagte er, »du mußt mit uns auf den Berg: wir wollen ein Einhorn fangen.«

»Nein, Master Gawaine, nein«, rief die Maid, die er erwischt hatte und die Meg hieß.

»Doch, du mußt. Du sollst der Köder sein. Dann kommt's und legt seinen Kopf in deinen Schoß.«

Meg begann zu weinen.

»Nun komm schon, sei nicht albern.«

»Ach, Master Gawaine. Ich möcht' kein Einhorn. Ich bin ein anständiges Mädchen, wirklich, und dann hab' ich noch den ganzen Abwasch, und wenn Mistress Truelove mich beim Rumbummeln ertappt, dann krieg' ich eine mit dem Stock, Master Gawaine, ganz bestimmt.«

Er packte sie bei den Zöpfen und zog sie hinaus.

In der reinen Moorluft der Bergeshöhen besprachen sie das jagdliche

Unternehmen. Meg, die unablässig weinte, wurde an den Haaren festgehalten, damit sie nicht fortlief, und wechselte gelegentlich den Besitzer: dann nämlich, wenn der Junge, der sie gerade festhielt, beide Hände zum Gestikulieren brauchte.

»Also los«, sagte Gawaine. »Ich bin der Hauptmann. Ich bin der Älteste, also bin ich der Hauptmann.«

»Hab' ich mir gedacht«, sagte Gareth.

»Es kommt darauf an, so heißt es in dem Buch, daß der Köder alleingelassen wird.«

»Dann rennt sie weg.«

»Rennst du weg, Meg?«

»Ja, bitte, Master Gawaine.«

»Siehst du.«

»Dann müssen wir sie festbinden.«

»Ach, Master Gaheris, habt Erbarmen. Muß ich wirklich festgebunden werden?«

»Halt den Mund. Du bist bloß ein Mädchen.«

»Wir haben ja nichts, womit wir sie festbinden könnten.«

»Ich bin der Hauptmann, meine Helden, und ich befehle, daß Gareth nach Hause läuft und einen Strick holt.«

»Das tu ich nicht.«

»Aber du machst alles zunichte, wenn du's nicht tust.«

»Ich seh' nicht ein, weshalb ich gehen soll. Ich hab's mir ja gedacht.«

»Dann befehle ich, daß unser Agravaine geht.«

»Ich nicht.«

»Laß Gaheris gehn.«

»Tu ich nicht.«

»Meg, verflixtes Mädchen: du darfst nicht weglaufen, hörst du?«

»Ja, Master Gawaine. Aber, ach, Master Gawaine . . .«

»Wenn wir eine kräftige Heidewurzel fänden«, sagte Agravaine, »dann könnten wir ihre Rattenschwänze dran festbinden.«

»Das werden wir tun.«

»Ach, ach!«

Nachdem sie die Jungfrau auf diese Weise angebunden hatten, standen die vier Jungen um sie herum und diskutierten über die nächste Etappe. Sie hatten aus der Rüstkammer richtige Saufedern entwendet, so daß sie angemessen gewappnet waren.

»Dies Mädchen«, sagte Agravaine, »ist meine Mutter. So hat's unsere Mami gestern gemacht. Und ich werd' Sir Grummore sein.«

»Ich bin Pellinore.«

»Agravaine kann Grummore sein, wenn er will, aber der Köder muß alleingelassen werden. So steht's geschrieben.«

»Ach, Master Gawaine, ach, Master Agravaine!«

»Hör auf zu jammern. Du vertreibst das Einhorn.«

»Und dann müssen wir weggehn und uns verstecken. Deshalb hat unsere Mutter es nicht gefangen: weil die Ritter bei ihr geblieben sind.«

»Ich werd' Finn MacCoul sein.«

»Und ich Sir Palomides.«

»Ach, Master Gawaine, laßt mich nicht allein, ich bitt' Euch sehr.«

»Halt die Luft an«, sagte Gawaine. »Du bist ja dumm. Du solltest stolz sein, der Köder sein zu dürfen. Unsere Mutter war's, gestern.«

Gareth sagte: »Ist doch nicht so schlimm, Meg. Brauchst nicht zu weinen. Wir werden schon dafür sorgen, daß es dir nichts tut.«

»Mehr als umbringen kann's dich ja schließlich nicht«, sagte Agravaine trocken.

Woraufhin das unglückliche Mädchen noch heftiger schluchzte.

»Warum hast du das gesagt?« fragte Gawaine erzürnt. »Du mußt immer allen Menschen Angst einjagen. Jetzt heult sie noch schlimmer.«

»Hör mal«, sagte Gareth. »Hör mal, Meg. Arme Meg, so wein doch nicht. Wenn wir nach Hause gehn, darfst du auch mit meiner Schleuder schießen.«

»Ach, Master Gareth!«

»Los, nun kommt schon. Wir können uns nicht mit ihr aufhalten.«

»Auf denn!«

»Ach, ach!«

»Meg«, sagte Gawaine und zog eine Grimasse, »wenn du nicht aufhörst zu jammern, seh' ich dich so an.«

Sogleich trocknete sie ihre Tränen.

»Also«, sagte er, »wenn das Einhorn kommt, müssen wir alle hervorpreschen und es erstechen. Habt ihr kapiert?«

»Müssen wir's denn totmachen?«

»Ja, wir müssen's mausetot machen.«

»Verstehe.«

»Hoffentlich tut's ihm nicht weh«, sagte Gareth.

»So was sieht dir ähnlich«, sagte Agravaine.

»Ich seh' aber nicht ein, weshalb wir's töten müssen.«

»Damit wir's heimschaffen können, du Dummkopf, zu unserer Mutter.«

»Könnten wir's nicht fangen?« fragte Gareth, »und zu unserer Mutter führen? Was denkst du? Ich meine, Meg könnt's führen, wenn's zahm wär'.«

251

Gawaine und Gaheris waren damit einverstanden.

»Wenn's zahm ist«, sagten sie, »wär's besser, es lebend nach Hause zu bringen. Das ist die edelste Form der Großwildjagd.«

»Wir könnten's antreiben«, sagte Agravaine. »Wir könnten's mit Stökken vorwärtstreiben. —

Auch Meg könnten wir . . .«, ergänzte er nachdenklich.

Dann versteckten sie sich in ihrem Hinterhalt und beschlossen, still zu sein. Es war nichts zu hören — nur der sanfte Wind, die Heidebienen, die Feldlerchen hoch droben, und ab und zu ein leises Schnöfeln von Meg.

Als das Einhorn kam, war alles anders denn erwartet. Zuerst einmal war es ein derart edles Tier, daß alle von seiner Schönheit gebannt waren, die seiner ansichtig wurden.

Das Einhorn war weiß; es hatte silberne Hufe und ein anmutig geschwungenes perlfarbenes Horn. Es bewegte sich leichtfüßig über die Heide und schien das Kraut kaum niederzudrücken: so schwerelos kam es daher. Das herrlichste waren seine Augen. Zu beiden Seiten der Nüstern zog sich eine blaßblaue Vertiefung bis zu den Augenhöhlen hinauf und umgab sie mit einem schwermütigen Schatten. Eingefaßt von diesem traurigen und schönen Dunkel, wirkten die Augen so betrübt, einsam, gütig und tragischedel, daß sie jedwedes Gefühl ersterben ließen, außer der Liebe.

Das Einhorn schritt zu Meg, der Küchenmagd, und neigte vor ihr sein Haupt. Hierbei bog es formvollendet den Hals; das Perlhorn wies auf die Erde zu ihren Füßen, und ein Silberhuf scharrte zur Begrüßung im Heidekraut. Meg hatte ihre Tränen vergessen. Sie machte eine königliche Geste des Dankes und hielt dem Tier ihre Hand hin.

»Komm, Einhorn«, sagte sie. »Leg deinen Kopf in meinen Schoß, wenn du möchtest.«

Das Einhorn wieherte und scharrte neuerlich mit dem Huf. Dann ließ es sich, sehr behutsam, zuerst auf ein Knie nieder und dann auf das andere, bis es in regelrechter Verbeugung vor ihr verharrte. Aus dieser Haltung blickte es mit seinen rührenden Augen zu ihr auf und legte schließlich seinen Kopf auf ihr Knie. Es rieb seine flache weiße Wange an ihrem glatten Kleid und sah sie flehentlich an. Das Weiße in seinen Augen funkelte. Schüchtern ließ es sich auf seine Kruppe nieder und lag still, den Blick auf die Maid gerichtet. Seine Augen waren voller Zutrauen. Es hob den linken Vorderlauf zu einer scharrenden Geste. Es war nur eine Bewegung in der Luft, die besagen wollte: »Kümmer dich um mich. Schenk mir ein wenig Liebe. Streichle meine Mähne, bitte, ja?«

Ein halbersticktes Geräusch aus Agravaines Kehle drang aus dem Hin-

252

terhalt, und plötzlich preschte er, die scharfe Saufeder in der Hand, auf das Einhorn los. Die anderen Jungen kauerten sich auf die Hacken und sahen zu.

Agravaine erreichte das Einhorn und stieß ihm seinen Speer in die Flanken, in den schlanken Rumpf, zwischen die Rippen. Er schrie schrill auf, während er zustach, und das Einhorn blickte Meg schmerzvoll an. Plötzlich regte es sich, ruckte und bockte und sah sie immer noch vorwurfsvoll an, und Meg nahm sein Horn in die Hand. Sie schien hingerissen, verzückt, unfähig zu helfen. Das Einhorn war offenbar nicht in der Lage, sich aus dem sanften Griff ihrer Hand, die das Horn umspannte, zu lösen. Das Blut ergoß sich über sein Fell, über die blau-weiße Decke.

Gareth lief. Gawaine folgte ihm. Gaheris kam als letzter, unbeholfen und ratlos.

»Nicht doch!« rief Gareth. »Laß es in Ruh. Nicht doch! Nicht!«

Gawaine erreichte die Szene in dem Augenblick, da Agravaines Speer hinter der fünften Rippe in den Leib des Tieres fuhr. Das Einhorn erschauerte. Es zitterte am ganzen Körper und streckte seine Hinterläufe lang aus. Es schien, als wolle es zu seinem gewaltigsten Sprung ansetzen — und dann erbebte es im Todeskampf. Die ganze Zeit waren seine Augen auf Megs Augen gerichtet, und sie sah die seinen immer noch unverwandt an.

»Was tust du denn da?« schrie Gawaine. »Laß es in Ruh. Tu ihm nichts.«

»Ach, Einhorn«, flüsterte Meg.

Das Einhorn streckte seine Hinterläufe ganz weit aus und hörte auf zu zittern. Sein Kopf fiel in Megs Schoß. Noch einmal schlug es aus, dann erstarrte es, und die blauen Lider hoben sich halb über die Augen. Das Geschöpf lag still.

»Was hast du getan?« sagte Gareth. »Du hast's getötet. So ein schönes Tier!«

Agravaine brüllte: »Das Mädchen da ist meine Mutter. Es hat seinen Kopf in ihren Schoß gelegt. Es mußte sterben.«

»Wir hatten doch abgemacht, wir wollten's lebendig fangen«, schrie Gawaine. »Wir hatten abgemacht, wir wollten's mit nach Hause nehmen, damit wir auftragen dürfen.«

»Armes Einhorn«, sagte Meg.

»Sieh mal«, sagte Gaheris, »ich glaube, es ist tot.«

Gareth stellte sich vor Agravaine hin, der drei Jahre älter war als er und ihn leicht hätte niederschlagen können. »Warum hast du das getan?« fragte er herausfordernd. »Du bist ein Mörder. Es war so ein hübsches Einhorn. Weshalb hast du's umgebracht?«

253

»Sein Kopf war im Schoß unsrer Mutter.«

»Es hatte nichts Böses im Sinn. Seine Hufe waren silbern.«

»Es war ein Einhorn, und deshalb mußte es getötet werden. Eigentlich hätte ich Meg auch gleich töten sollen.«

»Du bist ein Verräter«, sagte Gawaine. »Wir hätten's mit nach Hause nehmen können, und dann hätten wir das Abendessen auftragen dürfen.«

»Jedenfalls«, sagte Gaheris, »jetzt ist's tot.«

Meg beugte sich über die weiße Stirnlocke des Einhorns und fing wieder an zu schluchzen.

Gareth streichelte seinen Kopf. Er mußte sich abwenden, um die Tränen zu verbergen. Als er das Tier streichelte, merkte er, wie glatt und weich sein Fell war. Er hatte seine Augen von nahem gesehen, die nun schnell vergingen, und das machte ihm die ganze Tragödie bewußt.

»Jedenfalls ist's tot«, sagte Gaheris zum dritten Mal. »Jetzt müssen wir's nach Hause schaffen.«

»Wir haben eins gefangen«, sagte Gawaine, dem es langsam dämmerte, welch unerhörter Erfolg ihnen beschieden war.

»Es war ein Ungeheuer«, sagte Agravaine.

»Wir haben's gefangen! Wir ganz allein!«

»Sir Grummore hat keins gefangen.«

»Aber wir haben eins erlegt.«

Gawaine vergaß seinen Schmerz um das Einhorn. Er umtanzte das tote Tier, schwenkte seine Saufeder und stieß scheußliche Schreie aus.

»Jetzt müssen wir's aufbrechen«, sagte Gaheris. »Das muß waidgerecht geschehen. Das Gekröse wird herausgeschnitten, dann legen wir's über ein Pony und bringen's heim aufs Schloß, wie richtige Jägersleute.«

»Und sie wird sich freuen!«

»Sie wird sagen: Herr und Heiland, was hab' ich doch für heldenhafte Söhne!«

»Wir dürfen wie Sir Grummore und King Pellinore sein. Von jetzt an ist alles gut.«

»Wie geht so ein Aufbrechen vor sich?«

»Wir schneiden die Innereien heraus«, sagte Agravaine.

Gareth stand auf und ging ein paar Schritte über die Heide. Er sagte: »Ich will beim Schneiden nicht dabei sein. — Du, Meg?«

Meg, der selber übel war, gab keine Antwort. Gareth band ihre Haare los — und schon lief sie davon, rannte um ihr Leben, fort von der Tragödie, aufs Schloß zu. Gareth lief hinter ihr her.

»Meg! Meg!« rief er. »So warte doch. Lauf nicht weg.«

Meg aber lief weiter, behend wie eine Antilope; ihre bloßen Füße flogen nur so dahin, und Gareth gab es auf. Er warf sich ins Heidekraut und heulte drauflos — und wußte nicht, warum.

Das Aufbrechen bereitete den drei übriggebliebenen Jägern Schwierigkeiten. Sie hatten begonnen, das Fell am Bauch aufzuschlitzen, doch wußten sie nicht, wie man das fachmännisch machte, also stachen sie *in* die Eingeweide. Alles wurde auf einmal ekelhaft, und das einst so schöne Tier war versaut und widerlich. Alle drei liebten das Einhorn auf verschiedene Weise — Agravaines Zuneigung war am kompliziertesten —, und je mehr sie seinen Körper schändeten, desto heftiger haßten sie es wegen ihrer eigenen Schuld. Besonders Gawaine haßte den Kadaver. Er haßte das Tier, weil es tot war, weil es schön gewesen war, weil er sich seinetwegen als Bestie fühlte. Er hatte es geliebt und hatte geholfen, es in die Falle zu locken, also blieb nun nichts anderes übrig, als seine Scham und seinen Haß an dem toten Tier auszulassen und abzureagieren. Er schnitt und säbelte drauflos und hätte am liebsten gleichfalls geheult.

»Wir schaffen's nie und nimmer«, sagten sie keuchend. »Und wenn wir auch das Ausweiden tatsächlich fertigkriegen sollten — wie bringen wir's nach unten?«

»Hilft nichts«, sagte Gaheris. »Wir müssen's schaffen. Was hätten wir denn sonst gewonnen? Wir *müssen* es nach Hause bringen.«

»Wir können's nicht tragen.«

»Wir haben kein Pony.«

»Nach dem Aufbrechen bindet man das Tier auf ein Pony.«

»Wir müssen ihm den Kopf abschneiden«, sagte Agravaine. »Wir müssen ihm irgendwie den Kopf abschneiden und den tragen. Es würde reichen, wenn wir den Kopf mitnähmen. Den könnten wir gemeinsam tragen.«

Also machten sie sich, sosehr es ihnen auch zuwider war, an das grauenhafte Geschäft, den Hals durchzuhacken.

Gareth im Heidekraut hörte auf zu heulen. Er drehte sich auf den Rücken und sah unvermittelt über sich den Himmel. Die Wolken, die majestätisch über seine endlose Tiefe dahinsegelten, machten ihn schwindlig. Er dachte: Wie weit ist's bis zu der Wolke dort? Eine Meile? Und zu der darüber? Zwei Meilen? Und dahinter eine Meile, und noch eine Meile, und eine Million Millionen Meilen, und alles im leeren Blau. Vielleicht fall' ich jetzt von der Erde, wenn sie grad auf dem Kopf steht, und dann schwebe ich davon, weiter und weiter und immer weiter. Ich werd' versuchen, mich an den Wolken festzuhalten, wenn ich dran vorbeikomme, aber das dürfte nichts nützen. Wo werde ich landen?

Diese Vorstellung bereitete Gareth Unbehagen, und da er sich überdies schämte, weil er vom Ausweiden weggelaufen war, wurde ihm vollends übel. Unter diesen Umständen war es wohl das einzig richtige, den Ort zu verlassen, der ihm solch Unwohlsein verursachte — in der Hoffnung, all das Unangenehme hinter sich zu lassen. Er stand auf und ging wieder zu den anderen.

»Hallo«, sagte Gawaine, »hast du sie gekriegt?«

»Nein, sie ist mir entwischt. Sie ist zur Burg gelaufen.«

»Hoffentlich erzählt sie niemandem was«, sagte Gaheris. »Es muß eine Überraschung sein, sonst taugt es nichts.«

Die drei Schlächter waren mit Schweiß und Blut besudelt und fühlten sich hundeelend. Agravaine hatte sich zweimal übergeben. Trotzdem fuhren sie mit ihrem mühsamen Geschäft fort, und Gareth half ihnen dabei.

»Es hat keinen Zweck, jetzt aufzuhören«, sagte Gawaine. »Stellt euch nur vor, wie schön das wird, wenn wir's unserer Mutter vorweisen können.«

»Wahrscheinlich wird sie heraufkommen, um uns gute Nacht zu sagen, wenn wir ihr das bringen, was sie braucht.«

»Sie wird lachen und sagen, was für gewaltige Jäger wir sind.«

Als sie das gräßliche Rückgrat durchtrennt hatten, stellte sich heraus, daß der Kopf zum Tragen zu schwer war. Sie beschmierten sich von oben bis unten, als sie versuchten, ihn anzuheben. Da schlug Gawaine vor, ihn an einem Strick zu ziehen. Es war keiner vorhanden.

»Wir könnten ihn am Horn ziehen«, sagte Gareth. »Jedenfalls könnten wir ziehen und schieben, solange es bergab geht.«

Nur einer von ihnen konnte jeweils das Horn fest packen. Sie wechselten also ab, und während der eine zog, schoben hinten die anderen, wenn der Kopf sich in einer Wurzel oder einem Graben verfing. Sogar auf diese Art und Weise fiel es ihnen noch sehr schwer, so daß sie ungefähr alle zwanzig Schritt anhalten mußten, um sich abzulösen.

»Wenn wir daheim sind«, sagte Gawaine keuchend, »werden wir ihn im Garten auf die Bank heben. Unsere Mutter muß daran vorübergehen, wenn sie vor dem Abendessen ihren Spaziergang macht. Wir stellen uns davor, bis sie genau da ist, und plötzlich treten wir alle zurück, und da liegt er dann.«

»Sie wird überrascht sein«, sagte Gaheris.

Als sie ihn schließlich talwärts geschleift hatten, ergab sich eine neue

Schwierigkeit. Auf ebener Erde ließ sich der Kopf nicht weiter vorwärts-bewegen, da das Horn zu glitschig war.

In dieser Zwangslage — es ging aufs Abendessen zu — erklärte sich Gareth bereit, vorauszulaufen, um einen Strick zu holen. Der Strick wurde um die Reste des Kopfes gebunden, und so beförderte man das Ausstel-lungsstück die letzte Strecke Wegs zum Kräutergarten: die Augen waren zerstört, die Knochen traten hervor, und der ganze Kopf war schlammig, blutig und vom Heidekraut zerfetzt. Sie hievten ihn auf die Bank und brachten die Mähne in Ordnung, so gut es eben ging. Insbesondere Gareth gab sich jede erdenkliche Mühe, es so gefällig wie möglich herzurichten, um einen Hauch seiner vergangenen Schönheit ahnen zu lassen.

Pünktlich machte die Zauber-Königin ihren Spaziergang: sie war mit Sir Grummore ins Gespräch vertieft und wurde von ihren Schoßhunden Tray, Blanche und Sweetheart begleitet. Sie bemerkte ihre vier Söhne nicht, die sich vor der Bank aufgebaut hatten. Respektvoll standen sie in einer Reihe, schmutzig und aufgeregt und mit hoffnungsvoll klopfendem Herzen.

»Jetzt!« rief Gawaine, und sie traten beiseite.

Queen Morgause sah das Einhorn nicht. Ihre Gedanken waren mit anderen Dingen beschäftigt. Sie ging mit Sir Grummore vorüber.

»Mutter!« rief Gareth irritiert und lief ihnter ihr her, zupfte sie am Rock.

»Ja, mein Weißer? Was möchtest du denn?«

»Ach, Mutter. Wir haben Euch ein Einhorn besorgt.«

»Sind sie nicht süß, Sir Grummore«, sagte sie. »Nun lauft aber los, meine Täubchen, und laßt euch eure Milch geben.«

»Aber, Mami . . .«

»Ja, ja«, sagte sie abweisend. »Ein andermal.«

Und die Königin ging weiter, voll elektrisch knisternder Ruhe, geleitet von dem verwirrten Ritter aus dem Wildwald. Sie hatte nicht bemerkt, wie verdreckt und zerrissen die Kleider ihrer Kinder waren — hatte sie nicht einmal gescholten. Als sie im Verlauf des Abends von dem Einhorn erfuhr, ließ sie die Buben deswegen züchtigen, denn sie hatte einen erfolglosen Tag mit den englischen Rittern hinter sich.

KAPITEL 8

ie Ebene von Bedegraine war ein Wald von Zelten. Sie sahen aus wie altmodische Badekabinen und prangten in allen Farben des Regenbogens. Einige waren sogar gestreift wie Badekabinen, doch zum überwiegenden Teil waren sie einfarbig: gelb, grün und so weiter. An den Seiten trugen sie heraldische Zeichen, aufgemalt oder eingewirkt: gewaltige schwarze Adler mit zwei Köpfen gar, oder *wyverns* — geflügelte Drachen —, oder Lanzen, oder Eichbäume, oder Wortspiel-Zeichen, die auf den Namen des jeweiligen Besitzers hinwiesen. Sir Kay, zum Beispiel, hatte einen schwarzen Schlüssel — *key*! — an seinem Zelt, und Sir Ulbawes im gegnerischen Lager zeigte zwei Ellbogen in wallenden Ärmeln (korrekterweise *manchets* geheißen). Wimpel flatterten über den Zelten, und Bündel von Speeren lehnten an den Segeltuchwänden. Die sportlichen Barone hatten Schilde oder große Kupfergefäße an den Vordertüren angebracht, und man brauchte nur mit dem Speerschaft dagegenzuklopfen: sofort kam der Baron wie eine böse Biene herausgebrummt und kämpfte mit einem, fast ehe noch das Gedröhn verhallt war. Sir Dinadan, ein lustiger Gesell, hatte einen Nachttopf vor seinem Zelt aufgehängt. Und Leute gab es da, Leute. Überall zwischen den Zelten zankte das Küchenpersonal sich mit Hunden herum, die das Hammelfleisch gefressen hatten; kleine Pagen kritzelten sich gegenseitig Schimpfwörter auf den Rücken, wenn der andere grad wegschaute; aufgeputzte *Minstrels* oder Minnesänger sangen Lieder zur Laute, im Stil von »Greensleeves«, mit seelenvollem Ausdruck; unschuldig dreinblickende Schildknappen versuchten, einander spatige Pferde anzudrehen; Leierkastenmänner verdienten sich einen Heller, indem sie die *vielle* traktierten; Zigeuner sagten einem Schlachtenglück voraus; gewaltige Rittersleute, die Köpfe in unordentliche Turbane gewickelt, spielten Schach, wobei einige von ihnen Marketenderinnen auf den Knien hatten; und zur weiteren Unterhaltung gab es Spaßmacher, Sänger, Gaukler, Harfner, Hofnarren, fahrende Spielleute, Troubadoure, Tregetoure, Bärenführer, Feuerfresser, Eiertänzer, Leitertänzer, Ballettänzer, Marktschreier und Balancekünstler. Insgesamt war es dem Derby Day nicht unähnlich. Die ungeheuren Wälder von Sherwood erstreckten sich rings um den Zelt-Wald herum, weiter, als das Auge sehen konnte, Wälder voller Schwarzwild, voll jagdbarer Hirsche, Geächteter, Drachen und Schillerfalter. Auch befand sich ein Hinterhalt in dieser grünen Wildnis, von dem vermutlich niemand wußte.

König Arthur schenkte dem bevorstehenden Kampf keine Beachtung. Er saß unsichtbar in seinem Zelt, im Mittelpunkt der ganzen Erregung, und sprach Tag für Tag mit Sir Ector oder Kay oder Merlin. Die untergeordneten Hauptleute waren der Meinung, ihr König halte einen Kriegsrat nach dem anderen ab, da die Lampe im Innern des Seidenzeltes kaum je erlosch; das versetzte sie in Hochstimmung, und sie waren überzeugt davon, daß er einen genialen Schlachtplan ausarbeite. In Wirklichkeit jedoch ging es um andere Dinge.

»Es wird eine Menge Eifersucht geben«, sagte Kay. »Jeder Ritter Eures Ordens, den Ihr da gründen wollt, wird sich für den besten halten und am Kopf des Tisches sitzen wollen.«

»Dann nehmen wir einen runden Tisch ohne Stirnseite.«

»Aber, Arthur, Ihr werdet niemals einhundertfünfzig Ritter um einen runden Tisch bekommen. Laßt mal sehn . . .«

Merlin, der jetzt kaum mehr in die Debatten eingriff, saß mit über dem Bauch gefalteten Händen da und strahlte. Er half Kay aus der Verlegenheit.

»Er müßte etwa fünfzig Schritt im Durchmesser sein«, sagte er. »Das geht nach 2 π r.«

»Na schön. Sagen wir mal fünfzig Schritt Durchmesser. Denkt doch bloß an all den freien Raum in der Mitte. Es wäre ein Meer von Holz mit einem schmalen Rand von Menschheit. Man könnt' nicht mal die Speisen in die Mitte stellen, weil keiner drankäm'.«

»Dann nehmen wir einen reifenförmigen Tisch«, sagte Arthur, »statt eines runden. Ich weiß den genauen Ausdruck nicht. Ich meine, einen Tisch in Form eines Wagenrades sollten wir haben; und die Diener könnten dann da umhergehen, wo die Speichen wären. Wir könnten sie die Ritter der Runden Tafel nennen.«

»Ritter der Tafelrunde — ein ausgezeichneter Name!«

»Und das Entscheidende«, fuhr der König fort, dem nun weitere Einfälle kamen, »und das Entscheidende ist, die jungen Leute zu motivieren. Die alten Ritter, jene, die wir bekämpfen, die sind zum größten Teil zu alt, um noch etwas zu lernen. Wir werden sie irgendwie einordnen, so daß sie weiterhin kämpfen können, in der angemessenen Weise, aber sie werden wohl mehr oder weniger an den alten Bräuchen festhalten. Wie Sir Bruce. Etwas anderes ist's mit Grummore und Pellinore — wo mögen die bloß sein? Grummore und Pellinore, die brauchen wir natürlich, die sind in Ordnung, die sind von Grund auf freundlich und gütig. Lots Leute hingegen dürften sich wohl nicht anpassen. Deshalb meine ich, daß wir die Jungen an uns ziehen müssen. Wir müssen eine neue Generation der Ritterschaft heranziehen — für die Zukunft. Zum Beispiel dieses Kind Lanzelot, das mit dem Ihr-wißt-schon herübergekommen ist — solche jungen Leute müssen wir um uns scharen. Das wird dann die richtige Tafelrunde.«

»A propos Tafel«, sagte Merlin. »Ich weiß eigentlich nicht, weshalb ich Euch nicht sagen sollte, daß König Leodegrance einen Tisch hat, der für diesen Zweck sehr gut geeignet wäre. Da Ihr ohnehin seine Tochter heiraten werdet, könnte man ihn vielleicht überreden, Euch den Tisch als Hochzeitsgeschenk zu geben.«

»Ich werde seine Tochter heiraten?«

»Gewiß. Sie heißt Ginevra.«

»Hört mal zu, Merlin. Ich möcht' nichts von der Zukunft wissen, und ich bin nicht sicher, ob ich dran glaube . . .«

»Es gibt gewisse Dinge«, sagte der Zauberer, »die ich Euch sagen muß, ob's Euch nun gefällt oder nicht. Das Dumme ist nur: ich werde das Gefühl nicht los, daß ich irgend etwas vergessen habe. Erinnert mich gelegentlich daran, Euch wegen Ginevra zu warnen.«

»Ihr bringt alles durcheinander«, sagte Arthur anklagend. »Ich vergesse schon die Hälfte der Fragen, die ich Euch stellen wollte. Wer, zum Beispiel, war mein . . .«

»Ihr werdet besondere Feste arrangieren müssen«, unterbrach Kay, »zu Pfingsten und so weiter. Dann kommen alle Ritter zum Essen und erzählen, was sie getan haben. Sie werden um so lieber für Eure neue Sache und in Eurem Geiste kämpfen, wenn sie hernach von ihren Taten berichten sollen. Und Merlin könnte durch Zauberei den Namen eines jeden auf seinen Platz schreiben, und das Wappen eines jeden könnte in die Lehne geschnitzt werden. Es wär' phantastisch!«

Dieser erregende Vorschlag ließ den König seine Fragen vergessen, und die beiden jungen Männer machten sich augenblicklich daran, ihre Wappen für den Zauberer zu zeichnen und auszumalen, damit es wegen der Farben keinen Zweifel gebe. Während sie noch damit beschäftigt waren, blickte Kay auf, die Zunge zwischen den Zähnen, und bemerkte:

»Ach ja. Erinnert Ihr Euch der Diskussion, die wir kürzlich über Aggression hatten? Nun, ich habe mir einen guten Grund einfallen lassen, weshalb man einen Krieg beginnen könnte.«

Merlin erstarrte.

»Ich würde ihn gerne hören.«

»Ein guter Grund, um einen Krieg zu beginnen, ist einfach der: einen *guten* Grund zu haben! Nehmen wir zum Beispiel an, daß da ein König ist, der einen neuen *way of life* für die Menschen entdeckt hat. Ihr wißt schon: etwas, das gut für sie ist. Es könnte sogar die einzige Möglichkeit sein, sie vor der allgemeinen Zerstörung zu retten: vor dem Untergang. Nun ja. Und wenn die Menschen zu böse oder zu dumm wären, diese neue Linie zu akzeptieren, dann müßte er sie ihnen aufzwingen — mit dem Schwert.«

Der Zauberer ballte die Fäuste, zerknautschte sein Gewand und zitterte am ganzen Körper.

»Sehr interessant«, sagte er mit bebender Stimme. »Sehr interessant. Genau so einen Mann hat's gegeben, als ich jung war — einen Österreicher, der einen neuen *way of life* erfand und sich einredete, daß er derjenige sei, diesen in die Tat umzusetzen. Er versuchte, seine Reformation durchs Schwert zu verwirklichen, und stürzte die zivilisierte Welt ins Elend und ins Chaos. Was dieser Mann jedoch übersehen hatte, mein Freund, war die Tatsache, daß er einen Vorgänger im Reformationsgeschäft gehabt hat, namens Jesus Christus. Vielleicht dürfen wir annehmen, daß Jesus von der Errettung der Menschen ebensoviel verstand wie dieser Österreicher. Das Merkwürdige indessen ist, daß Jesus aus seiner Jüngerschar keine Schutz-Staffel, keinen Sturmtrupp machte, daß er nicht brandschatzte und dann Pontius Pilatus die Schuld anhängte. Im Gegenteil: er stellte eindeutig fest, daß es Aufgabe der Philosophen sei, Ideen *verfügbar* zu machen, *nicht* aber, sie Menschen aufzuzwingen.«

Kay wurde bleich, blieb jedoch eigensinnig.

»Arthur führt den gegenwärtigen Krieg«, sagte er, »um König Lot seine Ideen aufzuzwingen.«

KAPITEL 9

er Vorschlag der Königin, Einhörner zu jagen, hatte eine sonderbare Folge. Je liebeskranker König Pellinore wurde, desto offensichtlicher war es, daß etwas getan werden mußte. Sir Palomides hatte eine Eingebung.

»Die königliche Melancholie«, sagte er, »kann nur durch das Aventiuren-Tier vertrieben werden. An dieses Tier ist Maharadscha Sahib sein Leben lang gewöhnt. Ich sage es ja schon die ganze Zeit.«

»Ich persönlich glaube«, sagte Grummore, »das Aventiuren-Tier ist tot. Auf jeden Fall ist's in Flandern.«

»Dann müssen wir uns verkleiden«, sagte Sir Palomides. »Wir müssen die Rolle des Aventiuren-Tiers übernehmen und uns jagen lassen.«

»Wir können uns doch schlecht als das Queste-Biest verkleiden.«

Der Sarazene indes hatte an seiner Idee Gefallen gefunden.

»Warum nicht?« fragte er. »Warum nicht, zum Donner? Tier-Imitatoren nehmen das Aussehen von Hirschen und Ziegen und dergleichen an und tanzen zum Klang von Glocken und Tamburinen und machen allerlei Verrenkungen und Firlefanz.«

261

»Aber Palomides! Wir sind doch keine Tier-Imitatoren!«

»Dann müssen wir's eben lernen.«

»Tier-Imitatoren!«

Ein Tier-Imitator, ein *joculator* — das war ein *juggler*, ein Gaukler also, eine niedere Art des *minstrel*, und Sir Grummore behagte diese Vorstellung ganz und gar nicht.

»Wie sollen wir uns denn als Aventiuren-Tier verkleiden?« fragte er matt. »Das ist doch ein furchtbar kompliziertes Tier.«

»Beschreibt dieses Tier.«

»Nun ja, verflucht und zugenäht: es hat einen Schlangenkopf und den Rumpf eines Leoparden und Keulen wie ein Löwe und Läufe wie ein Hase. Und in Drei-Teufels-Namen, Mann: wie sollen wir das Gelärme im Biestbauch machen, als ob dreißig Koppeln Hunde auf der Hatz wären?«

»Werd' ich halt selber der Bauch sein«, entgegnete Sir Palomides, »und Laut geben. Hört!«

Er fing an zu jodeln.

»Psst!« rief Sir Grummore. »Ihr weckt die ganze Burg auf.«

»Also: einverstanden?«

»Kein Gedanke dran. Hab' in meinem ganzen Leben noch nicht so einen Unsinn gehört. Außerdem macht's auch nicht so ein Geräusch. Es macht vielmehr so: —«

Und Sir Grummore gackerte drauflos, mit schrillem Alt, daß es klang wie Tausende von Wildgänsen im Moor.

»Psst! Psst!« rief Sir Palomides.

»Ich habe nicht gepsst. Was Ihr gemacht habt, das klang wie nach Schweinen.«

Die beiden Naturkundler trompeteten, grunzten, quiekten, quäkten, quietschten, krähten, muhten, knurrten, schnifften, gackerten, schnatterten und miauten einander an, bis sie puterrot im Gesicht waren.

»Den Kopf«, sagte Sir Grummore, plötzlich innehaltend, »müssen wir aus Karton machen.«

»Oder aus Segeltuch«, sagte Sir Palomides. »Die fischfangende Bevölkerung dürfte im Besitze von Segeltuch sein.«

»Aus Lederschuhen machen wir Hufe.«

»Auf den Rumpf können wir Flecke malen.«

»In der Mitte muß er knöpfbar sein —«

»— wo wir zusammentreffen.«

»Und Ihr«, so fügte Sir Palomides großmütig hinzu, »könnt das hintere Ende sein und Hundegebell machen. Das Geräusch kommt erwiesenermaßen aus seinem Bauch.«

Sir Grummore errötete vor Freude und sagte — auf seine normannische Art ziemlich barsch —: »Schönen Dank auch, Palomides. Muß schon sagen: verdammt anständig von Euch.«

»Keine Ursache.«

Eine Woche lang bekam König Pellinore seine Freunde kaum je zu Gesicht. »Schreibt Ihr mal ruhig Eure Gedichte, Pellinore«, sagten sie zu ihm, »oder geht und seufzt auf den Klippen. So ist's recht.« Er irrte umher und rief gelegentlich aus: »Flandern — wandern« oder »Tochter — braucht er«, so oft ihm ein Einfall kam, während die dunkle Königin im Hintergrund lauerte.

In Sir Palomides' Zimmer, dessen Tür zugesperrt war, herrschte unterdessen derart heftiges Nähen und Schnibbeln und Malen und Zanken, daß man nur staunen konnte.

»Lieber Freund, ich sage Euch doch: das Vieh hat schwarze Flanken.«

»Flohfarbene«, sagte Sir Palomides dickköpfig.

»Was ist das: flohfarben? Außerdem haben wir keine Flöhe.«

Mit der Raserei schaffender Künstler fauchten sie einander an.

»Probiert mal den Kopf auf.«

»Ihr habt ihn ruiniert. Hab' ich ja gleich gesagt.«

»Die Konstruktion war zu schwach.«

»Jetzt müssen wir das Ding nochmal konstruieren.«

Als das Werk vollendet war, trat der Heide zurück, um es zu begutachten.

»Seht Euch vor, Palomides. Da! Jetzt habt Ihr die Flecken verschmiert!«

»Bitte tausendmal um Vergebung.«

»Ihr solltet ein bißchen achtgeben, wo Ihr hintretet.«

»So, und wer ist mit dem Fuß durch die Rippen getreten?«

Am zweiten Tag gab's Schwierigkeiten mit der hinteren Hälfte.

»Die Keulen sind zu eng.«

»Dann bückt Euch eben nicht.«

»Ich muß mich doch bücken, wenn ich das Hinterteil bin.«

»Sie werden schon nicht platzen.«

»Doch, werden sie wohl.«

»Nein, werden sie nicht.«

»Da: sie sind schon geplatzt!«

»Seht Euch ein bißchen vor«, sagte Sir Grummore am dritten Tag. »Ihr tretet dauernd auf meinen Schwanz.«

»Haltet mich nicht so fest, Grummore. Ich habe mir den Hals verrenkt.«

»Könnt Ihr nicht sehen?«

»Nein, ich kann nicht sehen. Ich habe mir den Hals verrenkt.«

»Da! Jetzt ist mein Schwanz hin.«

Es entstand eine Pause, während der die beiden sich entwirrten.

»So, und diesmal ganz behutsam. Wir müssen im Gleichschritt marschieren.«

»Ihr gebt den Tritt an.«

»Links! Rechts! Links! Rechts!«

»Ich glaube, meine Keulen rutschen.«

»Wenn Ihr meine Hüften loslaßt, geht das Ganze auseinander.«

»Ich muß doch! Wie soll ich sonst meine Keulen festhalten?«

»Da gehn die Knöpfe ab.«

»Verdammter Mist.«

»Ich hab's Euch ja gesagt.«

Also nähten sie am vierten Tag die Knöpfe an und probierten's von neuem.

»Kann ich jetzt mein Bellen üben?«

»Nur zu.«

»Wie klingt mein Bellen von drinnen?«

»Klingt vorzüglich, Grummore, vorzüglich. In gewisser Weise natürlich seltsam, da es von hinten kommt, wenn Ihr mir folgen könnt.«

»Ich dachte, es klänge gedämpft.«

»Tat's auch, ein bißchen.«

»Von draußen klingt's vielleicht gut.«

Am fünften Tag waren sie weit fortgeschritten.

»Wir sollten mal einen Galopp üben. Schließlich können wir nicht die ganze Zeit gehen — wenn er uns schon jagt.«

»Sehr gut.«

»Wenn ich also ›los‹ sage, dann los. Auf die Plätze, fertig, los!«

»Seht Euch vor, Grummore. Das Stupsen hat keinen Sinn.«

»Das Hopsen?«

»Achtung: das Bett.«

»Was habt Ihr gesagt?«

»Ach, du meine Güte!«

»Das verfluchte Bett. Au, mein Schienbein!«

»Ihr habt schon wieder die Knöpfe abgerissen.«

»Verdammter Mist, ich hab' mir die Zehen angestoßen.«

»Und mein Kopf ist abgegangen.«

»Dann werden wir's beim Gehen belassen müssen.«

»Das Galoppieren wäre leichter«, sagte Sir Grummore am sechsten Tag, »wenn wir Musik hätten. So was wie *Tantivvy*, wißt Ihr?«

»Aber wir haben keine Musik.«

»Nein.«

»Also?«

»Vielleicht könntet Ihr *Tantivvy* singen, Palomides, während ich belle?«

»Ich könnt's versuchen.«

»Sehr schön. Also los!«

»*Tantivvy, tantivvy, tantivvy!*«

»Verdammt.«

»Wir müssen das ganze Ding noch einmal machen«, sagte Sir Palomides übers Wochenende. »Die Hufe können wir noch verwenden.«

»Draußen wird's nicht so weh tun, wenn wir hinfallen, denke ich — ist ja Moos.«

»Und dem Segeltuch schadet's wahrscheinlich auch weniger.«

»Wir nehmen's doppelt.«

»Ja.«

»Ich bin froh, daß die Hufe es noch tun.«

»Beim Zeus, Palomides: sieht's nicht wie ein richtiges Ungetüm aus?«

»Diesmal haben wir's großartig hingekriegt.«

»Schade, daß Ihr nicht Feuer spucken könnt, oder so etwas Ähnliches.«

»Das würde Brandgefahr heraufbeschwören.«

»Wollen wir noch mal einen Galopp probieren, Palomides?«

»Aber selbstverständlich.«

»Dann schiebt das Bett in die Ecke.«

»Nehmt Euch mit den Knöpfen in acht.«

»Wenn Ihr seht, daß wir irgendwo anstoßen, haltet Ihr an, klar?«

»Ja.«

»Seid auf der Hut, Palomides.«

»Wird gemacht, Grummore.«

»Fertig?«

»Fertig.«

»Auf geht's!«

»Das war eine herrliche Attacke, Palomides«, rief der Ritter aus dem Wildwald.

»Ein gestreckter Galopp.«

»Habt Ihr bemerkt, daß ich die ganze Zeit gebellt habe?«

»Es ist mir nicht entgangen, Sir Grummore.«

»Junge, Junge, ich hab' lang nicht mehr solchen Spaß gehabt.«

Keuchend und triumphierend standen sie in ihrem Ungeheuer.

»Palomides, seht Euch doch bloß meinen wedelnden Schweif an!«

»Bezaubernd, Sir Grummore. Seht mal, wie ich mit einem Auge blinzle.«

»Nein, nein, Palomides. Ihr müßt meinen Schwanz ansehn. Müßt Ihr wirklich gesehen haben.«

»Aber wenn ich zusehe, wie Ihr wedelt, müßt Ihr zusehn, wie ich blinzle. Das ist nur recht und billig.«

»Ich kann doch von drinnen nichts sehn.«

»Was das betrifft, Sir Grummore: ich kann mich nicht so weit umdrehn, daß ich den analen Appendix zu sehen vermöchte.«

»Na ja, versuchen wir's halt zum letztenmal. Ich werde die ganze Zeit aufgeregt mit dem Schwanz wedeln und wie verrückt bellen. Das wird ein tolles Spektakulum.«

»Und ich werde fortwährend mit dem einen oder anderen Auge blinzeln.«

»Was meint Ihr, Palomides: könnten wir dann und wann einen Sprung in den Galopp einschieben? Wißt Ihr: so eine Art Aufbäumen?«

»Das könnte viel natürlicher vom Hinterteil bewirkt werden: solo.«

»Meint Ihr, ich sollt's alleine tun?«

»In der Tat.«

»Das ist aber ungewöhnlich anständig von Euch, Palomides, daß Ihr mich das Aufbäumen alleine tun laßt, muß ich schon sagen.«

»Darf ich hoffen, daß man beim Aufbäumen eine gewisse Vorsicht wird walten lassen, um das Hinterteil der Vorderhälfte vor unsanften Knüffen zu bewahren?«

»Selbstredend, Palomides.«

»Aufgesessen, Sir Grummore.«

»*Tally-ho*, Sir Palomides.«

»*Tantivvy, tantivvy, tantivvy*, auf geht's zur Aventiure, halli-hallo!«

Die Königin hatte das Unmögliche erkannt. Sogar im Miasma ihres gälischen Geistes war sie zu der Einsicht gelangt, daß Esel sich nicht mit Pythons paaren. Es war zwecklos, vor diesen lächerlichen Rittern ihre Reize und Talente spielen zu lassen — zwecklos, sie weiter mit diesen tyrannischen Ködern fangen zu wollen, die sie für Liebe hielt. Ihre Gefühle kippten plötzlich um, und sie stellte fest, daß sie die Mannen haßte. Es waren Schwachsinnige und Sassenachs dazu, und sie selber war eine Heilige. Sie war, wie sie zur eignen Überraschung bemerkte, ausschließlich am Wohlergehen ihrer geliebten Jungen interessiert. Sie war ihnen die beste Mutter, die es nur gab! Ihr Herz lechzte nach ihnen, ihr mütterlicher Busen wogte einzig für sie. Als Gareth ihr nervös ein weißblühendes Heidekraut ins Schlafzimmer brachte, um sich dafür zu entschuldigen, daß er verprügelt worden war, bedeckte sie ihn mit Küssen, wobei sie in den Spiegel sah.

Er befreite sich aus der Umarmung und trocknete seine Tränen — teils verlegen, teils verzückt. Das Heidekraut, das er mitgebracht hatte, wurde recht dramatisch in einen Napf ohne Wasser gestellt — sie spielte die fürsorgliche Hausfrau —, und er durfte gehen. Fluchtartig verließ er, der Vergebung gewiß, das königliche Gemach und wirbelte wie ein Kreisel die Wendeltreppe hinab.

Die Burg unterschied sich beträchtlich von jener anderen, in der König Arthur sich getummelt hatte. Ein Normanne würde sie kaum als Burg anerkannt haben, hätte sie nicht über einen Bergfried verfügt. Sie war tausend Jahre älter als alles, was die Normannen kannten.

Diese Burg, durch die das Kind jetzt lief, um seinen Brüdern die gute Nachricht von der Liebe ihrer Mutter zu überbringen, war im Dunkel der Vergangenheit als seltsames Symbol der ›Alten‹ entstanden: als ein Fort auf dem Vorgebirge. Als der Vulkan der Geschichte sie ins Meer zu treiben drohte, hatten sie sich auf der letzten Halbinsel festgekrallt. Auf einer Landzunge, auf einem Kliff hatten sie — das Meer buchstäblich im Rücken — eine Mauer errichtet. An den drei übrigen Seiten wurden sie vom Meer, ihrem Schicksal, beschützt. Hier auf dem Vorgebirge türmten die blaubemalten Kannibalen ihre zyklopische Mauer aus unvermörtelten Steinen auf, vierzehn Fuß hoch und ebenso dick; auf der Innenseite befanden sich Terrassen, von denen aus sie ihre Steine schleudern konnten. Vor der Mauer hatten sie Tausende von spitzen Steinen derart eingegraben, daß sie sämtlich nach außen zeigten; so waren *chevaux de frise* entstanden, Spanische Reiter, die einem versteinerten Igel ähnelten. Dahinter, und hinter der gewaltigen Mauer, drängten sie sich des Nachts mit ihren Haustieren in Holzhütten zusammen. Zur Dekoration waren die Köpfe von Feinden auf Stangen gespießt, und ihr König hatte sich eine unterirdische Schatzkammer gebaut, die gleichzeitig als subterraner Fluchtweg diente. Sie führte unter der Mauer hindurch, so daß der Fürst hinter den Angreifern herauskriechen konnte, falls das Fort gestürmt worden war. Durch diesen Gang konnte sich nur ein einziger Mann jeweils fortbewegen, und zudem verfügte er über eine Art von Schleuse, wo er seinen Verfolger erwarten und ihm eins über den Kopf geben konnte, sobald dieser das Hindernis zu überwinden suchte. Die Leute, die dieses Souterrain gegraben hatten, waren von ihrem eigenen Priester-König hingerichtet worden, damit das Geheimnis gewahrt blieb.

All das war in einem früheren Jahrtausend.

Dunlothian war bei dem Beharrungsvermögen der ›Alten‹ nur langsam gewachsen. Eine skandinavische Eroberung hatte ein hölzernes Langhaus entstehen lassen. Aus den Steinen der Sperrmauer war ein Rundturm für

Priester gebaut worden. Der Bergfried mit einem Kuhstall unter den beiden Wohngemächern war zuletzt entstanden.

Durch diese unordentlichen Überreste von Jahrhunderten also lief Gareth auf der Suche nach seinen Brüdern. Es ging durch Anbauten und Umbauten — vorüber an *ogham*-Steinen zum Gedenken an irgendeinen längst verstorbenen Deag, Sohn des No, mit dem Kopf nach unten in eine spätere Bastion eingebaut. Der Gebäudekomplex lag auf der Spitze eines windumtosten Kliffs, das die Winde des Atlantiks bis auf die Knochen leergefegt hatten und unterhalb dessen das kleine Fischerdorf sich zwischen die Dünen kuschelte. Von hier oben aus sah man ein Dutzend Meilen weit Brecher und Hunderte von Meilen Wolken. Die ganze Küste entlang bewohnten die Heiligen und Schüler des Eriu ihre steinernen Iglus in schaurig-schöner Abgeschiedenheit; fünfzig Psalmen sagten sie in ihren Bienenkörben her und fünfzig im Freien und fünfzig im kalten Wasser — angewidert von allem Weltlichen. St. Toirdealbhach war für ihre Gattung keineswegs typisch.

Gareth fand seine Brüder im Vorratsraum.

Es roch nach Grütze, Schinken, geräuchertem Lachs, Stockfisch, Zwiebeln, Haifischtran, eingelegten Heringen in Zubern, Hanf, Mais, Hühnerfedern, Segeltuch, Milch — gebuttert wurde donnerstags — und trocknendem Kiefernholz, nach Äpfeln, Kräutern, Fischleim und Lack für den Pfeilbefiederer, Gewürzen aus Übersee, nach toter Ratte in einer Falle, Wildpret, Seetang, Sägespänen, kleinen Kätzchen, nach noch nicht verkaufter Schurwolle von den Bergschafen und nach nasenätzendem Teer.

Gawaine, Agravaine und Gaheris saßen auf der Wolle und aßen Äpfel. Sie waren in einer heftigen Auseinandersetzung begriffen.

»Es geht uns nichts an«, sagte Gawaine störrisch.

Agravaine jammerte: »Es geht uns *wohl* was an. Es geht uns mehr an als sonst jemanden, und es ist nicht recht.«

»Wie kannst du es wagen, das von unserer Mutter zu behaupten?«

»Es ist nicht recht.«

»Es ist recht.«

»Wenn du nur immer widersprechen kannst . . .«

»Für Sassenachs sind sie sehr anständig«, sagte Gawaine. »Ich durfte gestern abend Sir Grummores Helm aufsetzen.«

»Das hat doch nichts damit zu tun.«

Gawaine sagte: »Ich wünsche nicht, darüber zu reden. Es ist gemein, darüber zu reden.«

»Gawaine der Reine!«

Als Gareth den Raum betrat, sah er, daß Gawaines Gesicht unter den roten Haaren glühte. Er war wütend auf Agravaine, und gleich würde er

268

einen seiner Wutanfälle bekommen. Agravaine jedoch gehörte zu jenen glücklosen Intellektuellen, die zu stolz sind, sich roher Gewalt zu beugen. Er ließ sich in einer hitzigen Debatte niederschlagen, weil er sich nicht verteidigen konnte, und höhnte vom Boden aus weiter: »Na, los doch, schlag noch mal, damit alle sehen, was du kannst.«

Gawaine fixierte ihn abschätzig.

»Halt den Mund!«

»Ich denke nicht dran.«

»Ich werd' ihn dir stopfen.«

»So oder so — es bleibt sich gleich.«

Gareth sagte: »Sei still, Agravaine. Gawaine, laß ihn in Ruhe. Agravaine, wenn du nicht still bist, bringt er dich um.«

»Soll er mich doch umbringen! Was ich sage, stimmt.«

»Halt deine Klappe.«

»Ich denk' nicht dran. Ich finde, wir sollten einen Brief an unsern Vater aufsetzen und ihm von diesen Rittern berichten. Wir sollten ihm von unsrer Mutter erzählen. Wir . . .«

Gawaine hatte sich auf ihn gestürzt, ehe er den Satz vollenden konnte.

»Das brächtest du fertig!« schrie er. »Du Verräter! Der Teufel soll deine Seele holen!«

Denn Agravaine hatte etwas getan, das bei familiären Auseinandersetzungen noch nie geschehen war. Er war der Schwächere der beiden und fürchtete sich vor Schmerzen. Im Niederstürzen hatte er seinen Dolch gegen den Bruder gezückt.

»Achte auf seinen Arm«, rief Gareth.

Die beiden Brüder kugelten sich inmitten der Wollballen.

»Gaheris, halt seine Hand fest! Gawaine, laß ihn in Ruh! Agravaine, wirf das Messer weg! Agravaine, wenn du's nicht wegwirfst, bringt er dich um. Oh, du Scheusal.«

Des Jungen Gesicht war blau angelaufen, der Dolch nirgends zu sehen. Gawaine, der Agravaines Hals mit den Händen umschlossen hielt, schlug ihm wild den Kopf auf den Boden. Gareth packte Gawaines Hemd an der Kehle und versuchte, ihn zu würgen. Gaheris, der das Knäuel umtanzte, suchte nach dem Dolch.

»Laß mich«, keuchte Gawaine. »Laß mich los.« Er gab ein hustenartiges oder heiseres Geräusch von sich wie ein junger Löwe, der sich im Brüllen übt.

Agravaine, dessen Adamsapfel in Mitleidenschaft gezogen worden war, lockerte den Griff und lag mit einem Schluckauf am Boden. Es sah aus, als werde er sterben. Sie zerrten Gawaine von seinem Opfer; er wollte unbedingt freikommen, um sein Werk zu vollenden.

Es war ganz eigentümlich: sobald er einen seiner Tobsuchtsanfälle hatte, schien er alles Menschliche zu verlieren. In späterer Zeit brachte er sogar Frauen um, wenn man ihn in einen solchen Zustand gebracht hatte — obwohl er's hinterher bitter bereute.

Als das Double-Biest fertiggestellt war, brachten die Ritter es hinaus und versteckten es am Fuß der Klippen in einer Höhle oberhalb der Hochwassermarke. Dann nahmen sie zur Feier des Tages einen Whisky zu sich und begaben sich, als die Dunkelheit hereinbrach, auf die Suche nach dem König.

Sie fanden ihn auf seinem Zimmer; vor sich hatte er einen Federkiel und ein Blatt Pergament. Es war jedoch kein Gedicht auf dem Pergament zu sehen, sondern eine Zeichnung, die ein von einem Pfeil durchbohrtes Herz darstellen sollte, in dem man zwei ineinander verschlungene P's erkennen konnte. Der König schneuzte sich.

»Entschuldigt, Pellinore«, sagte Sir Grummore, »aber wir haben was auf dem Kliff gesehn.«

»Etwas Garstiges?«

»Nun, nicht unbedingt —«

»Ich hatte es gehofft.«

Sir Grummore überdachte die Lage und nahm den Sarazenen beiseite. Sie kamen zu dem Schluß, daß Takt vonnöten sei.

»Ach, Pellinore«, sagte Sir Grummore nonchalant, »was zeichnet Ihr denn da?«

»Was meint Ihr wohl?«

»Es sieht wie eine Art Zeichnung aus.«

»Das ist es auch«, sagte der König. »Ich wünschte, Ihr beide würdet gehn. Ich meine: falls ich mir einen Vorschlag erlauben darf.«

»Es wäre besser, wenn Ihr hier einen Strich zöget«, fuhr Sir Grummore fort.

»Wo?«

»Hier, wo das Schwein ist.«

»Mein lieber Freund, wovon redet Ihr denn überhaupt?«

»Um Vergebung, Pellinore. Ich dachte, Ihr würdet mit geschlossenen Augen ein Schwein malen.«

Sir Palomides hielt es für geraten einzuschreiten.

»Sir Grummore«, sagte er schüchtern, »hat ein Phänomen beobachtet, beim Zeus!«

»Ein Phänomen?«

»Ein Ding«, erklärte Sir Grummore.

»Was für ein Ding?« fragte der König argwöhnisch.

»Etwas, das Euch gefallen wird.«

»Es hat vier Beine«, setzte der Sarazene hinzu.

»Tierreich, Pflanzenreich oder Mineralreich?« fragte der König.

»Tierreich.«

»Ein Schwein?« erkundigte sich der König, dem allmählich klarwurde, daß sie eine bestimmte Absicht verfolgten.

»Nein, nein, Pellinore. Kein Schwein. Schlagt Euch schleunigst die Schweine aus dem Kopf. Dies Ding macht ein Geräusch wie Hunde.«

»Wie ein Schock Hunde«, erläuterte Sir Palomides.

»Ein Wal!« rief der König.

»Nein, nein, Pellinore. Ein Wal hat keine Beine.«

»Aber er macht ein solches Geräusch.«

»Tatsächlich?«

»Mein lieber Freund, woher soll ich das wissen? Wir sollten versuchen, nicht so weit vom Wege abzukommen.«

»Verstehe. Aber worum geht's, was? Es scheint ein Menageriespiel zu sein.«

»Nein, nein, Pellinore. Es handelt sich um etwas, das wir gesehen haben. Und es bellt.«

»Oh, ich muß schon sagen«, jammerte er. »Ich wünschte wirklich, Ihr beide würdet schweigen oder verschwinden. Erst Wale und Schweine, und jetzt dies Ding, das bellt — da weiß man ja überhaupt nicht mehr, woran man ist. Könnt Ihr einen zur Abwechslung nicht mal in Frieden lassen, damit man ein bißchen malen und sich in Ruhe aufhängen kann? Ich meine, das ist doch nicht zuviel verlangt, wie, was, meint Ihr nicht auch?«

»Pellinore«, sagte Sir Grummore, »Ihr müßt Euch zusammennehmen. Wir haben das Aventiuren-Tier gesehn — das Queste-Biest!«

»Warum?«

»Warum?«

»Ja, warum?«

»Warum sagt Ihr warum?«

»Ich meine«, erkläre Sir Grummore, »Ihr könntet sagen: wo? Oder: wann? Aber warum warum?«

»Warum nicht?«

»Pellinore, habt Ihr denn jedes Gefühl für Schicklichkeit verloren? Wir haben das *Aventiuren-Tier* gesehn, sage ich Euch — hier auf den Klippen haben wir es gesehen, ziemlich in der Nähe.«

»Es ist kein Es. Es ist eine Sie.«

»Lieber Freund, es spielt doch keine Rolle, was sie ist. Wir haben sie gesehen. Oder es. Also: *sie.*«

»Weshalb geht Ihr dann nicht los und fangt sie?«

»Es ist doch nicht unsere Aufgabe, sie zu fangen, Pellinore. Das ist Eure Aufgabe. Schließlich ist sie Euer Lebenswerk, oder?«

»Sie ist dumm«, sagte der König.

»Es kommt nicht darauf an, ob sie dumm ist oder ob sie nicht dumm ist«, sagte Sir Grummore verletzt. »Es kommt darauf an, daß sie Euer *magnum opus* ist. Nur ein Pellinore kann sie fangen. Das habt Ihr uns oft erzählt.«

»Was hat's für einen Sinn, sie zu fangen?« fragte der Monarch. »Was? Vermutlich ist sie ganz glücklich auf den Klippen. Ich begreife nicht, wieso Ihr Euch derart ereifert. —

Mir scheint's furchtbar traurig«, fügte er als Nachbemerkung hinzu, »daß man nicht heiraten kann, wann man möchte. Ich meine, was habe ich von dem Tier? Ich hab's nicht geheiratet, wie, was? Weshalb laufe ich also die ganze Zeit hinter ihm her? Das ist doch irgendwie nicht logisch. Oder?«

»Was Euch fehlt, Pellinore, ist eine gute Hetzjagd. Rafft Euch mal auf.«

Sie nahmen ihm den Gänsekiel weg und schenkten ihm mehrere Humpen Branntwein ein, wobei sie nicht vergaßen, dann und wann selber einen Schluck zu nehmen.

»Es scheint das einzig Richtige zu sein«, sagte er plötzlich. »Schließlich kann nur ein Pellinore es fangen. Oder sie.«

»So ist's recht.«

»Ich bin nur manchmal so traurig«, fügte er hinzu, ehe sie ihm Einhalt gebieten konnten, »wegen der Tochter der Königin von Flandern. Sie war nicht schön, Grummore, aber sie hat mich verstanden. Wir schienen gut miteinander auszukommen, versteht Ihr? Ich bin vielleicht nicht allzu helle, und wenn ich allein bin, gerate ich schon mal in Mißhelligkeiten; aber wenn ich mit Piggy zusammen war, dann wußte sie stets, wo's längs ging. Außerdem tat's gut, sie um sich zu haben. Es ist gar nicht übel, jemanden um sich zu haben, wenn man nicht mehr der Jüngste ist — besonders, wenn man die ganze Zeit das Aventiuren-Tier gejagt hat, was? Im Wald wird's einem ein bißchen einsam. Ich hatte das Biest zur Gesellschaft, sicher, aber eben doch nur in Grenzen. Man konnte nicht alles mit ihm besprechen, nicht wie mit Piggy. Und sie — es — konnte nicht kochen. Ich weiß nicht, weshalb ich Euch beiden mit all dem Gerede zur Last falle, aber bisweilen hat man wirklich das Gefühl, als wolle es nicht weitergehn. Piggy war kein Backfisch, versteht Ihr. Ich habe sie wirklich geliebt, Grummore, wirklich; und wenn sie nur meine Briefe beantwortet hätte — ach, es wär' schon schön gewesen.«

»Armer alter Pellinore«, sagten sie.

»Ich habe heute sieben Elstern gesehn, Palomides. Wie Bratpfannen sahen sie aus, als sie daherflogen.

»Eine für Leid«, erläuterte der König, »zwei für Freud', drei fürs Hoch-
zeithaben und vier für einen Knaben. Demnach müßten sieben also vier
Buben sein, oder, was?«

»Zwangsläufig«, sagte Sir Grummore.

»Sie hatten Aglovale, Percivale und Lamorak heißen sollen, und dann
war da noch einer mit einem komischen Namen, den ich vergessen habe.
Das ist nun alles vorbei. Immerhin: ich muß schon sagen, ich hätte gern
einen Sohn mit Namen Dornar gehabt.«

»Hört mal zu, Pellinore. Was gewesen ist, ist gewesen. Damit müßt Ihr
Euch abfinden. Sonst verzehrt Ihr Euch. Weshalb macht Ihr jetzt nicht einmal einen Punkt und fangt zum Beispiel Euer Biest?«

»Werd' ich wohl müssen.«

»Genau. Da kommt Ihr auf andere Gedanken.«

»Seit achtzehn Jahren bin ich hinter ihm her«, sagte der König gedankenverloren. »Es wäre eine Abwechslung, wenn ich's mal fangen würde.
Wo mag bloß die Bracke sein, mein Hund?«

»Aha, Pellinore! Jetzt seid Ihr wieder der alte!«

»Wie wäre es, wenn unser verehrter Monarch gleich anfangen wollte?«

»Was? Heute abend, Palomides? Im Dunkeln?«

Sir Palomides stieß Sir Grummore heimlich an. »Man muß das Eisen
schmieden, solange es heiß ist«, flüsterte er.

»Verstehe.«

»Ist wohl einerlei«, sagte der König. »Ist ja im Grunde alles einerlei.«

»Ausgezeichnet«, rief Sir Grummore und nahm die Sache in die Hand.
»Wir werden also folgendes tun. Gleich heute abend postieren wir unsern
König Pellinore am einen Ende des Kliffs, in einem Hinterhalt, und dann
treiben wir beide das Biest methodisch auf ihn zu. Es muß ja dasein, denn
es wurde heute nachmittag noch gesichtet.«

»War das nicht gerissen«, fragte er, als sie sich in der Dunkelheit ver-
kleideten, »unsere Anwesenheit damit zu begründen, daß wir das Tier treiben müßten?«

»Eine Eingebung von oben«, sagte Sir Palomides. »Sitzt mein Kopf richtig?«

»Guter Freund, ich seh' die Hand vor Augen nicht.«

Die Stimme des Sarazenen klang etwas unsicher.

»Diese Dunkelheit«, sagte er. »Fast zum Greifen dicht.«

»Macht nichts«, sagte Sir Grummore. »Da fallen mögliche kleine Fehler
unserer Aufmachung nicht ins Auge. Vielleicht geht nachher der Mond
auf.«

»Zum Glück ist sein Schwert für gewöhnlich stumpf.«

»Na, nun kommt aber, Palomides. Kriegt Ihr kalte Füße? Ich weiß nicht, wieso, aber ich fühl' mich grandios. Vielleicht liegt's an den Humpen. Was meint Ihr, wie ich heut abend mich aufbäumen und bellen werde!«

»Ihr verknöpft Euch mit mir, Sir Grummore. Das sind die falschen Knöpfe.«

»Um Vergebung, Palomides.«

»Wäre es nicht ausreichend, wenn Ihr nur mit Euerm Schwanz in der Luft wedeln würdet, statt Euch auch noch aufzubäumen? Das Aufbäumen bedeutet fürs Vorderteil eine gewisse Unbequemlichkeit.«

»Ich werde wedeln *und* mich aufbäumen«, sagte Sir Grummore fest.

»Ganz wie Ihr meint.«

»Nehmt Euern Huf einen Moment von meinem Schwanz, Palomides.«

»Könntet Ihr nicht auf dem ersten Teil des Wegs Euern Schwanz über den Arm legen?«

»Das wäre kaum natürlich.«

»Nein.«

»Und nun«, so fügte Sir Palomides bitter hinzu, »fängt's auch noch an zu regnen. Wenn ich's mir recht überlege, scheint's hierorts fast immer zu regnen.«

Er schob seine braune Hand aus dem Schlangenmaul und spürte die Tropfen auf dem Handrücken. Wie Hagelkörner trommelten sie aufs Segeltuch.

»Liebes gutes Vorderteil«, sagte Sir Grummore angeheitert, denn er hatte dem Whisky reichlich zugesprochen, »diese Expedition war doch Eure Idee. Nur Mut, Freund Mohr. Für Pellinore ist's viel schlimmer — der muß auf uns warten. Und dann hat er auch kein Segeltuchfell mit Flecken drauf, unter dem er Zuflucht suchen könnte.«

»Vielleicht hört's auf.«

»Natürlich hört's auf. Es hört immer auf, alter Heide. Also dann — sind wir bereit?«

»Ja.«

»Gut. Gebt den Tritt an.«

»Links! Rechts!«

»Vergeßt das *Tantivvy* nicht!«

»Links! Rechts! *Tantivvy! Tantivvy!* — Wie, bitte?«

»Ich hab' nur gebellt.«

»*Tantivvy! Tantivvy!*«

»Jetzt kommt das Aufbäumen!«

»Au weh, Sir Grummore, au!«

»Vergebung, Palomides.«
»Ich werde mich kaum hinsetzen können.«

Stocksteif stand König Pellinore unter den triefenden Klippen und blickte ins Ungewisse. Sein Hund an der langen Leine hatte sich etliche Male um ihn herumgewunden. Pellinore war in voller Rüstung, die rostig wurde, und an fünf Stellen regnete es herein. Der Regen drang an beiden Schienbeinen und beiden Unterarmen ein; die schlimmste Stelle jedoch war das Visier. Es war nach dem Schnauzen-Prinzip konstruiert, da man herausgefunden hatte, daß ein gräßlicher Helm den Feind in Angst und Schrecken versetzt. König Pellinores geschlossenes Visier wirkte wie die Visage eines neugierigen Schweines, nur ließ es den Regen zu den Nasenlöchern herein, und das Wasser tröpfelte ihm stetig auf die Brust, was ziemlich kitzelte. Der König dachte nach.

Nun ja, dachte er, das Wetter da würde sie wohl beruhigen. Es war zwar gar nicht schön in diesem Regen mit allem Drum und Dran, aber die beiden Guten schienen es sich in den Kopf gesetzt zu haben. Einen freundlicheren Menschen als den alten Grum würde man schwerlich finden, und Palomides schien ganz umgänglich zu sein, obgleich er ein Heide war. Wenn sie schon einmal auf einem solchen Streich bestanden, dann war es nur recht und billig, ihnen den Gefallen zu tun. Außerdem war es gut, daß der Hund mal an die Luft kam. Es war zwar bedauerlich, daß er sich ständig verwickeln mußte, aber gegen die Natur war eben schwer anzukommen. Morgen würde er den ganzen Tag seine Rüstung putzen müssen.

Jedenfalls hatte er dann etwas zu tun, meditierte der König melancholisch, und das war besser, als die ganze Zeit umherzuwandern, da doch nur der ewige Kummer an seinem Herzen nagte. Und er dachte an Piggy.

Das Nette an der Tochter der Königin von Flandern war gewesen, daß sie ihn nicht ausgelacht hatte. Eine Menge Menschen lachen einen aus, wenn man auf der Hohen Suche nach dem Aventiuren-Tier ist und es niemals fängt — aber Piggy lachte nicht. Sie schien sofort zu verstehen, wie interessant das war, und machte mehrere vernünftige Vorschläge, wie man ihm eine Falle stellen könne. Man gab natürlich nicht vor, besonders schlau und gewitzt zu sein und dergleichen, aber es war nett, wenn man nicht ausgelacht wurde. Man tat ja, was man konnte.

Und dann war der schreckliche Tag gekommen, da das verwünschte Schiff am Ufer angelegt hatte. Sie waren eingestiegen, weil Ritter nun einmal jedes Abenteuer aufgreifen müssen, und die Barke war sogleich davongesegelt. Sie hatten Piggy wehmütig zugewinkt, und das Biest hatte seinen Kopf aus dem Wald gestreckt und war ihnen nachgestapft bis ans Meer, offensichtlich völlig verwirrt. Aber das Schiff war weitergefahren, und immer weiter, und die kleinen Gestalten am Ufer waren immer winziger geworden, bis man kaum noch das Tüchlein sehen konnte, mit dem Piggy winkte, und dann hatte der Hund sich übergeben.

Von jedem Hafen aus hatte er an sie geschrieben. Überall hatte er seine Briefe den Kneipenwirten übergeben, und die hatten hoch und heilig versprochen, sie zu befördern. Aber nie war eine Antwort von ihr eingetroffen.

Weshalb nicht? Weil er nichts taugte, befand der König. Er war halt versponnen und nicht gewitzt und geriet dauernd in Bedrängnis. Wieso sollte die Tochter der Königin von Flandern einem solchen Menschen schreiben, zumal nachdem er weggelaufen, in eine Zauber-Barke gestiegen und einfach davongesegelt war? Er hatte sie im Stich gelassen, und sie hatte nun natürlich guten Grund, ihm böse zu sein.

Unterdessen regnete es weiter, und das Wasser tröpfelte und kitzelte, und jetzt nieste der Hund. Die Rüstung wurde rostig, und im Genick, wo der Helm angeschraubt wurde, zog es irgendwie. Es war dunkel und entsetzlich. Von den Klippen oben kam etwas Klebriges herabgetropft.

»Entschuldigt, Sir Grummore, aber seid Ihr das, der mir da ins Ohr schnaubt?«

»Nein, nein, mein Freund. Weiter, weiter. Ich belle nur, so gut es geht.«

»Ich beziehe mich nicht auf das Bellen, Sir Grummore, sondern auf eine Art Schnaufen.«

»Mich dürft Ihr nicht fragen, lieber Freund. Ich hör's hier drin nur knarren, wie von einem Blasebalg.«

»Mich dünkt, es hört auf zu regnen. Sollen wir nicht eine Pause einlegen?«

»Wenn's nicht anders geht, Palomides: meinetwegen. Aber wenn wir diese Geschichte nicht bald hinter uns bringen, kriege ich wieder mein Zipperlein. Weshalb wollt Ihr denn pausieren?«

»Ich wünschte, es wäre nicht so dunkel.«

»Aber Ihr könnt doch nicht einfach stehenbleiben, bloß weil's dunkel ist.«

»Nein. Das seh' ich ein.«

»Also weiter, alter Knabe. Links, rechts! So ist's gut.«

»Hört doch, Grummore«, sagte Sir Palomides nach einem Weilchen. »Da ist es wieder.«

»Was?«

»Das Prusten, Sir Grummore.«

»Seid Ihr sicher, daß das nicht *ich* bin?« erkundigte sich Sir Grummore.

»Völlig. Es ist ein drohendes oder verliebtes Schnauben wie von einem Walroß. Ich wünschte nur, es wäre nicht so dunkel.«

»Na ja, man kann nicht alles haben. Marschiert weiter, Palomides. Seht Ihr: es geht.«

Nach einer kleinen Weile sagte Sir Grummore mit Grabesstimme: »Lieber guter Freund, könnt Ihr nicht aufhören, mich dauernd zu stoßen?«

»Aber ich stoße doch gar nicht, Sir Grummore.«

»Was ist das dann?«

»Ich spüre keine Stöße.«

»Mich stößt was von hinten.«

»Vielleicht Euer Schwanz?«

»Nein. Den hab' ich um mich herumgewickelt.«

»Ich könnte Euch unmöglich stoßen, da die Vorderläufe vorne sind.«

»Da ist es wieder!«

»Was?«

»Das Stoßen! Es war eindeutig ein Angriff. Palomides, wir werden attackiert!«

»Nein, nein, Sir Grummore. Ihr seht Gespenster.«

»Palomides, wir müssen uns umdrehen!«

»Weshalb?«

»Um nachzusehen, was mich hinten stößt.«

»Ich kann nichts sehen, Sir Grummore. Es ist zu dunkel.«

»Streckt Eure Hand zum Maul hinaus und seht zu, was Ihr fühlen könnt.«

»Ich fühle etwas Rundliches.«

»Das bin ich, Sir Palomides. Das bin ich, von hinten.«

»Bitte aufrichtig um Vergebung, Sir Grummore.«

»Schon gut, mein Lieber, schon gut. Was fühlt Ihr noch?«

Des freundlichen Sarazenen Stimme geriet ins Stottern.

»Etwas — etwas Kaltes«, sagte er, »und — und Glitschiges.«

»Bewegt es sich, Palomides?«

»Es bewegt sich, und — und es schnuppert!«

»Schnuppert?«

»Schnuppert!«

In diesem Augenblick trat der Mond hervor.

»Barmherziger Himmel!« rief Sir Palomides mit schriller Stimme, als er aus seinem Maul hinausschaute. »Lauft, Grummore, lauft! Links, rechts! Schnellschritt! Laufschritt! Schneller, schneller! Haltet Schritt! Au weh, meine armen Hacken! Ach, mein Gott! Oh, mein Hut!«

Es war sinnlos, befand der König. Wahrscheinlich hatten sie sich verirrt. Oder sie waren irgendwo hingegangen, um sich zu verlustieren. Es war eklig naß, wie's in Lothian fast immer war, und er hatte doch wirklich alles getan, was man von ihm erwarten konnte. Jetzt waren sie also irgendwo anders und hatten ihn — beinahe möchte man meinen: rücksichtsloserweise — mit seinem Köter hier stehenlassen, wo er rostig wurde. Das war übel.

Entschlossen trat er den Heimweg an und zerrte den Hund hinter sich her.

Auf halber Höhe einer Spalte im steilsten Felshang hatte das Double-Biest, dem die meisten Knöpfe abgerissen waren, eine Auseinandersetzung mit seinem Magen.

»Aber mein lieber Ritter, wie hätte ich eine Kalamität solcher Art und Weise vorhersehen können?«

»*Ihr* habt's Euch ausgedacht«, entgegnete der Bauch wütend. »Ihr habt gesagt, wir sollten uns verkleiden. Es ist Eure Schuld.«

Am Fuß des Felshangs stand das Aventiuren-Tier höchstpersönlich im romantischen Mondschein und harrte in verliebter Haltung seiner besseren Hälfte. Den Hintergrund bildete das silberne Meer. An verschiedenen Stellen der Landschaft lagen etliche Dutzend gebückter und verrenkter ›Alter‹ auf der Lauer und beobachteten aus ihren Verstecken heraus gespannt die Lage; sie hockten in Felshöhlen, auf Sandhaufen und Muschelhügeln, Iglus und so weiter — und versuchten immer noch vergebens, den Engländern hinter ihre geheimen Schliche zu kommen.

KAPITEL 10

n Bedegraine war's die Nacht vor der Schlacht. Eine Anzahl von Bischöfen segnete auf beiden Seiten die Heere, nahm die Beichte ab und las die Messe. Arthurs Mannen waren ehrlich-frommen Herzens bei der Sache, König Lots Leute hingegen nicht — denn so pflegte das ja zu sein in sämtlichen Heeren, denen eine Niederlage blühte. Die Bischöfe versicherten beiden Seiten, daß sie siegen würden, da Gott mit ihnen sei; König Arthurs Männer aber wußten, daß der Gegner ihnen drei zu eins überlegen war, also hielten sie es für das Beste, sich die Beichte abnehmen zu lassen. König Lots Leute, die das Zahlenverhältnis ebenfalls kannten, verbrachten die Nacht mit Tanzen und Trinken, mit Würfelspiel und Zoten. So jedenfalls überliefern es die Chroniken.

Im Zelt des Königs von England war die letzte Stabsbesprechung zu Ende gegangen. Merlin wollte noch ein wenig plaudern. Er blickte besorgt drein.

»Was sorgt Ihr Euch, Merlin? Verlieren wir diese Schlacht am Ende doch?«

»Nein. Ihr gewinnt sie. Ich kann's Euch ruhig sagen. Ihr werdet Euer Bestes geben und Euch hervorragend schlagen und im entscheidenden Augenblick den Ihr-wißt-schon-wen zu Hilfe rufen. Es liegt in der Natur der Sache, daß Ihr den Kampf gewinnt, also kann ich's Euch ruhig erzählen. Nein. Was mir grad jetzt Sorgen macht, ist etwas, was ich Euch hätte sagen müssen.«

»Worum geht's?«

»Gütiger Gott! Weshalb sollte ich mir Sorgen machen, wenn ich wüßte, worum es geht?«

»Ging's um das Mädchen mit Namen Nimue?«

»Nein. Nein. Nein. Nein. Das ist eine gänzlich andere Geschichte. Es ging um etwas — es ging um etwas, das mir nicht einfallen will.«

Nach einer Weile nahm Merlin seinen Bart aus dem Mund und begann, an den Fingern abzuzählen.

»Ich hab' Euch doch von Ginevra erzählt, oder?«

»Ich glaub's trotzdem nicht.«

»Einerlei. Und ich habe Euch vor ihr und Lanzelot gewarnt.«

»Ob richtig oder falsch«, sagte der König, »auf jeden Fall wäre diese Warnung gemein.«

»Dann habe ich auf Excalibur hingewiesen, unter besonderer Berücksichtigung der Scheide?«

»Ja.«

»Von Euerm Vater habe ich Euch auch erzählt. Also kann der's nicht sein. Und einen Hinweis auf die Person habe ich ebenfalls gegeben. —

Was mich völlig irremacht«, rief der Zauberer und riß sich büschelweise Haare aus, »ist der Umstand, daß ich nicht mehr weiß, ob's in der Zukunft oder in der Vergangenheit ist.«

»Laßt es sausen«, sagte Arthur. »Die Zukunft möcht' ich ohnehin nicht kennen. Mir wär's viel lieber, Ihr würdet Euch keine Sorgen machen, weil mir das Sorgen macht.«

»Aber es ist etwas, das ich sagen *muß*. Etwas Lebenswichtiges.«

»Hört auf, daran zu denken«, schlug der König vor, »vielleicht fällt's Euch dann ein. Ihr solltet mal Urlaub machen. Ihr habt Euch überanstrengt in der letzten Zeit: all diese Warnungen und Schlachtvorbereitungen und so.«

»Ich *werde* Urlaub machen!« sagte Merlin. »Sobald die Schlacht vorbei ist, mach' ich einen Gang nach North Humberland. Ein Meister namens Bleise lebt in North Humberland, und vielleicht kann der mir sagen, was mir nicht einfallen will. Dann könnten wir Wildgeflügel beobachten. Er ist ganz groß, was Wildgeflügel angeht.«

»Gut«, sagte Arthur. »Ihr nehmt einen langen Urlaub. Und wenn Ihr dann zurückkommt, lassen wir uns was einfallen, die Sache mit Nimue zu verhindern.«

Der alte Mann hörte auf, mit den Fingern zu spielen, und sah den König scharf an.

»Ihr seid wirklich ein Unschuldslamm, Arthur«, sagte er. »Aber das ist gut so.«

»Wieso?«

»Erinnert Ihr Euch aus Eurer Kindheit irgend welcher Magie?«

»Nein. War da etwas mit Magie? Ich weiß nur, daß ich an Tieren und Vögeln interessiert war. Deshalb habe ich ja noch meine Menagerie im Tower. An Magie aber kann ich mich nicht erinnern.«

»Kein Mensch kann sich erinnern«, sagte Merlin. »Dann werdet Ihr Euch wohl auch der Gleichnisse nicht mehr erinnern, die ich Euch erzählte, wenn ich versuchte, gewisse Dinge deutlicher zu machen?«

»O doch. Eines handelte von einem Rabbi, glaube ich. Ihr habt es mir erzählt, als ich Kay irgendwohin mitnehmen wollte. Ich hab' nie ganz begriffen, weshalb die Kuh eingegangen ist.«

»Jetzt möchte ich Euch noch eine Parabel erzählen.«

»Gern.«

»Im Osten, vielleicht am selben Ort, von dem jener Rabbi Jachanan kam, lebte ein gewisser Mann, der über den Markt von Damaskus ging, als ihm der Tod von Angesicht zu Angesicht gegenübertrat. Er bemerkte einen Ausdruck der Überraschung in der Miene der schauerlichen Erscheinung, doch gingen sie wortlos aneinander vorüber. Der Mann bekam's mit der Angst zu tun und suchte einen Weisen auf, um sich Rats zu holen. Der Weise sagte ihm, daß der Tod vermutlich nach Damaskus gekommen sei, um ihn am nächsten Morgen zu holen. Der arme Kerl war darob naturgemäß höchlichst entsetzt und fragte, wie er dem entrinnen könne. Das einzige, was ihnen einfiel, war, daß das Opfer noch in der Nacht nach Aleppo reiten solle, um so dem Schädel und den blutigen Knochen zu entkommen.

Der Mann ritt also tatsächlich nach Aleppo — es war ein ungeheuer anstrengender Ritt, den noch niemand in einer einzigen Nacht geschafft hatte —, und als er dort war, ging er über den Markt und gratulierte sich daß er dem Tod entgangen sei.

In diesem Augenblick kam der Tod und klopfte ihm auf die Schulter

›Entschuldige‹, sagte er, ›aber ich wollte dich holen.‹ ›Wieso denn?‹ rief der Mann entsetzt, ›ich hab' gedacht, ich wär' dir gestern in Damaskus begegnet!‹ ›Genau das‹, sagte der Tod. ›Deshalb hab' ich so überrascht dreingeschaut — denn mir war gesagt worden, ich würde dich heute in Aleppo treffen.‹«

Arthur dachte über dieses grausige Gleichnis eine geraume Weile nach. Dann sagte er:

»Also hat's keinen Zweck, Nimue entgehen zu wollen?«

»Auch wenn ich's wollte«, sagte Merlin, »hätte es keinen Zweck. Es gibt da etwas mit Raum und Zeit, das der Philosoph Einstein entdecken wird. Manche nennen's Bestimmung.«

»Aber was mir nicht einleuchtet, ist diese Sache mit der Kröte im Loch.«

»Je nun«, sagte Merlin. »Für die Liebe tut man eine Menge. Und dann ist nicht gesagt, daß die Kröte in ihrem Loch unbedingt unglücklich sein muß, nicht mehr als Ihr, wenn Ihr schlaft, zum Beispiel. Ich werde einige Überlegungen anstellen, bis sie mich wieder herauslassen.«

»Dann lassen sie Euch also wieder heraus?«

»Ich werd' Euch noch etwas sagen, König, was Euch möglicherweise überrascht. Es wird Hunderte von Jahren dauern, aber wir werden beide wiederkehren. Wißt Ihr, was einst auf Euerm Grabstein stehen wird? *Hic jacet Arthurus Rex quondam Rexque futurus.* Habt Ihr Euer Latein noch parat? Es heißt: der ehemalige und künftige König.«

»Ich kehre wieder — wie Ihr?«

»Manche sagen, aus dem Tale von Avilion.«

Der König dachte stumm darüber nach. Draußen war es tiefe Nacht, und in dem hellen Zelt herrschte Stille. Die Posten, die leise im Gras patrouillierten, waren nicht zu hören.

»Eins möcht' ich ja wissen«, sagte er endlich. »Werden sie sich wohl unsrer Tafelrunde erinnern?«

Merlin gab keine Antwort. Sein Kopf war auf den weißen Bart gebeugt, und seine Hände lagen gefaltet zwischen den Knien.

»Was werden das nur für Menschen sein?« fragte der junge Mann. Es klang durchaus nicht glücklich.

KAPITEL 11

ie Königin von Lothian hatte jede Verbindung mit ihren Gästen abgebrochen und sich in ihr Gemach zurückgezogen, so daß Pellinore allein sein Frühstück einnehmen mußte. Anschließend machte er einen Spaziergang am Strand entlang und bewunderte die Möwen, die über ihm daherflogen wie weiße Federkiele, deren Spitze eine zierliche Hand in Tinte getaucht hat. Die alten Kormorane standen wie Kruzifixe auf den Felsen und trockneten ihre Flügel. Er war in trauriger Stimmung, wie üblich, gleichzeitig jedoch fühlte er sich unbehaglich, weil er irgend etwas vermißte. Er wußte nicht, was es war. Hätte er konsequent nachgedacht, dann wäre er daraufgekommen, daß ihm Palomides und Grummore fehlten.

Alsbald wurde er von einem Geschrei aufgeschreckt, dem er nachging.

»He, Pellinore! Hier! Wir sind hier oben!«

»Holla, Grummore«, sagte er und fragte mit aufrichtigem Interesse: »Was macht Ihr da oben auf dem Kliff?«

»Seht Euch das Biest an, Mann. Seht Euch das Biest an!«

»Holla! Ihr habt Glatisant erwischt.«

»Lieber Freund, tut was, um Himmels willen! Wir sind schon die ganze Nacht hier.«

»Aber wieso seid Ihr so komisch verkleidet, Grummore? Ihr habt Flecken oder so etwas. Und was hat Palomides auf dem Kopf?«

»Steht nicht da rum und diskutiert, Mann.«

»Aber Ihr habt eine Art von Schwanz, Grummore. Ich seh' ihn deutlich hinten hängen.«

»Natürlich hab' ich einen Schwanz. Könnt Ihr nicht aufhören zu reden und statt dessen was tun? Wir stecken schon die ganze Nacht in dieser Spalte und fallen vor Müdigkeit um. Macht schon, Pellinore, und tötet Euer Biest auf der Stelle.«

»Ich muß schon sagen. Weshalb, bitte, sollte ich's denn töten wollen?«

»Allmächtiger, grundgütiger Gott! Versucht Ihr nicht seit achtzehn Jahren, es zur Strecke zu bringen? Nun kommt schon, Pellinore. Seid ein guter Kerl und tut was. Wenn Ihr nicht ganz bald etwas tut, stürzen wir uns zu Tode.«

»Etwas verstehe ich nicht«, sagte der König kläglich. »Wie kommt Ihr überhaupt auf dieses Kliff? Und warum seid Ihr so sonderbar kostümiert? Ihr seht aus, wie wenn Ihr Euch als das Biest verkleidet hättet. Und wo kommt das Biest überhaupt her, was? Ich finde, das Ganze ist ein bißchen plötzlich.«

»Pellinore, ein für allemal: tötet Ihr endlich die Bestie?«

»Warum?«

»Weil sie uns hier den Felshang heraufgejagt hat.«

»Das sieht dem Biest gar nicht ähnlich«, bemerkte der König. »Normalerweise reagiert es den Menschen gegenüber nicht so.«

»Palomides behauptet«, sagte Sir Grummore, »das Biest hätt' sich in uns verliebt.«

»Verliebt?«

»Na ja. Wir waren als Biest verkleidet, versteht Ihr?«

»Gleich und gleich gesellt sich gern«, erklärte Sir Palomides matt.

Erstmals, seit der Landung in Lothian, kam dem König ein Lachen.

»Juchhu!« sagte er. »Nein aber auch! Hat man so etwas je gehört?! Wieso kommt Palomides auf den Gedanken, sie habe sich in ihn verguckt?«

»Das Biest«, sagte Sir Grummore würdevoll, »ist die ganze Nacht immerzu ums Kliff herumspaziert. Es — das heißt: sie — reibt sich an den Felsen und schnurrt. Und manchmal verdreht sie den Hals und blickt auf eine bestimmte Art und Weise zu uns herauf.«

»Was für eine Art und Weise, Grummore?«

»Mein lieber Freund, seht sie Euch doch an.«

Das Aventiuren-Tier, das der Ankunft seines Herrn und Meisters nicht die mindeste Aufmerksamkeit geschenkt hatte, blickte seelenvoll und hingegeben zu Sir Palomides auf. Ihr Kinn hatte sie, wie in leidenschaftlicher Anbetung, auf den Fuß des Felsens gepreßt, und gelegentlich ließ sie ihren Schwanz wedeln. Sie bewegte ihn seitwärts über die Kiesel, wo das heraldisch reichverzierte Schuppengeflecht ein raschelndes Geräusch machte, und hin und wieder kratzte sie mit einem sehnsüchtigen Wimmern an der Steilwand. Hatte sie dann das Gefühl, zu aufdringlich geworden zu sein, bog sie ihren anmutigen Schlangenhals zurück und verbarg ihren Kopf unter dem Bauch, blinzelte jedoch mit einem Auge noch immer nach oben.

»Tja, Grummore, was soll ich da tun?«

»Wir wollen runter«, sagte Grummore.

»Das leuchtet mir ein«, sagte der König. »Eine vernünftige Idee. Bitte: ich verstehe nicht ganz, wie die Geschichte angefangen hat, was? Aber das leuchtet mir ein, unbedingt.«

»Dann tötet's, Pellinore. Bringt das elende Vieh um.«

»Na, nun aber«, sagte der König. »Das dürfte reichlich rüde sein. Was hat es denn getan? Die Liebe ist eine Himmelsmacht. Und ich seh' nicht ein, warum man das arme Tierchen töten sollte, bloß weil es zärtliche Gefühle entwickelt. Schließlich bin ich selber verliebt, was? Und das läßt ein gewisses mitfühlendes Empfinden aufkommen, muß ich sagen.«

»König Pellinore«, sagte Sir Palomides mit Entschiedenheit. »Wenn nicht sehr bald Schritte unternommen werden, dürfte Euren Treuergebenen augenblicklich der Märtyrertod beschieden sein. *R.I.P.*«

»Aber mein lieber Palomides, ich kann das arme Tier ja gar nicht töten, versteht Ihr, weil mein Schwert völlig stumpf ist.«

»Dann betäubt es, Pellinore. Versetzt ihm einen ordentlichen Hieb auf den Kopf, Mann. Vielleicht kriegt's eine Gehirnerschütterung.«

»Das sagt Ihr so daher, Grummore, alter Knabe. Was aber, wenn der Schlag sie nicht betäubt? Es könnte sie möglicherweise ungnädig stimmen, Grummore, und wo bleibe ich dann? Eigentlich sehe ich überhaupt nicht ein, weshalb Ihr dem Tier was antun wollt. Schließlich ist es doch in Euch verliebt, oder? Was?«

»Ist doch nebensächlich, weshalb das Vieh sich so aufführt. Jedenfalls hängen wir hier überm Abgrund — darauf kommt's an.«

»Dann braucht Ihr doch nur herunterzukommen.«

»Guter Mann, wie können wir runterkommen, wenn man uns da attackiert?«

»Es dürfte sich nur um eine liebevolle Annäherung handeln«, gab der König beruhigend zu bedenken. »Um Avancen, gewissermaßen. Ich glaube nicht, daß sie Euch Böses will. Ihr braucht nur vor ihr her zur Burg zu marschieren, was? Ja, eigentlich könntet Ihr Euch ihr gegenüber auch ein wenig entgegenkommend zeigen. Schließlich freut sich jeder, wenn seine Zuneigung erwidert wird.«

»Schlagt Ihr etwa vor«, fragte Sir Grummore kalt, »daß wir mit Euerm Reptil da flirten sollen?«

»Das würde die Sache gewiß wesentlich erleichtern. Ich meine: den Rückweg.«

»Und wie sollen wir das anstellen, bitte sehr?«

»Je nun. Palomides könnte gelegentlich seinen Hals um den ihren schlingen, was? Und Ihr mögt mit dem Schweif wedeln. Es wäre wohl zuviel verlangt, ihre Nase zu belecken?«

»Euer in Dankbarkeit Verbundener«, sagte Sir Palomides am Rande seiner Kräfte und mit Abscheu, »kann weder schlingen noch lecken. Auch ist er im Begriff zu fallen. Adieu.«

Mit diesen Worten ließ der unglückliche Heide beidhändig das Kliff los und schien geradewegs in den Rachen des Ungeheuers zu sinken — doch Sir Grummore fing ihn auf, und die übriggebliebenen Knöpfe hielten ihn fest.

»Seht mal, was Ihr angerichtet habt!« sagte Sir Grummore.

»Aber mein lieber Freund . . .«

»Ich bin nicht Euer lieber Freund. Ihr weiht uns einfach dem Untergang.«

»Ich muß doch sagen —«

»Ja, das tut Ihr. Herzlos.«

Der König kratzte sich den Kopf.

»Vielleicht«, sagte er zweifelnd, »könnte ich sie am Schwanz festhalten, während Ihr Reißaus nehmt.«

»Dann tut das. Wenn Ihr nicht sofort was tut, stürzt Palomides ab, und wir gehn entzwei.«

»Ich versteh' immer noch nicht«, sagte der König bekümmert, »weshalb Ihr Euch derart kostümieren mußtet. Damit fängt's erst mal an. Es ist mir völlig schleierhaft. —

Nun gut«, fügte er hinzu und packte das Biest beim Schwanz. »Nun mal sachte, altes Mädchen. Immer mit der Ruhe. Unter den gegebenen Umständen wird's wohl das Richtige sein. Also los, Ihr beiden, lauft um Euer Leben! Beeilt Euch, Grummore. Ich hab' den Eindruck, dem Vieh gefällt die Geschichte nicht. Laß gut sein, du Mistvieh! Lauft, Grummore! Mistvieh! Puh! Laß das! Schnell, Mann, schnell! Macht Euch aus dem Staube! Faßt's nicht an! Springt! Ich kann es nicht mehr halten! Kommst du jetzt bei Fuß? Fuß, sage ich! Bleib zurück! Scheusal, du! Schneller, Grummore! Sitz, sitz! Leg dich hin, Biest! Wirst du wohl? Seht Euch vor, Mann, es kommt! Willst du das wohl lassen?! Da haben wir's: jetzt hat es mich gebissen!«

Mit knappem Vorsprung erreichten sie die Zugbrücke, und im Hui wurde sie hinter ihnen hochgezogen.

»Pfff!« sagte Sir Grummore, knöpfte das Hinterteil ab, richtete sich auf und wischte sich die Stirn.

»Huuh!« kreischten diverse alte Weibsen, die auf die Burg gekommen waren, um ihre Eier abzuliefern. Außer St. Toirdealbhach und Mutter Morlan waren auch noch ein paar Leute vom Burgpersonal der Sprache dieser fremden Ritter einigermaßen mächtig.

»Du glatt's, teuflisch's, scheußbar's Urviech«, sagte der Zugbrücken-Wärter. »Verschwind, vergeh, verkriech!«

»Düwelsbrut«, sagten die Umstehenden.

»Den hübschen Sir Palomides«, sagten mehrere der ›Alten‹, die über das nächtliche Angst-Abenteuer am Kliff informiert waren, aber davon kein Sterbenswörtchen husteten, weil sie — wie üblich — befürchteten, man könnte ihnen daraus einen Strick drehen, »den hübschen Sir Palomides haut's gleich um.«

Alle wandten sich dem Heiden zu und stellten fest, daß dem so war. Sir Palomides brach auf einem Steinblock zusammen, noch ehe er sich der Mühe widmen konnte, seinen Kopf abzunehmen, und er atmete schwer. Sie nahmen ihm die Papphaube ab und kippten ihm einen Eimer Wasser ins Gesicht. Dann fächelten sie ihm mit ihren Schürzen Kühlung zu.

»Ah, das arm' Kin'«, sagten sie mitleidig. »Der Sassenagh! Der schwarze Wilde! Kommt er'n nich' wieder zu sich? Gib'm noch'n Schütt. Ah, ja, so, das wirkt.«

Sir Palomides kam langsam wieder zu sich; er schnob Blasen aus der Nase.

»Wo ist Euer Treuergebener?« fragte er.

»Wir sind hier, alter Knabe. Wir sind in Sicherheit. Das Biest ist draußen.«

Zur Bestätigung von Sir Grummores Erklärung drang durchs Fallgatter jammervolles Jaulen herein, so, als heulten dreißig Koppeln Hunde den Mond an. Sir Palomides erschauerte.

»Wir sollten nach King Pellinore Ausschau halten.«

»Ja, Sir Grummore. Laßt mir nur eine Sekunde Zeit, mich zu erholen.«

»Die Bestie möcht' ihm was zugefügt haben.«

»Armer Kerl.«

»Wie fühlt Ihr Euch?«

»Die Indisposition geht vorüber«, sagte Sir Palomides tapfer.

»Haben nicht viel Zeit zu verlieren. Das Vieh frißt ihn vielleicht schon auf.«

»Übernehmt die Führung«, sagte der Heide und erhob sich umständlich. »Vorwärts, auf die Zinnen.«

Also stieg die ganze Gesellschaft die enge Treppe des Bergfrieds hinauf.

Tief unten war winzig klein das Aventiuren-Tier zu sehen, und aus dieser Höhe betrachtet, wirkte es fast, als stünde es auf dem Kopf. Es hockte in der Schlucht, welche die Burg auf dieser Seite begrenzte. Es saß auf einem Geröllblock, hatte den Schwanz geringelt und blickte, den Kopf auf die Seite gelegt, zur Zugbrücke empor. Von Pellinore war nichts zu sehen.

»Offensichtlich frißt's ihn nicht«, sagte Sir Grummore.

»Wenn's ihn nicht schon gefressen hat.«

»Das dürft's kaum können, alter Knabe. Nicht in so kurzer Zeit.«

»Man sollte annehmen, daß es ein paar Knochen oder etwas dergleichen übriggelassen hätte. Zumindest aber die Rüstung.«

»Richtig.«

»Was, meint Ihr, sollen wir tun?«

»Es scheint uns auszulachen.«

»Meint Ihr, wir sollten einen Ausfall versuchen?«

»Wir könnten erst mal abwarten, was passiert. Meint ihr nicht auch, Palomides?«

»Erst denken«, pflichtete Sir Palomides bei, »dann handeln.«

Als sie etwa eine halbe Stunde Ausschau gehalten hatten, wurde es der Gruppe der ›Alten‹ zu langweilig. Da nichts geschah, polterten sie die Treppe hinunter, um von der Mauer aus das Aventiuren-Tier mit Steinen zu bewerfen. Die beiden Ritter rührten sich nicht.

»Das ist eine schöne Bescherung.«

»Ist es.«

»Ich meine: wenn man's recht bedenkt.«

»Genau.«

»Auf der einen Seite ist die Königin von Orkney über irgend etwas verärgert — mir ist ja schließlich aufgefallen, daß ihr mit dem Einhorn etwas verquer ging —, und auf der anderen Seite verfällt Pellinore der Schwermut. Und Ihr seid La Beale Isoud in Liebe zugetan, stimmt's? Und jetzt ist dieses Biest hinter uns beiden her.«

»Eine verfahrene Geschichte.«

»Liebe«, sagte Sir Grummore nachdenklich, »ist ein ziemlich starkes Gefühl, wenn man's recht bedenkt.«

In diesem Augenblick — wie zur Bestätigung von Sir Grummores Meinung — kam ein engumschlungenes Paar über den Klippenweg dahergeschlendert.

»Du meine Güte!« stieß Sir Grummore aus. »Wer ist denn das?«

Als sie näher kamen, stellte es sich heraus: Der eine war König Pellinore, und er hatte seinen Arm um die Hüfte einer stämmigen, in einem Reitrock steckenden Dame mittleren Alters gelegt. Sie hatte ein rotes Pferdegesicht und trug eine Reitpeitsche in der freien Hand. Ihr Haar war im Nacken geknotet.

»Das muß die Tochter der Königin von Flandern sein!«

»Juchhu, Ihr beiden!« rief König Pellinore, sobald er ihrer ansichtig geworden war. »He, seht mal her, was glaubt Ihr, könnt Ihr raten? Wer hätt' das je gedacht, was? Wen hab' ich wohl gefunden?«

»Aha!« rief die dralle Dame mit dröhnender Stimme und berührte mit ihrer Reitgerte schelmisch seine Wange. »Wer hat wen gefunden, wie?«

»Ja, ja, ich weiß! Ich hab' sie gar nicht gefunden — sie hat *mich* gefunden! Was haltet Ihr davon? —

Und wißt Ihr was?« fuhr der König in höchstem Entzücken fort. »Sie konnte meine Briefe überhaupt nicht beantworten! Ich habe ja nie einen Absender draufgeschrieben! Wir hatten doch keinen! Ich hab' ja immer gewußt, daß irgend etwas nicht stimmte. Da hat Piggy denn ihr Pferd bestiegen, versteht Ihr, und ist mir nach — über Berg und Tal. Das Aventiuren-Tier hat ihr mächtig geholfen — es hat eine ausgezeichnete Nase —, und

287

diese Zauber-Barke, könnt Ihr Euch das vorstellen, die muß sich auch ihr Teil gedacht haben, denn sie hat gleich kehrtgemacht, um die beiden zu holen, als sie sah, daß ich verzweifelt war! Wie nett von ihr! Die zwei haben die Barke irgendwo in einem Bach gefunden — und hier sind sie! —

Aber wieso stehen wir hier herum?« schrie der König. Er war so aufgeregt, daß kein anderer zu Worte kam. »Ich wollte sagen: Weshalb schreien wir so? Ist das höflich, bitte? Solltet Ihr beide nicht herunterkommen und uns einlassen? Was ist überhaupt mit dieser Zugbrücke los?«

»Das Biest, Pellinore, das Biest! Es hockt dort in der Schlucht!«

»Was hat's mit dem Biest auf sich?«

»Es belagert die Burg.«

»Ach ja«, sagte der König. »Jetzt fällt mir's wieder ein. Das Biest hat mich gebissen. —

Und was glaubt Ihr?« fügte er hinzu und winkte mit einer bandagierten Hand. »Piggy hat sie mir verbunden. Sie hat sie mir mit einem Stück von ihren ... — Ihr wißt schon: damit hat sie mich verbunden.«

»Petticoats«, brüllte die Tochter der Königin von Flandern.

»Ja doch, mit einem Stück von ihren Petticoats!«

Der König gluckste und kicherte und konnte sich nicht halten.

»Das ist ja alles gut und schön, Pellinore, wirklich. Aber was wollt Ihr wegen des Biests unternehmen?«

Seine Majestät wußten sich vor Freude nicht zu fassen. »Das Biest?« rief er. »Juchhu! Andre Sorgen habt Ihr nicht? Damit werde ich gleich fertig! —

Los denn!« rief er und schritt, sein Schwert schwingend, zum Rand der Schlucht. »Los denn! Ab mit dir! Schschschschsch!«

Das Aventiuren-Tier sah ihn abwesend an. Es bewegte seinen Schwanz in einer vagen Geste des Erkennens und wandte seine Aufmerksamkeit dann wieder dem Pförtnerhaus zu. Geschickt fing es die Steine auf, die von den ›Alten‹ geworfen wurden, und schluckte sie hinunter. Es benahm sich genauso dreist und störrisch wie ein freches Huhn, das sich nicht vertreiben läßt: man hätte aus der Haut fahren können.

»Laßt die Zugbrücke herab!« befahl der König. »Ich werd's schon in Schach halten. Schschsch-ab-schsch!«

Zögernd ging die Zugbrücke nieder. Sogleich näherte sich, hoffnungsvoll, das tolle Tier.

»Los«, rief der König. »Lauft rüber. Ich bilde die Nachhut.«

Die Zugbrücke war fast unten, und Piggy eilte hinüber, noch ehe der Schwebesteg den Boden berührte. König Pellinore — weniger behende oder mehr durch zärtliche Gefühle verwirrt — kollidierte mit ihr unterm Torbogen. Das Aventiuren-Vieh rannte hinter ihnen her und riß den König um.

288

»Gebt acht! Gebt acht!« riefen die Lehnsmannen, Fischweiber, Falkner, Pfeilmacher, Hufschmiede mitsamt all den anderen Wohlmeinenden im Hof.

Die Tochter der Königin von Flandern wandte sich um — wie eine Tigerin, die ihr Junges verteidigt.

»Hinweg mit dir, du schamloses Flittchen«, rief sie und ließ ihre Reitpeitsche auf die Nase des außerordentlichen Geschöpfes niedersausen. Das Aventiuren-Tier fuhr zurück; Tränen traten ihm in die Augen. Dann krachte endgültig das Fallgatter herab.

Im Verlauf des Abends entwickelte sich eine neue Krise. Es wurde offenbar, daß Glatisant die Absicht hegte, die Burg zu belagern, bis man ihren Geliebten herausgeben würde. Unter diesen Umständen weigerten sich die ›Alten‹, die ihre Eier auf den Markt gebracht hatten, ohne Eskorte das Tor zu passieren. Schließlich mußten ihnen die drei Ritter aus dem Süden mit gezogenem Schwert bis zum Fuß der Klippen das Geleit geben.

Auf der Dorfstraße erwartete St. Toirdealbhach den Konvoi. Er war in Begleitung von vier kleinen Knaben und wirkte wie ein liederlicher Silen. Er roch stark nach Whisky, war wütend und schwang seine Shillelagh-Keule.

»Keine einzige Geschichte mehr«, schrie er. »Heirat' ich nicht Mutter Morlan, und hab' ich nicht grad eben mit Duncan gekämpft, und brauch' ich nicht kein Heiliger mehr zu sein?«

»Herzlichen Glückwunsch!« riefen die Kinder zum hundertstenmal.

»Uns geht's jetzt auch gut«, fügte Gareth hinzu. »Wir dürfen jeden Tag das Essen auftragen.«

»Ehre sei dem Herrn in der Höhe! Jeden Tag? Bei Gott!«

»Ja. Und unsere Mutter geht mit uns spazieren.«

»Da sieht man's. Jung müßte man sein.«

Der Heilige bekam den Konvoi zu Gesicht und brüllte wie ein Irokese.

»Auf die Barrikaden!«

»Nicht doch«, sagten sie zu ihm. »Beruhigt Euch, Eure Heiligkeit. Die Schwerter sind nicht zum Kämpfen.«

»Weshalb denn nicht?« fragte er entrüstet und trat vor, um König Pellinore mit einem Kuß zu begrüßen und ihn mit seinem Atemdunst zu umwölken.

Der König sagte: »Ich muß schon sagen — Ihr wollt wirklich und wahrhaftig heiraten? Ich auch! — Seid Ihr sehr aufgeregt?«

Anstelle einer Antwort schlang der Heilige dem König seine Arme um den Hals und zog ihn in Mutter Morlans Schwarzbrennerkneipe. Pellinore war nicht übermäßig begeistert, da er lieber eilends zu Piggy zurückgekehrt wäre; andererseits jedoch war es klar, daß eine Junggesellen-Abschiedsparty gefeiert werden mußte. Das ganze gälische Miasma war verflogen wie ein Nebelschwaden (was es ja auch war) — vielleicht dank dem Einfluß der Liebe oder des Whiskys, vielleicht auch einfach vermöge seiner Dunstnatur —, und die drei Männer aus dem Süden wurden endlich, ungeachtet des ganzen Rassentraumas, als Individuen und Gäste ins warme Herz des Nordens aufgenommen.

KAPITEL 12

ie Schlacht von Bedegraine wurde am Pfingstfeiertag in der Nähe von Sorhaute im Wald von Sherwood geschlagen. Es war eine entscheidende Schlacht, da sie in mancher Hinsicht für das zwölfte Jahrhundert das bedeutete, was man später einen ›totalen Krieg‹ nannte.

Die Elf Könige waren bereit, gegen ihren Landesherrn auf Normannenart zu kämpfen — im Fuchsjagdstil Heinrichs des Zweiten und seiner Söhne —: aus Gründen des Sports und des Erwerbs, ohne die ernsthafte Absicht, einander persönlich weh zu tun. Sie — die Könige mit den wie Panzerwagen heranratternden Rittern ihres Adels — waren darauf vorbereitet, ein sportliches Risiko einzugehen. (Gemeint ist die Sorte Risiko, von der Jorrocks gesprochen hat.) König Lot hätte zu Recht behaupten können, daß die Rebellion, die er gegen Arthur inszenierte, das Ebenbild einer Fuchsjagd sei — ohne Flurschadenrechnung und mit nur fünfundzwanzig Prozent ihrer Gefährlichkeit.

Doch die Elf Könige brauchten einen ›Hintergrund‹ für ihre Heldentaten. Obschon die Ritter kaum das Gelüst verspürten, sich gegenseitig in größerem Ausmaß umzubringen, gab es doch keinen Grund, weshalb man die Leibeigenen nicht töten sollte. Es wäre nach ihren Begriffen fürwahr ein armseliges Vergnügen gewesen, hätte man am Ende des Tages nicht eine beachtliche Strecke vorzuweisen gehabt.

Der Krieg also, wie die aufrührerischen Lords ihn zu führen gedachten, war eine Art Doppelschlacht oder ein Krieg innerhalb eines Krieges. Der äußere Kreis bestand aus sechzigtausend unberittenen Kriegern — *kerns* und *gallowglasses* — unter dem Kommando der Elf, und diese schlecht bewaffneten Rekruten vom Stamme der ›Alten‹ haßten eingedenk des tragischen Geschicks der Gälen die zwanzigtausend Fußsoldaten von Arthurs Sassenach-Heer. Zwischen den beiden Armeen herrschte eine richtige Erbfeindschaft. Doch das war ein Rassenhaß, der von oben gesteuert wurde, von den Adligen, die nicht wirklich nach dem Blut von ihresgleichen lechzten. Die Heere waren, genau betrachtet, nur zwei Rudel Jagdhunde, deren Kampf gegeneinander von Meuteführern befehligt wurde, die das Ganze als ein erregendes Spiel nahmen. Wäre zum Beispiel unter den Hunden eine ›Meuterei‹ ausgebrochen, dann hätte sich Lot samt seinen Alliierten ohne weiteres Arthurs Rittern angeschlossen, um gemeinsam *das* niederzuschlagen, was nach ihrer Ansicht eine echte Rebellion gewesen wäre.

Die Adligen des inneren Kreises standen einander traditionsgemäß freundschaftlicher gegenüber als ihren eigenen Leuten. Für sie war die Masse notwendig, um eine Strecke zu machen, und darüber hinaus aus szenischen Gründen. Für sie hieß ein anständiger Krieg: »Arme und Schultern und Köpfe flogen übers Schlachtfeld, und Wald und Wasser hallten vom Dröhnen der Schläge wider.« Die Arme und Schultern und Köpfe jedoch, die da flogen, gehörten Leibeigenen, und die widerhallenden Schläge, denen nicht viele Gliedmaßen zum Opfer fielen, tauschte der eiserne Adel unter sich aus. Dies jedenfalls war die Vorstellung, die Lot und seine Heerführer von einer Schlacht hatten. Sobald ausreichend Fußsoldaten einen Kopf kürzer gemacht worden waren und die englischen Hauptleute genügend Hiebe empfangen hatten, würde Arthur die Unmöglichkeit weiteren Widerstandes einsehen. Er würde kapitulieren. Anschließend könnte man sich dann auf die finanziellen Friedensbedingungen einigen — die einen fabelhaften Profit an Lösegeld abwerfen sollten —, und danach wäre dann alles mehr oder weniger wie zuvor: mit der einen Ausnahme, daß die Fiktion der feudalen Oberlehnsherrschaft zerstört sein würde, die ja ohnehin nur eine Fiktion war.

Natürlich wurde ein Krieg dieser Art von höfischer Etikette bestimmt, von Spielregeln, wie sie auch bei der Fuchsjagd gelten. Er begann an einer vereinbarten Stelle, falls das Wetter günstig war, und wurde nach dem beiderseits anerkannten Komment zu Ende geführt.

Arthur aber hatte eine andere Vorstellung. Ihm schien es ganz und gar nicht ritterlich oder sportlich, daß achtzigtausend ergebene Gefolgsleute einander umbringen sollten, während eine Handvoll Auserwählter in schwerer Rüstung Mätzchen machten, um an Lösegeld zu kommen. Er hatte begonnen, Köpfe und Schultern und Arme als Werte zu betrachten — als Werte ihrer Besitzer, auch wenn die Besitzer Leibeigene waren. Merlin hatte ihn gelehrt, jener Logik zu mißtrauen, der zufolge ganze Landstriche des Fouragierens wegen ausgeplündert, Bauern ruiniert und Soldaten niedergemetzelt werden durften; und er hatte begriffen, daß er selber in voller Höhe bezahlen mußte, wie der Cœur de Lion in der Legende.

Der König von England hatte angeordnet, daß es in dieser Schlacht kein Lösegeld geben werde. Seine Ritter sollten kämpfen — nicht gegen Fußsoldaten, sondern gegen die Ritter der Gälischen Konföderation. Mochten die Fußsoldaten gegeneinander kämpfen, wenn sie es nicht lassen konnten — ja: da sie eine wirkliche Aggression abzureagieren hatten (wobei es nicht um die Lösegeld-Frage ging), sollten sie nach bestem Vermögen aufeinander einschlagen. Seine Edelleute aber hatten die Edelleute der Rebellen zu attackieren, als wären diese einfache Reisige und nichts anderes. Sie durften keine Absprachen anerkennen und kein Ballett-Reglement einhalten. Es war ihre Aufgabe, den Krieg an seine eigentlichen Herren heranzutragen, bis diese sich bereit finden würden, dem Kriegführen zu entsagen, weil sie mit der Wirklichkeit des Krieges konfrontiert worden waren.

Hinterher, das wußte er nun genau, würde es seine Lebensaufgabe sein, gegen jede Art der Unrechtmäßigkeit unter Androhung von Gewalt vorzugehen.

Wir dürfen also voraussetzen, daß man den Mannen des Königs am Abend vor der Schlacht die Beichte abnahm. Etwas von der Vision, vom Zukunftsbild des jungen Herrschers hatte sich seinen Hauptleuten und Soldaten mitgeteilt. Etwas vom neuen Ideal der Tafelrunde, das unter Schmerzen geboren werden sollte. Eine Ahnung davon, daß dem Anstand zuliebe ein abscheuliches und gefährliches Handeln gewagt werden mußte — denn sie wußten, daß es in diesem Kampf nur Blut und Tod geben würde, jedoch keine Belohnung. Sie hatten nur die profitlose Befriedigung zu erwarten, das getan zu haben — trotz aller Angst —, was getan werden mußte — einen Ertrag also, den üble Leute häufig dadurch entwertet haben, daß sie ihn allzu pathetisch ›Ruhm‹ nannten — und der dennoch Ruhm ist. Diese Idee war in den Herzen jener Männer, als sie niederknieten vor den Bischöfen, die den Leib Gottes austeilten. Die Männer wußten, daß das Verhältnis drei zu eins stand und daß sie den nächsten Sonnenuntergang möglicherweise nicht mehr erleben würden.

Arthur begann mit einer Ungeheuerlichkeit und fuhr mit andern Ungeheuerlichkeiten fort. Die erste bestand darin, daß er nicht die schickliche Stunde abwartete. Nach dem Frühstück hätte er sein Heer in Schlachtreihe dem Heere Lots gegenüber aufstellen müssen; und um die Mittagszeit, wenn die Armeen ihre entsprechenden Positionen bezogen haben würden, hätte er dann das Zeichen zum Beginn geben sollen. Nach diesem Signal wäre es seine Aufgabe gewesen, Lots Fußsoldaten mit seinen Rittern anzugreifen, während Lots Ritter seine Fußsoldaten attackierten. Das hätte ein gar prachtvolles Gemetzel gegeben.

Statt dessen griff Arthur bei Nacht an. In der Dunkelheit und mit Schlachtgeschrei — eine unfeine und infame Taktik — überfiel er das Lager der Aufrührer, wobei das Blut in seinem Halse pochte und Excalibur in seiner Hand tanzte. Der Überlegenheit des Gegners war er sich wohl bewußt. Schon allein die Übermacht der Ritter auf der anderen Seite war erschreckend. Ein einzelner König der Rebellen — *the King of the Hundred Knights* — verfügte bereits über zwei Drittel jener Anzahl, zu der es die Tafelrunde in ihren besten Tagen bringen sollte. Und Arthur hatte den Krieg nicht begonnen. Er kämpfte in seinem eigenen Land, Hunderte von Meilen diesseits seiner Grenzen, gegen eine Aggression, die er nicht provoziert hatte.

Nieder stürzten die Zelte, auf flammten die Fackeln, heraus fuhren die Klingen, und das Geschrei der Schlacht vermischte sich mit dem Geheul des Schreckens. Der Lärm, die niedermachenden und niedergemachten Dämonen, die sich schwarz vor den Feuerbränden abhoben — was für Szenen spielten sich in Sherwood ab, wo sich nun die Eichen schattend drängen!

Es war ein meisterhafter Beginn, und er wurde mit Erfolg belohnt. Die Elf Könige und ihre Barone waren bereits in voller Rüstung. (Das Anlegen des Panzers nahm derart viel Zeit in Anspruch, daß man es oft noch bei Nacht besorgte.) Wären sie es nicht gewesen, hätte es ein fast unblutiger Sieg werden können. Die Initiative jedoch blieb bei Arthur. Die geharnischten Ritter der ›Alten‹ kämpften sich Seite an Seite aus dem verwüsteten Lager. Es gelang ihnen, sich zu einer gepanzerten Schar zu formieren — die immer noch etliche Male größer war als alles, was Arthur in eine Rüstung hatte stecken können —, doch waren sie ihres gewohnten Schutzwalls von Fußsoldaten beraubt. Es hatte an Zeit gefehlt, die Infanteristen zu organisieren, und diejenigen von ihnen, die beim Adel verblieben, waren demoralisiert oder führerlos. Arthur schickte seine eigenen Fußsoldaten unter dem Befehl von Merlin ins Bodengefecht, das sich ums Lager herum abspielte, und er selber ging mit seiner Kavallerie gegen die Könige vor. Er hatte sie auf Trab gebracht, und nun hieß es, sie nicht zum Verschnaufen kommen zu lassen. Sie waren äußerst empört ob einer solch unritterlichen Überrumpelungstaktik; ja, sie empfanden es als eine persönliche Beleidigung, daß er ihnen direkt auf den Leib rückte: einwandfrei Meuchelmord! Man konnte doch einen Baron nicht einfach töten wie einen gemeinen Soldaten!

Des Königs zweite Ungeheuerlichkeit bestand darin, daß er die Fußsoldaten außer acht ließ. Diesen Teil der Schlacht — den Rassenkampf, der gewisse greifbare Motive hatte, obwohl er zu verurteilen war — überließ Arthur den Rassen selber: der Infanterie und Merlins Anweisungen, dort beim umkämpften Feldlager, von dem die Kavallerie sich bereits entfernte.

Zwischen den Zelten kamen auf jeden Gallier drei Gälen, die jedoch aus dem Schlaf gerissen worden waren und sich daher im Nachteil befanden. Er war ihnen nicht besonders übel gesonnen — sein Unwillen richtete sich allein gegen die Anführer, welche die Hohlköpfe verführt hatten —, aber er wußte, daß man ihnen ihren Kampf lassen mußte. Er hoffte, daß er für seine Truppen siegreich ausgehen werde. Unterdessen hatte er's mit den hohen Herren zu tun, und je mehr der Tag heraufdämmerte, desto augenscheinlicher wurde das Ungeheure seines Vorgehens.

Denn die Elf Könige hatten einen notdürftigen Schutzwall aus Fußsoldaten versammelt, hinter dem sie seine Attacke erwarteten. Eigentlich wäre es an ihm gewesen, diesen Wall aus verschreckten Männern anzugreifen und sie zu vernichten. Statt dessen ignorierte er sie. Er preschte im Galopp durch die Infanteristen, als seien sie überhaupt nicht seine Feinde; er ließ sie sogar gänzlich ungeschoren und richtete seinen Angriff ausschließlich gegen das gepanzerte Zentrum des Gegners. Die Infanteristen akzeptierten diese Gnade nur allzu gern. Sie benahmen sich, als hielten sie es nicht für eine Ehre, für Lothian sterben zu dürfen. Ihre Disziplin war, wie die Rebellen-Generale hinterher sagten, nicht die von Pikten.

Die eigentliche Attacke begann mit dem heraufziehenden Tag.

Wer bei einer militärischen Veranstaltung oder anläßlich irgendeines historischen Aufzugs eine Kavallerieattacke gesehen hat, der weiß, daß ›gesehen‹ nicht der richtige Ausdruck ist. Man *hört* es: das Donnern, Beben, Trommeln und Tosen! Ja, aber auch dann ist's nur eine Kavallerieattacke, kein Aufeinanderprallen zweier Ritterheere. Nun stelle man sich vor, daß die Pferde zweimal so schwer waren wie die weichmäuligen Jagdpferde bei heutigen Schauszenen, und die Männer wegen ihrer Waffen und Schilde noch einmal doppelt so schwer. Hinzu kommt das Klirren der Rüstungen und das Klingeln der Geschirre. Und aus den Panzern werden Spiegel, auf denen die Sonne blitzt. Die schweren Speere aus Stahl senken sich. Sie kommen! Die Erde erbebt. Erdklumpen fliegen. Huftritte reißen den Boden auf. Nicht die Männer sind zu fürchten, nicht einmal ihre Schwerter oder Speere, sondern die Hufe der Streitrösser. Gewaltig braust diese Phalanx aus Erz übers Schlachtfeld — unentrinnbar, alles niederwalzend, lauter als Trommelklang und Beckenschlag, donnernd und dröhnend.

Die Ritter der Konföderation begegneten dem Ansturm, so gut es ging. Sie hielten stand und wehrten sich. Aber es war ihnen zu neu, zu fremd, trotz ihrem Rang das Ziel solch wilder Wut zu sein, angegriffen von einer unverschämten, rasenden Schar, die nicht einmal ein Viertel der eigenen Stärke hatte und dennoch eine Attacke nach der anderen ritt — da blieb die Wirkung auf ihren Kampfgeist nicht aus. Sie wichen zurück. Zwar behielten sie ihre Ordnung bei, doch wurden sie auf eine Lichtung des Sherwood-Waldes abgedrängt — eine ausgedehnte Waldblöße, die einer grasüberwachsenen, an drei Seiten von Bäumen umgebenen Meeresbucht glich.

In dieser Phase des Kampfes wurden einige bravouröse Einzelleistungen gezeigt. König Lot erntete persönliche Erfolge im Kampf mit Sir Meliot de la Roche und Sir Clariance. Er wurde von Sir Kay aus dem Sattel gehoben und endlich, als er wieder beritten war, von Arthur an der Schulter verwundet. Arthur war überall — erregt, jugendlich, triumphierend.

Als General scheint Lot ein Leuteschinder und eher ein Feigling gewesen zu sein. Trotz seiner Förmlichkeit jedoch war er ein guter Taktiker. Gegen Mittag muß er wohl erkannt haben, daß er einer neuen Art von Kriegführung gegenüberstand, die eine neuartige Verteidigung erforderte. Arthurs Kavallerie-Teufel hatten es nicht auf Lösegelder abgesehen, soviel war klar, und sie würden gegen die Mauer seiner Kavallerie anrennen, bis sie zerbrach. Er beschloß, sie sich erschöpfen zu lassen. In einem eiligen Kriegsrat wurde entschieden, daß er sich mit vier anderen Königen und der Hälfte der Verteidiger auf die Waldblöße zurückziehen und eine geschlossene Formation bilden sollte. Die restlichen sechs Könige würden ausreichen, die Engländer aufzuhalten, während Lots Leute Luft schnappten und sich neu formierten. Hatten sie dann Aufstellung genommen, sollten die sechs Könige der Vorhut sich durch diese Reihen zurückziehen und neu ordnen, während Lot die vorderste Linie bildete.

So geschah es.

Auf diesen Augenblick hatte Arthur gewartet; er ergriff die günstige Gelegenheit beim Schopf. Sogleich schickte er einen Stallmeister im Galopp zu den Bäumen. Mit zwei französischen Königen, Ban und Bors, hatte er einen gegenseitigen Beistandspakt geschlossen, und diese beiden Alliierten waren mit ungefähr zehntausend Mann aus Frankreich gekommen, um ihm Hilfe zu leisten. Die Franzosen waren zu beiden Seiten der Lichtung als Reserve im Wald versteckt, und des Königs Absicht war gewesen, den Feind in ihre Richtung zu treiben. Der Stallmeister galoppierte los, seine Rüstung blinkte im Eichenlaub, und Lot ließ sich irreführen. Er blickte auf die Seite der Lichtung, wo Bors ihm in die Flanke fiel, ohne noch zu wissen, daß Ban am anderen Flügel wartete.

Als er bemerkte, daß er in einen Hinterhalt geraten war, verlor er die Nerven. Er wurde neuerlich an der Schulter verwundet und sah sich einem Feind gegenüber, der den Tod eines Edelmannes als zur Kriegführung gehörend betrachtete. »Oh, errette uns von Tod und furchtbarer Verstümmelung«, soll er gerufen haben, »denn ich sehe wohl, in welch verderblicher Gefahr wir schweben.«

Er entsandte König Carados mit einer starken Schwadron gegen König Bors — und da stellte er fest, daß ein zweiter Stallmeister auf der gegenüberliegenden Seite König Ban aus dem Wald geholt hatte. Zahlenmäßig befand er sich zwar immer noch in der Übermacht, doch verließ ihn nun endgültig der Mut. »Ha«, sagte er zum Herzog von Cambenet, »man will uns allesamt vernichten.« Er soll sogar geweint haben — ›vor Kummer und vor Schmerz‹.

Carados wurde aus dem Sattel gehoben, seine Schwadron von König Bors zerschlagen. Arthurs Angriffe trieben die Vorhut der sechs Könige zurück. Lot stellte sich mit König Morganores Abteilung dem Ansturm von König Ban.

Nur eine weitere Stunde Tageslicht noch, und die Rebellion wäre an diesem Tag beendet gewesen. Doch die Nacht kam den ›Alten‹ zu Hilfe; die Sonne sank; kein Mond war am Himmel. Arthur blies die Jagd ab. Er war zu Recht der Ansicht, daß die Aufständischen demoralisiert seien, und ließ seine Mannen schlafen; nur wenige, aber wachsame, Posten blieben auf.

Das erschöpfte Heer des Gegners, das sich die Nacht zuvor am Würfelspiel ergötzt hatte, verbrachte auch diesmal die Stunden der Dunkelheit ohne Schlaf: die Männer verharrten kampfbereit oder hielten Rat. Wie in allen Highland-Heeren, die je gegen Gramarye zu Felde gezogen waren, mißtraute man einander auch hier. Sie erwarteten einen neuen Nacht-Angriff. Sie waren bestürzt ob ihrer Verluste. Sie waren in zwei Gruppen zersplittert: hie Kapitulation, hie Widerstand. Erst bei Tagesanbruch setzte König Lot seinen Willen durch.

Er befahl, die verbliebenen Fußsoldaten wie Vieh auseinanderzuscheuchen; sie sollten sich zerstreuen und ihre nackten Beine retten, so weit sie's vermochten. Die Ritter sollten sich zu einer einzigen Phalanx formieren, um den Attacken Widerstand zu leisten. Jedermann, der da floh, sollte auf der Stelle hingerichtet werden.

Am Morgen fiel Arthur über sie her, ehe sie noch richtig Aufstellung genommen hatten. Gemäß seiner Taktik sandte er nur einen kleinen Trupp von vierzig Lanzen voraus. Diese Männer, eine ausgewählte Streitmacht tapferer Krieger, erneuerten den Ansturm vom vergangenen Nachmittag. Sie kamen im Handgalopp daher, jagten durch die gepanzerten Reihen oder brachen sie auf, gruppierten sich neu und griffen wieder an. Die hartnäckige Schar der Gegner wich vor ihnen zurück: trotzig, störrisch, entmutigt, kampfesmüde.

Gegen Mittag holten die drei Könige der Alliierten mit geballter Kraft zum entscheidenden Schlage aus. Es kam der Augenblick, da es wie Donnerhall krachte, da zerbrochene Lanzen durch die Luft flogen und Gäule sich aufbäumten, ehe sie rücklings zu Boden brachen. Schreie hallten im Wald. Danach war das Gras zerstampft und aufgewühlt und übersät von zerstückelten Waffen. Es entstand eine unnatürliche Stille. Ziellos ritten Männer umher. Von der Ritterschaft der Gälen gab es keine geordneten Überreste mehr.

Merlin begegnete dem König auf dem Rückweg von Sorhaute: ein müder Magier, immer noch unberitten. Er trug das Panzerhemd eines Infanteristen, das er hartnäckig gefordert hatte. Er kam mit der Nachricht, daß die Clans zu Fuß ihre Kapitulation angeboten hätten.

KAPITEL 13

tliche Wochen später, im September, saß König Pellinore mit seiner Braut im Mondenschein auf der höchsten Erhebung des Kliffs und blickte aufs Meer hinaus. Bald würden sie sich nach England begeben, um zu heiraten. Er hatte ihr den Arm um die Hüfte gelegt, und sein Ohr lag an ihrem Kopf. Die Welt um sie her war vergessen.

»Dornar ist aber ein komischer Name«, sagte der König. »Ich möcht' bloß wissen, wie Ihr darauf gekommen seid.«

»Ihr seid doch drauf gekommen, Pellinore.«

»Ich?«

»Ja. Aglovale, Percivale, Lamorak und Dornar.«

»Sie werden sein wie Cherubs«, sagte der König inbrünstig. »Wie Cherubim! Was sind Cherubim?«

Hinter ihnen stand, kaum sichtbar, die alte Burg vor dem Sternenhimmel. Schwach drang ein Geschrei von der Plattform des Rundturms herüber, wo Grummore und Palomides mit dem Aventiuren-Tier haderten. Es war noch immer in sein Ebenbild verliebt und hielt immer noch die Burg belagert; nur am Tage der Heimkehr von Lot und seinem geschlagenen Heer hatte es die Belagerung für ein paar Stunden unterbrochen. Die Engländer waren sehr überrascht, als sie erfuhren, daß sie sich die ganze Zeit im Kriegszustand mit Orkney befunden hatten, aber es war zu spät, hieraus irgend welche Konsequenzen zu ziehen, denn der Krieg war aus. Nun befanden sich alle im Innern, die Zugbrücke war ständig hochgezogen, und Glatisant lag am Fuß des Turms im Mondschein; ihr Kopf schimmerte silbern. Pellinore hatte sich jeder Tötungsabsicht widersetzt.

Eines Nachmittags kam Merlin auf seiner Wanderung gen Norden zu Besuch; er trug einen Rucksack und monströse Stiefel. Er wirkte glatt und glänzend wie ein Aal auf der Hochzeitsreise ins Sargasso-Meer, denn die Zeit mit Nimue stand bevor. Aber er war zerstreut; er konnte und konnte sich nicht erinnern, was er seinem Schüler hatte sagen sollen, und so hörte er ihren Schwierigkeiten nur mit halbem Ohre zu.

»Entschuldigt«, schrien sie von der Mauer herab, als der Zauberer draußen stand, »aber es ist wegen des Aventiuren-Tiers. Die Königin von Lothian und Orkney ist furchtbar ungehalten.«

»Seid Ihr sicher, daß es tatsächlich das Biest ist?«

»Gewiß doch, guter Freund. Es belagert uns, versteht Ihr?«

»Wir haben uns«, brüllte Sir Palomides jämmerlich, »wir haben uns als eine Art Biest verkleidet, ehrwürdiger Herr, und sie hat gesehn, wie wir zur Burg gegangen sind. Es gibt da gewisse Anzeichen — ehem — von glühender Zuneigung. Jetzt geht das Biest nicht weg, weil es glaubt, ihr Männchen sei hier drin, und es ist höchst gefährlich, die Zugbrücke herabzulassen.«

»Dann klärt sie doch auf. Stellt Euch auf die Zinnen und erklärt ihr den Irrtum.«

»Meint Ihr, sie wird's verstehn?«

»Schließlich«, sagte der Zauberer, »ist's ein Zauber-Tier. Ich halt's für möglich.«

Doch der Aufklärungsversuch schlug fehl. Das Biest sah sie an, als halte es sie für unverkennbare Lügner.

»Ich muß schon sagen, Merlin! Geht noch nicht.«

»Ich muß gehen«, sagte er abwesend. »Ich muß irgendwo irgend etwas erledigen, aber ich komme nicht drauf, was es ist. Mittlerweile werd' ich meine Wanderung fortsetzen. Ich muß mit Meister Bleise in North Humberland zusammentreffen, damit er die Chronik der Schlacht verfassen kann, und dann werden wir Wildgänse beobachten, und danach — hol's der Henker: ich komm' nicht drauf.«

»Aber, Merlin: das Biest glaubt uns nicht!«

»Ich kann's nicht ändern.« Seine Stimme klang bang und besorgt. »Hab' keine Zeit. Tut mir leid. Entschuldigt mich bitte bei Königin Morgause und sagt, daß ich mich nach ihrer Gesundheit erkundigt habe.«

Er fing an, sich auf den Zehen zu drehen: Vorbereitung zum Verschwinden. Seine Wanderung vollzog sich nur zum geringsten Teil zu Fuß.

»Merlin, Merlin! Wartet noch einen Augenblick!«

Für einen Moment erschien er wieder und sagte verdrossen: »Nun, was ist?«

»Die Bestie glaubt uns nicht. Was sollen wir tun?«

Er runzelte die Stirn.

»Psychoanalysiert sie«, sagte er schließlich und begann zu kreisen.

»Wartet doch, Merlin! Wie sollen wir das denn anstellen?«

»Übliche Methode.«

»Aber was ist das für eine?« riefen sie verzweifelt.

Er verschwand endgültig; nur seine Stimme blieb in der Luft.

»Laßt sie ihre Träume erzählen und so weiter. Klärt sie über die Fakten des Lebens auf. Aber nicht zuviel Freud.«

Grummore und Palomides blieb nun nichts andres übrig, als ihr Heil in geduldiger Aufklärungsarbeit zu suchen, sozusagen auf der Hinterbühne, während das Glück König Pellinores — der es strikt ablehnte, sich von Trivialproblemen behelligen zu lassen — auf dem Proszenium erstrahlte.

»Paß mal auf«, schrie Sir Grummore. »Also das ist so: Wenn ein Huhn ein Ei legt . . .«

Sir Palomides unterbrach ihn mit dem Hinweis auf Blütenstaub und Stempel.

Drinnen in der Burg, im königlichen Gemach des Bergfrieds, lag König Lot mit seiner Gemahlin im Doppelbett. Der König schlief — erschöpft von der Anstrengung, seine Kriegsmemoiren niederzuschreiben. Er hatte keinen besonderen Grund, wach zu bleiben. Morgause konnte nicht schlafen.

Morgen würde sie zu Pellinores Hochzeit nach Carlion reisen. Wie sie ihrem Gemahl erklärt hatte, wollte sie als Abgesandte hingehen, um Pardon zu erbitten. Die Kinder sollten mitkommen.

Lot ärgerte sich über diese Reise und hätte sie ihr am liebsten untersagt; aber sie wußte schon, wie sie mit ihm fertig werden würde.

Die Königin stieg leise aus dem Bett und ging zu ihrer Schatztruhe. Seit der Rückkehr des Heeres hatte sie viel von Arthur gehört — von seiner Stärke, von seinem Charme, von seiner Unschuld und seiner Großmut. Nicht einmal der Neid und die Mißgunst derer, die er unterworfen hatte, konnten ganz verhehlen, daß es sich um eine Prachtgestalt handeln mußte. Auch war von einem Mädchen namens Lionore die Rede gewesen, der Tochter des Grafen von Sanam, mit der dieser junge Mann liiert sein solle. Die Königin öffnete die Truhe im Dunkeln und ging zu der Stelle, wo ein Mondstrahl durchs Fenster fiel. In der Hand hielt sie einen Streifen, eine Art Band.

299

Dieser schmale Streifen wurde für eine Zaubermethode benutzt, die weniger grausam war als das Verfahren mit der schwarzen Katze, dafür aber um so grausiger. Er wurde *Spancel* genannt — wie der Strick, mit dem man die Läufe von Haustieren zusammenbindet, um sie am Fortlaufen zu hindern. In den Geheimtruhen der ›Alten‹ gab es mehrere solcher Spezialfesseln. Sie gehörten eigentlich eher zur Hexerei denn zur großen Magie. Morgauses *Spancel* stammte von einer Soldatenleiche, die ihr Mann mit nach Hause gebracht hatte, weil der Gefallene daheim, irgendwo auf den Außen-Inseln, begraben werden sollte.

Es war ein Streifen Menschenhaut, aus der Silhouette des Toten geschnitten. Das soll heißen: Der Schnitt war an der rechten Schulter angesetzt worden, und das Messer ging sorgfältig — und zwar in gleichmäßiger Doppelspur, so daß ein Streifen entstand — an der Außenseite des rechten Armes hinunter, umrandete jeden einzelnen Finger (als folge es dem Saum eines Handschuhs) und glitt an der Innenseite des Armes zur Achselhöhle hinauf. Dann ging es an der Flanke des Rumpfes hinab, das Bein hinunter, wieder herauf bis zum Schritt und so weiter, bis es den ganzen Umriß des Leichnams durchlaufen hatte und wieder an der Schulter ankam, wo der Schnitt angesetzt worden war. So entstand ein gehörig langes Band.

Ein *Spancel* wurde folgendermaßen angewendet. Es war dafür zu sorgen, daß der Mann, den man liebte, im Schlafe lag. Dann mußte man ihm die Fessel über den Kopf werfen, ohne ihn aufzuwecken, und sie zu einer Schleife binden. Wurde er wach, während man dies tat, starb er im Verlauf des Jahres. Schlief er aber weiter, bis die Prozedur vorüber war, dann mußte er unweigerlich in Liebe zu der Fesselungskünstlerin entbrennen.

Königin Morgause stand im Mondschein und ließ die Fessel durch ihre Finger gleiten.

Die vier Kinder waren gleichfalls wach, doch sie befanden sich nicht in ihrem Schlafzimmer. Sie hatten während des königlichen Mahles auf der Treppe gelauscht und wußten also, daß sie mit ihrer Mutter nach England reisen würden.

Sie waren in der winzigen *Church of the Men*, einer Kapelle, die zwar kaum zwanzig Fuß im Quadrat maß, aber ebenso alt war wie das Christentum auf den Inseln. Sie war aus unvermörtelten Steinen erbaut, wie die große Mauer des Bergfrieds, und der Mondschein fiel durch das einzige, unverglaste Fenster auf den steinernen Altar. Das Weihwasserbecken, auf das der Mond schien, war aus dem gewachsenen Stein gehauen und hatte einen dazu passenden Deckel — eine gemeißelte Steinplatte.

Die Orkney-Kinder knieten in der Heimstatt ihrer Vorfahren. Sie beteten: »Laß uns unserer liebenden Mutter ewig treu bleiben — laß uns der Cornwall-Fehde wert sein, die sie uns gelehrt hat — und laß uns nie das neblige Land Lothian vergessen, in dem unser Vater herrscht.«

Draußen stand der schmale Mond aufrecht am weiten Himmel, wie ein zu Zauberzwecken abgeschnittener Fingernagel, und vor dem Himmel ragte die Wetterfahne auf: die Aaskrähe mit dem Pfeil im Schnabel, der gen Süden wies.

KAPITEL 14

s war ein großes Glück für Sir Palomides und Sir Grummore, daß das Aventiuren-Tier zu guter Letzt doch noch Vernunft annahm, ehe die Kavalkade sich in Marsch setzte — sonst hätten sie in Orkney bleiben müssen und die Hochzeit verpaßt. Aber auch so mußten sie die ganze Nacht ausharren. Glatisant war zwar von ihrem Trauma geheilt, entwickelte indessen urplötzlich eine neue Fixierung.

Die Schwierigkeit entstand dadurch, daß sie ihre Zuneigung — wie es in der Psychoanalyse häufig geschieht — auf den erfolgreichen Analytiker übertrug: auf Sir Palomides. Nun weigerte sie sich, für ihren früheren Herrn und Meister auch nur das mindeste Interesse zu zeigen. König Pellinore sah sich gezwungen — nicht ohne der guten alten Zeit mit ein paar Seufzern zu gedenken —, seine Rechte auf sie an den Sarazenen abzutreten. Dies erklärt, weshalb wir, trotz Malorys klarer Auskunft, daß nur ein Pellinore fähig sei, Glatisant zu fangen, im weiteren Verlauf des *Morte d'Arthur* stets Sir Palomides als Verfolger des Aventiuren-Tiers finden. Wie dem auch sei: Es spielt nicht die geringste Rolle, wer es fangen konnte, da niemand dies je tat.

Die lange Reise südwärts nach Carlion in den schaukelnden Sänften, flankiert von einer berittenen Eskorte mit flatternden Wimpeln, war für jedermann ein Erlebnis. Diese Sänften waren interessant konstruiert. Sie bestanden aus gewöhnlichen Karren mit einer Art Fahnenstange an jedem Ende. Zwischen den Stangen war eine Hängematte ausgespannt, in der man die Stöße kaum spürte. Hinter den königlichen Fuhrwerken trabten die beiden Ritter einher und freuten sich, der belagerten Burg entronnen zu sein und schließlich doch noch an der Trauung teilnehmen zu können. St. Toirdealbhach folgte mit Mutter Morlan, denn es sollte eine Doppelhochzeit werden. Das Aventiuren-Tier war sozusagen das Schlußlicht; es ließ Sir Palomides nicht aus den Augen, da es befürchtete, neuerlich im Stich gelassen zu werden.

Alle Heiligen kamen aus ihren Bienenkörben, um die Reisenden zu verabschieden. All die Fomorians, Fir Bolg, Tuatha de Danaan, Old People und andere winkten ihnen arglos von Klippen, Currach-Booten, Bergen, Marschen und Muschelhügeln zu. Hirsche und Einhörner säumten die Höhenzüge, um ihnen eine gute Reise zu wünschen. Von der Flußmündung kamen die Seeschwalben mit ihren gegabelten Schwänzen und kreischten drauflos, als wollten sie die Funkübertragung einer großen Einschiffungsszene bieten; die Weißbürzel-Steinschmätzer und Wasserpieper flatterten von Ginsterbusch zu Ginsterbusch; die Adler, Wanderfalken, Raben und Baßtölpel kreisten über ihnen in den Lüften; der Torfrauch folgte ihnen nach, als wolle er sich ihnen ein letztes Mal um die Nasen kringeln; die Ogham-Steine und Schlupfbauten und Küstenforts präsentierten ihr urgeschichtliches Mauerwerk im Sonnenglanz; Forellen und Lachse streckten ihre schimmernden Köpfe aus dem Wasser; die Schluchten und Berge und Heidekuppen des schönsten Landes der Welt stimmten in den allgemeinen Abschied ein — und die Seele der gälischen Welt rief den Knaben mit lautester Feenstimme zu: Vergeßt uns nicht!

War schon die Fahrt für die Kinder erregend, so raubten ihnen die Wunder der Metropole Carlion schier den Atem. Hier waren um das Königsschloß herum Straßen — nicht bloß eine einzige Straße — und Schlösser abhängiger Barone, Klöster, Kapellen, Kirchen, Kathedralen, Marktplätze und Kaufherrenhäuser. Auf den Straßen waren Hunderte von Menschen, alle in Blau oder Rot oder Grün oder in andere leuchtende Farben gekleidet; sie trugen Einkaufskörbe am Arm oder trieben zischende Gänse vor sich her oder eilten in der Livree irgendeines großen Lords hierhin und dorthin. Glocken läuteten, Uhrenschläge dröhnten von Türmen hernieder, Standarten flatterten: es war, als sei die ganze Luft über ihnen lebendig. Hunde gab es und Esel und Zelter in Schabracken und Priester und Bauernwagen (deren Räder zum Gotterbarmen quietschten) und Buden, in denen vergüldete Pfefferkuchen feilgeboten wurden, und Läden, in denen herrliche Rüstungen nach der allerneuesten Mode zur Schau standen. Seidenhändler gab es und Gewürzkrämer und Juweliere. Über den Geschäften hingen gemalte Ladenschilder, ähnlich unseren heutigen englischen Wirtshausschildern. Vasallen zechten vor Weinstuben, und alte Weiber feilschten um Eier, und Wanderburschen trugen in Käfigen Falken zum Verkauf. Hinzu kamen stattliche Ratsherrn mit goldenen Ketten, braungebrannte und spärlich mit Lederfetzen bekleidete Pflüger, Koppeln von Windhunden; seltsame Gestalten aus dem Osten, die Papageien verkauften; hübsche Damen mit hohen Spitzhauben, von denen Schleier flatterten, stolzierten einher; dann und wann ein Page, der seiner Dame voranging und ihr das Gebetbuch trug, wenn sie auf dem Weg zur Kirche war . . .

Carlion war eine befestigte Stadt, so daß sich diese ganze Geschäftigkeit innerhalb einer Wehrmauer abspielte, die kein Ende nehmen wollte. Alle zweihundert Schritte hatte die Mauer einen Turm, und insgesamt waren vier große Tore vorhanden. Wenn man sich der Stadt von der Ebene her näherte, hatte man den Eindruck, als wüchsen die Schloß- und Kirchtürme in dichtem Büschel aus der Mauerumfassung empor — wie Blütensprosse in einem irdenen Topf.

König Arthur war entzückt, seine alten Freunde wiederzusehen und von Pellinores Liebesbanden zu hören. Dieser war der erste Ritter, zu dem er Zuneigung gefaßt hatte, als er ein kleiner Junge im Forest Sauvage gewesen war, und er beschloß, dem guten Kerl eine Hochzeit von noch nie dagewesener Pracht auszurichten.

Sie fand in der Kathedrale zu Carlion statt, und es wurde keine Mühe gescheut, damit jedermann auf seine Kosten komme. Das Pontifikalamt der Vermählung wurde von einer solchen Menge von Kardinälen und Bischöfen und Nuntien zelebriert, daß die gewaltige Kirche bis in den letzten Winkel ausgefüllt schien mit Violett und Scharlach und Weihrauch und silberglöckchenschwingenden Knaben. Bisweilen eilte ein Bub zu einem Bischof und klingelte ihm etwas vor. Bisweilen stelzte ein Nuntius zu einem Kardinal und beräucherte ihn von oben bis unten. Es war wie eine Blumen-Schlacht. Tausende von Kerzen flackerten vor den prächtigen Altären. Überall breiteten derbe, geübte, geweihte Hände weiße Tüchlein aus, oder hielten Bücher in die Höhe, oder segneten einander hingebungsvoll, oder besprengten sich wechselweise mit Weihwasser, oder teilten ehrerbietig Gott dem Volke aus. Die Musik war himmlisch — teils gregorianisch, teils ambrosianisch —, und die Kirche war gerammelt voll. Mönche und Äbte jeder Couleur standen in Sandalen zwischen den Rittern, deren Rüstungen im Kerzenschein blitzten. Sogar ein franziskanischer Bischof war da, in Grau, mit einem roten Hut. Die Chorröcke und Mitren bestanden fast gänzlich aus purem Gold, mit Diamanten besetzt, und es herrschte ein ständiges Anziehen und Ausziehen, so daß es in der ganzen Kathedrale fortwährend raschelte. Das Latein wurde mit solcher Geschwindigkeit geredet, daß die Pluralgenitive von den Gewölberippen widerhallten, und die Prälaten teilten eine derartige Menge von Ermahnungen, weisen Empfehlungen und Segnungen aus, daß man sich wunderte, warum die gesamte Gemeinde nicht schnurstracks gen Himmel fuhr. Der Papst höchstselbst, dem genau wie allen anderen daran gelegen war, daß die Angelegenheit glanzvoll über die Bühne ging, hatte allen, die ihm nur einfallen wollten, huldvoll aus der Ferne Ablaß gewährt.

Nach der Eheschließung kam das Hochzeitsfest. König Pellinore und seine Königin — die während der ganzen kirchlichen Feierlichkeiten Hand in Hand dagestanden hatten, hinter sich St. Toirdealbhach und Mutter Morlan, geblendet und verwirrt vom Kerzenschein, vom Weihrauch und von den Besprengungen — wurden auf den Ehrenplatz geleitet und von Arthur persönlich gebeugten Knies bedient. Man kann sich vorstellen, wie das auf Mutter Morlan wirkte. Es gab Pfauenpastete, Aal in Gelee, Devonshire-Cream, Curry-Fisch, eisgekühlten Obstsalat und zweitausend andere Gerichte. Es wurden Reden gehalten, Lieder gesungen, Toasts ausgebracht und Humpen geleert. Aus North Humberland kam ein Eilkurier und überbrachte dem Bräutigam eine Botschaft. Sie lautete: BESTE WÜNSCHE VON MERLIN STOP GESCHENK LIEGT UNTERM THRON STOP ALLES GUTE FÜR AGLOVALE PERCIVALE LAMORAK DORNAR.

Als sich die freudige Erregung ob dieser Depesche gelegt hatte und das Hochzeitsgeschenk gefunden worden war, wurden unverzüglich für die jüngeren Teilnehmer des Festes einige Gesellschaftsspiele arrangiert. Hierbei zeichnete sich ein kleiner Page aus dem Hofstaat des Königs besonders aus. Es war der Sohn von König Ban von Benwick, Arthurs Verbündetem in der Schlacht zu Bedegraine: ein Knabe namens Lanzelot. Es wurde ein Apfelspringen veranstaltet, Beilke, Topfschlagen und ein Puppenspiel, das *Mac und die Schäfer* hieß und alle zum Lachen brachte. St. Toirdealbhach benahm sich daneben, als er im Verlauf einer Auseinandersetzung über die Bulle *Laudabiliter* einen der feisteren Bischöfe mit seiner Shillelagh-Keule niederschlug. Nach einem gefühlvollen Vortrag von *Auld Lang Syne* zerstreute sich schließlich die Festgesellschaft zu später Stunde. König Pellinore wurde entsetzlich übel; die frischgebackene Königin Pellinore brachte ihn zu Bett und erklärte sein Unwohlsein mit übergroßer Aufregung.

Von diesem Schauplatz weit entfernt — in North Humberland — sprang Merlin aus dem Bett. Er war bei Morgengrauen und in der Abenddämmerung draußen gewesen, um die Wildgänse zu beobachten, und hatte sich sehr müde zur Ruhe begeben. Im Schlaf jedoch war's ihm plötzlich eingefallen — das Allereinfachste! Was er in der Verwirrung zu erwähnen vergessen hatte, war der Name von Arthurs Mutter! Da hatte er nun von Uther Pendragon und Tafelrunden geschwatzt, von Schlachten und Ginevra und Schwertscheiden und Vergangenem und Künftigem — und das Allerwichtigste hatte er glattweg vergessen.

Arthurs Mutter war Igraine — dieselbe Igraine, die in Tintagil erbeutet worden war; jene Igraine, von der die Orkney-Kinder im runden Turm gesprochen hatten. Arthur war in der Nacht gezeugt worden, da Uther Pendragon ihre Burg eroberte. Natürlich konnte Uther sie nicht heiraten, solange sie um den Earl in Trauer ging; also wurde der Sohn zu früh geboren. Deshalb hatte man Arthur zu Sir Ector gegeben, der ihn aufzog. Keine Menschenseele hatte gewußt, wo er geblieben war — außer Merlin und Uther. Und jetzt war Uther tot. Nicht einmal Igraine hatte es gewußt.

Unschlüssig stand Merlin barfuß auf dem kalten Boden. Hätte er sich doch nur stehenden Fußes in die Lüfte gekreiselt und wäre nach Carlion geeilt, ehe es zu spät war! Aber nein: der alte Mann war müde und von seiner Rück-Sicht verwirrt, und zudem war's ihm im Kopf ganz trüb und dumm von Träumen. Morgen früh reicht's auch noch, sagte er sich — und wußte nicht, wo er war: in der Zukunft oder in der Vergangenheit. Mit unsicherer Hand tastete er sich zum Bett. In seinem schläfrigen Hirn weste bereits das Bild von Nimue. Er taumelte hinein. Der Bart fuhr unter die Decke, die Nase ins Kissen. Merlin schlief.

König Arthur saß in der Haupthalle. Sie war leer. Ein paar seiner bevorzugten Ritter hatten den Abendtrunk mit ihm genommen, aber jetzt war er allein. Es war ein anstrengender Tag gewesen, obwohl er die Vollkraft seiner Jugend erreicht hatte. Erschöpft ließ er den Kopf an die Rückenlehne seines Thronsessels sinken und überdachte die Ereignisse der Hochzeit. Seitdem er König geworden war, seit dem Augenblick, als er das Schwert aus dem Stein zog, hatte er zu kämpfen gehabt, da und dort, allezeit, und die Sorgen und Ängste dieser Feldzüge hatten ihn zum Prachtkerl, zu einem ganzen Mann gemacht. Nun sah es endlich so aus, als sei ihm Frieden beschieden. Er dachte darüber nach, wie herrlich es sein müsse, in Frieden zu leben und eines Tages selber zu heiraten, wie Merlin es prophezeit hatte, und eine Familie zu gründen, ein Heim zu haben. Da fiel ihm Nimue ein. Dann dachte er an alle möglichen schönen Frauen. Und schlief ein.

Mit einem Ruck fuhr er aus dem Schlafe auf. Vor ihm stand eine schwarzhaarige, blauäugige Schönheit. Sie trug eine Krone. Die vier wilden Kinder aus dem Norden standen hinter ihrer Mutter, scheu und trotzig, und die Königin wickelte ein langes Band auf.

Queen Morgause von den Außen-Inseln war dem Fest mit Vorbedacht ferngeblieben — mit größter Sorgfalt hatte sie den richtigen, ihr günstigen Augenblick gewählt. Der junge König erblickte sie zum ersten Mal, und sie wußte, daß sie blendend aussah.

Es ist kaum zu erklären, wie so etwas seinen Anfang nimmt. Vielleicht hatte die ›Fessel‹ gewirkt. Vielleicht lag es daran, daß sie doppelt so alt war wie er und deshalb mit doppelter Macht dem Waffenmann gegenüberstand. Vielleicht kam es daher, daß Arthur treuherzig und gutgläubig war und jedem blindlings vertraute. Vielleicht auch spielte mit, daß er nie eine Mutter gehabt hatte: Das Urbild der Mutterliebe, das Morgause, umringt von ihren Kindern, so meisterlich zu mimen verstand, hat ihm möglicherweise den Kopf verdreht.

Welche Erklärung man auch bevorzugen mag — die Königin von Luft und Dunkelheit bekam neun Monate später von ihrem Halbbruder ein Kind. Es wurde Mordred genannt. Merlin zeichnete später dessen Stammbaum auf und murmelte dabei etwas von *pied-de-grue*: »Hat ja so kommen müssen«.

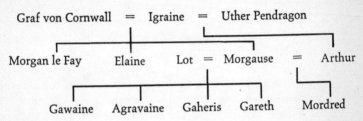

Auch wenn man es auf den ersten Blick nicht einsieht und sich in die Schulstube versetzt fühlt — dieser Stammbaum ist ein wesentlicher Bestandteil der Tragödie von König Arthur. Deshalb nannte Sir Thomas Malory sein äußerst umfangreiches Buch *Der Tod von Arthur*. Obwohl es zu neun Zehnteln von Rittern und ihren Tjosten zu handeln scheint, von der Hohen Suche nach dem heiligen Gral und vielen anderen Dingen dieser Art, ist die Erzählung doch ein Ganzes, und es geht in ihr um die Frage, aus welchen Gründen der junge Mann am Ende scheitert. Es ist eine Tragödie, im aristotelischen Sinn, eine komplette Tragödie: Die Sünde sucht ihre Herdstatt heim. Deshalb ist es wichtig, die Abkunft von Arthurs Sohn Mordred festzuhalten und sich zu gegebener Zeit daran zu erinnern, daß der König mit seiner eigenen Schwester geschlafen hat. Er wußte es nicht, und vielleicht lag alles an ihr, doch scheint es, in der Tragödie, als reiche Unschuld allein nicht aus.

EXPLICIT LIBER SECUNDUS

Zu diesem Buch

Ein Gipfelwerk der modernen englischen Fantasy-Literatur wird hiermit dem deutschen Leser erstmals zugänglich gemacht.

Terence Hanbury White's Roman-Tetralogie »The Once and Future King« bedeutet die strahlende Wiederkehr einer der mächtigsten, zauberhaftesten Sagenfiguren der Weltliteratur: Frisch wie am ersten Tag erscheinen vor den Augen der Imagination die Abenteuer König Arthurs (auch Artus genannt), des Schöpfers der ritterlichen »Tafelrunde«, des frühen Erfinders einer Regentschaft, die bestimmt ist vom Gedanken an das Recht statt von den Launen der Gewalt.

Aus scheinbarer Parodie, aus der märchenhaften Burleske vielfacher Verwandlungen ins Tierisch-Kreatürliche, die der erzkomisch-weise Magier Merlin seinem streunenden Schüler zuteil werden läßt, erwächst die Vision des Auftrags, die dem Knaben die Größe künftigen Handelns zumißt, die Verstrickung des überraschend Gekrönten in die Wirrnis der Machtstreitigkeiten erzwingt, ihn zu Triumphen treibt und in unausweichbare Tragik stößt.

Bewundernswert ist die mimische Kraft und Wandlungsfähigkeit der Erzählerstimme, die dies in neuen, unvergeßlichen Bildern erleben läßt. In souveräner Natürlichkeit, anmutig selbstbewußt, bewegt sie sich mit Witz und Hingabe zwischen Ironie und Pathos, Desillusionierung und Hoffnungsdrang, detailverliebter Sachlichkeit und entfesselter Fabulantenlust, stets mit sich selber eins. Solche Kunst der epischen Stimmführung vermittelt dem Leser eine ungewöhnliche Sicht: Sei er jung oder alt, halb Kind noch oder ein erfahrungsgebeizter Greis — er lernt es, die agierenden Gestalten aus einem Abstand zu betrachten, der ihr Tun als komisch und ergreifend zugleich erscheinen läßt, als grotesk und bedeutsam.

Denn der Autor, der so glanzvoll die lange geschmähte Rolle des »allwissenden Erzählers« aufs neue spielt, tut nur so, als blicke er über die gereckte Schulter selbstsicherer Modernität auf die Heldenmärlein der Vergangenheit herab. Was er zu belächeln vorgibt, hält ihn selbst in Bann: das sorgsam geknüpfte, in allen Farben schimmernde Bild eines Mittelalters von innen; ein aus tausend Realien gewirkter Aventiuren-Gobelin, der nicht Dekoration ist, sondern Aktion der Einbildungskraft, pures Spiel, also ein Fest der sich selber ernstnehmenden Poesie. »A brilliantly imaginative novel« — lautet das Urteil der »Times«.

Im Herbst 1976 wird die zweite Hälfte dieses Werkes erscheinen, Drittes und Viertes Buch: »Der mißratene Ritter« und »Die Kerze im Wind«, gleichfalls in einen Band gefaßt.